JAMES OSWALD

Die Gräber der Vergessenen

GOLDMANN
Lesen erleben

Buch

Eine tiefe felsige Schlucht im Umland von Edinburgh. Im eisigen Fluss am Grund wird die Leiche eines Mannes gefunden, fürchterlich zugerichtet und über und über mit Tattoos besät. Doch kaum hat Detective Inspector Anthony McLean den Tatort untersucht, versetzt ein weiteres schockierendes Verbrechen die schottischen Behörden und Medien heftig in Aufruhr: Der einflussreiche Politiker Andrew Weatherly hat in seinem Haus zuerst seine Frau und seine beiden kleinen Töchter getötet, dann sich selbst. Warum lief der hoch geachtete Mann plötzlich Amok? Vom Polizeichef unter Druck gesetzt, soll McLean für eine rasche Aufklärung des Falls sorgen. Dass der tätowierte Tote nur unweit eines alten Anwesens, das Weatherly besaß, gefunden wurde und der Schlüssel zur Aufklärung der Familientragödie sein könnte, will dabei niemand hören. McLean aber lässt sich nicht so leicht abschütteln. Er hält an der Spur fest, die ihn in die höchsten Kreise Edinburghs führt. Damit begibt er sich auf gefährliches Terrain …

Weitere Informationen zu James Oswald sowie zu lieferbaren Titeln des Autors finden Sie am Ende des Buches.

James Oswald

Die Gräber der Vergessenen

Thriller

Aus dem Englischen
von Sigrun Zühlke

GOLDMANN

Die englische Originalausgabe erschien 2014 unter dem Titel
»Dead Men's Bones« bei Penguin Books Ltd, London.

Dieses Buch ist auch als E-Book erhältlich.

FSC
www.fsc.org
MIX
Papier aus verantwortungsvollen Quellen
FSC® C014496

Verlagsgruppe Random House FSC® N001967

2. Auflage
Deutsche Erstveröffentlichung Januar 2016

Umschlaggestaltung: UNO Werbeagentur, München
Umschlagmotiv: Stefan Arendt/imageBROKER/Corbis
Redaktion: Eva Wagner
KS · Herstellung: Str.
Satz: IBV Satz- und Datentechnik GmbH, Berlin
Druck und Bindung: GGP Media GmbH, Pößneck
Printed in Germany
ISBN: 978-3-442-48388-4
www.goldmann-verlag.de

Besuchen Sie den Goldmann Verlag im Netz

Dies hier ist für die Bobs –
Duncan, Elspeth, Fingal, Hector und Magnus.
Danke für all die Ham Nights und das Bier.

1

Der Schmerz ist überall.

Er pulsiert durch seinen Kopf, als wäre da ein Loch im Schädel, durch das ihm im Takt seines Herzschlags das Hirn zusammenquetscht würde. Er schießt brennend wie Säure durch seine Blutgefäße und frisst ihn von innen auf. Er bohrt sich in seine Gelenke, obwohl er sie gar nicht bewegt. Er hüllt ihn ein wie eine glühende Decke aus Feuer.

Er weiß nicht, wo er sich befindet. Da ist nur die Dunkelheit, die ihn umgibt, und das widerhallende Brüllen in seinen Ohren und die alles verzehrende Qual. Ist er wieder in Afghanistan? Ist ihm dasselbe passiert wie Bodie und Jugs? Ein Sprengsatz der Kameltreiber? Nein. Das war damals. Er hat seine Tour hinter sich, und er hat überlebt. Was auch immer ihm das gebracht haben sollte.

Er erinnert sich an die Stadt, an das geheime Dasein derer, die auf der Straße leben. Seiner Leute. Dort war er sicher gewesen, zumindest eine Zeitlang. Er hatte sein Gleichgewicht gefunden, sich eine Art Leben aufgebaut. Etwas, das er verstehen konnte: ums Überleben zu kämpfen, für den nächsten Alkoholrausch.

Ruhig. Versuch, ruhig zu bleiben. Lass die Ausbildung greifen. Er war schon in schlimmeren Situationen als dieser gewesen, ganz bestimmt. Nur die Nerven behalten. Leichter gesagt, als getan, mit diesem Hämmern im Kopf, dem Jucken auf der ganzen Haut, dem Reiben in Hüften und Knien und Schultern.

Ganz langsam flaut die Panik ab, nur der Schmerz bleibt. Damit kann er umgehen. Sich auf etwas konzentrieren, das jenseits davon liegt. *Versuch rauszufinden, was eigentlich los ist.* Er ballt und streckt die Hände, grunzt, als der Schmerz die Arme hinaufschießt. Das Geräusch verleiht ihm Sicherheit, ist etwas, das er verstehen kann, und er spürt, wie die Fessel an seinem linken Handgelenk etwas nachgibt. *Konzentrier dich darauf. Nutze es. Achte nicht auf die zehrende Qual.* Er arbeitet sich an dem Riemen ab wie ein Terrier an einer Ratte. Hartnäckig, stur, zielstrebig.

Als sie sich lockert, fühlt es sich an wie eine Kugel ins Hirn. Die Dunkelheit explodiert in einem Kaleidoskop aus Farben, wirbelt und blitzt um ihn herum, während er spürt, wie er untergeht. Er beißt die Zähne zusammen und stößt ein kurzes, ersticktes, scharfes Bellen heraus. Halb Triumph, halb Niederlage. Er lässt die befreite Hand heruntersinken, während er seine Kräfte für die nächste Schlacht sammelt.

Zuerst das Band um den Kopf. Schweißnasse Finger mühen sich mit einer zu fest geschlossenen Schnalle. Es scheint Stunden zu dauern, bis sie endlich aufgeht. Er hatte gehofft, dass die Entlastung von dem Druck das Hämmern im Kopf lindern würde, aber sie macht alles eher noch schlimmer. Als er seine Stirn betastet, ist die Haut rau und uneben, die Stelle, an der er sie berührt hat, explodiert in Feuer.

Er kennt quälenden Schmerz. Das Training für die Special Forces mutet dem Körper Sachen zu, die die meisten Leute nicht für möglich halten würden. Das hier ist viel, viel schlimmer. Nur die eng um seine Unterschenkel geschlungenen Fesseln verhindern, dass er hinfällt, als er versucht, sich aufzurichten. Die Anstrengung, sie zu lösen, bringt ihn beinahe um. Er kann nicht verhindern, dass er auf den Boden schlittert. Immerhin ist der angenehm kalt und beruhigt seine Haut. Er sucht den Kontakt wie ein Kind die Umarmung der Mutter, klammert sich verzweifelt an diese winzige Erleichterung.

Doch sie ist nur vorübergehend, die kühlende Berührung

entflammt die Qualen zu neuen, ungeahnten Höhen. Als ob der Stein zu Sandpapier geworden wäre, das über bereits rohes Fleisch streicht. Salz und Zitrone, in Wunden gerieben.

Er stolpert auf die Füße. Hält sich an der Liege fest, um das Gleichgewicht nicht zu verlieren. Da ist ein Licht. Echtes Licht, nicht die Blitze, die ihm vor Augen stehen, seit er zum ersten Mal versucht hat, sich zu bewegen. Mild und sanft erleuchtet es den Raum nur spärlich. Was er erkennen kann, reicht dennoch, um die Panik erneut wie Galle seine Kehle hinaufblubbern zu lassen.

Es ist eine Folterkammer. Er ist umgeben von einer Ansammlung von Apparaten, die ausschließlich dazu dienen, Schmerzen zu bereiten. Nadeln an langen mechanischen Armen, mit Drähten umwickelte Kästen, Krokodilklemmen an verchromten Leisten. Flaschen mit farbigen Flüssigkeiten, Gifte, Säuren.

Entsetzt weicht er zurück, und dabei nimmt er auf der gegenüberliegenden Seite eine Bewegung wahr. Glas, ein Spiegel, ein unvertrauter Umriss, der seine eigenen ungeschickten Bewegungen nachahmt. Es ist zu dunkel, um klar zu sehen, aber er taumelt dennoch darauf zu. Näher und näher, ohne genau sagen zu können, was an dem Bild, das er sieht, nicht stimmt.

Und dann ist es da. Starrt ihm im schummrigen Licht entgegen. Das Gesicht. Sein Gesicht. Die Fratze eines Dämonen. Wilde Augen. Schwarze Wirbel kräuseln sich über Wangen und Nase, die Stirn und den rasierten Schädel. Er schaut an seinen Armen herunter und sieht, wie die Muster sich über seinen Körper winden und schlängeln. Sie sind in ihm: fremde, geisterhafte Kreaturen unter seiner Haut, die ihn verschlingen.

Die Panik schlägt mit Wucht über ihm zusammen. Adrenalin reißt alles andere mit sich. Es bleibt nichts, als wegzurennen. Er kracht durch Türen, leere Flure entlang, ohne etwas anderes wahrzunehmen als die Angst. Seine Flucht hat keine Richtung, keinen Plan, außer dem davonzukommen.

Und dann ist er draußen. Weißer Schnee stürmt aus einem

nächtlichen Himmel. Er bemerkt kaum, dass er nackt ist, als er von dem Haus wegrennt. Er spürt weder die eisige Kälte noch das Peitschen der tief hängenden Äste gegen seine geschundene Haut. Sein Entsetzen ist so groß, dass er nicht einmal merkt, als der Boden unter seinen Füßen aufhört. Während er mit Armen und Beinen rudert, trägt ihn der Schwung über die Klippe und dann nach unten. Immer weiter nach unten.

2

Meine Güte, ist das kalt.«

Detective Inspector Tony McLean stampfte mit den Füßen im knöcheltiefen Schnee in dem verzweifelten Versuch, den Blutfluss anzuregen. Auf der Suche nach Wärme steckte er seine rauen roten Hände unter die Achseln und war sich nur allzu schmerzlich bewusst, dass er hier rausgekommen war, ohne zu bedenken, wohin er wollte. Roslin Glen war im Sommer ein wunderschönes Fleckchen Erde, an dem der North Esk durch eine enge Schlucht gurgelte, die tief in den Sandstein eingegraben war. Hier draußen, wo die Straße nach Rosehall und Dalkeith den Hügel hinaufführte, weitete sich das Flussbett, und normalerweise war das hier ein gut geschütztes, sonniges Eckchen. Heute allerdings nicht. Heute drängte der Wind das Wasser flussaufwärts und peitschte den Schnee in Wirbeln so heftig gegen jede Stelle ungeschützter Haut, dass es wehtat.

»Hättest dir einen Mantel mitbringen sollen, Chef. Das kann hier schon mal 'n bisschen frisch werden.« Detective Sergeant Laird, Grumpy Bob für Freund und Feind gleichermaßen, sah aus wie ein Großvater zu Weihnachten. Er war in eine dick gefütterte Jacke gehüllt, trug schwere Handschuhe und eine leuchtend gelbe Pudelmütze, die seinen kahl werdenden Kopf warm hielt. Der eisige Wind hatte seine Wangen und die Nasenspitze rot gefärbt. Nun, entweder das oder lebenslanges Trinken. Oder beides.

»Irgendeine Idee, wo es langgeht?« McLean drehte sich um und ließ den Blick über den ganzen Fuhrpark schweifen. Zwei Streifenwagen, ein Bus der Spurensicherung und ein rostiger alter Peugeot-Kombi parkten ganz in der Nähe, aber weit und breit war kein Mensch zu sehen. Um diese Jahreszeit und bei dem Schnee, der aus einem grauen Himmel in der Farbe eines verblassten Blutergusses fiel, war das kaum verwunderlich. Man musste schon ein hartgesottener Hundespaziergänger sein, um sich hierher zu verlaufen.

»Der Fluss ist in dieser Richtung, glaube ich.« Grumpy Bob zeigte am nächststehenden Auto vorbei. Im Schnee war eine ausgetrampelte Spur zu sehen, die sich bereits wieder füllte. Wenn man hochsah, hätte man eigentlich die Burg auf ihrem felsigen Vorsprung sehen müssen. Möglicherweise sogar die Kapelle, wenn ihn die Erinnerung nicht trog. Heute bestand allerdings keine Chance darauf. McLean machte sich daran, den Pfad entlangzustapfen. Aber als er am Spurensicherungsbus vorbeikam, glitt die Seitentür auf und entließ einen Schwall warme Luft ins Freie, zusammen mit Detective Constable Stuart MacBride und dem unverwechselbaren Duft von Kaffee.

»Sie sind hier, Sir.«

»So viel zumindest scheint klar zu sein, Constable.« McLean lugte an ihm vorbei in den Bus und sah ein paar Kriminaltechniker um etwas zusammengekauert, das wie ein tragbarer Gasofen aussah – etwas, was die Jungs von der Arbeitssicherheit sicher nicht gern sahen, falls sie jemals darauf aufmerksam gemacht würden.

»Ihr habt nicht zufällig noch eine Jacke oder so was?«

Sie mochte grellgelb sein und den Schriftzug »Strathclyde Wasserpolizei« in großen blauen Buchstaben tragen, aber sie war warm. McLean zog seine neu erworbene Jacke eng um sich, während er MacBride und Grumpy Bob einen schmalen Trampelpfad vom Parkplatz weg hinunter in die Schlucht folgte. Die Wipfel der Bäume rechts und links vereinigten sich über ihren Köpfen und bildeten eine Art Tunnel. Sie hielten den Wind ein wenig ab, drohten allerdings, dem Unachtsamen jederzeit eine Ladung Schnee in den Nacken fallen zu lassen.

»Was haben wir, Constable?«, fragte McLean, als sich der Pfad auf eine kleine armselige Schafweide öffnete.

»Eine Leiche im Fluss, Sir. Muss irgendwo flussaufwärts reingefallen sein. Hier ist in letzter Zeit ziemlich viel Wasser durchgeflossen. Das muss ihn irgendwie mitgeschleift haben, bis er hier oben an den Felsen hängen geblieben ist.«

Sie kletterten über einen verrotteten Zauntritt und kamen in einen bewaldeten Bereich. Bis hierher war der Schnee noch nicht vorgedrungen, nur der Boden war dünn bestäubt, gerade genug, um ihn rutschig zu machen. Dass das Gelände jetzt sehr steil zum Ufer hin abfiel, half auch nicht gerade. Irgendwie schaffte McLean es nach unten, ohne ins Wasser zu fallen, indem er auf einen flachen Stein trat, der aus dem Fluss herausragte. Ein paar Schritte weiter kauerten sich ein paar uniformierte Beamte in ihre eigenen knallig leuchtenden Jacken, und ihr Atem dampfte in die baltische Kaltluft.

»Da unten?«, fragte McLean und zeigte auf eine Stelle, wo der Fluss durch einen schmalen Kanal zwischen den Felsen schoss. Er konnte das Wasser unten rauschen hören. Der nächste Uniformierte nickte. Ein paar Kriminaltechniker waren damit beschäftigt, eine Art Flaschenzug über dem Flussbett zu errichten. Beide trugen schwere Wetterschutzkleidung und Helme, wie sie auch von Kajakfahrern oder Höhlenforschern benutzt werden. Ohne Zweifel hatten sie den Kürzeren gezogen, als entschieden wurde, wer die Leiche bergen sollte.

»Wer hat ihn gefunden?«, fragte McLean den Constable, als er sich vorsichtig näher an die Kante heranschob, immer in der Sorge, kopfüber im North Esk zu landen.

»Ein Dorfbewohner. Geht hier jeden Tag mit seinem Hund spazieren. Verrückt, wenn Sie mich fragen.« Der Uniformierte machte ein etwas verlegenes Gesicht, bevor er hinzusetzte: »Sir.«

McLean sagte nichts, sondern lugte nur in den Abgrund. Die ganze Schlucht war über Jahrtausende in den Sandstein geschliffen worden. An einigen Stellen waren die Klippen über dreißig Meter hoch. Hier war der Fluss in grauer Vorzeit auf härteres Gestein gestoßen und hatte riesige Felsbrocken gegeneinander aufgetürmt, die jetzt eine Barriere bildeten. Der schmale Durchlass, in den er blickte, war nur einer von vielen Wegen, die das Wasser um und durch dieses Hindernis hindurch nahm, bevor es seine Reise in den Firth of Forth fortsetzte. Alle möglichen Arten von Abfällen waren hier hängen geblieben: umgeknickte Bäume, Plastiktüten, sogar der klassische Einkaufswagen. Und jetzt der nackte Leichnam eines Mannes.

Im Halbdunkel war es schwer zu erkennen, aber McLean war sich ziemlich sicher, dass es sich um einen Mann handelte. Das Wasser war nicht gerade sanft mit ihm umgesprungen, hatte Arme und Beine auf eine Art und Weise verbogen, für die sie ursprünglich nicht gedacht waren. Der Kopf war überhaupt nicht zu sehen, er musste zwischen den Felsbrocken klemmen. McLean schauderte nicht wegen der Kälte, als er über die Möglichkeit nachdachte, dass der Kopf vielleicht auch ganz fehlen könnte. Es wäre nicht das erste Mal, dass jemand versucht hatte, ihnen so die Arbeit zu erschweren.

Was ihm gleich ins Auge gefallen war, war die ungewöhnliche Farbe der Leiche. Natürlich war es nicht ungewöhnlich, in einer Stadt von der Größe Edinburghs einen Schwarzen zu sehen, aber irgendetwas stimmte mit der Hautfarbe des Mannes nicht. Vielleicht war es aber auch die Textur.

»Sollen wir ihn raufholen?«

McLean sah auf und blickte in das Gesicht eines der Kriminaltechniker, der viel näher stand, als er erwartet hatte. Das ständige Brüllen des Wassers machte es ihm beinahe unmöglich zu hören, wenn sich jemand in seiner Nähe bewegte.

»Da unten kann ich wohl kaum was mit ihm anfangen. Ja, holen Sie ihn hoch.«

Er trat zurück und wartete, während eine schmale Trage in den Spalt heruntergelassen wurde. Einer der Kriminaltechniker ließ ein Seil herab, das am anderen Ende um einen Felsblock gesichert war, während sein Kollege vorsichtig zum Wasser hinunterkletterte. Ein Jahrhundert später, indem McLean jegliches Gefühl in seinen Füßen verlor, kam der Beamte wieder nach oben und gab das Zeichen. Dann begannen die beiden die Trage hochzuziehen und schwangen sie herüber, bevor sie sie vorsichtig auf den flachen felsigen Grund herabließen.

»Der Kerl steckte mit dem Kopf direkt in einer Spalte. War'n beschissenes Stück Arbeit, ihn da rauszukriegen.« Der Kriminaltechniker war damit beschäftigt, die Seile aufzurollen, während sein Kollege den Rahmen und den Flaschenzug abbaute. Sie sahen aus, als wollten sie so schnell wie möglich in den Bus und vor den kleinen Gasofen zurück. McLean konnte es ihnen nicht wirklich verdenken.

Er ging vor der Leiche in die Knie, die immer noch ganz verdreht und gebrochen von ihrem Aufenthalt im Fluss war. Er konnte das Gesicht des Mannes nicht sehen, ohne den Körper zu berühren, aber es war definitiv ein Mann. Was darauf hindeutete, war geschrumpft und klein, aber dennoch eindeutig. Ebenso eindeutig war der Mann in der Tat kein Schwarzer. Es gab ein paar helle Streifen auf seinem Körper, wenn auch nur sehr wenige.

Der Rest war von Kopf bis Fuß – Arme, Hände, Finger, und ja, sogar der Penis – mit dunklen verschlungenen Tattoos bedeckt.

3

»... Berichte über einen Schusswechsel in einem Landhaus in Nordost-Fife. Es wird vermutet, dass Mr Andrew Weatherly zuerst seine Frau und seine beiden Töchter und dann sich selbst erschossen hat. Zum derzeitigen Zeitpunkt können wir nicht bestätigen, ob es sich bei dem Schützen tatsächlich um den Abgeordneten für Fife West ...«

McLean drückte auf den Knopf am Lenkrad, mit dem man den nächsten Sender anwählte, auf der Suche nach beruhigender Musik. Er hatte selbst Ärger genug, da musste er sich nicht auch noch die Leidensgeschichten der anderen Einheiten anhören. Nur dass sie jetzt natürlich alle eine einzige glückliche Familie waren, die Police Scotland. Oder Greater Strathclyde, wie die Spötter meinten. Auch nicht weit von der Wahrheit entfernt.

Vor ihm im Verkehr tat sich eine Lücke auf, und er beschleunigte, genoss den kraftvollen Schub, der ihn fünfzig Meter vorantrug, bevor er wieder abbremsen und langsamer fahren musste. Die Pendelei war höllisch, und nicht zum ersten Mal vermisste er seine alte Wohnung in Newington. Zu Fuß zur Arbeit gehen zu können hatte seine Vorteile, auch bei so kaltem winterlichem Wetter. Im Rhythmus der Schritte auf dem Pflaster konnte man sehr viel besser nachdenken als in dieser sich langsam dahinquälenden Autoschlange.

Wenigstens funktionierte sein Wagen gut, und er musste sich keine Sorgen darüber machen, ob er sich durch das Streusalz auf den Straßen auflöste. Sein alter Alfa wurde gerade restauriert, und er empfand es letztendlich doch als Segen, dass er eine Weile nicht zur Verfügung stand.

Er wollte gerade in eine Seitenstraße einbiegen in der Hoffnung, die Fahrt auf diese Weise um ein paar Sekunden zu verkürzen, als sein Telefon über die Lautsprecher klingelte. Ein weniger willkommener Vorzug des neuen Wagens. Er tippte auf einen Knopf, der die Freisprechanlage aktivierte.

»McLean.«

»Wo zum Teufel stecken Sie?«

Auch Ihnen einen guten Morgen, Detective Superintendent Duguid, Sir. McLean warf einen Blick auf die Uhr vor sich, auf der die orangefarbene Anzeige ihm verriet, dass er noch zwanzig Minuten Zeit hatte, bis es acht Uhr war.

»Im Moment, Sir? In meinem Auto im Stau auf der Lothian Road. Wo sind Sie?«

»Jetzt werden Sie mal nicht frech, McLean. Sie sollten hier um halb sieben zur Morgenbesprechung erschienen sein.«

Davon hörte er jetzt zum ersten Mal. Nach dem Zwischenfall auf seinem Dachboden war er vom aktiven Dienst freigestellt worden, vordergründig, bis sein gebrochenes Bein geheilt war, aber auch, bis er eine ihm schier endlos erscheinende Reihe von Therapiesitzungen mit seinem Lieblingskurpfuscher, dem Psychologen Professor Matt Hilton, hinter sich gebracht hatte. Der Besuch draußen in Roslin Glen am Vortag war sein erster richtiger Fall seit Monaten. »Morgenbesprechung, Sir? Was für eine Morgenbesprechung?«

Eine kurze Pause, als sei der Superintendent tief in Gedanken versunken. »Ah, stimmt. Sie sind jetzt gar nicht mehr in dem Team, oder?«

Duguids kurzer Einsatz als Vorgesetzter des gesamten Reviers war gnädigerweise durch die Erschaffung der Police Scotland abgebrochen worden. Das war wahrscheinlich das einzig Positive an der ganzen traurigen Geschichte, das einem, wenn man in Zivil arbeitete, dazu einfallen konnte. Seit das Crime Investigation Department zur Specialist Crime Division geworden und in eine verwirrende Vielzahl von Teams aufgespalten worden war, von denen sich jedes auf eine andere Facette schottischer Kriminalität spezialisierte, war es schon eine tagesfüllende Aufgabe, einfach nur herauszufinden, wo man am betreffenden Tag eigentlich sein sollte.

»Egal.« Keine Entschuldigung für seinen Irrtum, aber andererseits war so etwas noch nie Duguids Stil gewesen. »Kommen Sie einfach zu mir, sobald Sie da sind, okay? Ich habe eine Aufgabe für Sie.«

Das Gespräch brach ab, Duguids Stimme wurde von dem sich langsam wieder einblendenden Radio abgelöst, in dem ein piepsiger moderner Popsong gespielt wurde, den McLean nicht kannte. Er starrte einen Moment lang vor sich hin, bis ihm klar wurde, dass der Wagen vor ihm sich in Bewegung gesetzt hatte. Er trat auf die Kupplung, legte den Gang ein und ließ den Motor aufheulen, um aufzuschließen. Eigentlich hatte er sich darauf gefreut, mit den Ermittlungen zu dem Toten anzufangen, den sie in Roslin Glen gefunden hatten. Aber wie so oft sah es aus, als hätte das Leben andere Pläne.

»Ich weiß, es ist ein verdammtes Desaster. Könnte zu keinem schlechteren Zeitpunkt passiert sein. Als hätten wir hier nicht schon genug zu tun.«

Detective Superintendent Charles Duguid hatte es irgendwie geschafft, sich das große Büro im dritten Stock in den Wirren der Umstrukturierung zu sichern. Theoretisch bedeutete das, dass er für abteilungsübergreifende Verbrechen und Schutz der Öffentlichkeit in dem Bereich, der früher Lothian and Borders hieß, zuständig war, sodass es in gewisser Weise auch einen Sinn ergab. McLean wünschte sich immer noch die vorherige Bewohnerin in den Raum und auf den Posten zurück. Aber, ach, Wünsche hatten hier die Neigung, nicht in Erfüllung zu gehen.

In einer kleinen Geste der Anerkennung seiner Vorgängerin, vielleicht aber auch nur aus seinem schon fast krankhaften Bedürfnis heraus mitzubekommen, was geschah, hatte Duguid es sich angewöhnt, seine Bürotür zumindest zeitweise offen zu lassen. McLean stand jetzt davor, hörte mit halbem Ohr das Telefongespräch mit und versuchte, den besten Zeitpunkt herauszufinden, um zu stören.

»Wissen Sie, worum es da geht?«, fragte er die Sekretärin, die an einem Schreibtisch direkt vor dem Büro saß.

»Irgendwas mit dem Abgeordneten, der seine Familie erschossen hat, glaube ich. Schrecklich, ein ganz schrecklicher Fall.« Sie schüttelte den Kopf und machte sich wieder an ihre Schreibarbeit.

»Na, McLean, stehen Sie nicht da draußen rum und halten die Sekretärinnen von der Arbeit ab. Kommen Sie rein. Und machen Sie die Tür hinter sich zu.« Duguid stand im Türrahmen, ungeduldig wie eh und je. Er hatte das Telefon in einer Hand und hob es wieder ans Ohr, als McLean tat, wie ihm geheißen.

»Nein. Er ist jetzt hier. Ich kümmere mich darum, machen Sie sich keine Sorgen, Sir.«

McLean zog eine Augenbraue hoch, obwohl er nicht wirklich erwartete, dass Duguid es ihm erklärte. Er wurde nicht enttäuscht. Der Superintendent beendete das Gespräch und legte das Telefon auf den Schreibtisch, dann ließ er sich in seinen riesigen Ledersessel fallen, der mit dem Rücken zum Fenster stand, bevor er McLean schließlich ansah.

»Was macht das Bein?«

McLean verlagerte das Gewicht ein wenig. Seine Hüfte tat ihm weh, ebenso wie der Oberschenkel, wo er sich vor einigen Monaten einen Bruch zugezogen hatte, aber er heilte. Das kalte Wetter trug allerdings kaum dazu bei.

»Besser, danke. Einmal die Woche gehe ich noch zur Physiotherapie, aber es ist kein Problem.«

Duguids Augen verengten sich. Er zog sich ein Blatt Papier heran, sah aber nicht darauf.

»Das psychologische Gutachten sagt, Sie seien fit für die Arbeit.« Das klang beinahe, als stelle diese Tatsache eine persönliche Beleidigung dar.

»Das freut mich zu hören, Sir. Vor allem, weil ich ja nun schon lange genug wieder dabei bin.«

»Werden Sie nicht sarkastisch, McLean. Sie haben von Andrew Weatherly gehört, nehme ich an?«

»Dem Abgeordneten? Da war heute Morgen was im Radio, aber ich dachte, es sei noch nicht bestätigt …«

»Oh, es handelt sich um ihn. Blödes kleines Arschloch.« Duguid rieb sich mit seinen langen dünnen Fingern, die irgendwie aussahen, als hätten sie viel zu viele Gelenke, übers Gesicht. »Sieht aus, als hätte er Frau und Kinder erschossen und dann die Waffe gegen sich selbst gerichtet. Warum, verdammt noch mal, macht man so was?«

»Ich habe wirklich keine Ahnung, Sir. Stand er unter Druck?«

Duguid sah ihn an, als hätte er nicht mehr alle Tassen im Schrank. »Was bin ich denn, sein Therapeut? Woher zur Hölle soll ich das wissen?«

McLean antwortete nicht. Es war immer am besten, einfach nur dazustehen und, was immer Duguid zu sagen hatte, über sich ergehen zu lassen. Und sich später mit den Folgen auseinanderzusetzen.

»Er war überaus gut vernetzt, unser Mr Weatherly. Saß zum einen im Police Liaison Committee. Außerdem hatte er seine Finger in unserer geliebten Police Scotland, also können Sie sich vorstellen, wie gut das alles bei unseren Oberen ankommt. Die wollen die Sache so schnell wie möglich aus der Welt geschafft sehen.«

»Ist das nicht ein Fall für Fife? Es ist doch in deren Einzugsgebiet passiert.«

Duguid bedachte ihn mit einem verächtlichen Blick. »Es gibt keine ›Einzugsgebiete‹ mehr. Wir sind jetzt alle eine einzige, verdammte, glückliche Familie, schon vergessen?«

McLean streckte seine Füße und versuchte, nicht ungeduldig auf und ab zu wippen. Natürlich wusste er von den neuen Strukturen, aber die alten Bezirke gab es innerhalb der Specialist Crime Division immer noch. Sicher kein Grund, nach Fife hochzufahren und die Kollegen dort zu verärgern.

Duguid machte wieder das mit den Fingern, dann ließ er sich in seinen Sessel zurückfallen. Der quietschte alarmierend und neigte sich bedrohlich weit zurück, als wollte er ihn nach hinten abwerfen.

»Sehen Sie: Fife ist jetzt vor Ort. Ja, es ist deren Einzugsgebiet, wie Sie das ausgedrückt haben. Aber Weatherly ist ein Mitglied des schottischen Parlaments. Er hat ein Haus hier in Edinburgh, seine Firma hat hier ihren Sitz. Also stecken wir mit drin, ob das Fife nun gefällt oder nicht.«

»Was wollen Sie von mir?«

»Ich hätte gedacht, das läge auf der Hand, McLean. Tun Sie, was Sie immer tun. Bohren Sie tiefer, als es wirklich nötig ist. Verkomplizieren Sie alles.«

McLean runzelte die Stirn. Das hatte er nicht erwartet. Nicht von Duguid.

»Aber ich dachte, Sie hätten gesagt, das Präsidium …«

Duguid beugte sich vor und stützte die Ellbogen vor ihm auf dem Schreibtisch auf. »Oh, das reicht höher als bis ins Präsidium, McLean. Bis ganz nach oben. Die wollen das schnell und hübsch säuberlich geklärt haben. Soll vom Tisch, als wäre nie was gewesen. Aber nicht mit mir! Eine unschuldige Frau und zwei Kinder sind tot. Mir ist egal, ob ihr Mörder sich selbst getötet hat. Ich will wissen, warum er das getan hat, und wenn das bedeutet, ein paar Leuten auf die Zehen zu treten, dann ist das eben so!«

Im Großraumbüro der Kriminalpolizei schien die übliche bienenfleißige Arbeitssimulation zu herrschen, als McLean eine halbe Stunde später durch die Tür trat. Ihm schwirrte immer noch der Kopf vom Gespräch mit Duguid. Die Unverfrorenheit des Mannes verblüffte ihn immer wieder. Und dann war da noch die unbedeutende Frage, wer die Schuld bekommen würde, wenn ihnen das alles um die Ohren flog. Was es unausweichlich tun würde. Es wäre nicht das erste Mal, dass er zum Sündenbock auserkoren worden war; wahrscheinlich auch nicht das letzte.

»Morgen, Sir.« Die Stimme hinter der geöffneten Tür klang frisch und eifrig, genau wie das rundliche, frisch geschrubbte rosige Gesicht aussah, das dazugehörte. Detective Constable Stuart MacBride sah ihm erwartungsvoll von seinem Tisch entgegen.

»Morgen, Constable. Sind Sie der Einzige, der schon da ist?«

»Besprechung im Haupteinsatzraum, Sir. DCI Brooks bringt alle DIs und Sergeants in den laufenden Fällen auf den aktuellen Stand.« Noch während er es sagte, verfinsterte sich die Miene des Constable zu einem nachdenklichen Stirnrunzeln, das wahrscheinlich das von McLean spiegelte.

»Das Memo muss ich verpasst haben.« Immerhin würde das Duguids Verwirrung am Morgen erklären. »Egal, ich hab Besseres zu tun, als mir Brooks' Gelaber anzuhören. Sind Sie schon irgendwie mit unserem rätselhaften Tätowierten weitergekommen?«

MacBride schob kurz die säuberlich auf seinem Tisch gestapelten Akten umher und zog eine hervor, die noch schmerzlich dünn aussah. Immerhin stand schon ein offizielles Aktenzeichen auf dem Deckel.

»Noch nichts. Die Leiche wartet in der Rechtsmedizin auf die Obduktion. Ich habe mit der Vermisstenabteilung gesprochen, die hatten aber niemanden, auf den die Beschreibung passt. Mehr kann ich nicht machen, bis wir wissen, ob es sich überhaupt um einen verdächtigen Todesfall handelt.«

»Er war nackt, Constable. Das kommt mir ziemlich verdächtig vor. Wenn er einfach nur zufällig in den Fluss gefallen wäre, hätte ich doch zumindest ein paar Klamotten erwartet.«

»Er kann sie doch ausgezogen haben, Sir. Machen das Leute nicht manchmal, die unterkühlt sind? Das Gehirn dreht durch, und sie denken, sie würden überhitzen. Ich glaube, das habe ich mal irgendwo gelesen …«

»Hypothermie-Halluzinationen. Ja, das könnte es natürlich auch gewesen sein.« McLean schüttelte den Kopf. »Na ja, wir werden es noch früh genug herausfinden. Wissen Sie schon, wann die Obduktion stattfinden soll?«

»Nein, Sir. Ich kann anrufen und fragen.« MacBride griff nach dem Telefon.

»Das hat Zeit. Ich hab erst noch was anderes zu erledigen. Ist Ritchie in der Nähe?«

»Sitzt in Brooks' Briefing zusammen mit allen anderen. Gibt es noch was, womit ich Ihnen helfen kann?« Der hoffnungsvolle Blick auf dem Gesicht des jungen Constable war unbezahlbar. Wie ein Welpe, der verzweifelt hoffte, ausgewählt zu werden. McLean brachte es kaum übers Herz, ihn zu enttäuschen.

»Ich brauche Ritchies spezielle Fähigkeiten«, antwortete er auf der Suche nach einer diplomatischen Art und Weise zu sagen, dass er lieber nicht stundenlang mit MacBride im Auto eingesperrt sein würde, wenn auch weniger eifrige Gesellschaft zur Verfügung stand. »Und sie ist mit ein paar Leuten der Fife Constabulary befreundet, was uns helfen könnte.«

»Fife?« MacBrides Miene wandelte sich von vorübergehender Ratlosigkeit zu Verständnis mit aufgerissenen Augen. »Oh.«

»Ja. Oh. Duguid will, dass ich mir dieses verdammte Durcheinander mal anschaue. Wenn Sie einigermaßen bei Verstand sind, halten Sie hier die Füße still.«

4

Am Ende wäre es wahrscheinlich einfacher gewesen, MacBride mitzunehmen. Detective Sergeant Ritchie war sichtlich dankbar, als McLean sie aus der sinnlosen Morgenbesprechung zerrte, aber sie sah müde aus und sagte nur wenig, während sie durch die Stadt in Richtung Brücke fuhren.

»Ist Brooks wirklich so schlimm?«, startete er einen Versuch, während sie langsam durch die endlosen Baustellen am Nordende krochen, wo die neue Brücke nach Fife führen sollte.

»Sie machen sich keine Vorstellung.« Ritchie schüttelte den Kopf.

»Na ja, jetzt sind Sie erst mal zurück in meinem Team. Könnte aber sein, dass Sie das noch bereuen.« McLean schaltete und brachte den Motor auf Touren, als der Verkehr vor Halbeath endlich wieder zu fließen begann. Es war ein unschuldiges Vergnügen, sich durch die Kraft des großen Sechszylinders in die Sitze drücken zu lassen. Er hörte sich auch gut an, selbst wenn er beinahe genauso schlecht zu seiner Gehaltsgruppe passte wie der Oldtimer, der unten in England in einer Spezialwerkstatt kostspielig restauriert wurde. Und ziemlich unbequem, wenn man mit einem Bein aus- und einsteigen wollte, das gerade aus dem Gips heraus war.

Schnee türmte sich an den Straßenrändern, grau vom Salz und Straßendreck, an dem sie schweigend vorbeifuhren. Es war lange her, dass er hier rausgefahren war, aber es schien sich nichts verändert zu haben. Es mochten ein paar moderne Lagerhallen am Rand von Kinross dazugekommen sein, aber das bisschen Geld, das aus der Hauptstadt durchsickerte, verdampfte, je weiter man im alten Königreich nach Norden fuhr. Hinter Auchtermuchty fühlten sich sogar die Schlaglöcher an, als wüchsen sie seit Jahrzehnten.

McLean hatte sich die Wegbeschreibung ausgedruckt, aber sogar damit mussten sie ein paar Mal wenden und den hilfreichen Rat eines rotgesichtigen Bauern in Anspruch nehmen, um endlich den Ort zu finden, an dem Andrew Weatherly – wenn die nur spärlich bekannte Vorgeschichte des Mannes zutraf und nicht nur eine Erfindung der Medien war – sein Leben zwar nicht wohlhabend begonnen, aber sich dafür später mit Haut und Haaren ins Leben eines Land-Edelmannes gestürzt hatte. Seine Residenz in Fife war ein großzügiges Herrenhaus, das weit ab von der Hauptstraße in einer natürlichen Senke am Ende eines flachen Tales stand. Westlich davon war der größte Hügel der Gegend dick mit Schnee bedeckt. Dunkle Nadelgehölze markierten seine Flanken. Es war unbestreitbar ein wunderschöner Platz, was angesichts der schrecklichen Ereignisse, die sich hier abgespielt hatten, umso erschütternder wirkte.

Ein paar uniformierte Constables hielten ihn an, bevor er von der Hauptstraße auf die Zufahrt abbiegen konnte. Es war unmöglich, die Autos der Journalisten zu übersehen, die überall herumstanden, ebensowenig wie die Übertragungswagen und die Fernsehteams. McLeans Dienstausweis brachte ihn mit nichts als einer hochgezogenen Augenbraue durch, aber als er das Ende der Zufahrt erreichte, wo sie sich zur Vorderseite des Anwesens öffnete, wurde er wieder aufgehalten, dieses Mal durch blau-weißes Absperrband.

»Wir müssen sie ja nicht noch mehr verärgern, als wir es ohnehin schon getan haben.« Er stellte den Wagen so nah am Rand der Zufahrt ab, wie er sich traute. Aus dem warmen Auto kommend, traf ihn die winterliche Luft wie eine Ohrfeige, ein frostiger Wind fegte vom Berg herunter und fuhr ihm durch und durch. McLean beugte sich ins Auto zurück, holte seinen schweren Wollmantel heraus und zog ihn über, als ein weiterer Uniformierter auf ihn zukam.

»Sie sind der DI aus Edinburgh, aye?«

McLean nickte und zeigte seinen Ausweis noch einmal vor. Ritchie war auch aus dem Auto geklettert und schaute sich um, während sie ein paar schwarze Lederhandschuhe anzog.

»Der Leitende ist drüben im Zelt.« Der Beamte nickte zu einem niedrigen weißen Aufbau ein paar Meter neben der Haupteingangstür. McLean wollte schon darauf zugehen, als ihn eine Hand auf seinem Arm aufhielt.

»Ich sag ihm Bescheid, dass Sie da sind. Wir wollen's den Jungs von der Spurensicherung ja nicht unnötig schwer machen, oder?«

McLean sah dem Uniformierten womöglich etwas länger in die Augen, als es höflich war. Es war ein älterer Mann und Sergeant. Vielleicht im selben Alter wie Grumpy Bob. Vielleicht wäre es klüger gewesen, ihn mitzunehmen. Es gab nicht viele Beamte im aktiven Dienst in der Zentralregion, die Grumpy Bob nicht wenigstens vom Sehen kannte.

»Sie haben recht«, sagte er schließlich. »Wir wollen ja niemandem im Weg stehen. Sagen Sie einfach Bescheid, wenn Sie so weit sind.«

Der alte Sergeant nickte und schlenderte gemächlich davon, bevor er in dem Zelt verschwand.

»Ziemlich unverschämt, oder?«

McLean drehte sich zu Ritchie um, die am Autodach lehnte und das sommersprossige Gesicht zu einer finsteren Miene verzogen hatte. Der kalte Wind tat ihrem kurz geschnittenen roten Haar keinen Gefallen.

»Irgendwie meine ich mich zu erinnern, dass Sie noch weniger entgegenkommend waren, als ich bei Donald Andersons Beerdigung aufgetaucht bin. Niemand kann es leiden, wenn eine andere Einheit ihre Nase reinsteckt.«

»Aber geht's nicht bei dem ganzen Police-Scotland-Theater genau darum? Keine kleinlichen Rivalitäten zwischen den Bezirken mehr. Alle zusammen für eine Sache und der ganze andere Motivationsquatsch, den ich das letzte halbe Jahr zu begreifen versucht habe.«

»So was braucht Zeit. Und versuchen Sie, es nicht zu persönlich zu nehmen.« McLean bedachte sie mit einem Lächeln, von dem er hoffte, dass es freundlich aussah, und bekam ein schiefes zurück. Dann richtete sich Ritchies Blick auf etwas in seinem Rücken, und sie stieß sich vom Auto ab und stand gerade.

»Detective Inspector Tony McLean. Sie hätte ich ja nicht in nächster Zeit hier in der Gegend erwartet.«

McLean drehte sich um, erkannte die Stimme, brauchte aber einen Moment, um sie einzuordnen. Ein großer dünner Mann näherte sich, flankiert von dem uniformierten Sergeant und einem Tatortfotografen in weißem Overall. Der Mann selbst trug ebenfalls einen weißen Overall, hatte aber das Oberteil nicht hochgezogen und die Ärmel in einem lockeren Knoten um die Taille geschlungen.

»Jack?« McLean konnte die Überraschung in seiner Stimme nicht verbergen, auch wenn er wusste, dass das befremdlich klingen musste. Es hätte ihm klar sein müssen, dass ein so hochkarätiger Fall in Fife auch einen hochrangigen Ermittlungsleiter hatte. Detective Superintendent Jack Tennant war das mit Sicherheit. Und von allen Leuten, auf die McLean hätte hoffen können, war er mit Sicherheit der Beste.

»So sehr hab ich mich doch wohl nicht verändert, oder?« Der Superintendent strich sich mit der Hand über die hohe Stirn nach hinten, seiner zurückweichenden Haarlinie nach. Die hatte allerdings schon so ausgesehen, als McLean ihn zum ersten Mal getroffen hatte, was fast achtzehn Jahre her sein musste. Sein Gesicht war jetzt etwas faltiger und schmal, vielleicht ungesund schmal. Aber er war unleugbar derselbe Mann, der damals einen jungen Constable unter seine Fittiche genommen und ihn gelehrt hatte, Detective zu werden.

»Sorry«, sagte McLean. »Ich hab nicht damit gerechnet, Sie hier zu sehen. Ich dachte, Sie würden heute eher am Schreibtisch arbeiten.«

»Das hört sich bei Ihnen an wie eine schmerzhafte Krankheit, Tony. Was es in gewisser Weise ja auch ist. Aber Sie wissen genauso gut wie ich, dass ein Fall wie der hier …«, Tennant zeigte mit einer ausgreifenden Armbewegung in Richtung des Hauses, »… viel zu wichtig ist, als dass man ihn den Leuten überlassen würde, die wissen, was sie tun.«

»Ich schätze mal, das ist dann auch der Grund, warum sie mich hier raufgeschickt haben, um alles noch ein bisschen schwieriger zu machen.«

Tennant legte den Kopf leicht schief bei der Bemerkung, dann richtete er seine Aufmerksamkeit auf Ritchie. »Und wer ist Ihre neue Partnerin? Wird Grumpy Bob allmählich zu alt?«

»Detective Sergeant Kirsty Ritchie, das ist Detective Superintendent Jack Tennant. Es ist doch immer noch Superintendent, oder?«

»Ritchie. Sie waren früher in Aberdeen, nicht wahr. Haben mit DCI Reid zusammengearbeitet.« Tennant sprach in Feststellungen, nicht in Fragen, als läse er irgendwo in seinem Kopf einen Lebenslauf ab.

»Ja, Sir. Vor ungefähr achtzehn Monaten bin ich nach unten versetzt worden.«

»Aye. Gut.« Der Superintendent schwieg einen Moment, dann schien ihm wieder einzufallen, warum sie alle hier waren. Er drehte sich zu dem uniformierten Sergeant um, der McLean während des ganzen Gesprächs misstrauisch beäugt hatte. »Sehen Sie mal, ob Sie uns nicht noch zwei von diesen Strampelanzügen besorgen können, ja, Ben? Ich denke, es ist Zeit, dass wir unseren Freunden aus Edinburgh die Leichen zeigen.«

5

Sie gingen zuerst ins Haus. Ob das Absicht war, wusste McLean nicht genau. Dennoch war er dankbar dafür, denn die Kälte kroch ihm allmählich in die Knochen. Dicke Wolle mochte den schlimmsten Wind abhalten, aber sie nützte auch nichts, wenn man dünne Lederschuhe trug und vergessen hatte, eine Mütze mitzunehmen.

Drinnen vertrieben leistungsstarke Strahler auch noch den zaghaftesten Schatten. Alte Holzvertäfelungen an den Wänden, die vom Boden bis zur Decke reichten, glänzten in dem harten Licht. In der Mitte hing ein Kronleuchter aus einer wunderschön geformten Stuckrosette. Er glitzerte wie die Diamanten eines Starlets.

McLean stand im Eingang und ließ die Szenerie auf sich wirken, während ein Heer aus weiß gekleideten Kriminaltechnikern eifrig auf der Suche nach Beweismitteln war. Wofür, da war er sich nicht ganz sicher, es schien an dem Fall nichts Unklares zu geben. Andererseits war Andrew Weatherly ein wichtiger Mann gewesen, und andere wichtige Männer würden den Fall beobachten, um sicherzugehen, dass ihm die Behandlung zuteilwurde, die ihm ihrer Ansicht nach gebührte.

»Können wir reingehen?« Er sah Detective Superintendent Tennant an, bekam seine Antwort jedoch von der nächststehenden Tatortbeamtin, von der nur die Augen und eine lose Strähne kastanienbraunen Haars unter dem Overall zu sehen war.

»Halten Sie sich an die ausgezeichneten Pfade. Fassen Sie nichts an.« Kurz und bündig, aufs Wesentliche beschränkt.

McLean betrachtete den Fußboden, ein schwarz-weißes

Schachbrett aus Fliesen, über Jahrhunderte abgetreten. Ein schmaler Pfad war mit silbernem Klebeband markiert, der direkt auf die dunkle Eichentreppe zuführte. Er war breit genug, um komfortabel darauf zu gehen und ihm ohne Schwierigkeiten zu folgen, aber McLean hatte trotzdem das Gefühl, als könnte er jeden Moment das Gleichgewicht verlieren und in den Haufen Kriminaltechniker stolpern.

Oben befand sich eine breite, mit Teppich ausgelegte Galerie, nicht unähnlich der in seinem eigenen Haus in Edinburgh. Türen gingen zu den Schlafzimmern ab, wahrscheinlich auch zu einem gemeinsamen Badezimmer. Auf ein paar niedrigen Kommoden hatte sich das Strandgut eines Familienlebens gesammelt: ein Stapel sauberer Handtücher, der darauf wartete, in den Wäscheschrank geräumt zu werden; ein paar Kinderbücher auf einem unordentlichen Haufen; ein mottenzerfressener alter Teddybär, dem ein Auge fehlte. An den Wänden zwischen den Türen hingen auch Bilder – überwiegend moderne Porträts von Andrew Weatherlys Frau. Sie war mal Model gewesen, wenn McLean sich recht erinnerte.

Der Klebebandpfad führte weiter, etwas schmaler hier oben, zu einer offenen Tür am Ende der Galerie. McLean spürte DS Ritchie ein bisschen zu dicht hinter sich, als er sich dem Raum näherte, beinahe, als wollte sie nicht allein im Halbdunkel zurückgelassen werden. Er trat weiter in das Zimmer, als er eigentlich beabsichtigt hatte, um ihr etwas Raum zu lassen. Dann wünschte er sich inbrünstig, das nicht getan zu haben.

Es war das Elternschlafzimmer, so viel war nicht zu übersehen. Geräumig, mit zwei Fenstern, die auf die Zufahrt und das provisorische Zelt der Kriminaltechniker wiesen. Hinten führten zwei weitere Türen wieder hinaus, wahrscheinlich in ein Bade- und ein Ankleidezimmer. Die Möbel waren antik, aber McLean nahm sie nicht wirklich wahr. Gegenüber der Tür, durch die er getreten war, stand ein mächtiges Himmelbett, in dem eine einzige Person saß, aufrecht in Kissen gestützt, die einstmals weiß, aber jetzt dunkelrot befleckt waren.

Morag Weatherly hatte im Bett gesessen und gelesen, als ihr Mann sie erschossen hatte; das Buch lag immer noch in ihren Händen, die sich in ihren Schoß schmiegten. Er musste ein Gewehr benutzt haben, denn abgesehen von einem kleinen Loch in der Stirn waren ihre Gesichtszüge in keiner Weise beschädigt. Was man von ihrem Hinterkopf wahrscheinlich nicht behaupten konnte. So wie die Wand hinter ihr aussah, war er explodiert und hatte Blut und Hirnmasse zu einem grässlichen Heiligenschein über die Velourstapete verteilt. Wenigstens musste sie sofort tot gewesen sein, auch wenn ihr Gesichtsausdruck darauf hinzudeuten schien, dass sie noch genug Zeit gehabt hatte, um zu verstehen, was geschah.

»War der Rechtsmediziner schon da?« McLean wandte sich von dem grausigen Anblick ab und war sich sicher, dass es sehr viel mehr brauchen würde, um das Bild loszuwerden. DS Ritchie starrte an ihm vorbei, ihr Gesicht beinahe ebenso bleich wie das der Verstorbenen. Sie hatte eine Hand vor den Mund geschlagen, und er konnte sehen, wie sie schluckte, um den Würgereiz zurückzudrängen.

»Noch nicht. Ihr Kumpel Cadwallader ist auf dem Weg von Edinburgh rauf.« Tennant war vor dem Schlafzimmer stehen geblieben und hatte sich den Anblick erspart. McLean konnte es ihm wirklich nicht verdenken.

»Niemand aus der Nähe verfügbar?«

»Oh, reichlich. Aber die haben ja auch Sie raufgeschickt, obwohl wir an Detectives nicht gerade knapp sind.«

McLean schüttelte den Kopf, zum Teil über die Idiotie des Ganzen, zum Teil in einem fruchtlosen Versuch, die Erinnerung an Morag Weatherlys verblüfftes Gesicht abzuschütteln. Als er wieder aufschaute, war Ritchie immer noch wie gebannt.

»Warum gehen Sie nicht nach unten und warten auf Angus,

Sergeant?« Er streckte die Hand aus und berührte sie leicht an der Schulter. Der Kontakt brach den Bann, unter den sie gefallen zu sein schien, und ein Schauder durchlief ihren gesamten Körper. Ihr Blick flackerte zu seinem Gesicht, als sei sie gerade aus einer Trance erwacht.

»Tut mir leid, Sir. Weiß gar nicht, was da über mich gekommen ist. Normalerweise bin ich nicht so …«

»Normal ist hieran gar nichts. Nicht im Entferntesten.« McLean schob Ritchie aus dem Zimmer zurück auf die Galerie. »Na los, gehen Sie mal nachsehen, in welchem der Kriminaltechnikbusse der Tee aufgesetzt ist. Und warnen Sie Angus vor über das, was ihn hier erwartet, ja?«

Tennant sagte nichts, während DS Ritchie den schmalen Klebebandpfad zurücktrottete und die Treppe hinunter im Licht der Scheinwerfer verschwand. Er wartete, bis sie außer Hörweite war, bevor er den Atem ausstieß.

»Meisterhaft. Ist schon ein Weilchen her, seit ich einen Detective so von einem Tatort loseisen musste.«

»Ich wollte nur nicht, dass sie hier auf den Teppich kotzt. Sie wissen doch, wie die Kriminaltechniker sich schon anstellen, wenn man auch nur irgendwas anfasst.«

»Trotzdem. Ich hätte von Ritchie mehr erwartet. Hab gehört, sie war … wie war der Ausdruck noch mal?«

»Bleibt besser unausgesprochen.« McLean hätte beinahe erneut in das Schlafzimmer gesehen, konnte sich aber im letzten Augenblick noch davon abhalten. »Wie ich zu ihr gesagt habe, hier ist nichts auch nur im Entferntesten normal, nicht mal für uns. Und ich habe das unangenehme Gefühl, dass es noch schlimmer werden wird.«

»Ich wünschte, ich könnte Ihnen sagen, dass Sie sich irren, Tony. Ehrlich.« Tennant führte ihn die Galerie entlang zurück, an der Treppe vorbei zum anderen Ende des Hauses. Die parallelen Linien aus silbernem Klebeband endeten vor einer weiteren offenen Tür, und wieder blieb Tennant zurück.

»So schlimm?«, fragte McLean. Der Superintendent nickte kaum merklich.

Dieses Zimmer war kleiner als das Hauptschlafzimmer, aber nicht sehr viel. Es hatte ebenfalls zwei hohe Fenster, mit Blick über niedrige Wirtschaftsgebäude hinter dem Haus, und dann weiter über die Bäume zu dem schneebedeckten Berg, der sich dahinter erhob. Die Wände waren mit einer seltsamen Mischung aus selbst gemalten Bildern zu bekannten Kinderliedern und Postern der angesagtesten Boy-Bands dekoriert. Oder zumindest ging McLean davon aus, dass es sich bei den etwas ungesund aussehenden und etwas zu schlecht gekleideten Teenagern, die ihn von den Wänden her anschmollten, darum handelte.

Es gab zwei Betten, nebeneinander, aber doch mit genug Abstand, um individuelle Territorien zu markieren. Bei dem rechten Bett war die Decke zurückgeschlagen, als wäre eine der Weatherly-Töchter nachts herausgeklettert, erschreckt durch ein Geräusch oder einen schlechten Traum. McLean musste nicht weit gucken, um zu sehen, wo sie Trost gesucht hatte. Sie lag neben ihrer Zwillingsschwester, die beiden Köpfe lugten, in die dicken weißen Kissen geschmiegt, unter der Decke hervor. Die identischen Gesichter waren schlaff. Wenigstens waren die Augen geschlossen, aber ihre Reglosigkeit und die makellose blasse Haut waren weitaus grauenerregender als die Spuren der Gewalt, die ihrer Mutter angetan worden war.

»Wie sind sie gestorben?«, fragte er Tennant, der immer noch draußen stand.

»Das werden wir erst wissen, wenn der Rechtsmediziner da gewesen ist. Vermutlich hat er sie mit einem Kissen erstickt. Entweder das oder irgendein Gift.«

McLean schaute sich noch einmal um und bemerkte zwei Nachttische. Auf jedem stand ein leeres Glas, beschmiert mit dem Rest der Gutenachtmilch, die es enthalten hatte. Er nahm eines in die Hand und hörte, wie Tennant scharf die Luft einzog angesichts seines Regelverstoßes. Ignorierte ihn. Er schnupperte an dem Glas; es roch nach Milch, die kurz davor war, sauer zu werden, und vielleicht nach einem Hauch Muskat. Nichts, was auf den ersten Blick verdächtig wäre. Er stellte das Glas genau an den Platz zurück, an dem es gestanden hatte, und drehte sich langsam auf der Stelle, sich die ganze Zeit der beiden kleinen Leichen bewusst, die direkt neben ihm lagen.

Den Einbuchtungen im leeren Bett nach zu urteilen, waren die Mädchen getrennt voneinander schlafen gegangen. War eine wirklich nachts aufgewacht und vor Angst zu ihrer Schwester ins Bett geklettert? Vielleicht. Vielleicht war sie von dem Schuss aufgewacht, der ihre Mutter getötet hatte. Angus würde seinen Verdacht bei der Autopsie bestätigen können.

Er sah zum letzten Mal die Mädchen an. Auf den ersten Blick konnte man wirklich glauben, sie schliefen nur. Aber nur auf den ersten Blick. Der ganze Raum schrie die Verkehrtheit dessen heraus, was hier geschehen war, das ganze Haus tat das. Kein Wunder, dass Ritchie sich so schlecht gefühlt hatte. Er spürte es auch. Er hatte schon viel zu viele Tatorte gesehen, viel zu viele Leichen über die Jahre, aber dieses Verbrechen hier hatte etwas einzigartig Grausiges an sich, ebenso der Ort, an dem es begangen worden war.

Vorsichtig ging er rückwärts und trat aus dem Zimmer der Mädchen, wo Tennant auf ihn wartete.

»Ich schätze, wir gucken uns jetzt besser noch Weatherly an.«

Der Schwall frischer Luft, der sie traf, als sie auf die gekieste Auffahrt hinaustraten, war beinahe so kalt wie der Blick des Kriminaltechnikers, der McLean dabei erwischt hatte, wie er mit einem Fuß über das silberne Klebeband getreten war, das durch den Flur führte. Er war allerdings wesentlich entgegenkommender.

DS Ritchie lehnte an der Haube eines der Busse der Spurensicherung, einen Becher fest in beiden Händen. Sanft kräuselnder Dampf stieg davon auf.

»Da gibt's hoffentlich noch mehr davon, wo das herkommt, Sergeant. Ansonsten würde ich mich gezwungen sehen, meinen höheren Rang auszuspielen.«

»Schon okay, Sir, Sie können ihn haben. Ist schon mein zweiter.« Ritchie hielt ihm den Becher hin. McLean wollte ihn gerade nehmen, als eine zweite Hand an ihm vorbeigriff und ihm zuvorkam.

»Ich glaube, Superintendent ist noch höher als Inspector?« Tennant grinste das Grinsen eines Mannes, der sich nicht nur einen Becher heißen Tee gesichert, sondern auch einen beängstigenden Auftrag hinter sich gebracht hatte. Er zeigte auf das Zelt mitten auf dem Rasen. »Abgesehen davon sollten Sie ja eigentlich da drin sein und uns mit der Wohltat Ihrer großstädtischen kriminalistischen Erkenntnisse beschenken.«

McLean schluckte seufzend die Erwiderung herunter, die ihm auf der Zunge lag, und trottete über den Kies und den schneebedeckten Rasen. Ein uniformierter Police Constable stand verfroren und unglücklich vor dem Zelt. Er sagte kein Wort, als McLean herankam, und versuchte auch nicht, ihn vom Hineingehen abzuhalten.

Das Zelt war über einer steinernen Statue errichtet worden. Irgendeine Art von Eros mit Vogelbad, soweit McLean es erkennen konnte. Zwei weiß gekleidete Kriminaltechniker hantierten mit einem Scheinwerfer, um den Verstorbenen besser auszuleuchten, aber es drang genug Licht durch die Plastikplane hindurch, um etwas zu sehen.

Er erinnerte sich an das letzte Mal, als er Andrew Weatherly getroffen hatte. Es war irgendein Empfang gewesen, zu dem man ihn verdonnert hatte, um Jayne McIntyre beizustehen. McLean wusste, dass der Mann in dem Ruf stand, ein gnadenloser Geschäftsmann zu sein, und erinnerte sich vage an einen Menschen, der sich intensiv auf einen konzentrierte, wenn man ihm vorgestellt wurde, und der dann ganze fünf Sekunden brauchte, um abzuschätzen, ob man für ihn von Nutzen sein könnte oder nicht. McLean war, natürlich, in keiner Weise nützlich gewesen und daher sofort wieder vergessen worden. Es hatte ihm damals nichts ausgemacht, er war im Laufe der Jahre häufig mit mächtigen Männern zusammengetroffen, und es gab außer Andrew Weatherly noch viele andere, die noch verachtenswerter waren.

Jedenfalls bis heute.

Der Abgeordnete von Fife West hatte sich an den Fuß der Statue in den Schnee gesetzt und mit dem Rücken dagegengelehnt. Das Gewehr zwischen die Beine genommen, das Ende des Laufes unters Kinn geklemmt und dann den Abzug gedrückt. Wie bei seiner Frau hatte die Kugel den Großteil des Schadens beim Austritt aus dem Schädel angerichtet und das Gesicht seltsam schlaff, aber ansonsten unberührt gelassen. McLean ging am Rand des Zeltes entlang und hielt sich von der Leiche fern, bis er direkt davorstand und sich hinunterbeugte, um sie genauer ansehen zu können. Andrew Weatherlys Lippen waren seltsam geschwollen und voller Blasen, als hätte er sich kurz vor seinem Tod an etwas verbrannt. Aber am schockierendsten war das heillose Entsetzen in seinem Blick.

6

Tut mir leid, dass ich eben gekniffen habe, Sir. Ich weiß auch nicht, was mich da überkommen hat.«

McLean riskierte einen Blick zu DS Ritchie, die neben ihm auf dem Beifahrersitz saß. So hoch im Norden war das Tageslicht im Winter immer spärlich, und die Dämmerung hatte noch dazu heftigen Schneefall mitgebracht. Jetzt krochen sie auf der A92 in Richtung Kirkcaldy, aber danach, wie viel er sehen konnte, hätten sie auch genauso gut in Richtung Nordpol unterwegs sein können. Immerhin war es schön warm im Auto, und seine Füße erwachten langsam wieder zum Leben.

»Haben Sie irgendwas Nützliches aus den Forensikern rausgekriegt?«

Ritchie schüttelte den Kopf. »Sie wissen ja, wie die sind. Bestenfalls wollen sie sich nicht auf irgendwas festnageln lassen. Die meisten haben den ganzen Einsatz sowieso für Zeitverschwendung gehalten.«

»Und das halten Sie nicht für nützlich?«

Ritchie sagte nichts dazu. »Wie steht's bei Ihnen, Sir? Hat Angus was zu sagen gehabt? Ich glaube, ich habe ihn noch nie so … ich weiß nicht … mitgenommen gesehen.«

In dem wirbelnden Schnee vor ihnen flammten rote Lichter auf. McLean war nicht schnell gefahren, aber er spürte, wie der Wagen leicht ins Rutschen kam, als er bremste. Sie fuhren dicht auf den Krankenwagen auf, dem sie den ganzen Weg vom Landsitz des verstorbenen Andrew Weatherly, Mitglied des Schottischen Parlaments, gefolgt waren, und der seine sterblichen Überreste und die seiner Frau und seiner beiden Kinder nach

Edinburgh ins städtische Leichenschauhaus überführte. Sie hätten wirklich besser nach Dundee gebracht werden sollen, was näher und auf Weltniveau ausgestattet war. Aber höhere Gewalten wollten alles in der Hauptstadt haben. Wo sie ein Auge darauf haben konnten.

»Angus tut sich immer schwer mit Kindern«, sagte er, nachdem sie zu lange geschwiegen hatten. Dann wurde ihm klar, was er gerade gesagt hatte. »Mein Güte, das hört sich an, als täte ich das nicht. Als wären wir nicht alle da wie auf rohen Eiern herumgelaufen. Es hilft nicht gerade, wenn man dazu noch ins Revier einer anderen Einheit gezerrt wird. Und fangen Sie mir jetzt nicht mit der Police Scotland an und dass wir jetzt alle eine große Familie sind.«

Ritchie sagte nichts, worauf sich McLean nur noch schlechter fühlte wegen seines Ausbruchs. Der Schneefall ließ ein wenig nach, und die Sicht verbesserte sich um ein paar Meter. Ohne nachzudenken, trat er aufs Gas und beschleunigte, bis sie wieder direkt hinter dem langsam fahrenden Krankenwagen waren. Er sah in den Rückspiegel und wollte gerade zum Überholen ansetzen, als ihm klar wurde, was er da tat, den Fuß vom Gaspedal nahm und sich wieder auf einen vernünftigen Abstand zurückfallen ließ.

»Dieses Haus.« Ritchie hatte sich entschieden, nichts über seinen Fahrstil zu sagen. »Irgendwas war komisch daran.«

»Wie kommen Sie darauf?« McLean stellte die Frage nicht, weil er nicht ihrer Meinung war. Er hatte ein ähnliches Gefühl gehabt, ohne dass er es hätte genauer benennen können. »Ich meine, abgesehen vom Offensichtlichen.«

»Na ja, es ist alt, und das macht ein Haus immer ein bisschen gruselig. Die Lage ist auch ziemlich trostlos, so am Ende dieser langen Zufahrt, abgeschirmt von neugierigen Blicken, unter diesem hohen großen Hügel. Wie konnte überhaupt jemand mitbekommen, dass Weatherly …« Sie brach ab, bevor sie es aussprach, als könnte man dadurch das Vorgefallene ungeschehen machen.

»Ein benachbarter Farmer hat im Dunkeln Schüsse gehört. Er verwaltet den örtlichen Schießstand, daher wusste er, dass es niemand von dort gewesen sein konnte. Ganz besonders nicht um diese Zeit. Er hat es gemeldet, und da Mr Weatherly ein so wichtiger Mann ist … war … ist gleich ein Streifenwagen rausgefahren.« So viel hatte McLean von Jack Tennant über einem Becher stibitzten Tee erfahren. »Der arme Constable tut mir leid, der ihn da auf dem Rasen ausgestreckt gefunden hat.«

Er schauderte, streckte die Hand aus und drehte die Heizung voll auf. Die Temperaturanzeige auf dem Armaturenbrett zeigte jetzt minus 8 °C an und hatte es aufgegeben zu blinken. Die Kälte, die ihn innerlich erfüllte, reichte noch viel tiefer. Eine andere Art von Kälte.

»Also, was machen wir als Nächstes?«, fragte Ritchie. »Ich gehe davon aus, dass dieser Fall höchste Priorität hat.«

»Bis irgendein Lackaffe entscheidet, dass sie alles so schnell wie möglich unter den Teppich gekehrt haben wollen, ja. Wir müssen den Zeitablauf rekonstruieren, Weatherlys Bewegungen bis zu dem …« McLean merkte, dass er es ebenfalls nicht aussprechen konnte. »Und wir müssen versuchen, irgendeine Art von Motiv zu finden, meine ich. Ich setze MacBride darauf an, seine Geschäfte unter die Lupe zu nehmen. Wir müssen sein Sekretariat, seinen Bevollmächtigten und alle anderen, die täglich mit ihm Kontakt hatten, vernehmen.«

Den Rest der Rückfahrt in die Stadt verbrachten sie mit ähnlichen Gesprächen. Nach einer Weile zog Ritchie sogar ihr Notizbuch heraus und fing an, die nächsten Schritte hineinzukritzeln. Beinahe, als würde mit wachsender Entfernung zwischen ihnen und dem schrecklichen Haus dessen Einfluss auf sie nachlassen. Als er auf den Parkplatz hinter dem Revier einbog und schließlich den Motor ausschaltete, konnte McLean nicht anders, als sich zu fragen, was das für ein Einfluss gewesen war.

Er war angenehm überrascht zu entdecken, dass Mrs McCutcheons Katze auf ihn wartete, als er endlich nach Hause kam. Sie saß mitten auf dem großen Küchentisch und putzte sich ausgiebig. Ob sie sich wirklich für ihn interessierte oder ob sie nur auf das Curry wartete, das er mitgebracht hatte, wusste er nie so genau. Aber es war sowieso genug für sie beide da, und zumindest versuchte die Katze nie, etwas von seinem Bier abzubekommen.

Als die Türklingel ertönte, hätte er beinahe die Tasche und ihren kostbaren Inhalt fallen lassen, so fremd war das Geräusch.

»Das ist meins«, sagte McLean zu der Katze, als er aus der Küche ging, um nachzusehen, wer ihm da einen Besuch abstatten wollte. Er brauchte peinlich lange dafür, die Tür umständlich aufzuschließen und alle Riegel beiseitezuschieben, bevor er aufmachen konnte. Immerhin schaffte er es dieses Mal, den Lichtschalter zu finden, der die Veranda und die Eingangshalle in Licht badete und eine kleine Gestalt in einem langen schwarzen Mantel enthüllte, die auf der Schwelle stand.

»Inspector. Ich hoffe, ich störe nicht.«

McLean grub in den Tiefen seiner Erinnerung. Er kannte das Gesicht, konnte ihm aber dennoch keinen Namen zuordnen. Es war ein freundliches Gesicht, weiblich und eingerahmt von einem ungezähmten Schopf aus ergrauendem schwarzem Haar. Sie trug eine übergroße Brille, die es ziemlich schwierig machte, irgendetwas anderes in ihrem Gesicht zu erkennen, aber er kannte auch die Stimme. Dann sah er den weißen Kragen und die schwarze Bluse, die kaum unter den Falten des schweren Wollschals zu sehen waren, den sie um den Hals trug. Das letzte Mal, als er die örtliche Pastorin gesehen hatte, hatte sie eine Gruppe Weihnachtssänger durch die Gemeinde geführt, aber das war zwei Jahre her. Jetzt, da er darüber nachdachte, fiel ihm auf, dass sie letztes Jahr nicht vorbeigekommen waren.

»Frau Pastorin … ich … Kommen Sie doch herein.« In dem Lichtkreis vor der offenen Tür konnte er große Flocken Schnee sehen, die weniger rieselten als vielmehr vom Himmel plumpsten. Das Heck seines Autos war schon ganz mit Schnee bedeckt.

»Vielen Dank.« Die Pastorin trat ein, stampfte ein paar Mal mit den Füßen auf der Matte, knöpfte aber den Mantel nicht auf. »Mary, Mary Currie. Keine Sorge, ich habe nicht erwartet, dass Sie mich wiedererkennen.«

Nur dass es ihm, sobald sie angefangen hatte zu sprechen, doch wieder einfiel. »Tut mir leid. Ich wäre nach einer Weile noch draufgekommen. Ich heiße übrigens Tony. Bitte, kommen Sie doch rein. Ich fürchte allerdings, hier ist es nicht viel wärmer als draußen, aber Sie können gern mit in die Küche kommen.«

»Vielleicht ein anderes Mal. Ich kann nicht lange bleiben. Ich bin auf dem Weg zu meinem Besuch beim alten Mr Pemberton in Nummer sieben. Ich habe hier Licht gesehen und dachte, ich schau mal vorbei. Habe schon seit einer Weile gehofft, dass ich Sie mal erwische.«

»Sie wollen mich aber nicht zur Sonntagsmesse einladen, oder? Ich würde Sie schrecklich ungern enttäuschen.«

Die Pastorin lächelte. Ihre Brille war beschlagen, und sie nahm sie ab, um sie mit einem weißen Tuch zu putzen, das sie aus einer Tasche zog. Ohne die ihre Gesichtszüge verschleiernden Gläser sah McLean ein altes Gesicht, das schon viel gesehen hatte, aber auch offen und freundlich war.

»Ich bin nicht so dumm, Esther McLeans Enkel bekehren zu wollen. Wenn Sie zur Kirche kommen wollen, sind Sie immer willkommen. Sie müssen nicht … na ja, irgendwann könnten wir vielleicht mal eine Tasse Tee trinken und über Ihre Spende für den Fonds zur Reparatur des Kirchendachs reden.«

Jetzt ergab es einen Sinn. Er hatte den fotokopierten Flyer

gesehen, den irgendjemand durch seinen Briefschlitz geworfen hatte, die Geschichte gelesen und sich gedacht: »Warum nicht?« Er glaubte nicht an Gott, dachte auch nicht wirklich viel darüber nach. Aber die Kirche selbst war ein zentraler Bestandteil der örtlichen Gemeinschaft, ein Gebäude, das seit Jahrhunderten stand. Er war oft genug in seinem Leben daran vorbeigegangen, war sogar ein paar Mal darin gewesen, damals, als Kirsty noch am Leben gewesen war. Also hatte er sein Scheckbuch gezückt und eine Summe gespendet, die wahrscheinlich eher großzügig war.

»Wie läuft es denn?«

»Dank Ihnen und dem alten Mr Pemberton haben wir unser Ziel erreicht. Die Dachdecker werden kommen, sobald das Wetter milder wird. Also wirklich vielen Dank, Tony. Und ich meine es ernst, wenn ich sage, dass Sie jederzeit willkommen sind. Sie müssen auch nicht beten.« Wieder lächelte die Pastorin und verdunkelte ihr Gesicht, indem sie die Brille wieder aufsetzte. Dann schien sie erst zu bemerken, dass sie inmitten der Post stand, die um die Fußmatte herum verstreut lag. Mit einer Geschmeidigkeit, die das Alter, das ihr ins Gesicht geschrieben stand, Lügen strafte, bückte sie sich und sammelte alles ein.

»Hier.« Sie reichte ihm das Bündel. »Jetzt lasse ich Sie aber mal in Ruhe. Gute Nacht, Tony. Und Gott segne Sie.«

McLean sah ihr nach, als sie durch den Schnee zurückstapfte, eine moderne Königin Wenzeslaus auf dem Weg die Auffahrt hinunter zu ihrer Verabredung mit dem glücklichen alten Mr Pemberton. Sie schaute sich nicht noch einmal um und war längst in der Dunkelheit verschwunden, als McLean bewusst wurde, dass er Kälte und Schnee ins Haus ließ. Kopfschüttelnd machte er die Tür zu, verschloss und verriegelte sie wieder, knipste das Licht aus und kehrte zurück in die Wärme der Küche und ihre von Curryduft erfüllte Umarmung.

»Ich habe gesagt, das ist meins.«

McLean starrte die Katze finster an, die um die Plastiktüte herumstrich, die er auf die Arbeitsfläche gestellt hatte. Sie bedachte ihn mit einem Blick, der deutlich sagte, dass sie anderer Meinung war. Er ließ den Stapel Post auf den Tisch fallen und ging an den Kühlschrank, um sich ein Bier zu holen. Es war noch eines übrig, was bedeutete, dass er in nächster Zukunft einkaufen musste. Der Gedanke daran erfüllte ihn mit größerer Beunruhigung als die Aussicht darauf, zu Andrew Weatherlys gewaltsamem Ende ermitteln zu müssen.

Nachdem sein Bier eingeschenkt war, wandte er seine Aufmerksamkeit der Post zu. Wie erwartet, handelte es sich überwiegend um Wurfsendungen, Werbung und Kataloge, die an seine Großmutter adressiert waren. Ein paar Briefe waren von seinem Anwalt und betrafen die Wohnung in Newington – die musste er in Ruhe lesen, wenn er nicht ganz so abgelenkt war –, ein paar Kontoauszüge und anderes Zeug, das man unter Papierkram zusammenfassen konnte. Als würde er davon auf der Arbeit nicht schon genug bekommen. Nichts besonders Wichtiges.

Er schob den größten Teil von Reis und Curry auf einen Teller und löffelte eine großzügige Portion in den Katzennapf, um sich zumindest ein paar ruhige Minuten zu verschaffen, während er aß. Die Kataloge, die an seine Großmutter adressiert waren, waren überwiegend in Plastikfolie eingeschweißt und ungefähr so interessant wie ein Gespräch über Nacktschnecken. Einer war etwas hochwertiger produziert: gebunden, etwas dickerer Karton für den Umschlag und ein hochglänzendes Foto einer Frau im mittleren Alter auf dem Titelblatt. Sie trug Outdoorkleidung, die beinahe vernünftig aussah. Eher weil er nichts Besseres zu tun hatte als aus echtem Interesse, fing er an, ihn durchzublättern, während er sich große Portionen Rogan josh in den Mund schob.

Er verschluckte sich beinahe, als er die Postkarte sah.

Sie musste zwischen die Seiten gerutscht sein, als der Postbote die ganze Ladung durch den Briefschlitz geworfen hatte. Der einzige Grund, warum er nicht sofort dachte, dass sie zu dem Katalog gehörte, war, dass sie so billig aussah, so offensichtlich wie eine Urlaubskarte, dass er sie in die Hand nahm und umdrehte. Er sah seine Adresse, die enge Schrift, die nicht unmittelbar zu lesen war, die winzige, in die untere Ecke gekritzelte Unterschrift, wo der sowieso schon begrenzte Platz endgültig ausgegangen war. Ein schwungvolles »E«, gefolgt von »XXX«. Allein der Anblick dieser Buchstaben jagte ihm einen Schauder über den Rücken.

Die Bewegung neben ihm war die Katze, die auf den Tisch sprang. Sie schenkte den Überresten seines Essen keinerlei Beachtung, sondern schlenderte gelassen über den Tisch zu der Postkarte und rieb den Kopf daran, als wäre sie die Hand eines Menschen. Geistesabwesend begann McLean die Katze hinter den Ohren zu kraulen, und schon bald war die Küche von zufriedenem Schnurren erfüllt. Er blinzelte auf die winzige, schrecklich schlecht lesbare Handschrift und erschloss sich nach und nach, was Emma geschrieben hatte.

Der Spur nach Frankreich gefolgt. Wir kommen gut voran, aber stehen noch ganz am Anfang. Überwiegend gute Stimmung, aber es gibt Tage, an denen die Last schwer wird. Viele s. hilfsbereite Menschen – u. sag Rose noch mal Danke für die Kontakte, wenn du ihn das nächste Mal siehst. Dachte, es würde dich vielleicht interessieren, dass dies der Ort ist, an dem D.A. das Buch gefunden hat. Er ruht jetzt in Frieden. Keine Ahnung, wie lange das hier noch dauert.

Melde mich wieder. E XXX

McLean drehte die Karte wieder um und sah eine Zusammenstellung schlechter Fotos von einer Klosterruine irgendwo in den

Pyrenäen. Daran wollte er jetzt wirklich nicht denken. Schlimm genug, dass Emma zu ihrer irren Reise aufgebrochen war. Eine Weile, ganz kurz, war das Haus nicht so kalt und leer gewesen. Sie war immer da, beschädigt, aber fröhlich. Und Jenny Nairn auch. Es war immer etwas zu essen im Kühlschrank und Bier im Keller gewesen. Glückliche Tage waren das.

Er sackte gegen die Lehne des Küchenstuhls und ließ die Karte auf den Tisch fallen. Mrs McCutcheons Katze fing an, mit den Tatzen darauf herumzupföteln, als könnte sie sie irgendwie zum Leben erwecken, um mit ihr zu spielen. Schon bald würde sie sie über die Tischkante schieben und dann das Interesse daran verlieren. Er warf einen Blick auf die Uhr an der Wand und sah, dass es schon spät war. Er konnte zu Bett gehen, da wäre es mit Sicherheit wesentlich bequemer als auf dem Küchenstuhl. Aber das Bett war oben in dem kalten stillen Haus. Hier unten hatte er zumindest etwas Gesellschaft.

Die Postkarte war gerade dabei, über die Tischkante zu kippen, als er sie auffing, was ihm einen missbilligenden Blick der Katze eintrug. McLean überflog die Worte noch einmal und stellte sich dabei Emma vor, wie er sie zuletzt gesehen hatte. Er hatte ihr angeboten, sie zu begleiten. Nein, er hatte sie angefleht, ihn mitkommen zu lassen. Aber sie hatte darauf bestanden, dass sie diese Aufgabe allein erledigen musste. Er konnte nicht einmal ganz nachvollziehen, warum sie es überhaupt tun musste oder was genau sie eigentlich genau tat, aber dieser Weg, auf den sie sich da gemacht hatte, schien für sie die einzige Möglichkeit darzustellen, wenigstens zu so etwas Ähnlichem wie geistiger Gesundheit zurückzufinden, zu der alten, quirligen und unverwüstlichen Emma, in die er sich verliebt hatte. Er hatte sie ziehen lassen, widerwillig, in der Hoffnung, dass sie es irgendwie loswerden würde, indem sie auf eigene Faust durch Europa reiste. Vielleicht sogar noch darüber hinaus. Aber das war der Knackpunkt, sie tat es allein.

Also, wer war dann »wir«, wie sie auf der Postkarte schrieb?

Die Antwort starrte ihm direkt ins Gesicht. Diese paar Male in ihrer viel zu kurzen Beziehung, bei denen sie ihm einen Zettel geschrieben hatte, hatte sie immer mit »Em« unterzeichnet. Es war eine andere Frau gewesen, vor langer Zeit, die ebenfalls nur mit dem ersten Buchstaben ihres Namens unterschrieben hatte. Aber nicht mit E, sondern mit K.

7

Du weißt aber schon, dass du auf irgendwas Hässliches stößt, wenn du zu tief gräbst, oder?«

Grumpy Bob stand am Ende des Einsatzraums und hielt einen großen Becher mit einem Bugatti-Logo darauf in beiden Händen. Der Duft, der von seinem Kaffee aufstieg, legte nahe, dass dieser Becher nirgendwo im Haus gefüllt worden sein konnte. McLean fragte lieber nicht, woher der Sergeant ihn hatte.

»Ich habe sogar den Eindruck, dass genau das von mir erwartet wird.« Er sah zu, wie DS Ritchie der Schar Constables, die für die Mitarbeit an dem Fall abgeordnet worden waren, Arbeitsaufträge aushändigte. Es war schon etwas anderes, ausnahmsweise mal viele Arbeitskräfte zur Verfügung zu haben, aber er war nicht so dumm zu glauben, dass das so bleiben würde. Er fragte sich, wie lange es wohl dauern würde, bevor er in Duguids Büro zitiert würde, um Bericht über die Fortschritte zu erstatten oder sich für das Ausbleiben derselben rechtfertigen zu müssen. Andererseits war es ja Duguid selbst gewesen, der ihm den Fall übertragen hatte, und das explizit unter der Maßgabe, tiefer zu schürfen als unbedingt nötig. Das würde noch ein interessantes Dilemma für ihn werden.

»Politik kriegt einen am Ende immer am Arsch«, legte Grumpy Bob den Finger direkt in die Wunde.

»Aye, und Büropolitik ist sogar noch schlimmer. Trotzdem. Ich mache, was ich immer mache, scheiß auf die Folgen.«

Was auch immer Grumpy Bobs Antwort gewesen wäre, wurde durch die Ankunft eines atemlosen DC MacBride abgewürgt.

Er hielt einen teuer aussehenden Tablet-PC in einer Hand; Gott allein wusste, woher er den nun wieder hatte.

»Sie sehen ja aus, als wären Sie von Fife hierhergerannt, Junge«, begrüßte Bob ihn mit einem Grinsen, dann trank er genüsslich und betont langsam einen Schluck von seinem Kaffee.

»Ich habe das hier vom Weatherly-Haus bekommen, Sir. Ich denke, Sie sollten sich das mal ansehen.«

McLean sah auf das Tablet, verwirrt, weil er sich nicht erklären konnte, wie es den Weg bis nach Edinburgh gemacht haben konnte und wieso es nicht in einer Beweismittelhülle steckte. MacBride hielt kurz inne, bis ihm klar wurde, worin das Problem bestand.

»Oh, Entschuldigung, Sir. Nicht das hier. Eine Filmdatei, die Sie sich ansehen müssen. Scheint, als hätte Mr Weatherly eine Alarmanlage mit Überwachungskameras in seinem Haus installiert gehabt.«

Ein großer Plasmafernseher war in einem der kleineren Einsatzbüros aufgestellt worden. McLean scharte die dem Fall zugeteilten Detective Sergeants um sich. Besser, wenn sie alle auf einmal das Video sahen, auch wenn er das ungute Gefühl hatte, dass er es sich sowieso noch viele Male würde anschauen müssen.

Das Bild war unscharf, künstlich großgezogen, um den riesigen Bildschirm zu füllen. Es zeigte Aufnahmen aus vier verschiedenen Kameras: Eine hing neben dem Treppenaufgang in der Eingangshalle und war auf die Haustür gerichtet, eine zeigte das Wohnzimmer, eine die Galerie und eine vierte das Schlafzimmer der Mädchen. Als alle Einstellungen auf dem Bildschirm erschienen waren, wurde angehalten.

»Offenbar gibt es noch weitere Kameras.« MacBride tupfte und wischte auf seinem Tablet herum. »Die Aufnahmen werden alle auf einem Rechner im Untergeschoss gespeichert. Mr Weatherly war sehr sicherheitsbewusst.«

»Um wie viel Uhr ist das?« McLean musterte den großen Bildschirm auf der Suche nach einer Zeitangabe. Es musste am Abend gewesen sein, denn er konnte die beiden Mädchen, jedes in seinem Bett, schlafen sehen, geisterhaft im Infrarotlicht. MacBride tupfte wieder auf sein Tablet, und ein Zeitstempel wurde eingeblendet: 23:08 Uhr.

»Das ist vorgestern«, erklärte er. »Sie wissen schon. Als …« Er tippte wieder auf den Computer, und die Zahlen begannen zu steigen.

Weatherly erschien nach etwa fünfzehn Sekunden an der Haustür. Die Kameras waren fest installiert, sodass sie ihn nur durch die Halle gehen sahen, wo er etwas in eine Schale auf einem niedrigen Sideboard fallen ließ, vermutlich die Autoschlüssel, bevor er sich aus dem Bild bewegte.

Wenige Minuten darauf erschien er wieder mit zwei Gläsern Milch. Er sah direkt in die Kamera, als er mit ausdrucksloser Miene die Treppe hinaufging. Augenblicke später erschien er in einem anderen Bildausschnitt auf der Galerie, dann ging er ins Schlafzimmer der Mädchen. Das Bild wurde kurz weiß, als die Kamera automatisch von der Nachtaufnahme auf normale Beleuchtung umschaltete. Weatherly hatte das Licht eingeschaltet und damit seine Töchter aufgeweckt. Eine setzte sich auf, reckte sich und rieb sich die Augen. Die andere kuschelte sich weiter unter ihre Decke, als sei ihr kalt. Er musste eine Weile mit ihnen geredet haben, dann stellte er die Gläser auf die Nachttische und setzte sich bei der gähnenden Tochter auf die Bettkante.

McLean ertappte sich dabei, wie er versuchte, das Mädchen mit Willenskraft dazu zu bringen, das Glas nicht in die Hand zu nehmen und nicht daraus zu trinken. Doch das war inzwischen Vergangenheit, es war alles bereits geschehen. Und natürlich tranken die Mädchen ihre Milch. Weatherly wartete, bis sie beide ausgetrunken hatten, dann deckte er sie zu, bevor er den Raum wieder verließ. Bevor er das Licht ausschaltete, blickte er auf und direkt in die Kamera, immer noch mit undurchdringlicher Miene.

Auf der Galerie musste es einen blinden Fleck gegeben haben, denn als er das nächste Mal wieder im Bild erschien, befand er sich am Fuß der Treppe und durchquerte die Eingangshalle. Er verschwand für gut fünf Minuten aus dem Bild, aber sie starrten alle auf den leeren Bildschirm. Niemand bat MacBride vorzuspulen.

Schließlich erschien Weatherly erneut, dieses Mal mit seinem Gewehr in der Hand. In seinen Bewegungen war keinerlei Zögern zu erkennen, als er wieder nach oben ging, die Waffe an die Wand vor dem Kinderschlafzimmer lehnte und hineinging. Dieses Mal reagierten sie nicht. Sie hatten sich seit dem letzten Mal, als die Kamera beim Ausschalten des Deckenlichts wieder auf Nachtsicht umgeschaltet hatte, überhaupt nicht mehr bewegt. Er schaltete das Licht nicht wieder ein.

Irgendjemand unter den Zuschauern stöhnte leise auf, als Weatherly ein Kissen von einem Stuhl nahm, der am Fußende eines der Betten stand, und es benutzte, um seine erste Tochter zu ersticken. Er drückte es eine sehr lange Zeit auf ihr Gesicht, bevor er es wieder wegnahm. Seine andere Tochter lag auf dem Rücken, einen Arm über der Decke. Als er ihr das Kissen aufs Gesicht legte, hob sich die Hand einmal kraftlos, ein letztes, nutzloses, verzweifeltes Aufbegehren. Es dauerte nicht lange, bis sie starb, aber für die versammelten Detectives, die sich das Video ansahen, fühlte es sich wie eine Ewigkeit an.

Und dann stand Weatherly auf. Er legte das Kissen auf den Stuhl zurück, schlug von dem einen Bett die Decke zurück und enthüllte den reglos daliegenden Körper. Dann nahm er das andere Kind auf den Arm, drückte es sich an die Brust, als wollte er es beschützen, obwohl ihr Kopf gegen seine Schulter kippte wie der eines Betrunkenen. Oder eines toten Kindes.

Er legte sie neben ihre Schwester und deckte sie dann wieder zu, sodass nur noch die beiden Köpfe heraussahen. Eine Weile stand er einfach nur da und starrte mit hängenden Schultern auf sie herab. Dann drehte er sich um und ging hinaus, ohne sich noch einmal umzublicken.

Das Gewehr wartete immer noch auf der Galerie. Er nahm es auf und entsicherte es auf dem Weg zum Elternschlafzimmer. Seine Frau zu ermorden dauerte nur Sekunden, gnädigerweise außerhalb der Reichweite der Kameras. Dann ging er zurück zur Treppe. Wieder schaute er in die Kamera hinauf, als er darauf zukam. Kein Wunder, er wusste ja genau, wo sie alle hingen.

Die letzte Aufnahme zeigte seinen Hinterkopf, als er von der letzten Treppenstufe trat, zügig die Halle durchquerte und nach draußen in die Nacht entschwand. Die Haustür ließ er offen wie jemand, der nur mal schnell hinausgeht, um noch etwas aus dem Auto zu holen.

»Danach gibt es nichts mehr, bis die Kollegen eine halbe Stunde später eintreffen.« MacBride tippte wieder auf sein Tablet, und das Bild auf dem großen Fernseher erstarrte. McLean nahm sich vor, ihn zu fragen, wie er das anstellte.

Eine Weile sagte niemand etwas. Sie starrten alle nur auf den Fernseher, der in der Zeit eingefroren zu sein schien; auf die beiden Mädchen, die auf dem Bild in der rechten unteren Ecke nebeneinanderlagen. McLean riskierte einen Blick zu DS Ritchie hinüber. Sie war blass, ihre Augen weit aufgerissen. Sie hatte Morag Weatherlys Leiche gesehen, aber nicht die Mädchen. Dem Ausdruck auf ihrem Gesicht nach zu urteilen war das wahrscheinlich ganz gut so.

McLean sah den Sergeants nach, als sie den Raum verließen, schweigend und in Gedanken an das Schreckliche, das sie gerade alle zusammen gesehen hatten.

»Halten Sie diese Videos unter Verschluss, ja, Constable? Ich will nicht, dass das an die Presse durchsickert oder auf irgendeine mysteriöse Weise seinen Weg ins Internet findet.«

McLean ignorierte MacBrides gekränkten Blick. Irgendwann würden die Aufnahmen dem restlichen ermittelnden Team vorgeführt werden müssen, aber für den Augenblick wollte er es so wenig Leuten zeigen wie möglich. Solche Dinge hatten die unangenehme Angewohnheit, irgendwo aufzutauchen, wo sie nichts zu suchen hatten, und das zum denkbar ungünstigsten Zeitpunkt. Es fehlte ihm gerade noch, dass die Medien irgendwelche Horrorstorys über die beiden Mädchen brachten, bevor die Ermittlungen abgeschlossen waren. Umso besser, dass im Elternschlafzimmer keine Kamera gewesen war. Es sei denn …

»War das das gesamte Material? Oder gibt es noch mehr Kameras?«

»Weiß ich nicht genau, Sir. Das ist alles, was ich bisher bekommen habe, aber wenn ich mir diese ganze Anlage so ansehe, dann würde es mich nicht überraschen, wenn es noch mehr gäbe. Es muss auch im Außenbereich noch Kameras geben.« MacBride wischte über seinen Bildschirm und rief ein Programm auf, mit dem man Notizen machen konnte. Dann tippte er auf einer virtuellen Tastatur. »Ich nehme mit den Kriminaltechnikern Kontakt auf und finde es heraus.«

»Danke. Ich fahre heute sowieso noch mal raus. Muss mir alles genauer ansehen, jetzt, wo die Leichen abgeholt worden sind.«

»Dann gehen Sie also nicht zur Obduktion des Toten, den wir in der Schlucht gefunden haben?«

McLeans Gehirn brauchte einen Moment, um zu begreifen, wovon die Rede war. »Das ist heute?«

»Halb zwei heute Nachmittag. Ich habe Ihnen einen Mail geschickt.«

»Mein Gott, das fehlte mir gerade noch. Weatherly und seine Familie sind für heute Morgen angesetzt. Und nach diesen Filmaufnahmen …« McLean wog seine Möglichkeiten ab. Eine Fahrt nach Fife hinaus und ein Nachmittag in diesem gruseligen alten Haus unter den missgünstigen Blicken der Kriminaltechniker, die gerade erst mit ihrer Arbeit angefangen haben würden. Oder er konnte im kalten Sektionssaal des Leichenschauhauses stehen und zusehen, wie ein Toter aufgeschnitten und seine innersten Geheimnisse enthüllt wurden. Keine tolle Auswahl, wirklich nicht, aber die Entscheidung war nicht allzu schwer zu fällen.

»Nehmen Sie Kontakt mit der Spurensicherung wegen dieser Kameras auf, okay? Ich möchte bis heute Abend alle Aufnahmen hier gesichert haben. Wir können sie uns dann später ansehen. Ich will auf jeden Fall verhindern, dass sie in falsche Hände geraten.«

Er würde irgendwann doch noch nach Fife fahren müssen. Vielleicht morgen, vielleicht übermorgen. Aber angesichts der Alternative erschien ihm das städtische Leichenschauhaus im Augenblick als der einladendere Ort.

8

Männlicher Toter, weiß, einundsechzig Jahre alt. Allgemein ausgesprochen guter Gesundheitszustand. Vielleicht ein bisschen zu viel auf den Hüften, als er haben sollte, aber nichts wirklich Lebensbedrohendes.«

McLean beobachtete, wie der städtische Rechtsmediziner Angus Cadwallader Andrew Weatherly untersuchte. Die Obduktionen von Morag Weatherly und den beiden Mädchen hatte er bereits abgeschlossen, und das war erschütternd genug gewesen, sodass eine gewisse Flapsigkeit zum Ausgleich ganz verständlich war.

»Leichnam zeigt keine Anzeichen von Fremdeinwirkung.« Cadwallader arbeitete sich in seiner akribischen, systematischen Art den Körper entlang. »Nichts besonders Auffälliges. Keine Anzeichen für Drogenmissbrauch oder kürzlich erfolgte Injektionen. Ah, er hat ein Tattoo.«

»Hat er?«, merkte McLean auf, der seine Gedanken hatte schweifen lassen. Er musste immer noch die Ermittlungen in dem Fall des tätowierten Mannes organisieren. Eine weitere Obduktion, bei der er heute noch anwesend sein musste. Als hätte er nicht schon so viele Tote gesehen, dass es für mehr als ein Leben reichte.

»Nichts Aufregendes.« Cadwallader winkte McLean zu sich herüber, rollte den Leichnam ein wenig herum, sodass er die Stelle besser sehen konnte, wo der linke Oberschenkel ins Gesäß überging. Weatherlys Tattoo sah alt und verblasst aus. Die schwarze Tinte tief in seiner Haut zeigte einen schlichten keltischen Kringel, der durch das Alter leicht verzerrt war. Wahrscheinlich etwas, was er in seiner Jugend getan und seither bereut hatte, aber nicht genug, um sich der schmerzhaften Entfernungsprozedur zu unterziehen.

»Sagt dir das Muster irgendwas?«, fragte McLean.

»Ah, Tony. Das ist dein Fachgebiet, wenn ich mich nicht irre.« Cadwallader beugte sich über den Toten und sah sich das Zeichen von Nahem an. »Nein. Tut es nicht. Sieht aber nach einer professionellen Arbeit aus.«

Weil er sich das Tattoo angesehen hatte, fand sich McLean jetzt unangenehm nah, als Cadwallader seine äußerliche Inspektion fortsetzte. Schon bald würden Skalpelle und Sägen hervorgeholt, und dann würde er eine Entschuldigung finden müssen, um hinauszugehen. Wahrscheinlich brauchte er sowieso nicht unbedingt hier zu sein. Dr. Peachey fungierte als Zeuge der Obduktion, und er hätte Ritchie herschicken können oder sogar MacBride, wenn er besonders grausam hätte sein wollen. Der Bericht würde ergeben, dass Weatherly sich selbst erschossen hatte, der Tod war eingetreten, weil sein Hirn mit Gewalt zur Rückseite des Schädels hinausgeblasen und über eine Steinstatue in seinem Garten verteilt worden war.

»Ah, das hier ist interessant.«

Cadwallader hatte sich zu Weatherlys Kopf vorgearbeitet oder zumindest dem, was davon noch übrig war. Das Gesicht war schlaff, kaum noch erkennbar als das des Mannes, den man in all den Nachrichten gesehen hatte. Jemand hatte ihm die Augen geschlossen, was eine Erleichterung war. Cadwallader hatte ein Vergrößerungsglas von dem Tablett mit den Folterinstrumenten neben dem Sektionstisch genommen und inspizierte Weatherlys Lippen.

»Inwiefern interessant?«

»Seine Lippen sind übel verbrannt. Auf Ober- und Unterlippe sind Blasen. Jüngere Verletzung, aber ante mortem.«

»Vom Gewehrlauf?«

»Hm, dachte ich auch erst. Allerdings hätte ich nicht gedacht, dass der so heiß wird. Und dann ist da noch das hier.« Cadwallader zeigte auf das kleine schwarze Loch unter Weatherlys Kinn. »Er hat die Waffe hierhin gehalten. Nicht in den Mund gesteckt.«

»Vielleicht hat er das zuerst versucht, nachdem er seine Frau erschossen hat. Dann hat es wehgetan, und er hat den Lauf vom Mund weggenommen.«

Cadwallader runzelte die Stirn, während er über dieses Szenario nachdachte. »Möglich, nehme ich an. Das würde erklären, warum sich Blasen gebildet haben. Na gut. Das ist was für den Bericht, denke ich.«

Der Rechtsmediziner machte sich wieder an seine Begutachtung, schnalzte und murmelte angesichts der Schweinerei am Hinterkopf. Als er nach dem Skalpell griff, wich McLean einen Schritt zurück.

»Musst du noch irgendwo anders hin, Tony?« Cadwallader lächelte ihn freundlich an.

»So ziemlich überall, um ehrlich zu sein. Aber ganz konkret muss ich meine Zeit mit unser aller Lieblings-Seelenklempner verschwenden, und dann noch eine halbe Stunde Physio wegen meines Beins. Ich muss sowieso später noch mal herkommen. Wegen des Tätowierten. Du sagst mir Bescheid, wenn du irgendwas Ungewöhnliches findest?«

»Tu ich das nicht immer?« Der Rechtsmediziner schwang das Skalpell in einem weiten Bogen durch die Luft in Richtung Weatherlys Brustkorb, auf der Suche nach dem besten Platz, um zur Inzision anzusetzen. McLean verstand den Wink und ergriff die Flucht.

»Kommen Sie rein, Tony. Was macht das Bein?«

Mittagszeit und eine weitere sinnlose Sitzung mit Professor Matt Hilton. McLean versuchte, nicht zu hinken, als er das geräumige Büro durchquerte, auch wenn sein Bein in Wirklichkeit steifer war, als er es zugeben mochte.

»Es tut weh. Fast, als hätte ich's mir an zwei Stellen gebrochen und es wäre noch nicht ganz ausgeheilt. Können wir anfangen?«

Hilton hatte inzwischen ein eigenes Büro bekommen, zusätzlich zu dem fetten Honorar, das ihm dafür gezahlt wurde, die Polizei beim Profiling von Kriminellen und der Therapie von im Dienst traumatisierten Beamten zu unterstützen. Es war beträchtlich größer als McLeans eigener Schuhkarton im hinteren Teil des Gebäudes und bot auch einen hübschen Ausblick aus dem großen Fenster. Zum ersten Mal, als er sich in dem festen, aber bequemen Sessel niedergelassen und sein Bein ausgestreckt hatte, merkte McLean, dass er eher dankbar als neidisch war.

»Das hört sich ja an, als wären Ihnen diese Sitzungen hier eher eine lästige Pflicht als hilfreich.« Hilton macht es sich selbst hinter seinem Tisch bequem und lehnte sich in seinem Sessel zurück.

»Das liegt daran, dass sie eher eine lästige Pflicht *sind*. Ich habe zwei neue Fälle, mit denen ich anfangen muss, und würde mich lieber darum kümmern, statt hier herumzusitzen und über meine Gefühle zu reden.«

»Zwei?« Hilton zog überrascht die Augenbrauen hoch, beugte sich vor und kritzelte etwas auf einen Block, der offen auf dem Schreibtisch lag.

»Ja, zwei. Also, können wir das jetzt abschließen?« McLean hütete sich, den Köder zu schlucken.

»Sie wissen, dass ich mit Ihnen über laufende Ermittlungen sprechen darf, Tony. Sie sind noch nicht lange seit … dem Zwischenfall wieder bei der Arbeit.«

»Sie meinen, seit ich, wie Sie alle glauben, versucht habe, mich aufzuhängen?«

Hilton massierte sich die Nasenwurzel und starrte zum Fenster hinaus. Er hatte seinen Pferdeschwanz abgeschnitten und probierte jetzt offensichtlich den im DCI-Brooks-Stil geschorenen Kopf aus, um den zurückweichenden Haaransatz und das überhandnehmende Grau zu verbergen. Es funktionierte nicht wirklich: Er sah mehr wie ein Eunuch aus als nach allem anderem, und noch dazu nach einem alten Eunuchen.

»Bestehen Sie weiterhin darauf, das nicht wahrhaben zu wollen? Sie wissen doch, dass wir nicht vorankommen werden, solange Sie nicht akzeptieren, was Sie getan haben.«

»Ich bin mit dem Vier-Phasen-Modell durchaus vertraut, Hilton. Ich halte es sogar für ziemlich nützlich. Allerdings haben wir ein kleines Problem mit der Phase ›Nicht-wahrhaben-Wollen‹. Wenn Sie meine Version der Ereignisse nicht akzeptieren wollen, wenn Sie weiterhin darauf bestehen, den Gerüchten zu glauben, die von Leuten verbreitet werden, die nicht mal dabei waren, dann werde ich niemals Fortschritte machen können, oder? Es sei denn, natürlich, ich würde Sie anlügen.«

»Was am Ende kontraproduktiv wäre.«

»Genau.«

Hilton schwieg eine Weile, bevor er wieder das Wort ergriff. Das verschaffte McLean eine Gelegenheit, sein Bein zu dehnen. Es tat heute ziemlich weh. Musste ein Wetterumschwung sein, der sich da ankündigte.

»Sie haben eine schwierige Vergangenheit, Tony. Zum Ersten, dass Ihre Eltern gestorben sind, als Sie noch sehr jung waren. Dann Ihre Verlobte …«

»Hören Sie, immer wieder die Vergangenheit aufzuwärmen hilft nicht wirklich, das wissen Sie. Sie sprechen da über Ereignisse von vor Jahren. Was soll das bringen, immer an denselben Narben herumzuzupfen?«

»Schorf. Man zupft an Schorf herum.«

»Ja, und verschorfte Wunden heilen mit der Zeit. Wenn man sie lässt. Alte Wunden werden zu Narben. Und da Sie so scharf auf Metaphern sind: Die Narbe bleibt sichtbar, aber wir können immer noch gut genug funktionieren. Was Sie da machen, ist nicht nur, so lange mit dem Finger an einer juckenden Stelle herumzureiben, bis sie wieder zu bluten anfängt. Sie nehmen ein Skalpell und schneiden tief hinein, um nachzugucken, was darin steckt. Das bringt nichts.«

McLean merkte, dass er sich angespannt hatte, während er redete, und zwang sich, sich wieder entspannt in dem Sessel zurückzulehnen. Er wusste nur zu gut, was als Nächstes kam, aber wenn dadurch zumindest eines der Kästchen auf Hiltons Liste abgehakt wurde, dann konnten sie die Sitzung beenden und er endlich mit richtiger Arbeit weitermachen.

»Wut ist gut, Tony.« Ja. Genau.

»Ist sie das? Meiner Erfahrung nach behindert sie das Denken. Reißt einen zu Dummheiten hin.«

»Wie zu versuchen, sich aufzuhängen?«

»Ich würde sagen zu versuchen, sich aufzuhängen, wäre wirklich ziemlich dumm, ja.«

»Und doch …«

»Meine Güte, das ist echt, wie einer kaputten Schallplatte zuzuhören! Wie oft muss ich es Ihnen noch sagen, Hilton?«

Hilton zuckte kaum merklich mit den Schultern. »Okay. Lassen wir das erst einmal. Also, diese *zwei* neuen Fälle.« Er betonte das Zahlwort. »Irgendetwas Besonderes?«

»Wir haben letzte Woche im North Esk in Roslin Glen einen Toten gefunden. Er ist immer noch nicht identifiziert, es sei denn, es wäre etwas aufgetaucht, während ich hier bei Ihnen festhänge.«

»Ich sehe, dass Sie erpicht darauf sind, sich daranzumachen. Das ist gut, Tony, aber ich glaube nicht, wenn Sie sich in die Lösung von Fällen stürzen, dass das auch die Lösung Ihrer Probleme sein kann. Das hat vorher schon nicht allzu gut funktioniert.«

»Der andere Fall – da Sie es ja unbedingt wissen wollen – ist

Andrew Weatherly und seine Familie. Sie haben sicherlich die Nachrichten gesehen.«

Endlich sagte Hilton mal nichts. Es war schon fast lustig zu sehen, wie die sich überschlagenden Gedanken sich in verschiedensten Gesichtsausdrücken zeigten, die über seine Miene huschten, und Fragen durcheinanderpurzelten in ihrer Hast, aus seinem Mund zu kommen. McLean wartete, bis der Psychologe zum Sprechen ansetzte, dann stemmte er sich aus seinem Sessel hoch. Schmerz schoss durch sein Bein, und er kaschierte sein verzogenes Gesicht, indem er die Ärmel seiner Jacke ausschüttelte.

»Das muss sehr … schwierig für Sie sein.« Hilton machte keinerlei Anstalten, McLean aufzuhalten, als dieser zur Tür ging.

»Sehr. Wenn Sie also nichts dagegen haben, dann kümmere ich mich jetzt wieder darum.«

»Ja. Ja. Natürlich. Wir sehen uns dann einfach morgen wieder. Selbe Uhrzeit.« Der Psychologe starrte ihn an, der Denkprozess stand ihm deutlich ins Gesicht geschrieben. Er würde nie einen guten Kriminellen abgeben, er war viel zu leicht zu durchschauen. »Sie wissen, dass Sie jederzeit zu mir kommen können, wenn Sie Hilfe brauchen, Tony, ja? Jederzeit. Mit jedem Thema.«

Warum ihm nicht ein Bröckchen zuwerfen, um ihm eine Freude zu bereiten? Immerhin war Hiltons Unterschrift auf einem Stück Papier in Duguids Büro der einzige Grund, weshalb er wieder aktiv an Fällen arbeiten durfte. McLean nickte. »Ich behalt's im Kopf.«

Es hatte Zeiten gegeben, da hatte er das Western General Hospital gehasst. Seine Großmutter hatte dort die letzten eineinhalb Jahre ihres Lebens verbracht, indem sie langsam immer weniger geworden war, wie ein nach einer Party einsam liegen gebliebener Luftballon, nachdem alle nach Hause gegangen sind. Erst hatte er sie jeden Tag besucht, dann ein oder zwei Mal in der

Woche, voller Schuldgefühle, wenn er es vergessen hatte, voller Schuldgefühle, wenn er kam und nur ein paar Minuten damit verbrachte, sie anzustarren. Dann war sie gestorben, und er hatte gehofft, nie wieder hinzumüssen. Aber Emma hatte ihn wieder hierher zurückgebracht, in jenen dunklen Tagen, in denen sie im Koma lag. Und dann hatte er selbst hier gelegen.

Als Patient war er schrecklich gewesen, das wusste er. Die Krankenschwestern waren freundlich zu ihm, natürlich. Manche hatten gedacht, er habe kurz vor dem Absturz gestanden, und vielleicht hatte er das sogar. Dennoch hatte er ihr Mitgefühl nicht wirklich brauchen können. Andere hatten einfach ihre Arbeit gemacht, aufmunternd in seiner Gegenwart oder einfach nur anwesend, und das war besser gewesen. Aber er hatte sich danach gesehnt, wieder herauszukommen, und sich wesentlich früher, als den Ärzten lieb gewesen war, auf eigene Verantwortung selbst entlassen – und auch früher, als es klug gewesen war.

So viel war ihm jetzt klar, mit dem Schmerz in seinem Bein als ständigem Begleiter. Und das war auch der Grund, warum er inzwischen seinen Besuchen im Krankenhaus mit freudiger Erwartung entgegensah. Das war zumindest der Ort, wo die wirklich guten Schmerzmittel herkamen, wenn sonst schon nichts Gutes.

»Sie haben die Übungen gemacht, die ich Ihnen zusammengestellt habe.« Die Physiotherapeutin sah McLean in die Augen, während sie sprach, ließ es wie eine Feststellung und nicht wie eine Frage klingen.

»Wenn ich konnte.« Gut, das war keine direkte Lüge. Er hatte das schlecht kopierte Blatt mit einem Magneten an die Kühlschranktür geheftet, und manchmal machte er ein paar der Dehnübungen, während er darauf wartete, dass der gusseiserne Aga-Herd sein mitgebrachtes Essen aufwärmte.

»Ich kann Ihnen nur bis zu einem bestimmten Punkt helfen, Inspector. Den Rest müssen Sie schon selbst machen.« Als wollte sie ihren Worten mehr Nachdruck verleihen, legte sie die Hand an sein Bein und beugte es so stark, dass ihm ein scharfer Schmerz in die Hüfte schoss. Er war allerdings kurzlebig und gefolgt von gesegneter Erleichterung, als sie das Bein wieder auf der Liege ablegte.

Sie hieß Esmeralda, was ein grausamer Scherz ihrer Eltern sein musste, und konnte kaum älter als zwanzig sein, aber sie verstand ihr Handwerk. McLean hatte seine Krankengymnastik bei einem stämmigen Mann namens Steve begonnen, aber Steve hatte gekündigt, um für das schottische Rugby-Team zu arbeiten, und ihn den zarten Händen von Esmeralda überlassen. Anfangs hatte er gedacht, sie würde vielleicht etwas weniger brutal sein, aber ihre erste gemeinsame Sitzung hatte ihn eines Besseren belehrt.

»Sie können die Hose wieder anziehen. Wir sind fertig. Für heute.«

»Ich schätze mal, Sie wissen nicht, was das Problem ist, oder?«

Esmeralda bedachte ihn mit einem Blick, der sie wesentlich älter wirken ließ, als sie sein konnte. »Welches meinen Sie? Sie hatten eine doppelte Fraktur im rechten Femur. Das ist ein Knochen, der unter den günstigsten Umständen lange braucht, um richtig auszuheilen, aber Sie haben darauf bestanden, wieder zur Arbeit zu gehen, bevor Sie so weit waren. Sie ruhen das Bein nicht richtig aus, Sie sitzen schlecht, und Sie machen die Übungen nicht, die ich Ihnen gezeigt habe. Wenn Sie zwanzig wären und fit, dann könnten Sie damit vielleicht noch davonkommen. Aber Sie sind keine zwanzig mehr. Und Sie sind auch nicht fit.«

McLean fühlte sich wie Constable MacBride, während ein tiefdunkles Rot seine Wangen heiß werden ließ und er seine Ohrenspitzen glühen fühlte. Es war lange her, dass ihm jemand dermaßen die Leviten gelesen hatte, und die Tatsache, dass die Person, die das tat, nur halb so alt war wie er, änderte kein bisschen daran, dass sie absolut recht hatte.

»Ich werde mir mehr Mühe geben«, murmelte er und war sich nur allzu sehr der Tatsache bewusst, dass er klang wie damals als Junge in diesem schrecklichen englischen Internat. Starr vor Angst vor der Direktorin und ihrem vernichtenden Blick. Zum Glück sah Esmeralda wenigstens nicht aus wie so ein Drachen.

»Tun Sie das, Inspector. Ich freue mich darauf, nächste Woche die Beweise dafür zu sehen.«

9

Auf dem Weg zurück zum städtischen Leichenschauhaus war es kalt, ein scharfer Wind blies vom Firth of Forth herein. McLean versuchte, das Bein im Gehen zu strecken, immer noch getroffen von der Bemerkung, die die Physiotherapeutin über seine Fitness gemacht hatte. Sein Alter konnte er ja nicht abstreiten. Die Wolken über ihm hatten diesen leicht lilafarbenen Stich, der mehr Schnee verhieß. Wenigstens war es noch hell, auch wenn das nicht mehr lange andauern würde.

Angus hatte schon angefangen, geschickt unterstützt von der leidgeprüften Dr. Sharp. Hinten im Sektionssaal saß Dr. Peachey und machte ein gelangweiltes Gesicht, höchstwahrscheinlich weil seine Anwesenheit als Zeuge gesetzlich gefordert war. McLean hatte gedacht, ungesehen hineinschlüpfen zu können, aber Cadwallader war nicht so leicht zu täuschen.

»Nett von dir, dass du dich zu uns gesellst, Tony«, sagte er, ohne den Blick von der Leiche zu nehmen. »Ich habe mich allmählich schon gefragt, wo du abgeblieben bist.«

»Mir ist ›halb‹ gesagt worden.« McLean sah auf die Uhr und erkannte, dass es Viertel vor war. »Tut mir leid, stressiger Tag.«

»Wohl kein sanfter Übergang zurück ins Arbeitsleben nach dem erzwungenen Aussetzen, nehme ich an.« Cadwallader zog etwas Dunkles, Glitschiges durch den großen Schnitt im Brustkorb des Mannes. Ließ es in die Edelstahlschale fallen, die Dr. Sharp ihm bereits hinhielt. Sie waren ein eingespieltes Team.

»Wie, du rechnest nicht damit, dass der Weatherly-Fall einfach wird?«

Cadwallader hielt inne, die Hand über dem Leichnam, bereit, jederzeit wieder hineinzutauchen, und drehte sich zu McLean um.

»Ich hätte gedacht, die da oben wollten den so schnell wie möglich erledigt haben.« Kopfschüttelnd wandte er sich wieder seiner Arbeit zu. »Das ist nicht wirklich dein Stil.«

»Ja, genau, wer auch immer ›die da oben‹ sein mögen, irgendwann müssen sie Duguid sauer gemacht haben. Ich hätte ihnen sagen können, dass das keine gute Idee war. Jetzt hat er beschlossen, mich zu dem Knüppel zu machen, den er ihnen zwischen die Beine werfen will.«

Cadwallader richtete sich auf und reichte seiner Assistentin ein weiteres Organ. »Das ist dermaßen zynisch, dass es schon fast wieder brillant ist.«

»Aber du wirst dich nicht mit den Folgen herumschlagen müssen, Angus. Ich bin derjenige, der den ganzen Scheiß abkriegt, wenn es nicht nach ihrer Nase läuft. Jo Dalgliesh hat mir schon ein Ohr abgekaut. Gott weiß, was als Nächstes kommt.«

»Ja. Vergifteter Kelch, das fällt einem dazu ein.«

McLean sah vor seinem geistigen Auge die Überwachungsaufnahmen ablaufen. Die Zwillinge, wie sie die Milch tranken, die ihnen ihr Vater gebracht hatte. Ein Schauder durchlief ihn bei dem Gedanken.

»Was ist mit unserem rätselhaften Tätowierten? Der ist nicht zufällig einfach in den Fluss gefallen und ertrunken?«

»Nachdem er sich vorher komplett ausgezogen hat? Wenn es nur so einfach wäre.« Cadwallader trat vom Leichnam weg und breitete die Arme aus. »So leid es mir tut, aber der hat buchstäblich ein Schild auf der Stirn, auf dem steht ›keine natürliche Todesursache‹.«

»Buchstäblich?«

»Manchmal frage ich mich wirklich, wie du's überhaupt zum Sergeant, geschweige denn zum Detective Inspector gebracht hast.« Cadwallader zeigte auf den toten Körper, der durch das dichte Netz der Tätowierungen schwarz gefärbt aussah.

»Die Tattoos?«

»Ja, Tony. Die Tattoos. Schon ungewöhnlich genug, dass jemand so weit geht. Ich hab ein paar Geschichten über Ganzkörpertätowierungen gelesen, aber das ist schon sehr speziell.«

»Also war's ein ungewöhnlicher Mensch. Das sollte die Identifizierung deutlich erleichtern.«

»Oh, das bezweifle ich stark. Ganz im Gegenteil.«

»Wieso das denn? Bestimmt …«

»Diese Tattoos sind alle frisch. Ein paar davon sind kaum verheilt. Ich bezweifle, dass eines davon auch nur älter ist als einen Monat.«

»Wir werden einen Raum brauchen. Irgendwo nicht allzu weit weg vom Weatherly-Raum.«

Wieder auf dem Revier zurück, spürte McLean die Folgen seines Spaziergangs zum Leichenschauhaus. Sein Oberschenkel schmerzte tief im Knochen. Am liebsten hätte er sich irgendwo hingelegt und gewartet, bis die Schmerzmittel zu wirken begannen. Der Gedanke daran, zwei Mordermittlungen parallel zu führen, war schon schlimm genug. Unerträglich würde es werden, wenn er dabei auch noch die Hälfte der Zeit zwischen den verschiedenen Fallbüros irgendwelche Treppen hinauf- und hinuntersteigen müsste.

»Raum fünf müsste frei sein, glaube ich. Der ist nicht besonders groß, aber direkt gegenüber.« DC MacBride hatte einen dicken Stapel brauner Umschläge unter einem Arm, seinen Tablet-Computer fest in der anderen Hand. Einen solchen Fang niemals aus der Hand zu legen war wahrscheinlich die einzige Methode, um zu verhindern, dass er verschwand. McLean fragte sich, ob er ihn auch mit nach Hause und zum Schlafen mit ins Bett nahm.

»Dann blocken Sie ihn bitte, Constable.« Er lehnte sich in seinem Stuhl zurück und streckte die Beine unter dem Tisch aus in der Hoffnung, damit einen Teil des Schmerzes zu lindern. »Ich nehme an, wir hatten mit unserem Tätowierten keine Treffer bei der Vermisstenabteilung, oder?«

MacBride schüttelte den Kopf. »Noch nichts. Die Fingerabdrücke haben auch nichts ergeben. Wir warten noch auf ein DNS-Profil, damit wir das abgleichen können.«

»Das hat Angus hoffentlich bis heute Abend. Aber Sie werden mit der Vermisstenabteilung noch mal ganz von vorn anfangen müssen.« McLean erklärte ihm die Sache mit den frischen Tattoos.

»Am ganzen Körper? Innerhalb eines Monats?« MacBrides normalerweise rosiges Gesicht wurde sehr blass.

»Penicuik hat nicht vielleicht was Nützliches aufgetan?«

»Sie sagen, sie wären den Uferbereich eine Meile stromaufwärts und -abwärts abgegangen. Nichts Auffälliges, aber andererseits ist das Wetter auch nicht gerade günstig. Da draußen ist jetzt alles frisch zugeschneit.«

McLean versuchte sich von der Zeit, in der er in seiner vergeudeten Jugend dort Mountainbike gefahren war, an die Gegend zu erinnern. Es gab ein paar ehemalige Eisenbahntrassen, die zu Reitwegen umfunktioniert worden waren, wenn er sich richtig erinnerte. Eine Menge verfallener Häuser und einen Tunnel.

»Haben Sie eine Karte vom Fluss?«

MacBride machte kurz ein verblüfftes Gesicht, dann jonglierte er mit den Umschlägen und dem Tablet herum, bis er den Touchscreen bedienen konnte. »Ich kann Google Maps aufrufen, Sir. Da gibt es auch Satellitenbilder.«

McLean schüttelte den Kopf. »Nein. Ich bin da altmodisch. Papier und Striche. Organisieren Sie was für das Fallbüro. Ich komme, sobald ich ein paar Leute aufgetrieben habe, die ich da reinsetzen kann.«

Einige Stunden später, einen weiteren schmerzlichen Zusammenstoß mit Duguid auf dem Konto, betrat McLean den Einsatzraum fünf in der Hoffnung auf etwas Ruhe und Frieden. Auf dem Whiteboard an der Wand standen ein paar Fragen, es hing ein Foto des tätowierten Mannes daran, und daneben befand sich eine hastig zusammengekritzelte Liste von Detective-Namen – diejenigen, die immer noch mit ihm arbeiten wollten, und diejenigen, denen nicht rechtzeitig eine Entschuldigung eingefallen war. Es war eine sehr kurze Liste; er würde ein paar Uniformierte zur Aushilfe hinzuziehen müssen.

Erst dachte er, der Raum wäre leer, aber ein leises Murmeln hinter einem Stapel Akten, die sich auf einem Schreibtisch am anderen Ende türmten, stellte sich als von MacBride stammend heraus.

»Problem?« McLean lugte über den Aktenturm. MacBride fummelte an den Kabeln hinter einem der betagten Computer herum.

»Oh, Sir. Sorry, hab Sie nicht kommen hören.«

»Zu beschäftigt im Kampf gegen die Technik. Hat jemand Ihr Tablet geklaut?«

Ein besorgter Ausdruck huschte über MacBrides Gesicht. Er wirbelte herum und riss dabei ein Kabel mit sich, das wahrscheinlich nicht hätte mitgerissen werden sollen. McLean sah das Tablet im selben Augenblick auf dem Tisch liegen wie der Constable, der es an sich drückte wie ein eifersüchtiger Liebhaber.

»Über so was macht man keine Witze, Sir. Sie haben ja keine Ahnung, wie viele Leute schon versucht haben, mir das Teil abzuluchsen. Man würde ja annehmen, Polizisten wären weniger … Ich weiß nicht …«

»Diebisch?«, bot McLean an.

»Ja«, stimmte MacBride zu. »Ich hab noch nie so viele Langfinger auf einer Stelle gesehen wie hier. Man kann nichts auch nur fünf Minuten liegen lassen.«

»Sollte das nicht die IT-Abteilung machen?« McLean zeigte auf die Kabel, die der Constable immer noch in den Händen hielt. Es war nicht viel Platz in dem Raum, aber irgendwie hatte er es geschafft, vier Schreibtische und vier Computer in eine Ecke zu quetschen.

»Kommt drauf an, ob Sie es heute noch erledigt haben wollen oder erst nächsten Monat. Ich hab mir gedacht, es geht schneller, wenn ich es selbst mache. Sobald ich alles ins Netzwerk gebracht habe, können wir anfangen, diese Schritte da abzuarbeiten.« Er nickte zum Whiteboard. Es war nicht viel, aber diese Fragen würden sich sowieso noch multiplizieren.

»Glauben Sie, dass Sie zu Schichtende fertig sind?«

»Das sollte zu schaffen sein.« MacBride sah auf seine Uhr, dann wieder zu McLean. »Ich nehme an, für den Fall hier gibt es keine Überstunden.«

»Noch nicht. Nein. Wenn wir Glück haben, bekommen wir vielleicht noch ein bisschen Unterstützung.«

MacBride sagte nichts dazu, aber seine hochgezogenen Augenbrauen zeigten, dass er allmählich den nötigen Zynismus entwickelte, den man brauchte, um als Detective zu überleben. McLean schaute wieder zum Whiteboard und las die Schritte schnell durch. Eine Aufgabe fehlte.

»Die aus Penicuik sind das Ufer abgegangen, oder?« Er suchte nach einem Filzstift, bevor er »Eintrittsort?« an die Tafel schrieb.

»Eine Meile in jede Richtung, zumindest haben sie das gesagt.« MacBride drückte einen Schalter an der Wand, und die Computer erwachten mit einem dumpfen Brummen zum Leben. »Ich wollte Ihnen die Karte noch besorgen. Tut mir leid, Sir, hab's vergessen.«

»Keine Sorge. Ich habe noch ein paar alte Landranger-Karten

zu Hause, die ich ausgraben kann. Sie sollten sich allerdings morgen was Warmes anziehen.«

»Sollte ich?«

»Jup. Und feste Schuhe. Sie und ich, wir machen einen Spaziergang am Flussufer.«

10

Kaltes graues Licht schimmerte durch die nackten Zweige der Bäume, wurde von der dünnen Schicht Pulverschnee auf der schwarzen Erde zurückgeworfen und ummalte die mit Raureif überzogenen Spitzen der abgestorbenen Blätter. Der Wind hatte sich inzwischen gelegt oder so gedreht, dass man ihn in der tiefen Schlucht nicht mehr so deutlich spürte. McLean stampfte mit den Füßen auf, um die Kälte zu vertreiben, wobei ihm auffiel, wie ungewohnt schwer die Wanderschuhe waren. Sie waren neu, genau wie die Skihandschuhe, die er am Abend zuvor noch gekauft hatte. Der Hut hingegen hatte seinem Großvater gehört – eine alte Sherlock-Holmes-Mütze aus Tweed, die seine Großmutter irgendwo in einem Schrank gefunden und ihm feierlich überreicht hatte, als er zum Detective befördert worden war. Die dazugehörige Meerschaumpfeife war in der Zwischenzeit irgendwie verschwunden.

»Wonach suchen wir genau, Sir?«

DC MacBride schien sich im Fundus des Reviers ausgestattet zu haben. Seine gelb fluoreszierende Jacke war kaum zu übersehen und für einen doppelt so breiten Constable geschnitten. Auf dem Kopf trug er eine hochgerollte Skimaske, die aussah, als hätte er sie von der bewaffneten Sondereinsatztruppe geklaut. Das war zweifellos gemütlich, aber es gab wohl nichts, was seine Nasenspitze davor geschützt hätte, knallrot zu werden.

»Ich hoffe, wir werden es erkennen, wenn wir es sehen.« McLean klatschte in die Hände, als er sich auf der Stelle umdrehte und die Szenerie um sich herum in Augenschein nahm. Vor vielen Jahren, damals zu Studienzeiten, war er von Zeit zu Zeit mit dem Fahrrad hier herausgefahren. Die alte Eisenbahntrasse folgte eine Weile dem Verlauf des Flussbetts, bevor sie nach Penicuik hineinführte, aber er wollte zuerst das andere Ufer abgehen.

»Damals im Krieg waren das hier alles Munitionsfabriken.« Mit einer ausladenden Armbewegung umfasste er den ganzen Parkplatz, der, abgesehen vom tickenden Rumpf seines Wagens, leer war. Sein Atem bildete Wolken in der eiskalten Morgenluft und blieb darin hängen wie der Geist einer Idee. MacBride sagte nichts, vielleicht wollte er den Mund nicht öffnen, um keine wertvolle Wärme abzugeben.

»Im neunzehnten Jahrhundert wurde hier Schießpulver hergestellt. Die Lagerräume wurden in die Uferböschung gebaut, um die Schäden eventueller Explosionen in Grenzen zu halten.« McLean ging voran, als sie auf einer modernen Brücke den North Esk überquerten. Das Wasser war tief und schoss schnell dahin. Schnell genug, um eine Leiche auf die Felsen weiter unten zu spülen? Wenn man flussabwärts schaute, schien es unmöglich, auf beiden Seiten ans Ufer zu kommen, ohne einen Pfad durch das dichte Gebüsch und das Unkraut zu schlagen. Ein Wasserteam mit Booten müsste einen besseren Blick bekommen. Unter keinen Umständen hatten Penicuiks Uniformierte mehr als nur einen sehr flüchtigen Blick auf die Uferzone werfen können. Wenn sie das denn überhaupt getan hatten. Eine einzelne Schneeflocke taumelte langsam auf das brausende schwarze Wasser und würde ohne Zweifel nicht mehr lange die einzige bleiben. McLean konnte es ihnen kaum verübeln, dass sie so träge waren.

An einer scharfen Kurve der Straße bildeten zwei steinerne Torpfosten den Eingang zum »Roslin Glen Country Park«, wie ein Schild stolz verkündete. Das war neu für ihn, den Namen hatte er noch nie gehört. Auch die alte unbefestigte Fahrspur war durch einen befestigten, mit dem Rollstuhl befahrbaren Weg ersetzt worden, aber ansonsten sah hier alles noch so aus, wie er es in Erinnerung hatte. Sie gingen stromaufwärts, aber obwohl kein Laub an den Ästen war, war es so gut wie unmöglich, das Wasser zu sehen. Nirgendwo hier konnte man aus Versehen in den Fluss stolpern.

Weiter oben endete der Weg an einer Reihe verfallener Gebäude. Der Stumpf eines alten Schornsteins stand auf einer Seite, der schmale Umriss einer Wassermühle in der Nähe zeugte von der Nutzung anderer Energiequellen in früherer Zeit. Der Fluss wurde hier durch ein Wehr aufgestaut, leitete das Wasser auf ein nicht mehr vorhandenes Wasserrad. McLean ging am Ufer in die Hocke.

»Wenn er weiter stromaufwärts hineingefallen wäre, hätte ihn das hier aufgehalten.« Er drehte sich zu MacBride um, der oben am Hang stand. »Ich hatte ganz vergessen, dass das hier ist. Das hätte uns allen echt ein bisschen Zeit sparen können.«

»Die aus Penicuik hätten es ja auch mal erwähnen können.«

»Tja, nun.« McLean schaute über den Fluss zu den Bäumen auf der anderen Seite. Das Ufer stieg steil an, bis auf mindestens dreißig Meter, und direkt gegenüber war eine schmale Rinne, die von einem kleineren Arm geformt wurde. Geschützt vor dem harschen Wind, waren die alten Eichen und Buchen schlank und hoch gewachsen. Hier und da hatte die Erde unter ihrem Gewicht nachgegeben und sie nach unten ins Wasser gerissen. In den dadurch entstandenen Löchern wucherte dichtes Unterholz, kämpften Brombeeren und Ginster um Zugang zum Licht. Ein bisschen weiter flussabwärts wurde der Hang zu einer Klippe aus dunkelgelbem Sandstein, über deren Krone Rhododendronbüsche lehnten wie Schaum auf einem Wellenkamm und sich in die Felsspalten ergossen.

»Sein Genick war gebrochen, das würde für einen Sturz sprechen.«

»Glauben Sie, er ist da unten reingefallen?« MacBride war Mc-

Leans Blick hinüber zur Klippe gefolgt. Er schauderte irgendwo in den Tiefen seiner übergroßen Jacke.

»Mikroabschürfungen an der Vorderseite seines Körpers. Als hätte er sich durch einen Ginsterbusch gedrückt.«

»Ohne etwas anzuhaben? Mein Gott. Wer würde denn so was machen?«

»Jemand in Todesangst vielleicht?« McLean klopfte MacBride auf die Schulter und zeigte zurück in die Richtung, aus der sie gekommen waren. »Gehen wir.«

»Wohin?«

Er zeigte hoch zur Klippe. »Nach da oben. Allerdings würde ich nur ungern versuchen, von hier aus da hochzuklettern.«

Sie brauchten wesentlich länger für den Weg, als McLean es erwartet hatte. Seltsam, wie sich die Erinnerung an einen Ort mit der Zeit veränderte, indem sie Entfernungen verkürzte und die Realität entschlackte. Vielleicht wäre es einfacher gewesen, das Auto zu nehmen, statt sich die schmale Straße nach Rosslyn Castle hinaufzuquälen und dann auf der alten Eisenbahntrasse wieder abzusteigen. Der Schnee fiel immer dichter, als sie den Wanderweg entlanggingen, der das einzig Gute war, was aus den Streckenschließungen der Sechzigerjahre hervorgegangen war. Es gab hier ein Dutzend aufgelassene Bahntrassen, die meisten ehemalige Güterverkehrsstrecken der Minen und Fabriken, über die Kohle und Waren zum Hafen in Leith transportiert worden waren. Dieser hier lag zum größten Teil tief in einer Schneise, was es so gut wie unmöglich machte abzuschätzen, wo sie sich relativ zu der verfallenen Schießpulverfabrik auf der anderen Uferseite befanden. Das Unterholz wucherte auf beiden Seiten dicht, war mit Schnee bedeckt und überwiegend so dornig, dass es beinahe unmöglich war hindurchzukommen, ganz egal, wie verängstigt oder verzweifelt man sein mochte. Aber es gab ein paar Ginsterbüsche, die eventuell jemanden hindurchlassen könnten, wenn er nur entschlossen genug war.

»Seit wann ist dieser Schnee liegen geblieben?« McLean drückte sich durch eine Stelle, an der der Ginster etwas dünner stand, was ihm eine Ladung schweren Schnees zwischen Handschuh und Mantelärmel eintrug. Als er die Hand ausschüttelte, um ihn loszuwerden, fiel ihm nur noch mehr Schnee in den Ärmel.

»Seit Freitag, denke ich. Bis diese Woche war es noch nicht kalt genug, damit ernsthaft etwas liegen bleiben konnte.«

»Und unser Mann ist schätzungsweise am Samstag in den Fluss gefallen.« McLean stieß tiefer ins Unterholz vor. Irgendwo weiter unten konnte er hören, wie das Wasser über das Wehr stürzte. Sie mussten ziemlich dicht an dem Punkt sein, den er von der anderen Seite aus gesehen hatte.

»Ich glaube, der Schneesturm hat so ziemlich den ganzen Tag gedauert. Ich habe nachmittags für DI Spence die Maßnahmen im Danby-Fall bearbeitet, und ich erinnere mich nicht, dass er irgendwann nachgelassen hat.«

McLean bürstete noch mehr Schnee von der Oberseite des Ginsters, drückte dann die Zweige beiseite und setzte vorsichtig einen Fuß vor. Die Kante war irgendwo in der Nähe, und er hatte wirklich keine Lust auf einen Sturz vom Kliff.

»Also haben wir es mit einem nackten Mann zu tun, der von Kopf bis Fuß mit frisch gestochenen Tattoos bedeckt ist, durch einen Schneesturm rennt und solche Angst vor etwas hat – was auch immer ihn da verfolgt –, dass er, na ja … gar nichts mehr mitbekommt.«

»Und Sie glauben, er ist über die Klippe –«

In Nachhinein betrachtet, hätte er merken müssen, dass die schmalen Ginsterzweige von den breiten Blättern der Rhododendren abgelöst worden waren. Vielleicht hatte er es auch gemerkt, es allerdings versäumt, die notwendigen Schlüsse daraus zu ziehen. Alles, was McLean mitbekam, war, dass er im einen Augenblick noch auf festem Boden stand und im nächsten die Büsche über ihm zusammenschlugen. Er wedelte hektisch mit den Armen und streckte die Hände in den dicken, vom Schnee glatten Handschuhen nach den Ästen aus. Die Fütterung war prima gegen die Kälte gewesen, aber jetzt machte sie es beinahe unmöglich, nach irgendetwas zu greifen und es festzuhalten. Er drehte sich, spürte nichts mehr unter den Füßen, war sicher, dass er über einem fünfundvierzig Meter tiefen Abbruch einfach über den Rand getreten war. Er fing gerade an, sich für seine Dummheit zu verfluchen, als sich etwas fest um sein Handgelenk klammerte und ihn mit einem Ruck zum Stillstand brachte.

»Verdammte Scheiße!«

McLean schwang die freie Hand herum und zog sich den Handschuh mit den Zähnen aus. Er trudelte in einem trägen Bogen nach unten und schlug ein paar Mal auf dünnen Ästen auf, bevor er im Grau verschwand. Die Kälte biss sofort zu, aber zumindest konnte er jetzt nach etwas greifen, das ein bisschen fester war. Er schaute nach oben und sah, was ihm das Leben gerettet hatte. Eine behandschuhte Hand um sein Handgelenk und das bleiche besorgte Gesicht von DC MacBride lugten durch die schneebedeckten Blätter.

»Ich kann Sie nicht mehr viel länger halten, Sir. Kommen Sie an den Ast da drüben?«

McLean sah, was MacBride meinte, hakte den Arm um den dicken Stamm und verlagerte sein Gewicht ein wenig. Seine Füße baumelten immer noch über dem Nichts, und er widerstand dem Drang, nach unten zu sehen. Konzentrierte sich auf die Möglichkeiten, wieder nach oben zu kommen.

»Direkt links von Ihnen. Da ist ein Felsvorsprung. Da sollten Sie einen Fuß draufkriegen können.«

McLean tastete mit dem linken Fuß und spürte, wie der Stiefel auf etwas Festes traf. Langsam verlagerte er sein Gewicht darauf, sich bewusst, dass der Stein jederzeit nachgeben konnte. Mein Gott, manchmal konnte er wirklich dumm sein.

»So ist es gut. Noch ein bisschen weiter.«

Er spürte, wie sich sein Rücken gegen die Abbruchkante drückte, und brachte den rechten Fuß neben den linken. Die Kletterei von dort über die Kante, einen kurzen steilen Hang hinauf und dann zurück auf den sicheren Wanderweg, war unelegant, aber McLean scherte sich nicht darum. Erst als er auf dem Rücken auf dem schneebedeckten Boden lag, wurde ihm bewusst, wie sehr er keuchte, wie sein Herz raste. Dumm, dumm, dumm.

»Bitte machen Sie so was nicht noch mal, Sir.« MacBride stützte die Hände auf die Knie. Er keuchte ebenfalls wie jemand, der gerade mit einem Kühlschrank auf dem Rücken einen Langstreckenlauf absolviert hatte. Sein Gesicht war kreidebleich, nur die Nasenspitze noch rot von der Kälte.

McLean schaute an ihm vorbei und sah, dass die alte Eisenbahntrasse in beiden Richtungen eine weite Kurve beschrieb. Ja, man musste eine Uferböschung hinaufklettern, bevor man ans Unterholz kam, aber hier war sie abgebrochen, nicht so steil wie anderswo an der Strecke. Und der Scheitelpunkt dieser Kurve traf offensichtlich direkt die Abbruchkante der Klippe. Hier hätte ein Zaun stehen müssen oder zumindest ein Warnschild.

Er stemmte sich auf die Füße, immer noch wackelig, und klopfte sich Schnee und Dreck vom Mantel. Eine Hand steckte noch im Handschuh, die andere war nackt. Er hielt sie sich vors Gesicht und beobachtete einen Moment lang, wie sie zitterte.

»Ich glaube, ich weiß jetzt, wo unser Mann abgestürzt ist.«

11

Die Fahrt zurück hatten sie schweigend verbracht. McLean war dem Erfinder der Sitzheizung noch nie so dankbar gewesen, während das Adrenalin nach seiner Nahtoderfahrung allmählich abebbte und ein wenig beneidenswertes Sammelsurium aus Schmerzen und Qualen zurückließ, worunter das marktiefe Pochen in seinem Oberschenkelknochen an der Stelle, wo er vor einigen Monaten zwei Mal gebrochen war, nicht das Geringste war. Er bekam Visionen von Physiotherapeutin Esmeralda, wie sie ihn bei seinem nächsten Termin zur Schnecke machte, aber offen gestanden war er viel zu froh darüber, noch am Leben zu sein, als dass er sich darüber allzu große Sorgen machte.

Das blecherne Piepsen seines Smartphones hatte der Euphorie ein rasches Ende bereitet. Toll, dass man das Ding so einstellen konnte, dass es verschiedene Geräusche für verschiedene Termine von sich gab. Er musste es nicht mal aus der Tasche ziehen, um zu wissen, was es ihm sagen wollte. Und da stand er nun, hatte MacBride weggeschickt, damit er sich bei einem Kaffee und einem Muffin aufwärmte, und setzte sich in den Sessel in Matt Hiltons Büro zu einer weiteren zeitverschwendenden Therapiesitzung.

»Geht's Ihnen gut, Tony? Sie sehen ein bisschen blass aus.« Hilton lehnte sich in seinem eigenen Sessel zurück, einen Ausdruck beinahe aufrichtiger Besorgnis auf das dickliche Gesicht gepflastert.

»Ich bin heute Morgen fast ums Leben gekommen. So was kann einen schon mal 'n bisschen mitnehmen.«

»Schon wieder?« Hilton zog eine Augenbraue hoch. »Ich hoffe, Sie machen sich das nicht zur Gewohnheit.«

»Das war ein Unfall. Ein dummer Fehler. Zum Glück war DC MacBride dabei und hat schnelle Reflexe. Mir geht's gut.«

Hilton schwieg kurz, bevor er entgegnete: »Nein. Das glaube ich nicht.«

Es war keine Frage, also antwortete McLean nichts. Die Sitzfläche des Sessels hatte genau die richtige Höhe, um das Ziehen in der Hüfte zu lindern, also war er ziemlich zufrieden damit, einfach hier zu sitzen und eine Stunde oder so überhaupt nichts zu sagen. Wenn da nicht diese Prellung wäre, die anfing, sich gegenüber den anderen Schmerzen in seinem Rücken deutlicher Gehör zu verschaffen …

»Erzählen Sie mir, was passiert ist. Von Anfang an.« Hilton trank einen Schluck von seinem Kaffee. Sein Becher sah genauso aus wie diese großen Styroporbecher, die man bei den teuren Kaffeeketten bekam, war aber aus Porzellan. Chinesische Produktion wahrscheinlich. Ein prätentiöses Geschenk für einen oberflächlichen Menschen.

»Muss ich?« McLean wusste die Antwort schon, bevor er die Frage gestellt hatte. Er bemühte sich, nicht allzu theatralisch zu seufzen, dann erzählte er Hilton alles über den Ausflug nach Roslin Glen, den Weg am Ufer entlang und wie er das Wehr und die Klippe entdeckt hatte. Der Psychologe hörte zu, wie er es ohne Zweifel gelernt hatte, nickte von Zeit zu Zeit und hielt unangenehm häufig Blickkontakt. Das Ganze noch einmal in allen Einzelheiten durchzugehen half, die Beunruhigung darüber, dass er um ein Haar ums Leben gekommen wäre, in Wut über seine eigene Idiotie umzuwandeln. Aber McLean ertappte sich außerdem dabei, sich zu fragen, warum er eigentlich überhaupt dort hingegangen war. Es wäre wesentlich sinnvoller gewesen, ein Team mit einem Boot aufs Wasser hinauszuschicken, um das Flussufer auf Hinweise abzusuchen, etwas, das er ohnehin noch würde veranlassen müssen. Noch ein paar mehr teure Mannstunden, um Duguid bei Laune zu halten.

»Sie haben eine selbstzerstörerische Ader, Tony, das wissen Sie, oder?«

»Das war ein Unfall. Hätte jedem passieren können. Ich habe schon bei der Gemeinde angerufen, dass die an der Stelle einen Zaun aufstellen.« Na ja, er hatte MacBride gebeten anzurufen, aber das war der beste Weg, um sicherzustellen, dass es auch passierte.

»Oh, ich bin sicher, dass es ein Unfall war. Sich von einer Klippe zu stürzen ist nicht Ihr Stil.«

»Ganz genau. Ihrer Meinung nach bin ich ja mehr so der Typ, der sich aufhängt.«

Hilton unterdrückte ein Lächeln. »Eigentlich habe ich mich gerade mit Ihrer Version angefreundet, was das angeht. Allmählich glaube ich tatsächlich, dass Sie aus Versehen von diesem Stuhl gefallen sind und nie vorhatten, sich aufzuhängen. Was Sie mir gerade über diese Abbruchkante erzählt haben, trägt dazu bei.« Hilton zuckte mit den Schultern. »Na ja, in gewisser Weise.«

»Heißt das, wir können mit diesen verdammten Sitzungen aufhören? Mir würde nämlich eine Menge Besseres einfallen, um mir die Zeit zu vertreiben.«

»Ja. Wie zum Beispiel Detective Constable MacBride in eine gefährliche Situation zu bringen, ohne über die Folgen nachzudenken. Wie zum Beispiel, ganz allein einen Tatort zu besuchen, ohne Verstärkung und ohne auch nur irgendwem zu sagen, wo Sie hinfahren. Wie …« Hilton beugte sich vor, schlug einen dicken Ordner auf und begann durch die Seiten zu blättern. »Wie so viele Male in Ihrer Karriere als Kriminalbeamter.« Er gab es auf, schlug den Ordner wieder zu und ließ sich gegen die Sessellehne zurückfallen.

»Und?«

»Um Sie herum passieren immer wieder Unfälle, Tony.

Manchmal passieren sie Ihnen, aber genauso oft, ja sogar öfter, passieren sie anderen Leuten.«

»Wollen Sie etwa andeuten, dass ich gefährlich bin? Dass ich nicht draußen rumlaufen sollte? Vielleicht, dass ich besser kein Polizist sein sollte?«

»Das habe ich nicht zu entscheiden.«

»Sind Sie sich da sicher? Ich dachte, das wäre genau das, was Sie hier zu entscheiden haben. Ob ich zum Polizisten tauge oder nicht.«

Hilton legte die Fingerspitzen dachförmig aneinander und stützte das Kinn darauf. Setzte zum Sprechen an, als ihm klar wurde, dass das nicht so einfach ging, wenn man die Finger im Gesicht hatte.

»Sehen Sie, ich versteh's ja«, sagte McLean. »Ich bin nicht gerade gut darin, mich immer an die Verfahrensregeln zu halten. Aber wissen Sie was? Manchmal sind Regeln mehr Hindernis als Hilfe. Manchmal muss man auch mal den kurzen Weg nehmen, um eine Sache zu erledigen. Manchmal –«

»Wie kommen Sie mit dem Weatherly-Fall voran?«

Der Themenwechsel kam so unerwartet, dass es McLean kurz die Sprache verschlug.

»Wir … wir stehen noch ganz am Anfang.«

»Und ist es so schrecklich, wie ich gehört habe?«

»Kommt darauf an, was Sie gehört haben.« McLean musterte Hiltons Gesicht, stellte sich vor, wie er überall im Haus herumgefragt, hier und da nachgebohrt und versucht hatte, den Leuten Informationen zu einem weiteren hochkarätigen Fall abzuschwatzen. Mit Sicherheit sah er darin Material für ein weiteres Buch oder zumindest eine Lesereise.

»Na gut. Ich verstehe, wenn Sie nicht darüber sprechen wollen.« Hilton machte eine kurze Pause, als versuchte er zu entscheiden, ob er die Frage stellen sollte, die er so verzweifelt stellen wollte, oder nicht. »Ich kann helfen, wissen Sie.«

»Mir? Oder Weatherly? Der dürfte allerdings über jede Hilfe hinaus sein, fürchte ich. Seine Frau und seine Kinder auch.« McLean stemmte sich aus dem Sessel, wobei er sich ausreichend genug auf den blitzartigen Schmerz in der Hüfte gefasst machte und deshalb rechtzeitig verhindern konnte, dass er das Gesicht verzog. Er beugte sich vor und stützte sich mit beiden Händen auf Hiltons Schreibtischkante, gleichermaßen, um sich abzustützen, wie auch, um ihn einzuschüchtern. Hilton lehnte sich reflexartig zurück.

»Ich komme jetzt seit Monaten zu Ihnen. Monate voll verschwendeter Nachmittage, an denen ich meine Arbeit hätte machen können. Und warum? Sie haben selbst gesagt, Sie glauben mir, wenn ich sage, dass ich nicht versucht habe, mich umzubringen. Also gut, mir passiert öfter was. Zeigen Sie mir einen Detective in diesem Haus, der nicht ab und zu mal Pech hat. Wir haben einen gefährlichen Beruf. Wie viele von denen kommen jede Woche zu Ihnen?«

»Darum geht es ja wohl kaum …«

»Keiner. Nur ich. Und Sie haben in letzter Zeit auch nicht viel Profiling gemacht. Also, ich stelle mir das so vor: Sie haben das hier ausgedehnt und mich immer weiter herkommen lassen, um sich noch ein Weilchen Ihr schönes Büro und ein fettes Honorar aus unserem Budget zu sichern.«

»Ich … Wie können Sie es wagen, mir zu unterstellen –«

»Ich kann Sie nicht leiden, Hilton. Konnte ich noch nie. Und ich halte auch weder als Profiler noch als Therapeut viel von Ihnen, wenn wir schon mal dabei sind. Ich bin nur hier, weil es mir befohlen wurde, aber genau wie Sie sagen, bin ich niemand, der sich gern an Regeln hält, also werde ich einfach nicht mehr herkommen.«

McLean drehte sich langsam um, sich nur allzu sehr bewusst, wie es seinen Abgang ruinieren würde, wenn er sich vor Schmerzen schreiend auf den Boden fallen ließ. Bis zur Tür war es nicht weit, aber es schien trotzdem eine Ewigkeit zu dauern, bis er sie erreicht hatte. Als er sich umschaute, starrte Hilton ihn immer noch aus seinem Sessel heraus an, den Mund vor Überraschung leicht geöffnet. Dieser Anblick allein war schon den ganzen Ärger wert, den er sich, wie er wusste, gerade eingehandelt hatte.

Sie hat das noch nicht oft gemacht: Freunde und Geschäftsfreunde befragen. Außerdem hat der Fall etwas zutiefst Verstörendes an sich. Dabei ist es leider gar nicht so ungewöhnlich, wie sie es sich wünschen würde, wenn ein Mann erst seine Familie umbringt und dann sich selbst, aber sie hat bisher noch nie mit so etwas zu tun gehabt. Und diese Kinder ... Sie reibt sich die Augen in dem Versuch, das Bild loszuwerden, das sich nie weit von ihrem geistigen Auge entfernt. Der Chef denkt, sie hätte es nicht gesehen. Er war selbst zu schockiert, und wie könnte sie ihm das verdenken? Aber sie hat gesehen, wie sie da eines neben dem anderen gelegen hatten, genauso wie sie und ihre eigene Schwester manchmal zusammen in einem Bett gelegen hatten, als sie noch klein waren.

»Das ist wirklich eine schreckliche Geschichte. Was für ein Schock!«

Die Frau ist tadellos gekleidet, ihr Gesicht beinahe zu makellos, um wirklich zu sein. Und ihre Augen machen Ritchie irgendwie nervös. Aber sie ist höflich und versucht, freundlich und hilfsbereit zu sein.

»Sie und Mr Weatherly waren Geschäftspartner, wenn ich das richtig verstehe.«

»O ja, und mehr. Andrew war seit vielen Jahren ein Freund von mir. Ich habe ihn seiner Frau vorgestellt, wissen Sie.«

»Wussten Sie von irgendwelchem ungewöhnlichen Druck, unter dem Mr Weatherly gestanden haben könnte? Er war ja ein vielbeschäftigter Mann.«

»Er war immer unter Strom. Aber Andrew mochte das. Ich

hätte mir viel mehr Sorgen um seinen Geisteszustand gemacht, wenn er nicht wie ein Irrer durch die Gegend gerannt wäre. Für ein paar Monate irgendwo eingesperrt zu sein hätte ihn wahrscheinlich in den Wahnsinn getrieben.«

Sie sitzen an einem eleganten Tisch in einem Empfangsraum, der von jemandem eingerichtet wurde, der sowohl Geschmack als auch ein unbegrenztes Budget zur Verfügung hatte. Die Stühle stehen einander nicht gegenüber, die andere Frau sitzt im rechten Winkel zu ihr und vielleicht ein bisschen näher, als es Ritchie angenehm ist. Wenn sie spricht, malen ihre Hände unsichtbare Bilder in die Luft.

»Also, gab es da im Geschäftlichen nichts, das ihn dazu getrieben haben könnte …«

»Diese beiden armen kleinen Mädchen umzubringen, Morag und dann sich selbst?« Die Frau legt eine Hand leicht auf Ritchies Oberschenkel. Die Geste wirkt gleichzeitig unangemessen vertraulich wie überraschend beruhigend auf sie. »Ich kann mir nicht einmal ansatzweise vorstellen, was einen Mann zu so etwas treiben könnte. Egal wen. Und schon gar nicht einen, den ich gut kannte.« Sie schweigt kurz. »Oder von dem ich zumindest dachte, dass ich ihn gut kannte.«

Ein leises Klopfen an der Tür, ein Klicken, als der Türgriff sich senkt, und dann drückt eine Sekretärin mit einem Tablett in den Händen die Tür mit der Hüfte auf. Der Duft von frisch aufgebrühtem Kaffee erfüllt den Raum.

»Ah, danke, Sandy.« Die Frau sieht zu, wie die Sekretärin das Tablett auf dem Tisch abstellt, mit dem Stempel das Kaffeepulver in der Glaskanne herunterdrückt, einschenkt und Milch, Zucker und Gebäck anbietet. Und die ganze Zeit bleibt ihre Hand auf Ritchies Oberschenkel liegen. Nicht liebevoll oder vertraulich, sondern eher, als wollte sie sie auf ihrem Stuhl festhalten. Damit sie nicht entkommt.

Es ist lange her, dass sie sich so unsicher gefühlt hat. Nicht mehr seit der Schulzeit jedenfalls. Nicht mehr, seit ihre Schwester gestorben ist. Aber diese Frau verunsichert sie, ihre Direktheit und ihre Macht. Ritchie greift zu ihrer Tasse und trinkt einen Schluck, spürt, wie die heiße Flüssigkeit ihre Kehle hinabrinnt. Sie muss die Vernehmung wieder in Gang bringen. Sie muss mit weiteren Leuten sprechen, ein Familienporträt aus den Erinnerungen anderer erstellen. Sie sieht der Frau in die Augen, und die Frage, die sie auf der Zunge hatte, erstirbt auf ihren Lippen.

»Aber jetzt genug von Andrew, finden Sie nicht?«, sagt die Frau. »Erzählen Sie mir etwas über sich selbst, meine Liebe. Erzählen Sie mir etwas über Ihren Chef.«

12

Sich zu bewegen linderte den Schmerz in seiner Hüfte. Es hinderte ihn auch daran, zu viel Zeit darauf zu verschwenden, auf Hilton wütend zu sein. Hielt ihn auch davon ab, wütend auf sich selbst zu sein. McLeans Füße trugen ihn zurück zu seinem Büro, aber die Aussicht, allein mit einem Stapel Überstundenzettel eingesperrt zu sein, schien seine Laune auch nicht zu verbessern. Er bog nach links ab und hinkte die Treppe zum Weatherly-Raum hinauf.

Das halbe Revier war für den Fall abgestellt worden – zumindest hatte man das der Presse so mitgeteilt. In Wirklichkeit gab es nicht viel zu tun, bis die Kriminaltechniker mit dem Haus fertig waren, und selbst dann war es so unübersehbar wie die Nase in seinem Gesicht, dass Weatherly durchgedreht war und seine Töchter erstickt und seine Frau erschossen hatte, bevor er die Waffe gegen sich selbst gerichtet hatte. Sie konnten nur versuchen, einen Grund dafür zu finden, und man brauchte kein Genie zu sein, um vorauszusagen, dass es keinen geben würde. Nichts jedenfalls, was man den Leuten erzählen könnte, damit sie auch weiterhin ruhig in ihren Betten schliefen.

Als er in der Tür zum Einsatzraum stand, sah er ein halbes Dutzend Polizisten in Uniform und Angestellte, die an Telefonen saßen und Anweisungen in ihre Computer tippten. Keine Detectives waren zu sehen, aber andererseits hatte er das auch nicht wirklich erwartet. Es war eine reine PR-Veranstaltung, sonst nichts. Er kehrte der Untätigkeit den Rücken und ging über den Flur.

Auch im Einsatzraum für den tätowierten Mann gab es keine

hochrangigen Detectives, aber immerhin begrüßte ihn die neuerdings zur Kriminalpolizei abgeordnete Detective Constable Sandy Gregg mit einem herzlichen Lächeln.

»Sie haben Stu… DC MacBride knapp verpasst. Er ist auf einen Sprung runter in die Kantine, um Kaffee zu holen.«

»Nicht viel los, was?« Im Gegensatz zu gegenüber gab es für diesen Fall nur ein Telefon. Gregg bedauerte wahrscheinlich schon, sich freiwillig dafür gemeldet zu haben, es zu besetzen. Sie redete gern, und hier rief niemand an.

»Es ist noch früh. Wir haben das Foto erst vor Kurzem in Umlauf gebracht. Ich erwarte, dass bald jemand anruft.«

McLean sah zum Whiteboard hinüber. Das Bild, das in der linken oberen Ecke angeheftet war, zeigte immer noch den Mann, wie sie ihn gefunden hatten, das Gesicht schwarz von den verschlungenen Mustern.

»Sind wir irgendwie mit einem bearbeiteten Foto weitergekommen? Ohne die Tattoos?«

Gregg blickte ihn nur verständnislos an, aber die Antwort kam von der anderen Seite des Raumes.

»Wir warten noch auf den Zeichner, Sir.« DC MacBride kam mit zwei dampfenden Bechern herein. Die braune Papiertüte unter seinem Arm enthielt zu dieser Tageszeit mit hoher Wahrscheinlichkeit Muffins.

»Lassen Sie mich wissen, sobald wir es haben, okay? Ich will es in allen Krankenhäusern, Obdachlosenheimen und den anderen Polizeibezirken verteilt haben. Irgendjemand muss ihn gesehen haben, bevor das mit ihm gemacht wurde.« McLean sah sich das Foto am Whiteboard von Nahem an und versuchte mit aller Kraft, sich nicht vorzustellen, wie sehr das dem Mann wehgetan haben musste. Ohne nachzudenken, wanderte seine linke Hand zur rechten Schulter und rieb die Stelle, an die er seit einem Jahrzehnt kaum gedacht hatte. Kirsty hatte jahrelang versucht, ihn dazu zu überreden, aber am Ende war es Phil gewesen, der den richtigen Weg gefunden hatte, das Wagnis vernünftig aussehen zu lassen. Es war nur ein kleines Zeichen, abstrakt, schwarz, ganz ähnlich denen, die den gesamten Körper des Opfers bedeckten. Dennoch konnte er sich das Summen der Nadel vorstellen, den Schmerz, mit dem die Tinte tief in seine Haut gedrückt wurde, und die langen Tage, in denen es gebrannt hatte, während es abheilte.

»Alles in Ordnung, Sir?«

»Was? Oh.« McLean drehte sich schnell um und zuckte zusammen, als der Schmerz sein Bein hinauf und in den Rücken schoss. Irgendwie hatte MacBride das Zimmer durchquert, ohne dass er es gemerkt hatte, und stand jetzt neben ihm. Der Kaffee roch gut.

»Glauben Sie, wir finden heraus, wer es war?«

»Oh, das denke ich schon. Haben wir die anderen Fotos aus der Rechtsmedizin? Die ganzen Tattoos?«

MacBride runzelte die Stirn. »Ich glaube. Wenn nicht, kann ich sie besorgen. Warum?«

»Suchen Sie die zusammen, so schnell es Ihnen passt, Constable. Ich hab auf einmal das Bedürfnis, einen alten Freund zu besuchen.«

Es war nicht mehr das schäbige kleine Tattoo-Studio im Hinterhof, wo McLean sich vor all den Jahren unter die Nadel gelegt hatte, provoziert von seinem besten Freund und mit vielleicht etwas mehr angetrunkenem Mut, als ratsam gewesen wäre. Der Laden war schon vor über zehn Jahren geschlossen worden, das Gebäude längst abgerissen und durch winzige kleine Appartements für die neuen schuftenden Klassen der Stadt ersetzt worden.

Bo's Ink gab es schon viel länger, und es würde zweifellos alle Stürme überleben, die das Schicksal bereithielt. McLean hatte den Laden zum ersten Mal als Streifenpolizist gesehen, an der Seite des alten Sergeant Guthrie McManus. Bo und Guthrie waren zusammen bei der Handelsmarine gewesen, so hatte man ihm jedenfalls gesagt. Das Tattoo-Studio war ein regelmäßiger Haltepunkt, an dem man eine Tasse Tee trinken und ein bisschen plaudern konnte. Und wenn Bo zufällig irgendwelche nützlichen Informationen darüber weitergab, wer gerade was ausheckte, dann war das doch nur ein Gespräch unter zwei alten Kumpels, die sich gemütlich unterhielten, oder?

Bo war schon lange tot, aber sein Sohn Eddie hatte den Laden übernommen und war in jeder Hinsicht ein wesentlich besserer Tätowierer. Er hatte ein künstlerisches Gespür, das seinem Vater gefehlt hatte, und er hatte mehrere Jahre in den USA verbracht, um neue Techniken zu lernen. Eddie mochte vielleicht keine so gute Informationsquelle sein, wie es sein Vater gewesen war, aber McLean schaute dennoch von Zeit zu Zeit mal herein. Die Kundschaft war handverlesen, und hin und wieder führte ein Fall ihn in ihre Mitte.

»Tony McLean, ich fass es nicht!« Eddie saß im hinteren Teil des leeren Ladens auf einem Hocker, als McLean die Tür aufstieß. DC MacBride stand hinter ihm, vielleicht ein bisschen zu dicht. McLean konnte sich nicht vorstellen, dass der Constable öfter in solchen Läden war.

»Hier steppt ja der Bär, Eddie.« Er durchquerte den kleinen Raum und streckte die Hand aus. Eddie trug ein ärmelloses Shirt; man konnte es ja nicht wirklich einen »Wife-beater« nennen, wenn jemand keine Frau hatte. Es war ein Kleidungsstück, das offensichtlich ausgesucht worden war, um die verschlungenen Muster aus Farben und Formen zu präsentieren, die beide Arme und den Hals bedeckten. Allesamt Arbeiten von Eddies Partner George.

»Sie wissen doch, wie das ist, Inspector. Die meisten meiner Kunden kommen nach Einbruch der Dunkelheit.« Eddie nickte

MacBride zu, der immer noch in der Tür stand. »Wer ist denn der Junge?«

»Detective Constable MacBride, das ist Eddie.«

»Angenehm. Kommen Sie rein. Und keine Sorge, wir tätowieren niemanden gegen seinen Willen.«

MacBride machte die Tür hinter sich zu und kam herein. Er schaute sich ein bisschen um, betrachtete die Fotos an den Wänden, die einige der bemerkenswertesten Entwürfe zeigten, die in den letzten Jahren hier umgesetzt worden waren. Dann legte er zu McLeans Überraschung sein Tablet weg, knöpfte die Manschette auf und rollte den linken Hemdsärmel hoch. Die schottisch blasse Haut seines Unterarms war mit einem verschlungenen Muster verziert, bei dem McLean peinlich lange brauchte, um einen Drachen darin zu erkennen. Einen eher walisischen als chinesischen, aber nichtsdestoweniger beeindruckend schön.

»Hübsch«, sagte Eddie, als er das Tattoo über seine Halbbrille hinweg anschaute. »Wer hat das gemacht? Nein, sagen Sie's mir nicht. Jake Selden, drüben in Wardie. Hab ich recht?«

»Genau. Hab's jetzt etwas länger als ein Jahr.«

»Nun, wenn Sie noch mal eins wollen – Jake ist gut, aber Sie würden gut daran tun, zu mir oder zu George zu kommen. Sonderpreise für unsere Freunde bei der Polizei.«

»Danke. Gut möglich, dass ich das mache.« MacBride nahm sich Zeit, den Ärmel wieder herunterzurollen und die Manschette zuzuknöpfen, während er versuchte, nicht allzu sehr auf die Muster zu starren, die Eddies Arme bedeckten.

»Also, was kann ich für euch tun? Schätze mal, ihr seid nicht nur gekommen, um mir eure Tattoos zu zeigen.«

»Nicht ganz. Zumindest nicht unsere.« McLean sah aus dem Augenwinkel, wie MacBrides Augenbrauen in die Höhe schossen. »Aber ich habe gehofft, dass Sie uns tatsächlich bei ein paar Tattoos weiterhelfen können.«

»Lassen Sie mich raten. Ein Toter, den ihr hofft, identifizieren zu können.«

»So was in der Art.« McLean nickte MacBride zu. »Constable.«

MacBride nahm sein Tablet zur Hand und tippte auf den Bildschirm, um den ersten der großen Ordner mit den Bildern aufzurufen. Er drehte das Gerät um und reichte es Eddie, der eine Weile das erste Bild betrachtete, bevor er seine Lesebrille abnahm und eine andere aufsetzte.

»Mein Gott.« Er wischte mit einem Finger auf dem Bildschirm und sprang zum nächsten Bild. Dann wieder und wieder. Manchmal vergrößerte er mit Daumen und Zeigefinger einen Ausschnitt, um sich etwas genauer anzusehen. McLean ließ ihm gerne alle Zeit der Welt. Endlich legte er das Tablet weg, nahm die Brille ab und rieb sich die Augen.

»Armer Kerl.«

»Erkennen Sie irgendwas von der Arbeit wieder?«, fragte McLean.

»Nein. Tut mir leid. Lieber Gott, es ist schon schwer, überhaupt irgendwas Einzelnes auszumachen bei so viel. Und die sind alle frisch. Na ja, die meisten zumindest.«

»Die meisten?«

»Aye, an ein paar Stellen konnte man ein paar alte sehen. Er hatte schon ein paar, bevor ihm das angetan wurde. Nur nicht viele.«

»Können Sie mir die zeigen?« McLean nahm das Tablet und wollte es ihm noch einmal geben.

»Da drauf? Klar. Aber es wäre einfacher, wenn ich den Körper direkt sehen könnte.«

»Den Körper? Sind Sie sicher?«

»Ich habe schon Tote gesehen, Inspector. Nicht so, das gebe ich zu.« Eddie zeigte auf das Tablet und seine Sammlung verstörender Fotos.

»Na ja, wenn Sie sicher sind, dann rede ich mal mit dem Rechtsmediziner und mache so bald wie möglich was aus. Danke. Das hilft uns wirklich weiter.«

Eddie grinste breit und zwinkerte MacBride zu, um ihn einzubeziehen: »Keine Sorge. Ich weiß, wohin ich die Rechnung schicken muss. Und vielleicht lassen Sie mich mal das Geschmier auf Ihrer Schulter so korrigieren, wie's von Anfang an hätte aussehen müssen.«

»Ich wusste gar nicht, dass Sie ein Tattoo haben, Constable.«

Auf der Fahrt zurück durch die Stadt staute sich der Verkehr aufgrund der Bauarbeiten am West End. Das kleine orangefarbene Lämpchen am Armaturenbrett sagte McLean, dass er bald tanken musste. Schon wieder. Das verdammte Ding schien jede Woche sein Gewicht in Litern zu saufen.

»Ist ja nichts, was oft zur Sprache kommt, Sir.« MacBride saß kerzengerade auf dem Beifahrersitz, als wäre es moralisch verwerflich, es sich bequem zu machen. Sein Unbehagen darüber, im Auto seines Inspectors zu sitzen, war greifbar, aber andererseits war er in Gegenwart seiner Vorgesetzten immer so angespannt. Ein krasser Gegensatz zu DS Ritchie, die sich nur selten in Gegenwart von jemand anders unwohl zu fühlen schien.

»Nun, ich bin froh, dass es heute zur Sprache kam. Eddie fand Sie nett, wahrscheinlich war er deshalb so hilfsbereit.«

»Ich organisiere das, sobald wir zurück auf dem Revier sind, Sir. Wollen Sie dabei sein, wenn Mr … Eddie sich die Leiche ansehen kommt?«

»Das werde ich wahrscheinlich müssen. Sie wissen ja, wie Angus sich aufführt, wenn's darum geht, die Öffentlichkeit in die Nähe seiner Leichen zu lassen.«

MacBride sagte nichts dazu, schaute nur auf sein Tablet, dann zur Windschutzscheibe hinaus, als der Verkehr sich endlich wieder in Bewegung setzte. McLean bemerkte, dass der Constable etwas fragen wollte, aber nicht wusste, wie oder ob. Und er war sich ziemlich sicher, was.

»Was Mr … Eddie da gesagt hat. Über Ihre Schulter, Sir.«

Treffer. »Ja, Constable, ich habe ein Tattoo auf der rechten Schulter. Es ist sehr klein, man kann nicht erkennen, was es darstellen soll, und ich war ziemlich betrunken, als ich es mir habe stechen lassen.«

»Kein Tattoo-Künstler, der ein bisschen was taugt, würde einen Betrunkenen tätowieren. Man kriegt es ja heutzutage nicht mal mehr einfach so. Man muss vorher ein Beratungsgespräch machen, hat Zeit, um es sich noch mal zu überlegen. Das ist –«

»Ich weiß, ich weiß. Sagen wir einfach, das war zu Zeiten, als es noch anders lief. Und immerhin kann ich von Glück reden, dass ich nicht mit irgendeiner schrecklichen Krankheit aus dieser Kaschemme rausgekommen bin, in die mein sogenannter bester Freund mich damals gezerrt hat. Achten Sie gut auf Ihren besten Freund, Stuart. Er ist derjenige, der Sie am tiefsten in die Scheiße reiten wird. Und wenn der Kater erst mal abgeklungen ist, werden Sie es ihm wahrscheinlich sogar verzeihen.«

»Also, Mr …«

»Er heißt Cobbold mit Nachnamen, aber alle nennen ihn nur Eddie.«

»Oh. Richtig. Also Eddie.«

»Ja, ich war so dumm, ihm das Tattoo zu zeigen. Damals, als ich noch DC war, als ich es bekommen habe. Er hat mich monatelang damit aufgezogen, und als ihm das zu langweilig wurde, hat er versucht, mich davon zu überzeugen, dass er es ändern sollte, damit es besser aussieht.«

»Und warum haben Sie nicht? Ich meine, ihn gelassen. Er ist gut.«

»George ist sogar noch besser. Oder glauben Sie etwa, Eddie hätte sich die Arme selbst tätowiert?« McLean fuhr langsamer, blendete kurz ein entgegenkommendes Auto mit der Lichthupe an, dann schnitt er ihm schnell den Weg ab und bog auf den Parkplatz des Polizeireviers ein. Der Sechszylinder grollte, und die Vorderreifen gaben ein Quietschen von sich, als er den Wagen ein bisschen schleudern ließ, um das Manöver zu beschleunigen. MacBride stemmte sich verschreckt gegen das Armaturenbrett und entspannte sich erst, als McLean den Motor ausgeschaltet hatte.

»Ich habe den Drachen auf Ihrem Unterarm gesehen, Constable. Der ist richtig gut. Ich weiß Körperkunst zu schätzen, wenn ich gute sehe, aber ich hab's selbst probiert, und es war nicht gerade eine schöne Erfahrung, also habe ich wirklich nicht das Bedürfnis, sie zu wiederholen. Ich könnte mir das auch wegmachen lassen.« Er zeigte auf seine Schulter. »Aber es ist eine gute Erinnerung. Nie wieder so was Blödes zu machen.«

McLean drückte die Tür auf und wand sich aus dem tiefen Sitz, wobei er das Zwicken in der Hüfte einen Augenblick vor dem Schmerz bemerkte. Er hielt einen Moment inne und stützte die Unterarme aufs Autodach, bis das Pochen nachließ. MacBride auf der anderen Seite hatte schon die Tür zugemacht. Er sah aus, als wollte er noch etwas sagen, konnte sich aber immer noch nicht entschließen, ob oder ob nicht.

»Ich wollte Sie nicht kränken, Stuart. Ich bin nicht gegen Tattoos, nur gegen welche auf mir.«

MacBride machte kurz ein überraschtes Gesicht. »Das ist es nicht, Sir. Es ist nur … na ja. Ich habe schon länger nicht wirklich daran gedacht, aber es war Alison, die mich dazu überredet hat, mir das machen zu lassen. Sie hätte sich totgelacht, wenn sie gewusst hätte, dass Sie auch eins haben.« Er tippte sich mit dem Rand des Tablets auf den Unterarm, drehte sich um und ging weg. McLean blieb, wo er war. Er glaubte nicht, dass er sich hätte bewegen können, selbst wenn er gewollt hätte. Der Schmerz im Bein hatte nachgelassen, aber die Worte des Constable hatten einen hässlichen Gedankenstrom in Gang gesetzt.

Alison. Alison Kydd. Zum CID versetzt und ganz schwindelig vor Aufregung über das alles. Sie war von einem Laster überfahren worden, der ihn hätte treffen sollen. Sie hatte ihn aus dem Weg gestoßen und ihm das Leben gerettet, auf Kosten ihres eigenen. Was hatte Hilton gesagt? *Um Sie herum passieren immer wieder Unfälle, Tony. Manchmal passieren sie Ihnen, aber genauso oft, ja sogar öfter, passieren sie anderen Leuten.*

Verdammter Kerl. Er hasste es zugeben zu müssen, dass Hilton recht haben könnte.

13

Grauer Schneematsch lag auf dem Bürgersteig, durch den vorbeifahrenden Verkehr von der Straße geschleudert. Er erschwerte das Gehen, aber McLean fand es weniger schmerzhaft, sich zu bewegen, als still zu stehen. Und erheblich weniger schmerzhaft, als irgendwo zu sitzen. Der Rhythmus seiner Schritte half ihm beim Denken, und es war immer gut, mal für eine Weile aus dem Büro zu kommen, und sei es nur, um einen klaren Kopf zu bekommen. Er war runter zum Leichenschauhaus gegangen in der Hoffnung, mit Angus darüber reden zu können, dass der Tätowierer den Toten ansehen wollte, eine Aufgabe, die genauso leicht hätte per Telefon erledigt werden können. Natürlich war der Rechtsmediziner nicht da gewesen, aber das hatte ihm nichts ausgemacht. Es ging ihm ums Gehen und ums Nachdenken.

Als Erstes bemerkte er den Geruch, das Aroma von Zigarettenrauch. Nicht dass er die verschiedenen Marken studiert hätte und sie wie ein überheblicher Tabak-Sommelier am Geruch unterscheiden konnte. Aber an diesem speziellen Geruch, an diesem speziellen Ort war etwas, was ihm sofort klarmachte, wer da hinter ihm hereilte. Er brauchte sich nicht einmal umzusehen, als diejenige schließlich neben ihm herlief.

»Inspector McLean. Sie sind schwer zu erreichen dieser Tage.«

Jo Dalgliesh trug denselben langen Ledermantel wie beim letzten Mal, als er das Pech gehabt hatte, ihr in die Arme zu laufen. Und das Mal davor und das Mal davor. Er war wohl so was wie ihre Uniform, nahm McLean an. Entweder das oder ihre Haut. Das würde passen, immerhin war sie halb Echse. Sie war einen Kopf kleiner als er und faltig wie eine Dörrpflaume. Ihr kurz geschorenes, stacheliges Haar war wahrscheinlich grauer, als er es in Erinnerung hatte. Aber ansonsten sah sie aus wie immer.

»Ms Dalgliesh. Was für eine Überraschung.« Er blieb nicht stehen, hätte wahrscheinlich eher seinen Schritt beschleunigt, um es ihr schwerer zu machen, aber das Ziehen in seiner Hüfte behinderte ihn. Verdammt, wenn er nur schon bei der Physiotherapeutin gewesen wäre. Die nächste Sitzung konnte gar nicht bald genug kommen.

»Nennen Sie mich doch bitte Jo. Sogar der alte Duguid macht das. Und der ist nun wirklich wesentlich arroganter als Sie.«

»Was zwischen Ihnen und dem Superintendent ist, geht mich nichts an.«

Dalgliesh rümpfte die Nase, als sei sie in etwas Ekeliges getreten. »Seien Sie doch nicht immer so griesgrämig, McLean. Wir von der vierten Gewalt haben Ihnen eine ganze Menge zu bieten.«

»Ja, haben Sie. Aber normalerweise zu einem hohen Preis. Ich möchte meine Seele lieber behalten, danke.«

»Sie beschäftigen sich mit dem guten alten Andy Weatherly und seiner Familie, habe ich gehört.«

»Auf Wiedersehen, Ms Dalgliesh.« McLean beschleunigte seinen Schritt, musste aber beinahe sofort wieder langsamer gehen, weil ihm der Schmerz in die Hüfte schoss.

»Dieses Bein macht Ihnen immer noch zu schaffen, wie ich sehe.« Die Reporterin hatte keine Schwierigkeiten, mit ihm Schritt zu halten. Verdammt.

»Es heilt.«

»Schlimme Sache, nach allem, was ich gehört habe. Da oben auf Ihrem Dachboden, mit Seil und allem, was dazugehört. Wo hatten Sie das eigentlich her?«

McLean blieb so unvermittelt stehen, dass Dalgliesh schon ein paar Schritte weiter war, als sie es merkte.

»Wovon reden Sie da?«, fragte er.

»Von dem Seil. Auf dem Dachboden. Wo Sie sich aus Versehen beinahe erhängt haben. Wie ich gehört habe, jedenfalls. Was wollten Sie denn da oben?«

»Würde es irgendwas ändern, wenn ich sagen würde, das geht Sie nichts an?« McLean suchte Dalglieshs Gesicht nach Anzeichen dafür ab, dass sie Spielchen mit ihm spielte. Oder zumindest nicht die üblichen schmierigen Reporterspielchen, die sie sonst spielte. Es war schwer zu entscheiden, ihr Pokerface war gut eingeübt.

»Schluss mit dem Geschwafel. Ein Polizist im Einsatz verletzt. Ich bin das so leid. Klar, ich hätte auch was über den Druck, unter dem Sie arbeiten, schreiben können und dass viele Detectives irgendwann selbstzerstörerische Neigungen entwickeln. Aber Tony McLean, der versucht, sich umzubringen? Niemals.« Dalgliesh grinste ihn an wie ein Hai in einem Becken voller Thunfische. Man brauchte kein Genie zu sein, um zu wissen, worauf sie hinauswollte.

»Was wollen Sie, Ms Dalgliesh?« McLean bemühte sich nicht, das Seufzen in seiner Frage zu kaschieren.

»Ich will wissen, wie es im Fall Weatherly steht. Sie ermitteln, nehme ich an?«

»Detective Superintendent Jack Tennant ist der leitende Ermittler in dem Fall. Aber ja, ich bin ebenfalls eingebunden.«

»Warum? Das ist doch sicher ein Fife-Fall.«

»Sie wissen aber schon, dass es keine Fife-Constabulary mehr gibt, oder? Genauso wenig wie Lothian and Borders?«

»Aye, das ist jetzt alles Greater Strathclyde. Weiß ich.«

»Weatherly war Mitglied des Schottischen Parlaments. Er hatte ein Haus in der Stadt, und seine Firma hat hier ihren Sitz. Ein Großteil der Ermittlungen wird hier erfolgen, also ist es schon sinnvoll, dass wir einbezogen werden.«

Dalgliesh schien einen Moment lang darüber nachzudenken.

»Aye, zugestanden. Aber warum Sie? Warum nicht jemand, der ein bisschen mehr Erfahrung hat?«

»Vielen Dank für Ihr Vertrauen in meine Fähigkeiten.«

»Jetzt machen Sie sich mal nicht in die Hose, Inspector. Sie wissen, was ich sagen will. Wenn es so wichtig ist, dass Fife einen Superintendent darauf ansetzt, warum dann nicht in seinem Gebiet Dagwood selbst?«

McLean konnte das Auflachen, das aus ihm heraussprudelte, nur zum Teil unterdrücken. Er war am Revier angekommen, wo sie ihm hinter dem Empfang nicht mehr so leicht würde folgen können.

»Ich würde annehmen, dass das für jemanden wie Jo Dalgliesh kaum zu übersehen sein dürfte. Denken Sie mal drüber nach, ja?«

»Mich kriegst du hier so leicht nicht raus, Jüngelchen. Ich war im Krieg, weißt du.«

McLean war durch den Empfangsbereich gegangen, auf dem Weg zum Hinterausgang und dem Parkplatz. Es war spät, und offen gestanden hatte er genug für einen Tag. Irgendwo in näherer Zukunft sah er schon sein Essen zum Mitnehmen und sein Bier. Später vielleicht sogar Whisky, wenn die Schmerzmittel ihn nicht vorher schon plattmachten. Aber etwas in dieser Stimme ließ ihn innehalten.

»Die haben ihn einkassiert, echt. Ich sag's doch schon die ganze Zeit, aber du hörst ja nicht richtig zu. Die dunklen Engel. Die haben ihn geholt.«

Er konnte nicht widerstehen. McLean blieb stehen, um zu sehen, was los war. Der Empfangstresen übte schon zu besten Zeiten auf die Verrückten der Stadt eine magische Anziehungskraft aus, und wenn das Wetter wirklich ungemütlich wurde, dann kamen viele auch einfach nur in der Hoffnung auf eine schöne warme Zelle für die Nacht herein. Normalerweise reichte schon etwas halbherzige Gewalt, aber ebenso oft spielte jemand die Irrenkarte aus.

»Okay, Sir. Noch mal von vorn.« McLean hörte den tiefen Seufzer des schwergeprüften Sergeants vom Dienst. »Können Sie mir bitte Ihren Namen nennen?«

»Ich hab im Krieg gekämpft, weißt du.«

»Ja, Sir. Das sagten Sie bereits. Welcher Krieg war das genau?«

»Bosnien. Irak. Afghanistan. Hab in allen dreien gekämpft. Meinem Land gedient. Billbo war auch dabei. Und jetzt haben die ihn geholt. Die dunklen Engel.«

McLean hörte das vielsagende Klicken, als Sergeant Dundas seinen Stift auf der Resopaloberfläche des Tresens ablegte. Das war sein Stichwort zu gehen, bevor er noch gebeten wurde auszuhelfen. Als er sich zu schnell wegdrehte, schoss ein Schmerzkrampf sein Bein hinauf und machte ihn vorübergehend bewegungsunfähig. Als er sich erholt hatte, war es zu spät.

»Oh, Inspector, Sir. Wusste gar nicht, dass Sie noch da sind.«

McLean drehte sich langsamer um und sah das frohe Lächeln auf Pete Dundas' Gesicht. Es war das perfekte Gegenstück zu seiner eigenen schmerzverzerrten Grimasse.

»Pete.«

»Sie könnten wohl nicht noch einen Augenblick erübrigen? Dieser Gentleman hier behauptet, er habe einen Freund verloren.«

»Um ehrlich zu sein, war ich gerade auf dem Weg nach Hause.«

»Es wird nur eine Minute dauern. Beruhigen Sie ihn, ja?«

McLean massierte sich die Nasenwurzel, schloss die Augen und atmete lange und langsam durch die Nase aus. Die Pizza mit seinem Namen auf dem Karton entfernte sich zusehends aus seiner Reichweite. Wenn das so weiterging, konnte er auch direkt zu Whisky und Schmerzmitteln übergehen.

»Okay, Pete. Aber Sie schulden mir was.«

14

Er hieß Gordy und war im Krieg gewesen. So viel konnte McLean bereits ziemlich früh im Gespräch sicher feststellen. Was ihn am meisten an dem Mann überraschte, war sein Alter, wahrscheinlich war er in etwa genauso alt wie McLean selbst. War das wirklich alt genug, um an so vielen Kriegen teilgenommen zu haben? Bosnien, zwei Mal Irak, Afghanistan? Es war deprimierend, sich darüber klar zu werden, dass … ja, dass es möglich war. So viel zu dem Krieg, der alle Kriege beenden würde. Und den danach auch.

Genauso deprimierend war, sich bewusst darüber zu werden, dass ein Mann, der sein ganzes erwachsenes Leben seinem Land gedient hatte, nun obdachlos auf den winterlichen Straßen Edinburghs lebte. Deprimierend, aber ganz und gar nicht überraschend. Die Absturzrate ehemaliger Militärs war hoch. Wenn jemand so lange in der Disziplin und Struktur der Armee gelebt hatte, konnte es passieren, dass es ihm schwerfiel, sich selbst zu organisieren. Dazu dann noch die schrecklichen Erfahrungen aus vier verschiedenen Kriegsgebieten, und es erschien einem wirklich verwunderlich, dass nicht noch mehr von ihnen durchdrehten.

»Berichten Sie mir von diesem Freund von Ihnen.« McLean sah auf die Notizen, die er gemacht hatte. »Billbo. Mit zwei L?«

»Genau der. Billbo und ich kennen uns schon lange, wissen Sie. Wir waren mit den Amis in der Wüste. Haben schon das eine oder andere gesehen, das kann ich Ihnen sagen.«

»Hatte er noch einen anderen Namen? Abgesehen von Billbo?«

Gordy kratzte sich am bärtigen Kinn. »Muss schon irgendwann, nehm ich an. Kann aber nicht sagen, dass ich mich daran erinnern würde.«

»Und Sie sagen, er ist weggeholt worden.«

»Von den dunklen Engeln. Das ist richtig.«

»Wann ist das passiert? Gestern Abend?«

»Gestern Abend, gestern Abend.« Gordys Gesicht wurde schlaff, als er sprach, die Anstrengung, die es ihn kostete, einem zusammenhängenden Gedankengang zu folgen, nahm seine ganze Kraft in Anspruch. »Nicht gestern Abend. Ist so schwer, mich zu erinnern. Wir waren in Afghanistan. Das weiß ich noch. In Helmand. Die haben Bodie und Jugs in die Luft gejagt. Billbo hat ein Schrapnell ins Gesicht bekommen, aber er war okay.«

Okay. Zeit, die Strategie zu wechseln. »Sie waren in der Army, Gordy. Stimmt das? Sie und Billbo haben zusammen gedient. Welche Nummer hatte er, und was war sein Rang?«

»4061470. Sergeant«, ratterte Gordy herunter, ohne nachzudenken.

»Und Ihre?«

»4061470. Sergeant.«

McLean seufzte. Es war nie so einfach. Er sah zu dem Fenster unter der Decke im Vernehmungsraum hinauf. Dies hier war der hübsche Raum, wo man Leute hinbrachte, die die Polizei bei ihren Nachforschungen unterstützten. Nicht wie die fensterlosen Zellen im Untergeschoss, in denen die Tische an den Boden geschraubt und die Wände in kränklichem Beige gestrichen waren. Draußen waren die letzten Überreste des Tageslichtes längst verschwunden, nur die orangefarbenen Unterseiten der Wolken waren noch zu sehen. Es schneite nicht mehr, aber draußen würde es bitterkalt sein.

»Haben Sie einen Platz für die Nacht, Gordy?«

Der ehemalige Soldat hatte seine Hände betrachtet wie etwas, das er noch nie so wirklich bemerkt hatte. Jetzt schaute er auf und McLean direkt in die Augen. Seine lagen tief in ihren Höhlen, sein graues Haar war strähnig und ungekämmt. Er trug Kleidungsstücke in mehreren Schichten, alle hatten schon wesentlich bessere Tage gesehen, aber er roch nicht schlecht. Nun ja, zumindest nicht so schlecht wie manch andere.

»Kann mich schon um mich selbst kümmern.«

»Da bin ich mir sicher. Aber es schadet ja nichts, Hilfe anzunehmen, wenn sie angeboten wird. Unten an der Cowgate gibt es einen Platz. Eine Unterkunft, ein Bett, Essen. Sie müssen keine Formulare ausfüllen, Sie müssen auch nicht dableiben, wenn Sie nicht wollen. Ich könnte Sie im Auto mitnehmen, wenn Sie wollen.«

Gordys Starren wurde intensiver. »Warum sollten Sie so was machen, he?«

»Es ist kalt draußen. Wahrscheinlich schneit es nachher noch. Ich glaube nicht, dass es um diese Jahreszeit besonders schön auf der Straße ist.«

»Ich mag die Kälte. Die Straßen auch. Solange es Häuser und Autos gibt, weiß ich, dass ich nicht wieder dort bin.«

»Ich kann mir nicht im Geringsten vorstellen, wie das gewesen sein muss. Ich will es auch nicht wirklich, um ehrlich zu sein.«

»Billbo hat mir da draußen das Leben gerettet, wissen Sie.« Der Veteran beugte sich vor und stützte die Arme auf den Tisch. Der Verrückte vom Empfangstresen war nicht mehr da, zumindest für den Augenblick. An seine Stelle war jemand getreten, der fast als normal durchgehen konnte, nach einer Rasur und in sauberen Kleidern. Aber in seinen Augen war noch etwas, ein gequälter, in unbestimmte Ferne gerichteter Blick, den McLean schon viel zu oft gesehen hatte. Gordy, oder wie immer sein richtiger Name lautete, wandelte auf einem sehr schmalen Grat zwischen der Realität und einer Welt voller Dämonen, von dem er immer wieder abrutschte, und immer wieder auf die falsche Seite. Er war auf dieser Seite gewesen, als er hier ankam, aber im

Augenblick nahm er einen Umweg zurück in die Außenbezirke der Normalität.

»Auf Patrouille. Ich, Billbo, Bodie und Jugs. Vier-Mann-Team, Nachteinsatz. Das Dumme war, dass wir ja schon auf dem Rückweg zur Basis waren. Auftrag erledigt. Auf dem Weg, den wir gekommen waren, vielleicht haben wir deshalb nicht genug aufgepasst. Weiß nicht, woher er wusste, was passieren würde. Vielleicht wusste er's auch nicht, vielleicht war's einfach nur Glück. Jedenfalls hat mich Billbo einfach angerempelt und vom Weg geschubst. Erst war ich sauer, dann ging's hoch.«

Ein weiteres Schaudern, gefolgt von einer langen Pause. McLean gab dem Mann alle Zeit der Welt, jegliche Gedanken an Pizza und Bier waren vergessen.

»Weiß nicht, ob's irgendeine einfach Art gibt, das zu beschreiben. Ich war über und über voller Blut und Hirnmasse. Gott allein weiß, was noch. Dachte, dass ich getroffen worden wäre, aber es war vor allem Jugs, schätz ich mal. Vielleicht auch Bodie. Außer Knorpel war nicht mehr viel von ihnen übrig. Und dann der Lärm. Lieber Himmel. Ich konnte eine Weile gar nichts mehr hören. Nur noch Billbos stilles Schreien, als er mich hochgezogen und weitergestoßen hat. Da lief ihm Blut übers Gesicht. Sah aus wie aus einem Horrorfilm. Das war da alles ein einziger verdammter Horrorfilm.«

Gordy betrachtete wieder seine Hände, während er sprach. Jetzt sah er auf und blickte McLean an, in seinen Augen glitzerten Tränen.

»Er hat mir da das Leben gerettet, und er hat es dieses Mal wieder getan. Sie waren nicht hinter ihm her. Die dunklen Engel. Die sind wegen mir gekommen. Aber er war da. Er hat gegen sie gekämpft, genau wie er's im Krieg gemacht hat. Nur dass die Blitze hatten. Haben ihn ganz feige von hinten erwischt. Und in die Nacht verschleppt. Seitdem hab ich ihn nicht mehr gesehen.«

McLean wartete, dass der Veteran noch mehr sagte, aber er schien sein Pulver verschossen zu haben. Es war eine seltsame Geschichte, eine traurige Klage über die Art und Weise, wie das Land mit beschädigten Seelen umging, aber nichts, was er nicht schon mal gehört hätte. Ja, die spezifische Form von Gordys Wahnsinn war einzigartig, aber die Tatsache, dass er wahnsinnig geworden war, war nur allzu gewöhnlich.

»Ich werde mein Bestes tun, um Ihren Freund zu finden, Gordy, aber es würde mir wirklich helfen, wenn ich ein bisschen mehr über ihn wüsste. Sie nennen ihn Billbo, mit zwei L? Er hat doch noch einen anderen Namen, oder?« McLean fing wieder an, den Spitznamen aufzuschreiben, hielt aber inne, als er »Bill« geschrieben hatte. »Hieß er William? William irgendwas?«

Gordy blinzelte, der Schatten einer Erinnerung flackerte durch sein gequältes Gehirn. Dann wurden seine Augen glasig, und der Wahnsinn flutete zurück.

»Sie haben ihn geholt, das haben sie. Die dunklen Engel. Sie haben meinen Freund geholt.«

McLean verspürte wirklich den Drang, etwas für den Mann zu tun, aber abgesehen davon, ihn in Haft zu nehmen und für die Nacht einzusperren, fiel ihm nichts Konstruktiveres ein. Gordy folgte ihm durch das Gebäude zum Parkplatz ohne ein weiteres Wort, abgesehen davon, dass er jedem vorbeigehenden Constable zumurmelte: »Ich war im Krieg, wissen Sie.«

Der Anblick der vielen Streifenwagen und gepanzerten Transporter schien ihm Angst zu machen. Sie sahen aus wie schlafende Monster, die jederzeit aufwachen und ihn verschlingen konnten. Als McLean auf den Schlüssel für seinen eigenen Wagen drückte, erschreckten ihn das Piepsen und Aufblenden der Scheinwerfer sichtlich. Sie mussten eine ganze Weile im eiskalten Wind stehen, bis er den Veteranen dazu überzeugen konnte einzusteigen.

Die Fahrt zur Obdachlosenunterkunft war gnädigerweise kurz. Auch wenn Gordy nicht wie jemand roch, der auf der Straße lebte und den größten Teil seiner Lebensmittel aus den Abfallcontainern hinter einem Supermarkt bezog, war er nicht gerade frühlingsfrisch. Glücklicherweise hatte er den Knopf fürs Fenster gefunden und es heruntergelassen, sobald McLean den Motor angelassen hatte. Und Ledersitze bekam man ja leicht wieder sauber.

McLean brachte den Veteranen aus zwei Gründen zum Heim. Zum einen konnte er den Mann nicht einfach so in die kalte Nacht hinausschicken. Nicht angesichts der Temperaturen, die deutlich unter den Gefrierpunkt sanken, und einer Unwetterwarnung mit heftigen Schneefällen für den nächsten Morgen. Außerdem faszinierte ihn Gordys Geschichte. Sicher, der Mann war eine lebende Reklame für das Community-Care-Konzept, aber irgendetwas war ihm zugestoßen, und das vor kurzer Zeit. Und es musste traumatisch genug gewesen sein, um ihn zur Polizei zu treiben. Er gehörte nicht zu den regelmäßigen Besuchern. Der Sergeant vom Dienst hätte ihn sonst wiedererkannt. Es bestand aber immer noch die Möglichkeit, dass jemand in der Obdachlosenunterkunft ihn erkannte. Und auch die Chance, dass sie wussten, wer Billbo war.

Der einladende Geruch von heißer Suppe quoll durch die Tür, als McLean Gordy in die Unterkunft führte. Er musste von der Essensausgabe dorthin gezogen sein und wurde schon bald vom weniger angenehmen Geruch nach lange nicht gewaschenen Körpern und mangelhafter Mundhygiene überlagert. McLean spürte, wie der Veteran neben ihm sich anspannte, als der Lärm über ihnen zusammenschlug, und ihm ging durch den Kopf, dass es vielleicht keine so gute Idee war, einen Mann, der es gewohnt war, im Freien zu leben, in einen Raum zu bringen, der der Alptraum jedes Klaustrophobikers sein musste.

»Wir besorgen Ihnen erst mal was zu essen, ja? Und dann

schauen wir vielleicht mal, ob Sie über Nacht ein Bett bekommen können.«

Gordy folgte ihm zögerlich zur Essensausgabe. Der Hunger überwältigte die Angst, als ihm eine Schale mit dampfendem Eintopf und eine dicke Scheibe dunkles Brot ausgehändigt wurde. Die Frau hinter dem Tresen wollte McLean auch etwas auffüllen, aber er winkte ab.

»Ist Jeanie Robertson da?«

Die Frage trug ihm eine hochgezogene Augenbraue ein, sodass er schnell seinen Dienstausweis hervorholte und ihn so unauffällig wie möglich vorzeigte. Die meisten der Gäste in dieser speziellen Einrichtung fühlten sich in Gegenwart der Polizei eher unwohl, und in einer Nacht wie dieser wollte er keinesfalls dafür verantwortlich sein, wenn der eine oder andere beschloss, dass es draußen weniger gefährlich war.

»Ich hole sie sofort.« Die Frau wedelte mit der Hand, als wollte sie den Dienstausweis verscheuchen, dann eilte sie in die Küche. Als McLean sich nach Gordy umdrehte, entdeckte er den Veteranen an einem Tisch in der Nähe, wo er aß wie ein Mann, der im letzten Jahrzehnt kein anständiges Essen mehr gesehen hatte.

»Tony McLean. Wie schön, Sie zu sehen. Was bringt Sie denn hierher?«

McLean bemerkte, dass Jeanie Robertson ihn nicht Inspector genannt hatte, wie sie es sonst immer tat, wenn sie sich im Krankenhaus trafen. Sie hatte als Krankenschwester eineinhalb Jahre lang seine Großmutter gepflegt, aber er hatte erst vor Kurzem mitbekommen, dass sie dazu auch noch ehrenamtlich in der Suppenküche aushalf. Ihre Großherzigkeit beschämte ihn beinahe.

»Hab nur einen neuen Gast vorbeigebracht.« Er zeigte auf Gordy, der gerade seine Schale mit dem Brot auswischte. »Kennen Sie ihn?«

Die Krankenschwester runzelte die Stirn. »Sie wissen ja, wie das hier ist. Ich kann nicht rumlaufen und allen Geschichten erzählen.«

McLean zuckte mit den Schultern. »Ich weiß nicht mal, ob ich da überhaupt irgendwas machen kann. Gordy kam vorhin aufs Revier und hat über dunkle Engel geredet, die seinen Freund geholt hätten. Der arme Kerl hatte nicht viel Glück im Leben.«

»Und da dachten Sie, Sie tun ihm mal was Gutes?« Jeanies Augenbrauen wanderten in gespielter Überraschung nach oben. Dann schüttelte sie den Kopf. »Traurigerweise kann ich Ihnen da nicht weiterhelfen. Ich kenne ihn nicht. Sie können sich denken, dass dieses Wetter eine Menge Menschen hereingetrieben hat, die ich noch nie gesehen habe. Ich bin mir sicher, Ihre Leute werden da draußen vielleicht bald auch ein paar Tote finden.«

McLean verzog bei dem Gedanken das Gesicht, auch wenn jeder Winter diesen Preis forderte. »Ich nehme an, Sie haben auch noch nie von einem Mann namens Billbo gehört? Mit zwei L?«

Wieder schüttelte die Krankenschwester den Kopf. »Kommt mir nicht bekannt vor, tut mir leid. Ich kann mal herumfragen, aber die Jungs hier können ziemlich verschlossen sein, wenn man anfängt herumzuschnüffeln.«

McLean lächelte sie schief an. »Na ja, war einen Versuch wert. Und so hat er zumindest was Warmes zu essen bekommen. Hat er irgendeine Chance, für heute Nacht ein Bett zu ergattern?«

»Wir schicken niemanden weg, Tony. Wenn er bleiben will, dann geben wir ihm eine Matratze und eine Decke.«

»Okay. Danke. Ich überlasse ihn dann Ihren fürsorglichen Händen.«

McLean warf einen letzten Blick auf den ehemaligen Soldaten, der zusammengekauert über seiner leeren Suppenschüssel saß, die letzten Stücke von seinem Brot abbrach und in den Mund steckte. Gordys Blick huschte hin und her und zeigte deutlich sein Misstrauen gegenüber den anderen Leuten um ihn herum. Er brauchte medizinische Versorgung, professionelle Hilfe, um das Trauma zu überwinden, das seine geistige Gesundheit zerstört hatte. Und alles, was die Gesellschaft ihm zu bieten hatte, war eine Schale Suppe, etwas trockenes Brot und eine Matratze auf dem Fußboden eines alten Kellers in den dunklen Nischen der Stadt. Aus den Augen, aus dem Sinn.

15

McLean wusste nicht genau, was er erwartet hatte, aber Jennifer Denton entsprach dem jedenfalls nicht. Zum einen war sie klein. Nicht nur nicht groß, sondern eher winzig, als stünde sie in Wirklichkeit immer ein bisschen weiter weg, als man dachte. Ihr Verhalten war ebenfalls distanziert. Nicht direkt unhöflich, aber sie versuchte auch nicht, die Tatsache zu verbergen, dass sie lieber irgendwo anders wäre, und zeigte ziemlich offen, dass sie diese ganze Vernehmung als ermüdend empfand.

Sie war Punkt acht gekommen, makellos. McLean stellte sich ihren armen Friseur vor, der nur »für Mademoiselle« so früh hatte aufmachen müssen. Auf jeden Fall hatte sie wesentlich mehr Aufwand getrieben als die meisten anderen, die zu einer Vernehmung kamen. Als er sie in den Vernehmungsraum geführt hatte, hatte sie kurz missbilligend die Nase gerümpft. Er hatte es als kleine Genugtuung empfunden, dass der Letzte, der auf dem Stuhl gesessen hatte, den er ihr anbot, ein durchgedrehter Exmilitär gewesen war, der obdachlos war und auf der Straße lebte.

»Sie haben schon ziemlich lange für Mr Weatherly gearbeitet, Ms Denton«, begann er, nachdem die Formalitäten abgeschlossen waren.

»Zwanzig Jahre. Ich habe in seinem Wahlkampfbüro angefangen. Nur ein Sommerjob, um etwas Erfahrung zu sammeln. Nachdem er die Wahl gewonnen hatte, bat Andrew mich zu bleiben.«

»Was machen … Was haben Sie für ihn gemacht?«

»Das habe ich Ihrer Kollegin schon alles erklärt. Wie heißt sie noch? Ritchie?«

McLean nahm das oberste Blatt von einem Papierstapel, den er vor sich liegen hatte, und tat so, als läse er. »Ich habe DS Ritchies Vernehmungsprotokolle gelesen. Sie waren sehr hilfsbereit. Alle bei Weatherly Asset Management waren das. Aber es gibt noch ein paar Punkte, die wir genauer klären müssen. Hier steht, Sie waren Mr Weatherlys persönliche Assistentin. Also, welche Tätigkeiten genau beinhaltete das?«

»Alles, Inspector.« Nicht einmal die Spur eines Lächelns, vielleicht sogar etwas Schärfe, aus Ermüdung und Verzweiflung. »Andrew war brillant, aber wie die meisten brillanten Männer war er vollkommen unfähig, sein Leben zu organisieren. Mein Job war es, dafür zu sorgen, dass er wusste, wo er wann sein musste, was er dort tun und mit wem er sich treffen sollte.«

»Hört sich an, als hätten Sie viel zu tun gehabt.«

»Ich war … ich bin effizient. Viel zu tun zu haben ist ein Zeichen von unzulänglicher Organisation.« Miss Denton setzte sich ein wenig anders hin. »Zeigen Sie mir einen vielbeschäftigten Mann, und ich zeige Ihnen jemanden, der es geradeso noch hinbekommt.«

Grumpy Bob, der neben ihm saß, unterdrückte ein Auflachen und verwandelte es in ein wenig überzeugendes Husten. McLean ignorierte ihn, so gut er konnte.

»War Weatherly vielbeschäftigt?«

»Oh, ganz schrecklich. Immer in Eile, nie hat er sich die Zeit genommen, etwas richtig zu erledigen.« Dieses Mal bedachte Miss Denton ihn mit einem wissenden Lächeln, während sie antwortete, als würden sie ein großes Geheimnis teilen. Im nächsten Augenblick war es verschwunden, abgelöst durch ihre normale, geschäftsmäßige Fassade, als sie etwas zu rezitieren begann, das sie offensichtlich gut einstudiert hatte. »Er saß in verschiedenen Regierungsausschüssen in Holyrood, wie Sie wissen. Einer davon war das Police Liaison Committee. Und dann hat er natürlich seine Firma geführt. Bei zwei Wohltätigkeitsorganisationen war er Vorstandsvorsitzender, in einem halben Dutzend anderer auf die eine oder andere Weise beteiligt. Außerdem hat er ziemlich viele Vorträge gehalten. Ich bin seinen Terminkalender durchgegangen, um alle zu benachrichtigen.«

»Ich nehme an, die meisten haben es sowieso schon in den Nachrichten gehört.« Grumpy Bob nahm seinen Teebecher und trank einen Schluck. McLean war dankbar für die Unterbrechung. Es war schwer, überhaupt ein Wort dazwischenzubekommen, wenn Miss Denton einmal anfing zu reden.

»Hatte Mr Weatherly irgendwelche Sorgen? Irgendetwas Außergewöhnliches, meine ich.«

»Andrew?« Miss Denton lachte beinahe. »Andrew hatte keine Sorgen, Inspector. Das war etwas für Leute wie mich, die hinter ihm aufräumen mussten.«

»Also haben Sie in den letzten paar Wochen oder Monaten keine Veränderung an ihm bemerkt?«

»Nein. Gar nichts. Ich sollte mich sogar an dem Abend noch mit ihm treffen. Bin bei seiner Wohnung vorbeigefahren, aber er war nicht da.«

»Sie haben einen Schlüssel?«

»Ja. Ich gehe davon aus, dass Sie die Wohnung noch durchsuchen.«

»Sobald das dran ist, ja. Hat sonst noch jemand Zutritt?«

»Die Putzfrau hat einen Schlüssel. Und Morag.« Miss Denton runzelte leicht die Stirn, als würde ihr der Gedanke an Mrs Weatherly zu schaffen machen. Sie schüttelte den Kopf. »Nein, ich glaube, sonst niemand.«

McLean schrieb »Putzfrau« in sein Notizbuch. Als er wieder aufschaute, hatte Miss Denton ein dünnes Smartphone herausgezogen und tippte auf das Display.

»Sie heißt Muriel. Muriel Jenks. Ich kann Ihnen ihre Nummer geben. Sie wird noch nicht wieder drin gewesen sein, falls Sie sich deshalb Gedanken machen. Sie kommt nur dienstags und donnerstags, und ich wage zu behaupten, dass sie wahrscheinlich auch schon die Nachrichten gehört hat.«

McLean ergänzte seine Notizen. »Wer waren Ihrer Meinung nach Mr Weatherlys Feinde, Miss Denton?«

»Oh. Cleverer Themenwechsel, Inspector. Sie wollen mich wohl überrumpeln, was?« Miss Denton schwieg kurz, als erwartete sie eine Antwort. Sie brauchte nicht lange, um zu beschließen, dass wohl keine mehr kommen würde. »Falls Sie meinen, wer Andrew den Tod gewünscht haben könnte: Nun ja, die Leute sagen doch andauernd so etwas, ohne es wirklich zu meinen. Aber abgesehen davon dachte ich, er hätte sich selbst umgebracht.«

»Das nehmen wir an, auch wenn es noch bestätigt werden muss. Mr Weatherly war sehr bekannt, also müssen wir sehr pingelig sein. Kein Stein, den wir nicht umdrehen.«

»Verständlich. Natürlich hatte Andrew Feinde. Er war Politiker, und noch dazu einer mit Ansichten, die viele Leute für extrem halten. Zum einen war er kein Freund der Unabhängigkeit. Und er hat sich auch nicht gescheut, das laut zu sagen; ich denke, da werden Sie mir zustimmen.«

McLean schaute auf seine Notizen. Er hatte sich zuvor ein halbes Dutzend Fragen aufgeschrieben, aber sie erschienen ihm jetzt bedeutungslos. Diese ganze Vernehmung war in Wahrheit kaum mehr als ein stupides Abarbeiten einer standardisierten Liste.

»Vielleicht könnten Sie mir etwas über Mr Weatherlys Geschäfte erzählen? Er war Finanzanalyst und Fondsmanager, wenn ich das richtig verstanden habe.«

»Das ist ein bisschen, wie zu sagen, dass der Papst Katholik ist, aber im Allgemeinen stimmt das schon, ja.«

»Ich kann mir vorstellen, dass er mit großen Geldsummen umgegangen ist.« Das kam von Grumpy Bob, der vollkommen entspannt zurückgelehnt auf seinem Stuhl saß.

»Ich bezweifle, dass Sie sich auch nur ansatzweise vorstellen können, mit welchen Summen er umgegangen ist, Sergeant. Beim letzten Audit war Weatherly Asset Management für Investitionen von über gut drei Milliarden Pfund verantwortlich.«

Grumpy Bob stieß einen leisen Pfiff aus. »Wenn das den Bach runtergeht, würde das den Boss schon ein bisschen unter Druck setzen können.«

Miss Denton sah ihn an wie eine Mutter ein Kind, das gerade etwas wirklich Dummes getan hat, sagte aber nichts dazu.

»Sergeant Laird hat nicht ganz unrecht, Miss Denton. Wussten Sie von irgendwelchen geschäftlichen Problemen? Irgendwelchen Investitionen, die nicht aufgegangen sind?«

»Das würde natürlich beträchtlich erleichtern zu erklären, warum Andrew getan hat, was er getan hat.« Miss Denton schwieg, als würde sie über diese Möglichkeit nachdenken. McLean war sich ziemlich sicher, dass das alles nur Show war. »Aber nein. Da lauert nichts Schreckliches in den Büchern. Natürlich lief es nach der Krise von 2008 erst einmal ein bisschen ruhiger, aber in jüngster Zeit boomt es wieder.«

»Und was ist mit seinem Privatleben? War alles okay zwischen Mr Weatherly und seiner Frau?«

»Woher sollte ich denn so etwas wissen?« Zum ersten Mal, seit die Vernehmung angefangen hatte, sah Miss Denton aus, als fühlte sie sich unwohl. Ein haarfeiner Riss in ihrem Panzer, und ein sehr entlarvender.

»Sie haben zwanzig Jahre lang eng mit Mr Weatherly zusammengearbeitet. Sie müssen doch die Familie gekannt haben und wissen, wie sie miteinander ausgekommen sind.«

»Ich war Andrews persönliche Assistentin. Ich war nicht Morags Shoppinghilfe oder die Nanny der Mädchen. Falls es zu Hause Probleme gegeben haben sollte, so hat Andrew sie nie erwähnt.«

Nicht mal, wenn Sie in seinen Armen gelegen haben? McLean schluckte die Frage hinunter, die ihm auf der Zunge lag. Es war jetzt nicht mehr zu übersehen, aber die Tatsache, dass Miss Denton nicht nur Andrew Weatherlys Assistentin, sondern auch seine Geliebte gewesen war, war nicht wirklich wichtig. Ob Mrs Weatherly davon gewusst hatte oder nicht, war ebenso unwichtig. In der Vergangenheit des Mannes herumzuwühlen, in seinen Misserfolgen wie in seinen unzweifelhaften Erfolgen, würde die beiden Mädchen nicht wieder lebendig machen.

»Nun, Sie haben uns sehr geholfen, Miss Denton. Ich kann mir kaum vorstellen, wie belastend das alles für Sie sein muss. Jemanden zu verlieren, für den man so lange gearbeitet hat, ja, mit dem man auch befreundet war. Dass wir nun in seinen Privatangelegenheiten herumstochern, macht es bestimmt nicht leichter.«

Da war ein kaum wahrnehmbares Zurückschrecken bei dem Wort »Privatangelegenheiten«. Als wäre es heutzutage noch sonderlich verwerflich, etwas mit der Sekretärin anzufangen. Meine Güte, das war doch schon fast ein Klischee.

»Sie machen nur Ihren Job, Inspector.« Miss Denton nickte ihm knapp zu. »Und ich meinen, also falls Sie keine weiteren Fragen mehr haben …«

»Detective Sergeant Laird wird dafür sorgen, dass Sie dorthin gebracht werden, wohin Sie müssen.« McLean stand auf und streckte die Hand aus. Er wartete, bis Miss Denton sie geschüttelt hatte, bevor er hinzusetzte: »Und wenn ich Sie noch um diese Schlüssel bitten dürfte?«

Sie zögerte kurz, bevor sie fragte: »Brauchen Sie dafür nicht irgendeine Art von Erlaubnis?«

»Theoretisch schon, nehme ich an. Aber wer sollte schon was dagegen haben? Wenn Sie dabei sein möchten, wenn wir die Wohnung durchsuchen, können wir das arrangieren. Aber ich würde es lieber so bald wie möglich machen.«

Miss Denton starrte ihn mit diesem ausdruckslosen Gesicht an, und McLean konnte nicht anders, als ihre Haltung zu bewundern. Vielleicht würde sie nach Hause gehen und in Tränen zusammenbrechen, aber vielleicht war sie auch einfach der Typ Mensch, der schlichtweg keine Zeit für solche emotionalen Ausbrüche hatte. Hatte sie eine Ahnung, aus welchem Grund Weatherly diese schrecklichen Taten begangen haben könnte? Er glaubte es nicht. Was nicht bedeutete, dass er nicht auch ein bisschen in ihrem Hintergrund herumstochern würde. Oder zumindest DC MacBride dazu bringen, es für ihn zu tun.

»Sie haben recht.« Miss Denton klappte ihre Handtasche auf und zog einen Schlüsselbund heraus, löste geübt zwei Schlüssel heraus und gab sie ihm. »Das Schaltfeld für die Alarmanlage ist, wenn Sie hereinkommen, direkt hinter der Eingangstür. Der Code ist Andrews Geburtstag. Alle acht Ziffern. Bitte bemühen Sie sich, die Wohnung nicht zu verwüsten.«

16

Andrew Weatherlys Stadthaus war nicht ganz so, wie es sein georgianischer Erbauer ursprünglich im Sinn gehabt hatte, aber es war mehr als groß genug für eine vierköpfige Familie. McLean parkte gegenüber am Straßenrand, suchte die anderen Autos nach Anzeichen daraufhin ab, dass es sich um Pressevertreter handeln könnte, aber ausnahmsweise schienen sie sich nicht dafür zu interessieren. Vielleicht reichte der einzelne Constable in Uniform, der davor postiert war, schon aus, um sie abzuwimmeln.

»Haben Sie die Nummer?«, fragte er. DS Ritchie, die neben ihm saß, brauchte einen Moment, um zu antworten, sie war mit ihren Gedanken ganz woanders.

»Was? Oh. Ja. Tut mir leid, Sir. Hab sie in mein Notizbuch geschrieben.« Ihre Stimme hörte sich belegt an, als stünde sie kurz davor, eine Erkältung zu bekommen. Ihr ständiges Schniefen legte nahe, dass es heftig werden würde.

»Gut. Dann lassen Sie uns mal rausgehen und gucken, wie die andere Hälfte so lebt.«

Der Constable, der Wache stand, sah halb erfroren aus. Er hatte die Hände tief in die Achselhöhlen gesteckt auf der Suche nach dem bisschen Wärme, das sich dort verbergen mochte. McLean wollte schon zu Ritchie eine Bemerkung über vergessene Handschuhe machen, als ihm auffiel, dass er selbst auch kaum dem Wetter entsprechend gekleidet war. Wenigstens hatte er ein warmes Auto, in das der zurückkehren konnte.

»Werden Sie in absehbarer Zeit abgelöst, Constable?« McLean zeigte seinen Dienstausweis vor, auch wenn es, nach der Art und

Weise zu schließen, wie der Polizist reagiert hatte, als sie näher gekommen waren, nicht wirklich nötig gewesen wäre.

»Schichtwechsel ist um zwölf, Sir. Kann gar nicht bald genug sein. Ich frier mir hier den Arsch ab.«

»Sie können kurz mit reinkommen. Sich aufwärmen.« McLean zog die Schlüssel heraus, die ihm Jennifer Denton gegeben hatte. Das Riegelschloss war gut geölt, und er wollte gerade den flachen Schlüssel in das Sicherheitsschloss stecken, als er innehielt. DS Ritchie hatte ihm den Rücken zugekehrt und starrte die Straße entlang.

»Die Nummer, Sergeant? Ich hab keine große Lust darauf, dass der Alarm losgeht und jeder Reporter in der näheren Umgebung erfährt, dass wir hier sind.«

»Oh. `tschuldigung.« Ritchie kramte in ihrer Jackentasche, fummelte das Notizbuch heraus und ließ es zu Boden fallen. Sie und der Constable beugten sich gleichzeitig nach unten, um es aufzuheben, und stießen sich unvermeidlich die Köpfe.

»Ehrlich, das ist manchmal wie im Kindergarten.« McLean wartete, bis sie sich wieder berappelt und die Nummer gefunden hatte.

»Zweiundzwanzig. Null. Sieben. Eins. Neun. Fünf. Drei.«

»Sicher?«

»Jap. Hab's heute Morgen auf Wikipedia nachgeschaut.«

Brillant. Moderne Ermittlungskunst. McLean versuchte, das Gesicht nicht zu verziehen, als er sich ein bisschen zu schnell für seine Hüfte zur Tür umdrehte. Wie das Riegelschloss war auch das Sicherheitsschloss gut geölt. Ebenso die Türangeln. Er drückte die Tür auf und trat ein.

Das Erste, was ihm auffiel, war der Geruch, aber er war zu sehr damit beschäftigt, hinter der Tür nach dem Bedienfeld für die Alarmanlage zu suchen, um ihn wirklich wahrzunehmen. Er hatte damit gerechnet, dass sie piepte, während sie herunterzählte, aber es war nichts zu hören. Das Bedienfeld war ein modernes Gerät, ein Touchscreen mit Nummern darauf und einer Statusanzeige. Er brauchte einen Moment, um zu begreifen, dass die Alarmanlage gar nicht eingeschaltet war.

»Kommen Sie rein.« Er machte die Tür für Ritchie und den Constable weit auf, und da wurde ihm endlich bewusst, was ihm in die Nase zog. Altmodische Streichhölzer an einer Reibefläche; hartgekochte Eier, deren Eigelb sich außen grün verfärbt hatte; das Stechen frisch gemahlener Senfkörner. Das Gästezimmer, in dem Grumpy Bob nach einer Nacht mit Bier und Curry übernachtet hatte.

»Bäh. Hat hier jemand vergessen, den Mülleimer auszuleeren? Es stinkt ziemlich.« Ritchie rümpfte die Nase, die Sommersprossen auf ihren Wangen tanzten bei der Bewegung. Jetzt, wo er sie bewusst anschaute, sah er, dass ihre Augen rot umrändert und wund aussahen und ihre Lippen geschwollen schienen. McLean sog noch einmal die Luft ein, aber der Geruch war beinahe verflogen, als sei der Geist von Auld Reekie im Haus gefangen gewesen, und sie hätten ihn mit dem Öffnen der Tür herausgelassen.

»Sind Sie sich sicher, Sergeant?«

»Ich …« Ritchie schnüffelte noch einmal. »Nein. Es ist weg. Seltsam.«

»Riechen Sie was, Constable?«

»Nein, Sir. Na ja, nichts Ungewöhnliches jedenfalls. Vielleicht Bodenpolitur?«

»Vielleicht einfach nur abgestandene Luft. Wir haben es rausgelassen, als wir die Tür aufgemacht haben.« McLean zog ein paar enge Latexhandschuhe aus der Tasche, die ein schnappendes Geräusch machten, als er sie überzog, und sah dann zu, wie Ritchie dasselbe tat. Der Constable bezog an der Tür Position, anscheinend nicht gewillt, weiter nach innen vorzudringen. Was verständlich war, denn der Eingangsbereich war dunkel, nur durch das schwache Tageslicht erhellt, das bleich durch ein Oberlicht und aus dem Treppenhaus hereinsickerte. Schatten lauerten in jeder Ecke und malten zusammen mit dem antiken Mobiliar seltsame Umrisse. Es erinnerte McLean alles viel zu sehr an das Haus in Fife.

»Fangen wir oben an und arbeiten uns nach unten durch.« Er durchquerte den Eingangsbereich und ging zur Treppe, blieb aber stehen, als er bemerkte, dass er allein war. Ritchie hatte sich nicht von der Schwelle gerührt. Ihr Kopf war von einem Kranz aus nebligem Licht umgeben, ihre Hände in der Bewegung erstarrt, mit der sie sich die Handschuhe überstreifen wollte. »Kommen Sie, Sergeant, wir haben nicht den ganzen Tag Zeit.«

Ritchie zuckte zusammen, als wäre sie kurz eingenickt, und zog den Latexhandschuh an. Sie eilte durch die Diele und schloss sich ihm an, als er die Treppe hochstieg.

»Alles in Ordnung mit Ihnen?«, fragte McLean. »Sie wirken den ganzen Tag schon irgendwie wie abgeschaltet.«

»Sorry, Sir. Kommt nicht wieder vor.« Ritchie zog die Finger des Handschuhs glatt. »Wonach suchen wir?«

»Nach allem Möglichen. Ich weiß es nicht genau. Konzentrieren wir uns auf die Zimmer, die Weatherly am wahrscheinlichsten benutzt hat. Schlafzimmer, Bad, Arbeitszimmer. So etwas.«

Die Treppe führte auf eine Galerie, die von oben Licht bekam durch ein großes Glasfenster in der Decke, oval und mit Vogeldreck besprenkelt. Die Türen öffneten sich zu gepflegten, unpersönlichen Gästezimmern mit gemachten Betten, aber vollkommen leeren Schränken. Am Ende eines kurzen Flurs in den hinteren Bereich des Hauses befand sich ein Raum, der für die Mädchen gewesen sein musste, direkt gegenüber einem großen Badezimmer. Am Ende lag das Elternschlafzimmer mit Ausblick auf die privaten Gärten hinter der Häuserzeile. Darin stand ein großes Bett, es gab einen begehbaren Kleiderschrank, eine niedrige Kommode, ein paar Stühle. Nichts, was man nicht erwarten würde. Das Bett sah aus, als sei es in Eile gemacht worden von einem Mann, der allein war und vielleicht niemanden erwartete. Und doch war etwas an der Wohnung, das McLean keine Ruhe ließ. Es war ein bisschen wie der verflogene Geruch an der Eingangstür, irgendetwas, das er nicht genau benennen konnte.

»Hier war schon jemand dran.«

McLean sah zu Ritchie hinüber. Sie hatte die oberste Schublade einer alten Mahagonikommode aufgezogen und fuhr mit der Hand durch Weatherlys Socken.

»Was?«

»Hier war schon jemand dran, vorsichtig und systematisch. Hat nach irgendetwas gesucht, aber nicht in Eile wie ein gewöhnlicher Dieb.«

»Wie kommen Sie darauf?« McLean trat zu ihr und blickte auf eine Sammlung von Marks & Spencers besten Baumwollsocken, die denjenigen, die er zu Hause hatte, verblüffend ähnlich sahen.

»Es ist nur so ein Eindruck, Sir, aber ich würde mal annehmen, dass Weatherly seine Wäsche nicht selbst gewaschen hat.«

»Er hatte eine Putzfrau. Wahrscheinlich hat die das für ihn erledigt, wenn er hier war. Oder vielleicht seine Frau.«

Ritchie schauderte, als sie sich ohne Zweifel an den Anblick von Morag Weatherly in ihrem Bett erinnerte. »Trotzdem. Wenn man eine Ladung Wäsche zusammengelegt und die Socken so ordentlich zusammengesteckt hat.« Sie nahm eines der perfekten Bündelchen in die Hand. »Dann sortiert man die auch ordentlich ein. Und schmeißt sie nicht wie Kraut und Rüben in die Schublade.«

»Für mich sieht das ziemlich ordentlich aus.« McLean lugte auf die Sockenreihen, die eng aneinandergeschmiegt wie kleine wollige Tierchen in ihr Strümpfenest gekuschelt lagen. Seine eigenen Socken neigten eher zu Kraut, wenn auch nicht zu Rüben. Aber andererseits hatte er auch niemanden, der ihm die Wäsche machte.

»Ordentlich, aber nicht so, wie sie hineingelegt worden waren.« Ritchie nahm noch mehr Socken heraus und legte sie dann wieder in die Reihe zurück. Als sie das mit der halben Schublade gemacht hatte, konnte McLean sehen, worauf sie hinauswollte.

»Gibt es hier noch etwas, das verändert wurde?« Er ging zum begehbaren Kleiderschrank und zog die Tür auf. Andrew Weatherly hatte eine ganze Menge teurer Anzüge besessen, wie es schien. Und ebenso viele Schuhe.

»Hier.« Ritchie beugte sich an ihm vorbei, und er fing einen Hauch von ihrem Parfüm auf. »Die sind alle auf eine Seite geschoben, als hätte jemand die Taschen durchsucht, einen nach dem anderen.«

»Oder Weatherly hat einfach nur versucht, an den letzten in der Reihe heranzukommen.«

»Möglich.« Ritchie ging in die Hocke und fing an, die Schuhe aus ihren jeweiligen Fächern zu ziehen. Mit einem behandschuhten Finger fuhr sie über hochglänzendes schwarzes Leder und enthüllte einen dünnen Staubfilm auf einem. »Glauben Sie auch, er hat plötzlich beschlossen, ein Paar Schuhe anzuziehen, das er eine ganze Weile nicht getragen hat?«

McLean trat aus dem Kleiderschrank und ließ Ritchie vorbei. Er ließ den Blick durch den Rest des Raumes schweifen, aber ohne zu wissen, wie er vorher ausgesehen hatte, konnte er nicht wirklich erkennen, ob etwas verändert worden war. Sollte er ein Spurensicherungsteam rufen? Er wusste es wirklich nicht. Es war sowieso nicht möglich herauszufinden, ob irgendetwas entfernt worden war. »Werfen wir mal einen Blick in ein paar von den anderen Zimmern, aye?«

In den Gästezimmern fehlte nichts Offensichtliches, aber da waren die Schubladen und Schränke auch überwiegend leer. Das Kinderzimmer war klein und mit Kisten voller Spielzeug vollgestellt. Schwer zu sagen, ob da jemand etwas durcheinandergebracht hatte, auch wenn die Laken des einen Bettes an einer Seite nicht eingesteckt waren. Wohl kaum ein schlagkräftiger Beweis für irgendetwas.

Unten hatte der Constable sich nicht von seinem Platz an der Tür gerührt. McLean nickte ihm zu, bevor er einen Raum betrat, der sich als geräumiges Speisezimmer entpuppte. Einen flüchtigen Augenblick lang war ihm, als hätte er den unangenehmen Geruch wieder in der Nase gehabt. Vielleicht waren irgendwo in der Nähe Rohre verstopft. Wieder war er verflogen, kaum dass er ihn bemerkt hatte.

Das Zimmer ging zur Straße hinaus, die Fenster lagen etwas höher als der Bürgersteig, sodass die Passanten von draußen keinen Blick auf die wichtigen Leute drinnen erhaschen konnten. Die Vorhänge waren zugezogen, aber wie im Rest des Hauses herrschte eine seltsam düstere und bedrückende Atmosphäre. Nichts hier drin sah ungewöhnlich aus, abgesehen von einem schweren versilberten Fotorahmen, der schief auf einem Sideboard neben der Tür lag. McLean nahm ihn in die Hand und hätte ihn beinahe wieder fallen lassen, als er ein Foto der beiden Mädchen erblickte. Es war eine kunstvolle Studioaufnahme, zweifellos das Werk eines erfahrenen Fotografen, aber alles, was er sehen konnte, waren tote Augen, die ihn vorwurfsvoll anstarrten.

Als er den Rahmen auf das Regal zurückstellte, fiel ihm auf, dass die Oberfläche an einer Seite eingedellt war, als sei sie irgendwann flüssig gewesen und jemand hätte sie zu fest angefasst. Oder als hätte das Silber angefangen zu schmelzen wie Schokolade in einer Kinderhand. Ob das so gehörte? Wieder konnte er es nicht entscheiden. Aber es fühlte sich verkehrt an.

»Hier drin, Sir. Das sollten Sie sich ansehen.«

McLean drehte sich zu Ritchies Stimme um. Sie war durch eine Tür am anderen Ende des Raumes getreten, die bei näherer Betrachtung zu Weatherlys Büro führte. Ritchie saß an dem überraschend modernen Schreibtisch, ihre Finger schwebten in der Luft über der Tastatur eines flachen Desktop-Computers. Eines von diesen abgefahrenen Dingern, die fast nur aus Monitor zu bestehen schienen, ohne dass man irgendwelche Elektronik sehen konnte.

»Was haben Sie gefunden?« Vorsichtig wählte er seinen Weg um den Tisch herum, bis er auf den Bildschirm sehen konnte. Er war dunkel, nur ein kleiner Cursor blinkte in der unteren linken Ecke.

»Was ich nicht gefunden habe ist viel interessanter.« Ritchie drückte ein paar Tasten. Nichts geschah.

»Passwort?«

»Das ist es nicht. Er fährt nicht hoch, es gibt gar kein Betriebssystem. Gar nichts.«

»Haben Sie schon versucht, ihn einmal aus- und wieder einzuschalten?« Das trug ihm einen missbilligenden Blick ein.

»Er war eingeschaltet, als ich ihn entdeckt habe, Sir. Ich bin mir nicht sicher, ob es so eine gute Idee wäre, ihn auszuschalten.«

»Sie glauben, dass daran herummanipuliert wurde?«

»Ich weiß, dass daran herummanipuliert wurde. Sehen Sie mal.« Ritchie zeigte auf den Rand des Monitors, wo sich ein paar Anschlüsse befanden, die kunstvoll in den Rahmen eingelassen waren. Die meisten waren leer, aber in einem steckte etwas, das aussah wie ein billiger USB-Stick. »Ich denke nicht, dass sie vorgehabt hatten, den hier zurückzulassen. Wenn ich mich nicht irre, ist das ein Festplatten-Wiper. Der putzt die Festplatte und füllt sie mit Nullen und Einsen. Und dann ist da noch das hier.« Sie drückte sich aus dem Stuhl hoch und ging zu den Aktenschränken, die an der Wand standen. Zog eine Schublade auf.

»Erstens waren sie nicht abgeschlossen. Es hängen eine Menge leerer Ordner darin. Sogar die kleinen Beschriftungsschildchen sind weg.«

McLean drehte sich langsam einmal um sich selbst und betrachtete den ganzen Raum. Wie lange war es her, seit Weatherlys Tod gemeldet worden war? Er hätte es sich wirklich denken müssen. Der Mann hatte Einfluss, saß in hochkarätigen Ausschüssen, ging mit Staatsgeheimnissen um.

»Die verdammten Schlapphüte waren schon hier, oder?«

Ritchie nickte nur ein Mal. »Sieht ganz danach aus, aye.«

17

Es war dunkel, als McLean endlich durch die Hintertür nach Hause kam, aber andererseits war es seit vier Uhr nachmittags dunkel gewesen, viele Stunden, bevor er damit fertig war, seinen Besuch in Weatherlys Stadthaus aufzuschreiben und dem stetig wachsenden Bericht hinzuzufügen. Niemand konnte ihnen vorwerfen, nicht gründlich zu sein. Schade nur, dass sie genau gar nichts herausgefunden hatten. Andererseits vermutete er ja, dass das von Anfang an der Sinn der Sache gewesen war.

Als er das Licht in der Küche anknipste, überraschte es ihn, dass Mrs McCutcheons Katze nicht auf ihn wartete. Er wusste, dass sie den größten Teil des Tages am Aga-Herd verschlief, aber sobald sie seinen Wagen auf dem Kies vor dem Haus hörte, wachte sie auf, sprang auf den Tisch und begann sich mit der Zunge den Hintern zu lecken. Er hatte keine Ahnung, warum sie ihn jeden Abend so begrüßte, aber andererseits mussten Katzen ja wohl geheimnisvoll sein.

Und jetzt war sie nirgendwo zu sehen.

Er ließ den Pizzakarton auf den Tisch fallen, neben den Stapel Akten, die er mit nach Hause genommen hatte. Wenigstens würde er in Frieden essen können. Wenn er jetzt den Kamin in der Bibliothek anmachte, würde es in einer Stunde oder so warm genug sein, um dort zu sitzen und zu lesen. Aber davor kam erst noch das Ritual, die Post aufzulesen.

Nur, als er zur Haustür kam, lag da gar nichts auf der Matte. Er schaltete das Außenlicht ein, machte die Tür auf und sah dort nach. Lugte durch den Briefschlitz und schaute sogar unter der alten Holzkiste nach, die voll mit nicht zusammenpassenden

Gummistiefeln und abgetragenen Mänteln war. Nichts. Nun, es bestand immer noch die Möglichkeit, dass gar keine Post gekommen war. Keine Werbesendungen, keine Kataloge, keine Kreditkartenangebote, keine Wohltätigkeitsorganisationen, die mit Bildern verhungernder Kinder oder gequälter Tiere an sein Mitleid appellierten. Möglich, aber sehr unwahrscheinlich. Es sei denn, die Briefzusteller würden streiken.

Erst als er durch die Diele zurück in die Küche ging, fiel ihm der Lichtschein unter der Tür zur Bibliothek auf. Es war kein elektrisches Licht, mehr das orangefarbene Flackern eines Feuers. Eiseskälte breitete sich in seinem Magen aus, die nichts mit dem Schnee zu tun hatte, der draußen auf der Erde lag, und alles mit den Erinnerungen an Rauch und Hitze und einen Mann, der schrie, während die Flammen seine Haut zum Schmelzen brachten. Er hatte in jüngster Zeit viel zu viele Erfahrungen mit Bränden gemacht. Aber wie konnte es sein, dass da drin etwas brannte?

Vorsichtig schlich er zur Tür und lauschte nach einem Geräusch, das das Feuer entlarven würde, das schadenfroh knisternd die unersetzliche Sammlung antiker Bücher seiner Großmutter verzehrte. Da war keins, und als er den Handrücken an die Eichenfüllung der Tür hielt, war sie so kalt wie der Rest des Hauses. Er drückte langsam die Klinke herunter, spürte auf den Augenblick hin, wo die Zunge lockerließ, dann drückte er die Tür so sanft und leise auf, wie die alten Angeln es erlaubten. Steckte den Kopf durch den Türrahmen.

»Ah. Inspector. Endlich sind Sie zu Hause. Man hat mir schon gesagt, dass Sie irrsinnig lange arbeiten, aber ich habe es nicht geglaubt. Mein Fehler, was?«

McLeans Augen brauchten eine Weile, um sich an die schwache Beleuchtung zu gewöhnen, und noch länger brauchte er, um zu verstehen, was er da vor sich sah. Das Feuer war angezündet, Kohlen brannten lustig und füllten den Raum mit einladender Wärme. Mrs McCutcheons Katze lag auf dem abgewetzten Schaffellläufer vor dem Kamin, ihr Schwanz zuckte jedes Mal, wenn sie vom Tod einer Maus träumte. Auf dem Beistelltisch neben seinem Lieblingsledersessel mit der hohen Lehne stand eine seiner Flaschen Einzelfasswhisky der Scottish Malt Whisky Society neben einem halb geleerten Glas und einem kleinen Krug mit Wasser. Und in dem Sessel saß ein Mann.

Er kannte ihn nicht, so viel wusste McLean. Und gleichzeitig war er sich beinahe sicher, dass er wusste, wer der Mann war.

»Sie haben die Kohlen gefunden. Und den Whisky, wie ich sehe.« Er trat ganz in den Raum, schloss die Tür hinter sich und drückte auf den Lichtschalter, der die Wandleuchten einschaltete. Es war ein weiches, indirektes Licht, aber es reichte, um den Mann, der in beinahe vollkommener Dunkelheit dagesessen hatte, zum Blinzeln zu bringen.

»Die Kohlen waren einfach. Der Whisky etwas weniger.« Der Mann trank einen kleinen Schluck und hielt das Glas vor eine der neuen Lichtquellen. »Aber ich verstehe, warum Sie ihn versteckt hatten. Verdammt gut, das Zeug.«

»MI6? MI5? Oder irgendeine neue Abteilung der Special Branch, von der ich noch nichts gehört habe?« McLean ging zu dem Bücherregal, hinter dem sich sein Spirituosenvorrat befand, öffnete es und holte sich selbst ein sauberes Glas. Der Mann, der in seinem Sessel saß, beobachtete ihn, während er sich einschenkte, ein bisschen Wasser hinzugab, sich das Glas unter die Nase hielt und den Duft seine Nerven beruhigen ließ. Der Schreck hatte sich längst in Zorn verwandelt, aber keins von beidem würde ihm hier weiterhelfen.

»Es spielt nicht die geringste Rolle. Es muss Ihnen genügen zu wissen, dass wir beide auf derselben Seite stehen.«

McLean stieß ein wenig überzeugendes, bellendes Auflachen aus. »Sie brechen in mein Haus ein, klauen von meinem Whisky, und dann versuchen Sie, mir weiszumachen, wir stünden auf derselben Seite?«

»Ich denke, Sie werden keinerlei Anzeichen dafür finden, dass ich eingebrochen bin, Inspector.« Der Mann hob sein Glas zum Gruß. »Aber beim Whisky haben Sie mich erwischt. Egal. Was sollte ich denn in den letzten zwei Stunden machen? Ich dachte schon, Sie kommen gar nicht mehr nach Hause.«

»Sie hätten anrufen können. Sie hätten ins Büro kommen und dort mit mir sprechen können. Ich nehme an, es geht um Weatherly?«

»Ah, der messerscharfe Verstand des Detectives. Ja. Es geht um Weatherly.«

»Ihre Truppe hat schon seine Wohnung durchkämmt und seinen Computer leergeräumt. Ist das die Standard-Vorgehensweise, oder hatte er wirklich etwas zu verbergen?«

»Sagen wir einfach, ein bisschen was von beidem, ja? Belassen wir's dabei.«

»Sie können sagen, was Sie wollen, ehrlich. Die Ermittlung ist zu Ende. Der Fall ist so gut wie abgeschlossen. Weatherly hat seine Familie umgebracht und dann sich selbst. Die Frage, warum, überlassen wir der Presse und ihren Spekulationen. Wir interessieren uns nicht mehr dafür.«

»Oh, aber ich denke doch, dass Sie das tun.« Der Mann trank noch einen Schluck, einen größeren dieses Mal, und stieß einen zufriedenen kleinen Seufzer aus, als der starke Whisky sich den Weg seine Kehle hinab brannte. »Ich glaube nicht eine Minute lang, dass der große Detective Inspector Anthony McLean nicht wissen will, aus welchen Gründen ein Mann wie Weatherly so etwas Schreckliches tun könnte.«

»Was ich will, spielt hier nicht die geringste Rolle. Ich will Sie aus meinem Haus haben, aber ich rechne nicht damit, dass mir dieser Wunsch erfüllt wird, bis Sie mir gesagt haben, was immer Sie mir über die offiziellen Wege nicht sagen konnten.«

»Touché, Inspector.« Der Mann erhob sich aus dem Sessel, trank den letzten Schluck Whisky aus und stellte das Glas sorgfältig auf einem der Untersetzer auf dem Tisch ab. Er sah unauffällig aus, die perfekte körperliche Verfassung für seine Art von Arbeit. Durchschnittliche Größe, durchschnittlicher Körperbau, keine besonders ins Auge fallenden Gesichtszüge. Seine Kleidung war bequem, aber ordentlich: eine etwas locker sitzende Hose, kariertes Hemd mit Schlips unter einem Pullover mit V-Ausschnitt, Tweed-Jackett, das für einen Lehrer einen Hauch zu gut geschnitten war. Er mochte dasselbe Alter wie McLean haben, aber andererseits hätte er auch in jedem Alter zwischen Ende zwanzig und Mitte fünfzig sein können. Er war nichtssagend, treffender konnte man es nicht bezeichnen.

»Ich bin gekommen, um Ihnen zu sagen, dass Sie nicht aufhören sollen, im Fall Weatherly zu ermitteln.«

McLean brauchte eine Weile, um die Information zu verarbeiten. »Nicht aufhören. Sie meinen weitermachen?«

»Ganz genau. Wieder dieser unbestechliche Intellekt.« Der Mann lächelte wie ein Vater, der seinem Kind zum ersten erfolgreichen Gang aufs Töpfchen gratuliert.

»Das kann ich nicht mehr, wenn die den Fall erst mal schließen.«

»Oh, das werden sie. Und zwar bald. Aber wann hat Sie so etwas jemals abgehalten?« Der Mann sah aufrichtig überrascht aus.

»Das ist aber arg unter der Gürtellinie für jemanden, der von mir einen Gefallen möchte.«

»Aber es stimmt. Sie haben ja einen bestimmten Ruf.«

»O verdammt noch mal.« McLean knallte das Glas auf den Kaminsims, und Mrs McCutcheons Katze schreckte hoch. »Raus. Gehen Sie, bevor ich Sie rauswerfe.«

»Ich meine es ernst, Inspector. Sie müssen weitergraben in dem Fall.« Der Mann vom Geheimdienst ging zur Tür.

»Was soll ich denn ausgraben? Da gibt es nichts zu graben. Ein Mann dreht durch, bringt seine Familie um, erschießt sich. Ende der Geschichte. Und jetzt raus.«

»Sie glauben das doch nicht wirklich mehr als ich.« Der Mann machte die Tür weit auf. Wie aufs Stichwort strich das Licht aus den Scheinwerfern eines Autos durch das Fenster, das von der Halle zur Zufahrt hinausging. »Ich finde selbst hinaus.«

McLean sagte nichts, sondern beobachtete, wie der Mann präzise den direkten Weg durch die Eingangshalle nahm. Er drehte sich nicht noch einmal um, sondern trat direkt auf die Veranda hinaus. Kurz darauf schloss sich die Tür mit einem dumpfen Laut, und einen Augenblick danach knirschten Autoreifen auf dem Kies. Erst dann stand Mrs McCutcheons Katze auf, streckte sich und gähnte mit weit aufgerissenem Maul, wobei sie unglaublich viele Zähne entblößte. Mit zitterndem Schwanz strich sie McLean um die Beine, weil sie gestreichelt werden wollte.

»Verräterin«, sagte er und trat über das Tier hinweg, um zu dem Tisch neben dem Sessel zu kommen. Er hatte keine Einmalhandschuhe mehr, aber in einer seiner Jackentaschen steckte noch ein Beweismittelbeutel. Sorgsam tütete er das leere Whiskyglas ein und versiegelte den Beutel. Er würde jemanden von der Kriminaltechnik um einen Gefallen bitten müssen. Wahrscheinlich würden die Fingerabdrücke nichts ergeben, aber er war so sauer auf den Haufen, dass ihm das reichlich egal war.

Erst als er die Whiskyflasche nahm, um sie in den Schrank zurückzustellen, fiel ihm der kleine Stapel Briefe auf dem Tisch auf. Keiner sah aus, als sei er geöffnet worden, aber wie er die Leute kannte, mit denen er es hier zu tun hatte, hatten sie wahrscheinlich spezielle Laserstifte, mit denen man Briefe lesen konnte, ohne den Umschlag aufzumachen. Es würde ihnen aber nicht viel genützt haben, es waren alles nur Werbebroschüren und Rechnungen.

Abgesehen von einem. Ganz unten im Stapel lag ein brauner

A4-Umschlag ohne Briefmarke und Adresse darauf. Als er ihn umdrehte, konnte er sehen, dass er auch nicht zugeklebt war. Darin befand sich ein Stapel Fotos. Das erste veranlasste ihn schon, sich in den Sessel fallen zu lassen, nach dem zweiten griff er nach seinem Whiskyglas. Als er beim letzten angekommen war, wusste er, dass er den Fall Weatherly noch nicht ruhen lassen konnte.

18

Sie wollten mich sprechen, Sir?«

McLean stand in der offenen Tür zu Duguids Büro. Er war am Morgen kaum auf dem Revier angekommen, als ein nervöser junger Constable in Uniform aufgetaucht war und ihn hektisch zu Duguid beordert hatte. Angesichts dessen, was Ritchie und er am Vortag entdeckt hatten, und angesichts des Besuchs, den ihm die Special Branch abgestattet hatte, hatte er mehr als nur eine Vermutung, was sein Vorgesetzter ihm würde sagen wollen.

Duguid blickte ihn finster an, mehr oder weniger sein Standardgesicht dieser Tage. Sein Tisch war mit Papieren übersät, ein Stapel Berichte balancierte an einem Ende. Auf dem Boden daneben lagen noch mehr, und dazu ein paar Kartons aus dem Archiv. Der Gesamteindruck ließ ihn beinahe wie einen Kriminalpolizisten aussehen.

»Kommen Sie rein. Machen Sie die Tür zu.« Gebellte Befehle, militärischer Stil. Zumindest das hatte sich nicht groß geändert. McLean tat, wie ihm geheißen, und ging vorsichtig auf den Schreibtisch zu, als könnte sich unter den Papierbergen ein Maschinengewehr verbergen.

»Der Weatherly-Fall. Wie weit sind wir damit?«

Das »wir« blieb nicht unbemerkt, aber McLean ließ es durchgehen. Irgendetwas machte Duguid Sorgen. Es war besser, ihn nicht zu reizen, bevor ganz klar war, worum es sich handelte.

»Wir haben alle seine engen Freunde vernommen, Kollegen, Geschäftsfreunde, die üblichen Verdächtigen. Die Kriminaltechniker sind noch dabei, den Tatort zu untersuchen, aber es besteht kein Zweifel daran, dass er seine beiden Töchter getötet, seine

Frau erschossen und dann die Waffe gegen sich selbst gerichtet hat.« McLean machte eine Pause, dachte an die Fotos, die man ihm gegeben hatte, und überlegte, was er damit machen sollte. »Nichts, was offensichtlich erklären würde, warum er das getan hat. Seine Firma ist in guter Verfassung, die Politik hat sich zu seinen Gunsten entwickelt. Es lief so ziemlich alles so, dass es sich für ihn gelohnt hätte, dafür zu leben.«

»Also haben Sie einen Scheißdreck.«

»Einen gründlichen Scheißdreck, Sir.«

»Machen Sie sich nicht darüber lustig, McLean. Das ist mein Job.«

»Ich kann weitermachen, wenn es das ist, was Sie wollen.«

Duguids Miene verfinsterte sich weiter. Sein Zorn war nicht zu übersehen, aber er richtete sich nicht gegen McLean, was verwirrend war.

»Was ich will, scheint momentan keine Rolle zu spielen. Ich brauche Ihren Bericht bis zum Ende der Woche. Packen Sie zusammen und binden Sie eine Schleife drum für die Staatsanwaltschaft.«

McLean blieb lange schweigend stehen, während die Worte langsam einsickerten. Nicht, was er gehofft hatte zu hören, und doch genau das, was sein seltsamer nächtlicher Besucher prophezeit hatte. Wenn das überhaupt möglich war, war das schlimmer, als aufhören zu müssen: zu wissen, dass die Entscheidung bereits vor einiger Zeit getroffen worden war und er nur eine winzige Spielfigur in irgendeinem größeren Spiel war.

»Wollen Sie, dass ich die Ermittlungen beende?«, fragte er schließlich.

»Was? Hat Ihnen gerade jemand den Verstand geraubt? Ja, McLean, ich will, dass Sie die Ermittlungen abschließen.« Duguid massierte sich die Augen mit den Fingerspitzen, wobei er so viel Druck ausübte, dass es aussah, als wollte er irgendwelche unerwünschten Bilder aus seinem Gehirn drücken. »Es ist nichts dabei zu gewinnen, wenn wir weiter nachforschen. Wir können einen Toten nicht verhaften, und wir werden auch diese Mädchen nicht zurückbringen können.«

»Was ist mit der Presse?«

»Was soll damit sein? Sobald die Staatsanwaltschaft einverstanden ist, können Sie eine Pressekonferenz ansetzen und ihnen sagen, was Sie wissen. Überlassen Sie's denen rauszufinden, was Weatherly hat durchdrehen lassen. Immerhin ist es das, womit die ihre Kohle verdienen. Vermutungen, Halbwahrheiten, dreiste Lügen.«

McLean schwieg und fragte sich, was er tun sollte. Hätte er noch ein paar Tage, könnte er zu diesen Fotos recherchieren und sie sauber in den Fall einfügen. Aber er bekam keine paar Tage mehr. Darum ging es. Er zog den Umschlag mit den Fotos aus der Jackentasche, faltete ihn auseinander und ließ ihn auf Duguids Schreibtisch fallen.

»Ich hatte gestern Abend interessanten Besuch. Irgendein Kollege vom Geheimdienst. Hat gesagt, der Fall würde abgeschlossen werden, und mir dann die hier gegeben.«

Duguids Augen verengten sich, als er McLean anstarrte und zweifellos versuchte herauszufinden, ob das ein kranker Witz war oder was sonst. »Was ist das?«

»Werfen Sie mal einen Blick darauf. Es ist abstoßend, aber ich bezweifle, dass es Sie fürs Leben zeichnen wird.«

Der Detective Superintendent streckte langsam die Hand nach dem Umschlag aus, klappte ihn auf und lugte hinein. Dann zog er seufzend die Fotos heraus. Sie waren in der Mitte geknickt, wo McLean sie zusammengefaltet hatte, damit sie in seine Jackentasche passten. Duguid nahm sich Zeit, um sie glatt zu streichen, bevor er sie wirklich anschaute.

»Was zum Teufel …?« Er sah zu McLean hoch, Wut brannte in seinen Augen. »Wo haben Sie die her? Wer ist das?«

»Auf dem ersten Foto ist Weatherly mit seinen beiden Kindern. Die Frau ist allerdings nicht seine Frau, es ist seine Assistentin. Jennifer Denton.«

»Und die hier?« Duguid blätterte zügig durch die verbleibenden Fotos. Die Bilder waren mit größter Sicherheit nicht dazu geeignet, bei der Arbeit betrachtet zu werden. Es sei denn, man arbeitete bei der Sitte.

»Sie stammen aus Weatherlys Haus«, sagte McLean. »Die … äh … sportlichen mit Miss Denton stammen aus seinem Wohnhaus in New Town, der Rest aus dem Haus in Fife.«

Duguid blätterte noch ein paar Mal in dem Stapel hin und her, dann schob er sie alle zusammen, steckte sie zurück in den Umschlag und schob ihn über den Tisch zu McLean.

»Ich dachte, Sie hätten gesagt, es gäbe nichts Offensichtliches, was erklären würde, warum er es getan hat. Sieht verdammt offensichtlich für mich aus. Weatherly wusste, dass sein kleines schmutziges Geheimnis herauskommen würde, und konnte den Gedanken nicht ertragen, alles zu verlieren. Ich würde sagen, finden Sie raus, wer auch immer ihn erpresst hat, aber ich nehme an, das würde auch nichts nützen.«

»Das war auch mein erster Gedanke, Sir. Und wenn ich danach suchen würde, würde ich nach der Assistentin gucken, Jennifer Denton.«

»Ich ahne da ein ›aber‹.« Duguid ließ sich unter protestierendem Quietschen von Leder und Federung in seinen Sessel zurückfallen.

»Na ja, das ist doch klar. Jeder, der irgendwas über Weatherly gelesen hat, muss gewusst haben, dass er kein Typ ist, der sich so leicht erpressen lässt. Nicht mit so etwas.« McLean nahm den Umschlag, faltete ihn und steckte ihn zurück in seine Innentasche.

»Und Sie kennen sich aus, was?« Duguid versuchte nicht einmal, den Hohn in seiner Stimme zu verbergen. »Kannten Sie ihn so gut?«

»Ich bin ihm ein paar Mal begegnet, aber nein, ich kannte ihn nicht gut. Aber ich fürchte, Sie übersehen, worum es hier geht, Sir. Da ist Potenzial für eine Erpressung in diesen Fotos, sicher. Aber wenn, dann ist es Weatherly, der hier jemanden erpresst hat, nicht andersherum.«

»Verdammte Scheiße, Sie können eine Sache aber auch kompliziert machen, McLean. Worauf wollen Sie jetzt hinaus?«

»Weatherly war einflussreich. Er hatte eine Menge Freunde in hohen Positionen. Ich schätze, das ist einfach der Weg, den er eingeschlagen hat, um sicherzustellen, dass er bekam, was er wollte.«

»Was? Indem er sich von einer Kamera dabei erwischen lässt, wie er seine Sekretärin bumst?«

»Nein. Dass er seine Sekretärin gebumst hat, während er wusste, dass es gefilmt wurde, legt doch nahe, dass es ihm nicht viel ausgemacht hätte, wenn es herausgekommen wäre. Und darum geht's, Sir. Er wusste, dass er gefilmt wurde. Auf dem letzten Foto ist es nicht zu übersehen. Er schaut direkt in die verdammte Kamera. Er hält sich für unbesiegbar, glaubt, dass er alles unter Kontrolle hat. Wenn Sie erfahren wollen, warum er sich umgebracht hat, dann müssen wir herausfinden, was diesen Glauben erschüttert hat. Glauben Sie mir, diese Fotos waren es nicht.«

»Die Frage ist sowieso rein theoretisch. Wie ich schon sagte, die Ermittlung ist zum Ende gekommen. Wir können keine Steuergelder für irgendeine sinnlose Jagd nach Schatten verprassen. Nach allem, was ich gelesen habe, war Andrew Weatherly ein Scheißkerl erster Güte. Er hat uns schon genug Zeit gekostet.«

McLean ließ die Schultern hängen. Es hatte definitiv keinen Sinn, weiter zu drängen. Duguid bekam von irgendwem weiter oben in der Hackordnung Druck.

»Diese beiden Mädchen hätten mehr verdient. Ihre Mutter auch.«

Duguid starrte ihn aus müden, kleinen, geröteten Schweinsäuglein an. »Ich kann Ihnen da nur zustimmen. Aber was wir verdienen und was wir bekommen ist nur selten deckungsgleich.«

McLean nickte, unsicher, ob er überhaupt noch etwas sagen sollte. Er drehte sich um und ging zur Tür. Er wollte sie gerade hinter sich zuziehen, als Duguid noch etwas sagte.

»Lassen Sie sie offen, seien Sie so gut.« McLean schaute zum Superintendent zurück, als er den Keil mit dem Fuß in die Tür schob. Duguid zog wieder das finstere Gesicht, aber dieses Mal war da noch etwas anderes.

»Ich weiß, wie Sie ticken, McLean. Sie werden das nicht ruhen lassen. Reiten Sie bitte diesmal nur keine anderen Detectives mit rein, aye?«

Man hätte es wahrscheinlich nicht unbedingt bienenfleißige Emsigkeit nennen können, aber im Weatherly-Fallbüro wurde tatsächlich gearbeitet, als McLean eine halbe Stunde später hineinkam. Duguids Abschiedsworte klingelten ihm noch in den Ohren, unterstrichen die schreckliche Überzeugung, dass er benutzt worden war, ja, immer noch benutzt wurde. Er hätte gleich erkennen müssen, dass der Fall ein vergifteter Kelch war, als er zum ersten Mal davon gehört hatte. Ja, ihm war, als hätte er auf dem Weg nach Fife hinaus sogar etwas in der Richtung zu Ritchie gesagt. Und dennoch hatte er ihn angenommen. Aus blanker Sturheit. Er hatte gewusst, dass der Fall seinen Untergang bedeuten konnte.

»Haben Sie mal eine Minute, Sir?« Irgendwie hatte es Sandy Gregg geschafft, sich unbemerkt an ihn heranzuschleichen.

»Ich habe alle Zeit der Welt, Constable. Aber wenn's irgendwas mit diesem Fall zu tun hat, dann warten Sie lieber, bis ich zu allen gesprochen habe. Rufen Sie sie zusammen, ja? Wir haben in ein paar Minuten eine Besprechung.«

McLean sah ihr nach, als sie davoneilte, fest entschlossen, bei ihrer neuen Aufgabe zu glänzen. Es war hübsch, solchen Enthusiasmus zu sehen, auch wenn er sich nicht erinnern konnte, jemals selbst solchen Eifer an den Tag gelegt zu haben. Sie würde mal eine anständige Kriminalpolizistin abgeben. Sie musste sich nur noch ein etwas dickeres Fell zulegen und eine schützende Rüstung aus Zynismus.

Er ging ans Ende des Raumes, wo das größte Whiteboard die Hälfte der Wand einnahm, während ein riesiger Stadtplan die zweite Hälfte beanspruchte. Als er in die Knie ging, blitzte der Schmerz mehrmals durch seine Hüfte, aber er war sich ziemlich sicher, dass eine von den krankengymnastischen Übungen Kniebeugen beinhaltete, also war es wahrscheinlich ein guter Schmerz. Zumindest war das die Lüge, die er sich selbst erzählte. Er fuhr mit dem Finger nach Süden, die Liberton Brae entlang nach Burdiehouse. Weiter nach unten, an der Umgehungsstraße vorbei, wurde Loanhead immer noch größer, verschlang Bilston und drohte, ebenso Roslin zu verschlingen. Im Osten lagen Bonnyrigg und Rosewell auf der anderen Seite der Schlucht, verbunden durch eine außer Dienst gestellte Eisenbahnstrecke. Die Gegend war mit alten Denkmälern gespickt, voller Gruben, Überreste der industriellen Vergangenheit Midlothians. In diesem Stadtplan stand Geschichte geschrieben, blutige und gewaltsame Geschichte, aber nirgendwo legte er einen Grund für das schreckliche Schicksal des tätowierten Mannes nahe.

»Wir wären dann so weit, Sir.«

Er stand auf und zuckte wieder zusammen, als er sich zu den versammelten Beamten umdrehte. Dafür, dass es mal ein hochkarätiger Fall gewesen war, waren nicht mehr allzu viele übrig. Zweifellos hatte sich der eine oder andere davongemacht, als er gespürt hatte, wie sich der politische Wind drehte. Andere waren wahrscheinlich von höherrangigen Beamten abgezogen worden, damit sie an deren Fällen arbeiteten. So schien das hier gehandhabt zu werden. Weshalb ihm die Enthusiastischen und die, die zu blöd waren, um es besser zu wissen, blieben. Solche wie er selbst, mal wieder.

»Okay. Hören Sie zu. Ich habe ein paar gute und ein paar schlechte Nachrichten.«

Nach der Besprechung sah er zu, wie sie sich daranmachten, den Fall abzuschließen, seine kleine Armee aus Uniformierten, Kriminalbeamten und Verwaltungsangestellten. Hin und wieder kam jemand zu ihm, um ihn etwas zu fragen, und nach einer Weile wurde ihm klar, dass dafür wirklich ein Sergeant reichte. Er hatte wesentlich Wichtigeres zu tun oder zumindest etwas, das erledigt werden musste und das andere für wichtiger halten würden.

Als er sich im Raum umsah, konnte er niemanden entdecken, der ranghöher als ein Constable gewesen wäre. DS Carter hatte mal zum Team gehört, aber sein Verschwinden war kaum überraschend. Ohne Zweifel war er mit DCI Brooks und DI Spence unterwegs, um irgendwem in den Arsch zu kriechen. Früher oder später würde Carter es hinbekommen, zum Detective Inspector befördert zu werden. McLean konnte es kaum abwarten, diesen Zug in Zeitlupe vor die Wand fahren zu sehen, wobei er allerdings danach die Trümmer würde aufsammeln müssen.

Grumpy Bob war nicht zu sehen, aber das war wiederum auch kaum überraschend. Der DS hatte einen Überhang an ungelösten Einbruchsfällen, die ihm aufgebürdet worden waren, und hatte von Anfang an nicht wirklich zum Ermittlungsteam im Fall Weatherly gehört. DC MacBride saß am anderen Ende des Raumes und machte irgendetwas an einem der Verwaltungscomputer, aber die Abwesenheit einer Kollegin war auffällig.

»Hat eigentlich irgendjemand DS Ritchie gesehen?« McLean stellte seine Frage allgemein in den Raum, als ihm klar wurde, dass er sie, seitdem sie am Vortag in Weatherlys Wohnung gewesen waren, nicht mehr gesehen hatte.

»Tut mir leid, Sir. Hätte ich Ihnen ausrichten sollen. Sie hat sich heute Morgen krank gemeldet.«

»Ritchie? Krank?« Der Wunder war kein Ende. Sie hatte am Vorabend noch ganz gesund gewirkt, wenn überhaupt, dann vielleicht ein bisschen unkonzentriert. Ein bisschen verschnupft womöglich. Es musste etwas Ernsthaftes sein, wenn es sie davon abhielt, zur Arbeit zu kommen.

»Das hab ich zumindest gehört, Sir.« DC Gregg nutzte die Gelegenheit, um zu unterbrechen, was auch immer sie gerade machte. »Schließen wir den Fall jetzt wirklich ab, Sir?«

»Ist ja nicht allzu viel abzuschließen, oder? Die Kriminaltechnik und die Überwachungskameras sagen, dass Weatherly es getan hat. Die Waffe hat er rechtmäßig besessen. Es gibt nichts, das nahelegen würde, dass er gezwungen worden ist. Dies sind die Fakten, die wir der Staatsanwältin präsentieren werden. Es liegt dann an ihr, was sie damit macht. Nichts, würde ich tippen.«

»Aber wollen Sie denn nicht wissen, warum er es getan hat?«

Einen kurzen irrationalen Moment lang fragte McLean sich, ob Duguid sie auf ihn angesetzt hatte. Das hätte zu ihm gepasst. Andere dazu zu bringen, die Drecksarbeit für ihn zu erledigen, die Schwächen der Leute gegen sie auszunutzen. Im Verborgenen daran zu arbeiten, dass sich sein Team gegenseitig an die Kehle ging. Die besten Instrumente guter Personalführung. Dann wurde ihm klar, mit wem er da sprach. Das war DC Gregg. Die neugierige, gesprächige, klatschhafte Sandy Gregg, die eines Tages eine gute Ermittlerin abgeben würde, wenn sie lernte, weniger zu reden und mehr zuzuhören. Ihre Frage war vollkommen unschuldig gewesen, einzig ihrer eigenen entsetzten Faszination entsprungen. Es war nur seine wachsende Paranoia, die ein Problem darin sah.

»Wissen Sie, früher dachte ich, dass ich das wollte. Jetzt bin ich mir da nicht mehr so sicher.«

19

Im Einsatzraum für den tätowierten Mann war alles ruhig, so früh am Morgen war hier noch niemand. Nicht dass der Fall überhaupt als besonders dringlich galt, aber nachdem der Weatherly-Fall gegenüber durch ein Edikt von ganz oben abgewürgt worden war, herrschte sogar noch weniger Enthusiasmus im CID als normalerweise. Dass sie nicht einmal mehr CID hießen, steigerte die Motivation auch nicht gerade. Man wusste inzwischen schon nicht mehr, wie man am nächsten Tag heißen würde.

McLean musterte das Whiteboard und die spärlichen Informationen darauf. Es standen mehr Fragen als Antworten darauf, was vielleicht nicht überraschend war. Sie wussten immer noch nicht, wer der Mann gewesen war, auch wenn die Tattoos sie irgendwann der Lösung näher bringen würden. Er musste MacBride oder Ritchie auf die Ergebnisse der DNS-Analysen ansetzen und Eddie Cobbold ins Leichenschauhaus bekommen, falls er Angus davon überzeugen konnte. Dann den Weatherly-Bericht zu Ende bringen – eine Kleinigkeit – und sich auf eine zweifellos spaßige Pressekonferenz vorbereiten.

Er gähnte gerade weit, als die Tür aufging und die verknitterte Gestalt von Detective Sergeant Laird offenbarte. Selbst wenn man Grumpy Bob morgens in einen perfekt gebügelten Anzug steckte, würde er zur Kaffeezeit immer aussehen, als hätte er darin geschlafen. Gut möglich, dass er es dann auch getan hatte.

»Du siehst so müde aus, wie ich mich fühle, Chef. Ich dachte, das müsste eigentlich eine Erleichterung sein.« Grumpy Bob nickte in Richtung Haupteinsatzraum.

»Wenn's mal so einfach wäre, Bob. Klar, wir haben genug, um die Staatsanwältin zufriedenzustellen, aber ich denke nicht, dass die Presse so glücklich damit ist.« McLean lehnte sich an den nächsten Tisch, um sein schmerzendes Bein zu entlasten. »Verdammt, das ist doch genau der Grund, warum Dagwood mir den Fall übertragen hat. Er wusste, dass es nicht lange dauern würde, bis irgendwer ihn einstampft. Er wollte nicht derjenige sein, der dann vor die Kameras treten muss, um der Welt zu verkünden, wie egal uns das alles ist.«

Grumpy Bob gab einen Laut von sich, der so etwas wie »Hmpf« hätte lauten können. »Da überschätzt du ihn aber.«

»Diesmal nicht. Er hat mich gleich zu Anfang gewarnt. Nein. Da steckt noch mehr dahinter.« McLean faltete den flachen braunen Umschlag auseinander, den er Duguid gezeigt hatte, und reichte ihn Bob. Der nahm ihn, zog den Stapel Fotos heraus und blätterte sie durch. Beim ersten Bild schossen seine Augenbrauen in die Höhe, dann runzelte er die Stirn, und als er beim letzten angelangt war, machte er ein überaus finsteres Gesicht.

»Will ich wissen, woher du die hast?« Er gab den Umschlag mit seinem verstörenden Inhalt zurück.

»Special Branch, schätze ich. Oder wie auch immer die sich heutzutage nennen.« McLean erzählte Grumpy Bob von seinem Besucher und den Hinweisen, die DS Ritchie in Weatherlys Wohnung entdeckt hatte. »Das ist alles dreckige Politik, und du weißt ja, wie sehr ich das liebe.«

»Ich würde die Finger davon lassen, wenn ich du wäre. Fotos hin oder her. Hört sich an, als würden sich da irgendwo in den höheren Rängen zwei Parteien an die Kehle gehen. Da möchtest du nicht hineingeraten.«

»Na ja, es ist ja nicht so, als hätte ich nicht genug anderes zu tun.« McLean trat näher an das Whiteboard, während sein Blick immer wieder über die Worte huschte in der Hoffnung, dass sich irgendwo von selbst eine Antwort einstellte. Er hatte den

Umschlag mit den Fotos noch in der Hand und merkte, dass er damit gegen seinen Oberschenkel klopfte. Zwang sich dazu, damit aufzuhören.

»Wo wir gerade von Ritchie sprechen – hast du eine Ahnung, ob sie heute kommt?«

Grumpy Bob schüttelte den Kopf. »Hab nichts gehört. Sieht ihr gar nicht ähnlich, sich krank zu melden.«

»Sie war schon die ganze Woche nicht ganz auf dem Damm. Seit wir in Weatherlys Haus in Fife waren.« McLean schauderte, als er an den Anblick der beiden toten Mädchen denken musste, die nebeneinander im Bett lagen. Er konnte sich nicht zurückhalten, den Umschlag noch einmal aufzumachen und das erste Foto herauszuholen, auf dem Andrew Weatherly mit den Kleinen Joanna und Margaret beim Spaziergang im Park zu sehen war. Sie hielten sich an den Händen und schwangen an seinem Arm, aber die Frau, die auf der anderen Seite die Kinderhand hielt und das Familienbild vervollständigte, war nicht Morag Weatherly. Jennifer Denton sah von Kopf bis Fuß aus wie die Mutter der Kinder, nicht wie die gestrenge Sekretärin, die er am Vortag vernommen hatte.

»Tu's nicht, Tony.« Grumpy Bob legte eine Hand auf McLeans Schulter. »Damit tust du denen doch nur einen Gefallen. Lass es. Konzentrier dich auf das hier.« Er zeigte auf das Whiteboard.

»Du hast recht, Bob. Wie immer.« McLean steckte die Fotos weg. Weatherlys Beziehung zu seiner Sekretärin war mehr persönlich als beruflich gewesen, und wenn schon. Das änderte wohl kaum etwas am Ausgang des Falls. Machte alles nur noch trauriger, und vielleicht erklärte es zum Teil ihre Haltung den Ermittlungen gegenüber. Natürlich waren da noch die anderen Fotos und die Geschichte, die sie erzählten. Geheimnisse, in die er eingeweiht worden war und die mit Sicherheit ihren Weg auch in weniger anteilnehmende Hände finden würden. Wie lange würde es dauern, bis die Schmuddelpresse davon Wind bekam? Und was würde das für ihn bedeuten?

»Mein Gott, was für ein Schlamassel.« McLean nahm den Filzstift, unterstrich das Wort »Tattoos« und schrieb ein Fragezeichen dahinter. »Guck doch mal, ob du MacBride finden kannst, Bob. Ich muss erst diesen Weatherly-Bericht vom Tisch kriegen. Dann machen wir einen kleinen Ausflug ins Leichenschauhaus.«

»Hm, das ist was, was man nicht jeden Tag zu sehen bekommt.«

Eddie Cobbold scheute vor dem Anblick, der sich ihm bot, zurück und verlagerte sein Gewicht auf die Fersen. McLean war am späten Vormittag ein paar Minuten vor MacBride und dem Tattoo-Künstler ins Leichenschauhaus gekommen in der Hoffnung, noch kurz allein mit Cadwallader sprechen zu können. Der Rechtsmediziner ließ nur ungern Zivilisten in die Nähe seiner Leichen. Unglücklicherweise war Angus nirgendwo zu sehen gewesen, also hatte Tracy sie mit Overalls ausgestattet und in den Sektionssaal geführt. Der Leichnam hatte schon auf sie gewartet, zugedeckt mit einem weißen Tuch. Bis jetzt hatte Tracy nur den Kopf enthüllt.

»Es wird noch schlimmer, das kann ich Ihnen versichern.« Angus Cadwallader kam vom weit entfernten Eingang her, durchquerte mit langen Schritten den Raum und stellte sich auf die andere Seite des Obduktionstisches neben seine Assistentin. Es fühlte sich idiotischerweise an wie der Showdown in einem Western, wie die Ärzte und die Detectives sich über dem Leichnam gegenüberstanden.

»Morgen, Angus.« McLean entschloss sich zum direkten Ansatz. »Das ist Eddie Cobbold. Eddie, Angus Cadwallader.«

»Ja, ja. Freut mich, Sie kennenzulernen und so weiter. Können wir das hier jetzt hinter uns bringen? Ich hab noch einen ganzen Stapel Obduktionen vor mir, und der Kerl hier blockiert mir ein Bett.«

»Ich habe es für besser gehalten, nicht ohne dich anzufangen.« McLean sah das Glitzern in den Augen seines alten Freundes und erkannte, dass seine Erzürnung nur Show war. Er wollte ebenfalls die Geheimnisse des tätowierten Mannes lüften.

»Gut, jetzt bin ich ja da, also fangen wir an?« Cadwallader nickte Dr. Sharp neben sich zu. »Tracy?«

Sie schlug routiniert das weiße Tuch zurück, faltete es dabei gleich sauber zusammen und enthüllte den Körper des Mannes in all seiner Pracht. McLean hatte ihn gesehen, als er aus dem Wasser gezogen worden war, und dann noch einmal zu Beginn der Obduktion. Er hatte auch die Fotos gesehen, und dennoch war der Anblick des Mannes, so nah und so persönlich, wieder ein Schock.

»Wow!« Eddie stieß einen leisen anerkennenden Pfiff aus und fuhr sich überrascht mit der Hand durch das kurz geschorene Haar.

»Ist schon was, oder?« Cadwallader beugte sich über den Leichnam, nahm einen Arm hoch und drehte ihn, um die Handfläche zu zeigen, die wie der restliche Körper über und über mit verschlungenen Mustern und Flecken aus schwarzer Tinte bedeckt war. »Man hat mir gesagt, das wäre eine besonders schmerzempfindliche Stelle.«

»Ist es. Schrecklich schmerzhaft.« Eddie betrachtete die Hand. »Darf ich das anfassen?«

»Haben Sie Handschuhe an?«, fragte Cadwallader. Eddie hielt die Hände hoch, um zu zeigen, dass er welche trug.

»Dann nur zu. Ich bin gespannt, was Sie denken.«

McLean machte ein paar Schritte zurück, als der Rechtsmediziner und der Tattoo-Künstler sich über den Toten beugten. MacBride, bemerkte er, war gar nicht erst näher herangetreten.

»Wären Sie lieber draußen, Constable?«

»Offen gestanden, wäre ich überhaupt lieber ganz woanders, Sir.«

»Sie sind aber auch empfindlich. Warum fahren Sie nicht zurück zum Revier? Ich kann von hier ab übernehmen.«

MacBride widersprach nicht einmal, nickte nur kläglich, bedankte sich und ergriff die Flucht. Als McLean seine Aufmerksamkeit wieder dem Obduktionstisch zuwandte, standen Eddie und Angus nebeneinander, und der Tattoo-Künstler drehte das Bein der Leiche hin und her, während er auf interessante Stellen hinwies.

»Sehen Sie hier, die Haut ist überall wohlgeformt und glatt, also ist das wahrscheinlich schon ein paar Wochen her. Dieser Wirbel hier, der hier hineinreicht, der ist jünger.«

»Irgendeine Idee, was das zu bedeuten hat?«, fragte McLean.

»Bedeutet?« Eddie schaute zu ihm hoch. »Keine Ahnung. Ich kann Ihnen sagen, was alt ist und was neu. Was das zu bedeuten hat, müssen die Irren entscheiden.«

McLean schaute auf das gezeichnete Fleisch. Er konnte kaum einzelne Figuren ausmachen. »Wenn Sie sagen ›alt‹, wie alt ist das dann? Tage, Monate?«

»O nein, Jahre. An ein paar Stellen. Hier, schauen Sie mal.« Eddie ging zur rechten Schulter des Mannes, drehte die tote Haut ein wenig und zeigte auf eine Stelle, die ganz in der Nähe des Ortes von McLeans eigenem misslungenem Tattoo lag. »Das ist so ziemlich die erste Stelle, an der die Leute sich ein Tattoo machen lassen. Unser Mann hier macht da keine Ausnahme. Unter der neueren Arbeit ist auch noch etwas, und es passt auch dazu. Haben Sie eine Lupe oder so etwas, Doktor?«

»Angus, bitte.« Cadwallader nahm ein Vergrößerungsglas von dem Tablett, das Tracy ihm hinhielt, und reichte es ihm. »Können Sie mir das zeigen?«

Die beiden beugten sich wieder über ihre Aufgabe, und McLean trat wieder einen Schritt zurück. Nach allem, was er hören konnte, diskutierten sie darüber, welche Form das Tattoo ursprünglich gehabt hatte. Es war kreuzförmig, aber an jeder

Seite gab es dazu auch wellige Linien. Sofern sie nicht zu etwas anderem gehörten.

»Ein Dolch vielleicht«, sagte Eddie nach einer Weile.

»Ja. Ein Dolch. Und die hier sehen aus wie Flügel.«

McLean zog sein Telefon heraus und sah nach, ob der Empfang einigermaßen anständig war. Es gab WLAN im Haus, aber er kannte das Passwort dazu nicht. Der Browser arbeitete langsam, als er die ersten Suchergebnisse auflistete und dann das Bild lud, nach dem er gesucht hatte. Als er es gefunden hatte, diskutierten Eddie und Angus immer noch darüber, was alt und was neu sein könnte.

»Vielleicht so was wie das hier?« Er hielt das Telefon hoch, damit beide es sehen konnten. Cadwallader lugte über den Rand seiner Brille und blinzelte, als könnte das das Bild klarer machen. McLean trat näher und reichte ihm das Telefon. Eddie schaute ihm über die Schulter und dann wieder zurück zu dem Toten.

»Jup. Das ist es.« Auch er blinzelte auf das winzige Bild auf dem Touchscreen, bevor er die Worte las. ›er wagt, gewinnt.‹ Das ist der Special Air Service, oder?«

McLean nickte und nahm sein Telefon zurück. »Seht euch mal die andere Schulter an, vielleicht auch einen Unterarm.« Er tippte wieder auf das Display und wartete, bis das nächste Bild erschien. »Guckt mal, ob ihr die hier auch finden könnt. Die Flügel vom Fallschirmregiment. Im SAS gibt's mehr Fallschirmspringer als irgendwo sonst. Wenn ihr das findet, dann wette ich, dass unser Mann hier mal Soldat war und nicht nur ein Trottel mit einem Militär-Fetisch. Und wenn das der Fall war, dann müssten wir bald einen Treffer in der DNS-Datenbank bekommen.«

20

Am liebsten wäre er sofort zurück ins Fallbüro für den Tätowierten gegangen und hätte damit angefangen, Informationen über verschwundene ehemalige Militärangehörige einzuholen. McLean hatte ein paar Kontakte, die er anrufen konnte, um noch diskretere Nachforschungen anzustellen. Wenn der Mann tatsächlich dem SAS angehört hatte, dann konnte er das Feld ziemlich eng eingrenzen. All das wollte er tun, aber vorher musste er erst noch den Bericht über den Fall Weatherly zu Ende bringen oder Dagwoods Zorn über sich bringen.

DC MacBride hatte bereits alles gut zusammengetragen. Da waren Protokolle aller Vernehmungen, ein detaillierter kriminaltechnischer Bericht, die Ergebnisse der Obduktion. Normalerweise hätte er erwartet, dass ein Sergeant den größten Teil des Berichts für ihn zusammenschreiben würde, aber DS Ritchie fehlte immer noch wegen Krankheit. Es hätte keinen Sinn gehabt, Grumpy Bob mit hineinzuziehen, und noch weniger, es DS Carter zu übertragen, nur damit er dann alles noch mal selbst überarbeiten musste. Also blieb es doch an ihm hängen.

Es war nett, zur Abwechslung mal etwas Einfaches zu tun zu haben. So schrecklich und tragisch das Verbrechen auch gewesen sein mochte, die Fakten waren nicht kompliziert. Es war nur der dahinterliegende Grund, der geheimnisvoll war. McLean nahm den dünnen braunen Umschlag, den ihm der Mann von der Special Branch gegeben hatte. Eine mögliche Lösung für das Geheimnis verbarg sich darin, aber wenn, dann nur ein Teil davon. Und er war nicht so naiv, dass er nicht den Haken und die Schnur daran erkennen konnte, die an diesem ganz besonders saftigen Wurm hingen. Sie wollten, dass er sich das einmal genauer ansah, wollten, dass er jemandem an den Karren fuhr. Er kam nur nicht dahinter, warum.

McLean wandte sich wieder seinem Bericht zu, starrte auf den blinkenden Cursor auf seinem Monitor. Der braune Umschlag lag noch da, die Fotos immer noch darin. Es gab einfach Dinge, denen konnte man nicht widerstehen.

Er zog sie heraus, drehte das erste um und konzentrierte sich auf das zweite. Es zeigte Weatherly und Jennifer Denton in flagrante delicto, wie die prüderen Zeitungen es wohl nennen würden. Das dritte und vierte Foto waren ähnlich, vermutlich zur selben Zeit aufgenommen, und sie bestätigten die Tatsache, dass Andrew Weatherly bei seinen sexuellen Kavaliersdelikten einen eigenartigen Geschmack zeigte, während Jennifer Denton extrem entgegenkommend war. So schmuddelig es war – und er kam sich ziemlich schäbig vor als Voyeur –, so war doch in seinem Kopf der Terminus »mündige Erwachsene« nie fern, als er sich die Bilder ansah. Natürlich hatte Morag Weatherly mit größter Wahrscheinlichkeit nicht zugestimmt, aber Ehebruch war ein Verbrechen, mit dem Priester sich befassen mussten, nicht er.

Er konzentrierte sich auf den Hintergrund auf jedem der Bilder: das Bett, die Fenster, die Position der Kamera. Das war nichts, was Weatherly für sich selbst gemacht hatte, so viel lag auf der Hand. Es sah aus, als hätte das Ganze in seinem Schlafzimmer in dem Stadthaus in New Town stattgefunden, aber um ganz sicher zu sein, hätte McLean noch einmal dorthin zurückkehren müssen, um nachzusehen.

Dann wandte er sich der nächsten Gruppe von Fotos zu.

Er erkannte, von wo aus sie aufgenommen worden waren. Es waren Standbilder von den Überwachungskameras aus dem Haus in Fife, deren Qualität ausreichte, um zu sehen, was vor sich ging. McLean hoffte, dass die Mädchen nicht da gewesen, vielleicht mit ihrer Mutter in Edinburgh geblieben waren, während der Vater sich in etwas stürzte, was man nicht anders als eine Orgie bezeichnen konnte. Die Zeitangabe in der unteren Ecke auf jedem Foto datierte das Ereignis in den Juli zurück, und ein paar der teilnehmenden jungen Frauen sahen kaum alt genug dafür aus, aber das war nicht das, was ihn an den Fotos am meisten beeindruckte. Das Erste, was ihm auffiel, war, dass das Standbilder aus einem Film waren. Das bedeutete, dass irgendwo da draußen irgendjemand die vollständigen Aufnahmen hatte. Es waren mindestens ein halbes Dutzend Männer in mittlerem Alter involviert, möglicherweise mehr, auch wenn er die Bilder nicht zu genau ansehen wollte, um das herauszufinden. Die Bilder waren körnig und nach den Aufnahmewinkeln ausgesucht, sodass es unmöglich war, die Gesichter zu sehen, oder absichtlich geschwärzt. Wer waren diese Männer gewesen, und was war von ihnen verlangt worden, um diese Bilder verschwinden zu lassen?

Es war allerdings das letzte Foto, das ihm am meisten zu denken gab. Der Mann hatte Stehvermögen, so viel konnte McLean über Weatherly sagen. Was er noch sagen konnte, war aus den Aufnahmen der Überwachungskamera, die sie angesehen hatten, nicht hervorgegangen – und zwar die Tatsache, dass er mindestens eine versteckte Kamera in seinem Schlafzimmer hatte. Wenn es Aufnahmen von seiner Swinger-Party im Juli gab, dann konnte es genauso gut auch Aufnahmen von der Nacht geben, in der er in das Zimmer marschiert war und seiner Frau in den Kopf geschossen hatte.

McLean legte das letzte Foto mit dem Gesicht nach unten auf die anderen, nahm den ganzen Stapel und steckte ihn zurück in den Umschlag. Dann zog er eine der Schreibtischschubladen auf und stopfte das Ganze dort hinein, schob sie mit einem angestrengten Grunzen wieder zu und schloss sie ab.

Der Bericht stand immer noch auf seinem Monitor, der Cursor blinkte unverdrossen. Er schaute auf die bedeutungslosen Worte und versuchte, sich auf die Fakten zu konzentrieren. Zu beschreiben, was sie herausgefunden hatten. Niemandem etwas zu unterstellen. Es alles der Staatsanwältin zu übergeben und sich neuen Themen zuzuwenden.

Wem wollte er hier etwas vormachen? Er schloss die Schublade wieder auf, holte den Umschlag heraus, speicherte das Dokument, an dem er gearbeitet hatte, und ging hinaus.

»Ich dachte, der Fall wäre inzwischen abgeschlossen. Hatte der Chief Constable das nicht gesagt?«

Vernehmungsraum eins, der hübsche mit den echten Fenstern und dem funktionierenden Heizkörper. Jennifer Denton saß gerade wie eine Musterschülerin aus einem Mädchenpensionat. Heute trug sie dunkle Kleidung, Witwentracht. Sie sah sehr blass aus, aber McLean konnte erkennen, dass dafür ihr Make-up ebenso verantwortlich war wie der Stress, unter dem sie stand. Niemandes Haut war so makellos und von Natur aus so weiß.

»Wir klären nur noch ein paar Kleinigkeiten, Miss Denton. Die Staatsanwaltschaft braucht einen Bericht, auch wenn dann nichts weiter geschehen wird.«

Das Sacken in Miss Dentons Schultern war minimal, aber McLean nahm es dennoch wahr. Es bestätigte seinen Verdacht.

»Also, was müssen Sie denn noch wissen, Inspector?« Der müde Geist eines Lächelns flackerte über ihre Lippen und fältelte ihre Augenwinkel. Sie war älter, als sie – so hergerichtet – aussah.

»Sie hatten eine Affäre mit Andrew Weatherly.«

»Ich –«

»Bitte. Beleidigen Sie unser beider Intelligenz nicht, indem Sie es abstreiten«, schnitt McLean den Protest ab, der Miss Denton ins Gesicht geschrieben stand. »Die Tatsache an sich ist von nicht allzu großer Bedeutung. Sie stehen nicht unter Verdacht, irgendetwas begangen zu haben, Miss Denton, aber Sie standen

Mr Weatherly sehr nahe. Näher sogar als seine Frau, vermute ich.«

»Ha. Morag und Andrew haben sich nie nahegestanden. Jedenfalls nicht in den letzten zehn Jahren. Ich glaube auch nicht, dass es davor viel Liebe in ihrer Ehe gegeben hat.«

Die plötzliche Bitterkeit in Miss Dentons Worten kam überraschend, als wäre das etwas, das schon seit Jahren an ihr zehrte.

»Was bringt Sie dazu, so etwas zu sagen?«, fragte McLean.

»›Supermodel‹ haben die Zeitungen sie genannt, aber sie war mehr eine Art Goldgräberin. Hat kaum irgendwelche Model-Aufträge angenommen und dann sofort damit aufgehört, kaum dass sie verheiratet war. Drew war mehr als zufrieden damit, sie war seine Trophäe. Wenn die Mädchen nicht gewesen wären, na ja, dann hätte ich Ihnen geglaubt, wenn Sie mir gesagt hätten, dass die beiden nicht mal miteinander geschlafen hätten.«

»Glauben Sie, Weatherly hat herausgefunden, dass seine Töchter gar nicht von ihm waren?« Grumpy Bob stellte die Frage, aber der Gedanke war McLean auch schon gekommen.

»Was?« Miss Denton sah einen Moment lang verwirrt aus. »Nein. Ich meine, natürlich waren sie von ihm. Ich wollte nicht …«

»Es hätte ein Motiv sein können, schätze ich«, sagte McLean zu niemand Bestimmtem. »Weatherly findet heraus, dass seine Frau ihn betrogen hat und dass das Ergebnis zwei Mädchen sind, die er ihr ganzes Leben lang vergöttert hat. Das könnte ihn schon wütend gemacht haben, wütend genug, um sie alle umzubringen. Dann, als ihm klar wird, was er getan hat …«

»Das ist lächerlich. Drew hätte niemals so etwas getan.«

»Sind Sie sich da sicher, Miss Denton? Kann man einen Menschen wirklich so gut kennen?«

»Drew war nicht impulsiv, Inspector. Er wurde nicht wütend. Nicht so. Und abgesehen davon hat er seine Töchter geliebt.«

McLean erinnerte sich an das erste der Fotos, die man ihm

zugespielt hatte. Eine glückliche Familie, Vater und Mutter gehen mit ihren Kindern spazieren und lassen sie an den Armen schwingen. Nur dass es nicht ihre Mutter war, mit der sie lachten und spielten.

»Das spielt keine Rolle. Wir sind nicht hier, um darüber zu spekulieren, warum es passiert ist«, sagte er.

»Warum sind wir dann hier, Inspector?« Miss Denton fixierte ihn mit einem Blick, der schon eher ihrem früheren Selbst entsprach. »Genauer gesagt, warum bin ich dann hier?«

»Ich muss mehr darüber erfahren, was Mr Weatherly an dem Tag ... na ja, Sie wissen schon. Sie haben uns bereits den offiziellen Terminkalender gegeben, aber ich denke, dass es da noch mehr gibt, von dem Sie uns noch nichts erzählt haben. Hatten Sie vorgehabt, sich an dem Abend noch mit ihm zu treffen? Immerhin wäre er in seinem Stadthaus ja allein gewesen.«

Miss Denton ließ ihren Blick in den Schoß fallen. McLean konnte sehen, wo ihr Haar am Scheitel ausdünnte, das Grau war aus dieser Perspektive besser zu sehen. Wahrscheinlich stand ihr Alter irgendwo in den Akten, aber er konnte sich nicht daran erinnern. Je gründlicher er sie anschaute, desto mehr erkannte er, welchen Aufwand sie trieb, um jung auszusehen. Hatte sie Angst gehabt, dass Weatherly sie gegen ein neueres Modell austauschen könnte? Angesichts der Fotos, die McLean gesehen hatte, hielt er das für unwahrscheinlich. Der Politiker hatte offensichtlich ausreichend Zugriff zu so viel jungem Fleisch, wie er wollte, und teilte es nur zu gern mit seinen einflussreichen Freunden.

»Ja, Inspector.« Miss Denton sah ihn unverwandt an, forderte ihn heraus, sie zu verurteilen. »An den meisten Abenden, an denen Drew allein in der Stadt war, bin ich noch zu ihm gegangen.«

»Sie hatten einen eigenen Schlüssel, das wissen wir bereits. Also, wenn Sie noch zu ihm gegangen sind, um welche Uhrzeit war das?«

»Zehn. Nein, es muss eher halb elf gewesen sein.«

»So spät?«

»Ich habe auch noch ein Leben, Freunde außerhalb der Arbeit und … Sie wissen schon.« Miss Dentons Starren wurde noch eindringlicher.

»Tut mir leid. Ich wollte Ihnen nichts unterstellen. Wie auch immer: halb elf. Und Weatherly war nicht da, nehme ich an.«

»Nein. Das Haus war leer. Das Auto stand auch nicht an seinem üblichen Platz. Der Idiot hatte sogar vergessen, die Alarmanlage einzuschalten, aber das war nicht so ungewöhnlich, wie Sie vielleicht denken.«

»War Mr Weatherly ein bisschen abgelenkt?« Grumpy Bob rutschte in seinem Stuhl herum und verzog ein bisschen das Gesicht, als etwas in seiner Hose kniff.

»Drew neigt dazu, in Gedanken zu sein. Wenn sich irgendetwas in diesem Hirn mal festsetzt, dann vergisst er darüber alles andere.« Miss Denton schaute wieder auf ihre Hände hinunter. »Vergaß, sollte ich wohl sagen.«

»Hätte er Sie nicht anrufen sollen? Vielleicht eine SMS schicken? Und wenn es nur war, damit Sie sich die Fahrt durch die Stadt hätten sparen können?«

»Um Himmels willen, nein. Das wäre ihm niemals eingefallen. Und abgesehen davon ist meine Wohnung nicht weit weg. Fünf Minuten zu Fuß.«

»Könnte er für den Abend noch vorgehabt haben, jemand anders zu treffen?«, fragte McLean. Die Frage schien Miss Denton zu verwirren, als könnte sie sich eine Welt, in der sie nicht über alles Bescheid wusste, was ihr Boss tat, gar nicht vorstellen. Und das immer mindestens zwei Wochen im Voraus.

»Nein, Inspector. Hatte er nicht. Er musste noch ein paar Berichte durchgehen, was ein weiterer Grund dafür war, weshalb ich erst später vorbeigekommen wäre.«

McLean schwieg kurz, dachte über den Umschlag und seinen Inhalt nach, der ungeöffnet auf dem Tisch zwischen ihnen lag.

Gab es irgendeinen Grund, sie mit den Fotos zu konfrontieren? Sie hatte bereits zugegeben, eine Affäre mit ihrem Boss gehabt zu haben, und jedwede Ermittlung, die aus den Fotos resultierte, würde ein Fall für Jo Dexter von der Sitte werden. Nicht sein Zuständigkeitsbereich, und wenn er ehrlich war, auch nichts, womit er gern anfangen würde.

»In dem Fall habe ich keine weiteren Fragen.« Er stand auf und hielt ihr zum Abschied die Hand hin. Miss Denton schien es einen Augenblick lang gar nicht bemerkt zu haben, dann stand sie hastig auf.

»Danke, dass Sie gekommen sind.« Er spürte ihre kleine Hand in seiner, warm und ein bisschen feucht. Es war nicht allzu warm im Vernehmungsraum, aber es könnte auch an der dunklen, schweren Kleidung liegen, die sie trug. »Detective Sergeant Laird wird jemanden suchen, der Sie nach Hause fährt.«

Er stand da und sah zu, wie sie sich zusammennahm, die kleine Handtasche über den Arm schlang und auf die Tür zuging, die Grumpy Bob gerade öffnen wollte. Erst als sie gerade hinausgehen wollte, sagte er noch etwas.

»Mein aufrichtiges Beileid, wirklich. Und es tut mir leid, dass ich es ansprechen musste.«

Miss Denton nickte.

»Ich fürchte, die nächsten Tage und Wochen werden hart werden«, fuhr McLean fort. »Ich habe nicht allzu lange gebraucht, um das mit Ihnen und Weatherly herauszufinden. Die Presse wird auch nicht lange dafür brauchen. Und nicht nur dafür.«

Er schaute ihr ins Gesicht, als er es aussprach, sah aber keinen Schock über ihre Miene wandern, sondern nur müde Resignation. Sie nickte noch einmal, drehte sich dann um und ging.

21

Haben wir eigentlich jemals Weatherlys Zeitablauf rekonstruiert, als er die Stadt verlassen hat?«

DC MacBride sah bei McLeans Worten von seinem Tisch auf, einen verwirrten Ausdruck auf dem Gesicht.

»Weatherly? Ich dachte, damit wären wir durch, Sir.«

»Ich bringe nur gerade den Bericht für die Staatsanwaltschaft zu Ende und hab mich gefragt, ob wir sein Autokennzeichen durch die Datenbank haben laufen lassen. Es könnte nützlich sein zu wissen, wann er sein Haus in der Stadt verlassen hat.«

»Ich kann das klären.« MacBride zog sich seinen Laptop heran und begann, in die Tasten zu hauen. McLean fragte sich kurz, ob jemand das kostbare Tablet des Constable gestohlen hatte, aber dann sah er es unter einem Stapel Berichte hervorlugen. Unvorstellbar, dass MacBride es jemals ganz aus den Augen ließ.

»Da haben wir's. Sandy Gregg hat sich darum gekümmert. Das Auto ist aufgenommen worden, als es um Viertel nach neun über die Brücke fuhr.«

»Also angenommen, er hat nicht noch irgendwo unterwegs angehalten, dann muss er gegen neun losgefahren sein, eher etwas vor neun.«

»Aye, das denke ich auch. Bis zu dem Haus in Fife braucht man eine gute Stunde, vielleicht eineinviertel Stunden?«

»Nicht bei dem Schneesturm. Da mussten es mehr als zwei gewesen sein.«

»Also sagen wir mal, er wäre zwischen halb zehn und elf da angekommen.«

McLean kratzte sich am Kinn und fand eine Stelle, die er beim

Rasieren heute Morgen irgendwie ausgelassen hatte. »Das passt zu den Überwachungsaufnahmen aus dem Haus. Die Kameras haben ihn kurz nach elf aufgenommen, als er zur Haustür reinkam, oder?«

MacBride drückte noch ein paar Tasten. »Acht nach elf, Sir.«

McLean sah auf die Uhr und dann zum Fenster gegenüber. Am Morgen war es kalt und klar gewesen, der Himmel weißlich blau. In den nächsten Tagen würde es keinen Schnee mehr geben, nur Eiseskälte und glatte Straßen.

»Irgendwas Neues von DS Ritchie?«

»Heute nicht, Sir. Es heißt, sie hätte sich eine fiese Grippe eingefangen und möchte nicht diejenige sein, die sie hier auf der Arbeit verteilt.«

»Sehr nobel, da bin ich mir sicher. Hätten Sie dann Lust auf einen Ausflug nach Fife?«

»Fife?« Ein besorgtes Stirnrunzeln legte sich auf MacBrides Gesicht, als bedeutete die Nennung des alten Königreichs für ihn etwas ganz besonders Schreckliches.

»Ich muss mich noch mal in Weatherlys Haus umsehen, bevor ich den Fall abschließe. Die Kriminaltechnik ist gerade fertig und packt zusammen.« Er wusste das, weil er zuvor mit ihnen telefoniert hatte.

»Sie könnten nicht vielleicht San… DC Gregg mitnehmen, Sir?« Die Hoffnung in MacBrides Hundeaugen, als er die Frage stellte, konnte man einfach nicht enttäuschen.

»Viel zu tun, Constable?«

»Sehr viel, Sir. Ich hab noch ein halbes Dutzend Berichte, die bis heute Abend zusammengestellt sein müssen. Und ich warte auf die Ergebnisse der DNS-Analyse für unseren Tätowierten, damit ich die mit der Militärdatenbank abgleichen kann. Und dann wäre da noch eine Vermisstenliste, so lang wie Ihr Arm, die ich durchgehen muss.«

»Okay, okay. Dann nehme ich halt Gregg mit.« McLean bedeutete dem Constable mit einer Handbewegung, dass er bleiben sollte, wo er war. Es hatte keine Sinn, noch mehr von seiner Zeit zu verschwenden, wenn er gerade so produktiv war. Es war sowieso eine Schande, dass er dermaßen ausgenutzt wurde. Bei Gelegenheit würde McLean einen genaueren Blick darauf werfen müssen. Es gab noch eine Menge anderer Detective Constables und nicht wenige Detective Sergeants, die wahrscheinlich einen Teil dieser Arbeit erledigen sollten. »Jedenfalls, je früher Ritchie zurückkommt, desto besser. Wenn ich jetzt noch mal zwei Stunden damit verbringen muss, mir Geschichten über DC Greggs Füße anzuhören, dann sind Sie schuld daran.«

Auf den Straßen war kaum etwas los, als er die Stadt in Richtung Norden verließ, über die Brücke und nach Fife fuhr. McLeans Wagen hatte eine Stereoanlage, auch wenn die vielleicht komplizierter war, als es ihm recht war. Der Verkäufer hatte ihm gezeigt, wo man den MP3-Player einstecken konnte, und anscheinend konnte dasselbe System, das für die Freisprechanlage des Telefons genutzt wurde, auch Musik abspielen. Allerdings hätte er dafür erst einmal Musik auf sein Telefon laden müssen und dann herausfinden, wie das verdammte Ding zum Abspielen zu bewegen war. Also saß er in der Stille da und genoss das sanfte Grollen des Motors und das Rauschen der Reifen auf dem Asphalt.

Die Entscheidung, allein zu fahren, war ihm nicht schwergefallen. DC Gregg zu suchen hätte ihn wahrscheinlich eine weitere halbe Stunde gekostet, und dann hätte er während der Fahrt keine Gelegenheit gefunden, um nachzudenken. Es bestand wirklich keine Notwendigkeit, noch jemanden mitzunehmen. Allerdings bestand auch keine Notwendigkeit, die ganze Fahrt überhaupt noch einmal zu machen. Der Fall war abgeschlossen, der Bericht lag auf seinem Tisch und war bereit, übergeben zu werden. Noch ein bisschen Tünche drüber, und die Sache wäre erledigt.

Warum also fuhr er jetzt nach Norden in diese ländliche Winterlandschaft? Warum kehrte er zu dem Haus zurück, das DS Ritchie dermaßen traumatisiert hatte, dass sie seither nicht mehr wirklich bei der Arbeit gewesen war? Warum steckte er seine Nase tiefer in den Fall, obwohl er wusste, dass das genau das war, was man ihn angewiesen hatte, nicht zu tun, und exakt das, was die Leute nichtsdestoweniger von ihm erwarteten? Er wusste es nicht, und das war mehr als Grund genug, um hinzufahren.

Auf der Fernstraße kam er gut voran, aber je kleiner die Straßen wurden, desto mehr verringerte sich die Effizienz der Schneepflüge der Region Fife. Der Alfa mochte zwar bequem sein und viele PS haben, aber er war ein schweres Ding und nicht so einfach zu manövrieren. Mehrere Male spürte McLean, wie er ins Rutschen kam und sich knapp wieder fing, bevor es zu einem kostspieligen Zusammenstoß mit einer der rauen Steinmauern kam, die hier anstelle der Bankette die Straßen säumten. Als er die Zufahrtsstraße zum Haus erreicht hatte, kam er nur noch im Schneckentempo vorwärts. Der Weg war im Grunde nur passierbar, weil die ganzen Autos der Spurensicherung tiefe Furchen in den lockeren Schnee gefahren hatten.

Als er mit Ritchie hier gewesen war, war der Tag bedeckt und grau gewesen, aber sogar mit der schwachen Sonne am blassblauen Himmel darüber sah das Haus immer noch kalt und abweisend aus. Drei Busse und ein paar Streifenwagen drängten sich vor der Steintreppe, die zur Haupteingangstür hinaufführte. McLean parkte halb, halb ließ er den Wagen an einen Platz schlittern, der offensichtlich gerade von etwas, das ein bisschen größer war, geräumt worden war. Er hoffte nur, dass er da auch wieder herauskam.

Drinnen war das Chaos des Abbauens allgegenwärtig. Zerbeulte Aluminiumkisten standen an der Tür aufgestapelt, bereit zum Abtransport. Ein gelangweilt aussehender uniformierter Constable schlenderte herbei, als McLean über die Schwelle trat, dann erkannte er ihn von seinem früheren Besuch.

»Morgen, Sir. Ich wusste nicht, dass Sie noch mal kommen wollten. Der Detective Superintendent ist hinten in der Küche, falls Sie mit ihm sprechen wollen.«

Das war ungewöhnlich. McLean hätte Jack Tennant nirgendwo anders als in seinem hübschen, warmen Büro in Glenrothes erwartet. Er ging dennoch bis nach hinten in die Küche durch und fand dort ein Grüppchen Leute um einen Tisch sitzen, Tee trinken und die Wärme genießen, die der Aga-Herd ausstrahlte. Tennant saß am Kopf und schaute hoch, als McLean hereinkam.

»Tony! Was bringt Sie denn noch mal hierher?«

Die Fotos, die ihm der Mann vom Geheimdienst gegeben hatte und die jetzt im Kofferraum seines Wagens lagen, in einer Akte versteckt. McLean wusste nicht genau, warum, aber aus irgendeinem Grund wollte er sie nicht jedem zeigen. Er bedauerte bereits, sie auch nur Grumpy Bob gezeigt zu haben.

»Ich wollte mich nur noch mal umsehen. Versuchen, ein paar Geister auszutreiben. Sie wissen ja, wie das ist.«

Tennant stellte seinen Becher auf den Tisch. Die alte Eichenplatte war mit Dutzenden bechergroßen Ringen überzogen. Er war ja beim letzten Mal nicht allzu lange hier gewesen, aber McLean hatte den Eindruck, als sei die Tischplatte da sauberer gewesen. So viel zum Thema kriminaltechnische Bedingungen. Oder hatten sie diesen Raum als Erstes abgearbeitet, um ihn dann als Pausenraum nutzen zu können? Schließlich konnten Weatherly oder seine Frau sich nicht mehr darüber beschweren.

»Nur zu.« Tennant schob seinen Stuhl geräuschvoll nach hinten und stand auf. »Wir sind hier sowieso fertig. Sie haben noch ungefähr eine halbe Stunde, bevor die Busse gepackt sind und wir abschließen.«

»So lange brauche ich gar nicht. Ich versuche, niemandem im Weg zu stehen.«

McLean verließ die Küche und bemerkte dabei die Tür in den Keller. Die Treppe führte in einen überraschend weitläufigen Raum, der direkt unter der Eingangshalle liegen musste und von dem einige kleinere Stauräume abgingen. Einer davon hatte offensichtlich den Server beherbergt, auf dem die Aufnahmen der Überwachungskameras gespeichert wurden. Es gab Gehäuse und Kabel, sogar einen Flachbildschirm, aber die Computer selbst waren verschwunden. Er wusste nicht, ob es sich lohnte nachzufragen, ob Fife sie hatte oder ob irgendeine zwielichtige Regierungsstelle sie hatte verschwinden lassen. McLean fummelte dennoch an seinem Telefon herum, bis er die Kamera gefunden hatte, und machte ein paar Bilder von den Regalen. Vielleicht konnte DC MacBride sie sich anschauen und mittels seiner Zauberkräfte erkennen, wie viele Aufnahmegeräte es gegeben hatte.

Als er in die Halle zurückkam, waren die meisten Ausrüstungskisten abgeholt worden. McLean ging von Zimmer zu Zimmer, ohne wirklich etwas anzusehen. Eigentlich wollte er zurück zum Auto gehen und die Fotos holen, aber er hatte bemerkt, dass einer der uniformierten Constables ihm diskret überallhin folgte. Zweifellos wollte Tennant wissen, was er im Sinn hatte, und die Nachricht von seinem Besuch würde mit an Sicherheit grenzender Wahrscheinlichkeit direkt zu Duguid weitergeleitet werden. Blieb nur zu hoffen, dass der Superintendent sie aufhalten würde, damit sie nicht noch weiter nach oben verbreitet wurde.

McLean ging noch einmal in den hinteren Teil des Hauses, bemerkte eine Tür, die zu einem kleinen Hof und Gebäuden dahinter führte. Daneben stand die Tür zu einer kleinen Gästetoilette offen. Er ging hinein, schloss die Tür hinter sich und rappelte lautstark mit dem Riegel, damit der Constable auch ganz sicher wusste, was er darin tun würde. Der Raum war winzig, aber er hatte ein durchschnittlich großes Fenster. Nachdem er es eine Weile betrachtet hatte, wusste er, dass es nur ein Schloss hatte, einen einfachen Riegel, der die beiden Fensterflügel zusammenhielt. So viel zum Thema Hochsicherheit durch Überwachungstechnologie. McLean schob den Riegel zur Seite, betätigte die Toilettenspülung und wusch sich die Hände. Als er herauskam, kam Tennant gerade aus der Küche.

»Sind Sie hier fertig?«, fragte der Detective Superintendent.

»So ziemlich. Bisschen Zeitverschwendung, aber Sie wissen ja, wie das ist.«

»Ich für meinen Teil kann hier gar nicht schnell genug rauskommen.« Tennant klopfte McLean auf die Schulter. »Aber ich weiß, was Sie meinen, Tony. Man wird einfach dieses nagende Gefühl nicht los, was übersehen zu haben, was?«

»Aye.«

Sie gingen zusammen hinaus. Tennant zog einen schweren Schlüssel von der Art hervor, wie ihn viktorianische Gefängniswärter bevorzugt hätten, und schloss die Haupteingangstür ab. »Das war's für uns. Sollen die Anwälte sich jetzt damit herumschlagen.« Er trottete die Treppe herunter und stieg auf der Beifahrerseite eines der wartenden Streifenwagen ein.

»Ich denke, ich mache noch einen kleinen Spaziergang, bevor ich in die Stadt zurückfahre«, sagte McLean, als der Constable, der ihm die ganze Zeit gefolgt war, die Tür auf der Fahrerseite aufzog. »Vertrete mir noch ein bisschen die Beine.«

Tennant bedachte ihn mit einem Blick, der halb verständnisvoll, halb überrascht war. Er klopfte sich mit dem schweren Eisenschlüssel gegen das Bein, dann ließ er ihn in seine Jackentasche gleiten.

»Gute Idee. Von da oben hat man einen großartigen Ausblick.« Er zeigte zu dem Berg hinter dem Haus. »Nehmen Sie sich nur nicht zu viel Zeit. Es wird früh dunkel um diese Jahreszeit.«

22

Die Kiefern hinter dem Haus waren alt und schief und knorrig. »Granny trees« hatte man die in seiner Kindheit genannt. Er hatte nie wirklich verstanden, warum, abgesehen davon, dass sie alt waren. Der Schnee hatte sich in dicken Wehen unter den Bäumen gesammelt und lag dort weniger hoch, wo ein Weg auf den großen Berg dahinter zuführte. Der Anstieg war flach, und es waren keine Fußspuren zu sehen, die nahelegen würden, dass hier in letzter Zeit jemand entlanggegangen war. McLean äugte zum Gipfel hinauf. Von hier aus sah er trügerisch nahe aus, aber wer wusste schon, wie viele Senken und kleine Hügel zu überwinden waren, bis man nach oben gelangte? Ein letzter Blick zurück, um sicherzugehen, dass ihm niemand vom Haus gefolgt war, und er machte sich auf den Weg in den Wald hinein.

Die Stille war beinahe vollkommen, nur das Knirschen seiner Schritte im Schnee war zu hören. Er hatte sich warm angezogen, und als er über einen Zauntritt kletterte und unter den Bäumen hervortrat, schwitzte er bereits. Kein Lüftchen ging, und der Himmel war klar. Das schwache Licht der tief stehenden Sonne im Süden ließ die weiße Schneedecke hell glitzern. Er blinzelte dagegen und watete durch den Schnee, folgte etwas, das möglicherweise ein Trampelpfad war.

Am Ende brauchte er fast eine Stunde, aber der Ausblick von oben war es wert. Nach Norden, im schwindenden Tageslicht dunkler werdend, öffnete sich das Tay Estuary nach Dundee. Lichtbänder markierten die A90, die im Westen nach Perth führte. Noch weiter nördlich erhoben sich die Grampian Mountains wie abgebrochene Zähne, ihre obersten Spitzen waren von der untergehenden Sonne rosa und orange eingefärbt. Im Süden konnte McLean die Pentland Hills und Edinburgh sehen, die Salisbury Crags und der Castle Hill waren beide in der klaren Luft deutlich auszumachen, obwohl sie gut achtzig Kilometer entfernt lagen.

Der Aufstieg hatte ihn erfrischt, die kühle Luft den Dunst der Stadt ausgetrieben. Er hatte gehofft, Zeit zu finden, um im Gehen über den Fall nachzudenken, aber festgestellt, dass sein Geist erfreulich leer gewesen war. Es war beinahe, als ob der Einfluss, den Weatherlys Haus auf ihn ausübte, mit jedem Schritt geschwunden war, mit dem er sich davon entfernt hatte. Ohne allerdings vollkommen gelöst worden zu sein. Er wusste, dass er zurückgehen musste. Dass er seine Geheimnisse würde lüften müssen.

Ein Blick auf die Uhr zeigte ihm, dass es an der Zeit war, sich in Bewegung zu setzen. Bis er bei seinem Wagen angekommen wäre, würde die Sonne untergegangen sein, selbst wenn man bergab immer schneller vorankam als bergauf. Er ging in seinen Spuren zurück, wobei ihm auffiel, wie das glitzernde Licht auf der Schneedecke weicher wurde, während die Sonne hinter dem Horizont versank. Mit gesenktem Kopf und in Gedanken eine Million Meilen weit weg, wurde ihm erst, als er die letzte Weide erreichte, bevor er wieder in den Schutz der Bäume eintauchte, klar, dass er nicht allein war.

Es fing mit einem Schnauben an. Eine Mischung aus einem Schniefen und einem tiefen, rumpelnden Rülpsen. McLean blieb wie angewurzelt stehen, sah zur Seite, und da stand er und starrte ihn streitlustig und zugleich fragend an: der größte Bulle, den er je gesehen hatte, mit einem Paar ausladender Hörner auf dem Kopf, die nach vorn auf ihn zeigten. Er konnte sich nicht vorstellen, wie es hatte passieren können, dass er das Tier nicht bemerkt hatte, oder wie es ihm gelungen sein konnte, sich so unhörbar an ihn heranzuschleichen. Ein Rascheln im Gebüsch, und ein weiterer Bulle trat zu dem ersten, mit etwas schlankeren Hörnern, die erst nach außen und dann nach oben wuchsen. Er senkte den Kopf, als machte er sich zum Angriff bereit, und schnupperte im Schnee. McLean schielte zur Seite, versuchte die Entfernung zum Zaun und zu den Bäumen abzuschätzen, ohne den Blick von den Tieren abzuwenden. Jetzt, wo er seine Umgebung bewusst wahrnahm, konnte er sehen, dass der Schnee aussah, als sei er durch eine ganze Herde von den Viechern aufgewühlt worden.

Einen Augenblick lang wusste er nicht, was er machen sollte. Für so etwas war er nicht ausgebildet, mit so etwas hatte er überhaupt keine Erfahrung. Es waren Highland-Rinder, so viel wusste er, aber er wusste nicht genau, ob er jemals einem von ihnen so nah gekommen war, abgesehen von einem Steak auf dem Teller.

Noch ein Rascheln im Ginsterbusch, etwas weiter unten dieses Mal, und der Kopf eines Kalbs lugte um die Flanke seiner Mutter herum. Ohne Hörner und nur ein Viertel so groß wie der Bulle, sah es harmlos und neugierig aus. Und sehr, sehr flauschig. Wie ein lebendiger Teddybär. Es war schwierig, sich vor etwas so Lustigem zu fürchten.

Um sie nicht zu provozieren, schob sich McLean, so langsam er konnte, seitwärts zum Wald hin. Die Rinder folgten ihm, der Bulle mit behäbigem, wiegendem Schritt. Mehr und mehr traten hinter den Ginsterbüschen hervor, ohne Zweifel neugierig. Wenn er sich nicht beeilte, würden sie ihn bald umzingelt haben.

Als er den Zauntritt erreichte, um in den Wald hinauszuklettern, folgte ihm die ganze Herde. Er war sich ziemlich sicher, dass sie ihm nichts Böses wollten, aber angesichts ihrer Größe und der kräftigen, spitzen Hörner war er doch froh, als er sie von außerhalb des Weidezauns betrachten konnte. Während er sich seinen Weg durch die Bäume zurück suchte, wurde er sich bewusst, dass er schwer atmete und sein Herz raste, als hätte er einen Sprint hinter sich. Dumm, wirklich. Es war nur eine Herde Rinder gewesen. Oder ein Fold? Nannte man das nicht so bei Highland-Rindern? Irgendwo hatte er das gelesen. Vielleicht würde er DC MacBride danach fragen, wenn er es bis dahin nicht vergaß.

Die Dunkelheit war beinahe vollständig hereingebrochen, als er zu seinem Wagen zurückkehrte. Alle anderen waren fort, nur die tote Fassade aus Stein und Efeu war noch da. Die Fenster waren leblos wie die Augen der beiden in dem Bett aneinandergekauerten Mädchen. Wie die von Morag Weatherly, überrascht von der letzten, tödlichen Handlung ihres Mannes.

McLean schüttelte den Kopf, um die Bilder zu vertreiben. Es war einfach nur ein leeres Haus. Nichts Gefährliches war jetzt darin. Nichts, was einem erwachsenen Mann Angst einjagen müsste. Er zog die Autotür auf, holte den Umschlag mit den inkriminierenden Fotos heraus und kramte aus einem der Seitenfächer im Kofferraum eine Taschenlampe hervor. Würde der Mond noch herauskommen? Er konnte sich nicht erinnern, ihn in letzter Zeit gesehen zu haben, aber andererseits war das nichts, worauf man in der Stadt oft achtete.

Nachdem er den Kofferraumdeckel zugeknallt hatte, machte er sich auf den Weg nach hinten zu dem Fenster, von dem er hoffte, dass es noch immer unverriegelt war. Falls nicht, wäre seine ganze Wanderung zum Gipfel und das Abenteuer mit den Highland-Rindern umsonst gewesen.

Er hätte sich wegen des Fensters keine Sorgen machen müssen. Es im Dunkeln zu finden war zwar nicht ganz so einfach, wie er es sich vorgestellt hatte, aber als er gegen das Glas drückte, glitt der Fensterflügel lautlos nach oben, gut ausbalanciert durch sein Gegengewicht. Augenblicke später war McLean hineingeklettert. Bevor er die Tür zu dem hinteren Flur öffnete, zögerte er kurz und fragte sich, ob es irgendeine Form von Alarm auslösen würde. Aber er hatte gesehen, was aus dem Sicherheitssystem im Keller geworden war, und Tennant hatte nichts eingeschaltet, als sie vorhin aus dem Haus gegangen waren.

Zu wissen, dass das Haus leer war, machte es nicht weniger bedrückend. Die Atmosphäre wurde durch die Dunkelheit nur noch schlimmer. Sein Verstand sagte ihm, dass das alles nur Aberglaube war, aber er wusste genauso, dass hier Menschen gestorben waren, vor Kurzem und gewaltsam. Man musste schon steinhart sein, um sich deswegen nicht wenigstens ein bisschen zu gruseln.

Er schaffte es, die meisten der schienbeinhohen Hindernisse zwischen der Gästetoilette und der Treppe zu umgehen. Ein bisschen Abendlicht wurde durch das große Fenster auf halber Höhe hereingefiltert, ein unerwartetes, aber nicht unwillkommenes silbriges Licht vom Mond, der über den Bäumen aufging. McLeans Augen hatten sich mehr oder weniger von selbst an die Düsternis gewöhnt, als er an die Tür zum Zimmer der Mädchen gekommen war. Er hielt einen Augenblick inne, dann ging er hinein.

Es war zu dunkel, um viel zu sehen, also gab er schließlich auf und schaltete die Taschenlampe ein. Tiefe Schatten sprangen aus der Dunkelheit heraus, bewegten und verdrehten sich, als er hin und her leuchtete. Die Leichen waren fort, natürlich, und die Betten abgezogen. Standardvorgehensweise zur Spurensicherung, aber es stand zu bezweifeln, dass die Spuren jetzt noch würden untersucht werden. Wesentlich wahrscheinlicher würde sie irgendwann jemand aus Versehen zerstören. Abgesehen davon, war er nicht deswegen hergekommen.

Er steckte die Taschenlampe in den Mund, um beide Hände frei zu haben, zog die Fotos aus dem Umschlag heraus und blätterte sie durch, bis er dasjenige gefunden hatte, wonach er suchte. Verschiedene nackte Körper waren in all ihrer dicklichen, wenig schmeichelhaften Pracht aufgenommen worden, in einer Sammlung athletischer sexueller Stellungen verteilt über die beiden Betten und den Fußboden dazwischen. Die Aufnahme war von oben gemacht worden. McLean schwang den Schein der Taschenlampe nach oben und erkannte die klobige Sicherheitskamera in der Ecke über der Tür. Er stellte sich darunter, hielt das Foto hoch und versuchte zu erkennen, aus welchem Winkel das Foto gemacht worden war, aber es wollte nicht passen. Das Bild, auf das er schaute, war eindeutig von woanders geschossen worden. Er ging zum Fußende des Bettes, ließ den Taschenlampenschein über die gegenüberliegende Wand wandern, um zu sehen, ob sich dort vielleicht irgendwelche Hinweise auf eine weitere, inzwischen abgebaute Kamera befanden.

Hätte er bei Tageslicht nachgesehen, hätte er sie vielleicht übersehen, aber der Schein der Taschenlampe wurde von der winzigen Linse reflektiert, die in den verschnörkelten Stuckfries eingelassen war.

Eine schwere Holztruhe stand am Fußende eines der Kinderbetten. Er zog sie zur Wand hinüber, stellte einen Kinderstuhl darauf und kletterte vorsichtig hinauf, sich nur allzu bewusst, wie es nur ein paar Monate zuvor dazu gekommen war, dass er sich das Bein gebrochen hatte. Der Gedanke daran brachte einen vertrauten Schmerz zurück, den er bei seinem Aufstieg auf den Berg nicht gespürt hatte. Vielleicht war das schon alles, was er brauchte, ein paar regelmäßige Spaziergänge. Nicht die geistlosen Dehn- und Kräftigungsübungen, die die Physiotherapeutin ihm verordnet hatte.

Von Nahem und im hellen Licht der Taschenlampe konnte McLean erkennen, wo die Kamera in den Stuck eingelassen war. Einem unachtsamen Beobachter mochte sie jedoch entgehen, genau wie die beiden anderen, die er noch entdeckte. Vorsichtig kletterte er auf den Boden zurück, stellte den Stuhl an seinen Platz vor dem Tisch zurück, der nie wieder benutzt werden würde, und schob die Kiste zurück ans Fußende des Bettes. Ein letzter Schwung mit der Taschenlampe durch das Zimmer trug ihm nur ein tiefmelancholisches Gefühl ein. Nichts, was er hier drin gefunden hatte, würde etwas an dem ändern, was geschehen war.

Mit Hilfe der Fotos fand McLean noch zwanzig weitere Kameras, die im Obergeschoss des Hauses versteckt waren. Einige waren in die Stuckverzierungen eingelassen, andere in die Lampenhalterungen, eine im reichverzierten Rahmen eines großen Ölgemäldes versteckt. Im Elternschlafzimmer war die Wand immer noch mit Morag Weatherlys Blut und Hirnmasse bespritzt. Er versuchte, nicht daran zu denken, während er den Schauplatz mit einem Foto von Weatherly zusammen mit drei sehr jungen Frauen abglich, die ausgestreckt auf demselben Bett lagen.

Er brauchte ein Weile, um die hintere Treppe zu finden, die zum Speicher hinaufführte. Weatherlys Haus war so alt, dass es früher sicher eine stattliche Schar Dienstboten beschäftigt hatte, aber es gehörte auch zu denjenigen, deren ursprüngliche Besitzer sie lieber unsichtbar untergebracht haben wollten. Schließlich entdeckte er die in die Holzvertäfelung eingelassene Tür am Ende des Flurs hinter dem Zimmer der Mädchen. Sie öffnete sich zu einem schmalen Gang mit winzigen Zimmern auf jeder Seite, die als Abstellkammern dienten. Eine Treppe führte sowohl weiter nach oben als auch nach unten, Letztere zweifellos in die Spülküche oder die Schuhkammer. Nach oben ging es auf einen weiteren engen Flur, von dem winzige Dienstbotenkammern abgingen. Die meisten waren eindeutig seit langer Zeit nicht benutzt worden, nicht einmal von den Kindern als geheimer Spielplatz. Ein Raum allerdings war für etwas vollkommen anderes umgewidmet worden.

Er hatte ein einziges Fenster, das über den Hof ausgerichtet war und von dem man zum Wald und zu den Rindern dahinter blickte, aber es war zum größten Teil durch eine ganze Reihe von

Bildschirmen verdeckt, die alle nichts anzeigten. In den Regalen an den Wänden waren offensichtlich Überwachungsgeräte, Festplattenrekorder und Gott weiß was noch untergebracht gewesen. Vielleicht wusste man bei der Special Branch ja, was. Jemand war hier gewesen und hatte hastig alles leergeräumt, genau wie unten im Keller. Aber wozu zwei verschiedene Anlagen? Es lag auf der Hand. Eine für das Sicherheitssystem und eine, um einen diskreten Blick auf die Gewohnheiten der mehr als außergewöhnlichen Gäste zu werfen. Man musste kein Genie sein, um zu erkennen, dass die Partys relativ regelmäßig stattgefunden hatten, aber andererseits hatte er das bereits angenommen, als er die Bilder zum ersten Mal gesehen hatte.

McLean rührte nichts in dem Raum an. Draußen auf dem Flur schien inzwischen der Mond durch die hohen Oberlichter herein und schenkte ihm genug Licht, um sicher die Treppe hinunterzufinden. Er ging weiter am ersten Stock vorbei und fand sich schließlich in einer kleinen Speisekammer hinter der Küche wieder. Zurück hinaus durch das Fenster in der Gästetoilette im Erdgeschoss, und schon ging er knirschenden Schrittes über den in der eiskalten Luft gefrierenden Schnee ums Haus zurück zum Auto. Der Mond war über den Gipfel des Hügels geklettert, weniger als halb voll, spendete aber genug Licht, um der Nacht eine magische Stimmung zu verleihen. Er warf noch einen letzten Blick auf das Haus zurück, zufrieden darüber, dass er so viel gesehen hatte, wie er hatte sehen müssen. Was wesentlich mehr war, als er jemals hatte sehen wollen.

Erst als McLean auf die Schnellstraße auffuhr – fast eine Stunde nachdem er das Haus verlassen hatte –, merkte er, wie angespannt er gewesen war. Erneut schien die Entfernung zu dem Haus dessen Wirkung abzuschwächen, als ginge irgendeine schreckliche Anziehungskraft davon aus. Er war in aller Stille gefahren, hatte immer wieder in den Rückspiegel geschaut, um zu sehen, ob er verfolgt wurde, auch wenn er sich nicht ganz sicher war, wer daran Interesse haben sollte. Jack Tennant hätte er schon zugetraut, einen Streifenwagen am Ende der Straße zu postieren mit der Anweisung, ihn zu informieren, wenn der neugierige Bulle aus Edinburgh wegfuhr, aber McLean hatte nichts gesehen, was darauf hindeutete. Da die Straßen immer noch zugeschneit waren, gab es auch nicht viel Verkehr, was es erleichtert hätte, einen eventuellen Verfolger auszumachen.

Als die Straße vor ihm frei war, schaltete er endlich das Radio ein in der Hoffnung auf etwas beruhigende Musik. Er bekam die Nachrichten.

... morgige Beerdigung von Andrew Weatherly, seiner Frau Morag und seiner beiden Töchter Joanna und Margaret. Die Polizei hat die Ermittlungen in dieser Tragödie abgeschlossen, der Bericht für die Staatsanwaltschaft ist bereits in Vorbereitung ...

McLean fand den Knopf, um den Sender zu wechseln, und hörte dann Rockmusik, die so seicht war, dass es schon an Beleidigung grenzte. Immer noch besser, als daran erinnert zu werden, wo er gerade gewesen war. Ganz zu schweigen von der Arbeit, die immer noch getan werden musste. Und der Beerdigung natürlich. Er hasste es, aber er würde hingehen müssen. Er fragte sich, ob irgendwer anders von der Arbeit dort sein würde oder eines der unscharfen Gesichter von den Fotos, die im Kofferraum seines Autos lagen.

Zuhause war ein willkommener Anblick, und Mrs McCutcheons Katze, die ihn an der Hintertür begrüßte, erst recht. Sie streifte um seine Beine, als er in die Küche trat. Und dann sah er, warum sie nicht auf dem Tisch saß und sich putzte, wie sie es normalerweise tat, wenn er nach Hause kam. An die Zuckerdose gelehnt, damit er ihn keinesfalls übersehen konnte, stand ein weiterer unbeschrifteter brauner Umschlag.

»O verdammt!« Er schnappte ihn vom Tisch, riss ihn achtlos

auf und zog noch mehr Fotos heraus. Genau das, was er jetzt brauchen konnte. Es war noch eine feste Hülle dabei, mit einer DVD darin. Eine von diesen billigen beschreibbaren, die man auf einer Spindel zu hundert Stück kaufen konnte. Abgesehen vom Herstellernamen stand nichts darauf.

Das oberste Foto war nur insofern bemerkenswert, als er das Gesicht des schwitzenden Herrn erkannte, der Geschlechtsverkehr mit einem anderen schwitzenden Herrn hatte. Weiter mochte McLean nicht gucken. Er steckte alles wieder zurück in den Umschlag.

»Ich weiß ja nicht, ob hier jemand mithört oder mitguckt, aber ihr könnt euch dahin scheren, wo der Pfeffer wächst. Ich mach euch nicht die Drecksarbeit.«

Es kam keine Antwort, natürlich nicht, und er bezweifelte, dass, wer auch immer hinter den Fotos steckte, sich die Mühe gemacht hatte, sein Haus zu verwanzen. Sie würden einfach seine Neugier Bröckchen für Bröckchen anfüttern und schauen, was es ihnen brachte. Vielleicht konnte er es arrangieren, dass der Briefumschlag der Presse in die Hände geriet. Andererseits würde Jo Dalgliesh dann damit Erfolge feiern und wahrscheinlich die Polizei mit in den Dreck ziehen. Es war besser, einfach die Finger davon zu lassen, die Fotos auf Halde zu legen und darauf zu hoffen, dass, wer immer sie schickte, die Botschaft verstand.

Die Halle war kalt und dunkel, als McLean zur Haustür ging, um die Post zu holen. Sie erinnerte ihn zu sehr an Weatherlys Haus – zwar war sie kleiner, aber der Grundriss war ähnlich, die dunkle Täfelung und die schwarz-weißen Bodenfliesen waren genau gleich. Aber so sahen unzählige andere Häuser in der Stadt und überall im Land aus. Schottische Architektur konnte manchmal relativ wenig wagemutig sein. Er schüttelte das Gefühl ab, als er sich nach unten bückte, um den kleinen Stapel Briefe aufzuheben. Flyer, Werbung, Kataloge für Kleidung alter Damen und eine billig aussehende Postkarte von irgendwo in

Osteuropa. In dem Wort waren zu viele Konsonanten, um es einfach auszusprechen.

Er drehte sie um, erkannte das spinnenartige Gekrakel, konnte es aber im Dunkeln nicht lesen. Als er wieder in der Küche war, setzte er den Wasserkocher auf und warf den größten Teil der Post ins Altpapier, bevor er las, was Emma geschrieben hatte.

Wieder einer weniger. Wir kommen voran, aber es ist hart. So viel hat sich verändert, seit sie hier waren. In einer Woche oder so geht's nach Polen, aber vorher muss ich noch ein paar Sachen klären. Kraul Mrs Ms Katze von mir.

In Liebe, E. XXX

Das war alles. Er drehte die Karte um in der vergeblichen Hoffnung, dass auf der anderen Seite noch mehr stand, aber da war nur das billige Foto einer Burg mit einem unwirklich blauen Himmel hinter den hohen Türmen. Schnee lag auf den Berggipfeln, auf denen sie errichtet worden war, aber im Vordergrund des Bildes waren Blumen und eine Frau in einem bizarren Kleid. Er hielt sie unter die Nase, schnupperte nach Emmas Geruch, der noch daran hängen könnte, aber alles, was er bekam, war feuchte Pappe und der Fußboden im Windfang.

Er stand auf, als das Wasser im Kessel blubbernd zu kochen begann, ging quer durch die Küche zu der Korkpinnwand über der Kommode und heftete die Karte zu den anderen. Vielleicht sollte er sich eine Europakarte besorgen und Emmas Reise anhand ihrer Korrespondenz nachvollziehen. Stecknadeln und roter Baumwollfaden. Aber nein, davon hatte er genug bei der Arbeit. Wenn er seine Zeit schon mit irgendetwas verschwenden würde, dann damit herauszufinden, warum man ihn dazu drängte, Weatherlys schmuddelige Vergangenheit zu erforschen, wo doch auf der Hand lag, dass nichts Gutes dabei herauskommen würde.

Mrs McCutcheons Katze hatte ihren üblichen Platz auf dem Tisch eingenommen und saß neben der Zuckerdose und dem Umschlag mit den inkriminierenden Fotos. Er streckte die Hand aus und kraulte sie hinter den Ohren, und ausnahmsweise versuchte sie nicht, ihm die Adern aus dem Handgelenk zu kratzen.

»Das ist von Emma«, sagte er, was ihm ein so lautes Schnurren eintrug, dass es den Löffel in der Zuckerdose zum Vibrieren brachte. McLean lächelte, froh über die Gesellschaft, und machte sich daran, sich eine Tasse Tee zu bereiten.

23

Immer noch Schwierigkeiten mit dem Bein, wie ich sehe.«

Nach unruhigem Schlaf voller Alpträume von toten Kindern, die verzweifelt versuchten, ihre Mutter aufzuwecken, hatte McLean auf ein paar ruhige Morgenstunden gehofft, um in dem Fall des tätowierten Mannes voranzukommen. Aber sein Smartphone hatte ihn trillernd an den Termin erinnert, wie es das immer tat. Er hatte mit dem Gedanken gespielt, einfach nicht hinzugehen. Nach der letzten Sitzung war er sich ziemlich sicher, dass Hilton es durchgehen lassen würde. Aber so nervig der Mann war, so bekam er doch hin und wieder Einblick in den menschlichen Geist, und es gab etwas, das McLean ihn fragen wollte.

»Es heilt. Scheint allerdings das kalte Wetter nicht so zu mögen.«

Hilton nickte. »Ich war mir nicht sicher, ob ich Sie heute zu sehen bekommen würde.«

»Ich war mir auch nicht sicher, ob ich kommen würde.«

»Was hat Sie dann umgestimmt?«

McLean zuckte mit den Schultern. »Nichts Besseres vor, schätze ich.«

Hilton ließ sich auf seinem Stuhl zurücksacken und fuhr sich mit einer Hand über seinen strubbeligen Kopf. »Die haben Ihnen den Weatherly Fall dichtgemacht.«

McLean schaffte es, nicht zu lächeln, als Hilton den Köder schnappte, den er ihm hingehalten hatte. »Hat sich ausgelaufen. Wir wissen, dass er es getan hat, wo, wie, wann. Es ist absolut nicht mehr viel dran zu machen.«

Hilton zog eine Augenbraue hoch. »Sie haben das Warum ausgelassen.«

»Das ist Ihre Abteilung, Doc. Nicht meine. Was bringt einen Mann dazu, seine Kinder unter Drogen zu setzen und sie dann in ihren Betten zu ersticken? Warum sollte jemand ein Gewehr nehmen und seiner Frau in den Kopf schießen? Und was reitet jemanden, der sich eine Waffe unters Kinn hält und dann den Abzug drückt?« McLean lockte Hilton mit den Details. Er wusste, dass der Psychologe von Anfang an hatte einbezogen werden wollen. Seiner Miene nach zu urteilen, war es ihm bis jetzt nicht gelungen, aus seinen üblichen Quellen etwas abzuschöpfen.

»Er hat sich selbst erschossen, sagen Sie. Mit demselben Gewehr, das er auch benutzt hat, um seine Frau zu töten?«

»Kurz darauf, wenn man den Spuren glauben darf.«

»Und die Kinder? Erst betäubt? Das ist … interessant.« Hilton nahm einen Stift zur Hand und begann auf den Notizblock zu schreiben, der im rechten Winkel zur Mittellinie seiner makellos aufgeräumten Schreibtischplatte lag. »Und er hat sie vor seiner Frau getötet?«

»Das ist doch nicht wichtig, oder? Ich meine, er hat sie sowieso alle umgebracht.«

»O doch, das ist von entscheidender Bedeutung, Tony. Die Reihenfolge ist alles. Die Methode.« Hilton kritzelte weiter, seine Begeisterung war in jeder seiner Bewegungen zu sehen. McLean beneidete ihn um seinen Enthusiasmus, der einzig durch Neugier befeuert und noch nicht durch die politischen Aspekte der ganzen Geschichte getrübt war.

»Also, was, glauben Sie, treibt einen Mann dazu, so etwas zu tun?« Er versuchte, die Frage so beiläufig zu stellen wie möglich. Es war gar nicht nötig. Hilton war längst darüber hinaus, solche Feinheiten zu bemerken.

»Ah, die ewige Frage. Verzweiflung, natürlich. Aber es ist mehr als das. Es ist eine besondere Form von Größenwahn. Im

Grunde beinahe kindisch. ›Wenn ich es nicht haben kann, dann soll es auch niemand anders haben.‹« Hilton malte mit den Fingern Anführungszeichen in die Luft, während er sprach.

»Aber er hatte es doch. Er hatte alles, soweit ich das sagen kann. Eine zauberhafte Frau, erfolgreiche Karriere, wunderbare Kinder. Er war sogar beliebt, soweit ein Politiker das halt sein kann.« McLean zählte die einzelnen Punkte an den Fingern ab und legte besondere Betonung auf den letzten.

»Dann würde ich annehmen, dass jemand ihn damit bedroht hat, ihm das alles wegzunehmen. Erpressung vielleicht. Ich kann mir nicht vorstellen, dass jemand wie Weatherly nicht die eine oder andere Leiche im Keller hatte. Wenn da irgendetwas darunter war, das ihn hätte ruinieren könnte, etwas, das ihn vielleicht sogar ins Gefängnis hätte bringen können, dann ist es gut möglich, dass er lieber alles zerstört hat, als das zu ertragen.« Hilton hörte auf zu schreiben, legte den Stift sorgfältig ab und lehnte sich in seinem Sessel zurück. »Es ist eine extreme Psychopathie, aber alle erfolgreichen Männer sind mehr oder weniger Psychopathen.«

McLean sagte nichts und ließ Hilton in dem Glauben, dass er über das Gesagte nachdachte. Es war nichts, was ihm nicht auch schon in den Sinn gekommen war, und das mit wesentlich mehr Fakten in der Hand. Es bestand kein Zweifel, dass irgendjemand Weatherly erpresst haben könnte – nur dass, nach allem, was er über den Mann wusste, Weatherly eher an die Öffentlichkeit gegangen wäre und sich mit Lust in den Kampf gestürzt hätte. Selbst im Angesicht der Fotos und der Sexpartys.

Nein, Hiltons Erklärung überzeugte ihn überhaupt nicht … was bedauerlich war, denn es bedeutete, dass er selbst würde weitersuchen müssen.

Beerdigungen waren noch nie sein Ding gewesen. Er verstand ja das Bedürfnis, sich an die Toten zu erinnern, die Hinterbliebenen zu trösten, aber die ganze Zeremonie ließ McLean kalt. Er wusste nicht genau, wie Weatherly an ein christliches Begräbnis gekommen war, wenn man bedachte, dass der Mann sich selbst das Leben genommen hatte. Eigentlich hätte er an einer Kreuzung in ungeweihtem Grund verscharrt werden müssen und keine Feierlichkeiten erhalten sollen, die einem Staatsbegräbnis schon so nahekamen, dass eigentlich nur noch die Queen fehlte.

Vielleicht war es einfach nur modern im Sinne von Vergebung. Oder vielleicht auch die alte Art und Weise, die nach zweitausend Jahren wieder in Mode kam. Was immer der Grund sein mochte, die Kirche war jedenfalls voll, die Stimmen erhoben sich zu den Gesängen, Köpfe senkten sich zum Gebet. McLean stand in einer kleinen Seitenkapelle abseits des Hauptschiffs, dankbar dafür, dass die Bänke bereits alle besetzt waren, als er angekommen war. Es verschaffte ihm die Gelegenheit, die Trauergemeinde nach bekannten Gesichtern abzusuchen.

Jennifer Denton war da, natürlich. Sie hatte das Ganze mit jener Effizienz organisiert, die sie zu einer so guten Assistentin gemacht hatte. Weatherly hatte keine engeren Familienangehörigen, abgesehen von denen, die er so grausam getötet hatte, aber so wie es aussah, waren ein paar entfernte erwartungsvolle Cousins aufgetaucht, zweifellos einen Teil der Erbschaft im Blick. Morag McIntosh, wie sie vor ihrer Heirat geheißen hatte, hatte eine Schwester, die ihr eineiiger Zwilling hätte sein können, wäre sie nicht doppelt so dick gewesen. In den mittleren Reihen saßen eine Menge Banker und Finanziers; er konnte sie daran erkennen, wie sie auf ihre Uhren sahen, sich ständig nach rechts und links umschauten, begierig darauf, dass es zu Ende ging, damit sie so schnell wie möglich ins Büro und zum nächsten Geschäft zurückkonnten. McLean fragte sich, warum sie sich überhaupt die Mühe gemacht hatten herzukommen.

Und dann waren da die Politiker. Eine Menge. Alle mit Gefolge, Ratgebern oder was man sonst noch brauchte, um die

Rädchen des Staates zu ölen. Die einzigen Vertreter der Polizei, außer ihm und DC MacBride, bestanden aus den Sicherheitsteams, die dafür sorgen sollten, dass den Großen und Guten nichts Widriges begegnete, während sie das Leben eines Mannes feierten, der drei Menschen ermordet hatte, zwei davon Kinder. Keine Spur von Detective Superintendent Tennant aus Fife oder jemandem vom Police Liaison Committee, dem Weatherly vorgestanden hatte. Manche Leuten verfügten offensichtlich über so etwas wie Selbsterhaltungstrieb.

McLean fand es leicht, den Gottesdienst auszublenden, hörte den Trauerreden kaum zu und machte sich nicht mal die Mühe, so zu tun, als würde er die Lieder mitsingen. Mit Religion hatte er noch nie viel anfangen können, und er war ja auch nicht deshalb hergekommen. Gegen Ende bezog er unauffällig Position an der Tür, von wo aus er einen besseren Blick auf die Leute hatte, als sie hinter den Särgen auszogen – zwei großen und zwei kleinen, die zur Kirche hinaus und zur Familiengruft der Weatherlys getragen wurden.

Draußen wartete die Presse, angezogen wie die Fliegen vom Geruch eines verwesenden Kadavers. Fernsehreporter standen in einer Reihe auf dem Bürgersteig gegenüber, jeder berichtete für sich, gerade so außerhalb des Aufnahmewinkels des Nachbarn. Aus größerer Nähe riefen die Paparazzi Namen in die Menge und ließen die Kameras blitzen, als handele es sich um irgendeine Gala oder Filmpremiere. So viel zum Thema »Respekt vor den Toten«. McLean entdeckte Jo Dalgliesh. Den Ledermantel eng um den Körper geschlungen, den Notizblock gezückt, versuchte sie, einem Oppositionssprecher ein saftiges Zitat abzupressen. Ihr Gesicht leuchtete im Jagdfieber. Ihm war es sehr viel lieber, den Politiker im Fokus ihres Interesses zu sehen als sich selbst.

Erst als die Großen und Wichtigen längst an den Friedhofstoren plauderten und auf ihre Limousinen warteten, die sie zum

Leichenschmaus bringen sollten, entdeckte McLean die Frau. Er hätte nicht sagen können, was seine Aufmerksamkeit geweckt hatte, irgendetwas an ihrer Haltung vielleicht. Sie stand etwa zwanzig Meter entfernt und flüsterte einem Staatsekretär etwas ins Ohr, eine schwarz behandschuhte Hand auf der Schulter des irgendwie benebelt wirkenden Mannes. Der Staatsekretär lachte, ein Wiehern wie von einem Maultier, das McLean ziemlich deutlich über das Gemurmel der Gespräche rund um ihn herum hören konnte. Die Frau tätschelte ihm noch einmal die Schulter, dann drehte sie sich um und ließ den Blick über die Menge schweifen, als suchte sie jemanden. Ihr Blick fand ihn und blieb an ihm hängen. Stirnrunzelnd versuchte sie, ihn einzuordnen, dann nickte sie einmal und wandte sich ab. McLean schüttelte den Kopf und fragte sich, was gerade passiert war.

»Sind wir hier fertig, Sir?« DC MacBrides unschuldige Frage brach durch den kalten, klebrigen Nebel, der ihn umgab. McLean sah sich um. Es waren nicht mehr viele Leute übrig, die meisten waren gegangen. Ein paar redeten noch mit dem Priester, der aussah, als wollte er auch lieber verschwinden.

»Schätze schon. Haben Sie Lust, noch zum Empfang zu gehen?«

MacBrides Gesichtsausdruck genügte als Antwort. McLean angelte nach seinen Autoschlüsseln. Warf sie dem verblüfften Constable zu. »Okay, dann fahren Sie. Sie können mich auf dem Rückweg zum Revier an dem Hotel absetzen. Parkplätze gibt's da sowieso nicht.«

MacBride war ein nervöser Fahrer, der ständig mit der Gangschaltung herumfuhrwerkte, am Blinker fingerte und am Lenkrad. Er hatte eine Ewigkeit damit verbracht, den Sitz richtig einzustellen, bevor sie losgefahren waren, und saß jetzt trotzdem kerzengerade, ohne dass sein Rücken die Lehne auch nur berührte. McLean wusste, dass der Constable an einer Schulung teilgenommen hatte, die ihn dazu berechtigte, auch im Personenschutz zu fahren, also musste es an der Tatsache liegen, dass er den Wagen seines Bosses fuhr.

»Haben Sie heute irgendwas von Ritchie gehört?«, fragte er, während sie im dichten Verkehr vorankrochen.

»Was? O nein, Sir. Nichts.«

»Irgendeine Ahnung, was mit ihr los ist? Ich glaube nicht, dass sie bis jetzt überhaupt jemals krank war.«

»Geht ja eine scheußliche Grippe um, vielleicht hat sie die erwischt.«

»Das muss es wohl.« McLean starrte auf den grauen Himmel, der zwischen den Dächern der hohen Mietshäuser und dem Rand der Windschutzscheibe kaum zu sehen war. Das war zweifellos die Jahreszeit, in der es die Leute umwarf. Es musste irgendetwas mit den langen Nächten und den kurzen grauen Tagen zu tun haben, was das Immunsystem in die Knie gehen ließ. Andererseits war Ritchie aus Aberdeen und sollte eigentlich mit ein bisschen Schnee zurechtkommen können. »Ich hoffe, es geht ihr bald besser. Es nervt zu versuchen, irgendwas ohne sie gebacken zu bekommen.«

MacBride antwortete nicht: »Wem sagen Sie das!«, aber McLean konnte sehen, wie sich die Worte in einer Denkblase über dem Kopf des Constable formten. Angesichts der Tatsache, dass er den größten Teil der Mehrarbeit abfing, schien das nur gerechtfertigt.

»Haben wir irgendwas vom Militär gehört wegen unseres Tätowierten?«

MacBride entspannte sich etwas, endlich wieder auf vertrautem Terrain. »Noch nicht, Sir. Es steht auf meiner Liste, aber ich wollte noch mal nachhaken. Ich hatte eigentlich auch vor, diesen DNS-Abgleich längst erledigt zu haben. Hätte ich auch längst, wenn da nicht im Labor was verwechselt worden wäre. Ich musste eine neue Probe einschicken.«

»Was ist denn da verwechselt worden? Angus würde doch nie seine Proben vertauschen.«

»Nach allem, was ich gehört habe, kann es nicht Dr. Cadwallader gewesen sein.« MacBride beschleunigte, um eine Lücke zu nutzen, die sich gerade vor ihnen aufgetan hatte, dann stieß er einen kurzen, spitzen Schrei aus, als der Wagen überraschend spürbar spritziger reagierte, als er es erwartet hatte, und das Lenkrad in seinen Händen zuckte.

»Sanftes Antippen reicht, Constable, ganz besonders bei solchen Straßenverhältnissen.« McLean grinste, als er merkte, dass die Lage wieder unter Kontrolle war.

»Sorry, Sir. Bin's einfach nicht gewöhnt.« Sie näherten sich dem Hotel, wo der Weatherly-Leichenschmaus stattfinden sollte, und der Verkehr verfilzte sich sogar noch mehr, weil Dutzende von Chauffeuren sich gegenseitig auszustechen versuchten, um ihre Passagiere so nah wie möglich am Eingang abzusetzen.

»Fahren Sie ran, ich laufe von hier aus. Ist wahrscheinlich sogar sicherer. Wir sehen uns dann in einer Stunde oder so im Büro.«

MacBride tat, wie ihm geheißen, und schaffte es sogar, direkt hinter einem matschigen Schneehaufen zu halten. McLean kletterte in die frische, kalte Luft hinaus und wollte gerade die Autotür zudrücken, als ihm noch etwas einfiel.

»Sie sagten, die Verwechslung hätte nicht Angus' Fehler sein können. Wie kommen Sie darauf?«

»Er hat nur mit toten Menschen zu tun, Sir. Die DNS der ersten Probe, die analysiert wurde, stammte von einer Ziege.«

24

Es waren erheblich mehr Leute gekommen, um Andrew Weatherlys Wein zu trinken, als in der Kirche erschienen waren, um ihm die letzte Ehre zu erweisen. So war das wohl einfach, nahm McLean an. Nicht dass der Mann sich noch hätte beschweren können. Der Beerdigungsempfang hatte etwas von einer Hochzeitsparty, nur mit dunkleren Klamotten. Und getanzt wurde auch nicht.

»Inspector. Schön, dass Sie gekommen sind.« Jennifer Denton sah müde aus, aber sie gab sich immer noch Mühe, schick auszusehen. Die Leute standen nicht gerade Schlange, um ihr Beileid auszudrücken, merkte er. Sie waren zu sehr damit beschäftigt, Beziehungen zu pflegen oder nach dem nächsten Knüller Ausschau zu halten.

»Ich war mir nicht sicher, ob ich kommen sollte. Normalerweise gehen wir auf Beerdigungen, um zu sehen, wer alles auftaucht, wenn die Ermittlungen noch laufen. Aber, nun ja, offiziell ist alles abgeschlossen und Schnee von gestern.«

»Und doch sind Sie hier.« Miss Denton nahm zwei Gläser Wein vom Tablett eines vorbeigehenden Kellners, gab ihm eins und gönnte sich einen ordentlichen Schluck aus ihrem. »Um ehrlich zu sein, bin ich eher froh darüber.«

»Kommen Sie zurecht?« McLean versuchte zu kaschieren, dass er nicht wirklich von seinem Wein trinken würde.

»Sich zu beschäftigen hilft am besten. Ich mag es nicht, nichts zu tun zu haben und ins Nachdenken zu kommen.«

»Irgendwann werden Sie das tun müssen. Ich meine, wenn das alles hier abgeschlossen ist, das Testament vollstreckt …«

»Das wird mir noch Arbeit für mindestens ein Jahr verschaffen, vielleicht auch für fünf.« Miss Denton nahm noch einen Schluck, ein kleiner Tropfen Roter entkam und landete wie ein Blutspritzer auf ihrer weißen Bluse.

»So lange?« Da er noch nicht die letzten paar Überreste seiner Erbschaft nach dem Tod seiner Großmutter vor beinahe eineinhalb Jahren geregelt hatte, war sich McLean nur allzu bewusst, wie langsam und fein die Mühlen des Rechts mahlten. Dennoch, fünf Jahre hörten sich etwas übertrieben an.

»Wenn ich Glück habe. Könnten auch zehn werden.« Miss Denton zeigte zur anderen Seite des Raumes hinüber, wo ein Haufen unglücklich aussehender Menschen sorgsam darauf bedacht war, nicht miteinander zu sprechen. Sie sahen zwischen all den Politikern und Geschäftsleuten irgendwie fehlplatziert aus. »Die Schakale umkreisen uns schon. Drews Testament wird später noch verkündet, und keiner von denen wird allzu glücklich darüber werden.«

»Wissen Sie, was darin steht?«

»Natürlich. Ich bin eine der Vollstreckerinnen.«

»Und eine Nutznießerin?« Die Frage entschlüpfte ihm, bevor er sich bremsen konnte. Der Detective in ihm hatte die Initiative ergriffen. »Entschuldigung. Geht mich nichts an.«

»Ich darf dazu nichts sagen, bevor es eröffnet ist.« Miss Denton tippte sich mit dem Finger an die Nase. Der Nagel war tiefrot lackiert, aber an der Spitze abgeschabt und eingerissen. »Aber machen Sie sich keine Sorgen. Es wird morgen bekannt gegeben werden. Drew war in dieser Hinsicht sehr altmodisch.«

McLean sagte nichts, weil er nicht genau wusste, was er sagen sollte. Andrew Weatherlys letzter Wille war natürlich von öffentlichem Interesse. Er war ein sehr reicher Mann gewesen, also spielte es eine Rolle, was aus seinem Reichtum wurde. Nur dass die Gründe, warum McLean sich dafür interessierte, keinerlei

Bedeutung mehr hatten. Er suchte nicht nach einem Verdächtigen, also bestand auch keine Notwendigkeit, nach einem Motiv zu suchen.

»Also, warum sind Sie nun hergekommen, Inspector?« Miss Denton stellte ihr leeres Glas auf einem vorbeikommenden Tablett ab und ersetzte es mit verblüffender Geschicklichkeit gleichzeitig durch eine neues.

»Ich würde fast annehmen, dass er meinetwegen gekommen ist.«

Die Worte schnitten wie ein Dolch in seine Seele. Die Stimme war tief, beinahe rau und doch unverkennbar weiblich. McLean drehte sich um, um zu sehen, wer gesprochen hatte, doch er wusste es schon. Von Nahem war die Frau beeindruckend – das war das Beste, was ihm einfiel. Sie war nicht schön im klassischen Sinn; kein Supermodel, wie Morag Weatherly es gewesen war. Aber sie hatte etwas an sich, wovon er sich vorstellen konnte, dass Männer sich dafür gegenseitig töten würden. Ihr Haar war ihm schon von Weitem aufgefallen. Es war glatt und schwarz wie das von Elizabeth Taylors Perücke in *Cleopatra*, nur ohne die goldenen Strähnen. Es umrahmte ein Gesicht mit reinster, makelloser weißer Haut, hohen Wangenknochen und Augen, die einen nahöstlichen Hintergrund vermuten ließen. Er hätte sie auf Anfang dreißig geschätzt, aber irgendetwas an ihrer Haltung legte ein bedeutend höheres Alter nahe, das mit wesentlich effektiveren Mitteln als Jennifer Dentons Haarkoloration und Make-up gebannt wurde. Sie trug Schwarz, hatte sich nach der Bestattung nicht umgezogen. Nur ihre Bluse war rot, ein tiefes Rubinrot, als hätte sie sich eine ganze Flasche übergekippt im Vergleich zu Miss Dentons kleinem Spritzer. Sie passte perfekt zu ihren dunkelkirschroten Lippen. McLean ertappte sich dabei, dass er ihr schon viel zu lange auf die Lippen starrte, ohne es gemerkt zu haben. Peinlich berührt wandte er den Blick ab.

»Jennifer, wollen Sie uns nicht vorstellen?« Die Frau sprach leise, aber ihre Stimme klang trotzdem, als könnte sie damit einem Mann die Haut abziehen. Ein Sandsturm in der Wüste.

»Mrs Saifre. Entschuldigen Sie. Das ist Detective Inspector McLean.« Miss Denton hörte sich verängstigt an. Sie sah auch verängstigt aus, erbleichte sichtlich unter Mrs Saifres Blick, und wich vor der Frau zurück.

»Ah, ja. Natürlich sind Sie das. Ich habe schon so viel von Ihnen gehört.« Mrs Saifre streckte ihm die Hand hin, und einen Moment lang war McLean sich nicht sicher, was er damit anfangen sollte. Diese Stimme füllte seinen Kopf, sodass er keinen klaren Gedanken mehr fassen konnte. Möglicherweise nur ein wenig zu langsam, um noch höflich zu sein, riss er sich zusammen, ergriff die Hand und schüttelte sie leicht. Ein winziges Flackern der Enttäuschung spielte um diese tiefschwarzen Augen, und dann lächelte sie und drückte seine Hand mit einem Griff, der die Knochen seiner Finger zum Knacken brachte.

»Sie kannten Mr Weatherly?«, fragte McLean.

»Ob ich ihn kannte? Ich habe ihn praktisch erschaffen. Ist es nicht so, Jennifer?« Mrs Saifre ließ endlich McLeans Hand wieder los. Er ließ sie an der Seite herunterfallen und versuchte sie zu verbergen, während er seine Finger streckte und auf gebrochene Knochen prüfte.

»Mrs Saifre war eine von Drews ersten Investoren. Sie ist einer der größten Anteilseigner bei Weatherly Asset Management.« Miss Dentons Stimmte hörte sich an, als hegte sie einen gewissen Groll und wünschte, es wäre anders.

»Dann muss ja Mr Weatherlys Tod ein ziemlicher Schock für Sie gewesen sein, Mrs Saifre«, sagte McLean. »Und die Art und Weise erst recht.«

»Ein Schock.« Mrs Saifre rollte die Worte im Mund herum, als hätten sie einen Geschmack, den sie noch nie zuvor probiert hatte. »Ja. Das war es. Andrew ist mir immer eher besonnen erschienen. Er neigte nicht zu übereilten Handlungen. Oh, er konnte Risiken eingehen, das ja, aber sie waren doch immer zu seinen Gunsten kalkuliert. Oder zu meinen, natürlich.«

»Ich muss mit dem First Minister sprechen, bevor er geht.« Jennifer Denton kippte den letzten Schluck aus ihrem Weinglas hinunter. »Danke, dass Sie gekommen sind, Inspector.«

»Ja, lauf nur, Jennifer. Braves Mädchen.« Mrs Saifre entließ die Assistentin mit einem beiläufigen Winken. Es erinnerte McLean an eine alte Freundin seiner Großmutter, die ihn auf ähnliche Weise entlassen hatte, als er ihr einmal bei einem ihrer unregelmäßigen Besuche vorgestellt worden war. Diese Herablassung hatte ihn sogar als Zehnjährigen gekränkt, und doch hatte Miss Denton kaum genickt, während ihr Blick mit einem Ausdruck des Schreckens zu seinem geflackert war, bevor sie sich umgedreht und die Flucht ergriffen hatte.

»Was für ein verhuschtes Ding, finden Sie nicht auch?« So wie Mrs Saifre es sagte, war es beinahe unmöglich, ihr nicht zuzustimmen. »Was Andrew an der gefunden hat, kann ich mir beim besten Willen nicht vorstellen.«

»Kannten Sie ihn gut?«

»Ich kannte ihn lange, falls das dasselbe ist. Mein verstorbener Ehemann hat mir einen ordentlichen Batzen Geld hinterlassen. Andrew war bestens dafür geeignet, noch mehr daraus zu machen. Wir haben zusammengearbeitet.«

»Und privat? Kannten Sie Mr Weatherly auch gesellschaftlich?«

»Ah, werde ich hier etwa verhört?« Mrs Saifre stieß ein winziges leises Lachen aus wie das entfernte Krächzen einer Krähe. »Und ich dachte, die Ermittlungen wären beendet.«

»Es tut mir leid. Die Macht der Gewohnheit. Und Sie haben recht, der Fall ist abgeschlossen. Ich kann nur nicht damit aufhören, darüber nachzudenken, warum ein Mann, der so viel hatte, wofür es sich zu leben lohnt, plötzlich so durchdrehen konnte. Ich schätze, ich versuche einfach, mir ein Bild von seinem Charakter zu machen und herauszufinden, was ihn bewegte.«

Mrs Saifre öffnete eine schwarze Lackledertasche, die sie über dem Ellbogen trug, und holte eine Visitenkarte heraus. Da wurde McLean bewusst, dass sie ihre Handschuhe ausgezogen hatte. Sie reichte ihm die Karte. »Hier. Ich bin bis Ende nächster Woche geschäftlich unterwegs, aber danach rufen Sie mich bitte an. Sie können mich zum Lunch einladen, und ich sage Ihnen alles, was ich über Andrew Weatherly weiß. Ermittlung hin oder her.« Sie streckte ihm wieder die Hand hin, und als McLean sie diesmal schüttelte, berührte sie seine Finger nur ganz leicht. Ihre Berührung war eher spielerisch, als sie ihn mit wesentlich mehr Extravaganz und Stil verabschiedete, als sie es bei Miss Denton getan hatte.

»Eine Sache noch, Mrs Saifre, wenn Sie nichts dagegen haben?« Da war wieder dieses irritierte Flackern in ihrem Blick. McLean beeilte sich, seine Frage zu stellen, solange er noch die Nerven dazu hatte. Diese Frau hatte irgendetwas an sich, das ihn zurückweichen lassen wollte. »Meine Leute haben alle vernommen, die geschäftlich mit Mr Weatherly zu tun hatten, aber ich kann mich nicht erinnern, dass Ihr Name darunter gewesen wäre.«

Mrs Saifre lachte wieder auf, und irgendwo, weit entfernt, starb etwas. Sie nickte zu der Karte, die er immer noch umklammerte. »Ich habe mit Detective Sergeant Ritchie gesprochen. Nettes Mädchen. Fragen Sie sie nach mir.« Und dann drehte sie sich um und ging.

McLean sah ihr nach, wie sie durch die Menge schritt, die sich vor ihr zu teilen schien. Schließlich schaute er auf die Karte. Ihr angeheirateter Name lautete Saifre, aber sie hatte ihm bereits gesagt, dass ihr Mann tot war. Jetzt schien sie ihren Mädchennamen wieder angenommen zu haben, und der stand in blutroter Tinte auf der Karte. *Jane Louise Dee* und eine Handynummer. Sonst nichts.

25

Die Presse in dicht gedrängten Reihen war nie ein willkommener Anblick. Wenn man ihre Hilfe brauchte, um einen Vermissten zu finden oder jemanden von der Aufnahme einer Überwachungskamera zu identifizieren, bekam man meist niemanden zu fassen. Es sei denn, es wäre Sauregurkenzeit oder ein Starreporter hatte etwas Dummes angestellt und war auf Strafeinsatz. Wenn es keine Story gab, dann waren sie nirgendwo zu sehen, und so waren sie McLean auch am liebsten. Wie auch immer, das hier war etwas vollkommen anderes.

Sie hatten die Pressekonferenz ins Präsidium verlegen müssen, das über größere Räume verfügte. Jede Hoffnung darauf, dass der Ortswechsel irgendwelche Unterstützung von oben ermöglichen könnte, war jedoch vergebens. Als er sich im Raum umsah, war Detective Superintendent Jack Tennant der ranghöchste anwesende Beamte, und der kleine Detective Inspector McLean war gleich der Nächste in der Reihe.

»Meine Damen und Herren, vielen Dank, dass Sie gekommen sind.« Sergeant Dan Hwei, der Vertreter der Presseabteilung, begann die Veranstaltung mit den üblichen Hinweisen und Verhaltensregeln: nicht unterbrechen, warten, bis man namentlich aufgerufen wurde, bevor man Fragen stellte, wo die Notausgänge waren und was im Notfall zu tun sei. McLean wusste, dass all das wichtig war, aber es war ebenso reine Zeitverschwendung. Er konnte beinahe garantieren, dass keine fünf Minuten vergingen, bevor er würde unterbrochen werden, und wenn ein Feuer ausbrach, würde es ein Blutbad geben. Letztendlich waren die hier alle Reporter.

»Wie Sie sicherlich wissen, haben wir die Leichen von Andrew Weatherly, seiner Frau Morag und den beiden Töchtern Joanna und Margaret vor zwei Tagen freigegeben. Sie wurden gestern bestattet. Ich denke, der eine oder andere von Ihnen mag vielleicht dort gewesen sein.« McLean musterte die erste Reihe des Publikums und entdeckte die meisten der üblichen Verdächtigen.

»Die Schlaueren unter Ihnen werden begriffen haben, was das bedeutet. Unsere Ermittlungen zu den Todesfällen in Mr Weatherlys Haus in Fife sind beendet, und es ist ein Bericht an die Staatsanwaltschaft geschickt worden.«

»Inspector, können Sie bestätigen, dass Weatherly seine Frau und seine Töchter erschossen hat?«

Nicht mal fünf Minuten. Kaum eine. McLean seufzte, rieb sich die Augen. »Wenn Sie mir die Chance geben würden, zu Ende zu sprechen, Mr Truman, dann werde ich Sie über die Ergebnisse der Obduktionen aller vier Toten unterrichten. Es gab Spuren von einem barbiturathaltigen Beruhigungsmittel im Blut der Mädchen, aber sie sind durch Ersticken gestorben. Wir sind zu der Überzeugung gelangt, dass Mr Weatherly ihre Abendmilch damit versetzt hat und sie dann, als sie zu müde waren, um Widerstand zu leisten, mit einem Kissen erstickt hat.«

»Stimmt es, dass sie zusammen in einem Bett gefunden wurden?«

McLean erkannte die Stimme nicht, und niemand hatte die Hand gehoben. Fast sicher ein Boulevardblatt.

»Wie sie aufgefunden wurden, ist irrelevant«, mischte sich Jack Tennant ein, der seine Irritation angesichts der Frage nicht verhehlen konnte. »Sie waren erst elf Jahre alt, um Himmels willen. Haben Sie ein bisschen Respekt vor den Toten.« Er ließ sich gegen seine Stuhllehne zurückfallen und sah beinahe so müde aus, wie McLean sich fühlte, und genauso sauer.

»Danke, Sir.« McLean sprach direkt ins Mikrophon, seine

Stimme hallte durch den Konferenzraum. »Und um die ursprüngliche Frage zu beantworten, möchte ich noch hinzufügen, dass es nicht zu meinen Gewohnheiten gehört, einen Tatort im Detail zu beschreiben, sofern es nicht für unsere Ermittlungen unerlässlich ist. Ich habe einige der etwas drastischeren Spekulationen gesehen und muss Ihnen eins lassen, nämlich, dass es Ihnen nicht an Vorstellungskraft mangelt.«

Es gab ein paar gemurmelte Kommentare, aber keine weiteren Unterbrechungen, also fuhr McLean mit seinem vorbereiteten Skript fort. »Morag Weatherly starb an einer einzelnen Schusswunde in den Kopf. Die forensische Analyse bestätigt, dass die Kugel eine .243-Kaliber aus einer Jagdflinte war, die im Besitz von Mr Weatherly war. Er hatte einen Waffenschein dafür, zusammen mit einer Anzahl weiterer Gewehre und einer Flinte zur Schädlingsbekämpfung. All diese anderen Waffen wurden eingeschlossen in einem Waffenschrank auf dem Anwesen aufgefunden. Die Schlüssel dazu steckten in Mr Weatherlys Tasche.

Andrew Weatherly selbst starb an einer einzelnen Schusswunde in den Kopf. Wir nehmen an, von derselben Waffe, die er benutzt hatte, um seine Frau zu töten, auch wenn die Kugel am Tatort nicht gefunden werden konnte. Die Beweislage, wie sie in meinem Bericht vorgelegt wird, legt nahe, dass Mr Weatherly erst seine Kinder erstickte, dann seine Frau erschoss und schließlich die Waffe gegen sich selbst richtete. Es gibt keine Hinweise auf Fremdeinwirkung.«

»Inspector, können Sie uns irgendetwas dazu sagen, warum Mr Weatherly so etwas getan haben könnte?«

McLean sah in den hinteren Teil des Saales, wo die Frage hergekommen war. Eines der weniger sensationsgierigen schottischen Blätter, wenn er sich recht erinnerte.

»Mr Weatherlys Geschäfte liefen bestens, und seine politische Karriere schien darauf ausgerichtet zu sein, dass er mehr als nur ein nützliches Mitglied der Opposition werden wollte. Wir haben mit seinen Freunden und Geschäftspartnern gesprochen, und es gab keinerlei Hinweise darauf, dass von irgendeiner Seite Druck auf ihn ausgeübt wurde.« McLean schluckte und versuchte, nicht an die Fotos zu denken und die offensichtlichen Schlussfolgerungen, die die Presse ziehen würde, falls sie sie zu sehen bekämen. *Wenn* sie sie zu sehen bekommen würden. »Es ist eine Sache, sich das Leben zu nehmen. Aber etwas ganz anderes, diejenigen, die man liebt, mit in den Tod zu nehmen. Ich kann sagen, dass Mr Weatherly ein zutiefst verstörter Mann gewesen sein muss, aber ich kann und will nicht darüber spekulieren, warum er es getan hat. Das ist Ihre Aufgabe.«

Das brachte ihm ein leises Auflachen aus der Menge ein, was ihm half. Es war immer besser, die Presse bei Laune zu halten.

»Glauben Sie, dass er erpresst wurde?«

»Falls ja, so hat er nichts zurückgelassen, was darauf hindeuten würde. Natürlich besteht immer die Möglichkeit, dass er es einfach satthatte, von der Presse gejagt zu werden.«

Wieder trug ihm seine Bemerkung leises Gelächter ein, aber er war wachsam genug, um sich nicht darauf auszuruhen, dass es gerade gut lief. Immerhin war das normalerweise genau der Punkt, an dem es ungemütlich wurde.

»Inspector, kennen Sie die Gerüchte über Mr Weatherlys Sexleben?«

Ah ja. Die Frage. Und sie musste natürlich von der abgerissenen Jo Dalgliesh in ihrem Ledermantel kommen. Zu wem sonst würde der Geheimdienst seine schmuddeligen Informationen durchsickern lassen? Es sei denn, sie klopfte nur auf den Busch.

»Welche Gerüchte im Besonderen meinen Sie, Ms Dalgliesh? Mr Weatherly war Politiker.«

Eine weitere Welle Gelächter lief durch die Reihen, dieses Mal lauter. Dalgliesh runzelte verärgert die Stirn, und McLean wusste, dass er für diese Spöttelei später noch bezahlen würde.

»Die Sexpartys, Inspector. Das Swinger-Leben. Ist Ihnen bei

all Ihren Ermittlungen nie in den Sinn gekommen, die Vergangenheit des Mannes zu recherchieren?«

»Ich sehe, worauf Sie hinauswollen, Ms Dalgliesh, aber wie der Inspector bereits gesagt hat, haben unsere Ermittlungen keinerlei Hinweise auf einen Erpressungsversuch ergeben. Was immer Mr Weatherly in der Vergangenheit getan oder nicht getan haben mag, es bleibt die Tatsache, dass dies hier seine einzige Straftat war.« Nach der Art und Weise, wie er McLean zur Verteidigung beisprang, hatte DS Tennant schon früher mit Jo Dalgliesh die Klingen gekreuzt.

»Falls jemand versucht hätte, Mr Weatherly zu erpressen, wäre das ganz sicher ein Verbrechen gewesen, und ich bin mir sicher, dass Sie uns darauf aufmerksam machen würden, damit wir ermitteln und, falls nötig, Anklage erheben könnten. Wie auch immer – Tatsache bleibt, dass Mr Weatherly aus uns unbekannten Gründen seine Familie ermordet und sich selbst getötet hat.« McLean konzentrierte seine gesamte Aufmerksamkeit auf Jo Dalgliesh und suchte nach irgendeinem Anzeichen darauf, dass sie etwas wusste, wovon sie nichts sagte. »Das zu klären war Aufgabe unserer Ermittlungen, und dies ist unsere Schlussfolgerung. Sollten irgendwelche neuen Hinweise ans Licht kommen, werden wir sie natürlich in Betracht ziehen und, falls nötig, den Fall wiederaufrollen.«

»Nun, das hab ich schon schlimmer erlebt.« Jack Tennant lehnte sich in seinem Stuhl zurück, die Hände im Nacken verschränkt, um seinen Kopf abzustützen. »Ich kann mich bloß nicht genau erinnern, wann.«

»Das Leben oben in Fife muss schon sehr ruhig sein, wenn Sie das schlimm fanden.« McLean sammelte seine Unterlagen zusammen und steckte sie in einen braunen Aktenordner, der wahrscheinlich nur für eine besondere Art von Archivierung vorgesehen war und nicht als allgemeine Papieraufbewahrung.

Irgendwo im Gebäude lauerte DC MacBride, vielleicht der einzige Polizist innerhalb eines Umkreises von fünf Meilen, der es entweder wissen oder den es sogar kümmern würde.

»Wir haben auch unsere Probleme in Fife, Tony. Aber Sie haben recht, es ist wirklich ziemlich einfach. Ich kann mich nicht erinnern, wann wir mal einen Mord hatten, der nicht auf häusliche Gewalt zurückzuführen gewesen wäre. Das meiste heutzutage sind Geschwindigkeitsübertretungen und Drogen. Ein bisschen Gewalt hin und wieder an den Wochenenden.«

»Hört sich idyllisch an. Wo muss ich mich um eine Versetzung bewerben?«

Tennant lachte, ließ den Stuhl nach vorn fallen und legte eine Hand vor den Mund, als sich das Lachen in einen Husten tief aus der Lunge verwandelte. Es dauerte ungewöhnlich lange, bis er sich davon erholte.

»Sie würden innerhalb einer Woche irre werden. Und abgesehen davon, was würden Sie machen, wenn Ihnen Jo Dalgliesh nicht mehr im Nacken säße? Die kann Sie echt nicht leiden, die Frau.«

»Das beruht ganz auf Gegenseitigkeit.« McLean stand auf und wandte sich zum Gehen. Ein paar Journalisten lungerten noch herum, sprachen in Kameras oder tippten wie wild Berichte in ihre Laptops. Er wollte auf keinen Fall, dass ihn noch jemand wegen eines spontanen Interviews ansprach.

»Haben Sie's eilig, zurück an die Front zu kommen?« Tennant klopfte sich ein paar Mal auf die Brust, hustete, schluckte und verzog das Gesicht.

»Alles in Ordnung, Jack? Das hört sich nach einem hässlichen Husten an.«

»Die Winter werden nicht leichter in meinem Alter, Tony. Und der hier ist schlimm.«

»Dann lassen Sie mich Ihnen einen Becher von Edinburghs bestem Tee spendieren, bevor Sie wieder nach Norden fahren.«

»Zu freundlich, aber ich habe die Plörre, die ihr hier Tee nennt, schon probiert. Da warte ich lieber, bis ich zu Hause bin und was Stärkeres bekomme.«

Tennant stemmte sich von seinem Sitz hoch, vielleicht mit etwas mehr Anstrengung, als eigentlich nötig gewesen wäre. McLean dachte an das letzte Mal zurück, als er den Detective Superintendent gesehen hatte, erst vor ein paar Tagen in Weatherlys Haus. War es ihm da auch schon so schlecht gegangen? Er konnte sich nicht erinnern. Vielleicht war es dieselbe Grippe, die auch Ritchie niedergestreckt hatte. Falls dem so war, so hoffte er, dass er selbst immun war. Das Letzte, was er jetzt zu seiner ständig schmerzenden Hüfte brauchen konnte, waren ein Reizhusten und bohrende Kopfschmerzen.

»Na ja, ich muss sowieso zurück auf mein Revier. Da wartet ein Stapel Papierkram auf mich, der exakt dieselbe Größe und Form wie mein Büro hat, und wir haben einen am ganzen Körper tätowierten Leichnam, den wir immer noch zu identifizieren versuchen. Keine Müdigkeit vorschützen, was?«

Tennant lächelte ihn schwach an, bevor er seine eigenen Papiere einsammelte und zusammenschob. Anders als McLean war der Detective Superintendent organisiert genug, um eine Aktentasche zu haben, in der er sie verstauen konnte.

»Diese Frage, bei der Pressekonferenz – diese Dalgliesh«, sagte er und sprach eher in den Raum hinein als direkt zu McLean. »Sie wissen schon, dass der Fall abgeschlossen ist, oder?«

»Natürlich. Ich habe den Bericht persönlich der Staatsanwältin überreicht.«

»Nur dass mir nicht entgangen ist, dass Sie die Möglichkeit, ihn wiederaufzurollen … nun ja … offengelassen haben.«

»Wenn irgendwelche neuen Indizien auftauchen würden, dann würden wir das auch tun müssen. Oder zumindest einen neuen eröffnen, wenn sich herausstellen würde, dass jemand Weatherly erpresst hat.«

Tennant schloss seine Aktentasche, klickte die Schlösser zu und drehte sich dann um, um ihn anzusehen. »Ja, natürlich. Wenn irgendjemand Sie darauf hinweist. Aber wir werden nicht danach suchen, oder?«

McLean musterte das Gesicht des Detective Superintendent. Er hatte Jack Tennant immer für einen Freund gehalten. Jemanden, an den man sich wenden konnte, wenn man in Schwierigkeiten war, jemanden, auf dessen aufrichtige Einschätzung man sich verlassen konnte. Aber hier ordnete er sich der allgemeinen Linie unter wie ein braver Junge. Nun ja, er würde sowieso bald in Pension gehen. Vielleicht wollte er auch nur nicht mehr groß Staub aufwirbeln.

»Nicht mehr. Nein.«

»Also, dieser kleine Ausflug zum Haus neulich. Das war nur, um es endgültig loszuwerden?«

»So ungefähr.« McLean dachte an die Fotos, die in der oberen Schublade seines Schreibtisches eingeschlossen waren, an die zweite Lieferung und die DVD, die immer noch zu Hause im alten Safe seiner Großmutter lagen. Jemand wollte, dass er weiter nachforschte, und jemand anders wollte, dass er damit aufhörte. Zwischen den Stühlen war nie ein hübsches Plätzchen. Was immer er tat, er würde irgendjemanden verärgern. Und die Schuld dafür zugeschoben bekommen.

»Gut.« Tennant streckte den Arm aus und klopfte McLean auf die Schulter. Seine Hand sah älter aus, als sie sollte, mit dünner Haut und durchscheinenden Knochen und Sehnen. »Ich wusste, dass Sie zur Vernunft kommen würden, Tony.«

26

McLean hatte sein Handy vor der Pressekonferenz auf stumm geschaltet, weshalb er eine halbe Stunde damit vergeudete, auf der Suche nach DC MacBride im Präsidium umherzuwandern, damit der ihn mit zurück zum Revier nehmen konnte. Erst als er sogar in der IT-Abteilung gewesen war, wo man ihm gesagt hatte, dass MacBride schon weg war, fiel ihm das Handy wieder ein. Er sah aufs Display, wo ihn sowohl eine SMS als auch eine Mailboxnachricht erwarteten, die ihm mitteilten, dass der Constable früher wegmusste. Fluchend über seine Vergesslichkeit, machte McLean sich auf den Weg, um einen Kollegen zu finden, den er dazu bringen konnte, ihn ins Stadtzentrum mitzunehmen.

Es war immer ein Risiko, sich auf diese Weise eine Mitfahrgelegenheit zu organisieren. Man konnte nie wissen, ob mitten auf der Fahrt ein Notruf einging. Ein rücksichtsvoller Fahrer würde dann vielleicht anhalten und einen aussteigen lassen, aber McLean hatte auch eine ganze Reihe netter Erinnerungen an Verkehrsunfälle auf der anderen Seite der Stadt, weit weg von dort, wo er eigentlich hatte sein wollen.

Der Kollege jetzt ließ ihn zumindest in New Town aussteigen, bevor er mit Blaulicht und aufjaulendem Martinshorn zur Queen Street davonraste, wo ein Touristenbus mit einer der neuen Straßenbahnen kollidiert war, was den Verkehr im Stadtzentrum zum Erliegen gebracht hatte.

McLean steckte die Hände tief in die Taschen, zog die Schultern gegen die Kälte hoch und machte sich auf den Weg. Es dauerte nicht lange, bevor ihm klar wurde, dass er nicht in die richtige Richtung ging. Beinahe ohne es zu merken, hatten ihn seine Schritte auf einen kleinen Umweg geführt, sodass er in der Straße landete, in der Andrew Weatherlys Stadthaus leerstand und auf sein weiteres Schicksal wartete.

Es gab keinen Grund, noch einmal hinzugehen und nachzusehen, außer dem, dass er sowieso hier war. Dennoch überquerte er im Laufschritt die Straße, unmittelbar vor einem schwarzen Taxi, wobei Atemwolken hinter ihm in der eiskalten Luft hängen blieben.

Das Haus hatte sich nicht verändert, seit er zum letzten Mal hier gewesen war, abgesehen vom Fehlen eines uniformierten Constables am Kopf der Treppe, die zur Haustür hinaufführte. Die Fenster reflektierten die harte weiße Helligkeit des nachmittäglichen Himmels, und vom Bürgersteig aus konnte man sowieso nicht in die Fenster sehen. Wenn ihn die Erinnerung nicht trog, dann gingen all diese Häuser auf einen großen abgeschlossenen Gemeinschaftsgarten hinaus, zu dem man von außen nicht so leicht Zutritt bekam, und außerdem war er sowieso nicht hergekommen, um hineinzugehen. Er wusste ohnehin nicht ganz genau, warum er überhaupt hergekommen war, abgesehen davon, dass der Streifenwagen ihn in der Nähe abgesetzt hatte.

»Ich dachte, der Weatherly-Fall sei abgeschlossen. Sie haben Ihren Mann doch auf frischer Tat ertappt.«

So schwach der Kalauer war, so beschwor er doch das beunruhigende Bild von Andrew Weatherlys Leiche herauf, die mitten auf seinem Rasen an der Statue lehnte, der hintere Teil seines Kopfes breitflächig über dem Stein verspritzt.

»Verfolgen Sie mich, Dalgliesh?« McLean ging die letzten paar Augenblicke in Gedanken durch, und ihm wurde klar, dass das schwarze Taxi, vor dem er über die Straße gerannt war, etwas weiter vorn angehalten hatte.

»Das hängt davon ab, ob Sie in dieselbe Richtung wollen wie

ich.« Die Journalistin fischte ein Päckchen Zigaretten aus ihrem Mantel, während sie auf ihn zuschlenderte, schüttelte eine heraus und steckte sie sich in den Mund. Dann klopfte sie alle Taschen ab, bis sie das Feuerzeug gefunden hatte. Sie nickte zur Treppe und Haustür hinüber, als sie sich die Zigarette ansteckte. »Gehen Sie rein?«

»Hab keinen Schlüssel.«

»Was machen Sie dann hier?«

McLean dachte an das Gespräch mit Jack Tennant nach der Pressekonferenz. »Nur ein paar Geister erlösen.«

»Was, wenn die gar nicht erlöst werden wollen?«

»Nicht mein Problem. Es sei denn, Sie hätten neue Beweise, die Sie mir vorlegen wollen?«

Dalgliesh lachte auf, ein raues Keckern wie von einer Hexe aus dem Alptraum eines Kindes. »Ich habe nichts, und das ist die reine Wahrheit. Aber ich sag Ihnen was, ganz umsonst. Das ist noch nicht zu Ende. Nicht mal annähernd.«

»Verrät Ihnen das Ihre geschärfte journalistische Spürnase?«

»Von wegen geschärft. Das stinkt doch zum Himmel! Nie im Leben war Weatherlys Weste so sauber wie frisch gefallener Schnee.« Dalgliesh versetzte dem grauen salzigen Schneematsch, den die Stadtverwaltung vom Bürgersteig zu schieben sich nicht bemüht hatte, einen Tritt. »Und den Fall abwürgen, bevor die Ermittlungen kaum richtig angefangen haben? Ich bitte Sie! Ihre Truppe kehrt doch da was unter den Teppich.«

»Ach kommen, Sie, Dalgliesh. Sie sehnen sich doch nach irgendeiner Verschwörung, damit Sie zu Ihrer Story kommen. Wir haben die Ermittlungen abgeschlossen, weil wir fertig damit sind. Die Beweislage war eindeutig. Ist ja nicht so, als hätte jemand anders Morag erschossen und die Mädchen erstickt. Und es gab auch niemanden, der Weatherly dazu gezwungen hat.«

»Sind Sie sich da sicher?« Dalgliesh zog noch einmal an ihrer Zigarette, legte den Kopf in den Nacken und ließ den Rauch in die Luft wabern. Als McLean ihm nachsah, während er in die Luft stieg, fielen ihm zwei Überwachungskameras an einem Laternenpfahl in der Nähe auf. Eine zeigte von ihnen weg, die andere schien extra so ausgerichtet zu sein, dass sie Weatherlys Haustür im Visier hatte. Nun ja, er war ein wichtiger Mann gewesen. Vielleicht war sie absichtlich so ausgerichtet.

»Hören Sie: Wir haben alle vernommen, die mit ihm gearbeitet haben, sowohl in der Wirtschaft als auch in der Politik. Niemand hat etwas davon gesagt, dass er unter Druck stand. Wir haben nicht unendlich viel Zeit, nicht mal für jemanden wie Weatherly mit seinen einflussreichen Freunden. Meine Güte, selbst wenn wir die gesamten Ressourcen der Police Scotland da reingeworfen hätten, würden Sie trotzdem Artikel über tote Junkies irgendwo in Leith schreiben und nicht mal ein Zehntel der Aufmerksamkeit bekommen.«

»Trotzdem ist das ein abgekartetes Spiel, und das wissen Sie. Sonst wären Sie nicht hier.« Dalgliesh nickte wieder zu dem Gebäude neben ihnen.

McLean dachte kurz daran, ihr genau zu erklären, wie er hergekommen war, erkannte dann aber, dass es reine Zeitverschwendung wäre. »Wollten Sie noch was Bestimmtes von mir?«

»Von Ihnen? Nicht wirklich, nein. Ich wollte mich nur noch mal ein bisschen umsehen, Hintergrundrecherche, ein Gefühl für die Atmosphäre bekommen. Ich schreibe etwas über Weatherly für die Wochenendbeilage. Es hilft beim Schreiben, wenn man sich die Örtlichkeiten vorstellen kann, wissen Sie. Ich hatte wirklich nicht damit gerechnet, Sie hier anzutreffen.«

»Gut, dann lass ich Sie mal Ihren Job machen.« McLean steckte die Hände in die Tasche und wandte sich zum Gehen.

»Warum haben die Ihnen das gegeben?« Dalglieshs Frage ließ ihn wie angewurzelt stehen bleiben.

»Was?«

»Warum haben die den Fall Ihnen übertragen? Bei einem

Mann wie Weatherly würde man doch annehmen, dass mindestens ein Assistant Chief Constable als Leitender eingesetzt würde. Bei der Beerdigung habe ich niemanden gesehen, der ranghöher als Sie gewesen wäre. Die Pressekonferenz haben auch Sie geleitet.«

»Detective Superintendent Jack Tennant hat den Fall geleitet.«

»Aye, in Fife. Und hat es auch nicht zur Beerdigung geschafft.«

»Das steht nicht unbedingt in der Arbeitsplatzbeschreibung, wissen Sie. ›Muss an den Beerdigungen aller Mordopfer teilnehmen.‹«

»Zugestanden. Aber Sie machen's trotzdem.«

»Wenn wir glauben, dass dabei was zu gewinnen ist. Wenn wir uns dafür interessieren, wer alles auftaucht.«

»Also, warum waren Sie dann da? Wenn alles so tipptopp paletti war?« Dalgliesh unterstrich ihre seltsame Phrase mit einer wellenartigen Handbewegung, die die Asche ihrer sterbenden Zigarette auf dem Bürgersteig verteilte.

»Berufliche Neugierde?«

»Aye, das hab ich über Sie gehört. Sie haben noch nie gewusst, wann's genug ist.«

»Wollen Sie noch irgendwas von mir? Ich würde ja gern noch mit Ihnen plaudern, aber ich muss zurück ins Büro. Nur weil wir mit Weatherly fertig sind, heißt das nämlich nicht, dass wir sonst nichts mehr zu tun hätten.«

Dalgliesh zuckte mit den Schultern. »Hab nur laut nachgedacht. Nehmen Sie's mir nicht übel, aber Sie sind kaum der Naheliegendste für den Job. Und Jack Tennant auch nicht unbedingt. Ein ausgebrannter Super von der Fife-Constabluary, der nur noch ein paar Monate bis zur Pensionierung hat? Sieht nicht gerade aus, als hätten sie da ihre besten Leute drauf angesetzt.« Dalgliesh nahm noch einen tiefen Zug von ihrer Zigarette, hielt den Rauch wie eine eifersüchtige Liebhaberin noch eine Weile in der Lunge, bevor sie ihn schließlich widerstrebend in die kalte

Luft entließ. »Niemand von ganz oben wollte sich die Finger an dem Ding verbrennen, weil's von vorne bis hinten stinkt. Merken Sie sich meine Worte, Inspector. Da spekuliert jemand darauf, Sie zu Fall zu bringen.«

27

Dunkelheit senkte sich herab, bis McLean es zum Revier zurückgeschafft hatte. Er hatte darüber nachgedacht, von der George Street aus ein Taxi zu nehmen, dann war ihm wieder eingefallen, warum seine Fahrt im Streifenwagen so abrupt geendet hatte, und er hatte beschlossen, dass es besser war, zu Fuß zu gehen. Dem lärmenden, wütenden Hupen und den langen Schlangen regloser Autos und Busse nach zu urteilen, hatte er die richtige Entscheidung getroffen.

Außerdem verschaffte ihm das Zeit zum Nachdenken. Sie mochte ein nerviger Wadenbeißer mit fragwürdiger Moral sein, aber Jo Dalgliesh war eine ausgefuchste Reporterin mit einer Menge guter Kontakte und einem Talent dafür, alle Teilchen des Puzzles zusammenzubringen, ganz egal, wie unpassend sie zu sein schienen. Es trug auch nicht gerade zu seiner Beruhigung bei, dass er sich der politischen Machenschaften rund um den Weatherly-Fall nur allzu bewusst war. Er wusste ganz genau, dass Duguid seine Vorgesetzten davon überzeugt hatte, dass er entbehrlich war und daher die Verantwortung für den Fall übernehmen sollte und dass es gut wäre, ihn dabeizuhaben, um den Kopf hinzuhalten, falls nötig. Fife hatte das Glück gehabt, einen höherrangigen Beamten zu haben, der sowieso demnächst in Pension gehen würde. Eine beschissene Art und Weise, mit jemandem mit Jack Tennants Verdiensten umzuspringen.

Und dann war da natürlich noch der Doppelbluff, den Duguid spielte. Das reichte schon fast, um McLean dazu zu bringen, streng nach Vorschrift zu handeln, aber er musste zugeben – so ungern er das auch tat –, dass der Detective Superintendent ihn richtig eingeschätzt hatte. Er konnte den Fall nicht einfach ruhen lassen, solange er nicht sicher war, dass alle Steine auch wirklich umgedreht worden waren. Abgesehen davon musste er so viel wie möglich herausbekommen für den Fall, dass ihm doch noch alles um die Ohren flog. Sosehr er Jo Dalgliesh verabscheute, musste er ihr doch in dem Punkt zustimmen. Es war noch nicht zu Ende, und wenn es zu Ende gehen würde, würde es nicht hübsch werden.

Er hatte eigentlich vorgehabt, direkt in sein Büro zu gehen und den Rest des Tages dafür zu nutzen, durch den nicht enden wollenden Strom an Papierkram zu waten, der sich durch diesen winzigen Raum wälzte. Dann fiel ihm MacBrides kryptische SMS ein, und er fand, dass es definitiv interessanter sein würde herauszufinden, was der Constable so trieb. Er drückte die Türen zum Flur im ersten Stock auf, quetschte sich an dem Wagen vorbei, auf dem die Akten gestapelt waren, die aus dem Büro des Weatherly-Falls geräumt wurden, um Platz für den nächsten Fall zu machen, und schlüpfte in den wesentlich kleineren Raum hinein, der dem Fall des immer noch namenlosen tätowierten Mannes zugedacht war.

MacBride war nirgendwo zu sehen, aber jemand anders saß an seinem Tisch.

»Detective Sergeant Ritchie. Was für eine angenehme Überraschung.«

DS Ritchie sah von dem Bericht auf, den sie gerade las, und einen Augenblick lang dachte McLean, er hätte sich in der Person geirrt. Ihre Augenhöhlen waren dunkel, die Augen verquollen und gerötet. Das kurze rote Haar klebte wie feuchte Lappen um ihr Gesicht. Ihre Haut war bleich, nur die goldenen Flecken der Sommersprossen verliehen ihm etwas Farbe. Sie war nur ein paar Tage weg gewesen, und doch sah sie aus, als hätte sie die Hälfte ihres Körpergewichts verloren.

»Tag, Sir. Ich dachte, Sie wären noch drüben im Präsidium.« Ritchie mühte sich auf die Füße.

»Bleiben Sie sitzen, bleiben Sie sitzen.« McLean wedelte mit den Händen wie eine alte Henne, und Ritchie ließ sich mit einem hörbaren Seufzer zurück in ihren Stuhl sacken. »Ich wollte ja gerade fragen, wie's Ihnen geht, aber da Sie aussehen …«

»… wie ausgekotzt?« In Ritchies Lächeln war zumindest etwas, das er wiedererkannte, aber es war müde.

»Ich wollte es nicht aussprechen, aber jetzt, wo Sie's erwähnen – ja. Sind Sie sicher, dass Sie fit genug sind, um wieder zur Arbeit zu kommen? Und was war überhaupt los?«

Ritchie strich sich mit beiden Händen über das Gesicht, bohrte sich die Handballen in die Augen und rieb eine Weile. Es verbesserte nichts an ihrem Aussehen. »Ich habe keine Ahnung, Sir. Muss mir in Weatherlys Haus irgendwas Ansteckendes eingefangen haben. Einen von den Constables aus Fife hat am nächsten Tag eine schlimme Grippe umgehauen, habe ich gehört. Ich hab mich aber erst am nächsten Tag überhaupt schlecht gefühlt. Wir haben die Freunde und Geschäftsfreunde vernommen.«

»Das stimmt. Sie haben Mrs Saifre befragt.«

Ritchie zog fragend eine Augenbraue hoch.

»Ich habe sie gestern nach der Beerdigung kennengelernt. Sie hat mir gesagt, Sie hätten mit ihr gesprochen.«

»Aye, ja. Sie war die letzte. Seltsame Frau.« Ritchie runzelte die Stirn, als hätte sie etwas sagen wollen, es aber wieder vergessen, kaum dass sie den Mund aufgemacht hatte. »Um ehrlich zu sein, habe ich mich hinterher noch wohlgefühlt. Ein bisschen kaputt vielleicht, aber Sie wissen ja, wie das ist, wenn man den ganzen Tag Leuten immer wieder und wieder dieselben Fragen gestellt hat.«

Allerdings, nur zu gut.

»Am nächsten Morgen konnte ich mich kaum rühren. Das hab ich noch nie erlebt, dass mich ein Virus so dermaßen umgehauen hat. Es fühlte sich an, als hätte irgendwas mein Gehirn schrumpfen lassen, sodass es in meinem Kopf umherrasselte. Ich hab's mit Grippemedikamenten versucht, aber ich konnte nichts länger als ein paar Minuten bei mir behalten. Glauben Sie mir, Sie wollen das nicht genauer wissen.«

»Das glaube ich Ihnen gern. Aber gut, dass Sie wieder da sind. Selbst wenn Sie, Sie wissen schon, aussehen, als gehörten Sie noch ins Bett.«

Ritchie versteifte sich angesichts der Andeutung, ein Anflug von Farbe vertiefte ihre Sommersprossen.

»Ich komm schon klar, Sir. Ehrlich. Solange Sie in den nächsten ein, zwei Tagen nicht von mir verlangen, hinter irgendwelchen Kriminellen herzurennen.« Sie hob den Bericht von ihrem Tisch hoch und ließ ihn wieder fallen. »Papierkam geht.«

»Gut, falls Ihnen ernsthaft langweilig werden sollte, finde ich bestimmt noch mehr davon. Haben Sie MacBride gesehen?«

»Er war hier, vor, hm … vielleicht einer halben Stunde.« Ritchie sah auf die Uhr. »Vielleicht ist er auf eine Tasse Tee nach unten in die Kantine gegangen. Grumpy Bob hat irgendwas davon gemurmelt, dass er um vier irgendwo sein müsste.«

»Eigentlich hört sich Tee wirklich gut an. Wollen Sie einen?«

Ritchie nahm eine Flasche Mineralwasser vom Tisch und hielt sie sich an die Stirn. Kondenswassertropfen glitzerten im Licht der Deckenlampen daran. Sie passten zu dem Glänzen auf ihrer Stirn. »Hab im Moment ein kleines Problem damit, Tee drinzubehalten, Sir. Wasser geht. Tut auch weniger weh auf dem Rückweg.«

McLean wollte schon vorschlagen, dass sie vielleicht doch allen einen Gefallen tun und nach Hause gehen sollte. Das fehlte ihm gerade noch, dass der Rest seines Teams sich mit etwas so Kräftezehrendem ansteckte, ganz zu schweigen von ihm selbst. Andererseits war er mit Ritchie zusammen in dem Haus in Fife gewesen und hatte sowohl auf der Hin- als auch auf der Rückfahrt die ganze Zeit mit ihr zusammen im Auto gesessen. Wenn irgendjemand bekam, was sie bekommen hatte, dann würde er es sein.

Bevor er irgendetwas sagen und riskieren konnte, sich ernsthaft unbeliebt zu machen, ging die Tür auf und enthüllte die Zwillingsgestalten von DC MacBride und Grumpy Bob, jeder mit einem Becher Tee in der einen und einem Keks in der anderen Hand. Abgesehen vom offensichtlichen Altersunterschied unterschieden sie sich nur darin, dass MacBride eine Akte unter den Arm geklemmt hatte, während Grumpy Bobs Lektüreentscheidung anscheinend auf den *Edinburgh Herald* gefallen war.

»Ah, Sie sind zurück, Sir. Tut mir leid, dass ich Sie im Präsidium so versetzen musste.«

McLean beäugte MacBrides dampfenden Becher und überlegte, ob sein höherer Rang es rechtfertigen würde, ihn zu konfiszieren und vielleicht den Keks gleich dazu und den Constable zurück in die Kantine zu schicken, um Nachschub zu holen. Dann wurde ihm klar, dass Duguid es genauso machen würde.

»Kein Problem. Ich gehe davon aus, dass es was Wichtiges war.«

MacBride machte ein verlegenes Gesicht, etwas, worin er ziemlich geübt war. Er eilte zu dem Tisch, an dem Ritchie saß, stellte seinen Tee ab und balancierte seinen Keks sorgfältig auf dem Rand des Bechers aus, bevor er die Akte unter seinem Arm hervorzog. Grumpy Bob, bemerkte McLean, hatte kein schlechtes Gewissen wegen seines Tees und trank laut schlürfend davon, bevor er geräuschvoll von seinem Keks abbiss.

»Ich habe eine E-Mail von den Leuten von der DNS-Datenbank bekommen.«

MacBride schloss die Schreibtischschublade auf, öffnete sie und holte sein Tablet heraus. Ein paar Fingerwischer auf dem

Bildschirm. »Ich musste erst mit denen Rücksprache halten, bevor ich mit Ihnen darüber reden konnte.«

»Warum das denn?«

»Na ja, es gab keine Treffer, Sir. Jedenfalls nicht bei den Zivilisten.«

»Also haben Sie's auch beim Militär durchlaufen lassen?«

»Ja, und da wird's interessant.« MacBride wischte noch ein paar Mal, dann drehte er das Tablet um, sodass McLean daraufschauen konnte. Er lugte auf das Display, aber darauf waren überwiegend Zahlen in Kästen, zusammen mit irgendwelchem winzigen Text, den er wohl nicht würde lesen können, ohne sich eine Migräne einzuhandeln.

»Was heißt das in Worten, die normale Menschen verstehen können?«

MacBride sah aus wie ein enttäuschter Vater, was angesichts seiner Jugend einen seltsamen Effekt hatte. »DNS-Abgleich ist keine exakte Wissenschaft, Sir. Es ist in vielerlei Hinsicht wie ein Fingerabdruckvergleich, aber wesentlich komplizierter.«

»Ich brauche keine Vorlesung, Constable, sondern einfach nur eine Antwort. Haben wir einen Treffer oder nicht?«

»Möglicherweise. Nur dass es sehr unwahrscheinlich ist.«

McLean hielt den Atem an und zählte bis zehn. MacBride machte den Mund auf, um etwas zu sagen, aber Grumpy Bob kam ihm zuvor.

»Es gibt eine teilweise Übereinstimmung, aye. Überdurchschnittliche Wahrscheinlichkeit, dass es dieselbe Person ist.«

»Also, wo liegt dann das Problem? Ihr habt einen Namen, nehme ich an? Dann fordert seine Personalakte an, kriegt seine Adresse raus und macht ihn ausfindig.«

»Wär da nur noch die winzige unbequeme Tatsache, dass die fragliche Person vor vier Jahren in Afghanistan gestorben ist.« Grumpy Bob schlürfte noch einmal von seinem Tee und schob den letzten Bissen von seinem Keks hinterher.

McLean sagte einen Moment gar nichts und ließ es sacken. »Wie hieß er denn?«

MacBride wischte wieder auf seinem Tablet. »Lance Corporal William Beaumont, Sir. Er war anscheinend bei den Royal Highland Fusiliers. Einer von hier. Die Infos, die wir haben, sagen, er sei bei einer Patrouille in eine Sprengfalle getreten. Es war nicht mehr viel von ihm übrig, was man nach Hause bringen konnte.«

Afghanistan. Sprengfalle. Das erinnerte McLean an etwas, aber er konnte nicht gleich sagen, was es war.

»Die Fusiliers? Dann muss er ja in Glencorse stationiert gewesen sein.« McLean sah auf die Uhr, dann zum Fenster. Es war jetzt ganz dunkel, aber die Armee schlief ja nie. »Also, wer hat Lust auf einen Ausflug zur Kaserne?«

28

Die Glencorse Barracks, Heimat der Royal Highland Fusiliers, lag nördlich von Penicuik, eingeklemmt zwischen Beeslack und Milton Bridge. Als er in südlicher Richtung an der Umgehungsstraße vorbeifuhr, wurde McLean bewusst, dass direkt auf der anderen Seite des Flusses ein bisschen stromaufwärts die Stelle lag, an der ihr mysteriöser tätowierter Mann über die Klippe gestürzt war. Wenn er denn gestürzt war. Er hatte ein Bootsteam angefordert, das die Ufer nach Hinweisen absuchen sollte, aber angesichts des Wetters war es unwahrscheinlich, dass die überhaupt schon rausgefahren waren, ganz zu schweigen davon, etwas gefunden zu haben.

Trotz ihrer offenkundigen Erschöpfung hatte DS Ritchie sich bereit erklärt, ihn zu begleiten. Es mochte aber auch nur ein Trick gewesen sein, um aus dem Revier rauszukommen und eine Weile im schönen warmen Auto zu sitzen. Anfangs sagte sie nicht viel, und als sie sich in den langsam dahinkriechenden Pendlerverkehr auf der Liberton Brae eingereiht hatten, war sie eingeschlafen. Er ließ sie gern schlafen. Er hätte sie wahrscheinlich nach Hause schicken und Grumpy Bob zwingen sollen mitzukommen. Ganz sicher würde er sie nicht aufwecken, nur um sie zu bitten aufzuschreiben, wie nah die Kaserne am Fluss lag. So viel würde er sich wohl gerade noch merken können.

Es brauchte viel länger, um dorthin zu kommen, als er erwartet hatte, und McLean hatte Sorge, dass die Verwaltung bereits geschlossen sein würde. An der Sicherheitsschleuse mussten sie warten, ihre Dienstausweise wurden ihnen zur Kontrolle abgenommen, und dann warteten sie noch ein Weilchen länger, bis jemand gefunden war, der sie begleiten konnte. Schließlich wurden sie über einen weitläufigen Exerzierplatz geführt und durch ein Gewirr aus Durchgängen und Gebäuden, durch das sie niemals allein zurückfinden würden. Am Ende kamen sie zu einem älteren Herrn in Uniform, der in einem Büro, das direkt aus den Fünfzigern gekommen schien, hinter einem großen Schreibtisch saß.

»Anthony McLean. Was für eine angenehme Überraschung.« Der Offizier stand auf, kam um den Tisch herum und streckte ihm die Hand zum Gruß hin. McLean nahm sie und versuchte, nicht allzu verwirrt auszusehen.

»Ähm. Kennen wir uns, Sir?«

»Natürlich, Sie werden es vergessen haben. Es muss ja, was – zwanzig Jahre her sein? Länger wahrscheinlich. Gilbert Bottomley. Ich habe direkt gegenüber von Ihrer Großmutter gewohnt. Wir haben jeden Dienstag Bridge gespielt. Es war furchtbar traurig, als sie … Sie wissen schon.«

McLean war immer noch nicht schlauer, auch wenn er sich vage an eine Gruppe kauziger Menschen erinnerte, die einmal in der Woche oder so vorbeigekommen waren und mit seiner Gran zu viel Gin getrunken hatten. Er musste damals schon studiert und in seiner Wohnung in Newington gewohnt haben. Aber er würde die Gelegenheit, etwas Unterstützung zu bekommen, nicht ungenutzt verstreichen lassen.

»Sie hatte ein langes, erfülltes Leben, ähm … Major?«

»Ah, Sie erinnern sich. Ausgezeichnet. Nur dass ich jetzt Lieutenant Colonel bin, aber bitte nennen Sie mich Gilbert. Und wer ist Ihre liebreizende Assistentin?«

Obwohl sie leicht versetzt hinter ihm stand, konnte McLean spüren, wie DS Ritchie sich anspannte. Es war herzerwärmend zu erleben, dass sie diesen Funken noch in sich hatte, auch wenn er ausgerechnet jetzt keinen bissigen Kommentar von ihr brauchen konnte.

»Detective Sergeant Ritchie ist ein wertvolles Mitglied meines Teams, ähm, Gilbert.«

»Sehr erfreut, da bin ich sicher.« Der Lieutenant Colonel bot dieses Mal keine Hand zum Schütteln an, was Ritchies Feindseligkeit um ein Vielfaches steigerte. Sich keiner Schuld bewusst, kehrte Bottomley auf seine Seite des Schreibtisches zurück und ließ sich in seinen Sessel fallen. »Nun, was kann ich für Sie tun? Ich nehme an, das ist kein gesellschaftlicher Besuch. Auch wenn ich sicher bin, dass ich noch einen Vierten auftreiben könnte, der Lust auf eine Runde hätte. Spielen Sie Bridge?«

McLean hatte Mühe mitzukommen. »Wie bitte? Oh. Nein. Hab nicht wirklich Zeit dafür. Traurigerweise.«

»Verdammte Schande.«

»Ja. Nun. Ich bin auf der Suche nach Informationen über einen Ihrer Soldaten. Einen ehemaligen Soldaten, besser gesagt. Lance Corporal William Beaumont.«

»Beaumont. Beaumont. Da klingelt was.« Der Lieutenant Colonel zog eine Tastatur zu sich heran und tippte mit zwei Fingern darauf, während er auf einen flachen Bildschirm starrte, der so gar nicht zum Rest der Einrichtung passen wollte. »Ah. Da haben wir ihn. Ja. Lance Corporal William Beaumont. Hm.«

McLean stand geduldig da, während der Lieutenant Colonel auf den Monitor schaute und hin und wieder mit der Maus klickte oder scrollte. Bisweilen stieß er ein leises überraschtes Grunzen aus oder schnalzte mit der Zunge wegen etwas, das nicht in sein enges Weltbild passte. Schließlich ließ er sich in seinem Sessel zurückfallen.

»Warum interessieren Sie sich für ihn?«

»Sein Name tauchte bei einem DNS-Abgleich zu einem nicht identifizierten Toten auf, den wir vor ungefähr einer Woche ein Stück stromabwärts von hier aus dem Fluss gefischt haben.« McLean hatte eine Akte dabei und ein paar Fotos, aber die wollte er nicht zeigen, solange er es nicht unbedingt musste.

»Nun, das ist er jedenfalls nicht. Zumindest nicht dem hier zufolge.« Der Lieutenant Colonel beugte sich wieder vor und gab ein paar Befehle ein. »Nicht demzufolge hier …«

»Er ist in Afghanistan umgekommen. Auf einen Sprengsatz getreten. Ja, ich weiß.«

»Hm, warum sind Sie dann überhaupt hergekommen?«

»Ich habe gehofft, ich könnte vielleicht mit jemandem sprechen, der zusammen mit ihm gedient hat. Und habe mich gefragt, ob Sie vielleicht irgendwelche offiziellen Fotos haben oder so etwas in der Art.«

»So etwas hier?« Bottomley schwenkte den Monitor herum, sodass McLean sehen konnte, was darauf stand. Es war das untere Ende irgendeiner militärischen Datenbank, die obere linke Ecke wurde von einem Porträt von Lance Corporal William Beaumont ausgefüllt. Das Gesicht, das ihm entgegensah, hatte keine Tattoos, die Wangen und Stirn verdunkelten, aber es war ziemlich unverwechselbar das des Mannes, den sie aus dem North Esk gefischt hatten. Falls er keinen eineiigen Zwillingsbruder hatte.

»Hat er einen Bruder?«, fragte McLean.

»Nein. Unter den nächsten Verwandten ist jedenfalls nichts eingetragen. Aber das hier …« – der Lieutenant Colonel tippte mit dem Finger auf den Monitor – »… das stimmt alles überhaupt nicht. Jemand hat die Akten durcheinandergebracht.«

»Wie kommen Sie darauf?«

»Nun, wir haben in Helmand nicht so viele Männer verloren, Gott sei Dank. Aber ich habe allen Familien geschrieben. Und dieser junge Bursche hier, der gehörte nicht dazu.«

»Rühren, Sergeant!«

Fünfzehn Minuten waren sie Lieutenant Colonel Gilbert Bottomley auf einer gewundenen Route durch das Kasernengelände gefolgt, und McLean wusste überhaupt nicht mehr, wo er sich befand. Hinter ihm, wie ein alter, treuer Spaniel, trottete DS Ritchie her, die sichtlich unter der unerwarteten körperlichen Anstrengung litt. Der Lieutenant Colonel hatte ein paar Telefonanrufe getätigt, sobald er den Fehler in der Datenbank entdeckt hatte, und dann – in dieser aufreizenden Art, die Leute an sich haben, die es gewohnt sind, dass ihnen ohne Widerworte Gehorsam geleistet wird – einfach nur gesagt: »Kommen Sie mit« und war losmarschiert. Am Ende kamen sie bei einem Gebäude an, das die Unterkünfte für nicht verheiratete Unteroffiziere beherbergte. Es erinnerte McLean an ein Studentenwohnheim, nur wesentlich hübscher und ohne den schalen Gestank nach Erbrochenem und verschüttetem Bier. Bottomley hatte eine Tür ausgemacht, hämmerte dagegen und wartete nur ein paar Sekunden ab, bevor sie aufging. Der Soldat dahinter hatte offensichtlich gewusst, dass sein Befehlshaber auf dem Weg zu ihm war, und stand salutierend neben einem tadellos gemachten Bett. Selbst als er einen Schritt zurückmachte und die Haltung aufgab, wirkte er angespannt, aber andererseits kannte McLean auch Constables, die sich genauso verhielten, wann immer jemand Ranghöheres als ein Sergeant im Raum war.

»Sergeant Grant, das sind Detective Inspector McLean und Detective Sergeant Ritchie. Sie ermitteln in einem verdächtigen Todesfall. Ein Bursche, der vor einer Woche im Fluss gefunden wurde. Sie denken, er könnte in Beziehung zum Regiment gestanden haben.«

Sergeant Grant gab nicht mehr als ein unverbindliches »Sir« von sich.

»Sie waren auf der letzten Tour nach Helmand dabei, oder?«

»Sir.« Dieses Mal nickte der Sergeant und riskierte einen Seitenblick zu McLean. Irgendwo hinter ihm, in der Dunkelheit des Flurs, gab DS Ritchie merkwürdige Geräusche von sich.

»Der Inspector hat ein paar Fragen über einen Ihrer Kameraden, William Beaumont. Erinnern Sie sich an ihn?«

»Bill? Aye, Sir. Ich erinnere mich an ihn. Aber das ist eine Weile her. Vor Afghanistan. Er war nicht mehr beim Regiment, als wir unsere Tour da runtergemacht haben.«

»Was meinen Sie damit, nicht … Oh.« Was Bottomley machte, konnte man nicht anders als eine Spätzündung nennen. »Oh. Ich verstehe.«

»Gibt's ein Problem?«, fragte McLean. Irgendetwas, an dem, was der Sergeant gesagt hatte, hatte an eine Erinnerung gerührt, die er nicht ganz ausgraben konnte.

»Ja. Nun, so in der Art.« Bottomley sah aus, als ringe er eine Weile mit seinem Gewissen.

»Er war beim SAS, oder?«, sagte McLean, als DS Ritchie ins Licht trat und sich die Mundwinkel mit einem Taschentuch abtupfte. »Das läuft so. Jemand wird auf einen Sondereinsatz geschickt. Sie dürfen nicht sagen, wohin oder was da gemacht wird. Offiziell existiert das Regiment nicht einmal. Nur dass unsere Leiche ein SAS-Tattoo hatte und eines von den Royal Highland Fusiliers. Ich weiß, das kann auch Zufall sein. Jeder Depp kann sich ›Wer wagt, gewinnt‹ oder ›Nemo me impune lacessit‹ auf den Arm tätowieren lassen, aber ich habe recht, oder?«

»Ich könnte es nicht sagen, Sir.« Sergeant Grants Blicke schossen von McLean zu Ritchie zum Lieutenant Colonel und wieder zurück, durch sein Zimmer und dann wieder zurück, als sei eine Frau im Quartier der Junggesellen etwas, das er nicht wirklich verarbeiten konnte.

»Verdammt, ja. Er gehörte zum Air Squad«, sagte Bottomley. »Nicht viele aus unserer Truppe werden dafür ausgewählt. Normalerweise kommen sie zu den Fallschirmspringern. Ich dachte, Beaumont wäre schon zurück gewesen, als wir in Helmand stationiert wurden.«

»Nein, Sir. Er war da unten, aber mit den Special Forces.

Wahrscheinlich haben Sie ihn im Camp gesehen. Billbo ist immer vorbeigekommen und hat unser Bier geklaut.«

»Wie haben Sie ihn genannt?« Plötzlich ging McLean ein Licht auf. Ein Name, an den er sich erinnerte. Ein verängstigter Obdachloser, der ihm Geschichten über seinen verschwundenen Freund erzählte und Zuflucht vor der Kälte und dem Schnee suchte.

»Billbo. So haben die Jungs ihn genannt. Mit zwei L allerdings, um ihn von dem Hobbit zu unterscheiden.«

»Sie erinnern sich nicht zufällig an einen Mann namens Gordy, oder? Müsste mit Beaumont befreundet gewesen sein.«

»Gordy? Doch, das muss Gordon Johnson gewesen sein. Er war Billbos Unteroffizier.« Sergeant Grant schüttelte den Kopf. »Hab seit Jahren von keinem von beiden was gehört, das muss jetzt, drei, vier Jahre her sein. Was aus denen wohl geworden sein mag?«

»Nichts Gutes, Sergeant. Aber ich danke Ihnen. Sie haben etwas für uns geklärt.« McLean wandte sich an den Lieutenant Colonel. »Könnten wir vielleicht eine Kopie von diesem Foto bekommen, das Sie in Beaumonts Akte haben, Sir? Es eilt nicht, eine E-Mail bis morgen reicht.«

»Das sollte möglich sein. Ich spreche auch noch mit einigen Leuten. Sehe mal, ob ich nicht noch ein bisschen mehr für Sie bekommen kann.«

»Danke.« McLean schaute zur Tür hinaus auf den Flur, wo Ritchie sich in die Schatten zurückgezogen hatte. »Könnte uns vielleicht noch jemand den Weg zurück zum Parkplatz zeigen?«

Auf der Fahrt zurück in die Stadt war der Verkehr weniger dicht, aber jetzt wirbelten dicke Schneeflocken aus dem Himmel und ließen es nicht ratsam erscheinen, schnell fahren zu wollen. Nach ihrem Gewaltmarsch durch die Kaserne hatte McLean erwartet, dass DS Ritchie vollkommen erschöpft war, aber sie schien eher etwas munterer zu sein als zuvor.

»Glauben Sie, dieser William Beaumont ist unser Tätowierter, Sir?«

»Ich bin mir fast sicher.«

»Wie kommen Sie darauf? Ich nehme an, Ihnen ist schon ein Billbo mit zwei L über den Weg gelaufen.«

»Ganz genau.« McLean erzählte ihr von dem Abend, an dem er mit Gordy gesprochen und ihn zum Obdachlosenheim mitgenommen hatte. »Nun müssen wir schauen, ob wir ihn wiederfinden. Vielleicht ein bisschen mehr aus ihm herausbekommen. Er mag verrückt sein, aber ich denke, er hat wirklich gesehen, wie jemand seinen Freund von der Straße geholt hat. Wenn das der Fall ist, ist die Frage, warum und wer. Und weshalb zum Teufel sie ihn so zutätowiert haben.«

»Das wird schon wieder so komisch, oder, Sir?«

»Komisch?«

»Sie wissen schon. Wie die ganze Sache mit Needy und seinem Buch.«

McLean antwortete nicht und konzentrierte sich auf die Straße vor sich. Das war etwas, was er nicht wirklich in Betracht ziehen wollte. Ritchie musste die Botschaft verstanden haben, denn sie sagte auch nichts mehr, bis sie an Bilston vorbei waren und auf den IKEA zufuhren.

»Ich hoffe, die sind nicht allzu sauer auf mich.«

»Warum? Wer?«

»Die Army.« Ritchie nickte zurück in Richtung Penicuik, oder zumindest so ungefähr.

»Warum sollten die sauer sein? Frauen haben Zutritt zu den Männerunterkünften. Wir leben im einundzwanzigsten Jahrhundert, wissen Sie. Und abgesehen davon wurden Sie ja auf dem Kasernengelände von einem Commander begleitet.«

»Das ist es nicht, Sir.«

»Nein? Was denn dann?«

»Mir ist neben einer von deren Topfpflanzen ein bisschen übel geworden. Draußen auf dem Flur.«

29

McLean setzte Ritchie bei ihrer Wohnung ab. Gar nicht so weit von Weatherlys doch eher opulenterem Stadthaus, lag sie irgendwo zwischen den unmöglich hohen Mietskasernen, die sich an den östlichen Ausläufern New Towns ballten. Er war hier nicht mehr gewesen, seit sie umgezogen war, und war auch nicht überrascht, dass er dieses Mal nicht hereingebeten wurde. Ritchie sah fix und fertig aus. Sie kämpfte immer noch gegen dieses Virus, das sie umgehauen hatte.

»Wir besprechen uns morgen um neun. Sehen Sie zu, dass Sie eine ordentliche Mütze Schlaf bekommen, ja? Sie sehen aus, als könnten Sie's brauchen.«

Ritchie lächelte und nickte kurz wie zum Dank für den Ratschlag. »Ich komme schon allein klar, wissen Sie.«

»Natürlich. Gute Nacht, Sergeant.«

Sie knallte die Autotür zu, und er fuhr los. Man konnte aus dem Rückfenster des Alfa nicht wirklich viel sehen, aber er sah sie da stehen, vor ihrer Haustür, und ihm hinterherstarren, während er fortfuhr. Sie war immer noch da, ohne sich geregt zu haben, als er um die Ecke bog.

Als er auf die Lothian Road kam, hätte McLean nach Hause fahren können. In Morningside gab es einen guten Chinesen, zu dem er nur einen kleinen Umweg machen müsste, und es war inzwischen so spät, dass es fast keinen Sinn mehr hatte, noch ins Büro zurückzufahren. Stattdessen blinkte er links, bog nach Old Town ein und fuhr über den Grassmarket in die Cowgate. Die Türen zur Obdachlosenunterkunft waren wegen der Kälte geschlossen, aber ein heimeliges Licht brannte darüber. Er parkte auf einer doppelten gelben Linie für die paar Minuten, die er ohnehin nur brauchen würde.

Die Wärme, in die er eintauchte, umschloss ihn wie ein leichter Nebel aus Rindfleischsuppe und ungewaschenen Achselhöhlen. Es war nicht so voll wie an dem Abend, an dem er Gordy hergebracht hatte, aber es waren immer noch reichlich Leute, die alle Hilfe brauchen konnten, die sie bekamen.

McLean schaute sich in dem offenen Raum um und musterte die Tische einen nach dem anderen auf der Suche nach dem Veteranen. Ein paar Leute starrten zurück, ihre unfreundlichen Blicke zeigten, dass sie ihn als das erkannten, was er war. Er duckte sich weg und ging in Richtung Essensausgabe und Küche. Er konnte es genauso gut so schnell wie möglich hinter sich bringen.

»Tony. Ich hätte nicht gedacht, dass wir Sie so schnell wieder zu Gesicht bekommen würden.« Jeanie Robertson stand hinter dem Tisch, die Flecken auf ihrer Schürze ließen sie aussehen, als hätte sie jemanden mit dem Tranchiermesser bearbeitet. Sie hielt einen Napf und die Suppenkelle hoch: »Suppe?«

McLean warf einen Blick auf den klumpigen Eintopf in dem großen Stahltopf vor ihm. Es roch gut, und der Dampf, der davon aufstieg, versprach, dass er in so einer kalten Nacht wärmen würde. Aber die Klumpen, die hier und da an der fettigen Oberfläche schwammen, flößten ihm kein Vertrauen ein. »Nein. Danke.«

Jeanies Miene verdüsterte sich um einen Hauch. So enttäuscht, wie sie war, hatte sie wahrscheinlich heute Abend gekocht. Wenn man nach der Schürze gehen konnte, war, was immer in die Suppe gekommen war, nicht ganz so bereitwillig gewesen.

»Wenig los heute Abend«, sagte McLean nach einer unbehaglichen Pause.

»Oh, es ist noch früh. Warten Sie mal bis gegen zehn, dann kommen sie scharenweise, das können Sie aber glauben.«

McLean sah auf die Uhr. Schon halb neun. Wo war der Tag nur geblieben? »Ich weiß nicht, ob ich so lange warten kann. Sie haben nicht zufällig Gordy vor Kurzem noch mal gesehen? Sie wissen schon, den Mann, den ich letztes Mal hergebracht habe?«

Jeanie dachte stirnrunzelnd nach. »Ich glaube nicht, jetzt, wo Sie's sagen. Er war kein regelmäßiger Gast. Warten Sie mal kurz, ich frage in der Küche nach.«

Sie ließ die Kelle in die Suppe fallen, wodurch etwas Verdächtiges an die Oberfläche gebracht wurde, das dann wieder langsam nach unten sank. McLean sah ihr nach, als sie in die Küche ging, dann drehte er sich wieder zum Raum hin. Ein paar Leute schauten ihn an, aber die meisten dieser frühabendlichen Menge waren nur mit sich selbst beschäftigt. Sie saßen mit Büchern in der Ecke, starrten auf den stumm flackernden Fernseher oder blickten einfach vor sich auf den Boden, die Hände, die Wand. Es gab nicht viel Interaktion, nur ein allgemeines Gefühl des Misstrauens und Unwohlseins.

»Sie suchen also nach diesem Gordy?«

McLean drehte sich ein bisschen zu schnell um und spürte den stechenden Schmerz in der Hüfte, der jetzt schon eine ganze Weile nicht mehr da gewesen war. Ein junger Mann stand da, wo Jeanie Robertson gestanden hatte, nicht sonderlich anders gekleidet als die Obdachlosen. Übergroßer Kapuzenpullover über ausgeblichenen Jeans, einen Schal um den Hals. Er war unrasiert, aber das konnte auch mehr mit Mode als mit fehlenden sanitären Möglichkeiten zu tun haben.

»Tue ich. Haben Sie ihn gesehen, Mr …?«

»Ben.« Der junge Mann schüttelte die Hände aus der Bauchtasche seines Kapuzenpullis und hielt ihm eine hin. »Ben Chilvers. Ich leite die Einrichtung hier.«

McLean schüttelte die Hand und erkannte jetzt, wo ein Name dazugehörte, das Gesicht. »Tony McLean. Ich wusste, dass Sie hier die Rechnungen zahlen. Mir war nur nicht klar, dass es abfärbt.«

Chilvers lachte. »Es hilft mir, mich zu erinnern. Ich war auch mal eine Zeitlang auf der Straße.«

»Darüber habe ich gelesen. Trotzdem, gute Arbeit, die Sie hier leisten. Das würde nicht jeder tun.«

»Es würde auch nicht jeder einen Obdachlosen in einem Schneesturm hierherbringen, Inspector. Ja, Jeanie hat's mir erzählt. Ich war in der Küche, als Sie ihn hergebracht haben.«

»Haben Sie ihn gesehen? Gordy?«

»Aye. Hab sogar ein Weilchen mit ihm gesprochen. Ich versuche, mit jedem zu reden, der zum ersten Mal da ist. Um zu sehen, ob ich irgendwie dauerhafter helfen kann.«

»Ich nehme an, Gordy war nicht zu scharf darauf.«

»Manche Leute möchten nicht um Hilfe bitten, und andere bekommen Angst, wenn sie angeboten wird. Ich weiß das. Ich war mal so einer.« Chilvers hatte geistesabwesend zur Kelle gegriffen und rührte die Suppe um, was wieder unidentifizierbare Nahrungsmittel an die Oberfläche brachte wie in ihrer Ruhe gestörte Leichen. »Er ist die Nacht über geblieben, aber noch vor dem Morgengrauen gegangen. Seitdem habe ich ihn nicht mehr gesehen.«

Mrs McCutcheons Katze blickte ihm von dem alten Läufer vor dem Aga entgegen, als McLean eine Stunde später das Licht in der Küche einschaltete. Sie machte ein schuldbewusstes Gesicht, aber andererseits machte sie das immer, wippte leicht mit dem Kopf auf und ab, als wollte sie seine Stimmung riechen. Vielleicht wollte sie auch nur etwas von seiner duftenden, knusprigen Ente mit Krabbencrackern abbekommen. Er hatte sich noch eine interessante halbe Stunde mit Ben Chilvers unterhalten, bevor ihm eingefallen war, dass er draußen auf einer doppelten gelben Linie parkte. Entweder waren die Götter ihm wohlgesinnt, oder die Verkehrspolizei kannte sein Nummernschild. Jedenfalls war der Alfa bei seiner Rückkehr mit einer dicken Schicht Schnee bedeckt, hatte aber kein Knöllchen bekommen.

Der Schnee war den ganzen Heimweg weiter unablässig gefallen, und je weiter McLean vom Stadtzentrum weggefahren war, desto mehr war auf den Bürgersteigen liegen geblieben, auf den großen braunen Abfallcontainern und den parkenden Autos am Straßenrand. Der Berg hinauf zu seiner Straße war glatt gewesen und hatte die dicken Reifen ein paar Mal durchdrehen lassen, bis er seine Einfahrt erreicht hatte. Es war kalt draußen, aber der Schnee hatte zumindest dem Wind die Spitze gebrochen. Trotzdem war es keine Nacht, die man gern zusammengekauert in einem Ladeneingang verbringen wollte.

Die Katze sprang auf den Tisch, als McLean die Tüte mit seinem Abendessen auf die gebürstete Holzoberfläche stellte. Sie rieb ihre Nase gegen seine Hand, und im selben Moment, als sie ihn berührte, wusste er, dass jemand im Haus war. Er konnte nicht sagen, warum, er wusste es einfach.

Seine Großmutter war keine begeisterte Bäckerin gewesen, aber in einer der Küchenschubladen lag ein handfestes Nudelholz. McLean wäre nie auf die Idee gekommen, mit einem Messer auf einen Einbrecher loszugehen – die Wahrscheinlichkeit, dass man selbst damit verletzt wurde, war viel zu groß. Aber wer auch immer durch die Küche gegangen war, war immer noch im Haus, und er wollte ihm nicht gänzlich unbewaffnet entgegentreten.

Die Halle lag dunkel und still da, von außen kam nur ganz schwaches Licht durch die beiden Fenster rechts und links neben der Haustür herein. Leise durchquerte er den Raum, ging zum Windfang und versuchte sich dabei zu erinnern, wie alles ausgesehen hatte, als er am Morgen weggegangen war. Ein Stapel Post lag auf der Matte, also hatte er wenigstens nicht noch einmal Besuch von seinem Freund von der Special Branch.

Es sei denn, natürlich, der wäre dieses Mal nicht auf diesem Weg hereingekommen.

McLean drehte sich wieder zur Halle um und kontrollierte die dunklen Schatten in den Türöffnungen, die zu den verschiedenen Räumen führten, die er nie benutzte. Das Arbeitszimmer seines Großvaters, das Esszimmer, den Salon, in dem seine Großmutter mit Major Gilbert Bottomley und anderen Bridge gespielt hatte. Dieses Haus war wirklich viel zu groß für eine Person. Nach dem schwachen Lichtspiel unter der Tür zur Bibliothek war im Augenblick allerdings mehr als eine Person im Haus.

Dieses Mal hatte er kein Feuer angemacht, wahrscheinlich, weil McLean keine Kohlen geholt hatte. Dafür hatte er sich wieder am Whisky bedient und einen der alten ledergebundenen Bände aus dem Regal genommen. McLean war erfreut zu sehen, dass es zumindest nicht die Erstausgabe von *Gray's Anatomy* war, die ihm in jüngster Zeit so viel Kummer eingetragen hatte.

»Ah, der verlorene Sohn kehrt heim.« Der Mann von der Special Branch sah von dem Buch auf und ließ es dabei zusammenklappen. »Hat Ihnen eigentlich nie jemand die Arbeitszeit-Direktive erklärt?«

»Tut mir leid, dass ich Sie habe warten lassen. Hätten Sie Bescheid gesagt, dass Sie kommen, hätte ich uns was zu essen gemacht.« McLean ging zum Getränkeschrank und legte auf dem Weg das Nudelholz vorsichtig auf dem Tisch neben dem Sessel ab. »Abgesehen davon, nehme ich an, dass Sie das als Überstunden abrechnen können.«

»Ganz im Gegenteil, Inspector. Ich bin eigentlich gar nicht hier.«

»Und Sie trinken auch nicht meinen Whisky.« McLean schenkte sich einen steiferen ein, als er ursprünglich vorgehabt hatte. »Was wollen Sie? Noch ein paar mehr Schmuddelbilder, die Sie gern teilen wollen?«

»Nein.« Der Anflug eines Gefühls flackerte über das Gesicht des Mannes. Sorge, möglicherweise. Vielleicht auch Bedauern. »Nein, ich bin gekommen, um Ihnen zu sagen, dass diese Bilder, die Sie da haben, wahrscheinlich bald den Weg in die Hände der Medien finden werden. Nicht meine Idee, aber ...« Er breitete die Arme aus, als wollte er sagen: »Was will man machen?«

McLean trank einen Schluck von seinem Whisky, ließ den Islay-Torf auf der Zungenspitze brennen. Dann nahm er einen größeren Schluck und spürte, wie sich die Flüssigkeit ihren Weg seine Kehle und in seinen Magen hinunterkratzte. Man musste kein Genie sein, um zu ahnen, was es bedeutete, wenn die Presse Wind von Weatherlys bevorzugter Freizeitgestaltung bekam. Kacke und Dampfen war's, was ihm dazu einfiel.

»Warum haben Sie sie überhaupt erst mir gegeben? Warum sie nicht gleich anonym an Jo Dalgliesh schicken und die Sache hinter sich haben?«

»Es ist ... kompliziert.«

»Nein, für mich ist es das nicht. Und für Jack Tennant auch nicht. Sobald das draußen in der Öffentlichkeit ist, werden sie nach unserem Blut lechzen. Wussten wir was davon? Warum haben wir nichts gesagt? Und wenn wir davon wussten, warum haben wir nicht richtig ermittelt?« McLean kippte noch einen kräftigen Schluck von dem immer besser schmeckenden Whisky hinunter. »Mein Gott, wie gut, dass ich sowieso nie befördert werden wollte.«

»Es tut mir leid, ehrlich. Das war nicht ...«

»... Ihre Idee. Ich weiß. Das haben Sie schon gesagt. Hören Sie, wer sind Sie?« McLean musterte das Gesicht des Mannes, versuchte, irgendwelche besonderen Züge darin auszumachen, anhand derer man ihn leicht hätte beschreiben können. Da war nichts. Er war nichtssagend, beinahe, als hätte es die Geheimabteilung, für die er arbeitete – was immer das auch für eine sein sollte –, geschafft, einen Durchschnittsmenschen zu klonen.

»Es ist am besten, wenn Sie das nicht wissen.«

»Wirklich? Am besten für wen? Für mich? Für Sie? Für Joanna, Margaret und Morag Weatherly?«

Der Mann wand sich unbehaglich in seinem Sessel. »Hören Sie, ich sollte eigentlich wirklich nicht …«

»Mir ist es scheißegal, was Sie eigentlich sagen oder machen sollten. Sie kommen hier in mein Haus, manipulieren meine Ermittlungen und verarschen mich. Ich verdiene zumindest irgendeine Art von Erklärung dafür. Und wenn es nur ist, damit ich meinem Team in die Augen sehen und mich bei ihnen entschuldigen kann, wenn ihre Karrieren den Bach runtergehen wegen Ihrer bescheuerten politischen Spielchen.« McLean kippte den Rest des Whiskys hinunter und schaffte es, das meiste davon auch in den Mund zu bekommen. Die Anstrengung, den Erstickungsanfall zu verbergen, trieb ihm die Tränen in die Augen.

»Wir beobachten Männer wie Weatherly. Mächtige Männer. Wir … schützen sie.«

McLeans Erstickungsreflex verschwand vor Überraschung. »Sie tun *was*?«

»Weatherly ist … war … wichtig. Er war kein angenehmer Mensch. Er hatte ein paar schockierende Laster, wie Sie wissen. Aber er hatte Macht und Einfluss. Und er hat sehr große Geldmengen kontrolliert. Unser … mein Job war es, ein Auge auf ihn zu haben, zu verhindern, dass manches an die Öffentlichkeit kam. Oder wenn, dann den Schaden zu begrenzen.«

»Da ist Ihnen diesmal aber ein bisschen was danebengegangen.«

»Wem sagen Sie das.« Der Mann rieb sich müde das Gesicht. »Es ist nicht gerade eine exakte Wissenschaft, aber wir erstellen Profile von diesen Leuten.«

»Leuten? Sie meinen, da draußen laufen noch mehr von seiner Sorte herum?«

»Tun Sie nicht so überrascht, Inspector. Die Welt ist voller Perverser und Soziopathen. Eine traurige Wahrheit, aber es sind die unangenehmen Menschen, die etwas voranbringen.«

McLean schenkte sich noch einen großen Whisky ein, gab aber dieses Mal etwas Wasser dazu. »Also, Sie erstellen Profile. Warum?«

»Um vorwegnehmen zu können, was sie als Nächstes tun. Es funktioniert – meistens. Aber Weatherly ist vom Radar verschwunden, als er …« Der Mann schien den Satz nicht beenden zu können. McLean überlegte, ihm die Einzelheiten nachzuliefern, befand dann jedoch, dass die Ironie verschwendet wäre.

»Also warum dann mich mit hineinziehen? Warum mir diese Fotos geben?«

»Weil andere Leute wollten, dass die Ermittlungen so schnell wie möglich zu Ende gebracht werden. Wir hatten Sorge, dass Sie, wenn Sie den Anweisungen Folge leisten, nie davon erfahren würden.«

»Ich wünschte, ich hätte nie davon erfahren.«

»Tun Sie das? Tun Sie das wirklich?« Der Mann nahm sein eigenes Glas, in dem noch ein Fingerbreit Flüssigkeit war, und ließ sie kreisen, genoss das Lichtspiel im Whisky, bevor er davon nippte. »Hätten Sie es lieber von Ms Dalgliesh und ihren Kollegen erfahren?«

McLean musste zugeben, zumindest im Stillen, dass der Mann in dem Punkt recht hatte. Er würde es aber nicht laut sagen.

»Wir brauchten Zeit zur Vorbereitung. Sie mussten wissen … was Sie wissen. Die nächsten Tage, möglicherweise zwei Wochen, werden … unangenehm für Sie werden, Inspector.« Der Mann trank seinen Whisky aus, stellte das Glas ab und stemmte sich aus dem Sessel hoch. »Es tut mir wirklich aufrichtig leid, und ich werde alles tun, um den Schaden zu begrenzen. Mit der Zeit wird der Wind sich legen, und wir werden den finanziellen Schaden vermieden haben, der hätte eintreten können, wenn das alles anders gelaufen wäre. Und bevor Sie anfangen, über Geld zu brummeln, sollten Sie sich klarmachen, dass wir hier von Staatspleiten und Kriegsbudgets reden und nicht von ein paar neureichen Milliardären, die rausfinden wollen, wer am weitesten pinkeln kann. Weatherly musste schon vorsichtig gemanagt werden, als er noch lebte. Jetzt, wo er tot ist, muss man sogar noch vorsichtiger sein.«

McLean sah zu, wie der Mann langsam zur Tür ging. Als er sie aufzog und in die Halle hinaustreten wollte, fragte McLean: »Erfinden Sie für Duguid denselben Quatsch?«

Der Mann blieb stehen, drehte sich um und sah ihn irritiert an. »Duguid?«

»Er war der Erste, der mir gesagt hat, ich soll weitergraben, auch nachdem der Fall offiziell abgeschlossen sein würde. Ich dachte, Sie hätten ihn dazu gebracht.«

»O nein. Charles Duguid hätte uns nichts nützen können. Mit ihm hatten wir nichts zu tun.« Der Mann hielt inne, als dächte er über etwas nach. »Und dennoch wollte er, dass Sie weiter nachforschen. Interessant. Vielleicht haben wir ihn unterschätzt.« Er lächelte wie über einen geheimen und sehr privaten Witz. »Machen Sie's gut, Inspector. Sie werden mich nicht wiedersehen.«

30

Sie sind mir aber ein böser Junge, Inspector. So etwas für sich zu behalten und nicht mit mir zu teilen.«

McLean war gerade auf einen Sprung nach draußen in die schneebedeckte Stadt gegangen, um sich zum Frühstück einen anständigen Kaffee und ein Bacon Buttie zu holen. Für einen Moment hatte er vergessen, wovor sein nächtlicher Besucher ihn gewarnt hatte, und verfluchte sich jetzt dafür, dass er sich nicht mit dem Fraß zufriedengeben konnte, den die Kantine dieser Tage produzierte.

»Ich habe nichts zu sagen, Ms Dalgliesh.«

Sie musste auf ihn gewartet haben, in die Eingangstür eines Pubs gedrückt, eine unangezündete Zigarette im Mundwinkel. Sie war auf ihn zugeschossen, als er vorbeikam, und ging nun neben ihm her, als seien sie alte Kumpels.

»Sind Sie sich da sicher? Ich meine, Sie müssen doch davon gewusst haben, oder? Was er getrieben hat?«

Er blieb so plötzlich stehen, dass Dalgliesh noch eineinhalb Schritte weitergegangen war, bevor sie es bemerkte.

»Was genau versuchen Sie mir da zu sagen, Ms Dalgliesh? Ich hab wirklich viel zu tun. Ich kann's mir nicht erlauben, den ganzen Tag rumzustehen und zu plaudern.«

Dalgliesh bedachte ihn mit einem Blick, der Unglauben vermitteln sollte. Angesichts der Tatsache, dass er mit einem Becher Kaffee und einer fettigen braunen Papiertüte in der Hand auf dem Weg zurück zur Arbeit war, konnte er das fast nachvollziehen.

»Es scheint, als hätte Andrew Weatherly gern auswärtsgespielt.

Oder sollte ich besser sagen, er hat gern zu Hause gespielt, wenn Frau und Kinder nicht da waren?«

»Wir haben unsere Ermittlungen zum Tod von Mr Weatherly und seiner Familie abgeschlossen. Mein Bericht liegt in diesem Augenblick, wo wir hier miteinander sprechen, auf dem Schreibtisch der Staatsanwältin.«

»Aye, das weiß ich. Ich war bei der Pressekonferenz. Aber wird in Ihrem Bericht auch erwähnt, dass Weatherly regelmäßig Orgien in seinem Haus in Fife abgehalten hat? Wird darin erwähnt, dass er mit Frauen, die nur ein Drittel so alt waren wie er, Sex in dem Bett hatte, in dem er seine Frau erschossen hat?«

McLean versuchte, die Überraschung über dieses kleine Detail zu verbergen, das Dalgliesh sich hatte entschlüpfen lassen. Dem triumphierenden Ausdruck auf ihrem Gesicht zufolge war ihm das nicht ganz gelungen.

»Wir haben keine Details darüber veröffentlicht, wo Mrs Weatherly sich befand, als ihr Mann sie erschossen hat. Sie klopfen nur auf den Busch und versuchen, mir irgendwelche reißerischen Zitate abzulocken, um Sie in Ihrem Schmuddelblatt drucken zu können.«

Dalgliesh zog ihre große Schultertasche herum, sodass sie den Reißverschluss aufziehen konnte. Sie kämpfte ein paar Minuten lang mit dem Inhalt, bis sie einen braunen Umschlag fand. Er war A5 groß, und die Fotos, die sie herauszog, waren kleiner als die Abzüge, die McLean hatte. Aber es waren mehr. Standbilder von den Orgien, die er schon kannte, aber die Bilder von Morag Weatherlys Erschießung waren neu für ihn. Drei Stück und detaillierter, als jeder Horrorfilm es je hätte sein können.

»Woher haben Sie die?«

»Kommen Sie. Sie erwarten doch wohl nicht, dass ich Ihnen das sage.«

»Lassen Sie mich raten. Die sind einfach heute morgen in Ihrem E-Mail-Postfach gewesen.«

Dalglieshs gekränkter Blick war so eindeutig gespielt, dass McLean wusste, dass er richtiglag.

»Das ändert im Grunde gar nichts«, sagte er.

»Haben Sie sie nicht mehr alle? Das ändert alles!« Dalgliesh schlug sich mit dem Stapel Fotos gegen den Handballen, dann fing sie an, sie durchzublättern, während sie weitersprach. »Das ist der Grund, warum er es getan hat. Jemand hat das hier in die Finger bekommen und ihm gedroht, damit an die Öffentlichkeit zu gehen. Ich weiß nicht, was sie von Weatherly wollten, aber er konnte dem Druck nicht standhalten. Der Gedanke, alles zu verlieren, war zu viel für ihn, also hat er seine Familie umgebracht und dann sich selbst erschossen.« Sie endete mit dem Bild von Weatherlys Leiche, die an der Steinstatue im Schnee lehnte, das Gewehr zwischen den Knien.

»Darf ich mir das mal ansehen?« McLean griff nach dem Foto, bevor Dalgliesh ihn daran hindern konnte. Etwas daran brachte seine inneren Alarmglocken zum Schrillen. Es unterschied sich von den anderen. Es stammte nicht aus den Überwachungsaufnahmen, es war schärfer. Er konnte die Schneeflocken in dem, was von Weatherlys Haar übrig war, sehen, auf seinen Wangen, seiner Nase. Als er den Leichnam selbst gesehen hatte, hatte kein Schnee daraufgelegen, und das Zelt der Spurensicherung war darüber aufgebaut gewesen. Dieses Bild musste also geschossen worden sein, bevor die Spurensicherung das Zelt aufgebaut hatte. Aber von wem? Von einem Fotografen der Kriminaltechnik? Oder war jemand vom Geheimdienst vorher dort gewesen? Er würde die Tatortfotos alle noch einmal durchgehen und nach etwas Ähnlichem durchsehen müssen. Es wäre nicht das erste Mal, dass so etwas durchsickerte.

»Ich an Ihrer Stelle wäre sehr vorsichtig mit diesen Bildern, Ms Dalgliesh.« McLean gab ihr das Foto zurück. »Ich glaube nicht, dass das der Knüller ist, für den Sie es halten.«

»Glauben Sie, Sie können Ihren Arsch so leicht retten, Inspector?« Dalgliesh rauchte ihre Zigarette auf, warf den Stummel auf den Boden und trat ihn mit dem Absatz aus, während sie die Bilder zurück in ihre Tasche fummelte. »Das ist Dynamit. Das ist es, was die ganze Tragödie ausgelöst hat und wer weiß was sonst noch. Und Sie haben bei der Pressekonferenz nicht mal angedeutet, dass so etwas existieren könnte. Das bedeutet entweder, dass Sie nichts davon wussten, was nicht gerade für Ihre Fähigkeiten als Detective spricht. Oder Sie wussten davon und haben es geheim gehalten. In beiden Fällen sehen Sie für mich nicht allzu clever aus.«

McLean widerstand dem Drang, sie wegen der weggeworfenen Zigarette festzunehmen. Einfach genug wäre es gewesen, sie waren nur ein paar hundert Meter vom Revier entfernt. Und wenn ihre Fotos verloren gingen, während sie das Verfahren durchlief … nun, so was kam bedauerlicherweise vor. Aber er hatte genug Erfahrung, um zu wissen, dass es sich selten lohnte, Journalisten zu verhaften, unabhängig davon, wie sehr sie es verdienen mochten. Und ohne Zweifel würden dann bald in irgendeinem anderen E-Mail-Postfach Kopien der Bilder auftauchen. Nein, das war ein Problem, das nur gelöst werden konnte, indem man es direkt anging.

»Ich bin nicht darauf vorbereitet, einen Kommentar dazu abzugeben, was ich über Weatherly wusste und was nicht. Ich habe meinen Bericht geschrieben und seine Empfehlungen, und es ist an der Staatsanwaltschaft zu entscheiden, was als Nächstes geschehen soll. Aber ich sag Ihnen was, ganz umsonst, wo Sie nun schon mal halb draufgekommen sind. Andrew Weatherly hatte sein ganzes Haus mit versteckten Überwachungskameras gespickt. Alle Schlafzimmer, Flure, alles. Und alle Aufnahmen wurden auf Festplatten gespeichert. Wir haben das Kontrollzentrum in seinem Keller gefunden.«

»Das weiß ich.« Dalgliesh schwang ihre Tasche herum, um auf die Bilder zu zeigen, die darin verborgen waren.

»Nun, dann denken Sie doch mal darüber nach. Es war sein Haus, seine Kameras, er wusste, dass er gefilmt wurde. Und doch hat er nicht versucht, irgendetwas zu verbergen.« McLean nickte zur Tasche der Reporterin. »Zumindest nicht, nach denen da zu urteilen.«

Dalgliesh sagte eine Weile nichts, was McLean als Zeichen dafür nahm, dass sie nachdachte.

»Also glauben Sie nicht, dass Weatherly durchgedreht hat, weil er wusste, dass die hier an die Öffentlichkeit kommen würden.«

»Nee.«

»Warum dann?«

»Wie ich bei der Pressekonferenz gesagt habe, spekuliere ich nicht gern. Das ist Ihr Job.«

»Ach, kommen Sie. Sie müssen doch darüber nachgedacht haben. Sie müssen sich das doch während der Ermittlungen gefragt haben.«

McLean lächelte sie müde an. »Natürlich habe ich das. Aber Sie stellen die falsche Frage. Sie sollten nicht fragen, warum Weatherly seine Familie umgebracht hat. Ich glaube nicht, dass wir das je erfahren werden. Nicht wirklich.«

»Okay. Was sollte ich dann fragen?«

»Diese Fotos. Wer hat sie Ihnen geschickt? Warum jetzt? Was wollen die damit erreichen? Das ist es, was Sie sich fragen sollten. Das ist Ihre Story.«

MacBride war am Telefon, als McLean es schließlich zurück in den Einsatzraum geschafft hatte. Er hatte den Hörer an ein Ohr geklemmt und hielt sich mit der freien Hand das andere Ohr zu, als sei der Raum voller Lärm. Als er sich umschaute, konnte McLean keine weiteren Detectives entdecken, und die Stille war beinahe ohrenbetäubend, also musste das Problem am anderen Ende der Leitung sein.

Der Detective Constable schaute einen Moment lang auf,

sah McLean und formte mit den Lippen lautlos Worte, die alles Mögliche hätten bedeuten können. Dann rief er »Tut mir leid, ich kann Sie nicht verstehen. Könnten Sie das wiederholen?« ins Telefon, so laut, dass McLean zusammenzuckte. Wahrscheinlich konnte man das noch im vierten Stock hören.

Er wandte seine Aufmerksamkeit dem Whiteboard zu. Sie hatten jetzt ein Foto von Lance Corporal William »Billbo« Beaumont ohne die Tattoos, das neben dem Foto des Toten hing. Die Leiche, die sie gefunden hatten, war dünner, als er in seiner Zeit bei der Army gewesen war, aber andererseits konnte das passieren, wenn man auf der Straße lebte. McLean sah auf die disparaten Ermittlungslinien, die alle um den Mann kreisten. Ja, sie hatten ihn jetzt identifiziert, aber das war es auch schon. Kein Zeitablauf, keine letzten Bewegungen, keine wirkliche Ahnung von irgendetwas, wenn er ehrlich war. Er war so durch den Weatherly-Fall abgelenkt gewesen, dass er diesen hier hatte schleifen lassen, und jetzt war die Spur in der Tat sehr kalt.

Ein gebrülltes: »Danke. Wiederhören.« Ein Klicken, als aufgelegt wurde. McLean wandte sich von der Tafel ab und wieder DC MacBride zu.

»Das war die Obdachlosenunterkunft in Bonnyrigg.«

McLean zuckte wieder zusammen. »Ich stehe direkt hier, Constable. Kein Grund, zu schreien.«

MacBride wurde rot. »Sorry, Sir«, sagte er in etwas vernünftigerer Tonlage. »Die Verbindung war schrecklich, ich –«

»Kein Problem. Obdachlosenunterkunft Bonnyrigg. Was ist damit?«

»Ich habe alle Unterkünfte in Midlothian informiert. Über den Mann, den wir suchen. Gordon Johnson.«

»Gordy? Sie haben ihn gefunden?«

»Ich denke schon, Sir. Jedenfalls ist da ein Kerl, auf den die Beschreibung passt. Sollte man sich wahrscheinlich mal ansehen.«

»Bonnyrigg, sagen Sie. Ich frag mich …« McLean drehte sich wieder zum Whiteboard um und musterte die leere Wand daneben. Er hätte schwören können, dass da früher noch etwas gehangen hatte. »Haben Sie eigentlich jemals diese Karte bekommen, Stuart?«

MacBrides Stuhlbeine schrammten über den Boden, als er aufstand. Er brauchte nicht lange, um den Raum zu durchqueren und sich neben McLean zu stellen.

»Das habe ich, Sir, und sie direkt da aufgehängt.« Jetzt, wo er genau hinsah, konnte McLean die Löcher in der Tapete erkennen.

»Nur dass irgendein Sausack hergegangen ist und sie geklaut hat.«

»Dieser kleine diebische …« MacBride trat an die Wand und betrachtete den offensichtlich leeren Platz. »Ich schwör's Ihnen, hier kann man echt nichts herumliegen lassen.«

»Machen Sie sich keine Sorgen. Ich hab noch eine zu Hause. Haben Sie Ritchie gesehen?«

Bedauern breitete sich über MacBrides unschuldiges rundes Gesicht aus. »Sie hat gegen neun angerufen, Sir. Hörte sich wirklich erbärmlich an. Ich glaube nicht, dass wir heute noch was von ihr zu sehen kriegen.«

McLean erinnerte sich an den gestrigen Abend, als er Ritchie an ihrer Wohnung abgesetzt hatte. Es war ihr nicht gut gegangen.

»Ich rufe sie später noch an. Um zu hören, ob alles in Ordnung ist.«

»Es wär vielleicht besser, Sie würden eine SMS schicken, Sir?« MacBride zog sein eigenes Telefon heraus und hielt es hoch, als dächte er, McLean hätte noch nie eins gesehen. »Sie wissen schon. Falls sie schläft oder so was.«

»Auch wieder wahr, Constable. Danke.« McLean versuchte, den Sarkasmus aus seiner Stimme zu halten. Er hatte ja recht. Es war nur nervig, dass ihn jemand darauf hinweisen musste, der gerade mal frisch von der Schule kam. »Und deshalb dürfen Sie jetzt mit mir kommen.«

»Darf ich?« MacBride stopfte hastig sein Telefon in freudiger Erwartung zurück in die Tasche. »Wo fahren wir hin?«

»Nach Bonnyrigg. Wohin sonst?«

31

Er war alt genug, um sich an die Zeit zu erinnern, als Bonnyrigg, Loanhead, Eskgrove und Polton noch getrennte Ortschaften waren. Während Edinburgh seine nimmer endende Ausdehnung fortsetzte, hatten die Siedlungen die Umgehungsstraße durchstoßen und begannen die Lücken zwischen den alten Bergbaudörfern zu schließen, sodass sie allmählich zu einem einzigen Konglomerat wurden. McLean fuhr vorsichtig. Die Straßen waren immer noch glatt von matschigem Schneematsch und Straßendreck. Seine Hüfte tat auch weh, was daraufhin deutete, dass noch mehr Schmuddelwetter heraufziehen würde. Falls die Dunkelheit des frühen Nachmittags irgendetwas zu bedeuten hatte, dann würde es noch mal so ein hübsches Schneegestöber geben.

MacBride leitete ihn, indem er immer wieder auf sein Tablet schaute, zu dessen mannigfaltiger Ausstattung auch ein Navigationssystem gehörte.

»Wo haben Sie das Ding eigentlich her?«, fragte McLean, als sie langsam den steilen Berg hinter Loanhead herabkrochen, um zur schmalen Polton Bridge zu gelangen, die den North Esk überbrückte.

»Einer von meinen Kumpels in der IT-Abteilung hat den organisiert. Sie machen einen Versuch, ob die Dinger im Außeneinsatz taugen.« Der Detective Constable tippte wieder auf den Bildschirm, und aus dem Augenwinkel sah McLean, wie sich Besorgnis auf seinem Gesicht ausbreitete.

»Problem?«

»Na ja, die Karten liegen auf einem zentralen Server. Ist schon sinnvoll, weil sie so leichter aktuell zu halten sind. Aber sobald wir mal keinen so guten Empfang haben …« Er drehte das Tablet, sodass McLean das leere Display sehen konnte. Nur ein grüner Pfeil blinkte in der Mitte, ansonsten zeigte es nur ein graues Gitter.

»Der Handyempfang hier unten ist immer für die Tonne. Gut, dass ich auch so weiß, wo wir hin müssen, aye?«

»Sie wissen es?«, fragte MacBride. »Warum haben Sie mich dann gebeten, auf die Karte zu schauen?«

»Weil Sie ein nervöser Beifahrer sind. So hatten Sie etwas, worauf Sie sich konzentrieren konnten.« McLean blinkte und bog nach links auf einen Platz mit Wohnhäusern und Geschäften ein. Letztere waren überwiegend verrammelt. Eines wies Spuren auf, die darauf hindeuteten, dass es vor Kurzem abgebrannt war. Die Gemeinde hatte sich hier keine besondere Mühe gegeben, den Schnee zu räumen, und in der Seitenstraße, in die er als Nächstes einbog, noch viel weniger. Schließlich hielt McLean an, fuhr so weit an den Bürgersteig, wie er sich traute, ohne in dem Wall aus zusammengeschobenem Schnee stecken zu bleiben.

»Es ist gleich da oben.« Er zeigte durch die Windschutzscheibe auf ein Haus, das sich in keiner Weise von den anderen zu unterscheiden schien. »Wir gehen zu Fuß, denke ich.«

Es war voll in der Unterkunft. Eine Menschenschlange schob sich in den Hauptraum und wartete auf eine Schale Suppe und ein dickes, weiches Brötchen. McLean konnte nicht übersehen, dass der Großteil der Klientel männlich war, auch wenn man es angesichts der vielen Schichten aus abgetragenen und geflickten Kleidungsstücken, den Wollmützen und Handschuhen nur schwer hätte sagen können, wären da nicht die Bärte gewesen. Ebenso wenig konnte er die unfreundlichen Blicke übersehen, die ihm und DC MacBride zugeworfen wurden, als sie in dem winzigen Windfang den Schnee von ihren Schuhen stampften.

»Seid ihr Bullen?«, fragte einer der Männer, als sie in den Hauptraum drängten. Er war größer als McLean und so breit wie die Tür, auch wenn das an den vielen Mänteln liegen konnte, die er anhatte.

»Wenn Sie damit meinen, ob wir zur Polizei gehören, dann ja.« McLean zwängte sich an dem Mann vorbei und hoffte, dass MacBride so schlau war, ihm dicht zu folgen. Der Rest der Gruppe machte widerwillig Platz, sodass sie bald am anderen Ende des Raumes waren, an der Tür zur Küche. Er klopfte, zog die Tür auf und ging hinein.

Dampf erfüllte die Luft mit einem Geruch nach gekochtem Kohl und Zwiebeln. Er erinnerte ihn auf schreckliche Weise an seine Schulzeit. Ein unglaublich fetter Mann mit kahlem Kopf stand, Schweißtropfen auf der geröteten Haut, am Herd und rührte in einem Kessel Suppe. Etwas weiter weg schnitten zwei Schulabbrecher Gemüse, mit dem die Armee draußen gefüttert werden sollte. McLean schloss die Tür mit einem so lauten Knall, dass er die Aufmerksamkeit des Dicken bekam. Der drehte sich mit überraschender Anmut um, legte seine Kelle auf einen Teller neben dem Herd und schaute ihn durch eine beschlagene Brille mit Drahtgestell an.

»Tony! Tony McLean! Mein Gott, Mann. Wo hast du denn gesteckt? Da ist ja Jahre her.« Die Wiedersehensfreude äußerte sich in einem breiten Lächeln auf dem Gesicht des Mannes. Während er auf ihn zukam, wischte er sich die Hände an seinem Handtuch ab. Es steckte in seinem Gürtel, der normalerweise die Hosen von drei Männern hätte zusammenhalten können. Bevor er reagieren konnte, wurde McLean in eine ungestüme Umarmung gezogen, die seine Rippen schmerzlich knacken ließ. Eigentlich hatte er gedacht, sie seien längst verheilt, aber für solche Misshandlungen waren sie wohl doch noch nicht wieder fit genug.

»Bobby. Schön, dich zu sehen.« McLean entwand sich der

Umarmung des Kochs. »Du machst das hier also immer noch, wie ich sehe.«

»Die Leute müssen ja essen. Kann sich schließlich nicht jeder ein exklusives Dinner leisten.« Der Koch beäugte den nervösen DC MacBride, der immer noch an der Tür stand. »Wer ist denn der Süße da?«

»Sei nicht gemein, Bobby. Das ist mein Kollege Detective Constable MacBride. Ich glaube, du hast mit ihm telefoniert. Oder war das Eric?«

»Geben die euch nichts zu essen bei der Arbeit, MacBride?« Bobby streckte ihm die Hand hin.

»Sie sind Bobby Innes?« MacBride schüttelte ihm die Hand, die sofort von der zweiten des Mannes vereinnahmt wurde.

»Ah. Ein wahrer Fan!« Bobby schüttelte MacBrides Arm so heftig, dass der ganze Constable ins Wanken geriet, dann machte er einen Schritt zurück und musterte ihn von oben bis unten, wobei er ihn immer noch am ausgestreckten Arm festhielt. »Seltsam, eigentlich sehen Sie aus, als würden Sie überhaupt nichts essen.«

»Ich hab einen Artikel im *Scotsman* über Sie gelesen.« MacBride holte sich seinen Arm zurück. »Sie haben ja einen Michelin-Stern für Ihr Restaurant unten in Leith bekommen. Ich hatte keine Ahnung …« Er sprach nicht zu Ende, während sein Blick durch die Küche wanderte.

»Hier hat alles angefangen. Na ja, nicht direkt hier, aber in Bonnyrigg. Mein Vater hatte die Imbissbude an der High Street. Aber die Geschichte kennen Sie bestimmt. Jeder mag das, vom Tellerwäscher zum Millionär, was?« Bobby drehte sich zu den beiden jungen Burschen mit dem Gemüse um. »Habt ein Auge auf die Brühe, ja? Ich geh mal eben Eric suchen.«

Er führte sie aus der Küche, zurück durch den Saal mit den geduldig Schlange stehenden Obdachlosen in einen weiteren großen Raum, und redete die ganze Zeit.

»Es ist viel zu lange her, Tony. Warum kommst du nicht mehr ins Restaurant? Hast du wen anders gefunden, der dir dein Lieblingsessen kocht?«

»Hab's mir irgendwie abgewöhnt, essen zu gehen, nachdem Kirsty gestorben ist, Bobby.«

»Man sieht's, weißt du.« Bobby tätschelte seinen enormen Wanst. »Ein Glück, dass ich für zwei esse, was?«

Der Raum, den sie betreten hatten, war in Anstaltsbeige gestrichen und hatte ein großes Panoramafenster, das auf einen dunkler werdenden Garten hinausging, der mit Schnee bedeckt war und durch die hohen Zypressen hindurch, die die Grenze zum Nachbargrundstück markierten, einen flüchtigen Blick auf die Pentland Hills erlaubte. An einer Seite des Raumes standen ein paar Tische aufgereiht wie in einem Restaurant, mit jeweils einem halben Dutzend einfacher Stühle darum herum. Am anderen Ende prasselte ein einladendes Feuer in einem großen offenen Kamin, den Sofas und bequeme Sessel umringten wie eine Wagenburg. Hier waren nur wenige Leute, die meisten standen noch draußen im Saal um ihre Suppe an. Ein Tisch war jedoch besetzt, zwei Leute saßen daran, wenn auch nicht direkt nebeneinander. McLean erkannte sie beide. Eric war Bobbys Partner und der kreative Geist des Geschäfts. Wie Bobby war er ebenfalls ein ganzer Kerl, aber der Großteil seines mächtigen Körpers war eher Muskeln geschuldet denn Michelin-besterntem Essen. Er hatte einen kleinen Laptop und ein Handy vor sich auf dem Tisch liegen, sprach aber mit dem anderen Mann, der aufschaute, als sie hereinkamen.

»Inspector.« Gordon Johnson – Gordy, wie er sich damals selbst vorgestellt hatte –, sah besser aus als beim letzten Mal, als McLean ihn getroffen hatte, aber er hatte immer noch diesen gehetzten Blick in den Augen. Er saß auf der Stuhlkante, angespannt und jederzeit bereit, beim geringsten Anzeichen von Schwierigkeiten die Flucht zu ergreifen. Kein Kampfgeist mehr, das konnte McLean sehen. Dieser Mann, der seinem Land in unzähligen Schlachten gedient hatte, war vollkommen gebrochen.

»Wie geht's, Gordy? Geben die Ihnen hier genug zu essen?« McLean setzte sich auf einen der Stühle und nickte dem anderen Mann am Tisch zu. »Eric.«

»Lange her, Tony. Wollt ihre eine Minute allein sein?«

McLean sah, wie Gordy sich angesichts der Frage versteifte. »Nein. Ich bin nicht hier, um irgendwem Ärger zu machen. Ich wollte Gordy nur sagen, dass wir seinen Freund Billbo gefunden haben.«

Gordy riss die Augen auf, sein Blick jagte zwischen McLean und Eric hin und her, dann zu der Stelle, wo MacBride ein paar Schritte weiter weg stand, bevor er wieder zu McLean zurückkehrte. »Er ist tot, oder?«

»Ja. Es tut mir leid.«

»Hab ich doch gesagt. Die dunklen Engel waren's. Die haben ihn geholt. Eigentlich waren sie hinter mir her, aber er hat sie aufgehalten. Dann haben sie stattdessen ihn geholt.«

»Wir versuchen sie zu finden, Gordy. Die dunklen Engel. Dazu müssen wir wissen, wo Sie waren, als sie zu Ihnen und Billbo gekommen sind.«

»War nicht hier.« Gordy schaute zu Eric auf. »Ist sicher hier.«

»War's in der Stadt? Näher am Zentrum?«

Ein Nicken. Was erklären würde, warum er bei McLean auf dem Revier gelandet war, statt irgendwen in Loanhead oder Dalkeith mit seinen wirren Ergüssen zu überschütten.

»Meinen Sie, Sie könnten uns die Stelle zeigen?«

Gordys Augen weiteten sich noch mehr, die Angst drohte ihn zurück in den Wahnsinn zu treiben. Eric streckte die Hand aus und legte sie ihm sanft auf den Arm. Die Berührung schien dem ehemaligen Soldaten Kraft zu geben, zumindest ein bisschen.

»In Ihrem schicken Wagen?«

»Er ist nicht so schick, aber ja. In meinem Wagen. Wenn Sie

uns zeigen können, wo es passiert ist, dann müssen Sie nicht mal aussteigen. Ich bringe Sie direkt wieder hierher zurück oder zur Kaserne, wenn Ihnen das lieber ist.«

Gordy schaute auf seine Hände hinunter, die zu Fäusten geballt auf der Tischplatte lagen. Sie zitterten eine ganze Weile, aber dann brachte er sie unter Kontrolle, bevor er den Blick wieder auf McLean richtete, diesmal entschlossen.

»Aye, ich mach's. Ich zeige Ihnen, wo's passiert ist.«

32

Woher um Himmels willen kennen Sie denn Bobby Innes, Sir?«

Es war schon gut, dass DC MacBride nicht so groß war. Er hatte sich klaglos hinten ins Auto gequetscht, aber McLean konnte sehen, dass da nicht viel Platz war. Gordy saß auf dem Beifahrersitz, stocksteif und kerzengerade, sein Irrsinn und seine Angst brodelten direkt unter der Oberfläche. McLean wollte lieber nicht darüber nachdenken, was ihm für Gedanken durch seinen zerschmetterten Geist gingen.

»Damals, als wir noch Studenten waren, hat er mit Kirsty in einer Wohngemeinschaft gewohnt. Wir haben ihm geholfen, sein erstes Restaurant einzurichten. Mein Gott, daran hab ich schon ewig nicht mehr gedacht.«

McLean starrte durch die Windschutzscheibe und beobachtete die ersten Schneeflocken, die zwischen den Straßenlaternen vom Himmel stöberten. Es hätte noch etwa eine Stunde länger hell bleiben sollen, aber das Sonnenlicht hatte es den ganzen Tag nicht wirklich geschafft, durch die dicken Wolken zu dringen, und jetzt schien es aufgegeben zu haben. Dennoch schafften sie es in einer anständigen Zeit zurück in die Innenstadt, nur um dann im langsam dahinkriechenden Verkehr festzustecken, jetzt, wo sie sich dem Zentrum näherten.

»Mir war nur nie klar, dass er auch eine Suppenküche hat. Und das ausgerechnet in Bonnyrigg.«

»Es ist ein bisschen mehr als eine Suppenküche. Schon eher ein Halfway House. Wo Leute eine Zeit lang bleiben können, wenn sie es brauchen, um wieder auf die Füße zu kommen.

Schätze mal, das war's auch, weshalb Sie dort waren, oder, Gordy?«

Der Veteran zuckte bei seinem Namen zusammen, die Augen wurden weit, als hätte er mit offenen Augen geschlafen und wäre rüde aufgeweckt worden. »Äh? Was?«

»Sie waren in der Unterkunft in Bonnyrigg«, sagte McLean. »Um wieder auf die Füße zu kommen?«

»Um von den dunklen Engeln wegzukommen. Die Stadt ist nicht sicher für unsereins.« Er ließ den Kopf hängen, dann verdrehte er sich den Hals, um nach den unsichtbaren Monstern Ausschau zu halten, die auf den Dächern der Häuser lauerten. »Nicht sicher für niemanden.«

»Nun, wir bringen das so schnell wie möglich hinter uns, okay? Wollen Sie uns sagen, wo sie Billbo geholt haben?«

»Da lang.« Gordy zeigte Richtung West End und New Town. »Ich erkenn's, wenn ich's sehe.«

Sie brauchten eine weitere halbe Stunde, nur um ans andere Ende der George Street und hinunter Richtung Dean Village zu kommen. Mit jeder Ampelkreuzung, an der sie langsam die richtige Richtung aushandelten, vertiefte sich McLeans Verdacht, dass er genau wusste, wohin sie fuhren. Als er beim nächsten Mal ohne jegliche Anweisungen von Gordy abbog, bestätigte es sich. Sie fuhren langsam an Andrew Weatherlys leerem Stadthaus vorbei. Seine Fenster starrten wie tote Augen in den von Schnee erfüllten Himmel hinauf.

»Hier rechts.« Gordys wedelnde Hand wäre McLean beinahe ins Gesicht geklatscht. Er bremste ein bisschen zu hart, fühlte den Wagen auf dem schneeglatten Kopfsteinpflaster schlittern und rutschte an der schmalen Gasse vorbei, in die er sowieso nicht mehr hineingekommen wäre. Einen Moment lang dachte er, er würde gegen einen schwarzen Transporter knallen, der halb auf dem Bürgersteig parkte, aber er verfehlte ihn um ein paar Zentimeter.

»Da unten?«

»Aye. Da unten.« Gordys Stimme klang rau, ein Quäntchen Hysterie schien durch. McLean sah in den Rückspiegel und sah überwiegend Detective Constables. Aber man konnte sowieso nicht viel nach hinten heraus sehen. Vor ihnen war etwas frei, wahrscheinlich im Parkverbot, aber die doppelte gelbe Linie war vom Schnee verdeckt. Er fuhr ran und schaltete den Motor aus.

»Ich geh es mir mal ansehen, okay? Wollen Sie mitkommen oder hierbleiben?«

Gordys Antwort bestand darin, am Türgriff zu ziehen, den Sicherheitsgurt abzuschnallen und sich auf die Straße hinauszuhieven. Ein Schwall kalter Luft erfüllte den Innenraum und jagte einen kalten Schauer durch McLeans gesamten Körper. Er stieg aus, klappte seinen Sitz nach vorn, um MacBride herauszulassen. Als sie beide so weit waren, war Gordy schon halb in die Gasse hineingegangen.

»Sie sind jetzt nicht hier«, erklärte er, als sie ihn erreichten. McLean brauchte man das nicht zu sagen. Die Gasse führte zwischen den Reihenhäusern hindurch zu den großen Privatgärten dahinter. Schmuckvolle schmiedeeiserne Tore hielten jegliches Gesindel davon ab hineinzukommen, eine schwere Kette mit Schloss hing um die Stäbe. An der Seite daneben gab es ein kleineres Tor mit ausgeklügelt aussehender Gegensprechanlage und Kamerasystem. Als er hochschaute, erblickte McLean eine Überwachungskamera, die direkt auf das Haupttor gerichtet war, aber er machte sich keine Hoffnungen darauf, dass die Aufnahmen verfügbar waren.

»Wo genau waren Sie, Gordy?«

»Da drüben.« Der Veteran zeigte auf einen Eingang, der zum Teil von großen fahrbaren Müllcontainern verstellt war. McLean ging hinüber, drehte sich ein paar Mal um und kauerte sich dann hin. Es war geschützt, gut versteckt vor der Kamera, und das Beste von allem war die warme Abluft, die in die Nacht hinausgeblasen wurde. Sicher, es roch schlecht, und da war das unablässige Lärmen des Ventilators, aber es war warm und trocken. Er schob sich in den Hauseingang, dann schaute er zum Tor zurück. Man konnte es kaum sehen, nur den oberen Teil und die dunklen Bäume dahinter, kahle Äste, die wie knochige Finger in den nächtlichen Himmel reichten. Fette Schneeflocken kreiselten aus der Schwärze, gerieten kurz in den Schein der Straßenlaternen und verschwanden dann wieder im Dunkeln.

»Wie haben Sie den Platz hier gefunden?« McLean stand auf und ging zurück in die kalte Gasse. »Liegt ziemlich weit ab vom Schuss, oder?«

Gordys Augen glitzerten in der Dunkelheit, als er sich zu McLean umdrehte. Er hatte auf das Tor gestarrt, als wäre es der Eingang zur Hölle. »Man lernt die guten Verstecke einer Stadt kennen, wenn man lange genug auf der Straße lebt. Sie sollten das wissen, als Cop. Penner und Bullen, wir sind die, die wissen, wo alles ist.«

McLean musste dem Mann zugestehen, dass er nicht ganz unrecht hatte. »Weshalb nutzt ihn jetzt niemand?«

»Hab ihn doch markiert.« Gordy zeigte auf das Mauerwerk neben der Tür. Jetzt, wo er es gezeigt bekam, sah McLean die dunklen Kohlestriche, die an das Haus gekritzelt waren.

»Ihren Claim abgesteckt?«

»Nein. Das ist eine Warnung. Jeder, der die Zeichen lesen kann, wird sich schön fernhalten von hier.«

»Also, was ist hier passiert, Gordy? Wo sind sie hergekommen, die dunklen Engel?«

Bei den Worten spannte er sich an. Seine Hände begannen zu zittern, und er schaute sich in der Gasse um, als würde ihm erst jetzt klar werden, wo er sich befand.

»Sie sind aus den Wänden gekommen. Sie waren überall. Ihre Augen haben feuerrot geglüht, und sie hatten Schwänze, die Funken geschlagen und geknistert und wehgetan haben. Ich saß hier fest, konnte mich nicht bewegen. Es war fast wie im Krieg. Ich dachte, ich wär da wieder zurück. Und dann geht Billbo brüllend dazwischen wie ein … wie ein …« Gordy verstummte, das Reden schien ihn erschöpft zu haben. Seine Schultern sackten zusammen, und McLean dachte, er würde gleich in die Knie gehen. Aber er stand einfach nur leicht schwankend da, zusammengesackt wie eine Puppe, die über eine Stuhllehne gehängt worden ist und darauf wartet, dass ihr Meister zurückkommt und die Fäden wieder aufnimmt, während dicke, träge Schneeflocken um ihn herumtrudelten. Als McLean zu ihm trat, konnte er die Tränen sehen, die ihm übers Gesicht liefen.

»Kommen Sie«, sagte er. »Wir haben genug gesehen. Ich bringe Sie von hier weg, ja?«

Gordy drehte langsam den Kopf und schniefte. »Sie sind wegen mir gekommen. Ich war dran. Aber Billbo ist für mich mitgegangen. Warum hat er das gemacht?«

33

McLean sah dem Streifenwagen nach, der vom Parkplatz des Polizeireviers wegfuhr, rechts abbog und sich dann auf den Weg nach Süden in Richtung Umgehungsstraße und Bonnyrigg machte. Er hätte den Veteranen gern selbst zurückgefahren, aber die Fahrt dorthin und zurück hätte noch mehr von seinem Tag verbraucht, selbst wenn er es geschafft hätte, rein- und rauszukommen, ohne Bobby und Eric in die Arme zu laufen. Sie waren immer eher Kirstys Freunde gewesen als seine, und er hatte sich von ihren Freunden noch stärker abgewandt als von seinen, nachdem sie gestorben war. Als ihm klar geworden war, wo Gordy sich versteckte, hatte er erwartet, dass das Wiedersehen unangenehm würde, dass es den Schmerz und die Verzweiflung zurückbringen würde. Stattdessen fragte er sich jetzt, warum er sich eigentlich nicht schon längst die Mühe gemacht hatte, wieder Kontakt aufzunehmen.

»McLean. Mein Büro. Jetzt.« Möglich, dass Detective Superintendent Duguid einfach nur zufällig vorbeigekommen war, als er durch die Hintertür trat, aber es war wesentlich wahrscheinlicher, dass er dort auf der Lauer gelegen und genau auf diesen Augenblick gewartet hatte. So oder so ließ sein flacher, emotionsloser Ton keine Widerrede zu. Mit einem tobenden, rasenden Duguid konnte McLean umgehen. Diesen kalten, ruhigen Zorn fand er sehr viel schwieriger zu handhaben.

»Wenn es um Detective Sergeant Ritchie –«

»Nicht hier. Mein Büro«, schnitt Duguid ihm mitten im Satz das Wort ab, drehte sich um und stürmte mit für jemanden seines Alters verblüffender Geschwindigkeit die Hintertreppe hinauf. McLean folgte ihm, wobei sich der stets präsente, dumpfe Schmerz in seiner Hüfte mit jedem weiteren Schritt in ein scharfes Stechen verwandelte. Bald hinkte er mehrere Schritte hinter seinem Chef her, und die Ironie, die darin lag, blieb ihm nicht verborgen. Wann war sein nächster Physiotherapie-Termin? Nicht bald genug.

»Sie kriegen's einfach nicht hin, McLean, was?« Duguid ließ sich in den Sessel hinter seinem übergroßen Schreibtisch fallen, nachdem sie endlich sein Büro erreicht hatten. McLean blieb stehen – nicht dass er groß die Wahl gehabt hätte.

»Sir?«

»Feingefühl. Ist einfach nicht Ihr Stil.«

»Es tut mir leid, Sir, aber ich weiß wirklich nicht, worüber Sie sprechen.«

»Verdammt, Mann. Das hier.« Duguid nahm die Zeitung, die auf einer Ecke seines Tisches lag, und faltete sie auf. Er schüttelte sie auseinander und ließ sie mit einer weichen Bewegung vor McLean hinsegeln. Die Schlagzeile war Antwort genug. »WEATHERLY: FAMILIENSCHLÄCHTER IN SEXORGIEN-SKANDAL VERWICKELT!« Es sah aus, als sei der Chefredakteur der *Evening News* wieder im Urlaub.

»Dieser Fall hätte abgeschlossen sein sollen. Fein säuberlich und so geräuschlos wie möglich unter den Teppich gekehrt. Finden Sie das hier geräuschlos? Verdammt noch mal, was haben Sie sich dabei gedacht, diese Fotos der Presse in die Finger zu geben?«

»Was? Sie denken, ich –«

»Sie haben heute Morgen eine Stunde mit Jo Dalgliesh geredet. Und heute Abend kommt sie mit so was.« Duguid nahm die Zeitung und klatschte sie auf seinen Tisch. »Woher sonst kann sie die Informationen bekommen haben?«

»O du lieber Gott.« McLean massierte sich die Nasenwurzel, schloss die Augen und hoffte einfach, dass, wenn er sie wieder aufmachte, er wieder zu Hause saß und das alles nur ein schlechter Traum gewesen war. Es funktionierte nicht, natürlich nicht. Tat es nie.

»Ich habe heute Morgen mit Dalgliesh gesprochen, ja. Das gebe ich zu. Aber es waren fünf Minuten, maximal zehn vielleicht. Die verdammte Frau hat mich auf der Straße überfallen, als ich auf dem Rückweg hierher war. Hat mir dieses ganze Zeug über Weatherly um die Ohren gehauen. Ich dachte, wenn ich ihr sage, dass sie mal lieber herausfinden sollte, wer ihr die Bilder geliefert hat, würde uns das eine Weile den Rücken freihalten. Sieht aus, als hätte sie sich für den einfacheren Weg entschieden, uns einfach mal die Hucke vollzugeben.«

Duguid kniff die Augen zusammen, sein Gesicht verdüsterte sich, während er versuchte, sich einen Gedanken abzupressen. »Wenn Sie es nicht getan haben, von wem hat sie sie denn dann bekommen?«

Guter Gott, und dieser Mann hatte hier das Sagen. McLean verlagerte sein Gewicht auf die Absätze und wiegte sich langsam wieder zurück, während er versuchte zu enträtseln, was Duguids jetzigem Wutausbruch zugrunde lag.

»Wahrscheinlich aus derselben Quelle, aus der ich sie auch bekommen habe, Sir. Ein unbeschrifteter brauner Umschlag, anonym geliefert. Kein Kontext, kein Brief. Einfach nur sorgfältig ausgewählte Fotos, die irgendjemandes Agenda voranbringen sollen.«

»Aber … Wenn sie die schon uns gegeben haben … Warum sollten die das machen? Was haben die davon, wenn …«

»Außer mich und mein Team zu verarschen? Ihnen das Leben verdammt schwer zu machen? Und dem Chief Constable unbequem? Ich hätte gedacht, das liegt auf der Hand.«

Duguids Stirnrunzeln war nur ein geringer Lohn. Es reichte allerdings nicht, um den Anschiss auszugleichen. »Klären Sie mich auf«, sagte der Detective Superintendent.

»Der Mann, der mir diese Fotos gegeben hat, hat mir gesagt, ich solle weiter nachforschen, auch wenn der Fall abgeschlossen würde. Er hat sich um Weatherly gekümmert. Gehörte zu dem Team, das seine Exzesse verwaltet hat. Sie haben geduldet, was er getan hat, solange er nützlich war. Haben versucht, dafür zu sorgen, dass er nicht allzu weit über die Stränge schlug.«

»Nun, dass haben die aber jetzt spektakulär versägt, würde ich sagen.«

»So scheint es zumindest. Aber da steckt noch mehr dahinter. Jemand hat Weatherlys Stadthaus durchsucht, bevor wir dort ankamen. Alle Festplatten des Überwachungssystems waren herausgerissen, außer denjenigen, die wir zu sehen bekommen sollten. Sie werfen uns häppchenweise Informationen zu und manipulieren die Ermittlungen.« McLean erinnerte sich an sein Gespräch nach der letzten Pressekonferenz. »Ich glaube, sie haben sogar Jack Tennant dazu gebracht, für sie zu arbeiten, und dass das möglich wäre, hätte ich niemals gedacht.«

»Aber das ergibt doch keinen Sinn. Warum uns das Zeug geben, wenn sie wollen, dass der Fall unter den Teppich gekehrt wird? Warum, verdammt noch mal, es der Presse geben?«

»Das Timing ist entscheidend, denke ich. So was kommt früher oder später immer ans Tageslicht. Sie wollten nur bestimmen, wann und wie. Es herauszögern, bis sie so weit waren, damit fertigwerden zu können. Weatherly ist nicht der Einzige auf diesen Fotos. Es gibt noch andere, die geschützt werden müssen. Oder fallen gelassen.« Eine weitere Möglichkeit fiel ihm ein, während er sprach, und er spürte dieses vertraute Kribbeln im Magen, als die verästelten Auswirkungen davon mehr und mehr hervortraten. »Entweder das, oder wir haben zwei Seiten, die gegeneinander kämpfen und uns als ihre Erfüllungsgehilfen missbrauchen.«

»Scheißpolitik.« Duguid nahm die Zeitung wieder in die

Hand und schlug sie so heftig auf, dass die Titelseite zerriss. »Mein Gott, ich hasse es, so verarscht zu werden.«

Bei jedem anderen wäre McLean überrascht gewesen, hätte vielleicht sogar darauf hingewiesen, dass er nicht hätte austeilen sollen, wenn er nicht bereit war, auch einzustecken. Aber bei Dagwood wäre es verlorene Liebesmüh. Stattdessen ließ er alles über sich hinwegrollen, und unterdrückte seine Reaktionen, sodass ihm nur ein stummer Seufzer herausrutschte. Die zerrissene Seite segelte auf den Fußboden, drehte sich dabei ein paar Mal und blieb schließlich zu seinen Füßen liegen. Verkehrt herum schaute das selbstgefällige Gesicht von Andrew Weatherly zu ihm hoch, ein scherzhaftes Lächeln auf den Lippen, als genieße er den ganzen Wirbel, den seine Taten ausgelöst hatten.

»Ich auch, Sir. Ich auch.«

»Guter Gott, was machen Sie denn hier, Sergeant? Ich dachte, Sie wären noch krankgeschrieben?«

McLean hatte auf dem Weg von Duguids Büro ins Großraumbüro des CID geschaut in der Hoffnung, Grumpy Bob zu finden. Stattdessen blickte ihm von ihrem Tisch aus die bleiche, schniefende Gestalt von DS Ritchie entgegen. Ihre Augen lagen tief in den Höhlen, das Gesicht war schmaler, als es gesund sein konnte. Sie lächelte ihn matt an.

»Sorry, Sir. Ich dachte, das hier wäre wichtiger.« Sie nickte zu ihrem Laptop und zuckte zusammen.

»Und da sagen die Leute, ich wäre ein hoffnungsloser Fall …« McLean ging zu ihrem Tisch und lugte auf den Bildschirm. Auf den ersten Blick dachte er, es sei eine Profilseite aus dem Vorstrafenregister, aber das Porträt in der oberen rechten Ecke schien nicht dazuzupassen. Dann sah er das Wikipedia-Logo und den Titel des Eintrags. Jane Louise Dee.

»Mrs Saifre?« Er erinnerte sich an die Frau, die er auf Weatherlys Beerdigungsempfang getroffen hatte.

»So nennt sie sich heutzutage, aber das ist es, woran sich alle erinnern.« Ritchie tippte mit der Rückseite ihres Fingernagels auf den Monitor.

»Tun sie das?«

»Ehrlich. Ich dachte, Sie hätten eine umfassende Bildung genossen, Sir. Jane Louise Dee. Die schottische Bill Gates. Hat die Hälfte von den Sachen erfunden, die unsere Computernetze anständig laufen lassen.«

»Das ist sie?« McLean schüttelte den Kopf und empfand leichte Beschämung, als er an ihr letztes Gespräch zurückdachte. Natürlich hatte er von ihr gehört – jetzt, wo Ritchie es erwähnte, fiel es ihm wieder ein. Er war überrascht, dass ihm der Name so gar nichts gesagt hatte, als sie ihm ihre Karte gegeben hatte. Seine Hand wanderte zur Innentasche seiner Jacke, dieselbe, die er an dem Tag getragen hatte. Tatsächlich steckte die Karte noch darin. Nur der Name und die Handynummer. Sonst nichts.

»Ich habe sie vor einiger Zeit vernommen. Wegen Weatherly. Zumindest dachte ich das.« Ritchie zog ihre Schreibtischschublade auf und nahm ein großes Röhrchen mit Schmerztabletten heraus, schüttelte es, um zu sehen, ob noch welche darin waren. Es gab widerwillig zwei Pillen her, die mit einem Schluck aus einer Zwei-Liter-Wasserflasche hinuntergespült wurden. McLean sah drei weitere Pillengläser in der Schublade, bevor Ritchie sie wieder zuschob.

»Sie glauben es? Sind Sie sich nicht sicher?«

»Na ja, das ist ja das Komische. Ich kann meine Aufzeichnungen nirgendwo mehr finden. Es ist nichts in der Akte, nichts in meinem Notizbuch. Aber dieses …« Ritchie nahm ein Blatt Papier, auf dem das Logo von Weatherly Asset Management und eine Liste mit Namen stand, alle abgehakt, mit kleinen Anmerkungen in Ritchies spinnenartiger Handschrift. »Das hier verrät mir, dass ich es getan habe. Und irgendwie erinnere ich mich auch daran.«

»Irgendwie?«, fragte McLean.

»Es ist idiotisch. Die meiste Zeit hab ich so einen dicken Kopf Ich bin sicher, dass ich sie vernommen habe. Nur … Na ja … Anscheinend erinnere ich mich an nichts als an Kaffee und Biskuits.«

McLean konnte ihr das gut nachfühlen. »Ich hatte auch schon solche Tage.« Er nahm das Blatt Papier aus Ritchies feuchten Händen und warf einen Blick auf die Namen. »Hab auch schon Listen wie die hier abgearbeitet. Nach einer Weile, wenn man immer dieselben Fragen stellt und immer dieselben Antworten erhält, wird es schwierig, sich zu erinnern, wer was zu wem gesagt hat. Dazu noch dieses komische Fife-Virus, und es ist schon ein Wunder, dass Sie überhaupt noch wissen, wie sie hieß.« Er ließ das Blatt auf eine aufgeschlagene Ermittlungsakte zurückfallen.

»Es lässt mir trotzdem keine Ruhe, Sir. Ich hätte dieses ganze Zeug schon ewig fertig haben müssen. Ich meine, ich weiß, die haben den Fall dichtgemacht, aber bei dem, was jetzt alles durch die Presse geht und …«

»Gehen Sie nach Hause, Kirsty.« McLean griff an ihr vorbei und schloss sanft den Deckel ihres Laptops. Das Gesicht von Jane Louise Dee starrte ihn an, flehte ihn beinahe an, nicht so grausam zu sein.

»Aber mein Bericht …«

»Kann warten. Sie haben recht. Die Staatsanwaltschaft wird jetzt einen ausführlicheren Bericht verlangen. Wir werden die Ermittlungen wiederaufnehmen, selbst wenn es überhaupt nichts bringen wird. Aber Sie nützen hier niemandem was. Sie müssen sich erholen. Das wird alles noch hier auf Sie warten, wenn Sie wieder zurückkommen.«

Ritchie sah ihn an und schniefte. »Wird es das?«, fragte sie. »Schade aber auch. Ich hatte eigentlich gehofft, es würde alles von selbst weggehen.«

34

Der Gedanke, sich in seinem Büro einzuschließen und hinter den stetig wachsenden Papierstapeln zu verstecken, hatte nach dem Gespräch mit Ritchie viel von seinem Reiz verloren. McLean wusste, dass er nur eine kurze Atempause bekommen würde, bis die Mächtigen die *Evening News* würden gelesen haben und die Kacke so richtig zu dampfen anfing. Wenn er Glück hatte, würde er seinen Job behalten können, aber bis dahin würde es richtig ungemütlich werden. Das hatte sein nächtlicher Besucher gesagt. Nun, McLean würde nicht verhungern, wenn man ihn feuerte, aber sein Team hatte etwas Besseres verdient. Vielleicht konnten sie den unvermeidlichen Sturm der Kritik abwenden, indem sie einen Fall lösten, der damit überhaupt nichts zu tun hatte.

Er eilte zu dem kleinen Fallbüro, das sie für die Ermittlungen zu dem tätowierten Mann benutzten. Es lag direkt gegenüber dem großen Raum, in dem der Weatherly-Fall so kurz seine Zelte aufgeschlagen hatte. Vielleicht würde er wieder geöffnet, vielleicht nicht. Aber für den Augenblick war er leer. Weshalb er beschloss hineinzugehen, wusste McLean wirklich nicht genau zu sagen. Es war niemand sonst darin, was ein guter Grund hätte gewesen sein können, wenn da nicht die Tatsache gewesen wäre, dass der andere Raum höchstwahrscheinlich ebenso leer war.

Zu Anfang schaltete er nicht einmal das Licht ein, sondern verließ sich auf die spärliche orangefarbene Beleuchtung, die die Straßenlaternen unten auf der Straße spendeten. Es hatte den ganzen Tag immer mal ein bisschen geschneit, aber jetzt, wo das Licht geschwunden und die Temperaturen deutlich gefallen waren, verwandelte sich das gelegentliche Gestöber in etwas wesentlich Ernsthafteres. Zumindest gab es dieses Mal keinen starken Wind, der den Schnee auch noch umherwirbelte.

Ein großer Konferenztisch nahm den größten Teil der Mitte des Raumes ein, die Tische waren an die Wand geschoben. McLean strich mit dem Finger über die hölzernen Tischplatten, als er langsam im Raum herumwanderte. Es war ruhig hier, friedlich. Er konnte sich nicht erinnern, wann er in letzter Zeit mal einfach nur hatte dasitzen und nachdenken können. Oder stehen und denken. Als er auf den Hügel hinter Weatherlys Haus in Fife gestiegen war, vielleicht? Obwohl er da von einer Gruppe Highland-Rinder verfolgt worden war.

Die Erinnerung daran brachte ihn zum Lächeln. Sie hatten ihn ja nicht wirklich verfolgt, sondern nur neugierig nachgeschaut, was er in ihrer Mitte zu suchen hatte. Wenn er es nicht so eilig gehabt hätte, zum Haus zurückzukommen, dann hätte er womöglich die Stellung gehalten und abgewartet, bis sie sich an ihn gewöhnt hatten.

Immer noch im Halbdunkel stehend, wurde McLean irgendwann klar, worauf er da die ganze Zeit starrte, weshalb sein Unterbewusstsein ihn wahrscheinlich überhaupt dazu gebracht hatte, diesen Raum zu betreten. Die Wand am Ende war in zwei Teile aufgeteilt, eine Hälfte mit einem Whiteboard, das immer noch mit Notizen und Fragen zum Weatherly-Fall vollgeschrieben war. Die andere Hälfte war eine Korktafel, an die eine große Karte der Stadt und ihrer Umgebung gepinnt war.

Ob es die Karte war, die MacBride ursprünglich im Raum gegenüber aufgehängt hatte oder nicht, konnte er nicht sagen. Es spielte aber auch keine Rolle. Es war eine Karte, und sie war ziemlich aktuell, also sollte sie einigermaßen zutreffend sein. McLean schaltete das Licht ein, ging durch den Raum und kniete sich davor, um den Süden abzusuchen, bis er Roslin Glen und den Fluss gefunden hatte. Dann nahm er die Karte ab, faltete sie zusammen und trug sie zu dem großen Tisch, wo er sie anschauen konnte, ohne Kniebeugen machen zu müssen.

Die Umgehungstraße schlängelte sich um die Stadt nach Süden und schnitt sie von Loanhead, Bilston, Roslin und des Weiteren von Penicuik ab. McLean folgte dem North Esk mit dem Finger, stromaufwärts von Dalkeith aus nach Polton Mill und Roslin Glen hinein. Sogar unter der Deckenbeleuchtung musste er die Augen zusammenkneifen und genau hinsehen, um die Kapelle und das Schloss zu erkennen und den Platz ausfindig zu machen, wo sie den Toten aus dem Wasser gezogen hatten. Es ärgerte ihn, dass sie das nicht längst getan hatten, und das auch nur, weil jemand die Karte geklaut hatte, bevor sie die Gelegenheit dazu bekommen hatten. Tolle Art, eine Ermittlung zu führen. Kein Wunder, dass Duguid so wenig von ihm hielt.

McLean wanderte mit dem Finger weiter, fand die Glencorse Barracks, die Überreste der alten Pulverfabriken, die Eisenbahntrasse, den Country Park. Irgendwo an dieser Strecke war ihr tätowierter Mann, William Beaumont, über die Klippe gestolpert und im Fluss gelandet. Zumindest war das die wahrscheinlichste Variante des Geschehens. Er war über und über mit Schrammen von den Ginsterbüschen bedeckt gewesen, also war es wahrscheinlich, dass er gerannt war. Wenn ihn jemand einfach nur über die Kante gestoßen hätte, dann hätte er nicht so viele Dornen in Armen und Beinen gehabt. Also, woher war er gekommen? Es konnte nicht weit sein, nicht bei dem Wetter und nackt, wie er gewesen war. Wie verängstigt man auch sein mochte, diese Art von Kälte würde einen bald genug aufhalten.

Der Nordosten, Rosewell und Bonnyrigg waren zu weit weg, und McLean bezweifelte, dass der Mann nackt durch eine so bevölkerte Gegend hätte rennen können, ohne irgendwelche Aufmerksamkeit zu erregen. Es musste näher dran gewesen sein. Sein Finger schwebte über dem Gebäudekomplex, der früher einmal das Rosskettle Hospital gewesen war. Es war eine psychiatrische Klinik gewesen, wenn ihn die Erinnerung nicht trog, aber längst geschlossen und aufgegeben. Wahrscheinlich wert, sich dort mal umzuschauen. Wenn der Schneefall jemals nachlassen sollte.

McLean faltete die Karte zusammen, schob sie sich unter den Arm und verließ den Raum. Als er auf den Flur hinaustrat, fühlte es sich an, als sei ihm ein Stopfen aus den Ohren geflogen. Lärm flutete zurück, dessen er sich vorher gar nicht bewusst gewesen war, der Stillezauber des leeren Raumes war gebrochen.

»Na, klauen Sie wieder, McLean?«

Er drehte sich um, um die korpulente Gestalt von Detective Chief Inspector Brooks zu erblicken, die den Flur füllte. Hinter ihm hüpfte DI Spence auf und ab, als käme er direkt aus der Muppet-Show.

»Ich glaube nicht, dass die noch jemand braucht.« McLean klatschte sich mit der zusammengefalteten Karte auf den Oberschenkel. »Abgesehen davon, dass die sowieso jemand aus *meinem* Einsatzraum geklaut hat.«

»Ah, ja. Ihr mysteriöser Tätowierter. Wie läuft's denn?«

»Wir wissen jetzt immerhin, wer er ist, wo er zum letzten Mal lebend gesehen wurde und wo er gestorben ist. Müssen nur noch die Lücken dazwischen füllen.«

Was immer Brooks von McLean erwartet hatte, das war es offensichtlich nicht. Er war jetzt direkt vor ihm. Grinste hämisch, als er sich an ihm vorbeidrängte und McLean in die Türöffnung des kleineren Fallbüros zwang. »Na, dann beeilen Sie sich mal lieber. Würde mich überraschen, wenn Sie zum Ende der Woche noch hier wären.«

Nicht zum ersten Mal fragte er sich, warum er eigentlich auf diesem Job beharrte. Es war ja nicht so, als bräuchte er das Geld, und sich täglich mit Leuten wie Dagwood und Brooks herumzuärgern stellte schon eine ungewöhnliche Form von Masochismus dar. Andererseits konnte er sich der Erregung nicht ganz entziehen, die ihn durchflutete, als er die Karte wieder an die Wand des kleinen Fallbüros hängte, sie glattstrich und mit dem Finger auf die winzige Ansammlung von Häusern bei Rosskettle tippte. Das war das Beste an dem Job. Die Jagd nach Hinweisen, das allmähliche Herausfinden dessen, was geschehen war. Und hoffentlich, wenn alles gesagt und getan war, Gerechtigkeit für das Opfer.

Erst als er von der Tafel zurücktrat, um sich einen besseren Überblick zu verschaffen, merkte er, dass er nicht allein war. Ein leises Schnarchen stieg hinter einem großen Flachbildschirm auf, der auf einem Tisch im hinteren Teil des Raumes stand, direkt an der Heizung. Es gurgelte am Ende und verwandelte sich in ein Schnaufen, als Grumpy Bob aus seinem Schlummer erwachte. McLean sah auf die Uhr. Schon fast sechs. Wo war der Tag hin?

»Guten Abend, Bob. Du passt auf, dass der Stuhl nicht geklaut wird, wie ich sehe.«

Grumpy Bob streckte sich, gähnte und kratzte über die grauen Stoppeln an seinem Kinn. »Du weißt doch, wie das mit diesen internen Berichten ist, Chef. Bin nur kurz eingenickt, als ich darüber nachgedacht habe, erst recht, als ich versucht hab zu lesen.«

Er nahm einen Stapel Papier, stand unter lautem Knacken der Gelenke auf und schlurfte um den Tisch herum, damit er ihn aushändigen konnte.

»Nein danke. Den kannst du behalten. Ich hab keine Schlafstörungen.« McLean hielt abwehrend die Hände hoch. »Was ist denn das überhaupt?«

»Der Bericht vom Bootsteam.«

»Bootsteam?«

»Aye, Du weißt doch. Roslin Glen. Der Fluss.«

»Ah, richtig. Ich dachte nicht, dass die bei dem Wetter rausfahren.«

»Ich kann mir auch nicht vorstellen, dass sie allzu erfreut waren, aber sie sind los. Haben auch was gefunden.« Grumpy Bob hielt ihm die Akte wieder hin, und diesmal nahm McLean sie. Es waren ein paar Fotos darin, Nahaufnahmen, denen der Prozess des Laserdruckens nicht so gutgetan hatte.

»Die Zusammenfassung?«

»Alles in ›Vielleicht‹ und ›Möglicherweise‹ ausgedrückt, aber es ist ziemlich genau da, wo du und der Junge dachten, dass es passiert sein muss.«

McLean erinnerte sich an die Klippe, als DC MacBrides fester Griff das Einzige zwischen ihm und einem schmerzhaften Tod gewesen war. »Wie ist denn die Beweislage?«

»Na ja, da sind eine Menge abgebrochener Zweige. Nicht zwangsläufig schlüssig, natürlich. Könnte von allem Möglichen stammen. Aber sie haben auch Fetzen auf den Felsen an der Wasserkante gefunden, die nach Haut aussehen. Mit Schnee bedeckt, aber andererseits lag ja überall Schnee. Die Proben sind im Labor. Bis morgen früh sollten wir wissen, was das ist. Zu bestätigen, dass sie von unserem Mann stammen, wird ein bisschen länger dauern, aber ich kann mir nicht vorstellen, dass sich da in letzter Zeit auf dieser Uferseite noch jemand anders verletzt haben sollte.«

»Das östliche Ufer, nehme ich an.«

»Schlaues Kerlchen.«

McLean ging zurück zur Karte, fand einen roten Markierstift und umkreiste die Stelle.

»Was weißt du über das Rosskettle Hospital, Bob?«

Grumpy Bob kratzte sich den Kopf mit dem dünn werdenden grauen Haar. »Rosskettle? Nicht viel. War das nicht 'ne Klapse?«

»Ich denke, sie hätten die Bezeichnung psychiatrische Klinik vorgezogen, Sergeant.«

»Aye, gut, ist doch jetzt eh zu, oder? Die sind alle in dieses neue Gebäude umgezogen draußen in Little France.«

»Kannst du das mal rausfinden? Allerdings, denke ich, sollten wir uns da gleich morgen mal umschauen.«

Grumpy Bob zog eine Augenbraue hoch. »Musst du morgen nicht zu deinem Lieblingstherapeuten?«

McLean sah wieder auf die Uhr und schaute den Tag zusammen mit der Uhrzeit nach. Stimmte, er sollte zur wöchentlichen Zeitverschwendung um acht bei Hilton auf der Matte stehen.

»Scheiß drauf, Bob. Ich geh mal gucken, ob er jetzt da ist. Man kann ja nie wissen, vielleicht weiß er ein bisschen was über die Klinik. Und wenn nicht, dann brauche ich ihm nur zu sagen, dass wir den Termin verschieben. Ich hol dich um acht hier ab.«

Hilton verließ gerade sein Büro, als McLean um die Ecke kam. Er musste die Bewegung aus dem Augenwinkel wahrgenommen haben, denn er blickte überrascht auf, erschrocken, mit einem schuldbewussten Ausdruck auf dem Gesicht. McLean hatte diesen Ausdruck schon so oft gesehen, normalerweise auf den Gesichtern Unschuldiger – jener Zeugen, die sich meldeten, um Aussagen zu machen, und anderer hilfsbereiter Bürger, die nicht an die Gesellschaft von Polizisten gewöhnt waren. Kriminelle, zumindest die härtergesottenen, machten sich nie Sorgen, versehentlich gegen Gesetze zu verstoßen, von denen sie nichts wussten.

»Tony, Hi. Ich habe Sie eigentlich erst morgen früh erwartet.« Hilton überspielte sein Unwohlsein mit einem Lächeln, das ihn ein bisschen irre aussehen ließ. Wie lange arbeitete er jetzt schon für die Polizei? Und immer noch zeigte er dieses leicht beunruhigte Verhalten, wenn man ihn überraschte. Entweder das, oder er hatte in seinem Büro eine Leiche liegen, von der niemand etwas mitbekommen sollte.

»Ja, deswegen bin ich hier. Ich wollte fragen, ob wir den Termin verschieben können.« McLean sah, wie das Lächeln zu einem Stirnrunzeln wurde, und kam Hiltons Antwort zuvor: »Außerdem wollte ich Sie etwas zu Rosskettle Hospital fragen. Kennen Sie das?«

Hilton schaffte es in einer einzigen Bewegung, die einem Schauspieler alle Ehre gemacht hätte, vom Stirnrunzeln zum Gekränktsein. »Ob ich es kenne? Aber sicher. Ich habe einen großen Teil meiner Ausbildung dort absolviert. Fand es wirklich bedauerlich, als es geschlossen wurde, aber die Einrichtung war ziemlich veraltet. Und es liegt so weit ab von allem. Natürlich war das ursprünglich der Grund, weshalb man dorthin gebaut hat. Damals im neunzehnten Jahrhundert, glaube ich, als man Probleme noch einfach weggesperrt und dann vergessen hat. Die Einstellung zu psychischen Erkrankungen hat sich ja seit dieser Zeit dankenswerterweise deutlich verändert.«

»Haben Sie eine Ahnung, was mit dem Gelände passiert ist?«

»Da bin ich nicht sicher.« Hilton schloss seine Tür ab, steckte die Schlüssel in die Tasche und hob seine schwere schwarze Aktentasche hoch. »Was dagegen, wenn wir gehen? Ich muss los.«

»Natürlich.« McLean trat beiseite, um den Psychologen vorbeizulassen, und ging dann neben ihm her. »Also gehört es immer noch dem NHS Scotland?«

»Jetzt, wo Sie's ansprechen – ich meine, ich hätte davon gehört, dass es verkauft worden ist. Wahrscheinlich soll es in exklusive Wohnungen umgewandelt werden oder so etwas. Denken Sie darüber nach, da rauszufahren? Wollten Sie deshalb den Termin verschieben?«

»Es gehört zum Fall des tätowierten Mannes. Wir nehmen an, dass er nicht weit vom Hospital entfernt von der Klippe gestürzt ist. Es gibt nicht so viele Plätze da in der Gegend, wo er hergekommen sein könnte. Es sei denn, natürlich, jemand hätte ihn dorthin gefahren.«

»Klammern Sie sich an Strohhalme, Inspector? Das sieht Ihnen gar nicht ähnlich.«

»Ich sehe es lieber als gründliche Arbeit an. Aber ich würde gern hinfahren, sobald es hell geworden ist, falls es aufhört zu schneien. Ich hab das ungute Gefühl, dass der Nachmittag dann für die Presse über den verdammten Andrew Weatherly draufgehen wird.«

Hilton lächelte. »Ja, davon habe ich gehört. Darum beneide ich Sie echt nicht.« Er blieb am Kopf der Treppe stehen, die ihn nach unten zur Hintertür und dem Parkplatz für Angestellte führen würde. »Machen Sie sich wegen morgen keine Sorgen. Das passt schon. Wir sehen uns dann einfach nächste Woche. Und wegen Rosskettle höre ich mich mal für Sie um und rufe ein paar Leute an. Ich lasse Sie wissen, wenn ich was Nützliches erfahre.«

»Danke.« McLean sah dem Psychologen nach, als er die Treppe heruntertrottete, und war überrascht, dass er zur Abwechslung tatsächlich einmal hilfreich gewesen war. Vielleicht war das schon alles, was er brauchte: einfach mal einbezogen zu werden. Eine Schande, dass er immer so ein Idiot sein musste.

»Hast du das mit morgen also geregelt, Chef?« Grumpy Bob stellte sich zu ihm ans Geländer, lehnte sich darüber und blickte nach unten. Einen Augenblick befürchtete McLean, dass er hochziehen und ausspucken würde.

»Acht Uhr. Ich hol dich ab. Hast du Feierabend?«

»Aye. Die Schicht ist seit über einer Stunde zu Ende, und es ist ja nicht so, als hätte ich keine Überstunden. Was ist mit dir?«

McLean hatte eigentlich vorgehabt, zurück in sein Büro zu gehen und die letzten paar Stunden damit zu verbringen, sich durch die Papierberge zu graben. Zwei Stunden würden unweigerlich zu vier werden, und dann würde er endlich nach Hause gehen und sein Take-away-Essen mit Mrs McCutcheons Katze teilen, die wie immer seine Wahl missbilligen würde. Das war es, was er eigentlich vorgehabt hatte.

»Scheiß drauf, Bob. Lust auf ein Bier?«

35

Die frühe Morgensonne hing tief am östlichen Himmel und malte weiße und goldene Schatten auf den glitzernden Schnee, als McLean aus der Stadt hinaus nach Dalkeith fuhr. Er hatte vergessen, seine Sonnenbrille wieder zurück ins Auto zu legen, nachdem er sie das letzte Mal gebraucht hatte, und musste jetzt die Augen zusammenkneifen, um irgendetwas sehen zu können. Neben ihm auf dem Beifahrersitz hatte Grumpy Bob aufgegeben und die Augen zugemacht. Nie um eine Ausrede für ein Nickerchen verlegen, der Mann war ein lebender Womble.

Sobald sie auf die Hochebene kamen, wurden die Straßen schmaler, weniger voll und zu beiden Seiten von hohen Wällen umgeben, an denen der Schnee tiefe Wehen bildete. McLean hatte sich oft gefragt, warum so viele DCIs und Superintendents große Geländewagen fuhren. Jetzt hätte er gern wer weiß was dafür bezahlt, um in einem zu sitzen. Doch als sie sich dem Hospital näherten, wurde die Straße wieder freier, und der Schnee sah aus, wie von dichtem Verkehr zu grau-schwarzem Matsch zerfahren. Als sie um die Kurve zum Haupttor bogen, wurde ihm klar, warum.

Das NHS-Scotland-Schild hing noch da und kündete stolz von der Existenz des Rosskettle Hospitals, aber daneben war ein neues Schild errichtet worden. McLean hatte noch nie von der Firma Price Developments gehört. Anscheinend bauten sie auf dem Gelände einen Wissenschafts- und Technologie-Park mit EU-Mitteln und einem Dutzend anderer Organisationen; allein deren Logos zu entwerfen hatte wahrscheinlich schon ein Vermögen an Steuergeldern gekostet. Eine Schranke hing über der Zufahrt, und ein Wachmann in neongelber Jacke kam mit einem Klemmbrett und finsterem Blick auf sie zu, als McLean den Wagen davor zum Stehen brachte.

»Das ist Privatgrund, Sir. Kein Zutritt für Besucher«, sagte er, als McLean das Fenster herunterließ.

»Ich hätte gern mit dem Bauleiter gesprochen«, antwortete McLean und hielt seinen Dienstausweis hoch, worauf sich das Gesicht des Wachmanns noch weiter verfinsterte.

»Einen Augenblick, bitte.« Er trabte zu seinem Container mit der großen Glasfront zurück. Drinnen konnte McLean ihn sehen, wie er zum Telefon griff. Es folgte ein längeres Gespräch, währenddessen die schöne warme Luft im Auto allmählich durch kalte, trockene Luft von draußen ausgetauscht wurde. Er wollte gerade das Fenster wieder hochfahren, die Heizung aufdrehen und auf seine Füße einstellen, als der Wachmann sein Gespräch beendete, einen Knopf drückte, der die Schranke hob, und wieder herausgeeilt kam.

»Tut mir leid, Inspector. Wenn Sie bitte der Zufahrt zum Hauptgebäude folgen wollen, dann wird die Chefin Sie dort treffen. Bitte weichen Sie nicht vom Weg ab. Viele der Gebäude sind in gefährlichem Zustand. Erst letzte Woche ist ein Dach eingestürzt. Ein Wunder, dass dabei niemand verletzt wurde.«

»Danke. Wir passen auf.«

McLean ließ das Fenster hoch und fuhr auf das Gelände. Bevor er kaum fünfzig Meter weit gekommen war, musste er plötzlich ausweichen, als ihnen ein riesiger Lastwagen entgegenkam. Als er sich umdrehte, sah er, dass er randvoll mit Schrott war, mit verbogenen Krankenhausbetten, eisernen Geländern und anderem Müll. Heutzutage hatte alles einen Wert, die ganze Ladung würde zweifelsohne eingeschmolzen und in etwas Nützliches verwandelt werden.

Die alten Gebäude im Zentrum des Komplexes kamen in Sicht, drei Stockwerke hoch, und sie sahen aus, wie man sich ein viktorianisches Irrenhaus vorstellte. Sie waren von Bäumen umgeben, die großen alten Eichen und Buchen ragten über Hunderten von dünnen Schösslingen auf. Hier hatten seit Jahren keine Gärtner mehr gearbeitet, so schien es. McLean parkte neben einem rostigen Transit-Minibus und einem brandneuen Range Rover, hochglänzend mit getönten Scheiben. Als er aus dem Alfa kletterte und sich umschaute, konnte er sehen, dass er wie ein Fremdkörper zwischen all den billigen, schmutzigen Autos und Bussen der Arbeiter wirkte. Irgendjemand Wichtiges musste auf dem Gelände zu Besuch sein. Es dauerte nicht lange herauszufinden, wer das war.

»Inspector McLean, so sieht man sich wieder.«

Wie ein Filmstar aus den 1940ern in einem langen schwarzen Mantel mit Zobelkragen schritt sie langsam die Steintreppe vor dem Haupteingang herunter. Die Tür, aus der sie gekommen war, war riesig und wurde von einem Bogen aus gewaltigen Sandsteinblöcken eingerahmt, dessen Schlussstein ein blumig verziertes Wappen bildete. Es hätte eher zum Wohnsitz einer Adelsfamilie als zu einer psychiatrischen Klinik gepasst. Zwei Männer von beträchtlicher Größe in teuren, maßgeschneiderten Anzügen mit verspiegelten Sonnenbrillen folgten ihr und sahen mehr wie Leibwächter als wie Bauarbeiter aus.

»Mrs Saifre. Sie sind also schon von Ihrer Geschäftsreise zurück?«

»Und Sie haben nicht angerufen. Ich habe mich so auf unseren Lunch gefreut.« Sie bedachte ihn mit einem Marilyn-Monroe-Schmollmund.

»Ich fürchte, wir einfachen Detectives haben nicht viel Zeit für ausgedehnte Geschäftsessen zu Mittag.«

»Dann eben Dinner. Ich schicke Ihnen einen Wagen vorbei, der Sie um acht abholt.«

McLean musterte das Gesicht der Frau in dem Versuch herauszufinden, ob das ein Witz sein sollte oder nicht. Ihn beschlich das schreckliche Gefühl, dass sie keine Witze machte. Dann grinste sie plötzlich breit.

»Entschuldigen Sie. Ich sollte keine Spielchen mit Ihnen spielen. Wie nennen Sie das? Die Zeit der Polizei verschwenden? Verhaften Sie mich.«

»Ich nehme an, Price Developments ist eine Ihrer Firmen, Mrs Saifre?«, fragte McLean, angespannt darauf bedacht, das Gespräch auf sichereren Boden zu bringen.

»Bitte nennen Sie mich doch Jane Louise. All meine Freunde tun das. Und ja. Price ist jetzt eine von meinen. Wir haben große Pläne für das Gelände hier. Aber was führt Sie hierher? Ich ja offensichtlich nicht.« Sie zog eine perfekt geformt Augenbraue hoch.

»Wir sind hier im Rahmen einer laufenden Ermittlung zu einem Zwischenfall unten in der Schlucht.« McLean nickte in die Richtung, die er für ungefähr richtig hielt, auch wenn er angesichts der verschlungenen, kurvigen Straßen hier gut auch nach Fife hin genickt haben könnte. »Ich habe mich aus meiner Studienzeit an den Platz hier erinnert. Ich hatte gehört, dass es geschlossen worden ist, und mich gefragt, ob sich hier noch irgendjemand herumtreibt.«

Mrs Saifre schauderte dramatisch. »Bei dem Wetter ist es nicht gerade angenehm hier. Die Hälfte der Fenster sind weg, und es gibt nicht viel, was man in den Kaminen verbrennen könnte. Sie sind herzlich willkommen, sich hier umzuschauen, wenn Sie möchten. Passen Sie nur auf, und meiden Sie die Nebengebäude. Viele davon werden gerade abgerissen.«

»Danke. Ich denke nicht, dass wir allzu lange hier sein werden.«

McLean sah zu, wie einer der Leibwächter Mrs Saifre die Tür des Range Rovers aufhielt und dann zur Fahrerseite herumging. Der zweite stieg hinten ein, und sie fuhren rückwärts aus dem Parkplatz. Bevor sie verschwanden, glitt das Fenster herunter.

»Acht Uhr, Inspector. Karl holt Sie ab.« Und bevor er noch irgendetwas antworten konnte, waren sie mit dröhnendem Motor entschwunden.

»Eine Freundin von dir?« Grumpy Bob stand neben McLeans Wagen, die Ellbogen aufs Autodach gestützt, das vertraute Grinsen auf dem alten Gesicht.

»Wohl kaum. Sie ist … war eine von Andrew Weatherlys Geschäftspartnern. Ich habe sie auf der Beerdigung kennengelernt. Nun, beim Beerdigungsempfang, um genau zu sein.«

»Und jetzt lädt sie dich zum Essen ein. Sieht aus, als wärst du ein Glückspilz.«

»Das ist nur ihre seltsame Art von Humor. Zumindest hoffe ich das. Na komm. Sehen wir uns mal um, wo wir schon den weiten Weg auf uns genommen haben.« McLean steuerte über den Parkplatz auf die schneebedeckten Wiesen und die Nebengebäude dahinter zu.

»Gehen wir nicht rein?«, fragte Grumpy Bob.

»Nein. Da drin gibt's nichts zu sehen, es sei denn, du hättest eine Vorliebe für baufällige Häuser. Mich interessiert viel mehr, was wir uns nicht ansehen sollen.«

36

Es war nicht mehr viel übrig. Das war das Erste, was McLean auffiel. Ein halbes Dutzend großer Bagger war damit beschäftigt, Gebäude einzureißen und eine endlose Reihe aus Lastwagen mit Bauschutt und Stahl zu befüllen. Sie hatten in einem kleinen Bereich den Schnee der letzten Nacht zerfahren, aber es war leicht zu erkennen, was sie bereits geschafft hatten. Es gab einige Blöcke, wo die Oberfläche höckerig war, was darauf hindeutete, dass hier vier oder fünf Gebäude gestanden haben mussten, zusätzlich zu dem, das gerade abgerissen wurde, und den dreien, die noch standen.

»In welcher Richtung von hier liegt der Fluss, Bob?«

»Frag mich nicht, Chef. Ich hab keinen Orientierungssinn.«

McLean blinzelte zur Sonne hinauf. Um diese Jahreszeit kam sie nie sonderlich hoch am südlichen Himmel. Durch die Baumskelette zu seiner Rechten hindurch konnte er so gerade eben die Pentland Hills ausmachen, was bedeutete, dass der Fluss ebenfalls in der Richtung liegen musste. Er ging durch den knirschenden Schnee in die Richtung und schlug einen großen Bogen um die Gebäude und die Bagger. Niemand rief ihnen nach, sich fernzuhalten, oder kam zu ihnen gerannt, um sie aufzuhalten, bis sie nach einem weiten Bogen die Grenze zwischen dem Krankenhausgelände und dem umgebenden Ackerland erreichten. Eine schmale Baumreihe öffnete sich zu einem flachen Feld, das unter seiner weißen Decke wahrscheinlich gepflügt war. Dahinter markierte Waldland den Rand der Schlucht selbst. Die Baufirma hatte einen drei Meter hohen Bauzaun errichtet, um zu verhindern, dass jemand versehentlich die Baustelle betrat. Wenn er das gesamte Gelände umrahmte, musste allein der Zaun ein Vermögen gekostet haben.

»Wie lange, glaubst du, steht das schon hier?« McLean streckte die Hand aus, fasste das nächste Zaunelement und rütttelte ordentlich daran. Ganz egal, wie sehr er auch in Panik geraten sein mochte, kein nackter Mann hätte diesen Zaun überklettern können.

»Schwer zu sagen bei dem Schnee.« Grumpy Bob ging zu einer Stelle, wo zwei Elemente ineinander eingehakt waren, die dicken Eckpfeiler in schweren Betonklötzen steckten. Er trat in die kleine Schneewehe, die sich daran gebildet hatte. Ein Stückchen weiter war vor langer Zeit eine alte Eiche umgefallen und in Stücke gesägt worden. Hier war der Schnee vom Wind höher aufgetürmt worden, mit einer eleganten Krone obendrauf. »Nicht lange.«

»Dachte ich mir. Komm.« McLean schlenderte zurück zum nächsten, nicht abgerissenen Gebäude. Es war eine einstöckige Baracke, wie man sie nach dem zweiten Weltkrieg in aller Hast hochgezogen hatte. Nie dazu gedacht, so lange benutzt zu werden, wie es schließlich der Fall gewesen war. Dünne Wände, zweifellos mit einem ordentlichen Anteil Asbest im Material, Fenster, die so hoch oben angebracht waren, dass man vom Boden aus nicht hindurchschauen konnte, einfache Verglasung, minimale Isolierung. Sie waren das Produkt einer Zeit, in der Heizöl noch billig war und kalte Nachtluft den Charakter stärken sollte. Er erinnerte sich an die unglücklichen Schulnächte, die er in ähnlichen Behausungen verbrachte hatte, das in jedem Winter im Zahnputzbecher auf dem Nachttisch gefrorene Wasser. Die glücklichste Zeit seines Lebens. Aber sicher doch.

Eine Betonrampe führte zu einer Flügeltür, aber sie war von innen abgeschlossen, ohne Türklinke außen. McLean ging ums Haus herum und suchte nach einem anderen Eingang. Grumpy Bob trottete ihm nach wie ein unwilliger Dienstbote. Am

Ende der Mauer, an der sie entlanggingen, würden sie wieder ins Blickfeld der Baggerfahrer und der anderen Bauarbeiter geraten, und aus irgendeinem unerklärlichen Grund wollte McLean lieber nicht gesehen werden. Zumindest noch nicht.

»Mach mir mal 'ne Räuberleiter, Bob.«

»Du willst doch wohl nicht da reinklettern, oder? Die können jeden Augenblick anfangen, das Ding abzureißen. Abgesehen davon haben wir keinen Durchsuchungsbeschluss.«

»Ich will mich doch nur mal umgucken. Ich hatte gar nicht vor reinzugehen.«

Grumpy Bob grummelte noch etwas von kalten Händen, aber er bückte sich trotzdem. McLean kletterte hinauf, griff zum Fensterbrett hinauf und zog am Rahmen. Etwas löste sich und klapperte drinnen auf den Boden, und das Fenster schwang auf.

»Ein bisschen höher noch, Bob.«

»Ich dachte, du wolltest nicht rein.«

»Ich hätte nicht gedacht, dass ich reinkommen könnte.« McLean zog sich nach oben und über das Fensterbrett, dann ließ er sich innen vorsichtig wieder nach unten, weil er dem Fußboden nicht traute. Der Raum musste etwa ein Viertel des Gebäudes einnehmen, in der Mitte war die Decke heruntergekommen. Schnee war durch das Loch im Dach gefallen und vom Wind umhergewirbelt worden, sodass alles mit weißem Puder überzogen war. Er konnte noch Stühle und Tische sehen, eine Reihe Bänke an einer Wand, Tafeln an einer anderen. Die Fenster, von denen man früher auf das Nachbarhaus geblickt haben musste, waren irgendwann in der Vergangenheit schwarz angemalt worden, was bedeutete, dass er hier drin von den Arbeitern nicht gesehen werden konnte. Es bedeutete aber auch, dass er die Bagger nicht sehen konnte, wenn sie näher kamen. Er würde sich also auf die Geräusche verlassen müssen, die durchs Dach hereindrangen. Und Grumpy Bobs nervöses Grummeln draußen.

Sich eng am Rand des Raumes haltend, ging McLean vorsichtig außen herum zu der Tür, die dem Fenster gegenüberlag, durch das er hineingeklettert war. Sie führte auf einen dunklen Flur hinaus, der nach Feuchtigkeit und Kälte roch. Er kramte in seiner Tasche nach der Stiftlampe, die er immer bei sich trug, schaltete sie ein und leuchtete damit hin und her. Am Ende, in Richtung Hauptgebäude, erweiterte sich der Flur in einen kleinen Empfangsbereich, mit einem Tresen, Regalen und ein paar unbequem aussehenden Sesseln, die umgestürzt herumlagen. Auch hier waren die Fenster schwarz gestrichen, als ob die Leute, die in dieses Gebäude geschickt worden waren, panische Angst vor Licht gehabt hätten. In die andere Richtung endete der Flur an der Flügeltür, die sie nicht aufbekommen hatten. Auf seiner Seite des Ganges befand sich eine weitere Tür, gegenüber waren noch vier in gleichmäßigen Abständen.

McLean probierte es zuerst an der Tür auf seiner Seite. Sie öffnete sich zu einem Raum, der dem, aus dem er gerade gekommen war, ähnlich sah. Nur dass dieser hier irgendeine Art Gemeinschaftsraum gewesen zu sein schien, denn er verfügte noch über eine Küchenzeile. Wieder waren die Fensterscheiben alle geschwärzt, und ein dunkler Fleck an der Decke deutete darauf hin, dass es nicht mehr allzu lange dauern würde, bis auch hier das Dach einbrach.

Drei von den Zimmern gegenüber waren kleine Schlafräume, die jeweils vier schmale eiserne Bettgestelle enthielten, jedes in einer Ecke. Die letzte Tür gehörte zu einem Badezimmer. McLean ließ den Strahl seiner Taschenlampe über die klobigen Duschköpfe wandern, die aus einer Wand herausragten. Die Toilettenabteile neben dem Duschbereich hatten keine Türen, Gemeinschaftsleben in seiner primitivsten Form. Aber wer hatte hier gelebt und was war aus ihnen geworden? Er hatte keine Ahnung.

Als er aus dem Badezimmer zurückkam, hörte McLean, dass die Bagger näher gekommen waren. Gleichzeitig fiel ihm ein kleiner Metallring im Boden auf. Er befand sich in einer kleinen Vertiefung und war mit einem dünnen Läufer mit gummierter Unterseite abgedeckt gewesen, der zusammengeschoben an der Wand lag. Als er mit der Taschenlampe herumspielte, konnte er die Ränder einer Falltür sehen und an der Wand einen Haken, um sie zu arretieren. Er zog an dem Ring, aber die Tür schien festzuklemmen. Das Dröhnen der Bagger war jetzt noch lauter geworden und hielt direkt auf das Gebäude zu. Er kniete sich hin und sah sich die Falltür und den Ring genauer an, suchte nach einer Art Schlüsselloch, fand aber nichts. Und dann dämmerte es ihm. Er drehte den Ring halb herum und zog.

Mit einem schrecklichen Krachen öffnete sich die Tür. Einen Moment lang konnte McLean gar nicht begreifen, was geschah, dann wurde ihm klar, dass die Bagger angefangen hatten, die Front des Gebäudes abzureißen. Licht flutete durch die eingerissene Tür am anderen Ende des Flurs herein und brachte Wolken aus puderigem Staub mit sich. Er hob die Falltür hoch und hakte sie an der Wand ein, dann leuchtete er mit seiner Lampe in die Dunkelheit darunter. Betonstufen führten zu einem Gang hinunter, der dem Verlauf des oberen folgte, Wände aus Porenbeton mit modern aussehenden Lampen daran, eine frisch gestrichene Tür, die gerade so noch zu sehen war.

Ein weiteres Krachen einer eingerissenen Wand, und dieses Mal brach ein Stück vom Dach in den Flur hinunter. McLean bedeckte Augen und Mund, als ihn eine weitere Welle asbesthaltigen Staubs einhüllte. Zeit zu gehen. Widerstrebend zog er sich zu der großen Tür im hinteren Teil des Gebäudes zurück, als ein weiteres Krachen aus dem Raum rechts von ihm hereindonnerte. Wie viele Bagger hatten die denn, um Himmels willen?

Ein Tritt, und die Tür flog auf. Grumpy Bob stand ein paar Meter entfernt, sein Gesicht eine Maske des Schreckens, die sich in Erleichterung verwandelte, als er McLean die Betonrampe herunterlaufen sah. Er hatte sein Handy in der Hand, den Finger darüber, und war offensichtlich gerade dabei, einen Notruf abzusetzen. Ob um Verstärkung oder um einen Krankenwagen zu rufen konnte McLean nicht ausmachen, aber er wedelte mit den Händen, um ihn davon abzuhalten, während er die Rampe hinunterlief.

»Ruf nicht an«, sagte er, als er den Sergeant erreichte.

»Aber die reißen einfach weiter ab. Ich hab direkt vor dem Bagger gestanden, und der fette Mistkerl ist einfach weitergefahren, als hätte er mich nicht gesehen. Ich musste richtig beiseitespringen.«

»Wie du gesagt hast, Bob, hätte ich ja gar nicht da drin sein dürfen. Man hat uns gewarnt, und wir haben keinen Durchsuchungsbeschluss.« McLean drehte sich um, um zuzusehen, wie drei Bagger zum Kern des Gebäudes vordrangen und ihre Schaufeln kurzen Prozess mit den leichten Wänden machten. Bei dem Tempo würde es nur eine halbe Stunde dauern, um das Ganze einzureißen, in die wartenden Lastwagen zu verladen und wegzufahren. Es würde irgendwo deponiert werden oder in zermahlener Form die Fundamente der neuen Forth Road Bridge füllen. Jegliche Beweise für kriminelle Taten würden längst verschwunden sein.

»Na komm. Lass uns abhauen.«

37

»Ah, Constable, gut. Sie sind da. Sie müssen für mich bei NHS Scotland anrufen und herausfinden, ob die in ihrer Bauabteilung Pläne für das Rosskettle Hospital haben.«

Die Fahrt zurück zum Revier war interessant gewesen. McLean hatte sich den ganzen Weg zurück zittrig gefühlt, was zum Teil dem Adrenalinschub nach seinem knappen Entkommen geschuldet war, zum Teil dem Gefühl, etwas entdeckt zu haben, wobei er nur noch herausfinden musste, was es war. Grumpy Bob hingegen hatte ausnahmsweise seinem Spitznamen alle Ehre gemacht, das Telefon in seinem Schoß umklammert und etwa alle fünf Minuten damit gedroht, die uniformierten Kollegen anzurufen, um sie da raufzuschicken und die Baggerfahrer festzunehmen. Sobald sie angekommen waren, hatte McLean ihn um Kaffee und Bacon Rolls in die Kantine geschickt, allerdings eher, um sich den Detective Sergeant vom Hals zu schaffen.

»Rosskettle? Ist das nicht das psychiatrische Krankenhaus?« DC MacBride hatte an seinem Tablet gearbeitet, legte es jetzt aber beiseite und griff zum Telefon.

»War. Das ist jetzt geschlossen. Wird von einer Firma namens Price Developments umgebaut. Gucken Sie auch mal, was Sie über die ausgraben können, ja?«

»Bin schon dran, Sir. Oh, da war noch ein Anruf für Sie, vor ungefähr einer Stunde. Ich habe versucht, ihn auf Ihr Handy durchzustellen, aber das ist direkt auf den AB umgesprungen. Ich hab stattdessen eine Nachricht aufgenommen.«

McLean konnte sich wieder mal nur wundern über das technologische Know-how, das mit so etwas verbunden war. »Wer war es denn?«

»Ihr Freund, Mr Cobbold. Der Tattoo-Typ.«

»Eddie? Was wollte er denn?«

»Mit Ihnen sprechen, Sir. Er wollte mir nicht sagen, worum es ging. Aber ich habe seine Nummer aufgeschrieben.« McLean erwartete, dass MacBride einen gelben Klebezettel aus den ordentlich auf seinem Tisch angeordneten Papieren holte, aber stattdessen griff der Constable zu seinem Tablet und wischte und tippte ein paar Mal auf dem Bildschirm. »Hier haben wir's.«

»Danke.« McLean löste das Tablet aus MacBrides leicht widerstrebendem Griff, warf einen Blick auf die Notiz auf dem Bildschirm, schrieb die Nummer auf einen Post-it-Zettel und gab das Tablet zurück. »Ich rufe ihn an. Hoffen wir, dass er was Nützliches für uns hat und mich nicht nur davon überzeugen will, mich noch mal unter die Nadel zu legen.«

»Ich hab schon für mich einen Termin gemacht, Sir. Ich hab da ein Hammer-Motiv im Kopf, und Mr Cobbold hat gesagt, er würde mir einen Sonderpreis machen.«

»Mehr will ich gar nicht wissen, Constable. Vielen Dank. Besorgen Sie mir nur diese Informationen. So schnell wie möglich, aye?«

McLean ließ MacBride das tun, was er am besten konnte, nämlich der elektronischen Welt Geheimnisse entlocken. Er ging in sein Büro und wählte im Gehen die Nummer von dem Klebezettel. Es klingelte zwei Mal, bevor sich jemand meldete.

»Bo's Inks.« Nicht Eddie, es sei denn, er hätte sich einer Geschlechtsumwandlung unterzogen.

»Ist Eddie da?«

»Einen Moment. Darf ich fragen, wer dran ist?«

»Sagen Sie ihm, Tony McLean. Er hat vorhin angerufen und

wollte mit mir sprechen.« McLean nahm die Treppe, drängelte sich durch eine Schar Uniformierter, die gerade Schichtende hatten, nickte und lächelte ein paar Verwaltungsangestellten zu, die er erkannte, und schaffte es in sein Büro, bevor sich zum zweiten Mal jemand am Telefon meldete.

»Tony. Hi. Danke, dass du anrufst.«

»Du hast zuerst angerufen, Eddie. Ich nehme an, es geht um unseren tätowierten Freund?«

»Aye, genau. Hat mich nicht mehr losgelassen, seit, na ja …«

»Und?«

»Nun, es ist so: Es gibt Tattoos, und es gibt Tattoos. Manchmal kann man schon allein daran, wie es aussieht, sagen, wer's gemacht hat. Wie bei unserem kleinen Freund MacBride. Ich hab sofort gesehen, dass es Jake Seldon unten in Wardie gewesen ist, sobald ich das Motiv gesehen habe.«

»Ich dachte, du hättest gesagt, du könntest nicht sagen, wer die Arbeiten auf der Leiche gemacht hat?«

»Nein, nicht gleich. Es war einfach zu viel, weißt du?«

McLean konnte das nachempfinden. Er war deprimierenderweise daran gewöhnt, Tote zu sehen, aber dennoch hatte ihn William Beaumont tiefer erschüttert, als er zugeben wollte.

»Ich weiß, was du meinst.«

»Aye, nun. Angus hat mir einen Satz Fotos mitgegeben, und ich hab sie mir noch mal angesehen. Ich glaube, ich weiß jetzt, wer's war. Ich weiß nicht genau, ob du vielleicht hingehen kannst? Ihn vielleicht zum Verhör holen?«

McLean spürte, worauf Eddie Cobbold hinauswollte. »Und ihn ein paar Mal die Treppe runterfallen lassen?«

»Das ist doch nicht normal, was dem armen Kerl da angetan wurde! Aber ich kann mich ja auch irren. Vielleicht war er's ja auch überhaupt nicht, aber wenn doch …«

»Sag mir einfach den Namen, Eddie, okay? Ich übernehme dann von da an.«

Die Gentrifizierung der Stadt vollzog sich schon sein ganzes Leben lang in chaotischen Wellen. Manchmal war das Plattmachen heruntergekommener Wohnviertel gesteuert, um Platz zu machen für moderne Appartement- und Bürogebäude. Wesentlich häufiger geschah es zufällig: Eine Gegend, die bei Studenten beliebt war, weil man dort günstig wohnen konnte, wurde von ihnen immer weiter aufgewertet, nachdem sie ihre Abschlüsse hatten und beschlossen dortzubleiben. Es gab oft kein deutlich erkennbares Muster. Manchmal wurden nur die Reihenhäuser auf einer Straßenseite aufwendig saniert, während auf der gegenüberliegenden die heruntergekommenen Mietshäuser stehen blieben, in denen die Arbeitslosen und die nicht Arbeitsfähigen lebten.

Ebenso schnell konnten einst wohlhabende Gegenden in Auflösung geraten. Manchmal brauchte es dazu nicht mehr als eine kleine Veränderung der Prioritäten bei der Ampelschaltung, und eine einst friedliche Straße wurde zu einer Hauptstraße, die die Stadt mit dem endlosen Zustrom an Lastwagen und Autos versorgte. Schon bald würden die großen Herrenhäuser in kleinere Wohneinheiten aufgeteilt und an die vermietet, die von einer Wohnung in einer ruhigen Gegend nur träumen konnten.

Und manche Gegenden weigerten sich schlichtweg, sich verbessern zu lassen, ganz egal unter welchen Umständen. Die frisch gestrichenen Wände wurden schon bald wieder mit Graffiti beschmiert, die teuren Kinderspielplätze mit benutzten Spritzen und gebrauchten Kondomen vermüllt, die Bushaltestellen von der wilden Jugend, die vermutlich in den anonymen Hochhaussiedlungen rundherum lebte, in Beschlag genommen.

Es war eine von diesen Gegenden, in die der Mann, den Eddie Cobbold ihm genannt hatte, vielleicht unausweichlich gesunken war. McLean wünschte, er hätte sich einen Dienstwagen sichern können, als er seinen Alfa die Straße entlangfuhr und nach Barry Timbrels Haus suchte. Die Hälfte der Fahrzeuge, die an der

Straße parkten, stand auf Steinen aufgebockt. Ein paar waren ausgebrannt.

»Nette Gegend«, bemerkte Grumpy Bob, als sie in eine Parklücke einparkten, die mit gebrochenen Windschutzscheibensplittern übersät war, die wie falsche Diamanten im Schneematsch glitzerten.

»Deshalb lass uns hier nicht rumtrödeln.« McLean stieg aus und bekam einen scharfen Geruch in die Nase, der mehr als nur eine Spur von illegalen Substanzen mit sich trug. Die Siedlung bestand aus etwa einem Dutzend zweistöckiger Wohnhäuser mit je vier Wohnungen darin. Wahrscheinlich sogar von einigermaßen anständiger Größe, und die Kunststofffenster mit Doppel-Isolierverglasung hielten bestimmt sogar den schlimmsten Lärm ab. Allerdings lag auf den Dächern nirgendwo Schnee, also waren sie wohl nicht so gut isoliert. Oder beheizt.

Barrys Wohnung war im Obergeschoss. Man erreichte sie über eine Treppe, die, den Elementen ausgesetzt, außen am Haus entlang direkt auf eine schmale Galerie führte. McLean hatte einen an das Geländer angeketteten räderlosen Fahrradrahmen erwartet, aber dieser Teil der Stadt war offensichtlich noch nicht so hoch entwickelt. Es stand nichts da außer ein paar durchweichten Kartons, die einst eine Großhandelsmenge Zigaretten enthalten hatten, es roch nach abgestandenem Urin und Feuchtigkeit.

»Welche Tür?«, fragte Grumpy Bob, während er zu der linken ging. An keiner stand irgendetwas daran.

»Klopf einfach. Guck mal, ob jemand da ist.« McLean ging zur rechten Tür und wollte dasselbe tun, aber als er die Hand hob und auf die abblätternde Farbe schaute, fiel ihm auf, dass die Tür bereits leicht offen stand.

»Vergiss es, Bob. Ich hab den unguten Verdacht, dass es diese hier ist.« Er beugte sich nach unten, um das Schloss näher in Augenschein zu nehmen, sah aber keinerlei Hinweise darauf, dass es aufgebrochen worden war. Dennoch zog er sich ein paar Latexhandschuhe über. Und wenn es nur war, um diesen Geruch nicht an die Finger zu bekommen.

Als er die Tür aufdrückte, ließ er einen sogar noch unangenehmeren Geruch hinaus. Er erinnerte ihn undeutlich an etwas, auch wenn er es nicht direkt einordnen konnte. Schwefelartig wie ein eben angezündetes Streichholz, nur intensiver. Er griff direkt die hintere Seite seiner Kehle an. Grumpy Bobs ebenfalls, wenn man nach dem Husten hinter ihm gehen konnte.

»Wie die andere Hälfte so lebt.« Die offene Tür gab den Blick auf einen mit noch mehr Zigarettenkartons vollgestellten Flur frei. Leere Pizzaschachteln und Alubehälter für chinesisches Essen oder Curry ragten oben aus ein paar schwarzen Plastiksäcken heraus, die es erst noch nach unten zu dem großen Müllcontainer schaffen mussten. Über einem langen Heizkörper hingen Kleidungsstücke zum Trocknen, auch wenn McLean wusste, dass es besser gewesen wäre, sie vorher zu waschen. Jedes einzelne oder alle zusammen konnten für den Gestank verantwortlich sein, aber da war immer noch das nagende Gefühl, dass er diesem erst vor Kurzem woanders begegnet war. Oder etwas sehr Ähnlichem.

»Hallo? Mr Timbrel? Jemand zu Hause?« Er machte einen tastenden Schritt in die Wohnung, lauschte dabei auf Anzeichen, die verrieten, dass jemand drin war. Es kam keine Antwort, also suchte er sich einen Weg durch den Abfall zur ersten Tür, die vom Flur abging. Sie öffnete sich zu einem Schlafzimmer, das zwar unordentlich, aber nicht schmutzig war. Das Bett war, nach dem Anblick der verknäulten Laken und Decken zu urteilen, schon seit einiger Zeit nicht mehr gemacht worden. Eine Kommode erbrach Unterwäsche aus einer der oberen Schubladen und spuckte sie auf den Boden. Daneben stand ein Kleiderschrank, der voll mit Hemden und Hosen war, die meisten ziemlich abgetragen und sicher aus der Alltagsjeans- und Holzfällerhemden-Abteilung. Diverse Paar schwerer Arbeitsschuhe lagen unten verstreut und ergossen sich von der Stelle, an der einst die Tür gewesen war, auf den Boden. Diese lehnte ein paar Fuß entfernt an der Wand, sodass der Ganzkörperspiegel, der früher an der Innenseite gewesen war, jetzt der Welt ins Gesicht blickte.

So ähnlich sah es in allen anderen Zimmern aus. Spuren, die davon zeugten, dass sie jüngst bewohnt gewesen waren, allgemeines Chaos, das man mit Junggesellenleben in Verbindung bringen konnte, wenn man nicht über genug Selbstachtung verfügte. Der einzige Platz, der vollkommen anders aussah, war ein kleines Gästezimmer, das bestätigte, dass dies in der Tat die Wohnung von Barry Timbrel war. Entweder das, oder es gab zufälligerweise zwei Tattookünstler auf diesem Stockwerk dieses bestimmten Wohnblocks. Darin standen sauber eingeräumte Regale, in denen sich Vorräte für Barrys Laden befanden, Vorlagenbücher, Ersatzmaterial. Der Boden war sogar frei genug, um den ausgeblichenen roten Teppich sehen zu lassen.

»Sieht aus, als wär der Kerl nicht hier.« Grumpy Bob lugte durch die offene Tür. »Und als hätte er's eilig gehabt beim Weggehen. Wenn man nach der Küche gehen kann.«

»Und nach der Haustür. Man lässt die doch nicht unabgeschlossen, wenn man Zeug wie das hier lagert.« McLean wanderte zurück zur Küche. Er hatte zuvor nur einen kurzen Blick hineingeworfen, aber jetzt, wo er genauer hinschaute, konnte er Struktur in dem Durcheinander erkennen. Barrys letzte Mahlzeit war ein Curry gewesen, und er hatte sich zumindest die Mühe gemacht, es auf einen Teller zu schieben. Eine Dose billiges Lager vervollständigte das Ensemble, alles arrangiert auf einem kleinen Tisch, vor dem der einzige Stuhl stand. Das Curry war halb aufgegessen, und als er die Dose hochhob, schwappte am Boden noch etwas Bier herum. Eine Zigarette war auf dem Rand eines Aschenbechers in der Mitte des Tisches abgelegt und dann vergessen worden und hatte einen perfekten Krater aus

Asche gebrannt, bevor der Stummel auf die Resopaltischplatte gefallen war. Alles Anzeichen dafür, dass hier jemand beim Essen gestört worden war.

»Aber keinerlei Anzeichen für einen Kampf«, sagte McLean, während er sich langsam einmal auf der Stelle drehte und nach etwas Ausschau hielt, das nicht danach aussah, als sei es einfach gleichgültig fallen gelassen worden. Ja, die Wohnung war extrem unordentlich, aber es war eine kultivierte Unordnung. Arbeit hatte dazu geführt, und die Zeit.

»Nein«, stimmte Grumpy Bob zu. »Ich schätze mal, er ist einfach aufgestanden und rausgegangen.«

38

Das metallische Summen seines Bürotelefons rüttelte McLean aus seinen Träumereien. Er hatte auf die Wand gegenüber von seinem Schreibtisch gestarrt und versucht, all die verknoteten Stränge in seinem Kopf zu entwirren, und damit überwiegend alles nur noch schlimmer gemacht. Sie hatten eine Fahndung nach Barry Timbrel herausgegeben, aber wahrscheinlich war der längst über alle Berge oder weggeschafft worden. In der Sache konnte er jetzt nichts tun, was beinahe noch frustrierender war, als nicht zu wissen, wo Timbrel sich befand. Ob diese neue Verzweigung des Falls eine gute Sache war oder nicht, konnte er nicht sagen. Zumindest war es etwas, worauf man sich konzentrieren konnte.

»McLean«, sagte er in den Hörer, als wüsste das derjenige, der unten am Empfang war, nicht sowieso.

»Guten Abend, Inspector. Hier steht ein Kerl, der sagt, er wäre gekommen, um Sie abzuholen.«

»Ist das wieder einer von Ihren Witzen, Reg? Nur dass der Letzte irgendwie nach hinten losgegangen ist, stimmt's?«

»Kein Witz, Sir. Indianerehrenwort. Hier steht ein Kerl, der muss an die zwei Meter groß sein. Und gebaut wie ein Backsteinscheißhaus, aber eines, das von seiner Mama angezogen worden ist. Hat irgendwas von Abendessen gemurmelt. Ich weiß es nicht. Scheint nicht wirklich Ihr Typ zu sein, wenn ich ehrlich bin. Sein Akzent ist auch nicht gerade leicht einzuordnen.«

Abendessen. McLean sah auf die Uhr. Acht. Er steckte die Hand in die Innentasche seines Jacketts, zog die Karte heraus, die seit Andrew Weatherlys Beerdigungsempfang noch darin steckte. Jane Louise Dee. Mrs Saifre. Er hatte am Morgen gedacht, dass sie nur scherzte, als sie gesagt hatte, sie würde jemanden vorbeischicken, um ihn abzuholen. Aber nein, das war genau das, was sein Verstand ihm gesagt hatte. Wenn er recht darüber nachdachte, hatte er bereits gewusst, dass sie kein Mensch war, der mit so etwas Späße machte. Und auch niemand, der ein Nein als Antwort gelten ließ. Sie war gewohnt zu bekommen, was sie wollte.

Nun, dieses Spiel konnte man auch zu zweit spielen. Es gab Fragen, die er ihr stellen wollte, und wenn er das bei einem guten Essen und ein, zwei Gläsern Wein in einem schönen Restaurant tun konnte, umso besser. Er sah auf den Stapel Formulare, Berichte und noch unidentifizierter Akten, die sich über eine Seite seines Tisches ergossen. Er war kleiner geworden, seit er angefangen hatte, aber immer noch größer, als er ihm lieb gewesen wäre. Andererseits, wenn er das jetzt alles wegarbeitete, würde ihn am nächsten Morgen nur wieder das Gleiche erwarten.

»Sagen Sie ihm, dass ich in zehn Minuten unten bin.«

Reg hatte recht, was Mrs Saifres Leibwächter anging: Sein Akzent war fast nicht einzuordnen. McLean dachte, dass er Karl hieß, aber das konnte auch die Anweisung gewesen sein, in das wartende Auto einzusteigen. Es war nicht der schwarze Range Rover von heute Morgen. Dem waren wahrscheinlich Ausflüge außerhalb der Stadtgrenzen vorbehalten. Dies hier war ein riesiges Schlachtschiff von einem Rolls-Royce, dessen Innenraum fast so groß war wie das Büro, das er gerade verlassen hatte.

Karl schloss die Tür, als McLean sich in dem weichen, konturierten Sitz niederließ. Die Stille war beinahe vollkommen, gestört nur durch das Rascheln seines Mantels am Leder. Oben waren winzige Lichtlein in den Himmel eingelassen, die den gesamten Raum ausleuchteten, ohne Schatten zu werfen. Es war ein beunruhigender Effekt, und er wurde durch die tief geschwärzten Fenster noch verstärkt, die es beinahe unmöglich machten hinauszusehen. Er wusste nur, dass sie sich in Bewegung gesetzt hatten, weil er den sanften Druck spürte, der ihn in den Sitz drückte, und einen relativ klaren Blick durch die Glasscheibe hatte, die ihn vom Fahrer und der Windschutzscheibe dahinter trennte.

McLean schaute sich nach etwas um, das es ihm ermöglichen würde, mit dem Fahrer zu kommunizieren. Auf den ersten Blick war nichts zu erkennen, aber als er die Armlehnen untersuchte, entdeckte er, dass man den oberen Teil abheben konnte und sich darunter Bedienknöpfe für die Fenster, eine Telefontastatur und viele andere Knöpfe befanden, deren Zweck er nicht unmittelbar erraten konnte. Einen gab es jedoch mit einem Lautsprechersymbol darauf, den er mit mehr Hoffnung als Erwartung drückte.

»Können Sie mir sagen, wo wir hinfahren?«, fragte er. Etwas musste funktioniert haben, denn Karl sah kurz in den Rückspiegel, dann drückte er einen Knopf am Armaturenbrett.

»Es ist nicht weit. Bitte nehmen Sie sich etwas zu trinken.« Er drückte einen weiteren Knopf, und um eine bisher verborgene Tür herum leuchteten Lichter auf. McLean fand einen kunstvoll versteckten Griff in der glänzenden Verblendung und zog ihn auf, um einen Kühlschrank zu enthüllen. Darin steckten zwei Sektgläser in kleinen Vertiefungen und daneben eine Flasche Champagner. Als er sie herauszog, fiel ihm auf, dass sie bereits angebrochen war. Dom Perignon Vintage 1973. McLean hatte keine Ahnung, ob das ein guter Jahrgang war oder nicht, aber allein das Alter legte nahe, dass die Flasche mehr wert sein musste als das Monatsgehalt eines Detective Inspectors. Es war wohl eine Schande, ihn verderben zu lassen, aber er schloss das Fach dennoch wieder, ohne sich etwas davon einzuschenken.

Nachdem er eine Weile mit den verschiedenen Knöpfen in der Armstütze herumgefummelt hatte, fand McLean schließlich den Knopf, der die Deckenbeleuchtung ausschaltete. Er konnte zwar immer noch nicht viel durch die Seitenfenster sehen, aber der Blick nach vorn war jetzt viel besser. Sie bewegten sich langsam mit dem Verkehr in Richtung Südwesten. Vielleicht auf dem Weg zu einer schicken Brasserie in Morningside? Aber der Wagen fuhr weiter und nahm Fahrt auf, als die Straße vor ihm freier wurde. Als sie an einer Straße nach der anderen vorbeifuhren, beschlich McLean das übelkeiterregende Gefühl, genau zu wissen, wohin sie fuhren. Sein Verdacht bestätigte sich, als sie vor einem großen schmiedeeisernen Tor hielten. Karl drückte einen weiteren Knopf, und die Torflügel schwangen auf. Dann knirschten sie über die gekieste Zufahrt zu einem Haus, von dem McLean nicht erwartet hatte, es je wiederzusehen.

Als er das letzte Mal hier gewesen war, hatte es Gavin Spenser gehört, einem milliardenschweren Fabrikanten, der wahrscheinlich verantwortlich war für den Mord an einer jungen Frau Mitte der Vierzigerjahre. McLean hatte sich mit Spensers Leibwächter geprügelt, aber zu spät, um den Mann selbst vor einem ebenso grausigen Schicksal zu retten, wie er es über sein junges Opfer gebracht hatte. Natürlich hatte das Haus irgendwann verkauft werden müssen. Spenser hatte kein Testament hinterlassen und keine engen Verwandten, die sein immenses Vermögen erbten. Irgendwie schien es unausweichlich, dass am Ende Mrs Saifre es gekauft hatte.

Sie empfing ihn in der Eingangshalle, ein Champagnerglas in der Hand. Sie trug die übliche blutrote Bluse, diesmal über einer engen schwarzen Lederhose und knöchelhohen Stiefeln. Es war warm im Haus, fiel McLean auf, als er seinen Mantel ablegte und ihn dem wartenden Karl aushändigte.

»Kein Champagner?«, waren Mrs Saifres erste Worte. Sie sah Karl finster an, der unter ihrem Blick sichtlich schrumpfte, und warf einen besorgten Blick zu McLean.

»Danke, er wurde mir angeboten. Aber ich wusste nicht so recht, ob ich in der Stimmung dafür war.«

»Nicht in der Stimmung für Champagner? Mein lieber Inspector, was hat man denn mit Ihnen gemacht?« Mrs Saifre trat zu ihm, begrüßte ihn im französischen Stil mit einem Luftkuss ein paar Zentimeter von seiner Wange entfernt, dann hielt sie ihm ihren Arm hin, damit er sich unterhaken konnte. »Kommen Sie. Wir finden schon etwas, wofür Sie in Stimmung sind, ja?«

McLean wurde durchs Haus in einen geräumigen Salon am anderen Ende geführt. Ein Feuer loderte in einem riesigen offenen Kamin, aber seine Aufmerksamkeit wurde von den Fenstern und der Terrasse dahinter angezogen. Er hatte hier vor gar nicht allzu langer Zeit gesessen und Kaffee mit einem Mann getrunken, der ihm einen Job angeboten hatte. Damals war er in Versuchung gewesen. Womit würde man ihn diesmal in Versuchung führen?

»Wir haben Whisky, Bier, Gin, Wein. Vielleicht könnte ich Ihnen ein Cocktail mixen? Der arme alte Mr Saifre. Er hat nicht zu viel getaugt, aber er hat mich gelehrt, den perfekten Martini zu mixen.«

»Orangensaft?«

Mrs Saifre zog einen Schmollmund, öffnete aber einen kunstvoll hinter einer Holzvertäfelung verborgenen Kühlschrank, die den größten Teil des Raumes umrahmte. Sie holte eine Flasche heraus und goss ein. »Aber ich darf doch sicher etwas Wodka hineingeben?«

»Einfach nur Orangensaft, bitte.« McLean nahm das Glas und tat so, als merkte er nicht, wie Mrs Saifres Finger seine berührten.

»Kommen Sie, setzen Sie sich zu mir ans Feuer.« Mit verführerischem Hüftschwung ging sie auf die Flammen zu. Ihre Hose knarrte, als sie sich auf die Lederpolster setzte und einen Schluck von ihrem Champagner trank. McLean hatte sich nicht bewegt, und sie blickte ihn stirnrunzelnd an, als es ihr bewusst wurde. »Seien Sie nicht so schüchtern, Inspector. Ich beiße schon nicht.«

»Was wollen Sie, Mrs Saifre?«

»Bitte, nennen Sie mich Jane Louise. Darf ich Tony zu Ihnen sagen?«

»So heiße ich.«

»Also, dann kommen Sie her, Tony.« Sie klopfte auf den Rand des Sofas. »Erzählen Sie mir etwas über sich selbst. Ich habe so viel von Ihnen gehört, aber die Leute schmücken ja aus.«

McLean gab schließlich nach, durchquerte den großen Raum und nahm den angebotenen Platz an. Ein niedriger Tisch stand vor dem Sofa, und er stellte sein Glas achtsam auf einem der kleinen Untersetzer ab, bevor er das Wort ergriff.

»Ich nehme an, es ist sinnlos zu fragen, wer diese ›Leute‹ sind?«, sagte er.

Mrs Saifre lächelte, ein hauchdünner Streifen strahlend weißer Zähne war zwischen den dunkelroten Lippen zu sehen. »Zum einen der Chief Constable. Sie haben über die Jahre mit einigen bemerkenswerten Männern die Klinge gekreuzt. Ich kannte auch Gavin Spenser. Nicht gut, natürlich nicht. So traurig, was ihm zugestoßen ist. Oh, und Jack Tennant lobt Sie in den höchsten Tönen.«

McLean hatte Mrs Saifre nach ihrer Verbindung zu Spenser fragen wollen, aber der letzte Name, den sie nannte, brachte seine Gedanken zum Entgleisen wie ein Betonklotz, der von einer Eisenbahnbrücke geworfen wurde.

»Jack Tennant? Woher um Himmels willen kennen Sie den denn?«

Mrs Saifre lachte leise und kehlig auf. »Oh, Jack und ich, wir kennen uns schon seit einer Ewigkeit. Noch aus der Zeit, bevor ich Mr Saifre kennenlernte. Als ich einfach nur die gute alte Jane Louise Dee war. Er war damals noch Constable und ging

Streife, hat mir in einer ärgerlichen Sache geholfen. Seither sind wir Freunde. Auf gewisse Weise.«

McLean musterte wieder Mrs Saifres Gesicht und ihren Hals und suchte nach Alterungszeichen, die Kosmetik und Schönheitschirurgie nicht verbergen konnten. Er hatte sie auf etwa so alt wie sich selbst geschätzt, vielleicht ein bisschen älter. Mitte vierzig höchstens. Und doch musste sie wesentlich älter sein, wenn sie Jack Tennant seit Beginn seiner Polizeikarriere kannte. Es sei denn, sie wäre damals noch sehr jung gewesen. Ein Kind noch.

»Ich bin älter, als ich aussehe, Tony. Aber andererseits … Sind wir das nicht alle?«

McLean sagte nichts dazu. Mrs Saifre nahm einen großen Schluck aus ihrem Champagnerglas, wobei der Blick ihrer dunklen Augen die ganze Zeit auf ihm ruhen blieb. Er griff, beinahe ohne nachzudenken, nach seinem Orangensaft. Hob das Glas hoch und stellte es wieder hin.

»Warum haben Sie mich wirklich hergebeten?«

»Zum Abendessen natürlich. Und weil Sie mich interessieren.« Mrs Saifre stellte ihr Glas auf dem Boden ab. Sie stand weniger auf, als dass sie sich in einer unwirklich geschmeidigen Bewegung zu voller Größe vom Sofa entfaltete. McLean hatte schon Katzen sich ungeschickter bewegen sehen. In zwei Schritten war sie am Kaminsims, wo eine sorgsam arrangierte Sammlung aus zierlichen und kostbaren Statuetten aufgestellt war. Sie nahm eine aus Stein geschnitzte Fruchtbarkeitsgöttin mit rundem Po, schwellendem Bauch und fetten Brüsten in die Hand. Liebkoste sie mit dünnen Fingern. »Ich sammele Dinge, die mich interessieren.«

»Ich weiß nicht, ob mir die Idee gefällt, ein Sammlerstück zu sein. Normalerweise bedeutet das, irgendwo auf ein Regal gestellt und vergessen zu werden.«

»Oh, ich glaube nicht, dass Sie sich darüber Sorgen machen

müssen.« Mrs Saifre stellte den geschnitzten Stein auf den Kaminsims zurück, kehrte aufs Sofa zurück und setzte sich dieses Mal sehr viel näher an McLean heran. Sie strahlte eine Hitze ab, die nichts mit den im Kamin lodernden Flammen zu tun hatte. Diese begehrenswerte Aura, die sie umgab, war beinahe zu perfekt auf seine Sinne abgestimmt, um nicht gespielt zu sein. Ihr Gesicht, ihre Kleidung, ihr Duft, ihr Verhalten. Das war alles Show, und doch hätte er sich ihr so leicht ergeben können.

»Wir sind gar nicht so verschieden, Sie und ich.« Sie legte eine schlanke Hand auf seinen Oberschenkel und lehnte sich an ihn. McLean versuchte, sein Zusammenzucken zu überspielen. Scheiterte wahrscheinlich damit. »Wir sind beide Außenseiter, spielen nicht gern nach den albernen Regeln, die uns andere auferlegen, haben keine Bindungen, die uns fesseln. Wir möchten beide, dass Gerechtigkeit geübt wird.«

McLean wollte etwas sagen, aber ein Vibrieren in seiner Tasche unterbrach ihn. Es wurde beinahe unmittelbar von dem elektronischen Schrillen seines Handy gefolgt, einer unheimlich genauen Nachahmung des Klingelns, das das alte Bakelittelefon mit der Wählscheibe in der Eingangshalle der Villa seiner Großmutter von sich gab. Er zog es heraus, warf einen Blick aufs Display. DS Ritchie. Mrs Saifre neben ihm versteifte sich und runzelte die Stirn.

»Tut mir leid. Arbeit. Polizisten haben ja nie richtig frei, und das gilt umso mehr für einen Detective Inspector. Ich muss das annehmen.« Er hielt das Telefon ans Ohr. »Ich dachte, Sie sind krankgeschrieben, Sergeant. Was gibt's denn?«

»Ich kann nicht den ganzen Tag in meiner Wohnung rumsitzen, Sir. Da dreh ich noch durch.« Ritchie schniefte laut. Sie hörte sich an, als sei ihre Nase verstopft. »Alle anderen sind sowieso unterwegs, also hat Reg mich angerufen. Es wurde eine Leiche gefunden. Ich glaube, es könnte dieser Tattoo-Künstler sein, nach dem Sie gesucht haben, Barry Timbrel.«

Mrs Saifre neben ihm stand auf, ging zurück zum Kamin und nahm die Statuette wieder in die Hand. Ihre Miene hatte sich verdüstert, als ob sie wüsste, was geschah.

»Okay. Ich komme, so schnell ich kann.« McLean legte auf und steckte das Telefon zurück in seine Tasche. Nie war er dankbarer für eine Unterbrechung gewesen oder dafür, dass jemand gestorben war. Mrs Saifres Blick ließ seinen nicht los. Nicht Betroffenheit lag auf ihrem Gesicht, auch nicht Verärgerung über einen verdorbenen Abend. Eher die Frustration eines Kindes, das nicht verstehen kann, warum die Welt nicht so funktioniert, wie es will.

»Es tut mir furchtbar leid …«

»Aber Sie müssen gehen. Ich weiß. Stimmt schon, die Redensart, man bekommt nicht immer, was man am meisten haben will.« Mrs Saifre zog einmal an einer Kordel, die neben dem Kamin von der Decke hing. »Ich werde Karl sagen, dass er Sie hinbringen soll, wo immer Sie hingefahren werden möchten.«

»Sehr freundlich von Ihnen, vielen Dank.« McLean stand auf, als der Leibwächter durch eine Seitentür hereinkam. »Vielleicht ein anderes Mal.«

Die leckenden Flammen spiegelten sich in Mrs Saifres Augen, als sie ihn daraufhin anlächelte. Oder es war das Feuer in ihrer Seele. »Oh, das will ich doch meinen, Tony. So leicht entkommen Sie mir nicht.«

McLean folgte Karl aus dem Salon, durch die Halle zurück und zu dem wartenden Rolls-Royce. Erst als er es sich wieder in den weichen Ledersitzen bequem gemacht hatte, wurde ihm klar, dass er sein Glas Orangensaft auf dem Tisch vor dem Kamin hatte stehen lassen, ohne es angerührt zu haben.

39

Es dauerte eine Stunde, um zum Revier zurückzugelangen, sein eigenes Auto zu holen und durch die Stadt nach Cramond zu fahren. Die ganze Zeit konnte McLean das Gefühl nicht abschütteln, dass er gerade aus purem, zufälligem Glück eine schrecklich gefährliche Situation überlebt hatte. Irgendetwas an Mrs Saifre stimmte nicht, und es waren nicht nur ihre unverhohlenen Verführungsversuche. Er fühlte sich von ihr nicht körperlich angezogen. Obwohl, nein, das stimmte nicht ganz. Der animalischere Teil seiner Natur konnte sich ihrer körperlichen Anziehungskraft nicht entziehen. Sie schrie förmlich Sexualität heraus. Aber er wusste das, durchschaute es und spaltete es ab. Er war sowieso nicht auf der Suche nach einer Beziehung, zwanglos oder nicht. Aber sie war faszinierend. Und ebenso gefährlich. Und aus irgendeinem Grund war sie auch von ihm fasziniert.

Ritchie wartete auf dem Parkplatz am Rand von Drum Sands auf ihn, aber in der tintenschwarzen Dunkelheit der bewölkten, mondlosen Nacht hätten sie sich auch überall sonst befinden können. Die Lichter der entfernten Dalgety Bay und der Küste des South Fife gegenüber dem Firth of Forth warfen einen seltsamen Schein herüber, der den Verdacht weckte, dass in dem Raum dazwischen etwas Düsteres lauerte. Die Dunkelheit und der Nebel in der Luft machten es unmöglich festzustellen, was es war, und überließen es der Vorstellungskraft, die Lücke zu füllen.

»Tut mir leid, wenn ich Ihnen den Abend verdorben habe, Sir. Ich dachte nur, dass –«

»Glauben Sie mir, Sergeant, es gibt keinen Grund, sich zu entschuldigen. Sie haben mich aus einer ziemlich kniffligen Situation gerettet.« McLean holte ein paar Stiefel aus dem Kofferraum seines Wagens, während er sprach, trat seine Schuhe ab und schlüpfte hinein. Ritchie war bereits in ein riesige gefütterte Jacke eingehüllt, deren Kapuze sie so eng zugezogen hatte, dass er nur noch ihre Nasenspitze sehen konnte. »Wo ist denn die Leiche?«

»Draußen im Watt. Wir müssen uns beeilen, Sir. Die Flut kommt.« Ritchie ging raschen Schrittes davon, und McLean folgte ihr auf dem Damm, der das Land mit Cramond Island verband. Es war schon ein paar Jährchen her, dass er zum letzten Mal hier draußen gewesen war, aber er erinnerte sich an die hohen Betonklötze der Wellenbrecher, die vom Strand aus ins Meer reichten. Der Weg daneben zielte pfeilgerade in die Dunkelheit und sah alles andere als einladend aus.

»Ist es weit?«, fragte McLean, als er zu Ritchie aufschloss. Sie atmete schwer und blieb kurz stehen, um einen langen, feuchten Husten herauszulassen. Die Antwort erschien schon bald vor ihnen, ein schwaches Licht in der Düsternis. Als sie näher kamen, machte McLean drei Kopflampen und eine hellere transportable Leuchtstofflampe aus, die alle auf einen Zwischenraum zwischen zwei der schweren Betonklötze leuchteten. Ritchie beschleunigte ihren Schritt für die letzten paar Meter, und McLean konnte sehen, warum. Flache Wellen Seewasser leckten über den Sand, jede kam näher als die vorige, während die Flut stieg. Schon bald würde das Wasser über den Damm reichen, und dann würde alles, was es losschwemmte, in die Nordsee hinausgespült und für immer verschwunden sein.

»Wer hat die Leiche gefunden?«, fragte er, als er die Stelle schließlich erreicht hatte. Zwei vertraute Gestalten hockten neben einer am Boden liegenden Gestalt. Angus Cadwallader schaute auf.

»Guten Abend, Tony.« Er nickte einmal, dann fuhr er damit fort, seinen Patienten in Augenschein zu nehmen.

»Ein junges Pärchen ist auf der Insel stecken geblieben«, sagte Ritchie. »Sind mit dem Hund spazieren gewesen. Das passiert relativ häufig, hat man mir gesagt. Sie mussten auf die Ebbe warten, bevor sie zurückkonnten. Der Hund hat ihn gefunden, als sie hier vorbeigingen.«

McLean beugte sich über den Rechtsmediziner, um einen besseren Blick zu bekommen. Die Leiche war nackt, was ihn in der Kälte schaudern ließ. Es war offensichtlich ein Mann, mickrig und dünn. Er hatte Tattoos auf Armen, Beinen, Rücken, eins schlängelte sich seinen Hals hinauf bis ins Gesicht hinein, aber er war nicht vollständig damit bedeckt wie der Tote in Roslin Glen. Er war vom zurückweichenden Wasser mitgeschleift und über den Damm gezogen worden, aber an einem der Betonpfeiler hängen geblieben, den er jetzt umarmte, als sei er noch am Leben und klammere sich daran fest.

»Können wir sein Gesicht sehen?«, fragte McLean niemand Bestimmten.

»Ich glaube nicht, dass wir hier noch irgendwie weiterkommen.« Cadwallader beugte sich nach vorn, packte einen der Arme des Toten und zog ihn von dem Pfeiler weg, sodass er auf dem Rücken zu liegen kam. Die Leiche bewegte sich mit einem seltsam schmatzenden Laut, mit dem sie sich von dem feuchten Sand löste. McLean nahm dem uniformierten Constable die tragbare Lampe ab und trat vorsichtig vom Damm dorthin, wo der Tote lag. Das Haar klebte ihm am Gesicht, und Cadwallader strich es ihm mit geübten Fingern aus der Stirn.

»Mein Gott. Was ist denn mit seinem Mund passiert?«

Cadwalladers Assistentin Tracy sprach aus, was jeder von ihnen hätte sagen können. McLean erkannte das Gesicht von Barry Timbrel, Tattoo-Künstler, anhand der Fotos, die er in dessen Wohnung gesehen hatte. Er hatte nicht lange im Wasser gelegen, die Fische hatten noch nicht an ihm geknabbert. Allerdings waren die Augen weiß, als hätte er viele Jahre lang an grauem Star gelitten, und die Tattoos an seinem Hals sahen alt und verblichen aus. In vielerlei Hinsicht sah er im Tod friedlich aus. Ausgenommen seine Lippen, die, verbrannt und blasig, abgebrochene braune Zähne zwischen zerfetztem, lückenhaftem Fleisch sehen ließen.

»Hast du so was schon mal gesehen, Angus?«, fragte McLean. Natürlich kannte er die Antwort, selbst wenn das Wissen um die Bedeutung einen eiskalten Knoten in seinem Bauch hinterließ, der nichts mit dem Wetter zu tun hatte.

»In der Tat, das habe ich, Tony.« Cadwallader richtete sich unter lautstarkem Knacken seiner Knie auf. »In der Tat, das habe ich.«

Träge kreiste das Blaulicht über dem Krankenwagen, als zwei Kriminaltechniker die Leiche einluden. Der Fundort selbst lag jetzt unter Wasser, die Zeit und die Tide warteten auf niemanden. McLean blickte auf das kabbelige Meer auf der anderen Seite des Forth und die Lichter der Dalgety Bay hinaus. Aber dank Gott und ein paar unglückseligen Hundespaziergängern war der Leichnam von Barry Timbrel jetzt nicht auch da draußen, als Futter für die Fische.

»Wie stehen die Chancen? Einen Mann so zu finden?«

»Chancen? Von minimal bis null, würde ich sagen. Bis es passiert, natürlich. Bisschen, wie im Lotto zu gewinnen.« DS Ritchie stampfte mit den Füßen auf, dann fing sie an zu husten.

»Sie sollten wirklich nicht zur Arbeit kommen. Sie sind ja nicht ohne Grund krankgeschrieben.«

»Ich war doch sowieso da«, sagte Ritchie, als sie es geschafft hatte, mit dem Husten aufzuhören. Ihre Stimme klang rau und nasal. »Es ist mir auf die Nerven gegangen, zu Hause eingesperrt zu sein. Und das hier ist eh schon auf dem Rückzug.« Sie zeigte mit einem Handschuh auf ihr Gesicht, dann fing sie wieder an zu husten.

»Hört sich nicht wirklich danach an, wenn Sie mich fragen. Waren Sie beim Arzt?«

Ritchie beendete ihren Hustenanfall mit einem räuspernden Bellen, dann spuckte sie auf überaus undamenhafte Weise aus. Rieb sich die Lippen mit ihrem Handschuh. »Er hat mir Antibiotika gegeben und gesagt, ich soll mich ausruhen. Das hört sich bei denen immer so einfach an, aber Sie wissen genauso gut wie ich, dass es nervt. Mir ist, als würde ich mich erinnern, wie Sie einen Monat oder so mit Gipsbein und Krücken im Revier herumgehumpelt sind und alle auf die Palme gebracht haben.«

McLean dachte an den dumpfen Schmerz in seiner Hüfte, der durch die Kälte und die feuchte Meeresluft nicht gerade gelindert wurde. Das war die Kehrseite einer erzwungenen Beurlaubung, die er mit allen Tricks, die ihm eingefallen waren, bekämpft hatte. Er konnte es Ritchie kaum vorwerfen, war er doch selbst nicht gerade ein Musterpatient gewesen.

»Was halten Sie denn dann von dem hier?« Er nickte zum Krankenwagen hin.

»Ich habe Grumpy Bobs Bericht über Timbrel gelesen. Und alles, was Stuart über Tattoos geschrieben hat. Es gab ja eine ganze Weile nicht viel mehr, was ich machen konnte. Es ist definitiv unser Mann, aber Gott allein weiß, was ihm passiert ist, dass er in diesen Zustand geraten ist. Da draußen.«

»Gott und Angus Cadwallader, hoffentlich. Zumindest morgen früh, wenn er die Obduktion gemacht hat.« McLean sah auf die Uhr und stellte fest, dass es nicht mehr spät, sondern früh war. »Heute früh, sollte ich sagen.«

Ritchie setzte zu einem weiteren bellenden Husten an und schlug sich ein paar Mal mit der Faust auf die Brust, bis es aufhörte.

»Sind Sie mit dem Auto hier?«, fragte McLean.

»Nein, jemand hat mich mitgenommen.« Ritchie drehte sich gerade noch rechtzeitig um, um den Krankenwagen davonfahren zu sehen. Ein schneller Blick am Strand entlang ergab einen eindeutigen Mangel an Polizeiautos. »Allerdings ist der Mistkerl wohl ohne mich abgehauen.«

McLean schob die Hand in die Manteltasche und grub seine Autoschlüssel aus. »Dann kommen Sie. Ich bringe Sie nach Hause. Und ich will Sie nicht mehr auf der Arbeit sehen, bis Sie diesen Husten losgeworden sind.«

40

Dünnes, wässriges Sonnenlicht kämpfte sich durch die schwere Wolkendecke am Himmel und in die höhlenartigen Tiefen der Cowgate. Es war noch früh, und McLean hatte nicht gut geschlafen. Seine Träume waren voll Feuer und Schwefel gewesen, obwohl er dabei gefroren hatte. Er hatte zehn Minuten in der Dusche gebraucht, das Wasser so heiß, wie er es eben noch ertragen konnte, um die Kälte aus den Knochen zu vertreiben.

Auch wenn sie den Leichnam von Barry Timbrel erst in der Nacht zuvor gefunden hatten, hatte Cadwallader darauf bestanden, ihn gleich am nächsten Morgen als Erstes zu obduzieren. Ein anderer würde beiseitegeschoben werden, um Platz im Terminkalender zu schaffen, aber andererseits war es ja nicht so, als würde sich da jemand beschweren.

Den ganzen Weg vom Revier zum Leichenschauhaus musste McLean den Drang unterdrücken, sich umzuschauen, weil er in irgendeinem paranoiden Winkel seines Geistes davon überzeugt war, dass er beobachtet und verfolgt wurde. Sogar die Autos erschienen ihm verdächtig, die langsam an ihm vorüberfuhren, als ob die Fahrer versuchten, einen gründlichen Blick auf ihn zu werfen. Natürlich fuhren sie so langsam, weil die Straßenverhältnisse es nicht anders zuließen. Der Schnee türmte sich noch auf den Bürgersteigen und an jedem Auto, das länger als zwei Stunden an einer Stelle stand. Streufahrzeuge und Schneepflüge waren diese Straße viele Male entlanggefahren, aber bis jetzt sah es aus, als würde das Wetter diese Schlacht gewinnen.

Als McLean endlich das städtische Leichenschauhaus betrat,

war es eine Erleichterung, sowohl in Bezug auf die Kälte als auch auf sein Gefühl düsterer Vorahnung. Er nickte der Frau an der Rezeption zu, als sie ihn hereinließ. Es war fast ganz still im Gebäude, abgesehen vom leisen Rauschen der Luft im Lüftungssystem und dem Quietschen seiner Schuhe auf dem glänzenden Linoleum.

Angus Cadwallader hatte bereits angefangen, kundig unterstützt von Dr. Sharp. Ein Arzt, den McLean nicht kannte, saß etwas entfernt als Zeuge und war offensichtlich nicht glücklich darüber, so früh am Morgen aus dem Bett gezerrt worden zu sein. Er war jung, das zerzauste schwarze Haar und das stoppelige Kinn ließen ihn eher wie einen Studenten aussehen als wie einen fertig ausgebildeten Rechtsmediziner.

»Ah, Tony. Du hast es geschafft. Gut.« Cadwallader sah kaum von seinem grausigen Werk auf. McLean trat näher, um einen besseren Blick zu bekommen, und wünschte sofort, es nicht getan zu haben. Barry Timbrel lag auf dem Rücken, sein Brustkorb stand in einem sauberen blutleeren Y offen. Die Hälfte seiner Organe war bereits entnommen und gewogen worden. Jetzt ruhten sie in kleinen Plastikschälchen an der Seite und warteten darauf, von Tracy Sharp wieder zurückgelegt zu werden.

»Du hast gesagt, du fängst um acht an, Angus.« McLean sah auf seine Uhr: zehn nach.

»Ja, nun. Ich konnte nur letzte Nacht nicht schlafen, also dachte ich, ich komme rein und fange früh an. Tom hier war so freundlich, sich als Zeuge zur Verfügung zu stellen.«

Der junge Arzt stand auf und hielt McLean zur Begrüßung die Hand hin. »Tom MacPhail. Sie müssen Detective Inspector McLean sein.«

»Danke dafür.« McLean nickte zu dem Leichnam auf dem Tisch hinüber.

»Aye, na ja, Angus hat mir nicht direkt die Wahl gelassen.« MacPhail grinste, dann kehrte er zu seinem Stuhl zurück. Er sah aus, als schliefe er noch halb, und McLean fragte sich, woher genau Cadwallader ihn geholt hatte.

»Also, Doktor, wie lautet die Prognose?« Es war ein halbherziger Versuch eines Scherzes, den McLean schon viel zu oft gemacht hatte, wie ihm jetzt auffiel.

»Es gibt keine Hinweise auf Fremdeinwirkung. So viel kann ich dir jetzt schon sagen.«

»Keine?«

»Äußerlich ist er sauber. Na ja, man erwartet das nicht anders, wenn einer im Wasser war. Schätze mal, er hat acht, vielleicht zehn Stunden drin gelegen. Aber er ist nicht ertrunken. In der Lunge ist kein Wasser.«

»Also doch Fremdeinwirkung. Jemand hat ihn ausgezogen und reingeworfen?«

Cadwallader wedelte mit einer blutverschmierten Hand. »Nicht unbedingt, nein. Er ist nicht ertrunken, aber er könnte gesprungen sein.«

»Gesprungen?«

»Du hast bestimmt diese Schuljungenweisheit gehört, dass man, wenn man von einem hohen Gebäude springt, schon tot ist, bevor man unten ankommt, oder?«

McLean nickte. Es war besser, Cadwallader nicht zu unterbrechen, wenn er eine Idee hatte.

»Das ist natürlich Unsinn. Die meisten Springer sterben an einem massiven Dezelerationstrauma. Gebrochene Knochen, eingedrückter Schädel, der Schock des Aufpralls. Die meisten, aber nicht alle.«

Der Rechtsmediziner wandte sich wieder seinem Patienten zu und versenkte die Hand in der offenen Brusthöhle, sodass McLean froh war, noch keine Zeit fürs Frühstück gehabt zu haben. Ein paar Sekunden, und dann zog Cadwallader sie wieder zurück, dieses Mal mit etwas Rotem und Glitschigem darin.

»Manche. Man könnte sagen, ein paar Glückliche, aber wie kann jemand, der von einer Brücke springt, schon glücklich sein? Manche haben einen Herzanfall, bevor sie auf dem Boden aufkommen. Oder dem Wasser. Daran ist unser Mann hier auch gestorben.« Er hielt die glänzende Masse ins Licht. McLean wusste schon, dass es das Herz war. Es war nicht das erste, das er aus größerer Nähe sah, als ihm lieb gewesen wäre.

»Herzanfall?«

»Myokardinfarkt. Herzinfarkt. Herzanfall. Ich glaube nicht, dass irgendeiner von diesen Begriffen dem gerecht wird, was diesem armen Kerl passiert ist.« Cadwallader strich sacht mit einem in Latex gehüllten Finger über das Herz, dann gab er es an Tracy weiter, damit es gewogen wurde. »Das Herz dieses Mannes ist mehr oder weniger explodiert.«

»Ist das natürlich?«

»Es ist ungewöhnlich, Tony, falls du das meinst. Aber nicht das erste Mal, dass ich es gesehen habe. So viel kann ich dir sagen: Er ist innerhalb eines Augenblicks gestorben. Wahrscheinlich hat er nichts davon mitbekommen. Wenn er voll bekleidet im Wasser gelegen hätte, hätte ich vielleicht vermutet, dass er einfach nur Pech hatte und am Strand spazieren ging, als es passiert ist. Aber er war splitterfasernackt, und das ist nun wirklich nicht die Jahreszeit zum Badengehen.«

»Also vermutest du, dass er von der Brücke gesprungen ist.«

»Von einer Brücke, das mit Sicherheit. Er ist bei Cramond gefunden worden, also kann er genauso gut in den Fluss gesprungen sein wie in den Firth. Und ist dann vom Wasser mitgerissen worden.«

»Was ist mit den Verbrennungen an seinen Lippen?« McLean erinnerte sich wieder an den Anblick vom Abend zuvor, wie das Licht zum ersten Mal auf das Gesicht des toten Mannes gefallen war, auf das Durcheinander aus Blasen und aufgerissenem Fleisch um seinen Mund herum.

»Ja, das ist die Frage.« Cadwallader drehte sich zu MacPhail um. »Was hältst du davon, Tom?«

Der junge Rechtsmediziner sprang von seinem Stuhl und trat an den Tisch, um sich den Toten genauer anzusehen. Er beugte sich tief über den Kopf, bevor er sich wieder aufrichtete. »Sieht aus, als hätte er einen rotglühenden Schürhaken geküsst. Das Wasser hat die Wunde ziemlich sauber gewaschen, aber man kann die Verkohlung noch erkennen, und die Blasen passen zu Verbrennungen dritten Grades. Das muss passiert sein, kurz bevor er gestorben ist, es gibt keine Heilungszeichen.«

»Haben Sie so was schon mal gesehen?«, fragte McLean.

»Kann ich nicht behaupten. Muss aber wehgetan haben wie die Sau.«

»Ich hab's gesehen, und das erst vor Kurzem.« Cadwallader ging zu dem Bildschirm an der Wand, dann merkte er, dass seine Hände in den Handschuhen noch mit Wundsekret beschmiert waren. »Tracy, können Sie mal die Weatherly-Bilder aufrufen?«

Seufzend streifte Dr. Sharp ihre eigenen beschmierten Handschuhe ab und machte sich daran, auf einer Tastatur Befehle einzugeben. Innerhalb von Sekunden erschien ein überlebensgroßes Foto vom schlaffen Gesicht des toten Andrew Weatherly auf dem Bildschirm. Einen Mausklick später zog sich der Bildausschnitt auf die Lippen zusammen. Ein paar weitere Klicks, und ein zweites Bild erschien neben dem ersten, die Liveaufnahmen von der Kamera über dem Obduktionstisch. Dr. Sharp kehrte zum Tisch zurück, änderte Aufnahmewinkel und Schärfe, sodass zwei Aufnahmen von geschädigten Lippen nebeneinander erschienen. Es war kaum vorstellbar, dass der Schaden beide Male nicht von demselben Gegenstand verursacht worden sein sollte.

»Nun, das ist etwas, das man nicht alle Tage zu sehen bekommt«, sagte Dr. MacPhail. »Ich nehme nicht an, dass wir ihn noch hier haben, oder?« Er zeigte auf das erste Bild, Andrew Weatherly.

»Nein. Er ist vor einer Woche beerdigt worden.« McLean spürte die allzu vertraute Übelkeit in der Magengrube, als sich die Schlussfolgerungen in seinem Geist aufeinandertürmten. »Ich nehme an, jetzt wollt ihr, dass wir ihn wieder ausgraben.«

41

Haben Sie jetzt endgültig Ihren beschissenen Verstand verloren?«

Die Antwort war ziemlich absehbar gewesen. McLean stand auf der falschen Seite von Detective Superintendent Duguids Schreibtisch, die Hände hinter dem Rücken, und versuchte, nicht ungeduldig auf den Fußballen auf und ab zu schaukeln. Er beantwortete die Frage nicht. Es war immer besser, erst sein Ansinnen zu äußern und dann abzuwarten, bis Duguid sich in seiner eigenen Geschwindigkeit hindurchgearbeitet hatte.

»Der Mann ist gerade erst begraben worden, und jetzt wollen Sie ihn wieder ausbuddeln?«

In Wirklichkeit lag sein Leichnam in einer Familiengruft, also würde es einfach sein, ihn wieder herauszuholen. Allerdings hatte McLean darauf bereits hingewiesen, also war es wahrscheinlich keine gute Idee, es noch einmal zu tun.

»Und dieser Fall ist abgeschlossen, verdammt noch mal! Sie haben mir selbst gesagt, es wäre alles unter Dach und Fach. Keine Komplikationen. Wie zum Teufel soll ich das dem Deputy Chief Constable erklären? Was soll ich machen, wenn die Presse davon Wind bekommt?«

Wahrscheinlich dich verstecken, wie du's immer schon gemacht hast, dachte McLean. *Es einem Detective Inspector überlassen, das Feuer abzuwehren.*

»Wozu müssen Sie überhaupt die Leiche noch mal sehen? Hat dieser Ghul, ihr Freund Cadwallader, nicht genug Fotos gemacht?«

Nachdem er seine Einwände geäußert hatte, ging Duguid jetzt ins Detail. McLean hielt es für sicher zu antworten.

»Die Verletzungen des Toten, den wir gestern Abend aus dem Forth gefischt haben, ähneln denen, die wir bei Weatherly gefunden haben, zu stark, als dass es Zufall sein kann, Sir. Angus will eine Probe für seine Analysen nehmen. Er weiß nicht einmal, was den Schaden verursacht haben kann.«

»Und Sie machen sich erst jetzt die Mühe, mir davon zu berichten?« Duguid strich sich mit spinnenartigen Fingern übers Gesicht, zog dabei die Unterlippe herunter und enthüllte vergilbende Zähne mit großen Zwischenräumen, das Erbe eines langen und hingebungsvollen Raucherlebens.

»Es stand in …«, setzte McLean an, dann hielt er den Mund. Es hatte keinen Sinn, Duguid zu sagen, was er längst wusste. »Sehen Sie, wir können das alles wahrscheinlich in situ erledigen. Der Sarg steht in einer Gruft. Wir brauchen nur eine Erlaubnis des Sheriff Court. Bei richtigem Timing muss überhaupt niemand mitbekommen, dass wir da waren.«

Duguid sah ihn an, als hätte er es mit einem Idioten zu tun, womit er, wie McLean schätzte, dieses Mal wahrscheinlich nicht mal ganz falschlag. »Ich hätte Ihnen den verdammten Weatherly-Fall gar nicht erst geben dürfen. Spence hätte gemacht, was man ihm gesagt hat, und es dabei belassen.«

»Ich dachte, Sie wollten Gerechtigkeit für die beiden Mädchen, Sir.«

»Gerechtigkeit? Das ist doch lachhaft. Die sind jenseits von jeglicher Gerechtigkeit, McLean. Können Sie sie nicht ruhen lassen?« Duguid ließ sich in seinen Sessel zurücksacken, sein spontaner Zorn über die Bitte war offensichtlich verraucht. »Wohin soll das denn alles führen? Wer ist dieser Mann, den Sie da gestern Nacht gefunden haben, und was hat er mit Weatherly zu tun?«

»Er heißt Barry Timbrel, Sir. Er ist der Tattoo-Künstler, nach dem wir wegen des Toten gesucht haben, den wir in Roslin Glen gefunden haben. Nur: Kaum dass wir angefangen haben, nach ihm zu suchen, taucht er tot auf und mit Verletzungen, die denen ähnlich sehen, die Weatherly hatte. Na ja, abgesehen von der Schusswunde natürlich. Es kann sein, dass gar nichts dahintersteckt. Mein Gott, ich hoffe sogar, dass gar nichts dahintersteckt. Aber ich will auf jeden Fall vermeiden, dass noch jemand tot und mit verbrannten Lippen auftaucht und alle uns dafür niedermachen, dass wir unsere Arbeit nicht gemacht haben.«

»Sie werden mich sowieso nicht in Ruhe lassen, bis ich Ja gesagt habe, was, McLean?« Duguid rieb sich mit dem Handrücken über ein Auge, beugte sich vor, nahm einen Notizblock und schrieb etwas darauf. »Okay. Ich unterstütze Ihre Anfrage. Aber wenn der Sheriff Court ablehnt, dann war's das. Wir werden keinen Einspruch erheben.«

»Danke, Sir.« McLean wusste, dass er nicht mehr verlangen konnte, war sogar überrascht, dass er so viel bekam. »Ich halte Sie auf dem Laufenden.«

»Bitte tun Sie das nicht. Ist schon schlimm genug, dass mir die DCIs jeden Tag die Ohren vollheulen. Aber das wissen Sie schon, sonst wären Sie zuerst zu einem von denen gegangen.« Duguid schenkte McLean den Anflug eines Lächelns, ein Gesichtsausdruck, der so selten war, dass er schon dachte, der Detective Superintendent wäre krank. Aber er hielt auch nicht.

»Na los. Raus hier. Einige von uns haben Besseres zu tun, als irgendwelchen Hirngespinsten nachzujagen.«

»Ich hab diese Pläne, die Sie haben wollten, Sir.«

McLean blieb stehen, als er an dem großen Fallbüro vorbeikam, das seit Abschluss des Weatherly-Falls unbenutzt war. Wie lange dieser Zustand anhalten würde, wusste niemand, auch wenn er ahnte, dass es nicht bei der Anfrage bleiben würde. DC

MacBride musste ihn von gegenüber durch die offene Tür gesehen haben und eilte herbei, um ihn aufzuhalten.

»Pläne?« McLean suchte hektisch in dem Durcheinander aus Gedanken und Aufgaben, die er noch erledigen musste, bis er schließlich daraufkam, wovon der Constable redete. »Ah, ja. Die Pläne. Rosskettle. Was haben Sie denn?«

Er folgte MacBride in den winzigen Raum. Der Constable ging an seinen Tisch, auf dem inzwischen der größte Flachbildschirm stand, den McLean je gesehen hatte. Er gab ein paar Befehle ein und klickte mit der Maus, bis er ein pixeliges Bild aufgerufen hatte.

»Irgendwann demnächst müssen Sie mir mal sagen, wie Sie an all diese Sachen kommen, Constable«, sagte McLean.

»Das alte Ding hier?« McLean klopfte an die Seite des Monitors. »Den wollten die wegwerfen. Ich habe Zoe von der IT-Abteilung überredet, ihn mir zu geben. Die Schnittstelle ist seit mehreren Generationen überholt, aber andererseits passt das gut zur Hälfte der Ausrüstung, mit der wir hier arbeiten. Ich habe etwas gefunden, das passt, und es ist leichter, als zu versuchen, einen Projektor oder Fernseher aufzutreiben.«

McLean ignorierte die Technosprache. »Zoe? Kenne ich die?«

MacBrides Ohrläppchen wurden rot. »Wahrscheinlich nicht, Sir. Sie ist neu. Knallrote Haare. Ungefähr so groß.«

McLean schüttelte den Kopf, sowohl, um das Lachen zu unterdrücken, als auch, um zu sagen, dass er die zwergenhafte Zoe noch nicht kennengelernt hatte. Er beugte sich zum Bildschirm vor und versuchte, aus den leicht unscharfen Linien und dem unentzifferbaren Text etwas herauszulesen. »Was soll das denn darstellen?«

»Pläne von Rosskettle. Scans vom Original. Das Beste, was wir auf die Schnelle bekommen konnten. Die sind im Original A-Null und größer. Riesige zusammengerollte Dinger. Bei der NHS-Gebäudeverwaltung geht anscheinend nichts verloren. Nicht mal die Pläne von Gebäuden, die sie verkauft haben.«

»Können wir ein bisschen weiter rauszoomen? Um eine Vorstellung davon zu bekommen, was wir hier eigentlich vor uns haben?«

MacBride klickte ein paar Mal und rief einen Grundrissplan auf, bei dem McLean nur ein paar Minuten mit schiefgelegtem Kopf blinzeln musste, um zu begreifen, was was war. »Diese Gebäude hier.« Er zeigte auf die Stelle auf den Karten, wo die modernen Baracken, bei denen er gesehen hatte, wie sie abgerissen wurden, in einem sauberen Halbkreis aufgezeichnet waren. »Können wir da einen Ausschnitt vergrößern?«

MacBride blinzelte auf den Monitor, dann war nach ein paar Klicks das erste Bild verschwunden und durch ein deutlicheres nur der Gebäude ersetzt, die er sehen wollte. »Das erste Bild war nur eine Übersicht. Es gibt individuelle Pläne für alles.«

McLean starrte auf die Umrisse, bis er den Grundriss erkannte. Er identifizierte den Raum, in den er hineingeklettert war, den Flur, der ihn von den Schlafräumen gegenüber trennte. Die Gebäude waren alle gleich angelegt in voneinander unabhängigen Einheiten. Vermutlich für irgendeine Art geschlossener Unterbringung von Patienten, denen man nicht genug traute für eine Unterbringung in der Allgemeinheit, die aber auch keine Rund-um-die-Uhr-Überwachung benötigten, wie sie im größeren Haupthaus gewährleistet wurde.

»Haben wir irgendwelche Pläne für den Keller?«

MacBride runzelte die Stirn. »Keller, Sir?«

»Zumindest in einem der Gebäude gab es ein Untergeschoss. Das habe ich selbst gesehen.«

MacBride klickte und scrollte und fand einen Informationskasten mit Text, der auf den Originalkarten am rechten unteren Ende gestanden hätte. »Hier wird kein Untergeschoss erwähnt, Sir. Ich habe alle Dateien durchgesehen, die uns geschickt wurden, und ich kann mich nicht erinnern, etwas in der Art gesehen zu haben.« Er klickte wieder zurück zum ersten Plan. »Es ist auch keine Treppe eingezeichnet oder irgendeine Falltür.«

»Seltsam. Es war definitiv da. Jetzt natürlich nicht mehr. Das Ganze ist inzwischen bestimmt bis auf die Grundmauern geschleift.« Was, wie er vermutete, der Sinn des Ganzen war.

»Ich habe auch etwas über Price Developments gefunden, Sir. Na ja, so viel, wie halt zu finden war.«

»Lassen Sie mich raten: Es ist eine relativ neue Firma, die erst vor Kurzem eingetragen wurde.«

»So ziemlich. Aber sie haben dieselbe Geschäftsadresse wie eine ganze Reihe anderer Baufirmen, die schon eine Weile am Markt sind. Es gibt eine Gruppe namens Saifre Holdings. Das ist eine Dachgesellschaft. Hat ihre Finger in einer Menge von Projekten überall. Nicht nur in Schottland.«

McLean überraschte es nicht, den Namen zu hören. »Was ist mit den anderen?«

»Das ist schon interessanter. Oder vielleicht auch nicht, je nachdem, wer Sie sind.« MacBride versuchte, die Augenbrauen vielsagend hochzuziehen. Zumindest nahm McLean an, dass er das vorhatte. Vielleicht juckte es ihn auch nur in der Nase.

»Schießen Sie los.«

»Nun, das Gelände wird von der Firma Price bebaut, die im Grunde aber im Besitz von Saifre ist. Aber ursprünglich war es von einer anderen Gesellschaft gekauft worden, die zu Weatherly Asset Management gehört hat.«

42

Hätten Sie vielleicht mal kurz Zeit, Tony?«

McLean sah von seinem Tisch auf, verwirrt angesichts der Stimme. Er war es gewohnt, dass DC MacBride, DS Ritchie und Grumpy Bob ihn in seinem Büro aufsuchten. Hin und wieder fand auch ein verirrter Police Constable den Weg hierher, und auch Jane McIntyre hatte manchmal auf einen Schwatz hereingeschaut. Alle anderen schienen zu erwarten, dass er zu ihnen kam. Der Anblick von Matt Hilton, der unsicher in seinem Türrahmen stand, war absolut neu für ihn.

»Sicher. Kommen Sie rein.« McLean klappte die Akte zu, die er mit wenig Erfolg versucht hatte zu lesen, lehnte sich in seinem Stuhl zurück und versuchte, nicht das Gesicht zu verziehen, als der Schmerz durch seinen Oberschenkel schoss. »Setzen Sie sich, wenn Sie einen Platz finden.«

Hilton machte ein paar Schritte ins Zimmer und betrachtete das Chaos darin. Theoretisch gab es einen Stuhl, auf dem er hätte sitzen können, aber man würde schon einen Tag graben müssen, bis man den in den tieferen geologischen Schichten finden würde. »Ich denke, ich bleibe stehen.«

»Gut. Was kann ich für Sie tun?«

Hilton antwortete nicht gleich, er machte den Eindruck, als sei er sehr besorgt über etwas. Er starrte auf den Flur hinaus, dann schloss er die Tür fest, bevor er sich dagegenlehnte. Keine Chance für Unterbrechungen.

»Wie kommen Sie in letzter Zeit zurecht? Ich habe gehört, Ihre Belastung sei gewachsen, erst mit dem Weatherly-Fall und jetzt mit den beiden Toten, stimmt das?«

»Der tätowierte Mann, und jetzt der Tattoo-Künstler, von dem wir annehmen, dass er ihn tätowiert hat.«

»Der tätowierte Mann. Das wäre derjenige, von dem Sie dachten, er könnte draußen in Rosskettle gewesen sein.«

»Genau der. William Beaumont. Ex-SAS. Er hat im Stadtzentrum auf der Straße gelebt, als ihn jemand entführt hat, ist aber am Ende im Fluss bei Roslin Glen gelandet. Irgendwann dazwischen ist er von Kopf bis Fuß mit Tattoos bedeckt worden. Schwarze seltsame Wirbel und Muster. Nichts, was man wiedererkennen würde. Die Sache ist die: Wer immer das gemacht hat, muss mit Hochdruck daran gearbeitet haben. Er war nur drei Wochen verschwunden.«

Hilton strich sich mit einer pummeligen Hand über die glänzende hohe Stirn und rieb sich mit einem Finger unter der Nase. Für einen Psychologen war er nicht besonders gut darin, sein Unwohlsein zu verbergen. Er sah aus, als wollte er etwas sagen, könnte aber nicht den rechten Weg finden, es auszusprechen. McLean hätte es amüsant gefunden, hätte er damit nicht seine kostbare Zeit verschwendet.

»Hören Sie, ich weiß nicht –«

»Wenn Sie mal –«

Sie hatten gleichzeitig zum Sprechen angesetzt, dann verstummten sie. McLean wartete eine Sekunde, bevor er Hilton mit einer Handbewegung aufforderte fortzufahren. Der Psychologe zögerte noch kurz, dann beschloss er, direkt zur Sache zu kommen.

»Ich habe in jüngster Zeit ein paar Anrufe bekommen. Von Leuten weiter oben in der Nahrungskette. Die sich ziemlich genau nach Ihnen und Ihrer psychischen Verfassung erkundigt haben.«

»Und was haben Sie denen gesagt?«

»Wollen Sie nicht wissen, wer das war?« Hilton trug seine Ungläubigkeit vor sich her wie ein sehr guter Schauspieler.

»Ich bitte Sie, Hilton, Sie würden es mir doch sowieso nicht sagen.«

»Nein, natürlich nicht. Aber trotzdem …«

»Natürlich will ich es wissen, aber es gibt noch mehr, was ich nicht bekommen kann. Viel wichtiger ist: Warum erzählen Sie mir das?«

»Nun.« Hilton stieß sich von der Tür ab, als wollte er sich doch einen Sitzplatz suchen, dann wurde ihm klar, dass da keiner war, und er ließ sich stattdessen an die Wand gegenüber von McLeans Tisch fallen. »Sie werden es wahrscheinlich nicht glauben, aber ich habe so etwas wie Moralvorstellungen.«

McLean schwieg. Er wollte laut herauslachen, aber das hätte ihn nicht wirklich weitergebracht. Nicht wenn Hilton in so bußfertiger Stimmung war.

»Also, wenn jemand etwas von mir verlangt, was gegen meine moralischen Grundsätze verstößt, nun, dann ärgert mich das so, wie es jeden anderen auch ärgern würde. Machtmissbrauch und all so was.«

»Jemand hat Druck auf Sie ausgeübt, um gegen mich vorzugehen?«

»So ähnlich. Ich hatte mehr als einen hochrangigen Officer vor mir, der an Ihrer Arbeitsfähigkeit gezweifelt hat. Es ist ziemlich offensichtlich, dass sie von mir wollen, dass ich diese Einschätzung stütze.«

»Und werden Sie das tun?«

Hilton machte ein gekränktes Gesicht. »Natürlich nicht. Ich würde Sie zwar nicht zu einem Paradebeispiel für die gesunde psychische Verfassung bei der Polizei erklären. Sie haben tief sitzende Probleme, mit denen Sie sich auseinandersetzen müssen, aber in vielerlei Hinsicht prägen die auch Ihren Charakter und machen Sie zu dem Detective, der Sie sind. Es gibt in diesem Haus eine ganze Reihe anderer, die wesentlich weniger fit für die Arbeit sind als Sie. Abgesehen davon kann ich es nicht leiden, wenn man versucht, mir zu sagen, was ich zu tun habe.«

»Was, wenn die Ihnen Ihr Büro wegnehmen?« McLean nickte zur Tür. »Der Gig hier muss Ihnen doch was wert sein.«

»Ja und nein. Es ist gutes Geld für nicht allzu viel Stress. Zumindest war es das bis vor Kurzem.« Hilton fischte in der Innentasche seiner Jacke und zog ein gefaltetes Stück Papier heraus. Er gab es ihm nicht. »Ich habe noch anderweitig Arbeit genug, um nicht am Hungertuch nagen zu müssen. Und dann sind da ja immer noch die Bücher.«

Die Bücher. McLean hätte sich schon fast für den Mann erwärmen können. Zumindest hatte er ein gewisses Mitgefühl für sein derzeitiges Dilemma aufbringen können, indem er nur allzu oft selbst gesteckt hatte. Aber die Erwähnung der Bücher brachte den alten Zorn zurück. Er mochte inzwischen älter sein, aber das war immer noch derselbe Matt Hilton, der seinen Namen und sein Glück auf dem Rücken von Donald Anderson und seinen Opfern gemacht hatte. Derselbe Matt Hilton, der an dem Buch mitgeschrieben hatte, das der Welt in allen grausigen, intimen Details mitgeteilt hatte, wie Kirsty gestorben war.

Andererseits riskierte er hier gerade etwas. Vielleicht nicht gerade seine Karriere, aber er machte sich das Leben mit Sicherheit schwerer, als es unbedingt nötig war. Nicht genug, um alles wiedergutzumachen, aber zumindest ein Anfang.

»Hören Sie, ich bin Ihnen ehrlich dankbar, dass Sie mir das erzählen, aber was wollen Sie damit bezwecken, Hilton?«

»Bezwecken?« Hilton klopfte sich mit dem zusammengefalteten Papier auf den Arm. »Hm, die Frage ist wohl berechtigt. Ich würde von mir wohl auch keinen Altruismus erwarten. Hier.« Er stieß sich von der Wand ab, machte einen Schritt zum Tisch und gab McLean das Papier. »Das ist alles, was ich über Rosskettle ausgraben konnte. Was da geschehen ist, seit es geschlossen und verkauft wurde. Ein bisschen auch von der Zeit davor. Ich glaube nicht, dass es Zufall ist, dass bei mir Anrufe von ganz oben eingetrudelt sind, sobald ich angefangen habe, mich danach zu erkundigen. Da steht auch ein Name. Ich denke nicht, dass sie allzu überrascht sein werden, dass er immer wieder auftaucht.«

McLean nahm das Papier, faltete es aber nicht auseinander. Er hielt Hiltons Blick, versuchte, in dem pausbäckigen Gesicht zu lesen, und scheiterte. »Danke«, sagte er schließlich.

Hilton nickte und drehte sich um, um zu gehen. Als er die Tür aufzog, sprach McLean weiter.

»Sehen Sie, Hilton: Wir sind nur selten auf derselben Wellenlänge. Werden es wohl auch nie sein. Aber das hier?« Er hielt das Papier hoch, auch wenn er noch gar nicht wusste, was darin stand. »Also, vielen Dank.«

Hilton lächelte, und für einen Augenblick sah er weniger aus wie ein kahler, alter, dicker Mann und mehr wie ein verschmitzter Schuljunge. »Machen Sie sich keine Gedanken wegen der Sitzung nächste Woche. Oder irgendeiner danach. Ich habe den Abschlussbericht gerade abgeschickt. Soweit es mich betrifft, sind Sie so arbeitsfähig wie jeder andere in diesem Irrenhaus.«

Nachdem Hilton gegangen war, saß McLean noch eine ganze Weile da und starrte auf die Tür, nicht sicher, ob er darauf wartete, dass eine Horde Leute hereinstürmte und ihn auslachte, weil sie ihm irgendeinen komplizierten Streich gespielt hatten, oder ob ihn das ungewöhnliche Verhalten des Psychologen einfach nur sprachlos gemacht hatte. Erst nach ein paar Minuten, als der Nachhall des Gesprächs verklungen und nur noch das Ticken der Uhr an der Wand und das entfernte Rauschen der Stadt zu hören waren, merkte er, dass er das gefaltete Papier noch in der Hand hielt.

Es war handgeschrieben, in winziger, aber sauberer Schrift und engen Zeilen. McLean konnte sich nicht erinnern, Hiltons

Handschrift schon einmal gesehen zu haben, nur seine wichtigtuerische, schwungvolle Unterschrift unter medizinischen Berichten und auf dem Umschlag seiner verdammten Bücher. Es passte, dass jemand, der dermaßen von sich selbst eingenommen und analfixiert war, versuchen würde, alles auf eine Seite zu quetschen. Aber vielleicht hatte er es auch nur im Notfall schnell wieder loswerden wollen. Was immer der Grund war, es machte die Informationen schwer lesbar. McLean musste die Augen zusammenkneifen und dann die Schreibtischlampe darüberziehen. Am Ende begann er zu verstehen, und sein Stirnrunzeln vertiefte sich, je länger er las.

Das Rosskettle Hospital wurde geschlossen, weil es zu einsam gelegen war – was ursprünglich der Grund gewesen war, es dort hinzubauen. Die Zeiten ändern sich, und mit ihnen die Einstellung zu psychischen Erkrankungen. Ich habe nur ein paar Jahre dort verbracht und gehörte nie zur Stammbelegschaft, aber ich habe in der Kantine gegessen und auch einige der Pfleger gut gekannt. Damals wurden die Baracken aus den Sechzigerjahren westlich des Hauptgebäudes so gut wie nicht mehr benutzt, auch wenn es noch ein oder zwei ältere Patienten gab, die in der nächsten lebten, Nummer sechs, überwiegend, weil sie sich jedes Mal aufregten und schwer zu handhaben waren, wenn man versuchte, sie zu verlegen.

Die anderen fünf Häuser waren leer, aber nur vor Nummer drei hing ein Vorhängeschloss. Hin und wieder kamen Gruppen von wichtigen Leuten, um die Klinik zu besichtigen. Manchmal ein oder zwei, manchmal ein Dutzend. Meistens bekamen sie einen Rundgang über das Gelände und fuhren dann wieder nach Hause, aber ich erinnere mich an ein Mal, als ich Überstunden gemacht und gesehen habe, wie etwa zehn von ihnen in Nummer drei gingen. Das

Vorhängeschloss war offen, und ich konnte Licht sehen. Ich habe mir nicht allzu viel dabei gedacht, um ehrlich zu sein, aber ich erinnere mich, dass Andrew Weatherly damals zu der Gruppe gehörte. Er war einer der regelmäßigsten Besucher während meiner Zeit dort, was auch sinnvoll war, da eine Firma, die ihm gehörte, für die Verwaltung aller nichtmedizinischen Belange des Krankenhauses zuständig war. An dem Abend habe ich die Klinik erst kurz vor Mitternacht verlassen, aber die Autos standen immer noch da. Am nächsten Tag war ich in der Universität, also weiß ich nicht, wann sie weggefahren sind. Ich weiß aber, als ich zu einem der älteren Pfleger eine Bemerkung darüber machte, dass dieser mir sagte: Wenn ich wüsste, was gut für mich sei, solle ich besser vergessen, dass ich jemals irgendetwas davon gesehen hatte. Er vermittelte mir den Eindruck, dass der Vorfall nichts Ungewöhnliches war.

Unter den Pflegern kursierten Geschichten über Partys in den Sechziger- und Siebzigerjahren, bei denen Langzeitpatienten in eine der entfernteren Unterkünfte verschleppt und dort sexuell missbraucht worden seien. Einzelne Fälle von sexuellem Missbrauch durch Krankenhauspersonal sind leider nicht ungewöhnlich. Das Gerücht jedenfalls behauptete, dass es so etwas wie »Swinger-Partys« gab, an denen einige der bekanntesten Mitglieder der Edinburgher High Society teilnahmen. Es ist absolut möglich, dass diesen Gerüchten ein Körnchen Wahrheit zugrunde lag.

Die Klinik wurde in den Neunzigern zur Schließung vorgemerkt und die Patienten nach und nach in andere Einrichtungen verlegt, sobald etwas frei wurde. 2002 wurde sie schließlich geschlossen und ein paar Jahre lang dem Verfall überlassen, bevor sie an eine Baufirma verkauft wurde. Natürlich wurde nichts gebaut. Gerüchten zufolge war die Firma eine von Andrew Weatherlys vielen Firmen, und er ließ dort einfach alles so, wie es gewesen war, als er dort aufwuchs.

Von dem etwa ein Dutzend Psychiatern, die ich von dort kenne und die noch am Leben sind, waren die meisten nicht ohne Weiteres bereit, darüber zu sprechen. Einer weigerte sich direkt. Viele sagten mir, ich sollte es doch einfach vergessen. Ich mag ja ein Freund von Verschwörungstheorien sein, aber ich halte es nicht für übertrieben anzunehmen, dass da irgendetwas Ungehöriges vor sich ging, und das über einen ziemlich langen Zeitraum, und dass Andrew Weatherly damit zu tun hatte. Es ist kein Zufall, dass, sobald ich Fragen stellte, Fragen über mich gestellt wurden. Und über Sie. Es gibt keinen Rauch ohne Feuer, wie man so sagt.

Ich würde es sehr begrüßen, wenn Sie diesen Brief vernichten würden, nachdem Sie ihn gelesen haben, und niemandem sagen, woher Sie die Informationen haben.

McLean las den Brief zwei Mal. Beim zweiten Mal war es leichter als beim ersten, auch wenn sich ihm die Bedeutung der Worte weiterhin nicht voll erschloss. Oder er wollte sie nicht akzeptieren und die Folgen, die sich daraus ergaben, lieber nicht wahrhaben. Ein Detail stach besonders bervor: Andrew Weatherly, der die Klinik so ließ, »wie sie gewesen war, als er dort aufwuchs.« Hilton hatte das geschrieben, als schien es allgemein bekannt zu sein, aber McLean erfuhr zum ersten Mal davon. Als er sich schließlich sicher war, dass er der Seite nicht mehr entlocken konnte, faltete er das Blatt sorgfältig zusammen und steckte es in die Tasche. Es war sowieso bald Zeit, nach Hause zu gehen, und wenn er dort ankam, würde er es zum Feueranmachen benutzen.

»Ich werde mir nicht mal die Mühe machen, Sie zu fragen, ob Sie die Übungen gemacht haben, Inspector. Es ist nicht zu übersehen, dass Sie das nicht tun.«

McLean lag auf der Liege und starrte zur Decke hinauf, während Esmeralda, die Physiotherapeutin, sein Bein bewegte. Sie hatte warme Hände und einen sanften Griff, aber an der Art, wie sie anhob, bog, beugte und zog, war nichts Feinsinniges, und die ganze Zeit beobachtete sie, wie sich sein Gesicht unwillkürlich vor Schmerz verzog. Es half auch nicht, dass sie voll bekleidet war, während seine Hose auf der anderen Seite des Raums über einer Stuhllehne hing. Irgendwie brachte ihn das ins Hintertreffen.

»Ich habe einfach nie genug Zeit …«, setzte er an.

»Das sagen sie alle. Aber wenn sie erst mal im Rollstuhl sitzen, haben sie auf einmal mehr als genug davon.« Esmeralda gab seinem Bein einen neuerlichen schmerzhaften Impuls. Irgendetwas schnappte und schickte einen Blitz aus Schmerz durch seine Hüfte und die Wirbelsäule hinauf, als sei er ans Stromnetz angeschlossen, und jemand habe einen Schalter umgelegt. McLean schaffte es knapp, nicht aufzuschreien.

»Sehen Sie. Total verkrampft.« Esmeralda legte das Bein wieder ab. »Sie können sich wieder anziehen.«

McLean setzte sich langsam auf, rechnete jeden Augenblick mit einem weiteren Schock. Sein Bein hatte ihm seit ein paar Tagen wirklich relativ wenig zu schaffen gemacht. Nur wenn er sich an seinen Schreibtisch setzte. Oder wenn er ins oder aus dem Auto stieg. Oder zu Bett ging. Normalerweise hätte er den Termin gar nicht wahrgenommen, wenn er nicht das Gefühl gehabt hätte, dass sie ihm beim letzten Mal anscheinend die falschen Schmerzmittel gegeben hatte. Diese neuen hier sahen genauso aus wie die alten, aber sie wirkten nicht so gut und auch nicht so lange.

Der Weg bis zum Boden schien weit zu sein, als er sich langsam von der Liege herunterließ. Der Nachhall dieses letzten Schnappens machte ihn misstrauisch, er erwartete eine Wiederholung, als sein Fuß den Boden berührte, und er stand so vorsichtig auf wie ein Mann, der doppelt so alt war wie er und sich auf glattes Eis hinauswagte. Das Ausbleiben jeglichen Schmerzes war beinahe enttäuschend.

»Ich möchte Sie wiedersehen. Um dieselbe Uhrzeit. Morgen.« Esmeralda sprach eher zu der Akte, die sie vervollständigte, als zu McLean selbst. Er war zu sehr damit beschäftigt, sich vorsichtig Schritt für Schritt zu seiner Hose vorzutasten, um wirklich zu begreifen, was sie gesagt hatte. Erst als er sie angezogen hatte, den Reißverschluss hochzog und den Bund zuknöpfte, erfasste er es.

»Morgen? Ich kann unmöglich –«

»Morgen, Inspector. Oder ich rufe Ihren Boss an.« Dieses Mal blickte Esmeralda ihn direkt an, ließ seinen Blick nicht los, ohne auch nur die Andeutung eines Lächelns. »Im Ernst. Sie sollten längst vollständig über diese Verletzung hinweg sein. Mir ist noch nie jemand begegnet, der sich selbst so schlecht behandelt.«

»Ich habe es doch nur ein paar Mal nicht geschafft, die Übungen zu machen.« McLean sah zum Boden, wo seine Schuhe lagen, eine Million Meilen weit weg. Warum hatte er heute nur Schnürschuhe angezogen? »Es ist ja nicht so, dass ich es übertreiben würde oder so was.«

»Genau das, worauf ich hinauswill. Sie übertreiben es nicht. Sie machen überhaupt nichts.«

»Aber das ist doch sicher nicht verkehrt. Ich meine, der Arzt hat doch schließlich Ruhe verordnet.«

»Nur bis zu einem gewissen Punkt. Und über den sind Sie jetzt hinaus.« Esmeralda sah wieder in der Akte nach. »Ich werde Ihnen keine Tabletten mehr mitgeben, und wenn Sie noch welche haben, würde ich vorschlagen, dass Sie sie nicht mehr nehmen.«

»Ich … was?«

»Sie helfen nicht. Sie müssen den Schmerz spüren und sich durcharbeiten. Das ist die einzige Art und Weise, wie Sie wieder zum normalen Bewegungsmuster zurückfinden können. Morgen gehen wir die Übungen zusammen durch. Und übermorgen machen wir das noch einmal, und am Tag darauf auch.«

»Ich kann doch unmöglich … Ich meine … Ich muss arbeiten, und –«

»Morgen, Inspector. Selbe Uhrzeit wie heute.« Jetzt lächelte Esmeralda ihn aufmunternd an. »Bis dann.«

43

Ich werde Ihnen nicht sagen, woher ich diese Informationen habe, aber ich denke, Sie alle sollten davon erfahren.«

Vielleicht war es an diesem Morgen noch zu früh, um sich wohlzufühlen. McLean stand vor dem, was er von dem ursprünglichen Weatherly-Team noch hatte zusammenbekommen können. Er war ganz froh zu sehen, dass diejenigen, die fehlten, die waren, auf die er am leichtesten verzichten konnte. DS Carter, zum Beispiel, und die Meute aus Detective Constables, die ihm ständig nachliefen, als wäre er irgendein Quell gereifter Detective-Weisheit statt ein blasser und fauler Nichtsnutz.

»Es betrifft Andrew Weatherly. Insbesondere einige Tatsachen über seine Kindheit und frühe Laufbahn, die nicht allgemein bekannt sind. Sie werden nichts davon bei Wikipedia finden.«

Im Hintergrund des verdunkelten Raumes nickte Grumpy Bob McLean aufmunternd zu. Der Rest der versammelten Mannschaft sah ihn nur erwartungsvoll an wie ein Haufen Erstsemester in einer ganz besonders spannenden Vorlesung. Der Eindruck wurde noch verstärkt durch den Videoprojektor mit der Fernbedienung, den DC MacBride aufgetrieben hatte und der ein helles Bild ans Whiteboard warf. Nur ein paar halbherzige Aktionen, die daran geschrieben standen, trübten das Bild. Es zeigte ein Foto des Mitglieds des Schottischen Parlaments, Abgeordneter für West Fife, das aus einem Zeitungsartikel von vor ein paar Monaten stammte.

»Andrew Weatherly wurde 1953 im Rosskettle Psychiatric Hospital geboren. Seine Mutter war erst kurz davor dort aufgenommen worden. Die Akten sagen, sie sei selbstmordgefährdet und hysterisch gewesen, aber es ist wesentlich wahrscheinlicher, dass ihre Familie bezahlt hat, um sie dort wegzusperren, nachdem sie es geschafft hatte, schwanger zu werden, ohne sich vorher zu verheiraten. Sie war damals erst siebzehn Jahre alt und stammte aus einer sehr einflussreichen Familie. Ich wage zu behaupten, dass ihr Vater den Skandal, eine verrückte Tochter zu haben, wohl weniger schlimm fand, als den eines unehelichen Kindes in der Familie.«

»Konnten die das denn einfach so machen? Ich meine, zu viktorianischen Zeiten mag so etwas ja möglich gewesen sein, aber in den Fünfzigern?« DC Greggs Gesichts bot ein Bild der Empörung, als sie die Frage stellte.

»Sie könnten es heute noch, wenn sie nur genug Geld springen lassen würden. Vergessen Sie nicht, dass die Klinik damals nicht einmal in öffentlicher Hand war. Weatherlys Großvater war Seniorchef in einer der größeren Anwaltskanzleien der Stadt und besaß auch einen ordentlichen Batzen von Midlothian. Seine Familie hatte die Klinik praktisch gebaut, also dürfte es nicht allzu schwierig gewesen sein, ein paar Gefälligkeiten einzufordern.«

McLean drückte auf die Fernbedienung, und das Bild wechselte: eine verschwommene Kopie einer Geburtsurkunde.

»Weatherly lebte mit seiner Mutter zusammen, bis er acht Jahre alt war. Soweit wir wissen, wurde er nie getauft, und die Familie Weatherly enteignete ihn vollständig. Er bekam sogar einen anderen Nachnamen. Andrew Theobold.«

»Wer war denn Theobold? Sein Vater?«, fragte DC MacBride.

»Möglicherweise. Sein Großvater hatte Einfluss und Geld, also kann es auch genauso gut der erste Name gewesen sein, der ihnen eingefallen ist, als sie dem Standesbeamten sagen mussten, was er eintragen soll. Es spielt auch nicht wirklich eine Rolle, sondern soll nur dazu dienen zu zeigen, wie weit die Weatherlys gingen, um zu verhindern, dass dieses Kind jemals mit ihnen in Verbindung gebracht werden konnte.«

»Kommt mir nur ein bisschen sehr übertrieben vor. Ich meine, was ist denn so schlimm daran, ein illegitimes Kind zu haben? Meine Mum und mein Dad haben sich nie die Mühe gemacht zu heiraten.«

Angesichts des Stückchens Familienklatsch, dass DC Gregg hier so bereitwillig teilte, zog McLean eine Augenbraue hoch. »Andere Zeiten, andere Werte. Aber ich stimme Ihnen zu, Constable, es ist verrückt, aber so ist es passiert. Die Familie war so schockiert, dass sie alles in ihren Möglichkeiten Stehende unternommen hat, um dafür zu sorgen, dass Andrew Weatherly verschwand. Nicht, dass es ihnen viel gebracht hätte.«

Ein weiterer Klick, ein weiteres Bild. Dieses Mal ein Examensfoto. Die Gesichter waren so schwer zu erkennen, dass es wirklich jeder hätte sein können. Nur die verblichenen Farben, die Kleidung und die Frisuren legten nahe, dass es aus dem Jahrzehnt stammte, das die Zeit lieber vergessen wollte, den 1970ern.

»Seine Mutter starb, als er acht Jahre alt war, danach kam er zu Pflegeeltern. Wir wissen nicht viel über ihn, bis er vierzehn Jahre später wieder auftaucht, als er mit einem Einser-Examen von der Edinburgh University abging. Damals nannte er sich bereits Andrew Weatherly, er hatte mit sechzehn seinen Namen geändert. Man könnte das auch als Absichtserklärung bezeichnen.«

»Hört sich an wie ein echter Irrer.« Das kam von Grumpy Bob, der die Geschichte bereits kannte.

»Du wirst mich da nicht widersprechen hören, Bob. Scheint, als hätte Weatherly einen tiefen Groll gegen seine entfremdete Familie gehegt. Ich kann ihm das nicht verdenken, nach dem, wie sie mit ihm umgesprungen ist. Trotzdem weiß ich nicht, ob ich so zielstrebig in meiner Rache gewesen wäre wie er.«

»Rache?«, fragte MacBride.

»Man kann es wirklich nicht anders nennen. Weatherly konnte immer gut mit Geld umgehen. Man baut keine milliardenschwere Firma auf, ohne eine Tabellenkalkulation lesen zu können. Er nutzte diese Fähigkeit, um die Familie Weatherly gezielt in den Bankrott zu treiben und ihre gesamten Vermögenswerte günstig aufzukaufen. Sein Großvater starb in einem erbärmlichen kleinen Altersheim ohne einen einzigen Cent in der Tasche. Er hatte ein paar Onkel, und denen erging es nicht besser. Alles, was die Familie besessen hatte – die Grundstücke in Midlothian, die Häuser in der Stadt, das Haus in Fife –, hat er an sich gerissen. Es geht das Gerücht, dass er sogar die Kanzlei ruiniert haben soll, auf jeden Fall gibt es die auch nicht mehr.«

MacBride stieß einen leisen Pfiff aus. »Das ist mal Rache.«

»In der Tat. Und ich denke, es verschafft Ihnen einen Eindruck davon, mit was für einem Kaliber von Mann wir es hier zu tun haben. Was die Umstände seines Todes umso schwerer nachvollziehbar macht. Sie haben alle die Bilder gesehen, die die Runde gemacht haben. Es gibt auch Videoaufnahmen, auch wenn ich Ihnen raten würde, sich die nicht anzusehen, wenn Sie hinterher nicht Ihr Hirn bleichen wollen. Die Presse schreit von Erpressung als Grund für seine Taten, aber Weatherly gehörte nicht zu den Leuten, die vor einer Erpressung davongelaufen wären. Und abgesehen davon wusste er ja von den Bildern und den Videoaufnahmen. Er hat die verdammten Dinger ja überhaupt erst machen lassen. Er war derjenige, der andere damit erpresst hat. Sich Druckmittel verschafft hat. Dafür gesorgt hat, dass seine Freunde in den hohen Positionen nie vergaßen, wer sie dorthin gebracht hat. Nein, das …« McLean drückte auf den Knopf und sprang zum letzten Bild. Er hatte es sorgfältig ausgewählt, weil er das Zartgefühl der jüngeren Beamten nicht verletzen wollte, auch wenn er wusste, dass sie wahrscheinlich die letzten waren, die sich von solchen Bildern schockieren ließen. Dennoch zeigte es nicht mehr Fleisch, als anständig war. »Das ist es nicht, was Andrew Weatherly dazu gebracht hat, seiner Frau und seinen Kindern das Leben zu nehmen, bevor er sich erschossen hat.«

»Also, was war es dann?«, fragte DC Gregg, den Kopf unbequem zu einer Seite schiefgelegt, während sie versuchte zu erkennen, was auf dem Bild war. Schon in Ordnung, es waren mehr nackte Hintern darauf zu sehen, als man normalerweise erwarten würde.

»Das, Constable, ist es, was ich möchte, dass Sie alle herausfinden.«

»Haben Sie mal eine Minute Zeit, Sir?«

Auf dem Weg von der Besprechung zurück in sein Büro hielt McLean mitten im Hinken inne und sah von seinem Smartphone auf. Er war dabei zu versuchen, es so zu programmieren, dass es ihn regelmäßig an seine neuen Physiotherapietermine erinnerte, hatte aber bisher wenig Erfolg damit gehabt. DC MacBride hatte einen Stapel Papiere in einer pummeligen Hand, aber daran war nichts wirklich Ungewöhnliches. Ungewöhnlich war der halb lächelnde, halb besorgte Ausdruck auf seinem Gesicht.

»Alles besser, als weiter zu versuchen herauszufinden, wie das verdammte Ding hier funktioniert.« McLean steckte das Telefon in die Tasche. »Was haben Sie?«

»Ich bin die Papiere zu den Abrissarbeiten in Rosskettle durchgegangen.« MacBride hielt den Stapel Papier hoch. »Hab gerade diese ganzen Kopien vom städtischen Bauamt bekommen.«

McLean zog eine Augenbraue hoch. »Wie um Himmels willen haben Sie das denn hingekriegt?«

MacBrides Gesicht wurde lang vor Enttäuschung, und er holte tief Luft, um zu einer Erklärung anzusetzen. McLean stoppte ihn. »Nein. Wie, ist jetzt nicht wichtig. Was haben Sie erfahren?«

Ein erleichtertes Sacken in den Schultern des Constable, dann fing er an: »Es kann auch nur Schlamperei sein. Wir sprechen hier immerhin über die Stadtverwaltung. Aber sehen Sie das hier?« Er hielt ein Bündel Papiere hoch, das eine Abrissgenehmigung für Gebäude des Rosskettle Hospitals sein konnte – oder auch nicht. Zeigte mit einem dicklichen Finger auf das Datum. »Das war, nachdem Weatherly … Also, danach.«

»Und? Wir wissen, dass der Antrag erst kurz bevor die Bulldozer angerollt sind, genehmigt wurde.«

MacBride blätterte in den Papieren, fand einen anderen Brief, eine weitere Variante des Logos der Stadtverwaltung. »Ja, ich weiß. Aber sehen Sie mal hier. Das ist der Brief von der Bauaufsicht. Legt fest, was an Berichten während der Arbeiten geliefert werden muss und so etwas.«

McLean nahm das Blatt entgegen und überflog es, sah nur die Verwaltungssprache, in der solche Schriftstücke verfasst waren. Eine hirnlose, wichtigtuerische Sprache, die den Eindruck von Autorität vermitteln sollte, ohne wirklich irgendetwas mitzuteilen. Es schien aber alles seine Ordnung zu haben, nichts Verdächtiges. Und dann sah er es.

»Das Datum.«

»Genau, Sir.« MacBride strahlte wie ein Schuljunge, der vor der ganzen Klasse die richtige Antwort gegeben hat. »Dasselbe wie im Planungsbrief.«

»Und das ist ungewöhnlich?«

»Ich würde sagen, unerhört, Sir. Die Bauaufsicht kann den Antrag eigentlich nicht bekommen haben, bevor die Planung abgeschlossen war. Und selbst wenn sie alles am selben Tag bekommen hätten, hätten sie es auf keinen Fall so schnell bearbeiten können.«

»Aber es ist nicht unmöglich.«

Ein besorgtes Stirnrunzeln huschte über das Gesicht des Constable. »Nein, unmöglich nicht. Aber da müsste schon jemand gewaltig Druck gemacht haben. Oder einen ordentlichen Batzen Geld auf den Tisch gelegt.«

44

Das kalte, schwache Licht des frühen Morgens malte violette und graue Streifen auf den blassblauen Himmel, der im Augenblick klar war, aber für später mit ernsthaftem Schneefall drohte. McLean saß in seinem Wagen, der Motor tuckerte vor sich hin und lieferte dringend benötigte Wärme in den Innenraum, während er vor der Kirche wartete. Immer wieder blickte er sich um und versuchte zu erkennen, ob irgendwo Reporter auf der Lauer lagen. Obwohl er bisher noch niemanden hatte entdecken können, gab es keine Garantie dafür, dass auch wirklich keine da waren. Zumindest würde die Kälte die zufälligen Passanten auf ein Minimum reduzieren.

Ein zerbeulter Vauxhall Cavalier fuhr langsam an ihm vorbei und parkte dann ein paar Meter weiter ein. Der ölige schwarze Rauch des müden Dieselmotors hing noch in der Luft, als die Fahrertür aufging und ein etwas schlampiger junger Mann ausstieg. Er trug schwere Winterwanderkleidung mit einer leuchtend roten Wollmütze, die er tief über die Ohren gezogen hatte, weshalb McLean ihn nicht gleich erkannte. Als er sich umdrehte, um über den Friedhof hinwegzustarren und dann die Straße entlang, als wartete er auf jemanden, fiel bei McLean endlich der Groschen. Dr. Tom MacPhail war nicht der Rechtsmediziner, den er erwartet hatte.

»Es ist so weit.« Er machte den Motor aus und versetzte dem schlafenden Grumpy Bob einen Stoß in die Rippen. Der Detective Sergeant gab ein lautes, grunzendes Schnarchen von sich, als er aufwachte, rieb sich die Nase und fuhr sich dann mit der Hand durch die spärlichen Reste seines Haupthaars.

»Jetzt schon? Hab gerade so ein nettes kleines Nickerchen gehalten.«

»Das hab ich gemerkt. Komm.« McLean drückte die Tür auf und kletterte in die eiskalte Luft hinaus, die seine Lunge einzufrieren drohte. Grumpy Bob hievte sich auf der anderen Seite heraus. Die zuknallenden Autotüren erschreckten MacPhail. Er wirbelte so schnell herum, dass er beinahe auf der eisglatten Straße ausgerutscht wäre.

»Inspector McLean. Angus lässt sich entschuldigen. Er musste überraschend runter nach London fliegen, um als Redner bei irgendeinem langweiligen Symposium einzuspringen. Sieht aus, als hätte der Mann, den sie eigentlich gewollt haben, so dringend nicht hingewollt, dass er einen Herzinfarkt erlitten hat und gestorben ist.«

Keine schlechte Art, sich vorzustellen, musste McLean gestehen. »Ich bin sicher, er wird jede Minute davon genießen. Wissen Sie, weshalb wir hier sind?«

»Mehr oder weniger.« MacPhail zog die hintere Tür seines betagten Autos auf und hievte eine schwarze Tasche heraus. Die meisten Ärzte, die McLean kannte, trugen darin Medikamente und lebensrettende Ausrüstung herum. Er konnte sich des Gedankens nicht erwehren, dass diese hier in einem Notfall wahrscheinlich nicht von sonderlich großem Nutzen sein würde.

»Nun gut. Je eher wir das hinter uns bringen, desto geringer ist die Gefahr, dass irgendein Trottel von der Presse uns dabei erwischt.« Grumpy Bob sprach es aus, auch wenn McLean genau dasselbe dachte. Außerhalb seines Wagens fühlte er sich sehr viel verletzlicher. In jedem Baum konnte ein Fotograf mit einem langen Teleobjektiv sitzen, der darauf wartete, ein Bild von ihm in den Abendnachrichten zu verbreiten. »Irrer Cop in Grabraub-Skandal verwickelt« oder vielleicht »Toter MSP gibt seine Geheimnisse immer noch nicht preis«. Doch als er sich in der schneebedeckten Gegend umschaute, konnte er immer noch niemanden sehen. Nur den massigen Rumpf der Kirche, die sich in den grauen Himmel erhob, und den Friedhof mit seinen Grabsteinen, die wie schiefe, abgebrochene Zähne aus dem Boden ragten.

»Hast du die Schlüssel, Bob?«, fragte McLean. Der Detective Sergeant nickte und zog einen riesigen eisernen Schlüsselbund aus einer Tasche.

»Gut. Dann mal los.«

Das Tor war nicht abgeschlossen, und es war mindestens eine Person seit dem letzten Schnee an der Kirchentür gewesen. Eine schmale Spur aus Fußstapfen führte einmal hin und zurück. Auf dem Friedhof hingegen war niemand gewesen, der größere Spuren als ein Fuchs hinterließ. Auf dem Weg zur Weatherly-Gruft war der Schnee harsch unter den Schuhen. McLean hatte bei der Beerdigung nicht sonderlich darauf geachtet, sodass ihm erst jetzt auffiel, was für eine gotische Monstrosität sie war. Große quadratische Platten bildeten den Sockel, darüber war ein Bild gehauen, das sogar schon ziemlich großen Kindern Alpträume bereiten konnte. Der Tod in all seiner skelettalen, sensenschwingenden Herrlichkeit machte sich über die vollbusige Gestalt einer Frau her. Die Steinmetzarbeiten waren gut gemacht, aber die Kombination von Auld Reekies Ruß mit dem weichen weißen Schnee machte es noch lebensechter, als sei das ganze Tableau einst Wirklichkeit gewesen und dann durch den unglückseligen Blick einer Gorgone versteinert worden.

Schnee hatte sich in der Vertiefung gesammelt, wo eine Steintreppe vom Weg zur Gruft hinunterführte. McLean nahm den Schlüssel von Grumpy Bob entgegen und bereute es sofort, als erst sein Fuß und dann sein Unterschenkel im Schnee verschwanden. Er landete schwer, ein stechender Schmerz jagte durch seine Hüfte. Nur der feste Griff von Dr. MacPhail verhinderte, dass er vornüber gegen die schwere Eisentür knallte.

»Vorsicht, Inspector. Ich bin ein bisschen außer Übung bei lebenden Patienten.«

Als er in dem verschnörkelten Schmiedeeisen erst einmal das Schlüsselloch gefunden hatte, wurde McLean angenehm davon überrascht, dass sowohl das Schloss als auch die Angeln der Tür gut geölt waren, die sich vor ihnen auf eine weitere Treppe und in die Dunkelheit hinein öffnete. Natürlich – die Gruft mochte ja nur zu wenigen Gelegenheiten betreten werden, aber die letzte war ja erst vor Kurzem gewesen. Zweifellos war jemand hier gewesen, um alles für die neuesten Bewohner vorzubereiten, und hatte in weiser Voraussicht auch ein Kännchen Öl mitgebracht.

»Hast du die Lampe?« McLean hatte es kaum ausgesprochen, als ein starker Taschenlampenstrahl die Dunkelheit zerschnitt und die Schatten in die Ecken trieb. Das Licht enthüllte ein halbes Dutzend Stufen, dann weitete sich die Gruft zu einem kleinen Raum mit steinernen Borden an den Wänden, die meisten davon mit alten Särgen besetzt.

»Das ist also die Familiengruft der Weatherlys?«, fragte Grumpy Bob. »Hat er die auch gekauft?«

McLean dachte darüber nach, dass nur Geld mittels aufwendiger Steinmetzarbeiten eine Beständigkeit und Dauerhaftigkeit über den Tod hinaus sichern konnte. »Scheint so«, sagte er.

»Wundert mich, dass er die ganzen Alten nicht rausgeschmissen hat.« Grumpy Bob nickte mit hochgezogener Augenbraue ins Innere. Es war ein berechtigter Einwand angesichts dessen, wie weit Weatherly dabei gegangen war, um die Familie zu zerstören, die ihn enteignet hatte. Aber andererseits waren es sein Großvater und seine Onkel gewesen, die er ruiniert hatte. Vielleicht hatte sein Rachedurst am Ende doch Grenzen gehabt.

McLean stieg vorsichtig die Treppe hinunter, dann zog er den Plan aus der Tasche. Der Exhumierungsbeschluss steckte auch darin nur für den Fall, dass jemand sie fragte, was sie hier taten. Auch mit den Kirchenoberen hatte er schon gesprochen und ihnen zugesichert, dass sie diejenigen, die in Frieden ruhen sollten, so wenig wie möglich stören würden. In vielerlei Hinsicht war das hier wesentlich leichter, als jemanden auszugraben. Das nahm die Leute meistens ziemlich mit.

»Er müsste der Dritte von links sein, zweite Reihe von unten.« McLean blinzelte auf die Särge, während Grumpy Bobs Taschenlampe darüberwanderte. Es war leicht zu erkennen, welche erst vor Kurzem hierhergestellt worden waren, aber er wollte nicht aus Versehen Mrs Weatherlys aufmachen. Bei denen der zwei Mädchen konnte das nicht passieren, sie waren deutlich kleiner. »Der da, denke ich.«

Es war gerade genug Platz zwischen einem Fach und dem nächsten, um den Deckel zu öffnen. Dr. MacPhail gesellte sich zu ihm, und sie schraubten gemeinsam die schweren Messingmuffen ab und hoben den dunklen Holzdeckel hoch. McLean wusste nicht, was er erwarten sollte. Einen plötzlichen Windstoß, der die Spinnweben erzittern ließ, oder einen entfernten Schreckensschrei. Die Gruft roch nach kaltem Stein und stehender, abgestandener Luft. Er dachte, dass es vielleicht Verwesungsgestank geben müsste oder den beißenden Formaldehyd-Geruch des Leichenschauhauses. Stattdessen war da gar nichts Dramatisches, kein Geruch, gar nichts.

Der Sarg war leer.

»Was meinen Sie mit ›weg‹, verdammt noch mal?«

Unter keinen Umständen konnte das hier leicht werden. Sie hatten noch eine halbe Stunde in der Gruft verbracht und in den anderen Särgen nachgesehen, auch wenn sie dafür keine Genehmigung hatten. Morag Weatherly und ihre beiden Töchter lagen da, wo sie hingehörten, aber Andrew Weatherlys letzte Ruhestätte befand sich ziemlich eindeutig irgendwo anders. McLean hatte Grumpy Bob und den staunenden Dr. MacPhail zum Schweigen verdonnert und war zu Duguid gegangen. Jetzt stand er auf der falschen Seite dieses Schreibtisches, wie schon so viele Male zuvor, und wehrte den Sturm ab, so gut es ging.

»Ich habe meine Karriere riskiert, um Ihnen diese Exhumierungsgenehmigung zu verschaffen, wissen Sie?« Duguids Gesicht war eine Studie in roten Klecksen und beängstigenden Flecken von blutleerem Weiß. »Wie haben Sie's hingekriegt, das dermaßen zu versauen?«

»Bei allem Respekt, Sir –«

»Hören Sie mir auf mit Ihrem verfluchten ›Respekt‹, McLean.« Duguid sprang aus seinem Sessel und stemmte die Fäuste mit so viel Kraft auf die Tischplatte, dass es ihn eigentlich bis an die Decke hätte katapultieren müssen. »Wenn Sie Ruhe gegeben hätten, wäre nichts von alldem passiert.«

»Was genau, Sir? Ich habe Weatherlys Leiche nicht verschwinden lassen. Wir können uns glücklich schätzen, dass wir das so früh bemerkt haben. Und dass wir es waren, die es herausgefunden haben, und nicht jemand anders …«

»Ich …« Duguid machte den Mund auf, um etwas zu sagen, merkte dann aber, dass ihm dazu nichts einfiel.

»Genau.« McLean nutze die kurzfristige Sprachlosigkeit, um in die Offensive zu gehen. »Falls Sie es vergessen haben: Ich hatte einen triftigen Grund, um noch einmal Weatherlys Leiche anzuschauen. Ich bin genauso sauer wie Sie, dass sie verschwunden ist. Aber das unterstreicht doch eher, was ich eben gesagt habe. Hinter der Sache steckt noch mehr, als auf den ersten Blick erkennbar ist.«

Duguid massierte sich die Nasenwurzel mit Daumen und Zeigefinger, als versuchte er, mit Gewalt etwas aus seinem Gehirn zu quetschen. »Mein Gott, McLean. Das sollte ein einfacher Fall sein. Ein Mann dreht durch, bringt seine Familie um und sich selbst. Ende der Geschichte. Das ist das Drehbuch, dem Sie hätten folgen sollen.«

»Ich dachte, Sie wollten von mir, dass ich die Wahrheit herausfinde, Sir. Für die Mädchen und ihre Mutter, wenn schon für sonst niemanden.«

»Die Wahrheit?« Duguid sackte wieder in seinen Sessel zurück, sein Zorn war verraucht. »Wie lange sind Sie jetzt schon Detective, McLean?«

»Ich … Was?«

»Zwölf Jahre, oder? Vierzehn? Und Sie glauben immer noch, dass es so was wie die Wahrheit gibt? Meine Güte, ich wünschte, ich hätte manchmal was von Ihrer Naivität.«

»Es gibt eine solide Spur von Hinweisen, die Andrew Weatherly mit –«

»Solide, am Arsch. Sie handeln aufgrund von Mutmaßungen und Annahmen. Geister und Feen, verfickt noch mal. Sie sehen Verbindungen, wo keine sind. Verbrannte Lippen. Was soll das überhaupt heißen? Ich hätte Ihnen diese blöde Exhumierungsgenehmigung niemals besorgen dürfen.«

Guter Gott, und diesem Mann war die Leitung des CID übertragen worden. »Sir, es tut mir leid, wenn das Verschwinden von Andrew Weatherlys Leichnam Ihnen Schwierigkeiten bereitet, aber denken Sie denn nicht, es ist besser, dass wir es jetzt mitbekommen haben und nicht erst später?«

»Es wäre besser gewesen, wir hätten es überhaupt nicht erfahren. Besser, er wäre dageblieben, wo er hingehört. Besser, es hätte ihn überhaupt gar nicht erst gegeben.«

»Da gebe ich Ihnen recht. Außer, dass wir alle ziemlich dumm dagestanden hätten, wenn er überraschenderweise irgendwo anders aufgetaucht wäre, oder?«

Duguid sah ihn fragend aus kleinen Schweinsäuglein an. »Denken Sie, Sie wissen, wo er ist?«

»Mutmaßungen und Annahmen, Sir. Geister und Feen.«

»Spielen Sie jetzt nicht den Schlaumeier, McLean.«

»Okay, was halten Sie also davon: Andrew Weatherly hat die Firma gehört, die in den letzten zwanzig Jahren das Rosskettle

Hospital für die NHS geführt hat. Des Weiteren besaß er eine andere Firma, die das Gelände gekauft hat, nachdem die Klinik nicht mehr genutzt wurde. Jetzt bebaut eine Firma, die einem seiner engsten Geschäftspartner gehört, das Gelände.«

»Was soll denn das verdammte Rosskettle jetzt damit zu tun haben? Das ist doch ein Irrenhaus, oder nicht?«

»Es war ein psychiatrisches Krankenhaus, ja. Es ist jetzt seit zwölf Jahren geschlossen. Aber es ist der wahrscheinlichste Ort, von dem unser tätowierter Mann hergekommen sein könnte, William Beaumont. Einige der Nebengebäude sind nur ein paar hundert Meter von der Stelle entfernt, wo er über die Klippe in den Glen gestürzt ist.«

Jetzt das verwirrte Gesicht. Nun, damit hatte er gerechnet.

»Worauf wollen Sie hinaus?«

»Was ich sagen will, ist, dass es eine Verbindung zwischen Andrew Weatherly und William Beaumont gibt, Sir. Das bedeutet, dass Weatherly noch sehr viel mehr gemacht hat, als Sexpartys in seinem Haus in Fife abzuhalten, wenn seine Frau nicht da war. Es bedeutet, dass er in etwas drinsteckte, was ich noch nicht mal ansatzweise verstehe, was aber für den Tod von zwei Menschen verantwortlich ist, von denen ich weiß, und von Gott weiß wie vielen anderen noch. Das ist es wahrscheinlich, was ihn zu seiner Tat bewegt hat. Der Gedanke, dass dieses Geheimnis herauskommen könnte. Und es bedeutet, dass im selben Augenblick, in dem wir hier miteinander sprechen, jegliche Beweise dafür von Bulldozern eingerissen und auf eine Deponie verfrachtet werden.«

Duguid sackte wieder gegen die Sessellehne und strich sich mit der langen, spinnenartigen Hand über den Kopf, um sich dann den Nacken zu kratzen. McLean sagte nichts mehr, ließ den Detective Superintendent zu seinen eigenen Schlussfolgerungen finden und in seinem eigenen Tempo. Er hatte seine Karten offen auf den Tisch gelegt. Mehr konnte er nicht tun.

»Sie dürfen niemandem etwas darüber sagen«, lautete schließlich Duguids Antwort. »Machen Sie das Grumpy Bob und Ihrem Rechtsmediziner-Freund ganz klar. Niemand darf etwas davon erfahren, dass Weatherlys Leichnam verschwunden ist. Nicht jetzt.«

McLean versuchte, Haltung zu bewahren, aber innerlich sackte er enttäuscht zusammen. Nein, schlimmer noch, frustriert. Er wusste, dass von oben Druck ausgeübt wurde, um das alles zu vertuschen, aber Duguid war doch sicher nicht einflussreich genug, um damit zu tun zu haben.

»Sie werden einen Durchsuchungsbeschluss für das Hospital brauchen. Ich rufe ein paar Leute an. Halten Sie das aber fern von den üblichen Kanälen, damit da keine riesige rote Flagge hochgeht.«

»Ich ... was?«

»Sie wollen doch das Hospital durchsuchen, oder? Bevor es ganz dem Erdboden gleichgemacht ist? Das würde ich jedenfalls wollen.«

Jetzt war McLean an der Reihe, ein dummes Gesicht zu machen. »Aber ich dachte ...«

»Ich auch. Ich dachte, die wollten eine schnelle Lösung, weil Weatherly mit mächtigen Leuten befreundet war. Ich war nicht glücklich darüber, aber ich hab nicht mehr viele Jahre, und ich will wirklich nicht mit einer Constable-Pension in Rente gehen.« Duguid kramte in seiner Jackentasche herum, fischte ein kleines schwarzes Notizbuch heraus, blätterte es durch, suchte nach etwas. Fand es und griff nach seinem Telefon. »Ich bin ja bereit, eine ganze Menge zu decken, damit ich meine Ruhe habe, aber das geht zu weit.«

45

»Haben Sie Ritchie in letzter Zeit gesehen?«

McLean war noch ganz schwindelig von seiner Begegnung mit Duguid, dem zweiten Menschen in ebenso vielen Tagen, der sich entgegen seinen Erwartungen verhalten und tatsächlich, wenn auch widerwillig, hilfsbereit gewesen war. Es war beinahe, als stünde das Weltende unmittelbar bevor, und die Menschen würden endlich Position beziehen für die große Schlacht. Nur dass diejenigen, von denen er erwartete, dass sie beim Feind saßen, sich als diejenigen entpuppten, die ihm zu Hilfe kamen. Er hoffte nur, dass nicht bei seinen Freunden das Umgekehrte der Fall war.

»Immer noch krankgeschrieben.« MacBride hatte verzweifelt auf den Schirm seines Tablets gehämmert.

»Immer noch? Ich dachte, es ginge ihr allmählich besser.« Wie lange war das jetzt her, dass er sie gesehen hatte? Wann hatte er sie an ihrer Wohnung abgesetzt, nachdem sie draußen in Cramond gewesen waren? Es fühlte sich an, als sei es Wochen her. Ja, sie hatte krank ausgesehen, aber doch nicht krank genug, um sie so lange außer Gefecht zu setzen.

»Das dachte sie auch, Sir. Anscheinend hatte sie irgendeine Art von Rückfall. Sie hat heute Nachmittag noch einen Termin beim Arzt. Sagte, sie versucht, hinterher noch mal reinzuschauen. Ich weiß aber nicht, ob ich unbedingt hier sein möchte, wenn sie das macht. Nicht danach, wie sie sich am Telefon angehört hat.«

McLean wusste, was MacBride meinte. So war das mit manchen Leuten, Märtyrer bei der Arbeit. Sie schleppten sich lieber noch mit nur einem Bein zur Arbeit, als das Team im Stich zu lassen, und das war ja auch schön und gut. Weniger hilfreich allerdings war es, wenn sie bis über die Halskrause mit Grippemedikamenten abgefüllt kamen und ihre Keime mit jedem teilten, sodass nach und nach das ganze Revier umkippte.

»Ich gehe nachher mal nach ihr sehen. In der Zwischenzeit sind Sie zum kommissarischen Detective Sergeant befördert.«

MacBrides Augen leuchteten auf, sein krummer Rücken streckte sich, und ein Grinsen begann sich auf seinem Gesicht zu bilden. »Bin ich das?«

»Leider nur in meinem Kopf. Sie müssen für mich ein Suchteam zusammenstellen. Es kann sein, dass wir im Hintergrund auch ein bewaffnetes Sondereinsatzkommando brauchen für den Fall, dass es haarig wird.«

MacBride sackte wieder zusammen, wenn auch nur ein wenig. Er hatte eine Aufgabe, und das genügte normalerweise, um ihn bei Laune zu halten. »Wo geht's hin, Sir?«

»Zum Rosskettle Hospital. Sobald Duguid meinen Durchsuchungsbeschluss ergattert hat. Wir gehen morgen früh bei Tagesanbruch rein.«

Manche hätten vielleicht gesagt, dass es Wichtigeres zu tun gab, aber mit denen hätte McLean gern gestritten. Er hatte MacBride den Befehl überlassen, was bedeutete, dass alles gründlich vorbereitet werden würde. Grumpy Bob war mit der Eindämmung beschäftigt, was hieß, dass er dafür sorgte, dass nur diejenigen Officer – besonders in den höheren Rängen –, die davon wissen mussten, erfuhren, was für den nächsten Morgen geplant war. Das hieß aber auch, dass er selbst sowieso nur im Weg stehen würde, wenn er weiter auf dem Revier herumhing. Natürlich gab es immer noch Schreibtischarbeit, aber irgendwie wusste er, dass er sich angesichts der für den nächsten Morgen bevorstehenden Razzia sowieso nicht darauf würde konzentrieren können. Und abgesehen davon war ja Personalführung mehr, als nur dafür zu sorgen, dass die Überstundenzettel korrekt abgeheftet waren.

Auch wenn sie über seinen Besuch vorgewarnt war, brauchte Ritchie dennoch lange, um an die Tür zu kommen, nachdem er auf die Klingel ihrer Erdgeschosswohnung gedrückt hatte. McLean wusste wirklich nicht, was er erwarten sollte. Am Telefon hatte sie müde und heiser geklungen, und sie war nicht der Typ, der sich beim kleinsten Anflug einer Erkältung krankmeldete. Dennoch war er entsetzt angesichts der schrecklichen Erscheinung, die ihm die Tür aufmachte. Sie sah eingefallen aus, in einen riesigen flauschigen Bademantel gehüllt, die Füße in großen plüschigen Hausschuhen. Sie blickte ihn aus dunklen und eingesunkenen Augen an, schniefte und brach dann in einen Hustenanfall aus, der jeden lebenslangen Raucher in den Schatten gestellt hätte. Es dauerte lange, bis sie wieder zu Atem kam.

»Sir.« Sie winkte ihn herein.

Jetzt, wo er sie gesehen hatte, war sich McLean nicht mehr so sicher, ob er wirklich die gleiche Atemluft mit ihr teilen wollte, aber er war gekommen, um zu sehen, wie es ihr ging, und sie in den aktuellen Fällen aufs Laufende zu bringen. Es wäre unhöflich gewesen, jetzt den Schwanz einzuziehen und zu fliehen.

»Eigentlich wollte ich Sie fragen, wie es Ihnen geht. Kommt mir jetzt ein bisschen dumm vor.« Er trat in den Flur und schloss die Tür hinter sich. Ritchie zog wieder die Nase hoch, murmelte etwas, das »Hier lang« geheißen haben könnte, dann schlurfte sie auf eine offene Tür zu, die in den hinteren Teil des Hauses führte. McLean folgte ihr und fand sich in einem großen Wohnzimmer mit einer überraschend hohen Decke wieder. Die hintere Wand öffnete sich zu einem winzigen Garten, der auf allen Seiten von Mietshäusern umgeben war. Im Moment war er weiß und hoch mit Schnee bedeckt, aber an einem Sommerabend musste es ein wunderschöner Platz zum Sitzen sein, abgeschirmt von der Hektik und dem Lärm der Stadt.

»Ich glaube, es wird besser.« Ritchie ließ sich in einen großen weichen Ledersessel neben einem kleinen Gaskamin fallen, der fast aussah, als brenne echtes Holz darin. Offensichtlich war das ihr Stammplatz dieser Tage, dem Wall aus zerknüllten Taschentüchern nach zu urteilen, der sie umgab. Sie zog ein weiteres aus einer Schachtel, die auf der Armlehne stand, schnäuzte etwas Feuchtes und Glitschiges hinein, dann knüllte sie es zusammen und legte es zu seinen Freunden. »Wollen Sie einen Tee?«

»Ja gern, aber Sie bleiben hier sitzen. Ich hole ihn. Zur Küche geht's hier entlang?« McLean hatte sich noch nicht hingesetzt. Er ging zurück in den Flur, wobei ihm die unausgepackten Kartons auffielen, die noch aufgestapelt an der Wand standen. Wie lange wohnte Ritchie schon hier? Weitere Kartons verstopften die kleine Küche, aber der Wasserkocher stand neben der Spüle, zusammen mit ein paar Bechern und einer Box mit Teebeuteln. Er beschäftigte sich mit seiner Aufgabe und bemerkte erst, dass Ritchie in der Tür stand, als das Wasser zu kochen begann.

»Für mich nur Lemsip. Im Regal da oben«, sagte sie, dann fing sie wieder an zu husten.

»Es hört sich an, als bräuchten Sie was Stärkeres. Waren Sie beim Arzt?« McLean fand die Schachtel, zog ein Beutelchen auf und schüttete die gelb-grünen Kristalle in einen Becher.

»Heute Morgen. Hat mir gesagt, ich soll mich ausruhen. Ich hab einen Krankenschein, falls Sie den sehen wollen.«

»Mein Gott, nein, deshalb bin ich nicht gekommen.« Er goss Wasser ein und rührte das faulig riechende Getränk um. Vielleicht wirkten sie ja, diese Grippemittel. Aber überwiegend unterdrückten sie die Symptome, sodass man zur Arbeit zurückkehren und die Krankheit breitflächig verteilen konnte. Und dann konnten sie auch an die Kollegen Grippemittel verkaufen. Brillant, wenn man mal so darüber nachdachte.

»Also gehen Sie vor allem Dagwood aus dem Weg?«

Ritchie versuchte sich an einem Lächeln, aber nur mit mäßigem Erfolg. McLean gab ihr den Becher mit Lemsip, an dem sie roch und die Nase rümpfte. »Igitt. Ekelhaftes Zeug.«

»Ich wollte wirklich gucken, wie es Ihnen geht. Es sieht Ihnen nicht ähnlich, sich krankzumelden.«

»Wem sagen Sie das. Ich kann mich nicht erinnern, wann ich mich das letzte Mal so verdammt nutzlos gefühlt habe.«

»Nun, ich werde nicht sagen, dass Sie uns nicht fehlen.« McLean zog den Beutel aus seinem eigenen Becher, fand einen aufgeblähten Milchkarton im Kühlschrank und beschloss, dass er seinen Tee lieber schwarz mochte, während er Ritchie aufs Laufende brachte. Sie ließ sich gegen den Türrahmen fallen, während er sprach, und das Stehen allein machte sie schon so kurzatmig, dass sie eine Weile nicht antworten konnte.

»Ich kapier das nicht«, sagte sie schließlich. »Was ist denn da draußen in der Klinik so wichtig, dass Dagwood Ihnen einen Durchsuchungsbeschluss besorgt?«

McLean antwortete nicht gleich. Er hatte natürlich eine Ahnung, aber so etwas behielt er lieber für sich für den Fall, dass es nicht zutraf.

»Um ehrlich zu sein, hatte ich nicht damit gerechnet, dass er sich darauf einlässt. Aber er wird allmählich sauer, dass ihm das Präsidium ständig sagt, was er zu tun und zu lassen hat. Das ist seine kleine Rebellion.«

»Reitet Sie aber ein bisschen in die Scheiße, oder?«

»Sie meinen, wenn alles den Bach runtergeht? Wenn wir eine Razzia auf einem leeren Baugrundstück machen und nichts finden?« McLean war erfreut zu sehen, dass Ritchies Gehirn trotz ihrer Krankheit und ihrer Schwäche noch immer zu funktionieren schien.

»Nun, aber da hat man Ihnen doch eine Grube gegraben, oder?«

»Von der Minute an, in der mir der Weatherly-Fall übertragen wurde, ja.«

Das trug ihm eine hochgezogene Augenbraue ein. Sie blieb allerdings nicht lange oben. Wie alles andere, das irgendeine Form von Anstrengung erforderte, war Zynismus zu anstrengend für sie.

»Was, dachten Sie etwa, ich hätte das nicht gewusst?« McLean legte die Hände um seinen Becher, spürte die Wärme des Tees zu seinen Knochen durchdringen. Dafür, dass sie so krank war, hielt Ritchie ihre Wohnung überraschend kalt. Nur das Feuer im Wohnzimmer heiterte alles ein wenig auf. »Es ist nicht das erste Mal, dass ich zum Sündenbock gemacht werde. Zum Teil gehört das natürlich dazu, ein DI zu sein. Ich bin nicht so hochrangig, dass es meine Karriere zerstören würde, aber auch nicht so niedrig, dass ich jemand anders die Schuld geben könnte. Behalten Sie das im Kopf, wenn Sie an der Reihe sind, ja?«

Ritchie lächelte daraufhin, und eine Minute lang konnte McLean hinter der Krankheit die Detective Sergeant sehen, die um sich zu haben er gewohnt war. Dann verdrehte sie ohne Vorwarnung die Augen und fiel in Ohnmacht wie eine Marionette, der man die Fäden abgeschnitten hat. Der volle Becher Grippemittel rutschte aus den plötzlich schlaffen Fingern und fiel in einem langsamen schmuddeligen Sprühregen auf den Boden. Sie klappte zusammen, rutschte gerade langsam genug am Türrahmen herunter, dass er sie noch auffangen konnte, bevor ihr Kopf auf dem Boden aufschlug. Instinktiv fühlte er nach dem Puls. Er war schwach und unregelmäßig, wesentlich schlechter, als er es bei jemandem mit einer einfachen Grippe erwartet hätte. Ihre Haut fühlte sich feucht an, fast brennend heiß. Er schaute sich im Flur um und sah die halb offene Tür, die zum Schlafzimmer gehören musste. Einen Augenblick lang dachte er daran, sie dorthin zu tragen, sie ins Bett zu stecken und bei ihr sitzen zu bleiben, bis sie wieder aufwachte, oder vielleicht jemanden anzurufen, der vorbeikommen und helfen konnte. Aber dafür war es zu spät, was immer sie für eine Krankheit hatte. Es war Zeit, größere Kaliber aufzufahren.

Er zog sein Telefon heraus, holte die Nummer aufs Display und rief einen Krankenwagen.

Sehr viel später an jenem Abend kam McLean durch die Hintertür nach Hause und in die Küche. Er war mit Ritchie ins Krankenhaus gefahren und hatte in einem unbequemen Plastikstuhl im Wartezimmer gesessen, während die Ärzte sie untersuchten. Sie wussten genauso wenig wie er, was für ihre Beschwerden verantwortlich war, erklärten sich aber einverstanden, sie zur Beobachtung dazubehalten. Er hatte lange gebraucht, um zu verstehen, dass er nichts Konstruktives mehr tun konnte, außer nach Hause zu gehen und sich ein bisschen auszuruhen.

Müde ließ er seine Aktentasche auf einen Stuhl fallen und die Tüte mit dem Curry auf den Tisch. Mrs McCutcheons Katze starrte ihn von ihrem Bett neben dem Aga an, schnupperte die Luft, um sicherzugehen, das es sowohl der Mensch war, dem sie gestattete, mit ihr in einem Haus zu leben, als auch, dass besagter Mensch Essen mitgebracht hatte. In einem gewaltigen Gähnen entblößte sie die weißesten Zähne, streckte eine einzige Pfote mit ausgefahrenen Krallen vor und erhob sich dann von ihrem Lager. Ein langes Dehnen wandelte sich zu einem Sprung auf den Küchentisch, ohne irgendeine wahrnehmbare Zwischenstufe. Sie tappte über die gebürstete Holzoberfläche zu ihm, Kopf und Schwanz hochgereckt in Erwartung einiger Streicheleinheiten. McLean beugte sich vor, um sie hinter den Ohren zu kraulen. »Mrs McCutcheons Katze« mochte ein umständlicher Name sein, aber immerhin war er sich inzwischen sicher, dass es sich um ein weibliches Tier handelte.

Da fiel ihm der Umschlag ins Auge.

Wahrscheinlich hätte er ihn schon vorher sehen müssen. Er war nicht gerade unauffällig. Lehnte an einem dunklen, getöpferten Keksbehälter, den er auf dem Tisch hatte stehen lassen oder vielleicht auch nicht. Darin würden nur noch mehr inkriminierende Fotos von Weatherly sein, ekelerregend und sinnlos, und demnächst auch im Briefkasten irgendeines Journalisten. Er nahm ihn in die Hand, steckte einen Finger unter die Lasche und riss ihn auf. Er hatte die Nase voll von den kranken, ermüdenden politischen Spielchen. Wenn jemand etwas zu sagen hatte, warum konnte er nicht einfach den Mund aufmachen und es einfach sagen?

Nur dass es diesmal keine Fotos eines verstorbenen Politikers waren, der Sex mit seiner Assistentin hatte.

Wahrscheinlich war es der Himmel, der seine Aufmerksamkeit erregte. Alle früheren Fotos waren Ausschnitte aus Videos, die in Innenräumen aufgenommen worden waren. Dies hier waren richtige Fotos, und sie zeigten eine Szenerie, bei der er eine Weile brauchte, um sie zu erkennen. Vielleicht lag es daran, dass alle Gebäude noch standen anstatt der wenigen, die noch übrig gewesen waren, als er zum ersten Mal Rosskettle besucht hatte. Vielleicht aber auch daran, dass sie im Sommer aufgenommen worden waren, als die alten Eichen voll belaubt waren.

Wie auch immer, es war eindeutig eine Bilderserie der Fertigbaracken, die Price Development gerade so eifrig abriss. Wenn sie nicht bereits fertig damit waren.

McLean lehnte sich zurück und blätterte noch einmal durch den Stapel, langsamer dieses Mal. Die Bilder waren etwas ausgeblichen, was nahelegte, dass sie schon vor einiger Zeit gemacht worden waren und dass es sich dabei eher um echte Fotos als um Ausdrucke von Digitalbildern handelte. Auf keinem der Bilder waren Menschen zu sehen, und je länger er sie studierte, desto klarer wurde ihm, dass sie sich alle auf ein ganz bestimmtes Gebäude konzentrierten. Einige waren Nahaufnahmen von Fenstern und Türen, andere weitwinkligere Einstellungen, aber auf allen stand dasselbe Gebäude im Zentrum. Er hätte nicht sagen können, woher er es wusste, aber er war ganz sicher, dass es dasjenige war, in das er vor ein paar Tagen geklettert war. Das plattgemacht worden war, während er noch darin gewesen war. Das mit dem Keller, der auf keinem Plan verzeichnet war.

»Soll wohl ein Hinweis sein, was?«, fragte McLean niemand Besonderen außer der Katze. Sie sah auf und bedachte ihn mit einem Ausdruck, der nahelegte, dass er ein Idiot war. Dann fuhr sie fort, sich zu putzen.

46

Noch herrschte Dunkelheit. Bis es dämmerte, würde mindestens eine Stunde vergehen. Nur der wolkige Himmel und der gedämpfte Schein, der von der Stadt im Norden ausging. McLean sah zum hundertsten Mal auf die Uhr. Viertel nach sechs, und sie waren schon zu spät dran.

»Wo bleibt denn dieses verdammte Einsatzkommando?« Grumpy Bob sprach aus, was McLeans Gedanken beherrschte. Der Rest des Teams stand bereit, nur das Warten auf die bewaffnete Einheit hielt sie auf. Wahrscheinlich würden sie die sowieso nicht brauchen, aber im Nachhinein war es ein Fehler gewesen, es bei der Besprechung anzusprechen.

Scheinwerferlicht schwenkte über die geparkten Autos und blendete McLean für einen Augenblick. Der schwarze Bus hielt neben ihnen, ein Fenster wurde heruntergelassen.

»Tut mir leid, Sir. Hab mich in der Schlucht verfahren.«

McLean unterdrückte die Antwort, die er gern gegeben hätte. »Gut, dann lassen Sie uns jetzt anfangen.«

Er nickte Grumpy Bob zu, der auf dem Beifahrersitz saß, und ließ seinen Motor an, während der Sergeant das Kommando über Funk an alle weitergab. Sie hatten am oberen Ende des Sträßchens geparkt, das zum Krankenhausgelände führte, und jetzt führte McLean den Konvoi aus Bussen und Streifenwagen zum Eingangstor. Aus dem Wachhäuschen schien Licht, und die Schranke war heruntergelassen. McLean fuhr an den Straßenrand, ließ die Busse vorbei und stieg aus dem Wagen, als ein schläfriger Wachmann herauskam, um nachzusehen, was da los war.

»Privatgelände, Kumpel. Ihr könnt hier nicht rein.« So blind wie schläfrig.

»Polizei. Ich habe einen Durchsuchungsbeschluss für dieses Gelände.« McLean hielt das Papier hoch, dankbar für alle Strippen, die Duguid dafür gezogen haben mochte. »Sie können jetzt entweder die Schranke hochlassen, oder wir fahren so durch.«

McLean folgte dem Wachmann, als er zurück in sein Häuschen eilte. Grumpy Bob war bereits da und drückte auf den Knopf zum Heben der Schranke, als sie hereinkamen. Der Wachmann ging direkt zum Telefon, aber McLean drückte mit einem Finger auf die Gabel. »Nicht bevor meine Leute das Gelände gesichert haben.«

»Aber … Meine Chefin …«

»Wird noch früh genug davon erfahren, sobald wir sie davon in Kenntnis setzen lassen.« McLean wartete, bis der Mann sich hinsetzte, dann erst nahm er die Hand vom Telefon. »Sollte nicht lange dauern.«

Die drei warteten schweigend. Durch das Fenster des Schrankenhäuschens konnte McLean an den kahlen Bäumen vorbei den schattenhaften Umriss des Hauptgebäudes sehen, ungefähr hundert Meter entfernt. Ein paar Minuten später erleuchteten Lichtstrahlen die Steinfassade. Nicht lange danach kam die Entwarnung knisternd über Grumpy Bobs Funkgerät.

»Alles klar. Gehen wir mal gucken, was sie gefunden haben.« McLean ließ Grumpy Bob vorgehen, um noch mit dem unglückseligen Wachmann zu sprechen. »Sie können Ihre Vorgesetzte jetzt anrufen.«

»Alles leer, Sir. Niemand hier.«

DC MacBride kam ihnen am Ende der Zufahrt entgegen. Er war in voller Schutzausrüstung, wenn auch nicht bewaffnet. Die Officer des bewaffneten Einsatzkommandos wuselten hinten um ihre Busse herum und strahlten Enttäuschung aus, während sie ihre Waffen zurück in die Laderäume packten und die Kevlar-Westen ablegten. McLean seufzte erleichtert, weil sie nicht gebraucht worden waren.

»Was ist mit dem Rest des Geländes?«, fragte er.

»Das ist das Gelände, Sir. Alles andere ist eingeebnet, soweit wir das sagen können.«

McLean blickte an MacBride vorbei zu dem beeindruckenden dreistöckigen Gebäude des alten Krankenhauses. Der Himmel darüber begann sich mit der heraufziehenden Dämmerung zu verfärben, die Umgebung enthüllte sich im selben Maß, wie die Schatten sich zurückzogen. Wo er stand, war der Boden asphaltiert, ein großer Parkplatz, der in die Zufahrt mündete. Schmale Wege wanden sich durch die Bäume dorthin, wo die anderen Gebäude gestanden hatten, aber fast alle waren jetzt verschwunden. Die schmuddelige Masse aus Schnee und Matsch zeigte, in welcher Eile das Gelände geräumt worden war. Wie lange war es her, dass Grumpy Bob und er hier gewesen waren? Das konnte höchstens drei Tage her sein. Es musste schon einiges an Arbeitskraft und -stunden eingesetzt worden sein, um so schnell fertig zu werden. Unmöglich mit Edinburgher Arbeitskräften.

»Ist der andere Bus schon angekommen, Bob?«, fragte McLean, als der Detective Sergeant herbeigeschlendert kam.

»Ist gerade auf dem Weg von der Schranke hierher, Sir.«

Scheinwerferlicht strich über die Bäume und die Straße entlang, dann kam ein Kastenwagen in Sicht und hielt etwas entfernt von dem bereits mit Polizeiautos vollgestellten Parkplatz. Als McLean hinübergegangen war, war bereits eine uniformierte Polizistin ausgestiegen und hatte die Hecktüren aufgezogen, wo ein Paar sehr aufgeregte Spaniel zu sehen war. Er blieb in einiger Entfernung stehen, nicht weil sie eine besondere Bedrohung dargestellt hätten, sondern eher, weil er keine matschigen Pfotenabdrücke überall auf seiner Kleidung haben wollte.

»Constable Fraser?«

Die Beamtin brummte ein Kommando, und die beiden Hunde setzten sich augenblicklich hin. Erst als sie zufrieden war, drehte sie sich um. »Sie sind wahrscheinlich Detective Inspector McLean, ja?«

»Ja. Danke, dass Sie so kurzfristig kommen konnten. Ich hoffe nur, die beiden sind so gut, wie ich gehört habe.«

Im Halbdunkel der Dämmerung war es schwer zu sagen, ob Constable Fraser ihn deshalb finster ansah. Sie war klein, nicht dick, sondern eher stämmig gebaut und hatte eine nüchterne Art an sich, die die Bezeichnung »Jungbäuerin« nahelegte.

»Wenn es hier eine Leiche gibt, dann werden Eilidh und Maisie sie finden. Machen Sie sich da mal keine Sorgen, Sir.« Sie sah zu dem Gebäude hoch und legte den Kopf in den Nacken, als ihr klar wurde, wie groß es war. »Ich verspreche aber nicht, dass es schnell gehen wird. Das ist ein verdammt großes Haus.«

»Um ehrlich zu sein, glaube ich, dass es sinnvoller wäre, sie in die Richtung zu schicken.« McLean zeigte seitlich am Haus vorbei, wo das beginnende Tageslicht etwas enthüllte, das aussah wie ein Schlachtfeld. »Ein kleines Vögelchen hat mir erzählt, dass das, wonach wir suchen, da drüben sein muss.«

Die Spaniel fingen an, das Gelände selbstständig systematisch abzusuchen, während McLean und Constable Fraser sich vorsichtig einen Weg durch das Gelände suchten. Er brauchte eine Weile, um sich im Kopf ein Bild davon zu machen, wie alles bei seinem Besuch vor ein paar Tagen ausgesehen hatte. Natürlich hatte er die Fotos, aber die Hälfte der Bäume war weg, genauso wie alle Nebengebäude. Von den ganzen einstöckigen Gebäuden, die im Bogen um die Westseite des Haupthauses gestanden hatten, war nichts mehr zu sehen. Nur noch ein Meer aus aufgerissener Erde, die hart wie Stein zu knöchelbrechenden Brocken zusammengefroren war. Im fahlen Licht des heraufziehenden Morgens machte er den umgefallenen Baum aus, der, immer noch halb in den Schneewehen vergraben, am Außenzaun lag.

Indem sie sich von dort aus zurückarbeiteten, gelangten sie zu dem Punkt, an dem der Eingang zu dem Keller liegen musste, den er nicht mehr hatte untersuchen können. Vielleicht fünfzig Meter in jede Richtung.

»Irgendwo hier.« Er zeigte auf den Boden zu seinen Füßen. Fraser knurrte den Hunden einen weiteren Befehl zu, und die beiden blickten sie aufmerksam an. Noch ein Befehl, und ihre Nasen senkten sich, die Ruten hocherhoben, als sie sich an die Arbeit machten. Hin und her mit der konzentrierten Intensität, wie sie nur ein Wesen aufbringen kann, das zwar überwiegend eher dumm, aber in einer einzigen Tätigkeit sehr, sehr gut ist.

Es dauerte nicht lange. Der erste Hund verharrte zitternd und fing an zu bellen. Kurz darauf tat es ihm der zweite nach. Sie gruben nicht, was McLean beinahe genauso beeindruckte wie das Schnüffeln. Stattdessen setzten sie sich nur nebeneinander hin und blickten zwischen ihrer Hundeführerin und einem Punkt am Boden vor sich hin und her.

»Volltreffer, Inspector. Ich bin beeindruckt.«

»Glauben Sie, da unten ist etwas?«

»Ich bin mir sicher. Manchmal kriegt man falsche positive Ergebnisse, aber diese beiden sind meine besten, und wenn die sich auch noch einig sind, dann würde ich darauf wetten, dass da eine Leiche liegt.« Sie nahm eine Handvoll Hundekekse aus der Tasche und gab den Hunden ihre Belohnung, dazu reichlich Kopftätscheln und Bestätigung. McLean hoffte nur, dass sie es sich verdient hatten.

»Mein Gott, das Zeug ist wie Beton.«

Detective Constable MacBride schwang die Spitzhacke mit einer Gewandtheit, als hätte er das mal gelernt, und zwei uniformierte Constables versuchten, mit Schaufeln Boden wegzukratzen, so gut es ging, aber es war nicht zu leugnen, dass es tagelang Frost gegeben hatte, und zwar auch tagsüber. Die Erde war steinhart, und wenn sie brach, dann bildete sie Klumpen, die zu groß waren, als dass ein Mann sie hätte anheben können. Sie schufteten jetzt seit einer halben Stunde, aber an den Ergebnissen konnte man das kaum absehen, wenn man nicht von Anfang an dabei gewesen war.

»Es kann nicht allzu tief reichen. Sollte doch weicher werden, je tiefer Sie kommen.« McLean wusste nicht genau, ob das stimmte, aber er verspürte das Bedürfnis, ihnen Mut zuzusprechen. Inzwischen war es beinahe halb acht und das volle Tageslicht erreicht, und triste graue Wolken verdeckten die Pentland Hills in der Entfernung, gefrierender Nebel hing in den Wäldern in der Nähe.

»Sind Sie sicher, dass Sie es nicht auch mal versuchen wollen, Sir?«, fragte MacBride und hielt ihm den Stiel der Spitzhacke hin.

»Ich will Ihnen doch nicht die Chance auf Ihr Workout nehmen, Constable.« McLean umfasste den Kaffeebecher in seinen Händen, eine Gefälligkeit von Grumpy Bob. Woher DS Laird das Zeug hergezaubert hatte, konnte er sich nicht vorstellen. Er war nur glücklich darüber, die Wärme im Bauch zu spüren. Auch den köstlichen Duft hatte er genossen, aber ein Hauch von etwas wesentlich weniger Angenehmem erreichte im selben Augenblick seine Nase, als einer der uniformierten Constables plötzlich aufschrie.

»Ich hab hier was, Sir. O mein Gott …« Er brach mitten im Satz ab, warf die Schaufel weg und kletterte hastig aus der schmalen Grube. Zu seiner Ehrenrettung sei gesagt, dass er es mindestens zehn Meter weit schaffte, bevor er sich übergab.

»Ich glaube, wir haben unsere vermisste Leiche gefunden, Sir.« MacBride reichte seine Spitzhacke nach oben, während der zweite Constable etwas vorsichtiger herauskletterte. Diesmal nahm McLean sie und packte den Detective Constable am Hosenbund, um ihm herauszuhelfen. Erst als alle drei aus dem Weg waren, konnte er einen Blick nach unten riskieren und sehen, was die Spürhunde gefunden hatten. Es war kein angenehmer Anblick.

Schlammverkrustet, als sei er hineingeworfen worden, während der Schlamm noch flüssig war, schaute das Gesicht eines Mannes vom Grund des Lochs nach oben. Seine Lippen waren blasig und zerrissen, Zähne waren zwischen dem ausgefransten, blassrosa und schwarz verbrannten Fleisch zu sehen. Die Augen fehlten, schwarze Höhlen voller Schlamm, wo einst Augäpfel gewesen waren. Man würde annehmen, dass es so gut wie unmöglich wäre, jemanden anhand so eines kleinen Ausschnittes des Gesichts zu erkennen, noch dazu, wenn er so beschädigt, blutleer und blind war. Aber da gab es kein Vertun, was die Identität des Mannes anging, dessen Leichnam sie entdeckt hatten: Andrew Weatherly.

»Sieht aus, als hättest du recht gehabt, Chef.« Grumpy Bob trat zu ihm. »Wirst du mir verraten, woher du das wusstest?«

McLean dachte an die handbeschriebene Seite, die Matt Hilton ihm gegeben hatte, und wie sie in seinem Kamin geknistert und gebrannt hatte. Es war kalt hier draußen im Nebel und dem bleichen Morgenlicht, aber das war es nicht, was ihm einen Schauer über den Rücken jagte.

»Um ehrlich zu sein, ist es nicht das, was ich erwartet hatte, Bob. Aber ich will mich nicht beschweren. Lass uns die Spurensicherung herkriegen, ja?« Er warf einen Blick zu MacBride und den beiden uniformierten Constables, die sich etwas weiter weg zitternd vor Kälte zusammendrängten.

»Ich denke, die können ihn noch ganz ausgraben, oder?«

47

Er hörte den Tumult, lange bevor er auf dem Parkplatz vor dem Hauptgebäude ankam. McLean brauchte den glänzenden Range Rover mit seinen schwarz getönten Scheiben gar nicht erst zu sehen oder die massigen Gestalten Karls und des anderen Leibwächters, um zu wissen, wer dafür verantwortlich war. Zum Teil war er beeindruckt, dass Mrs Saifre persönlich auf das Gelände gekommen war, und auch, dass sie es so schnell geschafft hatte, aber er fragte sich, wie es kam, dass sie nicht sowieso schon lange im Voraus davon gewusst hatte.

»Ich möchte den Verantwortlichen hier sprechen. Das ist wirklich unerhört, junge Frau.«

Unter all den Beamten in Zivil hatte Mrs Saifre sich ausgerechnet DC Gregg ausgesucht, wahrscheinlich in der Annahme, dass sie, weil sie sowohl jung als auch eine Frau war, am leichtesten herumzuschubsen war. Das, wurde McLean klar, als er sich der Szene näherte, war ihr erster Fehler gewesen.

»Es tut mir sehr leid, Ma'am, aber ich kann Sie nicht weiter vorlassen. Dies ist ein potenzieller Tatort, und es ist absolut unerlässlich, dass wir die Kontamination auf ein Minimum beschränken. Wir würden doch nicht wollen, dass wir Ihnen Ihre Klamotten abnehmen müssen, um sie kriminaltechnisch untersuchen zu lassen, nicht wahr?«

»Haben Sie eigentlich irgendeine Vorstellung davon, wer ich bin, junge Dame? Wie heißen Sie, welchen Rang haben Sie? Wem sind Sie untergeordnet? Ich werde das vor den Chief Constable persönlich bringen.«

»Mrs Saifre, ich muss sagen, ich habe Sie hier nicht erwartet.«

McLean rief es beinahe, darauf bedacht, die Situation schon zu entschärfen, obwohl er noch zu weit weg war. Oder zumindest ihren Zorn auf sich zu ziehen und von den ihm unterstellten Beamten abzulenken. Wenn es eins war, was er nicht leiden konnte, dann war es, wenn Leute in höheren Positionen Untergebene schikanierten. Das war sein Job.

»Detective Inspector McLean. Tony. Hier liegt doch sicher ein Irrtum vor.« Mrs Saifre schenkte ihm ein blitzendes Lächeln, das die Knie jedes lebenden männlichen Wesens zum Erweichen gebracht hätte. Nur dass McLean das Gekünstelte darin erkannte, die Frau als den Parasiten erkannte, der sie war.

»Ich fürchte nicht.« Er hatte das Grüppchen Leute endlich erreicht und merkte, dass verschiedene uniformierte Constables und ein paar Leute aus dem bewaffneten Sondereinsatzkommando dabei waren, einen losen Halbkreis um DC Gregg zu bilden. Nur mit Karl und dem anderen Leibwächter hinter sich war Mrs Saifre klar in der Unterzahl, wie sehr sie sich auch mit ihren Beziehungen bis in höchste Ebenen brüsten mochte. McLean zog den Durchsuchungsbeschluss aus der Innentasche seiner Jacke, faltete ihn auseinander und händigte ihn ihr aus.

»Wir hatten Grund zu der Annahme, dass auf diesem Gelände ein Mann gegen seinen Willen festgehalten und gefoltert wurde. Dies erlaubt uns sowohl, das gesamte Gelände zu durchsuchen, als auch, alle anderen davon fernzuhalten, während wir diese Suche durchführen.«

»Sie *hatten* Grund? Also sind Sie mit Ihrer Suche bereits fertig?«

»Oh, wir sind noch nicht fertig, nein. Wir haben gerade erst angefangen. Sagen Sie mir, Mrs Saifre, wie sehr sind Sie in die alltägliche Leitung von Price Developments involviert?«

Ein böser Blick verfinsterte Mrs Saifres Gesicht, und ihre Augen blitzten rot auf, was sicher nur eine Spiegelung der aufgehenden Sonne war. Die kalte Luft schien sich noch mehr abzukühlen, und McLean spürte den Schmerz in der Hüfte zwicken. Aus dem Augenwinkel sah er, wie einige Beamte einen Schritt zurückwichen, als hätten sie zu dicht an einem Feuer gestanden, das heftiger brannte, als sie erwartet hatten.

»Ich bringe das Geld mit, Detective Inspector«, sagte Mrs Saifre schließlich. »Also interessiere ich mich natürlich für alles, was die Bilanz beeinflusst. Die technischen Aspekte überlasse ich den Ingenieuren und Architekten.«

»Und doch sind Sie hier. Wo sind die Ingenieure und Architekten?«

»Mir gehört dieses Land.« Irgendetwas in dem Verb, die Art, wie sie es aussprach, machte McLean nervös. Es war, als würde sie behaupten, jemandes Seele zu besitzen. Woher war denn der Gedanke gekommen? Er spürte den wachsenden Drang zurückzuweichen, allen zu befehlen, zusammenzupacken und wegzufahren. Aber das war verrückt; sie waren gerade erst angekommen, und ein paar hundert Meter weiter halfen DC MacBride und Grumpy Bob ein paar Uniformierten, eine Leiche zu bewachen, die an einem Ort lag, an den sie wirklich nicht hingehörte.

»Dann sind Sie letztlich doch für das verantwortlich, was wir hier finden. Ist das nicht so?« McLean hielt Mrs Saifres Blick stand, auch wenn er fast den Eindruck hatte, dass es ihm körperlich wehtat, in diese schwarzen grundlosen Augen zu blicken.

»Sie haben keine Ahnung, mit wem Sie sich hier anlegen, Detective Inspector McLean.« Sie schaute weg und blickte über die versammelten Polizisten. »Keiner von Ihnen. Das wird für Sie alle schlecht ausgehen.«

»Bitte bedrohen Sie meine Leute nicht, Mrs Saifre.« McLean machte einen Schritt nach vorn. Er hatte sie am Arm nehmen und zurück zu ihrem Auto führen wollen, aber die Art, wie die Leibwächter sich aufrichteten, ließ ihn noch einmal darüber nachdenken. Er sah Karl an, der kaum wahrnehmbar den Kopf schüttelte. Eher eine Warnung als eine Entmutigung. McLean verwandelte die Berührung in eine offene Handbewegung und zeigte mit der anderen Hand auf den Range Rover. »Ich muss Sie bitten, das Gelände zu verlassen, bis die Kriminaltechniker ihre Arbeit beendet haben. Wir werden Sie selbstverständlich über unsere Fortschritte informieren.«

Mrs Saifre blickte ihn finster an, und wieder spürte er diesen Druck, der sich in seinem Kopf, in seinem ganzen Körper aufbaute. Von ihr ging eine brodelnde Hitze aus, die den eisigen Boden um sie herum hätte zum Schmelzen bringen und den gefrierenden Nebel vertreiben müssen. Aber es war eine Hitze, die er nur innerlich spürte, eine Warnung vor dem Zorn, der erst noch über ihn hereinbrechen würde. McLean empfand kurz Mitleid mit den beiden Leibwächtern, deren Fahrt zurück in die Stadt im besten Fall schwierig werden würde.

»Hier ist das letzte Wort noch nicht gesprochen.« Mrs Saifre marschierte mit steifen Schritten zurück zu ihrem Wagen und stieg ein. McLean folgte ihr.

»Das bezweifle ich nicht. Aber ich werde sowieso noch mit Ihnen sprechen müssen, also entfernen Sie sich nicht allzu weit.«

Karl, der Bodyguard und Chauffeur, schloss die Tür, und die schwarz getönten Scheiben machten es unmöglich, Mrs Saifres wütendes Starren weiter zu sehen. Als Karl sich umdrehte, um einzusteigen, erhaschte McLean einen Blick auf sein Gesicht. Tieferes und umfassenderes Entsetzen hatte er noch nie gesehen.

»Was genau haben Sie eigentlich gemacht, Inspector?«

Im Behandlungsraum der Physiotherapeutin war es warm, wenn man den Morgen draußen im eiskalten Nebel verbracht hatte. McLean lag auf der gepolsterten Liege und versuchte, nicht zusammenzuzucken, als Esmeralda seine Beine und die Hüfte bewegte. Es schmerzte sehr viel heftiger, als er bereit war zuzugeben. Sogar wesentlich heftiger als am Tag zuvor.

»Ich habe auf einem kalten Acker gestanden und zugesehen,

wie Experten von der Kriminaltechnik eine Leiche ausgegraben haben, wenn Sie es unbedingt wissen müssen.«

Die Spurensicherung war nicht lange nach Mrs Saifres Abgang eingetroffen und hatte in kürzester Zeit den Tatort übernommen, effektiv wie sie waren. McLean hatte sie nur zu gern gewähren lassen, und er war froh gewesen, Grumpy Bob die Verantwortung zu übergeben. Bis dahin hatte ihm die Kälte tatsächlich mehr und mehr zugesetzt, weit mehr, als er erwartet hätte angesichts der zusätzlichen Schichten an Kleidung, die er trug. Als das Telefon sich piepsend mit seiner Terminerinnerung meldete, hatte er freudig die Gelegenheit ergriffen, Rosskettle zu verlassen. Nun ja, vielleicht nicht wirklich freudig.

»Wie nett«, presste Esmeralda hervor, während sie all ihre Kraft in ihre Arbeit legte. McLean kämpfte nicht dagegen an, aber er konnte spüren, wie sein Bein immer steifer wurde, als sie es beugte, als hätte das Gelenk nicht mehr die passende Form. »Das fühlt sich an, als wären Sie zwanzig Meilen in zwei Nummern zu kleinen Schuhen gewandert.«

Irgendetwas knallte, und McLean schrie auf. Es war nur ein kleiner Aufschrei, aber dennoch ein Schrei. Der Schmerz war qualvoll, aber so schnell, wie er gekommen war, so schnell verschwand er auch wieder. Er griff nach seiner Hüfte, erwartete, dass sie empfindlich war. Stattdessen fühlte sie sich vollkommen normal an, und zum ersten Mal seit Wochen fiel ihm auf, wie falsch sie sich die ganze Zeit angefühlt hatte.

»Was war –«, fing Esmeralda an.

»Was haben Sie –«, fragte McLean gleichzeitig.

»Was haben Sie da gemacht?«, fragte er schließlich in das entstandene Schweigen hinein.

»Das hätte wirklich nicht wehtun sollen.« Die Physiotherapeutin sah ihn misstrauisch und ungläubig zugleich an. Als würden plötzliche Schmerzausbrüche irgendwie ihre Fähigkeiten in Zweifel stellen.

»Glauben Sie mir, das hat es. Aber jetzt …« McLean schwang die Beine von der Liege und senkte die Füße zum Boden hinab. Er war angespannt, erwartete zumindest, dass die alte Steifigkeit und der alte Schmerz sich wieder meldeten, sobald er das Bein belastete. Aber da war nichts. Er machte einen Schritt, dann noch einen. Zwei weitere trugen ihn bis zur Tür, also drehte er wieder um und umrundete einmal zügig die Behandlungsliege. Esmeralda beobachtete ihn die ganze Zeit mit einem verblüfften Stirnrunzeln.

»Das ist unglaublich«, sagte sie schließlich. »Sie hinken kaum noch. Nur muskuläre Kompensation auf dem anderen Bein. Bitte, noch mal rauf auf die Liege.«

McLean tat, wie ihm geheißen, ließ die Physiotherapeutin erneut sein Bein nehmen und Knie und Hüfte bewegen. Beides bewegte sich locker und frei. Kein Gefühl mehr, als würde feuchter Sand die Gelenke blockieren. Kein allgegenwärtiger dumpfer Schmerz.

»Da muss ein Nerv eingeklemmt gewesen sein.« Esmeralda gab ihm sein Bein zurück. »Dieser letzte Schubs hat ihn wahrscheinlich dahin zurückschnellen lassen, wo er hingehörte. Das würde das Jaulen erklären, schätze ich mal.« Sie sah aus, als hätte sie vor allem Mühe, sich selbst davon überzeugen.

»Jaulen?«, fragte McLean.

»Na ja, es war ja nicht direkt ein Schrei. Nicht wirklich.«

McLean holte seine Hose vom Stuhl in der Ecke und zog sie an, ohne sich erst hinsetzen zu müssen. Wie lange war es her, dass er das geschafft hatte? Er konnte sich nicht mehr erinnern.

»Sie sollten es trotzdem noch für ein paar Tage etwas langsamer angehen lassen. Vielleicht eine Woche. Es wäre schade, wenn das, was da gerade geschehen ist, wieder zunichtegemacht würde.«

»Ich werde aufpassen.« McLean setzte sich hin, um die Schuhe anzuziehen, nur um zu zeigen, dass er verstanden hatte. »Heißt das, ich brauche morgen nicht wiederzukommen?«

»Nein. Ich denke, wir können zum alten Rhythmus zurückkehren«, sagte sie.

McLean stand auf und wippte auf die Zehenspitzen und wieder zurück, wie er es eine halbe Stunde zuvor nie und nimmer hätte tun können. Die Physiotherapeutin beobachtete ihn etwas skeptisch, als könnte sie ihren eigenen Fähigkeiten nicht so recht trauen.

Und das war der Moment, in dem McLean die Kette bemerkte, die um ihren Hals hing. Schmal, Silber; erst dachte er, sie hätte eine Art Anhänger, aber am Ende war es nur ein schlichtes Kreuz. Es musste aus dem T-Shirt gerutscht sein, als sie eben an seinem Bein gearbeitet hatte, und hing jetzt locker darüber. Fast reflexhaft wanderte ihre Hand hinauf, und sie steckte es mit einem schuldbewussten Lächeln zurück.

»Nächste Woche dann.« McLean schob die Hände in die Taschen, damit sie nichts Unbotmäßiges taten, nickte Esmeralda kaum merklich zu und ergriff die Flucht.

48

Ich muss sagen, es kommt nicht oft vor, dass ich jemanden zum zweiten Mal auf den Tisch bekomme.«

McLean stand ein paar Schritte vom Obduktionstisch entfernt und beobachtete, wie Angus Cadwallader sich an der bleichen nackten Gestalt Andrew Weatherlys zu schaffen machte. Die Reise von der Gruft zur Begräbnisstätte unter gefrorenem Boden hatte dem toten Mitglied des Schottischen Parlaments nicht gutgetan. Seine Arme und Beine waren an mehreren Stellen gebrochen, und obwohl Dr. MacPhail und Tracy ihr Bestes getan hatten, um ihn so hinzulegen, dass er aussah wie ein Mann, der auf dem Rücken lag, war doch nicht zu leugnen, dass einige Teile fehlten. Die Kriminaltechniker waren sogar jetzt noch dabei, den Fundort weiter auszuheben, und DC MacBride leitete ein Team von Beamten, die versuchten nachzuvollziehen, wo die endlosen Lastwagenladungen an Bauschutt hingekommen waren. Irgendwo in der Zukunft war ein schwieriges Gespräch mit Duguid angesetzt, was wahrscheinlich der Grund dafür war, dass er sich hier unten im Leichenschauhaus versteckte.

»Ist denn genug von ihm übrig, um die Probe zu nehmen, die du brauchst?«

Cadwallader beugte sich über den Kadaver und betrachtete Weatherlys zerschlagenes Gesicht und seine beschädigten Lippen von Nahem. Dr. MacPhail schaute zu, und seine Hände zuckten leicht, als wäre er begierig darauf zu helfen. McLean wusste nicht genau, was hier Vorschrift war. Es war ja nicht genau eine Post-mortem-Sektion – das war längst erledigt. Andererseits, wenn sie jetzt in diesen Überresten Hinweise darauf finden konnten, wer Andrew Weatherly aus seiner Gruft geholt und ihn auf dem Gelände des Rosskettle Hospitals begraben hatte, dann würden diese Beweise untermauert werden müssen. Und dafür war es wichtig, dass der junge Rechtsmediziner die Sektion bezeugte und nicht dabei assistierte.

»Rollen Sie doch den anderen Burschen mal herein, Tracy, ja?« Cadwallader richtete sich auf und machte sich dann daran, den Rest der Leiche in Augenschein zu nehmen, während seine Assistentin zur Kühlkammer ging. Er hob die Arme hoch, inspizierte die linke Hand, dann den bleichen, blutleeren Stumpf, von dem die rechte abgetrennt war. Weatherlys rechter Fuß fehlte ebenfalls, zusammen mit einem großen Brocken aus seiner Hüfte, der auf furchtbare Weise danach aussah, als hätte ein riesengroßes Maul ihn herausgebissen. Irgendetwas hatte sogar einen Teil der gewissenhaften Naht von Dr. Sharp am Brustkorb wieder aufgetrennt.

»Irgendeine Ahnung, was von seinen Eingeweiden fehlen könnte, Angus?« McLean hatte das schreckliche Gefühl, dass er die Antwort schon kannte.

»Geduld, Tony. Dazu komme ich schon noch. Vorher ist da noch die Nebensächlichkeit zu klären, wegen der ich ihn mir überhaupt noch einmal ansehen sollte. Ah, da ist er ja.«

Tracy erschien auf der anderen Seite des Sektionssaales und schob Barry Timbrel auf einer Metallbahre herein. Zumindest ging McLean davon aus, dass es sich um Barry Timbrel handelte. So unter dem weißen Tuch war das schwer zu sagen. Sie parkte die Bahre neben dem bereits von Weatherly besetzten Tisch und schlug dann das Tuch zurück, um den wächsernen Kopf des Tattoo-Künstlers zu enthüllen. Cadwallader nahm eine große Lupe zur Hand und musterte die Lippen des Mannes von Nahem. Richtete sich auf und wandte sich wieder Weatherly zu, um ihm dieselbe Aufmerksamkeit zu widmen.

»Faszinierend.« Er wählte eine der Waffen aus der Stahlkollektion neben sich. Für McLean sah sie nach einer ganz besonders scharfen und finsteren Nadel aus, die Sorte, die man wählen würde, wenn Extremstricken eine Sportart wäre. Cadwallader nutzte sie, um ein bisschen Haut von Weatherlys Lippen abzunehmen und sie auf einem kleinen Objektträger zu platzieren. Dasselbe tat er bei Timbrel, dann trug er beide Proben zu dem Labortisch und legte sie eine nach der anderen unters Mikroskop. Die ganze Zeit murmelte er vor sich hin. McLean hatte ihn schon so erlebt, aber nur, wenn ihn ein Problem ganz besonders beschäftigte.

»Tom. Sieh dir das mal an und sag mir, was du davon hältst«, sagte Cadwallader schließlich. Dr. MacPhail wiederholte die Übung mit den beiden Proben, nahm sich weniger Zeit als sein Vorgesetzter und gab keinerlei Laut von sich.

»Säure?«

»Das dachte ich auch erst. Aber hier und hier …« Cadwallader zeigte mit der Nadel auf die Lippen der Toten. »Da sind Verkohlungen, die auf große Hitze schließen lassen. Ich kann mir nichts vorstellen, das mit Säure und Feuer gleichzeitig reagiert. Und das auch noch, während sie noch am Leben waren.«

Da fiel irgendwo in McLeans Hirn ein Groschen. Er machte einen Schritt nach vorn, bevor ihm bewusst wurde, dass ein genauerer Blick auf jede der beiden Leichen weniger seine Frage beantworten als ihm vielmehr den Morgentee würde wieder hochkommen lassen. »Du sagst, sie hätten sich die Lippen verbrannt, während sie noch am Leben waren?«

»Sich verbrannt oder sind verbrannt worden. Es ist wahrscheinlicher, dass ihnen das von irgendwem angetan wurde, als dass sie es selbst getan haben.«

»Und du glaubst sie sind beide vom selben Gegenstand verursacht worden?«

»Ich dachte, Weatherly hätte sich den Gewehrlauf in den Mund gesteckt und sich verbrannt, als er abgefeuert hat. Aber die Form der Verbrennungen passt nicht dazu, und jetzt, wo ich es mir noch einmal angesehen habe …« Cadwallader zeigte mit seiner Nadel auf Weatherlys zerschlagenes und schlammiges Gesicht. »Wenn es nur Verkohlung gewesen wäre – also Verbrennung durch Hitze –, dann bestünde die sehr geringe Wahrscheinlichkeit, dass es ein seltsamer Zufall ist. Aber das hier« – er schwang die Nadel in einem weiten Bogen, bis sie auf Timbrel zeigte, und verfehlte dabei Dr. MacPhails Auge nur knapp – »Säure und Hitze zusammen? Das deutet doch auf etwas Ungewöhnliches hin, etwas … Vorsätzliches.«

»Seit wann gehört Ihnen das Rosskettle-Gelände, Mrs Saifre?«

Der Heizkörper in Vernehmungsraum Nummer eins hatte noch nie sonderlich gut funktioniert – entweder heizte er den Raum so weit auf, dass die Temperatur der Hölle ziemlich nahekam, oder er ließ ihn auf Eiseskälte abkühlen. Heute war Ersteres der Fall; die Luft war so dick, dass das Atmen mühsam wurde. McLean hatte bereits sein Jackett ausgezogen, der Schweiß klebte das Hemd an seinen Rücken. Grumpy Bob kämpfte darum, Haltung zu bewahren, Schweißtropfen standen deutlich sichtbar in seinem dünn werdenden Haar. Gegenüber auf der anderen Seite des Tisches machte Mrs Saifre den Eindruck, als befände sie sich in einer vollkommen anderen Klimazone. Kein Härchen war verlegt, ihr Gesicht blass. Nur ihr verärgertes Starren strafte die äußerliche Ruhe Lügen.

»Mir?« Sie zog eine einzelne Augenbraue hoch. »Seit das Testament des armen alten Andrew eröffnet wurde, nehme ich an.«

»Das war nach der Beerdigung, wenn ich mich recht erinnere.« McLean dachte an ihr Gespräch beim Beerdigungsempfang. Das erste Mal, dass er dieser ungewöhnlichen Frau begegnet war.

»Ja. War es. Andrew hat mir seinen gesamten geschäftlichen Nachlass vermacht, wozu unter anderem Rosskettle gehörte.«

»Sie haben aber keine Zeit verloren, um die Bulldozer anrollen zu lassen.«

»Ah. Nein. Das war nicht ich.« Mrs Saifre lächelte wie ein Piranha, mit einem Mund voll spitzer Zähne, die einen Augenblick aussahen, als seien sie zugefeilt. Aber das war nur eine optische Täuschung.

»Also Ihre Firma.«

»Nein. Das war Andrew. Er hatte solche Pläne für das Gelände. War förmlich besessen davon. Wirklich ein Jammer, was geschehen ist.«

McLean rieb sich die Stirn, spürte Schweißtropfen direkt unterhalb seines Haaransatzes. Mein Gott, er würde wirklich gern denjenigen ausfindig machen, der für die Instandhaltung des Polizeigebäudes zuständig war, und ihm einen ordentlichen Tritt in den Hintern verpassen.

»Ich bin sicher, Mrs Weatherly und die beiden Mädchen sehen das ähnlich.« Er schüttelte die Wut ab, unsicher, woher sie plötzlich gekommen war.

»Oh, das tun sie, Detective Inspector. Das tun sie.«

Trotz der extremen Hitze jagten ihre Worte McLean einen kalten Schauder über den Rücken. »Also waren die ganzen Abriss- und Rodungsarbeiten, die seit der Beerdigung stattgefunden haben, schon beauftragt worden, als Weatherly noch am Leben war?«

»Ganz genau. Ich bin froh, dass ich das aufklären konnte.«

»Und es ist Ihnen nicht in den Sinn gekommen, mit der Ausführung zu warten, bis die rechtlichen Abläufe zu Ende gebracht waren?« Grumpy Bob gab am Ende der Frage ein leises, asthmatisches Husten von sich, als hätte er seinen gesamten Atem verbraucht, um die Frage auszusprechen.

»Mein lieber Detective Sergeant Laird, Sie sollten damit mal zum Arzt gehen.« Mrs Saifres Kopf drehte sich so glatt, als sie ihre Aufmerksamkeit von ihm abwandte, dass man McLean hätte glauben machen können, sie wäre eine Art Maschine. Auf jeden Fall nicht menschlich.

»Trotzdem eine berechtigte Frage, Mrs Saifre.«

»Sie sollten mich doch Jane Louise nennen, Tony. Ich hatte solche Pläne für uns.«

McLean spürte die Rückkehr dieses Blickes und wusste, wie sich der Mann, der die Kohlen in die Dampfmaschine einer Lokomotive füllte, fühlen musste, wenn er die Tür zur Feuerung öffnete. Die Hitze verdrehte ihm den Verstand. Er musste seine Vernehmung wieder in die richtigen Bahnen lenken.

»So gern ich dieses Gespräch informell halten würde, Mrs Saifre, dies hier ist eine sehr ernste Angelegenheit. Eine vergrabene Leiche ist auf Ihrem Grundstück gefunden worden. Einem Grundstück, auf dem Sie derzeit bauen.«

»Eine Leiche?« Mrs Saifre legte in gespieltem Entsetzen eine schlanke Hand an ihre Kehle. »Wer?«

»Das wird sich zu gegebener Zeit herausstellen. Ich kann Ihnen so viel sagen, als dass es sich um die Leiche eines Mannes handelt, der noch nicht lange tot ist. Wir haben ihn an einer Stelle gefunden, wo noch vor Kurzem Ihre Nebengebäude gestanden haben, die jetzt abgerissen wurden. Haben Sie irgendeine Ahnung, wie sie dort hingekommen sein könnte?«

»Ach, du liebe Zeit, nein. Wie schrecklich. Aber wie ich sagte, die Abrissaktion war nicht von mir veranlasst. Rosskettle war Andrews Projekt. Ich hatte kaum die Zeit, mich einmal dort umzusehen, ganz zu schweigen davon, mich mit den Plänen zu beschäftigten, die er dafür hatte. Haben Sie mit den Bauarbeitern gesprochen?«

»Wussten Sie, dass Andrew Weatherly in Rosskettle geboren ist, Mrs Saifre?« McLean ließ die Frage einfach so fallen in der Hoffnung, sie überraschen zu können. Falls ihm das gelungen war, ließ sie es sich nicht anmerken.

»Wer um Himmels willen hat Ihnen das erzählt?« War

das eine Spur von Besorgnis hinter dem Schauspielerinnenlächeln?

»Das steht in den Akten.« McLean würde nicht verraten, dass es Matt Hilton war, der ihn auf die richtige Spur gebracht hatte, und DC MacBride, der sich durch einen Berg alter NHS-Scotland-Akten gearbeitet hatte. »Seine Mutter war Patientin dort. Soweit ich sagen kann, hat er einige Jahre in der Einrichtung gelebt, bevor er in eine Pflegefamilie kam. Ich gehe davon aus, dass es für einen kleinen Jungen ein richtiger Abenteuerspielplatz war. Allerdings ohne gleichaltrige Spielkameraden.«

»Nun, man lernt nie aus. Es erklärt auf jeden Fall, warum Andrew so an dem Gelände gehangen hat. Das habe ich nie wirklich nachvollziehen können.«

McLean bezweifelte, dass das der Wahrheit entsprach. Er hatte den Eindruck, dass es nur sehr wenig gab, was Mrs Saifre nicht über Andrew Weatherly wusste, einschließlich dem, was sein Leichnam außerhalb der Familiengruft zu suchen hatte.

»Wie lange kannten Sie ihn? Wann haben Sie ihn kennengelernt?«

Mrs Saifre verdrehte die Augen und warf den Kopf in gespieltem Überdruss in den Nacken. »Müssen wir das wirklich alles noch einmal durchkauen? Ich habe doch dieser netten Detective Sergeant Ritchie bereits alles über Andrew und mich erzählt. Das muss doch schon Wochen her sein!«

»Bitte, tun Sie mir den Gefallen.«

»Oh, na gut. Aber Sie schulden mir immer noch ein Abendessen.« Sie machte es sich in ihrem Stuhl bequem und ließ sich Zeit, bis sie weitersprach. »Ich bin Andrew zum ersten Mal begegnet, als er noch an der Universität war. Ich hatte erst vor Kurzem Mr Saifre geheiratet, Gott sei seiner Seele gnädig. Andrew hatte Ideen, aber kein Geld; Mr Saifre hatte Geld, aber keine Ideen. Sie haben sich wirklich ideal ergänzt.«

»Und Sie haben die beiden zusammengebracht?«

Mrs Saifre nickte, mit einem Funkeln in den Augen, das McLean zutiefst beunruhigte. »Ja. Wie ich Detective Sergeant Ritchie gesagt habe. Ich habe ihr auch angeboten, sie ein paar Leuten vorzustellen, aber sie hat abgelehnt. Sie haben Ihre Leute gut im Griff, Tony.«

McLeans Antwort wurde abgeschnitten. Ein einzelnes hartes Klopfen, und die Tür wurde aufgestoßen. Es gab nicht viele Leute, denen er nicht ordentlich die Leviten dafür gelesen hätte, eine Vernehmung so rüde zu unterbrechen, aber ein Blick auf Duguids Gesicht reichte, um jegliche Reste von Wut auszulöschen. Sein Blick wanderte nervös zwischen McLean und Mrs Saifre hin und her, als könnte er seinen Augen nicht recht trauen und nicht glauben, was geschah.

»Ich muss Sie in meinem Büro sprechen, McLean. Es ist dringend.«

Hätte Duguid das als Befehl herausgebellt, McLean hätte sich vielleicht angestellt. Doch der Detective Superintendent hatte es eher wie eine vernünftige Bitte ausgesprochen. Der Mann war eben nicht dazu in der Lage, höflich zu sein, und man konnte auch keine Wunder erwarten. Es war schon bemerkenswert, dass er eine solche Selbstbeherrschung an den Tag legte.

»Ich denke, wir sind hier sowieso fertig.« Er stand auf, streckte Mrs Saifre eine Hand hin in der Erwartung, dass sie es ihm gleichtun würde. »Danke, dass Sie hergekommen sind und das aufgeklärt haben.«

Sie ergriff die Hand, nachdem sie ebenfalls aufgestanden war. Ihre Berührung war sogar noch heißer als die Temperatur im Raum, es war, als berühre man einen glühenden Schürhaken. McLean musste sich zusammenreißen, um seine Hand nicht ruckartig wegzuziehen, und unterdrückte den Schreckensschrei. Aber sie sah es in seinen Augen. Und lächelte angesichts ihres kleinen Sieges.

»Bekomme ich meine Baustelle bald zurück?« Zu McLeans großer Erleichterung ließ sie seine Hand los.

»Das hängt von den Kriminaltechnikern ab und davon, wie wir mit der Vernehmung der Bautrupps vorankommen. Es tut mir leid, aber genauer kann ich Ihnen das im Augenblick leider nicht sagen.« McLeans Hand kribbelte noch. Er wollte nachsehen, ob seine Haut sich schälte und Blasen warf. Stattdessen hielt er Mrs Saifres Blick noch einen Augenblick länger. Duguid nahm das Schweigen als sein Stichwort, um sich einzumischen.

»Es tut mir sehr leid, dass wir Ihnen Unannehmlichkeiten bereitet haben, Ma'am. Detective Sergeant Laird wird Sie zurück zu Ihrem Wagen bringen. Ich glaube, Ihr Mitarbeiter wartet dort?«

Mrs Saifre bedachte Duguid mit einem maximal knappen Kopfnicken, dann stolzierte sie hinaus. Grumpy Bob beeilte sich, sie einzuholen.

McLean trat in einen wohltuend kühlen Flur hinaus und atmete tief die Luft ein, die für ihn noch vor einer halben Stunde nach ungewaschenen Polizisten und gekochtem Kohl gerochen hätte, aber jetzt das Süßeste zu sein schien, was ihm je begegnet war. Er hielt die Hand hoch, um sie genau zu inspizieren. Es waren keinerlei Schäden zu sehen, auch wenn sie sich noch komisch anfühlte.

»Genug herumgetrödelt, McLean.« Duguids Stimme brach durch seine Benommenheit. »In mein Büro. Jetzt.«

»Was um Himmels willen haben Sie sich nur dabei gedacht, sie hier so vorzuführen?«

Duguids Büro sah aus, als wäre ein Wirbelwind hindurchgefahren oder zumindest der Chief Constable. Auf dem Schreibtisch lagen Akten wild durcheinandergestapelt auf der sonst makellos freien Fläche, als hätte jemand verzweifelt zwischen den Millionen von sorgfältig zusammengestellten, verschleiernden Wörtern nach einer bestimmten Information gesucht. Aktenordner stapelten sich auf dem Boden, aber der Detective Superintendent achtete gar nicht darauf, als er auf und ab marschierte, stolperte, sie verteilte und darauf herumtrampelte.

»Ich meine, hätten Sie sie nicht zu Hause vernehmen können? Konnten Sie nicht wenigstens einen Vorgesetzten dazuholen? Haben Sie überhaupt eine Vorstellung davon, wer sie ist? Wen sie kennt?«

»Mrs Saifre ist aus eigenem Willen zu uns gekommen, Sir.«

»Was, wenn sie damit zum CC geht? Was, wenn sie das zur Dienstaufsicht trägt? Was, wenn ... was?« Duguids Hirn kam schließlich lange genug zum Halten, dass seine Ohren mit ihrer Botschaft durchdringen konnten.

»Sie ist aus eigenem Willen hergekommen, Sir. Ich habe ihr angeboten, sie bei sich zu Hause oder in ihrem Büro zu vernehmen, aber sie sagte, sie wäre sowieso in der Gegend. Ich glaube zwar kein Wort davon, aber andererseits habe ich es schon vor Langem aufgegeben, ihre wahren Beweggründe zu verstehen. Oder wer sie ist, was das angeht.«

»Sie wissen das nicht?«, fragte Duguid, während sich ein ungläubiger Ausdruck auf seinem geröteten Gesicht ausbreitete.

»Oh, ich weiß, wer sie ist. Jane Louise Dee, der schottische Bill Gates, hat man sie damals in den Achtzigern genannt. Mit irgendeinem nahöstlichen Finanzier verheiratet, der nicht lange gehalten hat. Hat seitdem ihr Wirtschaftsimperium aufgebaut. Ist wahrscheinlich die reichste Frau der Welt.« McLean zählte die Ergebnisse seiner jüngsten Wikipedia-Recherche an den Fingern ab. »Aus irgendeinem Grund scheint sie einen Narren an mir gefressen zu haben. Das schmeichelt mir natürlich, aber sie ist nicht mein Typ. Wie ich schon sagte, ich bin mir nicht sicher, wer sie wirklich ist.«

Duguids Mund war aufgeklappt, was zur Folge hatte, dass er seine ersten Worte nuschelte, als er versuchte, die Kontrolle darüber zurückzuerlangen. »Sie ist *was*? Was meinen Sie damit, sie hat einen Narren an Ihnen gefressen?«

»Sie sind ihr schon begegnet, nehme ich an? Vor heute?«

»Kurz. Bei offiziellen Anlässen. Kann nicht behaupten, dass wir mehr als nur ein paar Worte gewechselt hätten. Aber ...« Duguid verstummte, als der denkende Teil seines Gehirns die gesamte Leistungsfähigkeit für sich beanspruchte.

»Hören Sie, Sir, wenn Sie es für hilfreich halten, gehe ich persönlich zu ihr und entschuldige mich, aber wenn wir Weatherlys Leiche auf einer anderen Baustelle gefunden hätten, hätten wir denjenigen, dem sie gehörte, längst unten in der Zelle sitzen und würden ihn Blut und Wasser schwitzen lassen. Okay, sie ist einflussreich, aber so einflussreich auch wieder nicht. Das kann sie nicht unter den Teppich kehren lassen.«

»Sie glauben das wirklich, oder?« Duguid ließ sich auf seinen Sessel fallen und brachte einen weiteren Stapel Papier dazu, sich auf den Boden zu ergießen. Irgendjemand würde später viel Arbeit damit haben, das alles wieder aufzuräumen.

»Gucken Sie sich doch mal hier um.« Er wedelte mit einer ungeschickten Hand zu einem Ordner auf seinem Tisch. »Wissen Sie, warum ich das alles hier ausgraben und jedes einzelne von den verdammten Dingern durchblättern musste?« Duguid legte eine Kunstpause ein, aber nicht lange genug, als dass McLean hätte antworten können. »Weil der Deputy Chief Constable in allen Einzelheiten über jeden noch so kleinen Fall informiert werden möchte, an dem Sie unter meinem Kommando beteiligt waren. Deshalb.«

McLean sagte nichts, sondern schaute sich nur um. Er versuchte sich zu erinnern, seit wann Duguid sein Vorgesetzter war. Es hatte mindestens ein halbes Dutzend verschiedene Superintendents im CID auf diesem Revier gegeben, seit er zum Detective befördert worden war, aber Duguid war immer irgendwo in der Hackordnung gewesen. Dennoch, wenn er so auf die ganzen Ordner blickte, schien es eine ungeheure Menge von Fällen gewesen zu sein, mit denen sie beide zu tun gehabt hatten. Andererseits war es auch eine ziemlich lange Zeit.

»Warum will er das wissen, Sir?«

»Was glauben Sie denn, verdammt noch mal?«

Weil er Angst hat. Weil ihn irgendjemand in der Tasche hat und sicherstellen will, dass alles unter Kontrolle ist. Oder weil jemand von noch weiter oben Druck auf ihn ausübt.

»Genau.« Duguid deutete McLeans Schweigen als Einvernehmen. »Ich hatte Politiker aus allen Lagern an der Strippe. Stadtratsmitglieder auch. Mein Gott, mich hat sogar irgendein Adliger aus Holyrood angerufen. Und wissen Sie was? Die haben alle die Hosen voll vor dieser Frau. Sie hat gegen jeden Einzelnen von denen was in der Hand. Und Sie haben sie zum Verhör einbestellt.«

McLean wollte gerade noch einmal erklären, dass er Mrs Saifre nicht einbestellt habe. Dass sie aus eigenem Antrieb gekommen sei. Dass, ja, er vorgehabt hatte, sie zu vernehmen, dass sie ihm aber zuvorgekommen war. Dann sah er die Andeutung eines Lächelns um Duguids Lippen spielen, etwas, wovon er sich nicht erinnern konnte, es jemals gesehen zu haben. Nicht so.

»Ich hab ja immer gesagt, Sie machen nichts als Ärger. Sie wissen das. Aber Gott weiß, die Bande hat es echt verdient, mal ein bisschen in den Arsch getreten zu werden.«

»Soll ich sie noch einmal vorladen?«

»Um Himmels willen, nein. Lassen Sie sie bloß in Ruhe.« Duguids Lächeln verschwand, seine Hände schossen an seine Brust, als reichte allein der Gedanke, dass Mrs Saifre noch einmal in sein Revier kommen könnte, um ihm einen Herzinfarkt zu bescheren.

»Und Weatherly?« McLean nutzte Duguids beispielloses Wohlwollen, um seine eigene Agenda durchzudrücken. Wahrscheinlich war das, im Nachhinein gesehen, ein Fehler. Die Miene des Detective Superintendent verdüsterte sich wieder. Alles wieder wie gewohnt.

»Er ist tot. Das Schwerste, was Sie da rausschlagen können, wäre Leichenschändung. Wenn Sie es überhaupt irgendwem anhängen können. Wenn ich dächte, dass wir damit davonkommen können, würde ich sagen, stecken wir ihn einfach in seine Gruft zurück und hoffen, dass niemandem aufgefallen ist, dass er je weg war.« Duguid schüttelte den Kopf. Sie wussten beide, dass das niemals funktionieren würde. »Nein. Sie haben ordentlich Staub aufgewirbelt, also dürfte es am besten sein, wenn Sie jetzt erst mal die Füße stillhalten. Fordern Sie Ihr Glück nicht heraus.«

49

Es war ein trauriger, aber unvermeidlicher Teil seines Jobs, dass McLean viel zu viel Zeit in Krankenhäusern verbrachte. Häufig landeten die Opfer der Verbrechen, in denen er ermittelte, entweder hier oder im Leichenschauhaus. Manchmal beides. Allzu oft hatte ihn in letzter Zeit sein Privatleben in diese inzwischen vertrauten Flure geführt. Er war nicht ganz sicher, ob DS Ritchie in diese Kategorie gehörte. Sie war eine Arbeitskollegin, aber auch eine Freundin. Und sie hatte ihm einmal das Leben gerettet, was ja auch etwas wert war.

Er fand sie in einem ruhigen Trakt am Ende eines langen Korridors, der mit einer seltsamen Mischung aus moderner Kunst und medizinischen Warnplakaten geschmückt war. Sie sah aus, als schliefe sie, ein Tropf mit isotonischer Kochsalzlösung war das Einzige, was auf irgendeine Form von medizinischer Intervention hindeutete. Als McLean näher kam, regte sie sich und sah aus müden Augen zu ihm auf. Ihr Gesichtsausdruck änderte sich zu sichtlich aufgeregt, als ihr dämmerte, wer da zu Besuch gekommen war.

»Sir, ich … sorry …«

»Ganz ruhig, Kirsty. Wir sind hier nicht bei der Arbeit. Kein Grund für diesen ›Sir‹-Unsinn.« McLean fand einen Stuhl, zog ihn zu sich heran, sodass er auf der dem Infusionsständer gegenüberliegenden Seite des Bettes neben ihr sitzen konnte. Sie sah richtig scheiße aus, anders konnte man es nicht ausdrücken. Ihr Gesicht war eingefallen mit dunklen Ringen unter den Augen. Sogar die Sommersprossen waren fast vollständig verblichen und hoben sich kaum noch vom Grau ihrer Haut ab. Das Haar hing ihr strähnig vom Kopf und war zum Teil verfilzt. Die Arme, die auf der Bettdecke lagen, waren dünn und schmächtig.

»Bin in Ohnmacht gefallen«, sagte sie, als er sich auf dem Stuhl niederließ.

»Ich war dabei, wissen Sie noch?«

Ein Augenblick der Verwirrung, dann ein konsternierter Blick aus zusammengekniffenen Augen. »Es ist nichts. Ich bin bald wieder auf den Beinen. Muss nur diese verdammte Grippe abschütteln.«

Das klang ganz nach der alten Ritchie, aber ihre Stimme war dünn und zittrig. Wenn er genauer hinschaute, konnte McLean den feuchten Schweiß auf ihrer Stirn sehen und die Hitze spüren, die von ihr ausging.

»Also wissen die Ärzte jetzt, was Sie haben?«

Ein leichtes Kopfschütteln, gefolgt von einem schmerzlichen Zusammenzucken, als Ritchie merkte, dass Kopfschütteln vielleicht keine so gute Idee sein mochte. »Die haben Blut ins Labor geschickt. Mich mit Antiviren-Mitteln vollgepumpt. Ich hoffe, sie finden's bald raus.«

»Ich auch. Und nicht nur, weil wir Sie brauchen.« McLean sah den Anflug eines Lächelns über Ritchies Gesicht huschen, aber die Anstrengung war offensichtlich zu groß, um es für längere Zeit zu halten.

»Wie läuft es denn auf der Arbeit?«, fragte sie. »Sie wollten doch eine Razzia in Rosskettle machen, oder?«

McLean lehnte sich zurück und brachte sie aufs Laufende. Etwa auf der Hälfte schloss sie die Augen. Er verstummte, als er es merkte, aber sie flüsterte nur leise: »Sprechen Sie weiter.« Es erinnerte ihn schmerzlich an die langen Stunden, die er am Krankenbett seiner Großmutter gesessen hatte und mit ihr gesprochen hatte, während sie reaktionsunfähig im Koma lag. Andererseits hatte es ihm damals oft geholfen, seine Gedanken zu ordnen, indem er sie ohne Unterbrechung durchsprach. Als er jetzt Ritchie von Billbo Beaumont, Barry Timbrel, Andrew Weatherly und seiner auf mysteriöse Weise reisenden Leiche, dem Rosskettle Hospital und dem überstürzten Abriss der Nebengebäude erzählte, begann sich in seinem Geist ein Bild zu formen, wie und warum das alles zusammenpassen könnte. Dass alles auf die rätselhafte Figur von Mrs Saifre zuzulaufen schien. Jane Louise Dee.

»Ich weiß noch, wie ich sie vernommen habe. In Weatherlys Büro.« Ritchies Stimme war schläfrig, ihre Augen immer noch geschlossen.

»Sie hat gesagt, dass sie mit Ihnen gesprochen hätte. Hat sogar gefragt, wie es Ihnen geht.« Jetzt, wo McLean es erwähnte, schien ihre Anteilnahme merkwürdig.

»Seit ich dieses Haus verlassen habe, ging's mir nicht mehr gut.« Ritchie schlug die Augen auf, mühte sich in eine sitzende Position und fing an zu husten. Sie zog ein sauberes weißes Tuch ans Gesicht, als sie anfing, und als sie fertig war, sah McLean, dass es mit roten Flecken gesprenkelt war.

»Soll ich eine Schwester holen?« Er beugte sich über das Bett, wusste aber nicht, was er machen sollte. Ritchie winkte ab.

»Geht schon. Sogar besser, um ehrlich zu sein.« Sie ließ sich in die Kissen zurückfallen, das Gesicht wächsern, die Arme plumpsten wieder auf die Decke, erschöpft nach der sekundenlangen Anstrengung.

»Sie konnten noch nie gut lügen, Kirsty.«

»Ich meinte aber, was ich gesagt habe. Ich hab mich ein bisschen angeschlagen gefühlt, nachdem wir aus Fife zurückkamen, aber am nächsten Tag ging's mir wieder ganz gut. Erst nachdem ich dieses Büro verlassen hatte, fing es an, mir wirklich schlecht zu gehen. Nachdem ich mit dieser Frau gesprochen hatte. Fragen Sie mal da nach. Vielleicht ist noch jemand von da eine Weile krank gewesen. Was immer ich mir da eingefangen habe, ist echt fies.«

»Wissen Sie, ich –«, fing McLean an, wurde aber von einem Brummen in seiner Jackentasche unterbrochen, als sein Telefon klingelte. Er sah sich schuldbewusst um, bevor er es herauszog. Er war nicht sicher, ob er überhaupt daran gedacht hatte, es auszuschalten, als er hereinkam, obwohl er es hätte besser wissen müssen. Das Display verriet ihm, das es DC MacBride war, und er konnte keines der offiziösen »Keine Handys«-Schilder sehen, wie sie in der Intensivstation überall hingen. Ritchie hatte kaum den Kopf gehoben, aber als er ihr in die Augen sah, konnte er sehen, dass sie sie verdreht hätte, wenn sie die Energie dafür hätte aufbringen können.

»Es ist MacBride«, sagte er ihr. Dann tippte er auf das Display und hob das Telefon ans Ohr. »Constable?«

»Ah, Sir. Gut. Ich hatte gehofft, dass ich Sie erwische.«

»Ich bin im Krankenhaus. Kann nicht lange sprechen. Ist es dringend?«

»Die Spurensicherung hat angerufen. Anscheinend haben die noch was in Rosskettle gefunden. Die brauchen Sie so schnell wie möglich am Tatort zurück.«

Eins musste man dem unendlichen Schnee zugestehen, der das Land in diesem Winter in seinem unerbittlichen Griff hielt: Er bedeutete, dass der Verkehr im Allgemeinen weniger dicht war. Andererseits war McLeans neuer Wagen kaum für winterliches Fahren geschaffen. Er hatte Ritchie der liebevollen Fürsorge der Krankenschwestern überlassen und fuhr so schnell in Richtung Süden, wie er es wagte, aber es war dennoch schon fast dunkel, als er in das schmale Sträßchen nach Rosskettle einbog. Wenigstens stand diesmal ein uniformierter Polizist am Eingang, wo sie vor der ersten Razzia den Wachmann getroffen hatten, der die Allgemeinheit davon abhielt, das Gelände zu betreten. Aber er konnte die geparkten Autos in der Nähe nicht übersehen, kleine Haufen aus Zigarettenstummeln auf dem Boden unter den Fenstern, lange Objektive hinter den Windschutzscheiben. Irgendjemand hatte der Presse einen Hinweis gegeben, und jetzt umkreisten sie sie wie Schakale.

Ein halbes Dutzend Transporter der Spurensicherung füllte den Parkplatz vor dem Hauptgebäude. Sie hatten sogar ihren großen Lkw mitgebracht, der normalerweise nicht aus der Garage geholt wurde, wenn nicht etwas Ernstes anstand. McLean fand nahe genug einen Parkplatz, sodass er nicht meilenweit gehen musste, aber doch ausreichend abseits, dass niemand beim Rückwärtsfahren in ihn hineinwenden konnte, und machte sich dann auf die Suche nach jemandem, der hier die Leitung hatte.

Er fand Jemima Cairns, die einen kleinen Trupp mit Spaten bewaffneter Kriminaltechniker befehligte. Ihr Gesicht leuchtete auf, als sie ihn sah, was ziemlich ungewöhnlich für die mürrische Frau war, auf die er sich eingestellt hatte.

»Sie haben meine Nachricht bekommen, wie ich sehe.« Sie schickte den letzten Beamten weg, der in die Richtung davontrottete, in der sie am Morgen Weatherlys Leiche gefunden hatten.

»Es hieß, Sie hätten etwas Interessantes gefunden.« McLean schüttelte die Hand, die ihm geboten wurde, und rechnete halb damit, von der kleinen runden Frau in eine stürmische Umarmung gezogen zu werden. Sie hatte ihm in der Vergangenheit geholfen und verstand sich auf Seemannsknoten, fiel ihm ein. Aber sie stand nicht gerade in dem Ruf, über viel Humor und Menschenfreundlichkeit zu verfügen.

»Das haben wir in der Tat. Kommt nicht oft vor, dass wir so was bekommen. Sie haben mir das Jahr gerettet, Inspector. Möglicherweise sogar das Jahrzehnt. Nehmen Sie sich einen Anzug und folgen Sie mir.«

Fasziniert durch Miss Cairns unübersehbare Begeisterung ebenso wie die beiläufige Erwähnung, dass volle Schutzausrüstung benötigt würde, tat McLean, wie ihm geheißen, zog den weißen Einmalanzug über und schlüpfte mit den Schuhen in niegelnagelneue Gummistiefel. Dann gingen sie durch den von zahllosen Füßen zermatschten Schnee zu der Stelle, wo sie am Morgen Weatherly ausgegraben hatten. Ein Set aus Bogenlampen erleuchtete die Fläche um ein tieferes Loch. McLean blieb stehen, um einen Blick hineinzuwerfen, aber Miss Cairns winkte ihn weiter. Ein zweiter größerer Lichtkreis war in der Nähe der umgestürzten Eiche am Bauzaun aufgestellt worden. Ein Team mühte sich mit dem größten Zeltrahmen ab, den er seit einiger Zeit gesehen hatte.

»Diese Leichenspürhunde, die Sie mitgebracht hatten, sind da drüben schier durchgedreht.« Miss Cairns eilte mit überraschender Geschwindigkeit über den vereisten Schnee. Als er sie ansah, hatte McLean gedacht, sie würde durch die Oberfläche brechen und bis über die Knie versinken, aber sie schien eine Gangart entwickelt zu haben, mit der sie eher über die Oberfläche glitt. Im Gegensatz zu ihm selbst, und er fand schon bald heraus, dass die Gummistiefel Marke Spurensicherung nicht so hoch waren wie der Schnee tief.

»Wir haben eine Probegrabung gemacht und ein paar sehr alte Knochen gefunden. Dachten sogar, sie könnten historisch sein. Sie wissen ja, dass hier jahrhundertelang eine psychiatrische Klinik war. Aber darauf hätten die Hunde nicht reagiert. Also haben wir weitergegraben.« Sie erreichten den ausgeleuchteten Bereich und traten von der spätnachmittäglichen Düsternis in das gleißend helle weiße Licht, das McLeans Augen wehtat. In der Mitte war der Schnee weggeschaufelt worden, und das Gras gleich mit sowie einige Fuß steinharter Erde. Jetzt arbeiteten die Spurensicherungsleute mit Werkzeugen, wie man sie vielleicht bei Archäologen zu sehen bekam, und entfernten vorsichtig Erde, um etwas zu enthüllen, das aussah wie ein Friedhof in einem Land, wo die Särge noch nicht erfunden waren.

»Auf was gucke ich hier?«, fragte McLean nach einigen Minuten verblüfften Schweigens.

»Bis jetzt? Zweiundzwanzig Leichen. Alle männlich, erwachsen. Sie sind sorgfältig begraben worden, aber das ist kein christlicher Friedhof. Sie liegen alle falsch herum. Einige sind sehr alt, das kann sogar ich erkennen. Andere weniger. Deshalb haben die Hunde angeschlagen.«

McLean stieß einen langen Seufzer aus, dessen Dampf in die Luft aufstieg und ihn umgab wie seine eigene persönliche Wolke. »Hinweise auf Fremdeinwirkung?«

»Das werden Ihre Freunde vom städtischen Leichenschauhaus entscheiden müssen.« Miss Cairns nickte zu einem Platz ein paar Meter entfernt, wo zwei Gestalten neben einem Ensemble von Knochen knieten. »Allermindestens haben wir es hier mit einer nicht registrierten Begräbnisstätte zu tun, die in den letzten zehn Jahren gelegentlich benutzt wurde. Wir werden hier wohl noch gut vierzehn Tage zu tun haben, schätze ich. Vielleicht sogar einen Monat. Herzlichen Glückwunsch, Inspector. Sie haben den Jackpot geknackt.«

50

Mein Gott, was für ein Drama. Dreißig Leichen. Dreißig verdammte Leichen! Haben Sie irgendeine Vorstellung davon, was für einen Ärger ich deswegen bekommen werde?«

Am Morgen nach der grausigen Entdeckung am Rosskettle Hospital war McLean alles andere als überrascht darüber, schon wieder vor Duguids Schreibtisch zitiert worden zu sein. Er zog sein Telefon heraus, schaltete es ein und hielt es dem Detective Superintendent hin.

»Nicht nur Sie, Sir. Ich hatte sechzehn Anrufe von Jo Dalgliesh in den letzten drei Stunden, und dabei dürfte sie diese Nummer eigentlich gar nicht haben.«

Duguid rieb sich die müden Augen mit seinen klauenartigen Fingern. »Sie haben's echt drauf, Sachen zu versauen, was?«

»Warum denken alle, dass das meine Schuld ist? Schließlich hab ja nicht ich diese ganzen Leichen da vergraben.«

»Nein, aber Sie mussten natürlich hingehen und sie alle wieder ausgraben, was?«

McLean schluckte die bissige Erwiderung hinunter, die ihm auf der Zunge lag. Es bestand kein Grund, sich auf Duguids Niveau herabzulassen. »Ich kann es nicht rückgängig machen, dass wir sie gefunden haben, Sir. Wir müssen ermitteln. Aber etwas Gutes hat es.«

»Ach ja?« Duguid sah ehrlich überrascht aus.

»Aye. Die Presse ist dermaßen heiß wegen dieses Massengrabs, dass sie den verdammten Andrew Weatherly vollkommen vergessen haben.«

»Fragt sich nur, wie lange«, murmelte Duguid zu sich selbst

und zog ein paar Akten aus dem Durcheinander heraus, das auf seinem Tisch herrschte. »Das ist jetzt ein schwerwiegender Fall. Das ist offiziell. Also werden Sie an DCI Brooks übergeben. Im Moment habe ich noch die Oberaufsicht, aber das kann später noch höher gehen.« Er schüttelte den Kopf, als könnte das alles zum Verschwinden bringen. »Was geht da draußen eigentlich vor, verdammt noch mal?«

»Die wahrscheinlichste Vermutung bis jetzt ist, dass es sich um eine inoffizielle Begräbnisstätte handelt, die so lange bestanden hat wie die Klinik. Vielleicht sogar länger. Wenn alle alt wären, hätten wir einfach nur die Archäologen drangesetzt, aber einige dieser Toten sind erst in jüngster Zeit da begraben worden. Zumindest in den letzten zehn Jahren oder so.«

»Und was sind das für Leute? Tote Irre?«

Es ging doch nichts über Mitgefühl für die Opfer. »Könnte sein. Die älteren sind es beinahe sicher. Wir werden es nicht wissen, bis die Rechtsmediziner mit ihnen fertig sind.«

»Nun, dann machen Sie denen mal ein bisschen Dampf, McLean. Wir brauchen Antworten, und zwar schnell, oder das fliegt uns allen um die Ohren.«

»Ich hab immer schon gedacht, dass man Sie im Auge behalten muss.«

Er hätte direkt zu DCI Brooks gehen und dann einen der größeren Einsatzräume für die Ermittlung organisieren sollen. Stattdessen hatte McLean die Gelegenheit ergriffen, sich eine anständige Tasse Kaffee zu besorgen und etwas zu essen. Er hätte es besser wissen müssen, natürlich. Genauso hatte sie ihn das letzte Mal abgefangen.

»Ich habe Ihnen nichts zu sagen, Ms Dalgliesh.« McLean tauchte in den Coffee Shop, nur um sich am Ende einer Schlange wiederzufinden, die bis zur Theke reichte. Dalgliesh schlüpfte hinter ihm hinein. Gefangen.

»Ach, kommen Sie. Ich geb Ihnen einen Kaffee aus für einen kleinen Hinweis.«

»Wissen Sie es denn nicht sowieso schon?« Trotz allem konnte McLean dem Köder nicht widerstehen.

»Oh, klar. Eine Menge Spurensicherungs-Transporter und so, draußen an dem alten Irrenhaus. Zehn Busse, die zurück zum Leichenschauhaus fahren. Ein Archäologenteam der Universität läuft da oben herum und faselt etwas von einer altertümlichen Begräbnisstätte, die in keinem ihrer kostbaren Geschichtsbücher erwähnt wird. Hört sich für mich an wie ein Krimi.«

Auf Zivilisten, die den Mund nicht halten konnten, war doch immer Verlass. Entweder das, oder Dalgliesh erfand einfach etwas in der Hoffnung, dass er die Lücken für sie füllte. Andererseits hatte sie jemanden auf die Busse angesetzt, die die Überreste ins Leichenschauhaus transportiert hatten. Wahrscheinlich hatte sie auch ein paar nicht rückzuverfolgende Tipps bekommen. Beeindruckend, was so ein bisschen Bargeld erreichen konnte, wenn man den richtigen Officer fand, dem man mit den Scheinen zuwinken konnte.

»Wir geben heute Nachmittag eine Pressekonferenz. Können Sie denn nicht bis dahin warten?«

»Und meine Exklusivmeldung verpassen?« Dalgliesh sah ehrlich gekränkt aus. »Ich weiß, dass Sie Leichen gefunden haben. Viele. Ich brauche nur noch ein paar mehr Details. Wie zum Beispiel das Alter.«

»Es war erst gestern. Lassen Sie die Rechtsmediziner ihren Job machen, aye?«

»Also sind sie alt. Zwanzig Jahre oder älter?« Jetzt riet sie.

»Das ist ein Fall mit höchster Priorität. Ich darf nichts sagen, solange ich nicht weiß, womit wir es zu tun haben.«

»Höchste Priorität, hm?« Dalglieshs Augenbrauen schossen in die Höhe. »Also sind Sie nicht federführend?«

»Nicht mal annähernd. Ich bin DCI Brooks unterstellt. Duguid ist der Boss. Zumindest fürs Erste. Man kann nie wissen, wohin etwas von dieser enormen Tragweite noch eskaliert.«

»Und die Archäologen?«

»Sollten lernen, den Mund zu halten.« McLean hatte die Spitze der Schlange erreicht, bestellte seinen Kaffee, nannte seinen Namen und sagte: »Sie bezahlt.« Dalgliesh warf ihm einen bösen Blick zu, zog aber eine zerknitterte Zehnpfundnote aus der Tasche ihres Ledermantels und reichte sie zusammen mit ihrer eigenen Bestellung über die Theke.

»Irgendwas müssen Sie mir aber jetzt geben.« Dalgliesh lehnte sich an die Theke und wartete ungeduldig darauf, dass die Barista ihre Arbeit tat. »Was hatten Sie denn überhaupt da draußen zu suchen?«

»Das ist Teil einer laufenden Ermittlung, also kann ich dazu wirklich nichts sagen.«

»Ach, kommen Sie schon. Sie müssen doch einen Grund gehabt haben, um da unten herumzustochern.« Dalgliesh kratzte sich mit einem gelben Fingernagel das Gesicht. »Ihre tätowierte Leiche war nicht weit davon weg, oder? Ist den Fluss runtergespült worden. Glauben Sie, der war ein Irrer?«

»Die Klinik ist vor beinahe zwölf Jahren geschlossen worden. William Beaumont war obdachlos, aber er war nie Patient in Rosskettle.«

»Also waren Sie deswegen da.« Dalgliesh lächelte breit wie eine verblödete Verwandte der Grinsekatze. »Und Sie vermuten, dass, wer immer ihn umgebracht hat, die anderen ebenfalls umgebracht hat. Und das seit Hunderten von Jahren.« Vielleicht doch nicht so blöde.

»Hören Sie, Dalgliesh. Ich kann nicht viel sagen, weil ich nicht viel weiß. Noch nicht, zumindest. Ja, ich kann bestätigen, dass wir Leichen gefunden haben, aber ein paar von denen sind schon lange unter der Erde gewesen. Ob ein Verbrechen vorliegt oder nur eine nicht registrierte Begräbnisstätte, die vom

Hospital schon genutzt wurde, bevor alles stärker reglementiert wurde – wer weiß? Ich habe vor, das herauszufinden, und das wäre wesentlich einfacher, wenn Sie sich beherrschen und Ihre reißerischen Spekulationen für sich behalten könnten. Das Letzte, was ich brauche, sind irre Verschwörungsfanatiker, die über einen potenziellen Tatort trampeln.«

»Irre Verschwörungsfanatiker. Darf ich Sie damit zitieren?«

McLean schnappte sich seinen Kaffee im selben Augenblick, als er fertig war, und erschreckte damit die Dame, die ihn ihm gereicht hatte, ein wenig. Er hatte ein schlechtes Gewissen, bis ihm auffiel, dass sie seinen Namen »Maclean« geschrieben hatte, wie die Zahnpasta. Dalglieshs eigenes Getränk war noch nicht fertig, und er nutzte die Gelegenheit zur Flucht.

»Schreiben Sie, was Sie wollen. Erfinden Sie einfach alles.«

Er ließ die Journalistin an der Theke stehen, während die noch über ihre Antwort nachdachte. Eilte zur Tür hinaus, bevor sie zu dem Entschluss kam, dass es einen stehen gelassenen Latte wert war, ihm noch mehr Antworten abzutrotzen. Es würde ihnen sowieso alles um die Ohren fliegen, was machte es also, wenn die Presse jetzt schon sauer auf ihn war?

51

Zwei Tage später wurde alles nur noch schlimmer. Die Spurensicherung hatte bis jetzt die Überreste von neunundzwanzig Toten gefunden, ein paar Hundert Meter von den alten Nebengebäuden des Krankenhauses entfernt ordentlich begraben. Alle erwachsen und männlich; von einigen war kaum mehr als ein paar Knochen übrig, aber drei waren jüngeren Datums. Dr. MacPhail, so jung er aussehen mochte, hatte ein paar Jahre damit verbracht, bei der Identifizierung von Leichen aus Massengräbern zu helfen, und leitete jetzt das Ganze mit einer makabren Begeisterung, die versprach, dass er, wenn er ein bisschen älter war, Angus Cadwalladers Fußstapfen würde ausfüllen können. Der höherrangige Rechtsmediziner schien seinen Untergebenen gerne glänzen zu lassen, war allerdings weniger glücklich über die wachsende Anzahl von Leichen, die seine Kühlräume füllten.

Bis jetzt war noch keiner der Toten identifiziert, aber eins war nicht zu übersehen: Alle, die noch genug Haut an sich hatten, waren flächendeckend tätowiert. Verschlungene Wirbel aus schwarzer Tinte bedeckten sie von Kopf bis Fuß. Es fiel nicht schwer, ein Muster zu erkennen: regelmäßige Tötungsdelikte, strukturiert, gut organisiert, Opfercharakter. Was McLean nicht herausbringen konnte, während er allein bis spät in die Nacht in seinem Büro saß, war, wozu die Opfer gedient hatten.

Der arme alte Billbo Beaumont war natürlich entkommen. Nachdem die Tätowierungen abgeschlossen waren, aber vor dem letzten Akt. Nicht dass es ihm viel genützt hatte, allein und verängstigt, sowieso schon halb verrückt, und wahrscheinlich dann ganz durchgedreht von welchen Drogen auch immer, die man ihm gegeben hatte, um ihn ruhigzustellen. In der Dunkelheit und bei Schnee, nackt durch Zäune und Ginsterbüsche rennend, bis seine Angst ihn über die Klippe getrieben hatte. Aber wie lange war das schon gelaufen, bevor dies geschehen war? Neunundzwanzig Leichen, Billbo Nummer dreißig. Einer pro Jahr? Wahrscheinlich eher alle zehn Jahre einer, dem Alter von einigen nach zu schätzen. Leichen beinahe im Wert von drei Jahrhunderten.

McLean schauderte, als er blicklos auf den Bericht auf seinem Bildschirm schaute. Die Presse jubelte, was nicht gerade gedämpft wurde durch die Bereitschaft der Angehörigen des Archäologenteams, die die kriminaltechnischen Bemühungen unterstützen sollten, jeden Abend im Pub ausführlich und lautstark mit ihren neuesten Theorien zu prahlen. Er hatte mit ihrem Boss gesprochen, einem Möchtegern-Indiana-Jones-Typen mit einem dummen Hut auf dem Kopf und einem noch dümmeren Vertrauen in seine eigenen Fähigkeiten. Das hatte natürlich nicht funktioniert, und das Ausbleiben von Unterstützung seitens seiner Vorgesetzten hatte alles nur noch schlimmer gemacht.

Zumindest schien das Verschwinden und Wiederauftauchen von Weatherlys Leiche unbemerkt geblieben zu sein, aber das bedeutete nicht, dass diese Frage nicht immer noch nach einer Antwort verlangte. Wer hatte seine Leiche nach Rosskettle gebracht? Warum hatten sie ihn so nah bei all den anderen begraben, wo er nur darauf wartete, gefunden zu werden? Beinahe, als sollte er als Wegweiser für sie fungieren. Das konnte kein Zufall sein, abgesehen davon, dass McLean sowieso nicht an Zufälle glaubte.

Ein Klopfen an der Tür schreckte ihn aus seinen Gedanken auf. DC Gregg stand in der Tür und sah aus, als sei sie sich nicht sicher, ob sie eintreten sollte oder nicht. Die Uniform abzulegen schien sie ein bisschen leiser gemacht zu haben, was sein Gutes haben musste.

»Auch noch hier, Constable?« McLean versuchte es mit einem müden Lächeln und bekam eines zurück.

»Ich glaube nicht, dass irgendjemand hier in nächster Zeit viel Schlaf bekommen wird, Sir.«

McLean schüttelte langsam den Kopf zur Antwort. »Kann ich irgendetwas für Sie tun?«

»Da ist eine Frau am Empfang, die möchte Sie sprechen. Der diensthabende Sergeant hat versucht, sie abzuwimmeln, aber sie ist hartnäckig.«

»Hat diese Frau einen Namen?« McLean blickte von der Detective Constable zu seinem Tischtelefon und fragte sich, warum niemand angerufen hatte. Es hätte ihn nicht überrascht, wenn er herausgefunden hätte, dass die Telefonzentrale manipuliert worden war und all seine Anrufe in einen Besenschrank im vierten Stock umgeleitet wurden.

»Hat gesagt, sie hieße Jenny Denton, Sir. Faselt die ganze Zeit was davon, dass der Teufel im Detail steckt. Zumindest glaube ich, dass es das ist, was sie sagt. Sie hat nicht unbedingt alle Tassen im Schrank, wenn Sie verstehen, was ich meine.«

Es war derselbe Vernehmungsraum, in dem er mit Grumpy Bob Mrs Saifre vernommen hatte, und während es damals erstickend heiß gewesen war, war es jetzt, als hätte der Raum gar keine Mauern, und sie säßen draußen in der frostigen Nacht. McLean hatte DC Gregg auf die Suche nach wärmendem Tee und vielleicht ein paar Plätzchen geschickt. Jetzt saß er allein mit Jennifer Denton hier, beide gegen die Kälte in ihre Jacken gewickelt.

Miss Denton war zumindest angemessen gekleidet. McLean wusste nicht mehr, wie lange es her war, dass er zum letzten Mal mit ihr gesprochen hatte, aber die Zeit war nicht nett zu ihr gewesen. Er erinnerte sich an eine Frau, die absolut alles unter Kontrolle gehabt hatte, stets gut und passend gekleidet war. Es hatte ihn überrascht herauszufinden, dass sie sich zu etwas so

Anrüchigem wie einer Affäre mit ihrem Chef hatte hinreißen lassen. Jetzt sah sie abgehärmt aus, das Haar ungewaschen, das Gesicht ohne jegliches Make-up. Sie war grauer, als er sie in Erinnerung hatte, und sie sah aus, als leide sie an einer schrecklich zehrenden Krankheit.

»Sie müssen aufhören, Inspector.«

McLean schauderte, auch wenn er nicht wusste, ob es an der Kälte lag oder an Miss Dentons Stimme. Ihr heiseres Flüstern passte überhaupt nicht zu dem schon an Arroganz grenzenden Selbstvertrauen, das sie früher an den Tag gelegt hatte.

»Aufhören? Aufhören womit?«

»Sie müssen die Finger davon lassen. Es wird nichts Gutes dabei herauskommen. Ganz und gar nichts Gutes.«

McLean versuchte, ihren Blick aufzufangen, aber sie wollte ihm nicht direkt in die Augen schauen. Sie war seinem Blick fast von Anfang an ausgewichen, als er nach vorn in den Empfangsbereich gekommen war, und hatte die meiste Zeit auf den Boden oder ihre Hände gestarrt.

»Miss Denton. Jennifer. Sie sind hierhergekommen, um mit mir zu sprechen. Offensichtlich wollten Sie mir etwas sagen. Hat irgendjemand Sie bedroht?«

Daraufhin schaute sie hoch, ganz kurz. Ein dünnes Lächeln huschte über ihre Lippen. »Mir kann man nicht mehr drohen, Inspector, darüber bin ich hinaus. Ich bin verdammt, was immer ich auch mache. Ich möchte nur nicht, dass noch mehr Leute mit hineingezogen werden.«

»Wo hinein?«

»Ich war nicht mehr zu Hause, wissen Sie? Seit der Beerdigung nicht mehr, seit dem Empfang.« Miss Denton betrachtete wieder ihre Hände, und McLean konnte sehen, dass unter ihren Fingernägeln schwarze Flecken waren. »Es ist keine gute Jahreszeit, um auf der Straße zu schlafen. Aber es ist sicherer da. Zumindest dachte ich das.«

»Sie haben auf der Straße gelebt, seit …«

»Ich hab in der Zeitung gesehen, dass Sie die Leichen gefunden haben. Die draußen am Hospital begraben waren.« Jetzt schaute Miss Denton ihn an, als hätte sie so lange gebraucht, um ihren Mut dafür zusammenzuraffen. »Ich hatte ja immer befürchtet, dass Drew nichts Gutes im Schilde führte. Dieser Ort hatte eine unnatürliche Macht über ihn.«

»Sie wussten es? Dass er dort geboren ist?«

Miss Denton nickte fast unmerklich. »Es war nicht allgemein bekannt, aber auch kein Geheimnis. Ich nehme an, Sie kennen die Geschichte?«

»Seine Mum war dort eingesperrt worden, weil sie schwanger geworden war und Schande über den Familiennamen gebracht hatte. Ja, ich habe die Geschichte gehört.«

»Und Sie wissen auch, was für einen Menschen das aus ihm gemacht hat. Was er der Familie angetan hat, nachdem er es herausgefunden hatte.«

»Scheint, dass er so leicht kein Nein akzeptieren konnte.«

»Das ist eine sehr milde Art, es auszudrücken, Inspector.« Miss Denton kratzte sich mit einem zitternden Finger am Augenlid. Der ganze Arm zitterte, als wäre sie auf Alkoholentzug. McLean dachte an den Beerdigungsempfang zurück, wie schnell sie die zwei Gläser Wein ausgetrunken hatte. An diesen einen Tropfen Rotwein auf ihrer sauberen weißen Bluse. Es war gut möglich, dass sie eine funktionale Alkoholikerin war, die seit Tagen nichts mehr zu trinken bekommen hatte. Vielleicht im Moment nicht die verlässlichste Zeugin.

»Also, wie hat er es herausgefunden? Das über seine wahre Familie?«

»Seine Mutter wird es ihm erzählt haben, bevor sie verrückt geworden ist. Man sollte doch meinen, dass ihm so etwas den Platz verleiden würde, aber er hat immer an der Klinik gehangen. Wie viel Zeit er da verbracht hat!«

»Sind Sie mal mit ihm dort gewesen?«

Miss Dentons Zittern legte sich für einen Moment, als sie ihn aufrichtig schockiert ansah. Der Moment dauerte nicht lange. »Ich? Um Himmels willen, nein. Das war Drews Platz.«

»Aber Sie wussten, was dort vor sich ging?«

»Ich …« Sie zögerte, war entweder nicht fähig oder nicht willens weiterzusprechen.

»Wir haben seinen Leichnam auf dem Krankenhausgelände begraben gefunden. Jemand hat ihn aus der Gruft geholt und dorthin gebracht, ganz in die Nähe zu den anderen Toten. Beinahe, als sollten wir ihn finden, und mit ihm die ganzen anderen.« McLean stützte die Arme auf den Tisch und beugte sich vor. »Sie wissen, wer das war, oder, Miss Denton?«

»Ich … Ich kann nicht … Wenn man vom Teufel spricht …«

Miss Denton schüttelte heftig den Kopf, bohrte die Hände in den Schoß und krümmte sich wie ein kleines Kind, das nicht zu etwas gezwungen werden möchte.

»Aber Sie wissen es.«

McLean lehnte sich zurück, ließ seine Worte ins Schweigen driften und wartete, bis Miss Denton sich genug beruhigt hatte, um zu nicken. Als sie wieder aufblickte, standen Tränen in ihren Augen und zogen helle Spuren durch den Dreck auf ihren Wangen.

»Ich komme in die Hölle, Inspector. Es gibt nichts, was ich dagegen tun könnte. Sie können mich nicht retten, aber Sie können andere retten. Sich selbst retten.«

»Mich selbst retten? Wovor? Wie?« McLean beugte sich erneut vor und versuchte, Miss Dentons Blick aufzufangen. Irgendetwas stimmte jetzt nicht mit ihr, noch weniger als zu Anfang, als sie hereingekommen war. Sie zuckte wie jemand mit fortgeschrittenem Parkinson. Was er als Kopfschütteln gedeutet hatte, weil sie nicht mehr sagen konnte, sah jetzt mehr wie ein unkontrollierter Muskelkrampf aus.

»Sie müssen es ruhen lassen.« Die Worte kamen jetzt in Schluchzern. Miss Denton erlitt irgendeine Art von Krampfanfall. McLean sprang auf und machte zwei Schritte um den Tisch herum, um sie zu erreichen. Im selben Augenblick ging die Tür auf, und DC Gregg erschien, drei dampfende Becher in den Händen, eine Schachtel Kekse unter den Arm geklemmt. Sie riss überrascht die Augen auf, die Kekse fielen zu Boden.

»Holen Sie Hilfe. Und rufen Sie einen Krankenwagen.«

Gregg stellte nur schnell die Becher ab, verschüttete dabei heißen Kaffee auf die abgenutzte Resopaltischplatte, bevor sie sich umdrehte und floh. McLean spürte, wie eine Hand sich in seinen Arm krallte und heftig geschüttelt wurde, während die Krämpfe durch Jennifer Dentons schmalen Körper rasten. Sie zog ihn dicht an sich heran und presste die Worte gewaltsam durch zusammengebissene Zähne.

»Wenn. Sie. Weitergraben. Werden. Mehr. Sterben.«

52

Sie liegt auf der Intensivstation, aber die Ärzte haben nicht viel Hoffnung. Sieht aus, als hätte sie einen Schlaganfall gehabt.«

McLean saß an einem der leeren Tische im Fallbüro des Tätowierten und hörte mit halbem Ohr DC Gregg zu, die den Rest des Teams aufs Laufende brachte. Der Rest des Teams bestand aus DC MacBride und Grumpy Bob, soweit er das sehen konnte. Alle anderen saßen gegenüber im Weatherly-Raum, auch wenn der jetzt für die Rosskettle-Untersuchung umgewidmet worden war. Alle, außer DS Ritchie natürlich. Sie fehlte immer noch wegen Krankheit, Ursache unbekannt. Er würde Zeit finden müssen, um sie zu besuchen.

Sein eigenes Hirn fühlte sich auch nur halb anwesend an. Der Ambulanz ins Krankenhaus nachzufahren und hilflos zu warten, während die Ärzte alles Mögliche versuchten, um Jennifer Denton zu retten, hatte bis in die frühen Morgenstunden gedauert. Er war nach Hause gefahren, hatte versucht, etwas Schlaf zu finden, ausnahmsweise dankbar dafür, dass Mrs McCutcheons Katze beschlossen hatte, dass er über Nacht Gesellschaft brauchte. Doch sogar mit ihrer beruhigenden Gegenwart hatte er keine Ruhe gefunden, und dass der Wecker auf sechs Uhr gestellt war, hatte auch nicht geholfen.

»Haben Sie kurz Zeit, Sir?«

McLean riss den Kopf hoch, er hatte gar nicht bemerkt, dass er halb eingenickt war. Sergeant Dundas stand an der Tür und machte ein besorgtes Gesicht.

»Was gibt's, Pete?« Er kämpfte sich auf die Füße und merkte, dass die improvisierte Besprechung unterbrochen worden war.

Der Sergeant trat von einem Fuß auf den anderen, warf einen Blick in den Raum und sah Grumpy Bob drüben an der Heizung. »Es ist … Na ja, Bob, du wirst das auch hören wollen. Aber ich weiß nicht, ob wir das Junggemüse damit belasten sollten.«

»Wir haben hier keine Geheimnisse, Pete«, sagte Grumpy Bob, auch wenn das nicht ganz stimmte.

»Es geht um Jack. Jack Tennant.«

»Was ist mit ihm?«, fragte McLean. »Sieht Ihnen gar nicht ähnlich, so zurückhaltend mit einem schönen saftigen Brocken Klatsch zu sein.«

Dundas stieß einen tiefen Seufzer aus. »Er ist tot, Sir. Gestern Nacht.«

»Was …?« Schockiert ließ sich McLean wieder auf seinen Stuhl zurückfallen. »Wie?«

»Nach allem, was ich gehört habe, war es Krebs. Hat niemandem was davon gesagt, dass er so krank war, der bescheuerte Kerl.«

Das hörte sich schon eher nach Jack Tennant an, aber ein einigermaßen gesunder Mensch konnte doch bestimmt nicht in so kurzer Zeit so krank werden, dass er den Löffel abgab. McLean dachte an das letzte Mal zurück, bei dem er den Detective Superintendent gesehen hatte: Die Pressekonferenz, bei der sie einen Strich unter den Weatherly-Fall gezogen hatten. Nun ja, jedenfalls den ersten Strich. Er war nicht ganz fit gewesen, aber doch sicher nicht lebensbedrohend krank.

Dann fiel ihm wieder ein, dass Tennant ihn gewarnt hatte, wie wichtig es ihm gewesen war, dass die Akte Weatherly endgültig zugeklappt würde. Keine Chance darauf, dass sie im Licht neuer Erkenntnisse wieder geöffnet würde. Und eine spätere Erinnerung an ihn kam ihm auch, wo er als alter Freund bezeichnet worden war, von jemandem, der wahrscheinlich nie Freunde hatte.

»Scheiße.«

»Hätte ich selbst nicht besser sagen können, Sir.« Pete Dundas verzog das Gesicht. »Es wird eine ganze Menge von uns zur Beerdigung hochfahren wollen, sobald der Termin bekannt ist.«

McLean brachte es nicht übers Herz zu sagen, dass er das nicht gemeint hatte. Er würde auch hinfahren, wenn nichts dazwischenkam. Jack Tennant war zu Beginn seiner Karriere sein Mentor gewesen. Auch ein Freund, wenn auch ein eher entfernter. Aber irgendwann in der Vergangenheit hatte der Detective Superintendent Partei für eine Seite ergriffen, und McLean konnte sich des Gedankens nicht erwehren, dass diese Entscheidung jetzt ihren Preis gefordert hatte.

»Tun Sie mir einen Gefallen, ja, Pete?« McLean stand auf und ging auf die Tür zu, während er redete, und zwang den Diensthabenden so auf den Flur und aus der Hörweite der anderen hinaus. Keine Geheimnisse da drin, aber hier draußen war alles möglich.

»Sir?«, fragte Dundas.

»Sehen Sie doch mal, ob Sie mir den pathologischen Bericht besorgen können, wenn der fertig ist, ja?«

»Jack Tennants Autopsiebericht?« Dundas sah verwirrt aus, vielleicht verständlicherweise. »Wozu wollen Sie den?«

Gute Frage. McLean wusste es wirklich nicht, aber er hatte das ungute Gefühl, dass irgendetwas oder irgendwer hier Schindluder mit den Regeln trieb und sich ganz und gar nicht mehr an irgendetwas hielt. Und alles drehte sich um Andrew Weatherly. Wie viele waren schon tot oder so gut wie, weil sie etwas mit dem verstorbenen Politiker zu tun gehabt hatten? Wie viele würden noch sterben?

»Tun Sie einfach Ihr Bestes, aye?« McLean klopfte dem Sergeant aufmunternd auf den Arm und ließ ihn im Flur stehen, als er wieder in den Einsatzraum zurückkehrte.

Er spürte den Strom warmer Luft, der von einem Heizlüfter ausging, auf seinen kalten Wangen, als er das kleine Büro betrat, das direkt neben dem Sektionssaal lag. Er war zu Fuß vom Revier aus zum Leichenschauhaus gegangen und hatte die Zeit genutzt, um über die Nachricht von Jack Tennant zu grübeln. Es fiel ihm schwer zu begreifen, dass der Mann, den er vor ungefähr einer Woche noch gesehen hatte, so schnell dem Krebs erlegen sein sollte. Allerdings hatte Tennant in der Tat nicht sehr gesund ausgesehen. Und er hatte einen hässlichen Husten gehabt, das ja. Und dickköpfig genug war er auch, um ihm zuzutrauen, dass er ärztliche Ratschläge, es etwas ruhiger anzugehen, in den Wind schlug. Wahrscheinlich war er nicht mal beim Arzt gewesen.

»Inspector McLean. Schön, Sie wiederzusehen.« Dr. MacPhail tauchte hinter einem großen flachen Computermonitor auf. Er trug einen robusten grünen Overall mit Flecken darauf, deren Herkunft man wahrscheinlich besser nicht hinterfragte. Überall roch es stark nach Lehm, was weit entfernt von der üblichen Mischung aus antiseptischen Reinigern und einem Hauch von Verwesung war.

»Angus hat mir gesagt, dass Sie ihm immer die interessantesten Fälle beschert haben. Ich verstehe jetzt, dass er nicht gelogen hat. Kommen Sie.« MacPhail bedeutete McLean, dass er ihm folgen sollte, und ging ihm auf dem Weg in die Eingeweide des Gebäudes voran. Sie durchquerten Flure, die er noch nie gesehen hatte, und der Eindruck, sich tief unter der Erde zu befinden, verstärkte sich in dem Maße, wie die modernen Betonwände durch einen geschwungenen, weiß gestrichenen Backsteintunnel abgelöst wurden. Schließlich öffnete MacPhail eine schwere Tür und enthüllte eine Szene wie aus einem anderen Jahrhundert.

»Wir nutzen diesen Raum, wenn's im neuen Trakt eng wird. Ihre kleine Entdeckung hat das Fassungsvermögen des Kühlraums ein bisschen überfordert, also haben wir sie zur Untersuchung hierhergebracht.«

McLean schauderte vor Kälte und wegen des Anblicks, der sich ihm bot. Es war ein alter Kellerraum, aus dem Stein unter der Royal Mile herausgehauen, oder vielleicht ein Überbleibsel einer der vielen Gassen und Wohnstraßen, die mit dem Wachsen der Stadt überbaut worden waren. Dicke Steinsäulen stützten die gewölbten Decken, und in den Räumen dazwischen waren Dutzende von Sektionstischen aufgestellt, auf denen jeweils ein schwarzer Leichensack lag. In der Mitte waren ein paar LED-Bogenlampen um einen der Tische herum arrangiert, ein paar Rollwagen mit Instrumenten daneben und zwei vertraute Gestalten bei der Arbeit. Vielleicht weil sie sich durch ihr lautstarkes Hereinkommen verraten hatten, sah Angus Cadwallader auf und grinste ihn an wie ein Schuljunge.

»Tony. Dachte ich mir doch, dass du noch früh genug hier auftauchen würdest.«

McLean suchte sich vorsichtig einen Weg durch die Toten, bis er bei dem provisorischen Sektionszentrum angelangt war. Er hatte eine Leiche erwartet, aber das, woran Cadwallader gerade arbeitete, war nur noch ein Skelett.

»Die Frischeren liegen in der Kühlkammer. Wir wollen den Raum hier ja nicht vollstinken.«

Jetzt, wo Cadwallader es ansprach, fiel McLean auf, dass es hier unten anders roch, als er erwartet hätte. Es war kalt – sowohl beide Rechtsmediziner als auch ihre Assistentin Dr. Sharp trugen Kleidung, die eher für die Arbeit unter freiem Himmel ausgelegt war –, aber nicht so, dass man sich unwohl fühlte.

»Wie viele sind es im Ganzen?« Er drehte sich langsam um die eigene Achse und versuchte, die Leichensäcke zu zählen. Er kam bis zwanzig, bevor Cadwallader antwortete.

»Es wurden insgesamt neunundzwanzig Leichen gefunden. Drei davon hatten noch Fleisch an den Knochen. Der Rest muss mindestens dreißig Jahre in der Erde gelegen haben.«

»Dreißig *Jahre*?« McLean betonte das letzte Wort in der Hoffnung, dass Cadwallader vielleicht Monate gemeint hatte. Doch als er auf den braunfleckigen Haufen Knochen auf dem Tisch vor sich schaute, wurde ihm klar, dass diese Hoffnung vergeblich war.

»Tut mir leid, Tony. Es ist noch zu früh, um es sicher zu sagen, aber ich schätze eher, dass dieser hier schon hundert Jahre tot ist. Vielleicht länger. Und der ist längst nicht der Älteste.«

»Also könnten sie auch einfach nur Patienten des psychiatrischen Krankenhauses sein? Leute, die vielleicht gestorben sind, ohne dass jemand sich für sie interessiert hat? Es war wohl billiger, sie auf dem eigenen Grund zu begraben, als ihnen ein Armenbegräbnis zu bezahlen.«

»Nun, das ist möglich. Aber das ist sowieso deine Aufgabe. Ich bin nur hier, um zu versuchen rauszufinden, woran sie gestorben sind.« Cadwallader streckte eine in Latexhandschuhen steckende Hand aus und griff nach etwas, das aussah wie ein Halswirbel. »In diesem Fall ist das allerdings nicht allzu schwierig. Siehst du das?«

Er hielt den Knochen hoch ins Licht. McLean war kein Experte, aber seine Großmutter war auch Pathologin gewesen, und er hatte im Laufe seiner Karriere schon viel zu viele Obduktionen gesehen, um die Schrammen an der Oberfläche nicht als Spuren von Messerstichen zu erkennen. Selbst nach einem Jahrhundert war es kaum zu übersehen, dass der Mann, dessen Knochen das waren, auf gewaltsame Art und Weise gestorben war, durch ein Messer an der Kehle, einen tiefen, entschiedenen Schnitt.

»Also Mord.«

»Sieht so aus. Und nicht nur bei ihm.« Cadwallader legte den Knochen achtlos weg, an die falsche Stelle, worauf Tracy ihn schnell an den Platz schob, an den er gehörte, während Angus mit einer ausladenden Armbewegung durch den Raum auf die gesammelten Knochen zeigte. »Bei jedem Einzelnen genau dasselbe.«

53

Im achtzehnten und neunzehnten Jahrhundert gehörte der Familie Weatherly der größte Teil des Landes um Bonnyrigg und Roslin. Sie haben ihr Geld vor allem mit den Munitionsfabriken gemacht. Dazu ein bisschen Handel mit Zucker, Sklaven und all so was. Es war Josiah Weatherly, der das Rosskettle Hospital gebaut hat, Ende des neunzehnten Jahrhunderts. Na ja, gebaut. Er saß im Midlothian and Peebles District Lunacy Board, dem Ausschuss, der sich mit psychisch Kranken beschäftigte. Er hat veranlasst, dass die Klinik erbaut wurde, und den Bauplatz und einen Großteil der Mittel dafür zur Verfügung gestellt. Das Hauptgebäude war früher eines der Häuser der Familie. Ist dann über die Jahre ein bisschen umgebaut worden.«

Es war ruhig in dem kleinen Einsatzraum, nur McLean, Grumpy Bob und die Constables MacBride und Gregg waren hier. Das Kernteam. Er hatte die Besprechung angesetzt, um alle auf den aktuellen Stand der Ermittlungen zu bringen, aber MacBride schien derjenige zu sein, der über alle Informationen verfügte.

»Woher wissen Sie das nur immer alles, Junge?«, fragte Grumpy Bob. MacBride grinste nur, seine Ohrenspitzen wurden rot angesichts des Lobs, dann las er weiter von seinem Tablet ab.

»Es gab eine ganze Menge von Weatherlys in dem Heim. Josiahs jüngerer Bruder, Nathan, war der Erste, der verzeichnet ist. Ich vermute, dass er sich deswegen so bei dem Projekt engagiert hat. Die Letzte war Annie Weatherly, geboren 1936. Sie wurde Ende 1952 aufgenommen. Damals gehörte die Klinik schon zum

South Eastern Hospital Board; im Grunde der NHS Scotland. Sie ist 1961 gestorben.«

»Andrew Weatherlys Mutter?« Das kam von DC Gregg.

»Genau die.« McLean übernahm und setzte zusammen, was Matt Hilton und Jennifer Denton ihm gesagt hatten. »Im Prinzip haben sie sie weggeschlossen, weil sie mit erst sechzehn Jahren schwanger geworden war. Ich weiß, in einigen Teilen dieser Stadt ist das heutzutage normal, aber damals hat man die Stirn darüber gerunzelt. Andrew Weatherly kam in Rosskettle zur Welt. Er hat die ersten acht Jahre seines Lebens dort verbracht. Ist dann in eine Pflegefamilie gekommen, nachdem seine Mutter gestorben war.«

»Glaubst du, dass seine Leiche deshalb da gelandet ist?«, fragte Grumpy Bob. »Hast du Duguid damit dazu gekriegt, dir den Durchsuchungsbeschluss zu besorgen?«

McLean zögerte, bevor er antwortete, und versuchte, seine Gedanken dazu erst noch zu ordnen. »Ich hatte einen Verdacht. Es hat ihn zu viel mit dem Platz da verbunden, und ich musste reinkommen, bevor die Bulldozer alles plattgemacht hatten. Ich habe nie wirklich damit gerechnet, dass ich ihn finde. Allerdings schon damit, dass irgendetwas da sein würde.«

»Die anderen Leichen?« Grumpy Bob zog lakonisch eine Augenbraue hoch. »Wäre ich jetzt nicht draufgekommen, Chef.«

»Ich hätte nicht gedacht, dass es so viele sind.« McLean schüttelte den Kopf und lehnte sich gegen den Tisch. »Aber ich habe mit der Annahme gearbeitet, dass William Beaumont nicht der Erste war. Habt ihr eine Ahnung, wie viele Menschen jedes Jahr in dieser Stadt verschwinden?«

»Aber warum?«, fragte DC Gregg. »Wozu die Tattoos? Warum wurden sie da begraben?«

»Warum tun Menschen das, was sie tun? Geld? Macht? Wahnsinn? Denken Sie mal nach. Weatherly ist in einer psychiatrischen Anstalt aufgewachsen. Und in seiner Familie gab es einige Fälle von psychischen Krankheiten.«

»Trotzdem ist es doch ein bisschen weit hergeholt, oder?«, fragte DC Gregg. »Ich meine, ja, die Leichen sind da, aber Sie glauben doch nicht wirklich, dass Weatherly die alle umgebracht hat? Ich dachte, einige von denen wären Jahrhunderte alt.«

»Das ist alles weit hergeholt, Constable. Trotzdem wäre es am überzeugendsten, wenn Weatherly hinter allem gesteckt hätte. Er hat jahrelang die Kontrolle über dieses Hospital gehabt, auch als es zur NHS gehörte. Er hat es gekauft, sobald das möglich war. Er ist dort aufgewachsen und hatte die Macht darüber. Wer sonst hätte all seine Geheimnisse kennen können?«

»Aber er war doch erst sechzig.«

»Glauben Sie nicht, ich wüsste das nicht.« McLean rieb sich die Stirn und hoffte, dass es seinen Kopfschmerz lindern könnte. Tat es nicht. »Bringen wir eins nicht durcheinander: Es handelt sich um rituelle Morde. Jemand hat hundert Jahre lang oder länger psychisch Kranke oder Obdachlose geopfert. Die ausgeklügelte Art und Weise legt nahe, dass es gut organisiert und vor neugierigen Augen verborgen vonstattenging. Weatherly war nur der Letzte, der es getan hat, und er hatte mit hoher Wahrscheinlichkeit auch viel Unterstützung dabei.«

»Und er hat seine Familie umgebracht, weil er dachte, sein Geheimnis käme heraus?«, fragte Gregg.

»Das ist die naheliegendste Schlussfolgerung, und das ist es auch, was wir der Presse anbieten werden.« McLean stieß sich vom Tisch ab und gab damit dem Team das Zeichen, dass ihre spontane Besprechung zu Ende war. »Viel mehr können wir ja auch nicht wirklich tun.«

Jetzt musste er nur noch Duguid die gute Nachricht überbringen.

»Was für einen Scheiß haben wir da jetzt wieder?« Duguid sank in seinen Sessel zurück wie ein vom Schicksal geschlagener Mann. McLean hatte eine Weile gebraucht, aber jetzt, wo er genauer hinschaute, erkannte er, wie müde sein Chef war. Wie ausgelaugt. Sogar seine normale aggressive Wut war durch schreckliche Erschöpfung gedämpft. Und etwas, das sogar Duguids Jähzorn brechen konnte, musste etwas Schreckliches sein.

»Um ehrlich zu sein, weiß ich es nicht. Und das macht mir Sorgen.«

»Ha! Der große Detective Inspector McLean ist ratlos.« Duguid versuchte, einen Witz daraus zu machen, aber es kostete ihn zu viel Anstrengung. McLean sah sich im Büro um und überlegte, ob er sich ungestraft irgendwohin setzen könnte. Die einzigen Sitzgelegenheiten, abgesehen von der derzeit besetzten, standen drüben am anderen Ende des Zimmers um einen kleinen Konferenztisch herum. Alles streng dienstlich hier.

»Es besteht offenbar tatsächlich eine Verbindung zwischen Andrew Weatherly und William Beaumont, Sir.«

»Beaumont?«

»Der Tätowierte. Er hat auf der Straße gelebt. Exmilitär. Sie wären überrascht zu erfahren, wie viele davon obdachlos sind. Scheint, als hätte er sich für die Nacht einen Unterschlupf in einer vornehmen Gegend in New Town gesucht, zusammen mit einem alten Freund, Gordy Johnson. Die zwei wurden überfallen. Gordy hat sie die ›dunklen Engel‹ genannt und gesagt, sie hätten Lichtblitze aus den Fingern schießen lassen, also gehe ich mal von dunkler Kleidung und Elektroschockern aus, von Profis.«

»Ist das nicht ein bisschen weit hergeholt? Das Gefasel eines Geisteskranken?«

McLean verkniff sich die naheliegende Erwiderung. Besser Duguid bei Laune halten, wenn er ihm ausnahmsweise nicht gleich Knüppel zwischen die Beine warf. »Ich versuche hier nur, ein glaubhaftes Szenario zu entwickeln, Sir. Das Nächste, was wir wissen, ist, dass Beaumont, nackt und von Kopf bis Fuß mit frischen Tätowierungen bedeckt, ertrunken im North Esk aufgefunden wird, direkt unterhalb der Rosslyn Chapel.«

»Ach, du lieber Gott, bitte jetzt nicht noch die verdammte Templer-Verschwörung. Ein bisschen mehr Vernunft hätte ich schon von Ihnen erwartet, McLean.«

»Lustig, dass Sie das sagen. DCI Brooks hat mir heute Morgen das Gleiche gesagt.« McLean wartete gerade lange genug, dass Duguid zum Sprechen ansetzen konnte, dann schnitt er ihm das Wort ab, bevor er anfangen konnte. Fies, aber befriedigend. »Die Nähe zur Kapelle halte ich für einen Zufall. Die Leiche ist von der Strömung flussabwärts gezogen worden, also spielt es überhaupt keine Rolle, wo sie gefunden wurde.«

»Tut es nicht?«

»Nein, Sir. Tut es nicht. Die Tätowierungen sind es. Die sind am Wichtigsten. Nach allem, was ich weiß, hatte Beaumont wohl schon ein paar aus seiner Militärzeit, aber nichts, was man bemerken würde, solange er sein Hemd anließ. Und doch war er ein paar Wochen später im wahrsten Sinne des Wortes von Kopf bis Fuß damit bedeckt.«

»Also hat ihm das jemand anders angetan.« Duguids Müdigkeit verflog ein bisschen, als sein Gehirn die Arbeit aufnahm.

»Genau. Und sie mussten ihn dazu sediert haben. Es ist nicht gerade schmerzfrei, sich ein Tattoo stechen zu lassen.«

Das trug ihm eine hochgezogene Augenbraue ein. »Da sind Sie wohl Experte, was?«

»Nicht so wie Detective Constable MacBride, Sir. Aber darum geht es nicht. Es braucht normalerweise Jahre, um einen Körper vollständig zu tätowieren, nicht Wochen. Beaumont hätte unerträgliche Qualen gelitten, wenn er bei Bewusstsein gewesen wäre.«

Duguid sagte eine Weile gar nichts, was bedeuten konnte, dass er nachdachte. McLean wusste allerdings, dass er sich dahingehend keine allzu großen Hoffnungen machen durfte.

»Worauf wollen Sie damit raus, McLean?«

»Nun, ich denke, man kann davon ausgehen, dass Beaumont sich dieser Prozedur nicht freiwillig unterzogen hat. Jemand hat ihn von der Straße geholt in der Annahme, dass niemand einen Obdachlosen vermissen würde. Und sie haben ihn aus irgendeinem Grund mit Tattoos bedeckt, wie weit hergeholt der auch sein mag. Das ging alles organisiert und effizient vonstatten. Und der verdammte Andrew Weatherly steckte mittendrin.« Nur widerwillig ließ McLean die einzelnen Waggons seines Gedankenzuges hintereinander ankuppeln, der versprach, ihn in eine Gegend zu bringen, in die er wirklich lieber nicht wollte. »Was immer für wahnsinnige Zeremonien er da aus was immer für irren Gründe abgehalten haben mag – ich habe den unguten Verdacht, dass es dieses Mal schiefgegangen ist.«

»Was meinen Sie damit? Dass Beaumont entkommen ist?«

»Genau. Er hat mal einer Spezialtruppe angehört. Ich glaube, die wussten nicht, mit wem sie sich da eingelassen hatten. Er ist aufgewacht, durchgedreht und davongelaufen. Und dann irgendwie im Fluss gelandet. Die anderen Leichen waren alle auf dem Krankenhausgelände begraben.«

»Also wusste Weatherly, dass sein kleines Geheimnis herauskommen würde. Hat seine Frau und seine Kinder umgelegt und dann die Waffe gegen sich selbst gerichtet.« Duguid nickte, während er sprach, als passe das alles für ihn perfekt zusammen. McLean kaufte es ihm aber nicht ab. Es passte einfach nicht zum Profil des Mannes.

»Aber warum?«, fuhr Duguid fort. »Warum sollte er diesen Beaumont überhaupt umbringen wollen?«

»Ich habe nie gesagt, dass es einen Sinn ergäbe, Sir. Das tut

Mord ja selten. Ich denke, es hat wahrscheinlich mit irgendetwas zu tun, in das Weatherly als Kind hineingezogen wurde, als er in Rosskettle aufwuchs. Irgendeine Art Kult, Geheimgesellschaft oder so etwas.«

Duguid starrte ihn etwas zu lange mit unergründlicher Miene an. »Jayne hat mich vor Ihnen gewarnt, McLean. Sie hat gesagt, Sie würden Unerklärliches wie magnetisch anziehen. Eigentlich dachte ich, das sei nur als Entschuldigung für Ihre armselige Bilanz gedacht gewesen, aber jetzt will ich verdammt sein, wenn sie nicht recht hatte.«

McLean sagte nichts. Er wusste nicht, was er überhaupt dazu hätte sagen sollen.

»Also, die haben sich diesen Beaumont geschnappt. Haben ihn für diese dämliche Zeremonie, an die Sie da glauben, von der Straße gezerrt. Ihn mit Tattoos bedeckt. Ich denke mal, es war nicht vorgesehen, dass er lebend da rauskam.«

»Sieht nicht danach aus, nein. Nicht wenn man die anderen Toten bedenkt.«

»Mein Gott, die anderen Toten.« Duguid massierte sich mit den Fingerspitzen die Schläfen. »Was für eine verdammtes Durcheinander. Was sollen wir nur mit denen anfangen?«

»Tattoos auf den Leichen, an denen noch Haut war, kein christliches Begräbnis, alle mit tiefen Schnitten durch die Kehle.« McLean lieferte schnell die Details, die er in den ersten forensischen Berichten gelesen hatte.

»Also ein Opferritual.«

»Das ist eine vernünftige Annahme.«

»Vernünftig, ha!« Duguid bellte ein freudloses Lachen heraus. »Nichts an der ganzen Geschichte ist auch nur ansatzweise vernünftig. Aber hier ist eine Frage für Sie: Wenn Ihr Tätowierter ein Ritualopfer war, was, verdammt noch mal, hat sich Weatherly davon erhofft?« Duguid fixierte McLean mit einem Starren, das umso beunruhigender war, als damit plötzliche Erkenntnisse verbunden waren. »Wofür, verdammt noch mal, wollte er Beaumont opfern?«

Duguids Frage beschäftigte ihn den ganzen Weg zurück zu seinem winzigen Büro im vergessenen hinteren Teil des Gebäudes. Es war ein guter Platz zum Sitzen und Nachdenken, nur selten schaute jemand herein, und wenn, dann oft irrtümlich. Was nicht bedeutete, dass nicht hin und wieder jemand absichtlich vorbeikam. Irgendjemand musste ja regelmäßig die Stapel aus Papierkram erhöhen, sofern sie sich nicht von allein vermehrten. Und jemand hatte einen unbeschrifteten braunen Umschlag mitten auf seinen Tisch gelegt, vor so kurzer Zeit, dass er noch nicht begraben worden war.

Mit schwerem Herzen, weil er mit einer weiteren Ladung verstörender Fotos rechnete, zog McLean den Umschlag zu sich heran und holte den Inhalt heraus.

Nichts vom Geheimdienst oder für wen auch immer der Mann im Tweedjackett arbeitete, sondern ein detaillierter Autopsiebericht des verstorbenen Detective Superintendents Jack Tennant. Erstklassige Arbeit von Pete Dundas, dass er ihn so schnell hatte besorgen können; er schuldete dem Sergeant ein oder zwei Pints.

McLean hatte schon genug Autopsieberichte gelesen, um zu wissen, dass sie nicht gerade erbaulich waren. Dennoch bot die Auflistung der Probleme, die seinen alten Freund zu Tode gebracht hatten, eine trostlose Lektüre. Der Lungenkrebs war relativ jung gewesen, anscheinend nur die letzte Metastase von etwas, das vor langer Zeit in den Knochen begonnen und sich sogar bis ins Gehirn ausgebreitet hatte. Der Pathologe kam zu dem Schluss, dass Jack Tennant wie viele Männer seines Alters die frühen Anzeichen seiner Krankheit ignoriert und den Zeitpunkt verpasst hatte, an dem man noch etwas dagegen hätte tun können. Wenn man denn überhaupt etwas hätte tun können.

Nichtsdestoweniger war er überrascht, wie weit sich der Krebs ausgebreitet, wie viele lebenswichtige Organe er befallen hatte. Ein Probe war zur genetischen Analyse in eines der führenden Forschungslabore geschickt worden, nur für den Fall, dass es etwas war, worüber man besser Bescheid wissen sollte.

Er überflog den größten Teil des Berichts, traurig darüber, wie unfair das Leben manchmal sein konnte. Der Jack Tennant, an den McLean sich erinnerte, war voller Energie und Intelligenz gewesen, mit einem staubtrockenen Humor, der zumeist alle sprachlos machte. Er war nur noch Monate von der Pensionierung entfernt gewesen, auch wenn McLean wirklich nicht wusste, ob das eine gute Sache war oder nicht. Wie auch immer, es kam ihm einfach verdammt unfair vor, dass er jetzt gestorben war.

Ein Satz gegen Ende des Berichts fiel McLean ins Auge. Er hatte die Füße auf den Tisch gelegt und den Stuhl so weit nach hinten gekippt wie möglich, ohne an die Wand zu knallen. Jetzt ließ er ihn mit lautem Krachen auf alle vier Beine zurückfallen. Er hielt die letzte Seite ins Licht und kniff die Augen zusammen, als er noch einmal las, was er glaubte, beim ersten Mal falsch verstanden zu haben.

Lippen waren geschwollen, mit Anzeichen von Blasenbildung durch die kürzlich erfolgte Applikation von Hitze. Die Verletzung datiert etwa zwei bis vier Wochen ante mortem und war bereits in Heilung übergegangen.

Zwei bis vier Wochen. Was hatte Tennant vor gut drei Wochen gemacht? Er hatte den Fife-Teil des Weatherly-Falls geleitet. Freunde und Arbeitskollegen des Verstorbenen vernommen. Weatherly selbst hatte eine ähnliche Verletzung aufgewiesen, aber wenn Weatherly hinter der Entführung von William Beaumont gesteckt hatte, wenn Weatherly sich Barry Timbrels bemächtigt hatte, um ihn am ganzen Körper zu tätowieren, warum hatte dann Timbrel die gleichen Verletzungen aufgewiesen? Falls die verbrannten Lippen nicht das Zeichen einer dritten Partei waren. Was hatte Duguid noch gefragt – *Wofür war William Beaumont geopfert worden?*

Was hatte Weatherly sich davon versprochen? Oder musste man die Frage ganz anders stellen? Was, wenn das Opfer dazu hatte dienen sollen, etwas fernzuhalten?

Ein Schaudern erfasste ihn von Kopf bis Fuß und bildete einen kalten Klumpen in seinem Magen, als die Schlussfolgerungen aus seinen Fragen sich zu einem Bild zusammenfügten. Es gab noch jemanden, der vor Kurzem krank geworden war und unter einer rätselhaften Krankheit litt, die die Ärzte nicht zu deuten wussten. Als er die Papiere zusammensammelte, zitterten seine Hände so heftig, dass er den Bericht kaum wieder in den Umschlag zurückstecken konnte. Er faltete das ganze Ding längs und schob es in die Innentasche seines Jacketts. Pete Dundas hatte sowieso schon einiges riskiert, um ihn überhaupt zu besorgen, es bestand keine Notwendigkeit, ihn auch noch in Schwierigkeiten zu bringen, indem er den Bericht herumliegen ließ, wo jeder dahergelaufene Hinz und Kunz oder Vorgesetzte ihn finden konnte.

Nachdem er mit einem kurzen Blick kontrolliert hatte, dass ansonsten alles normal war, verließ er sein Büro. DCI Brooks mochte wollen, dass er die forensischen und pathologischen Berichte zum Rosskettle-Fall zusammentrug, aber im Augenblick hatte er wesentlich Wichtigeres zu tun.

54

Sie schlief, als er auf die Station kam, ihr Kopf so tief in die Kissen gesunken, als wollte das Bett sie langsam verschlingen. Es war keine offizielle Besuchszeit, aber die anderen Patienten waren trotzdem alle wach. McLean trat wieder einmal leise ans Bett und bemerkte dabei die Veränderungen, die DS Ritchie in den kurzen Wochen ihrer Krankheit durchgemacht hatte. Ihre Haut war trocken und rissig, ihr Haar ungekämmt, fettig und verschwitzt. Ihre Augenbrauen waren nie vollständig nachgewachsen, nachdem sie ihn vor einem Jahr oder so aus dem Feuer gezogen hatte, und jetzt waren die Linien, wo sie gewesen waren, weiß. Der Tropf mit Flüssignahrung neben dem Bett bedeutete, dass sie immer noch zu schwach zum Essen war, wie auch der dünne Faden aus blutigem Schleim in ihrem Mundwinkel nahelegte. Als er sich über sie beugte, konnte er ihren rasselnden und gepressten Atem hören. Ein Geruch ging von ihr aus, der dem leichten Parfüm, das er sonst mit ihrer Gegenwart verband, so gar nicht ähnlich sah. Mehr Richtung rottender Kompost als Rosenwasser.

Er starrte ihr ins Gesicht, versuchte zu erkennen, ob an ihren Lippen irgendwelche Schwellungen oder Verletzungen zu sehen waren, als sie langsam die Augen aufschlug. Ein verwirrtes Stirnrunzeln bildete sich auf ihrem Gesicht, dann fing sie an zu husten, lehnte sich aus den Kissen heraus und krümmte sich beinahe ganz zusammen vor Anstrengung, das, was ihre Lunge verstopfte, loszuwerden.

»Ganz ruhig.« McLean zog ein sauberes Taschentuch aus der Tasche und reichte es ihr, im vollen Bewusstsein der Standpauke zum Thema Hygiene, die ihm das von den Schwestern eintragen würde, wenn sie ihn dabei erwischten. Ritchie nahm es und stopfte es sich so heftig in den Mund, dass er einen Moment lang dachte, sie wollte es hinunterschlucken. Irgendwann ließen die Krämpfe nach, und sie fiel zurück in ihre Kissen. Hielt ihm das Taschentuch hin, damit er es zurücknehmen konnte, sah dann, wie es aussah, und warf es auf den Boden.

»Wie fühlen Sie sich?« McLean konnte sich die Frage nicht verkneifen, auch wenn er wusste, dass es wahrscheinlich das Idiotischste war, was er seit seiner Teenagerzeit überhaupt gesagt hatte.

»Wie dieses Taschentuch.« Ritchie ließ den Blick auf den Boden fallen und riss ihn dann unter beträchtlicher Anstrengung wieder zu ihm hoch. »Hab geschlafen. Geträumt. Bin aufgewacht, und Sie sahen aus, als wollten Sie mich küssen.«

»Machen Sie sich keine Hoffnungen, Sergeant.« McLean zog sich einen Stuhl heran und setzte sich neben das Bett. »Wovon haben Sie geträumt?«

Ritchie starrte an die Decke. »Weiß nicht genau. Ich war irgendwo, wo es heiß war. Erstickend. Hab nicht so richtig Luft bekommen, aber ist ja auch kein Wunder.« Sie hustete wieder, und McLean konnte sehen, wie viel Mühe es sie kostete, einen neuerlichen Anfall zu unterdrücken. Wahrscheinlich hätte er sie nicht stören dürfen, aber er hatte so eine Ahnung, was vielleicht los war, und bevor er irgendetwas überstürzte, musste er wissen, dass er in die richtige Richtung unterwegs war. Oder ob er den Verstand verlor.

»Sie haben gesagt, Sie dachten, ich würde Sie küssen. Ich hatte nicht den Eindruck, dass ich so nah war.«

»Waren Sie nicht?« Ritchie dachte angestrengt nach und kniff dabei die Augen leicht zusammen, wodurch sich Risse in der trockenen Haut auf ihrer Stirn und ihren Wangen öffneten. »Nein. Waren Sie nicht. Das war wer anders. Der Traum vielleicht? Ich bin so verdammt müde die ganze Zeit, dass ich kaum sagen kann, was real ist und was nicht.«

»Wie steht's mit der Vernehmung von Mrs Saifre? Erinnern Sie sich daran?«

Ritchie runzelte wieder die Stirn, fand es offensichtlich schwer, die Erinnerungen aus dem Durcheinander in ihrem Kopf herauszusieben. McLean hatte auf dem Weg hierher keinen Arzt gesehen, war unerkannt durch die Flure geschlüpft und hatte sich seine Vertrautheit mit dem Krankenhaus und der Belegschaft zunutze gemacht. Er hatte keine Ahnung, was ihr fehlte, nahm aber an, dass es nicht so ansteckend sein könnte, weil sie sonst nicht auf einer offenen Station liegen würde.

»Witzig, dass Sie sie erwähnen«, sagte Ritchie schließlich. »Nach Ihrem letzten Besuch habe ich über sie nachgedacht.« Sie hustete wieder und kämpfte damit, sich aus der saugenden Umarmung der Kissen zu befreien, damit sie ihre Lunge freibekommen konnte. McLean wollte ihr helfen, wusste aber nicht, wie. Normalerweise war er eigentlich nicht so gehemmt. Vielleicht war es der dünne Krankenhauskittel, den sie trug, die Dürre ihrer Arme und ihres Halses. Was immer es war – sie zu berühren schien absolut inakzeptabel, wahrscheinlich auch nicht ratsam. Also saß er ratlos daneben und wartete darauf, dass sie ihm erzählte, was geschehen war. Sie brauchte lange, um wieder zu Atem zu kommen, und als sie dann sprach, waren ihre Lippen blau vor Sauerstoffmangel.

»Muss ich vergessen haben.« Ritchie rang ein paar Mal keuchend nach Luft, bevor sie fortfuhr. »Die Vernehmung. War komisch. Ich hab Fragen gestellt.« Noch mehr keuchende Atemzüge, eine Pause für einen Hustenanfall. »Sie hat ein paar davon beantwortet, aber nicht viele. Dann hat sie angefangen, mich auszufragen, über die Arbeit, über Sie. Sie war nett. Schien jedenfalls nett. Irgendwas an ihr konnte ich nicht … Sie hat mir einen Job angeboten. Ich kann mich nicht mal mehr erinnern, was es war, aber es hörte sich zu gut an, um wahr zu sein. Abgesehen davon bin ich zufrieden mit dem, was ich habe.« Ritchie hustete wieder und rasselte irgendetwas Glitschiges frei. »Na ja, ich war's.«

»Das mag sich jetzt nach einer seltsamen Frage anhören, Kirsty.« McLean zögerte, wusste, dass das, was er fragen wollte, verrückt war. »Aber, hat sie Sie geküsst?«

Ritchie legte die Stirn in Falten. »Mich geküsst?«

»Mrs Saifre. Hat sie Sie geküsst?«

»Sie hat mir die Hand aufs Bein gelegt. Daran erinnere ich mich jetzt.« Die Falten auf ihrer Stirn vertieften sich, die Anstrengung, die Erinnerung auszugraben, ließ kalten Schweiß auf ihre Stirn treten. »Es kommt mir jetzt verdammt komisch vor, aber damals fühlte es sich absolut normal an. Aber küssen? Ich … warum hätte Sie das tun sollen?«

»Ich weiß es nicht. Es ist, als hätte ich einen Karton voller Teile von einem halben Dutzend verschiedener Puzzles. Wie sehr ich mich auch bemühe, ich kriege sie einfach nicht zusammen.«

Ritchie legte sich wieder in ihre Kissen, die Müdigkeit ließ ihre Augenlider schwer werden. McLean saß eine Weile schweigend daneben. Er konnte sich weismachen, dass er gekommen war, um sie zu besuchen, weil er sich Sorgen um sie machte, aber die Wahrheit war, dass er mehr als alles andere nach Antworten suchte. Oder vielleicht nur nach jemandem, mit dem er seine Theorien besprechen konnte, ohne gleich für verrückt gehalten zu werden.

»Ich komme immer wieder auf William Beaumont zurück«, sagte er nach einer Weile. Ritchie nickte beinahe unmerklich, um zu zeigen, dass sie zuhörte, antwortete aber nichts.

»Wir wissen, dass er von der Straße entführt wurde. Wir wissen, dass er für irgendeine kranke rituelle Opferzeremonie vorbereitet wurde. Wir arbeiten mit der Annahme, dass er geflohen ist, bevor das in die Tat umgesetzt werden konnte. Jetzt haben wir einen ganzen Haufen Leichen mehr, die teilweise mehrere Jahrhunderte alt sind, aber ein paar stammen aus den letzten zwei oder drei Jahrzehnten. Es sieht aus, als hätten sie alle dasselbe durchgemacht.«

»Ein Kult?« Ritchies Stimme war kaum mehr als ein Flüstern.

»Ein Kult. Eine Geheimgesellschaft. Könnte wirklich alles sein. Aber gut organisiert, einflussreich genug, um unbemerkt zu bleiben, und in der alten Anstalt ansässig. Das ist an sich schon schockierend genug, aber die offene Frage lautet doch: Was wollten sie damit erreichen? Duguid hatte recht, verflucht. Wir müssen herausbekommen, warum die das gemacht haben. Wofür wurden diese Männer geopfert?«

Ritchie schwieg, und als McLean sie ansah, konnte er nicht sagen, ob sie wach war oder schlief. Vielleicht war es einfacher, wenn sie schlief.

»Sie fragen sich, warum ich wissen wollte, ob Sie geküsst worden sind.« Seine Stimme war jetzt leise, er sprach ins Halbdunkel der nächtlichen Station. »Nun, es tauchen ständig Tote mit schlimm geschädigten Lippen auf. Ich dachte, Weatherly hätte sich den heißen Gewehrlauf in den Mund gesteckt, aber Barry Timbrel hat nicht versucht, sich umzubringen. Und Jack …«

»Beaumonts Lippen waren nicht geschädigt.« Also war Ritchie wach. Und hörte zu.

»Er war das Opfer. Ihm hätte man die Kehle durchgeschnitten, wenn er nicht entkommen wäre. Nein, das mit den Lippen ist etwas anderes. Etwas Neues.« McLean machte wieder eine Pause, nicht unbedingt, weil er irgendwelche Fäden miteinander verknüpfte, sondern eher weil das, was sich aus diesen Gedanken ergab, zu schrecklich war, um es auch nur zu denken. »Was passiert, wenn das Opfer nicht so läuft wie geplant?«

»Wem immer das Opfer dargebracht werden sollte, wird sauer? Hört auf, sie zu beschützen? Kommt über sie?«

Und da war es. Die Verbindung, die er mit aller Mühe versucht hatte, nicht zu sehen. Dreihundert Jahre oder länger war dieser besondere Dämon gefüttert worden. War es ein Wunder, dass seine Wiederkehr durch Chaos und Gemetzel gekennzeichnet war?

Es war dunkel, als er das Krankenhaus verließ, spät genug, als dass es sich nicht mehr lohnte, zur Arbeit zurückzukehren. Da warteten sowieso nur politische Machenschaften und Papierkram auf ihn. Also war McLean durch eine mit harschigem Schnee bedeckte Stadt gefahren und hatte es genossen, dass relativ wenig Verkehr herrschte, sodass er viel schneller als normal nach Hause kam. Der V6-Motor schnurrte noch wie ein fette Katze, und der Ledersitz hielt ihn warm in den Armen wie eine Liebhaberin, als er auf die unbeleuchteten Umrisse des Hauses seiner Großmutter starrte, die sich vor den orange-roten tief hängenden nächtlichen Wolken abhoben. Das Auto war ein guter Platz, um dazusitzen und nachzudenken. Abgeschirmt und sicher. Schade nur, dass seine jüngsten Gedanken ihn an gefährlichere Orte führten. An ungemütliche Orte, sowohl physisch als auch geistig.

Ein Trillern seines Telefons zerstörte den Moment. Er zog es heraus und schaute aufs Display. Eine SMS: *Lassen Sie's uns noch einmal versuchen, ja? Dinner um acht. Schicke Karl. Jane Louise.* McLean stieß einen Seufzer aus. Die Frau gab nicht auf. Ein schneller Blick auf die Uhr oben am Rand des Displays zeigte ihm, dass Karl in etwas über einer halben Stunde da sein würde. Es hatte keinen Sinn, sich zu verstecken oder herauszureden, selbst wenn er wusste, dass er von Duguid ordentlich eine aufs Dach bekommen würde, wenn er es herausfand. Immerhin ermittelten sie gegen eine Firma, die inzwischen Mrs Saifre gehörte. Er war für den verfluchten Tatort verantwortlich. Er sollte überhaupt nicht mit ihr sprechen, außer auf dem Revier und in Gegenwart eines Rechtsvertreters und zweier Tonbänder, die alles aufnahmen.

Aber es würde sowieso unmöglich sein, irgendetwas zu finden, was an ihr kleben blieb. Sie war zu mächtig und zu gut vernetzt. Nein, sie wollte etwas von ihm und würde nicht lockerlassen, bis sie es bekam. Nun, dieses Spiel konnte man auch zu zweit spielen. Er durchforstete mit dem Daumen sein Adressbuch, dachte kurz über den ungewöhnlichen Zufall nach, der ihn so kurz, bevor er einen Gefallen brauchte, mit einem alten Bekannten zusammengeführt hatte. Ein Anruf sollte genügen.

55

Karl tauchte fünfundzwanzig Minuten später mit dem Rolls-Royce auf. McLean wusste, dass er es war, vor allem, weil er niemanden sonst erwartete, aber auch, weil Mrs McCutcheons Katze, die die Zwischenzeit damit verbracht hatte, ihren Kopf gegen seine Hand und seinen Arm zu reiben, sich plötzlich verspannte. Ihr Fell sträubte sich, nicht gerade so, als wäre sie an eine Steckdose geraten, aber doch so, dass sie plötzlich doppelt so groß aussah wie normal. Sie schaute auf die Haustür hinter der Halle und fauchte ein paar Sekunden, bevor es klingelte.

»Mach dir keine Sorgen. Ich hab einen Plan.« McLean tätschelte ihr den Kopf, ließ sie auf dem Küchentisch sitzen und ging durch die Vordertür hinaus in die Nacht.

Karl stand neben der aufgezogenen Tür zum Fond. McLean nickte ihm zu, bevor er hineinkletterte und überrascht feststellte, dass Mrs Saifre bereits im Wagen saß.

»Ich wusste nicht, ob Sie kommen würden.« Sie klopfte auf den Sitz neben sich wie eine gute Verführerin und war auch passend zu der Rolle gekleidet. Ihr Kleid war ganz schimmerndes Gold und Schwarz. Es bedeckte den Körper zwar vollständig, umschmiegte ihn aber so, als wäre es aufgemalt, betonte die Kurven und warf verlockende Schatten. Als er es sich in dem warmen, weichen Ledersitz bequem machte, roch McLean einen Hauch von etwas Teurem und Flüchtigen. Es mochte berauschend sein, aber andererseits waren da auch Blausäure oder Schwefel. Der Gedanke überraschte ihn, und der Anflug eines Lächelns musste über seine Lippen gestrichen sein. Auf jeden Fall missverstand Mrs Saifre das als Ermutigung und rückte näher an ihn heran.

»Ich sollte das wahrscheinlich nicht tun. Immerhin sind Sie in eine laufende Ermittlung verwickelt.« McLean versuchte, sich zu entspannen, als Karl die Tür zumachte und ihn mit dem Monster einschloss.

»Regeln sind doch etwas für Kleingeister, finden Sie nicht auch, Tony?« Sie beugte sich vor, ihr enges Kleid bewegte sich wie eine zweite Haut, als sie das Getränkefach öffnete. McLean musste zugeben, dass sie in jeder Hinsicht die berauschendste Frau war, der er je begegnet war, und doch fand er es überraschend leicht, diesen Aspekt von ihr zu ignorieren und ihn als so aufgesetzt zu sehen, wie er war.

»Drink?« Es war als Frage formuliert, aber im selben Augenblick drückte sie ihm ein mit Champagner gefülltes Glas in die Hand. McLean nahm es, hob es zu einem Toast, als sie dasselbe tat, und gab vor, einen Schluck davon zu trinken.

»Ich wollte etwas wiedergutmachen … also … alles«, sagte er, als Mrs Saifre noch aus ihrem Glas trank. »Also habe ich ein paar Gefallen eingefordert und uns einen Tisch bei Chez Innes besorgt.«

Mrs Saifres Augenbrauen wanderten in die Höhe, ob aus Verärgerung oder Unglauben, konnte er nicht sagen. Was immer es war, sie nahm nach nur ein paar Sekunden an, klopfte ans das Fenster und gab Karl Anweisung, das Fahrtziel zu ändern.

»Ich dachte, dass man da nicht für Geld und gute Worte einen Tisch bekommt. Ich habe Bobby schon die halbe Welt geboten und muss trotzdem noch drei Monate warten.«

»Vielleicht haben Sie ihm nicht das Richtige angeboten.« McLean lehnte sich zurück und hielt das Champagnerglas fest, um nichts auf seinen Anzug zu verschütten, während sie zurück in die City rollten. Runde eins war an ihn gegangen. Konnte er darauf hoffen, dass es so weiterlief?

Wenn er gehofft hatte, unbemerkt zu bleiben, dann hatte er die Hartnäckigkeit der örtlichen Paparazzi unterschätzt. Sogar in einer eiskalten Nacht Anfang Februar lagen sie vor dem Restaurant auf der Lauer. Im Grunde war es ein Armutszeugnis für die Gesellschaft, dass Bilder von reichen Leuten, die in einen angesagten, größenwahnsinnigen Fresstempel gingen oder herauskamen, einen höheren Nachrichtenwert hatten als der Hunger in Afrika oder die durch den Klimawandel ausgelösten Katastrophen rund um den Erdball, aber dem Sperrfeuer aus den Blitzlichtgeräten zufolge, das losging, als er Mrs Saifre durch den bescheidenen Eingang des Chez Innes führte, war genau das der Fall. McLean hoffte nur, dass sie sowieso alles ablichteten, was sich in Richtung der Restauranttür bewegte, aber er hatte das schreckliche Gefühl, dass sie genau wussten, wer sie war, und wahrscheinlich auch bei ihm eine ziemlich gute Vorstellung davon hatten. Der Klatsch würde unvermeidlich auf dem Fuß folgen. Nun, es wäre nicht das erste Mal, dass er eine volle Ladung davon abbekam.

»Tony. Endlich beehrst du uns mal mit deiner Anwesenheit.« Bobby begrüßte ihn in der Eingangshalle, gekleidet in seine suppenbespritzte weiße Kochkleidung. Dann sah er Mrs Saifre an und verbeugte sich theatralisch. »Und jetzt sehe ich, warum du so lange gewartet hast. Madame de Saifre, willkommen in meinem bescheidenen Restaurant.«

Eric erschien auf der Bildfläche, bevor Bobby sich unbeliebt machen konnte, einen finsteren Ausdruck auf dem Gesicht, als er sie beide willkommen hieß. Er führte sie durch das Restaurant in einen kleinen Erker mit ein paar bequemen Sofas, die um ein offenes Feuer herum platziert waren. McLean wartete, bis Mrs Saifre ihm kurz den Rücken zukehrte, bevor er ihm zuflüsterte: »Du hast die Nachricht bekommen, oder?«

»Ja. Es ist alles vorbereitet. Ich hoffe, du weißt, was du tust, Tony. Sie ist …«

Aber was immer sie war, wurde nicht ausgesprochen. Mrs Saifre hatte das Bild über dem Kamin studiert, drehte sich jetzt aber zu ihnen um. »Ist das wirklich ein Original von Elspeth McKenzie?«

»Madame hat ein gutes Auge. Das ist es in der Tat.«

»Wie um Himmels willen sind Sie denn daran gekommen? Sie hat nie irgendetwas verkauft. Ich dachte, sie hätte vor ihrem Tod das meiste verbrannt.«

»Alles, was sie noch hatte, aber das hier war ein Geschenk.« Eric zog die Speisekarten hervor. »Ihr Tisch wird gleich bereit sein. Hätten Sie vor dem Essen gern einen Cocktail?«

McLean spürte immer noch den Druck an seinen Lippen, wo er das Champagnerglas angesetzt hatte, ohne zu trinken. »Das wäre nett, Eric. Einen Martini vielleicht?« Er drehte sich zu seiner Begleiterin um. »Mrs Sai… Jane?«

»Jane Louise. Schottisch, ohne Bindestrich.« Mrs Saifre legte ganz kurz die Stirn in Falten, bevor sie wieder lächelte. »Ja, ein Martini wäre wunderbar.«

Eric zog sich zurück und ließ sie allein. Er war kaum außer Hörweite, als sie das Wort ergriff: »Woher kennen Sie diese Leute? Haben Sie eine Vorstellung davon, wie lange ich versucht habe, hier hereinzukommen?« Einen Augenblick lang machte sie auf McLean einen vollkommen veränderten Eindruck; eine junge Frau, aufgeregt und beeindruckt, die sich aufrichtig auf dieses neue Abenteuer und den gut aussehenden Helden freute, mit dem sie es bestehen wollte. Aber sie war nicht jung, auch wenn sie aussah, als wäre sie kaum dreißig. Er wusste das. Sie war schon in den frühen Achtzigern postgraduierte Ingenieurin für Elektrotechnik gewesen, also musste sie jetzt in den Fünfzigern sein. Oder sie war so alt wie die Zeit selbst.

»Bobby hat mal mit meiner Verlobten in einer WG gewohnt, ist aber schon lange her. Wir haben ihm geholfen, sein erstes Restaurant einzurichten.«

»Verlobte?« Mrs Saifre zog eine perfekt gezupfte Augenbraue hoch. McLean schluckte. Das war immer das Schwierigste.

»Sie ist gestorben. Es ist schon lange her.«

»Das tut mir so leid, Tony. Sie müssen sie sehr geliebt haben.«

»Habe ich, ja. Tu ich im Grunde immer noch.«

»Leben Sie deshalb allein in diesem großen alten Haus?« Mrs Saifre nahm seine Hand, führte ihn zu dem Sofa und setzte sich. Er setzte sich neben sie und spürte die Wärme des Kaminfeuers und die noch größere Hitze, die Mrs Saifre ausstrahlte. Bevor er etwas antworten konnte, kehre Eric mit zwei Martinis auf einem kleinen Tablett zurück. Er setzte es auf dem niedrigen Tisch vor ihnen ab, legte zwei Untersetzer aus und stellte die Gläser darauf, jeweils direkt vor jeden von ihnen. Mrs Saifre nahm ihres und hob es zu einem Toast. McLean nahm seines und tat es ihr gleich.

»Auf die verlorene Liebe und die, die es noch zu finden gilt«, sagte Mrs Saifre und nahm einen großen Schluck. »Das ist ein feiner Martini.«

McLean nippte an seinem eigenen Drink und schmeckte nur eiskaltes Wasser. »Ja, ist es.«

»Ihr Tisch ist bereit, wann immer Sie wollen.« Eric zwinkerte ihm zu, nahm das Tablett auf und schlenderte davon.

Es war lange her, dass er richtig essen gewesen war und in einem guten Restaurant einer schönen Frau gegenübergesessen hatte, die sowohl schlagfertig als auch intelligent war. Nicht mehr seit Kirstys Tod. Das war vielleicht der einzige melancholische Aspekt an dem ganzen Abend, wenn man davon absah, mit wem er hier aß.

Mrs Saifre für ihren Teil war die perfekte Partnerin für ein Dinner-Date. Das Gespräch mit ihr war interessant, sie flirtete immer mal wieder mit ihm, lächelte viel. Er fand es befremdlich, dass er sich trotz ihrer unübersehbaren körperlichen Perfektion und all ihrer Avancen in keiner Weise von ihr angezogen fühlte. Hin und wieder meinte McLean einen irritierten Ausdruck in ihrem Gesicht zu sehen. Daraus zog er zwar eine gewisse Genugtuung, war aber dennoch stets auf der Hut.

Das Essen war so gut, wie er es erwartet hatte, und besser. Es bestand kein Zweifel daran, dass Bobby seinen Michelin-Stern verdient hatte. Dennoch, je weiter der Abend fortschritt, desto schwieriger fand McLean es, ihn zu genießen. Er war nicht zum Vergnügen hier, wurde ihm nach einer Weile klar, das war harte Arbeit. Und zwar eine, für die er weder bezahlt werden noch irgendeine Art von Anerkennung bekommen würde. Wahrscheinlicher war, dass er dafür noch würde büßen müssen. Immerhin war Mrs Saifre eine Verdächtige in einem Fall von beträchtlicher Tragweite. So war das Leben.

Als es zum Nachtisch kam, einer eleganten Komposition aus Schokoladensoufflé und dicker dunkler Soße, merkte McLean, dass ihm der Appetit vergangen war, trotz des betörenden Duftes, der vom Teller aufstieg. Mrs Saifre hingegen fiel mit hemmungsloser Gier über ihren her.

»Das ist es. Wegen so etwas gilt Ihr Freund als Genie.« Sie löffelte sich noch eine Portion in den Mund, die Zunge fuhr über die Mundwinkel, in denen Bläschen geschmolzener Schokolade glänzten. »Ich würde jeden Preis zahlen, damit er für mich arbeitet.«

»Sie könnten es ihm anbieten, aber ich bezweifle, dass er interessiert wäre. Bobby macht am liebsten sein eigenes Ding.«

Sie lächelte. »Ein bisschen wie Sie, wenn es stimmt, was ich über Sie höre.«

»Ach ja?« McLean zog eine Augenbraue hoch. »Haben Sie Nachforschungen über mich angestellt?«

»Nur ein paar Fragen hier und da. Sie wissen doch, dass ich mit dem Chief Constable befreundet bin.«

»Weiß der überhaupt, wer ich bin?«

Mrs Saifre antwortete nicht gleich, sondern aß noch einen Löffel Soufflé, verschlang es auf eine Art und Weise, die einem Mann weiche Knie bereiten konnte. »Der große Detective Inspector Anthony McLean. Natürlich weiß er, wer Sie sind. Und er sorgt sich um Sie.«

»Sorgt er sich um mich, oder macht er sich Sorgen darum, dass ich etwas wirklich Dummes anstellen könnte?« Wie vielleicht zum Beispiel die Geschäftsführerin einer Firma, gegen die ermittelt wurde, zum Abendessen auszuführen.

»Ein bisschen von beidem, da bin ich mir sicher.« Sie legte den Löffel anmutig neben ihren leeren Teller, nahm die Serviette zur Hand und tupfte sich noch einmal die Lippen ab, dann ließ sie sie in einem unordentlichen Haufen auf den Tisch fallen. Schließlich ließ sie sich gegen die Lehne ihres Stuhls fallen und die Arme in einer Parodie sexueller Befriedigung herunterbaumeln. Ihr Gesicht leuchtete im Kerzenlicht, ihre rabenschwarzen Haare fielen jetzt locker herab, etwas zerzaust, als wären sie in der Zeit, in der er sie zum Essen ausgeführt hätte, um einige Zentimeter gewachsen. Sie erinnerte McLean an eine Katze, die gerade mehr als genug Mäuse gefressen und jetzt vorhatte, achtzehn Stunden durchzuschlafen, während sie sie verdaute.

»Das war köstlich. Wir sollten das öfter machen.« Sogar ihre Stimme klang wohlig matt.

»Es kommt nicht häufig vor, dass ich die Zeit dafür habe.« McLean legte seinen eigenen Löffel ab. Er hatte nicht viel mehr getan, als in seinem Nachtisch herumzustochern. »Meine Arbeit neigt dazu, in den ungeeignetsten Momenten dazwischenzukommen, wie Sie wissen. Trotzdem, Sie sehen aus, als hätten Sie es genossen.«

»Das tue ich immer.« Mrs Saifre richtete sich wieder auf. »Aber vielleicht hat dieser Ort jetzt seine Schuldigkeit getan. Zeit weiterzuziehen?« Sie hob eine Hand, und im selben Augenblick erschien Eric am Tisch.

»Sagen Sie Mr Innes, wenn er jemals einen Job braucht, werde ich ihn großzügig entlohnen.«

»Zu freundlich, Madame.«

»Madame hat noch nicht mal angefangen damit, freundlich zu sein.« Mrs Saifre setzte sich kerzengerade hin und wandelte sich innerhalb eines Augenblickes vom Flirt zur knallharten Geschäftsfrau. »Ich weiß, das war Tonys Einladung, aber ich möchte, dass Sie mir die Rechnung bringen. Immerhin habe ich ihn aufgefordert.«

Eric warf McLean einen kurzen Blick zu, verzog aber keine Miene. »Nichts würde ich lieber tun, Madame de Saifre, aber Tony McLean ist ein alter Freund. Bobby würde es nicht im Traum einfallen, ihm für ein Essen eine Rechnung zu stellen. Oder für jemanden, den er zum Essen ausführt.«

Die Temperatur im Raum schien für einen Moment merklich zu fallen. Mrs Saifre war sehr still geworden, ihre Miene undurchdringlich. McLean war, als hörte er in der Ferne das Heulen geschundener Seelen. Er hätte dem Wein die Schuld daran gegeben, aber Eric hatte sein Glas den ganzen Abend mit gefärbtem Wasser gefüllt.

»Zu nett von dir, Eric. Und von Bobby ebenfalls. Aber ich weiß, dass es keinen Sinn hat zu widersprechen. Irgendwann revanchiere ich mich auf andere Weise.«

Eric lächelte halbherzig, sein Blick wanderte zwischen McLean und Mrs Saifre hin und her, bevor er antwortete.

»Da bin ich mir sicher, Tony. Da bin ich mir sicher.«

56

Von dem Moment an war Mrs Saifre zwar weiterhin überaus charmant, aber McLean fand, dass sie ihn anders ansah als zuvor. Sie blieben nicht mehr lange im Restaurant, und als er neben sie in den Rolls-Royce kletterte, hielt sie ein paar Zentimeter Abstand zwischen ihnen. So weit es ihn betraf, war das gerade recht. Es war ein kräftezehrender Abend gewesen, und er freute sich nur noch aufs Schlafen, allein in der Gesellschaft von Mrs McCutcheons Katze.

Während der Wagen elegant durch die Stadt glitt, plauderten sie nur leichthin. Aus dem Augenwinkel bemerkte McLean, dass jede Ampel wie von einer unsichtbaren Hand kontrolliert auf Grün umsprang, wenn sie sich näherten. Einen Augenblick fürchtete er, dass er zurück zu Mrs Saifres Haus gefahren würde, dass die Unbehaglichkeit noch verlängert oder vielleicht auch die Geschichte mit Gewalt vorangetrieben werden sollte, aber dann verlangsamte Karl an der Einfahrt in die ruhige Nebenstraße, in der das Haus seiner Großmutter stand.

»Sie können mich hier irgendwo absetzen. Ich hätte nichts dagegen, noch ein bisschen zu Fuß zu gehen. Ein bisschen frische Luft als Gegengewicht zu diesem schönen Wein.«

»Der war sehr gut, nicht wahr?« Mrs Saifres Stimme klang warm und schläfrig. »Sind Sie sicher, dass ich Sie nicht noch zu einem Schlummertrunk überreden kann?«

McLean lächelte. Er wusste, dass der Vorschlag nicht wirklich ernst gemeint war. »Vielleicht nächstes Mal.«

»Darauf werde ich Sie festnageln, Tony.« Sie klopfte an die gläserne Trennwand, und der Wagen fuhr auf den Bürgersteig.

Bevor er auch nur den Türgriff finden konnte, war Karl schon ausgestiegen und hatte die Tür von außen aufgezogen. McLean vertrödelte keine Zeit beim Aussteigen und war angenehm überrascht, als Mrs Saifre keinerlei Anstalten machte, um hinter ihm herauszuklettern. Sie hob träge eine Hand, und er nahm sie in seine, hob sie so dicht an seine Lippen, wie er es wagte, aber ohne sie zu berühren.

»Bis zum nächsten Mal dann.« Er schloss die Tür und wartete noch, bis der Wagen abfuhr und in der Nacht verschwand. Dann atmete er in einem langen Seufzer erleichtert aus, sodass sein Atem Wolken bildete.

Er war diese Straße schon unzählige Male in seinem Leben entlanggegangen, kannte alle Häuser, jeden Baum, die Position der Straßenlampen. Er kannte auch die Kirche, ihr dunkles fleckiges Mauerwerk, den dicken Turm und die Bogenfenster. Allerdings war er nie hier zum Gottesdienst gewesen; seine Großmutter war ihr ganzes Leben eine inbrünstige Atheistin gewesen, und etwas davon musste auf ihn abgefärbt haben. Ja, die jüngsten Erfahrungen hatten ihm Grund gegeben, ein paar der weitreichenderen Pauschalurteile, die er als Heranwachsender gefällt hatte, infrage zu stellen, aber dennoch war McLean überzeugt davon, dass der Gott, den dieses Gebäude repräsentierte, nicht existierte.

Was nicht heißen sollte, dass es nicht mehr zwischen Himmel und Erde gab, als er sich vorstellen konnte. Nur dieses allsonntägliche Knien vor der etwas unheimlichen Statue eines zu Tode gefolterten Mannes erschien ihm nicht als ein sonderlich vielversprechender Weg, um das Böse zu bekämpfen.

Er merkte, dass er – ohne recht zu wissen, warum – am Eingang zum Kirchengrundstück stehen geblieben war und auf das dunkle, abweisende Gebäude starrte. Es war nichts davon zu sehen, dass am Dach gearbeitet wurde. Aber andererseits, wieso sollte es das. Nicht solange das Wetter sich nicht besserte. Das hatte die Pastorin gesagt. Eines der Tore stand auf, fast als wollte es ihn hereinbitten. Als er mit dem Blick dem geraden gepflasterten Weg zu Kirchentür folgte, sah er auch gedämpftes Licht hinter den Bleiglasfenstern.

Die Kirchentür war nicht abgeschlossen, aber als McLean hineinkam, konnte er niemanden sehen. Es war kalt hier drin, möglicherweise sogar kälter als draußen in der schneebedeckten Nacht. Das Licht, das er durch die Fenster gesehen hatte, kam von einem halben Dutzend großer Kerzen, die auf dem schlichten Steinaltar brannten. Langsam ging er darauf zu, sich des Halls seiner Schritte auf den Steinplatten und der abgetretenen Widmungen für die Toten, die unter seinen Füßen begraben lagen, bewusst. Gebeine im Boden.

Der Innenraum der Kirche war nicht prunkvoll, aber auch nicht so freudlos und schmucklos wie die Presbyterianischen Kirchen, in denen er schon gewesen war; die Church of Scotland, Episkopalkirche oder wie man sie nennen wollte. Der schottische Ableger der Church of England pflegte ein nüchternes Verhältnis zum Glauben. Die Bänke waren schön geschnitzt, aber nicht geschmückt, Solidität ihre wichtigste Eigenschaft. Der Altar selbst schlicht und aus Stein, ein Damasttuch als einzige Dekoration. Es gab ein großes Kreuz, aber keinen gefolterten Jesus, der Blut aus seinen Wunden weinte, fiel McLean auf.

Er hatte nie wirklich gewusst, wie man sich in Kirchen verhalten sollte. Manche Leute – darunter war auch Kirsty gewesen – senkten den Kopf, knieten nieder, murmelten ein paar stille Gebete an den grauhaarigen alten Mann in den Wolken. Er schaute nur eine Weile, und dann, als seine Augen sich an das düstere Licht gewöhnt hatten, drehte er sich langsam um sich selbst und ließ den Raum auf sich wirken. Es war friedlich hier, das musste er gestehen, und nach dem Abend, den er gerade hinter sich hatte, konnte er etwas Frieden gut brauchen.

Als er am anderen Ende des Kirchenschiffes beim Altar das Taufbecken sah, wurde ihm schließlich klar, was ihn hergeführt hatte. Es war wesentlich älter als die Kirche selbst; jedenfalls glaubte er, dass ihm das mal jemand gesagt hatte. Der Legende nach hatte der heilige Columban es selbst aus Stein gehauen, und es war vor der Zerstörung durch die Wikinger gerettet worden, die das Kloster Iona überfallen hatten, und hierher in diese bescheidene Kirche gebracht worden, die damals zu einem wohlhabenden Gut außerhalb der Stadt gehörte. McLean wusste nicht, ob das stimmte oder nicht, aber das Becken war mit Sicherheit älter als das Gebäude, das es umgab. Der Stein war anders und mit verschlungenen keltischen Symbolen geschmückt.

Der hölzerne Deckel darüber war ebenfalls alt, eine schlichte Konstruktion aus schmalen Brettchen, wurmstichig und an den Ecken verschrammt, als gehörte sie eher in das Heim eines großen Labradors als in eine Kirche. Zwei große Eisenringe, die in den Deckel eingelassen waren, machten es leicht, ihn abzuheben, und darin stand still das Weihwasser und reflektierte die schwachen Lichter in seinem Rücken.

»Es wirkt nicht, wenn man es klaut.«

McLean drehte sich so plötzlich um, dass er beinahe den Deckel hätte fallen lassen. Die Pastorin stand etwa zehn Meter von ihm entfernt, ein freundliches, wissendes Lächeln auf dem Gesicht.

»Ähm. Ich … Also, das …« Ihm fiel wirklich nichts ein, was er jetzt sagen könnte. »Sorry.«

»Schon gut, Inspector. Ich weiß, dass Sie nichts stehlen wollten.« Sie kam etwas näher, und er sah, dass sie priesterlich gekleidet war, den weißen Kragen über ihrem schwarzen Gewand trug. War gerade ein Abendgottesdienst oder so etwas gewesen?

»Ich habe das Licht gesehen. Weiß gar nicht so genau, warum ich überhaupt reingekommen bin.«

»Und doch sind Sie jetzt hier und starren ins Taufbecken, als läge darin die Lösung all Ihrer Probleme.« Sie trat an den Rand des steinernen Beckens und zog dabei eine kleine Flasche aus ihrem Talar. Sie tauchte sie in das Wasser, Blasen blubberten mit einem gespenstischen, hallenden Geräusch hervor, während sie sie füllte. Nachdem sie sie zugestopft und an ihrem Ärmel trocken gerieben hatte, gab sie sie ihm.

»Ein Geschenk. Möge es Ihnen bei Ihrem Vorhaben helfen.«

McLean nahm die Flasche beinahe widerstrebend an. Jetzt, wo er darüber nachdachte, kam es ihm ziemlich albern vor. »Es ist nicht für mich«, sagte er.

»Das weiß ich.« Die Pastorin lächelte. »Und deshalb wird es auch wirken.«

Das Krankenhaus ruhte nie ganz, aber so spät in der Nacht war alles ruhig, besonders auf den Stationen, wo überwiegend die Patienten mit dem wenigsten Glück schliefen. McLean nahm den Weg hintenherum in der Hoffnung, den Krankenschwestern so gut wie möglich aus dem Weg zu gehen, aber er musste immer noch an der Stationsschwester vorbei, bevor er sein Ziel erreichte.

»Sie schläft, Inspector. Sie dürfen sie jetzt nicht stören.«

»Soll ich lieber zurückgehen und mir einen Befehl holen? Mit einem halben Dutzend Uniformierten herkommen und alle aufwecken?«

Es war nicht Jeanie Robertson, die die Nachtschicht hatte. Das wäre wohl zu einfach gewesen.

»Das ist unmöglich! Ich werde mit Ihrem Vorgesetzten sprechen. Sergeant Ritchie ist schwer krank. Ihr Zustand ist kritisch. Sie braucht ihre Ruhe.«

»Glauben Sie mir, ich weiß, wie krank sie ist. Ich möchte ihr nur ein wenig Beistand spenden. Ich werde es kurz halten, okay?«

Die Schwester blickte ihn finster an, gab aber nach. Er schlüpfte so leise wie möglich ins Zimmer und ging zu Ritchies Bett. Er hätte sich keine Gedanken darüber machen müssen, dass er zu laut war. Sie lag zusammengekrümmt da, hustete sich die Seele aus dem Leib und war hellwach. Sie musste seine Schuhe näher kommen gesehen haben, denn sie schaute auf, als er ans Bett trat.

»Sie erwischen mich in Höchstform, Sir.« Ein müdes Lächeln, und dann hustete sie wieder. Kein Versuch mehr, das Blut zu verbergen, das jetzt mit jedem Husten hochkam.

McLean sah das Glas auf dem Nachttisch, halb mit Wasser gefüllt, daneben einen Krug. Während Ritchie anderweitig beschäftigt war, kippte er den Inhalt des Fläschchens, das ihm die Pastorin gegeben hatte, in das Glas. Im Grunde waren es nur ein paar Tropfen. Als er fertig war, war Ritchie es ebenfalls.

»Hier. Trinken Sie das.« Er kniete sich neben das Bett und hielt ihr das Glas an die blut- und eiterbefleckten Lippen. »Das wird Ihnen helfen.«

»Wer sind Sie? Meine Mutter?« Ritchie sah ihn böse an, nahm das Glas aber dennoch, trank und schluckte vorsichtig.

Wenn er ein Wunder erwartet hatte, wurde McLean enttäuscht. Das Wasser besänftigte Ritchies Kehle für ein paar Sekunden, wenn es überhaupt etwas bewirkte, bevor das Husten wieder losging. Er nahm ihr das Glas ab, bevor sie noch etwas von seinem Inhalt verschüttete, wartete geduldig, bis sie aufhörte zu husten, und gab es ihr dann wieder.

»Sie müssen es ganz austrinken.«

»Ja, Mum.« Ritchie verzog das Gesicht, tat aber, wie ihr befohlen. Dieses Mal war der Husten etwas leichter, und sie legte sich benommen in die Kissen zurück.

»Es sieht nicht gut aus, Sir.« Sie wischte sich den Mund mit dem Handrücken ab und verschmierte etwas auf ihrem Gesicht.

»Wie kommen Sie darauf? Sie werden wieder gesund.«

»Man sieht es ihnen an. Den Ärzten und Schwestern. Gott

weiß, ich bin schon oft genug in Krankenhäusern gewesen, um das zu erkennen.«

»Das bilden Sie sich nur ein, Kirsty. Das ist die Grippe, die Ihnen den Kopf verdreht. Ruhen Sie sich aus. Werden Sie gesund. Ich komme morgen früh wieder.«

Ritchie runzelte die Stirn, ihr Blick glitt von seinem Gesicht, wanderte im Zimmer umher, als ihr erst klar wurde, dass es mitten in der Nacht war, ganz und gar keine Besuchszeit.

»Was …?«, wollte sie fragen, aber er legte eine Hand auf ihre Schulter und drückte sie zurück ins Kissen.

»Entspannen Sie sich. Schlafen Sie. Ruhen Sie sich aus«, sagte er. »Morgen früh wird alles gut sein.«

Sie wehrte sich nicht gegen die Erschöpfung, die ihre Augen zufallen ließ und ihren Atem ruhiger werden. McLean blieb noch ein paar Minuten bei ihr, sah zu, wie sie sich zunehmend entspannte und in tiefen Schlaf glitt. Er hatte gerade einer schwer kranken Frau ein Glas Wasser von überaus zweifelhafter Reinheit verabreicht. Wer wusste, wie viele Babys schon da reingepinkelt hatten? Mein Gott, er hoffte nur, dass er wusste, was er hier tat.

Draußen auf dem Flur nickte McLean der Schwester nur kurz zu, weil er das Gefühl hatte, dass ein Gespräch nicht ratsam war. Er hatte daran gedacht, sein Handy auszuschalten – das wäre schlichtweg eine Sünde zu viel gewesen. Im Empfangsbereich zog er es hervor und schaltete es wieder ein. Fast sofort summte es ihm Benachrichtigungen zu, die meisten von DC MacBride. Er sah auf die Uhr und fragte sich, wieso der Detective Constable so spät, dass es schon wieder früh war, noch auf den Beinen war.

Er war sich ziemlich sicher, dass es bedeckt gewesen war mit der drohenden Aussicht auf noch mehr Schnee, aber als er aus dem Krankenhaus kam und zum Parkplatz ging, war der Himmel klar. Eine dünne Mondsichel hing über einer weißen Landschaft, stecknadelkopfkleine Sterne kämpften darum, neben den Lichtern der Stadt gesehen zu werden. MacBride meldete sich fast schon, bevor das Telefon zu klingeln angefangen hatte.

»Tut mir leid, wenn ich Sie aufwecke, Sir, aber ich dachte, das ist wichtig.« Im Hintergrund konnte McLean Schreie hören, Maschinen – Lärm, den man eher mit der Tageszeit verband.

»Haben Sie nicht.« Er wollte gerade sagen, dass er im Krankenhaus gewesen war, als ihm einfiel, dass das MacBride nur unnötig in Sorge versetzen würde. Er hatte für Ritchie alles getan, was er konnte, ihr Schicksal lag jetzt in den Händen anderer. Es hatte keinen Sinn, sich den Kopf über etwas zu zerbrechen, was er sowieso nicht beeinflussen konnte. »Was ist denn passiert, das Sie zu so später Stunde aus dem Bett gejagt hat, Constable? Hört sich ja an, als ob eine Bombe eingeschlagen hätte.«

»Da liegen Sie gar nicht so falsch. Es ist Rosskettle. Jemand hat Feuer gelegt, und es –« Aber was, das erfuhr McLean nicht mehr. Am anderen Ende explodierte etwas, und die Verbindung riss ab.

57

Er konnte die Flammen schon von Bonnyrigg aus sehen, eineinhalb Meilen entfernt von dem ehemaligen psychiatrischen Krankenhaus. McLean war schon unzählige Male an den Straßenrand gefahren und hatte fast jedes Feuerwehrauto der Region vorbeigelassen, mit vollem Blaulicht und heulenden Sirenen. Es waren auch Streifenwagen da, auch wenn sie um diese Uhrzeit nicht wirklich erforderlich waren, um die Straßen frei zu machen. Die Krankenwagen waren schon eher Grund zur Sorge. Das Krankenhaus war leer, eigentlich dürften sie nicht gebraucht werden.

Als er näher kam, erschütterte eine Explosion den Wagen, ein riesiger rollender Ball aus Feuer und Rauch stand über den kahlen Bäumen in der Luft, die sich schwarz vor dem höllischen Hintergrund abhoben. Flammen rasten durch die Gebäude, als wären sie aus Papier und Karton statt aus Sandstein und Mörtel. Im Schrankenwärterhäuschen war niemand, als McLean vorbeifuhr. Alle waren am Hauptgebäude.

Er parkte in einiger Entfernung an der Zufahrt, wo er niemandem den Weg versperrte, und weit weg von der sengenden Hitze des Feuers. Dennoch fühlte er sich extrem unwohl. Erinnerungen an ein Feuer kehrten zurück, das nicht allzu weit von hier entfernt gelodert hatte und in dem er fast umgekommen wäre.

Im Umkreis von mindestens hundert Metern um das Haupthaus herum war der Schnee geschmolzen, der Boden wurde weich, und Dampf stieg in teuflischen Wirbeln vom nassen Gras auf. Mindestens ein Dutzend Feuerwehrautos stand direkt vor dem Gebäude. Sie warfen Wasser in die Flammen, ohne dass es irgendeine sichtbare Wirkung zeigte. Ganz im Gegenteil. Je näher er kam, desto wilder schien das Feuer zu wüten. Feuerwehrleute rannten in dem gut choreographierten Chaos herum. Rettungssanitäter und ein paar uniformierte Polizisten standen herum, aber von DC MacBride war nichts zu sehen.

McLean erblickte eine bekannte Gestalt, die mit Kopf und Schultern die Menge überragte. Big Andy Houseman war bis vor Kurzem in seinem eigenen Revier stationiert gewesen und arbeitete jetzt von Gilmerton aus. Wenn sogar er hier war, dann musste die Sache wirklich ernst sein.

»Haben Sie MacBride gesehen?«, fragte McLean, nachdem er sich durch die Menge geboxt hatte. Er musste über das Brüllen der Flammen hinwegschreien und das Gesicht vor der Hitze abschirmen.

»Da drüben, Sir.« Houseman zeigte auf einen Krankenwagen, der ein paar Meter entfernt stand. »Er war ein bisschen nah dran, als die erste Explosion hochging.«

»Die erste? Was zum Teufel ist denn da drin los?«

»Das weiß nur Gott allein.« Big Andy schüttelte den Kopf. »Ich glaub auch nicht, dass die noch Hoffnung haben, es löschen zu können. Ein Glück, dass es leerstand, wirklich.«

Bevor McLean antworten konnte, erschütterte eine weitere Explosion den Boden unter ihren Füßen. Flammen barsten aus den brennenden Fenstern und ließen Glasscherben auf die Autos und Feuerwehrfahrzeuge niederregnen, die näher am Haus standen.

»Ziehen Sie alle zurück, Andy. Mindestens bis zum Waldrand. Lassen Sie die Feuerwehrleute ihren Job machen, aber ich will nicht, dass jemand verletzt wird.«

»Das ist ein Tatort, Sir, sollten wir nicht …«

»Es ist mein Tatort. Ich bin der Leitende. Und ich sage, Sicherheit kommt zuerst. Ziehen Sie alle zurück, und benachrichtigen Sie den Einsatzleiter der Feuerwehr. Die können nicht mehr tun, als es kontrolliert ausbrennen zu lassen. Ich werde auch nicht mehr von ihnen verlangen.«

»Aye, Sir.« Big Andy nickte ihm knapp zu und fing an, Befehle zu brüllen. McLean eilte zum Krankenwagen. Dessen Windschutzscheibe, die zum Brand hin zeigte, war offensichtlich geborsten, nachdem etwas daraufgefallen war.

DC MacBride lag auf einer Bahre im Transportraum, einen Verband um den Kopf, auf dem ein großer roter Fleck prangte. Er versuchte, sich aufzusetzen, als er McLean erblickte, sank aber stöhnend wieder zurück, als er merkte, wie schmerzvoll das war.

»Ganz ruhig, Stuart.« Als McLean in den Wagen kletterte, drehte sich der Sanitäter, der MacBride behandelte, zu ihm um. »Wir ziehen alle ein Stück zurück«, sagte er. »So wie Ihre Windschutzscheibe aussieht, ist es hier nicht gerade sicher.«

»Sobald ich den Burschen hier versorgt habe, bin ich weg.« Der Sanitäter wandte sich wieder MacBride zu.

»Wird er wieder?«

»Mir geht's gut, Sir«, murmelte MacBride benommen und stockend.

»Ihnen geht's nicht gut. Sie können von Glück reden, dass Sie noch am Leben sind«, sagte der Sanitäter. »Hätte das Glas Sie einen Zentimeter weiter links getroffen …«

McLean beobachtete, wie der Krankenwagen wegfuhr und MacBride ins Krankenhaus brachte. Es war schon schlimm genug, dass eine aus seinem Team bereits krank war und um ihr Leben kämpfte, da brauchte er nicht noch jemanden zu verlieren. Ein Anflug von Paranoia überkam ihn. Was, wenn jemand sein Team einen nach dem anderen aufs Korn nahm? Er hatte schon sein Telefon herausgezogen und begonnen, seine Kontaktliste nach Grumpy Bob und Sandy Gregg zu durchsuchen, als ihm aufging, wie verrückt das war. Verrückter als all der Irrsinn, dem er sich sowieso schon in dieser Nacht hingegeben hatte. Und selbst wenn das stimmte, so konnte doch Grumpy Bob gut selbst auf sich aufpassen. DC Gregg ließ auch nicht mit sich spaßen.

In den paar Minuten, als er im Krankenwagen war, hatte sich das Feuer alles andere als beruhigt. Im Gegenteil, es machte den Eindruck, als liefe es jetzt erst richtig zur Form auf, es raste, als hätte sich hinter der Klinik ein Loch geöffnet, das direkt in eine andere höllische Dimension führte. Die Steinmauern hielten noch stand, aber das Dach war eingestürzt, und die Fenster sahen aus wie Augen von Verdammten. Die Luft wurde immer dicker, was das Atmen behinderte. Es brannte in seiner Lunge und brachte ihn zum Husten und Keuchen.

Der Einsatzleiter der Feuerwehr war ein kleiner Mann, aber die mangelnde Körpergröße machte er durch Umfang und Präsenz wieder wett. Die anderen Feuerwehrleute gehorchten, wenn er Befehle rief, und er sah nicht aus wie jemand, der leicht die Nerven verlor. McLean hatte ihn schon bei anderen Bränden getroffen, die wesentlich näher an bewohnten Gebieten gelegen hatten, was seine nicht zu übersehende Anspannung noch bemerkenswerter machte.

»Was ist denn nur in diesem Kasten, verdammt noch mal?«, waren seine ersten Worte, als er den Detective Inspector herankommen sah.

»Der sollte eigentlich leer sein. Bis auf ein paar alte Möbel.«

»Kaum zu glauben.« Der Feuerwehrmann schrak zurück, als eine weitere Explosion in die Nachtluft donnerte. »Das Zeug ist wie ein Griechisches Feuer. Je mehr Wasser wir draufhauen, desto heißer wird es. Ich hab schon Munitionslager friedlicher abbrennen sehen.«

»Wir werden es ausbrennen lassen müssen«, sagte McLean. »Es kann sich nicht weiter ausbreiten. Rundherum sind nur Felder.«

»Der SIO wird nicht froh darüber sein, wenn wir seinen Tatort abbrennen lassen.«

»Der SIO bin ich. Und glauben Sie mir, nichts, was ich da finden könnte, ist ein Menschenleben wert.«

»Mehr brauche ich nicht zu hören.« Der Einsatzleiter wandte sich ab. Er bellte einen Befehl, und seine Männer fingen an, sich von den Flammen zurückzuziehen. McLean überblickte das Gelände, wobei er Gesicht und Augen so gut wie möglich mit den Händen vor der sengenden Hitze abschirmte. Die meisten Polizeiautos waren schon weg, ebenso alle Krankenwagen. Nur die Feuerwehrautos umringten die Überreste der alten Klinik. Feuerwehrautos – und noch ein einzelnes anderes Auto.

Es stand direkt an der Treppe, die zum Haupteingang hinaufführte. Er hatte es vorhin nicht bemerkt, jetzt aber erkannte er es auf den ersten Blick. Ein schwarzer Range Rover mit getönten Scheiben. Wie es sein konnte, dass er vor Hitze weder geschmolzen noch explodiert war, konnte McLean sich nicht vorstellen.

»Dieser Wagen da.« McLean packte den Einsatzleiter der Feuerwehr am Arm, riss ihn herum und zeigte auf den Range Rover. »Hat den jemand kontrolliert?«

»Leer. Abgeschlossen. Wir haben eine Scheibe eingeschlagen, um sicherzugehen.«

»Was ist mit dem Fahrer?«

»Wenn er da drin war«, der Feuerwehrmann zeigte auf den Brand, »dann ist er jetzt tot. Ich riskiere keinen meiner Leute, um eine Leiche da rauszuholen.«

»Das wollte ich auch nicht von Ihnen verlangen. Aber können wir irgendwie ein Abschleppseil drankriegen und den Wagen rausziehen?«

Der Einsatzleiter bedachte ihn mit einem abgekämpften Blick. »Ich schau mal, was ich machen kann. Warten Sie hier.«

Er eilte davon, rief ein paar Feuerwehrleute zu sich. Ein kurzes Gespräch folgte, während dessen sich Gesichter zu ihm drehten, deren finstere Mienen durch das höllische Feuerlicht im Hintergrund noch bedrohlicher wirkten. Eine weitere laute Explosion erschütterte die Nacht, und McLean wollte ihnen schon zubrüllen, dass sie sich nicht weiter um den Wagen kümmern sollten, als ein Feuerwehrmann in schwerer Schutzausrüstung mit einem aufgerollten Seil über der Schulter auftauchte. Innerhalb kürzester Zeit war er zum Range Rover gerannt und hatte das Seil noch im Laufen abgewickelt. Er schlang es um die Anhängerkupplung und rannte dann geduckt zurück in die relative Sicherheit eines in der Nähe stehenden Feuerwehrautos. Augenblicke später spannte sich das Seil und zitterte leicht, als es unter Last kam. Der Range Rover blieb stehen, seine Reifen waren auf dem Asphalt geschmolzen, und McLean war überzeugt, dass das Seil jeden Moment reißen würde. Dann glitt er langsam rückwärts und hinterließ dabei schwarze schmierige Gummistreifen auf dem Boden. Eine weitere Explosion, und eine Flammenzunge schoss aus dem Haus, als wollte irgendetwas Lebendiges im Haus verhindern, dass der Wagen weggeschleppt wurde. Der Lack warf Blasen, die Windschutzscheibe zerbarst, aber Zentimeter um Zentimeter wurde der Wagen vom Feuer weggezogen.

McLean wartete, bis er deutlich außer Reichweite der Flammen war, bevor er sich näherte. Er war sich ziemlich sicher, dass es der Range Rover war, von dem er dachte, dass er es war, auch wenn der blasige Lack es schwer machte, die ursprüngliche Farbe zu erkennen.

»An Ihrer Stelle würde ich noch Abstand halten.« Der Einsatzleiter hielt McLean auf. »Aus dem Ding tropft Benzin. Das kann jederzeit hochgehen. Und ist auch viel zu heiß, um es anzufassen.«

Jetzt, wo er es hörte, konnte Mclean den Treibstoff riechen und die Hitze spüren. »Es sollte da drüben aber sicher genug stehen. Ziehen Sie Ihre Leute zurück.« Er hielt nach dem mutigen Mann Ausschau, der das Seil befestigt hatte. »Und vielen Dank. Sie hätten alles Recht der Welt gehabt, mir zu sagen, ich soll mich vom Acker machen, als ich Sie darum gebeten habe.«

Der Einsatzleiter der Feuerwehr grinste und klopfte McLean auf den Rücken. »Nein. Sie haben ja nett gefragt. Jetzt gehen wir aber mal besser zurück und lassen das Ding ausbrennen.«

Sein Alfa stand ganz in der Nähe, die Feuersbrunst spiegelte sich in der Windschutzscheibe und den Scheinwerfergläsern. Zu nah, um dabei ein gutes Gefühl zu haben, nachdem er gesehen hatte, was mit dem Range Rover passiert war. McLean ging gerade darauf zu, als eine unsichtbare Hand mit glühend heißen Fingern ihn packte. Sie schleuderte ihn vornüber, als wöge er nicht mehr als eine Strohpuppe, dann knallte sie ihn hart auf den Boden. Eine Hand noch in der Tasche gefangen, rang er nach Luft und rollte sich auf den Rücken, um eine riesige Wolke aus Flammen und Rauch sich in den nächtlichen Himmel hinaufkrallen zu sehen. In seiner Verwirrung sah es für ihn aus wie ein furchterregendes Monster, das seine flammenden Klauen nach ihm ausstreckte. Es herrschte ein Lärm, als startete direkt neben ihm ein Düsenjet, ein schreckliches Knirschen von Metall, das Zersplittern von Glas. Dann ein feines Prasseln von Tausenden von Splittern, die auf die von der Hitze weich gewordene Erde herabregneten.

Er rollte sich zusammen wie ein verängstigtes Kind, bis der Lärm sich allmählich legte – so weit er das feststellen konnte, denn seine Ohren waren halb taub. Das hochofenartige Brüllen des Brandes beruhigte sich zu einem normaleren Grollen, mit dem das Feuer allmählich die letzten Überreste des Klinikgebäudes verzehrte. Als endlich der letzte Glassplitter vom Himmel gefallen war, rollte McLean sich wieder auf den Rücken und blickte auf eine Szene, die aussah wie aus einem Kriegsgebiet.

Eine Gruppe Feuerwehrleute kauerte im Windschatten eines Feuerwehrautos, abgeschirmt von der Feuerwalze, die seine Reifen zum Schmelzen gebracht und mit dem Asphalt verbunden hatte. Ein Stück weiter weg von dem, was von dem Gebäude noch übrig war, stand der Range Rover wie ein dunkles Totem und dampfte sacht im Schein des Feuers. Überall regten sich Feuerwehrleute, rappelten sich vom Boden auf, wo die Wucht der Druckwelle sie hingeschleudert hatte, oder rollten sich auf den Rücken und stöhnten zum Himmel hinauf. Als McLean sich umschaute, konnte er niemanden sehen, der sich nicht irgendwie bewegte, noch waren Schmerzensschreie zu hören. Er hoffte gegen jede Vernunft, dass niemand schwer verletzt worden war. Für die alte Klinik bestand in dieser Hinsicht keinerlei Hoffnung mehr.

Die gesamte Front war weg, das Mauerwerk durch die Explosion pulverisiert oder in sich zusammengestürzt. Flammen leckten noch durch den Schutt, begeistert von dem Erfolg, den sie bis jetzt dabei gehabt hatten, alles zu verschlingen, was sie berührt hatten. Das war doch nicht natürlich, dieses Feuer. Oder lag das nur daran, dass ihm so schwindelig war?

Langsam rappelte er sich auf – Arme und Beine protestierten unaufhörlich – und versuchte, nicht ins Taumeln zu geraten, als sein Gleichgewicht sich in unregelmäßigen Wellen wieder einstellte. Seine Hand umklammerte immer noch den Autoschlüssel, und ohne nachzudenken, drückte er darauf.

Nichts geschah. Als er sich umdrehte, sah er, warum.

Der schwere steinerne Türsturz, immer noch mit dem Familienwappen der Weatherlys darauf, lag im zerknautschten Dach des Alfas. Er hatte die Windschutzscheibe zerschlagen, die Motorhaube eingedrückt und die Federbeine zerbrochen, sodass die Räder jetzt in einem ungesund aussehenden Winkel nach außen abstanden. Der Alfa starrte ihn mit gebrochenen Augen an, tot und vorwurfsvoll. Eine treuer Gefährte bis zum Schluss, hatte er doch kaum sechs Monate gehalten.

»Sieht aus, als bräuchten Sie ein neues Auto.«

McLean drehte sich langsam zum Einsatzleiter der Feuerwehr um. Dass er hergekommen war, um nachzusehen, was passiert war, war ein gutes Zeichen. Es bedeutete, dass es keine ernsthaft Verletzten oder gar Tote gegeben hatte, die seiner Aufmerksamkeit bedurften.

»Nächstes Mal nehme ich wohl besser einen Panzer. Das ist jetzt schon der zweite, der daran gestorben ist, dass etwas Schweres aus großer Höhe draufgefallen ist.«

»Umso besser, dass Sie nicht drinsaßen.«

»Umso besser, dass ich nicht drinsaß«, echote McLean, und eine schreckliche Gewissheit legte sich auf ihn. Er konnte nicht wirklich klar denken und merkte, wie der Schock seine Sinne benebelte. Er schüttelte den Kopf, um ihn klarzubekommen, als er zu dem immer noch qualmenden Range Rover ging, sich nur allzu bewusst, dass er, indem er es tat, näher an dieses unnatürliche Feuer heranging.

»He, was glauben Sie denn, wo Sie hingehen?« Der Einsatzleiter eilte ihm nach, bekam ihn aber erst zu fassen, als McLean schon die Hand ausstreckte, um den Kofferraum zu öffnen. Der Benzingeruch war überall, das heiße Metall tickte, während es abkühlte.

»Ich muss das aufmachen.« McLean hielt den Handrücken dicht an das Auto, um zu beurteilen, ob er sich daran verbrennen würde, wenn er es berührte. Es war kühler, als es aussah, also wagte er es, den Griff anzufassen. Nichts passierte.

»Hab ihnen doch gesagt, dass er abgeschlossen ist, oder?«

»Ich muss den aufkriegen. Können wir das Fenster einschlagen?«

Der Einsatzleiter schaute ihn an, als sei er verrückt geworden, schüttelte den Kopf und zog dann ein kleines Stemmeisen aus dem Gürtel. »Ich hab eine bessere Idee.« Er rammte das Stemmeisen in die Kofferraumklappe und hebelte ein wenig herum. Drinnen knackte etwas, und das Schloss sprang auf. McLean zog die Klappe auf und schaute hinein. Erst war es dunkel, voller Schatten, die das brüllende Inferno hinter ihnen warf. Seine

Augen brauchten nicht lange, um sich anzupassen, und dann leuchtete der Einsatzleiter mit einer Taschenlampe hinein.

»Verdammte Scheiße!«

Der Wagen hatte einen großen Kofferraum, der wie der Rest des Inneren mit teurem Teppichboden ausgelegt war. Schwarze Müllsäcke lagen darauf, damit er nicht verschmutzt würde. Darauf lag eine Schaufel, an der noch Matsch klebte, der genau dieselbe Farbe und Textur hatte wie der, der auf der Baustelle rund um das Gebäude zu finden war, auf einem sauber zusammengefalteten Army-Leichensack. McLean schob eine Hand in die Tasche und zog sein Telefon heraus. Das Display hatte einen Sprung, aber es leuchtete noch auf. Ein Name, eine Nummer. Eine schrecklicher kalter Knoten in der Magengegend.

»Niemand rührt das an, bis die Kriminaltechnik hier ist.« Er suchte den Schauplatz nach einem Polizeifahrzeug ab. Es war keins mehr da, und sie hatten auch keine Zeit zu verlieren. »Und ich brauche einen Wagen. Sofort.«

58

Als kleiner Junge hatte McLean sich immer gewünscht, einmal in einem Feuerwehrauto mitzufahren, mit heulenden Sirenen und blitzendem Blaulicht. Zwischen zwei müden und verschwitzten Feuerwehrleuten, die ihn mit einer Mischung aus Feindseligkeit und erschöpfter Angst anschauten, war es nicht ganz so romantisch, wie er es sich immer vorgestellt hatte. Sie schafften es in einer guten Zeit in die Stadt zurück, auch dank der späten Uhrzeit. Dennoch wurden die Grenzen, die einem so großen Fahrzeug gesetzt sind, bald unübersehbar, als sie durch die immer schmaler werdenden Straßen von Sciennes navigierten. Irgendwann lehnte sich McLean nach vorn und tippte dem Fahrer auf die Schulter.

»Setzen Sie mich einfach hier ab. Ich gehe zu Fuß weiter.«

»Sind Sie sicher, Sir?« Er konnte die Erleichterung in den Augen des Mannes sehen.

»Ich bin sicher. Es ist nicht weit. Wahrscheinlich bin ich zu Fuß sogar schneller, und wir wollen doch auch niemanden in Panik versetzen, oder?«

McLean sprang nach unten, aus der Wärme der Fahrerkabine in die kalte Nacht, seine Füße rutschten etwas auf dem überfrorenen Pflaster. Er wartete nicht, bis das Feuerwehrauto gewendet hatte, sondern lief los, so schnell er konnte.

Vor zehn Jahren hatte Grumpy Bob noch ein kleines, aber gemütliches Einfamilienhaus in Colinton mit Mrs Bob geteilt. Eine durchgearbeitete Nacht zu viel oder vielleicht auch einfach nur ein Vierteljahrhundert mit jemandem wie Bob Laird verheiratet zu sein hatte sich als zu viel für Muriel herausgestellt, und sie hatte ihm schließlich gesagt, dass er ausziehen sollte. Nachdem sie verkauft und alles aufgeteilt hatten, hätte Grumpy Bob sich eigentlich etwas viel Besseres als diese winzige Zweizimmerwohnung im Herzen des Studentenviertels leisten können, aber sie lag nahe genug am Revier und in Gehweite seiner Lieblingspubs. Er verbrachte sowieso nicht viel Zeit hier. Die meiste Zeit schlief er auf der Arbeit.

Die Haustür stand offen, wurde von einem gekonnt platzierten halben Ziegelstein davon abgehalten, ganz zuzuklappen. Das brachte bittersüße Erinnerungen zurück. McLean stieg leise die Treppe hinauf, lauschte angestrengt auf irgendein ungewöhnliches Geräusch. Er konnte wirklich nicht genau sagen, weshalb er hergekommen war. Es sei denn, er wäre bereit zuzugeben, dass er verrückt wurde.

Leise Musik drang durch die Tür von Grumpy Bobs Wohnung. Das war nie ein gutes Zeichen. Er hörte nur Musik, wenn er in melancholischer Stimmung war, und das bedeutete normalerweise, dass Whisky konsumiert worden war. McLean klopfte an die Tür und lauschte dann auf irgendwelche Bewegungen dahinter. Nichts außer der vor sich hin dudelnden Musik.

Er kannte Grumpy Bob jetzt seit fünfzehn Jahren, vielleicht sogar länger. Oft war der alte Sergeant abends in McLeans Gästezimmer gelandet, zu betrunken oder zu müde oder einfach nur, weil er nicht zu Muriel nach Hause wollte. Als die Scheidung durch war, hatte er sechs Wochen darin verbracht, bevor er seine eigene Wohnung gefunden hatte. McLean hatte das nichts ausgemacht, aber er hatte etwas über Grumpy Bobs Musikgeschmack gelernt oder vielmehr über das Fehlen desselben. Er mochte Countrymusik und etwas leichtere Klassik, besonders wenn sie in kurzen Häppchen dargebracht wurde. Manchmal erwischte man ihn dabei, wie er irgendetwas unglaublich Oberflächliches aus den aktuellen Charts vor sich hin pfiff, aber meistens las er seine Zeitung am liebsten in der Stille. Die Musik, die ihren Weg verzerrt durch die Tür fand, hörte sich überhaupt nicht nach irgendetwas an, was McLean jemals Grumpy Bob zugetraut hätte. Es war Avantgarde, asynchron, experimentell. Wenn er ehrlich war, hörte es sich einfach scheiße an.

Er klopfte wieder, sich nur allzu bewusst, wie laut das Klopfen im nächtlichen Treppenhaus hallte. »Bis du da, Bob?« Laut genug, um gehört zu werden, aber hoffentlich nicht so laut, dass die Nachbarn wach wurden.

Immer noch keine Antwort, und jetzt änderte sich die Musik, wurde lärmiger und wütender. Das war alles so verkehrt, dass es wie ein Schlag ins Gesicht wirkte. McLean machte einen Schritt rückwärts, sodass er das Geländer im Rücken spürte. Dann hob er das Bein und trat so fest gegen die Tür, wie er nur konnte.

Sie flog mit einem lauten Krachen auf, das ganz sicher alle in der Straße aufweckte. McLean war das egal. Er schaute in den Flur und rechnete halb damit, dass ihm ein Sergeant in seiner gestreiften Schlafanzughose mit verquollenen Augen aus dem Schlafzimmer entgegenstürzte. Stattdessen heftete sich sein Blick auf die Steckdose neben der Garderobe. Ein Kabel war eingesteckt, und es schlängelte sich durch den schmalen Flur, bis es unter der Badezimmertür verschwand.

»Bob, bist du da drin?« McLean hörte, wie die Musik lauter wurde, und dann kam sie ihm gar nicht mehr wie Musik vor, sondern wie das Heulen von einer Million gequälter Seelen. Er griff nach unten und riss den Stecker heraus.

Im selben Augenblick kam ein überraschter Aufschrei aus dem Badezimmer, gefolgt von einem lauten »Scheiße!« und einem Platschen.

Ein Schwall Wasser kam unter der Tür hervor und versickerte auf dem Weg in die Wohnung darunter zwischen den Bodendielen. Ein paar Sekunden später hörte McLean, wie etwas Großes aus der Wanne kletterte, und dann erschien ein in ein Handtuch gehüllter schwabbeliger Grumpy Bob. Er hielt einen altertümlichen Kassettenrekorder in einer Hand, Wasser tropfte aus den Plastikabdeckungen der Lautsprecher. Das Kabel rollte sich hinten heraus, auf den Boden und zurück zu dem Stecker, den McLean noch in der Hand hielt.

»Tony? Was machst du denn hier?« Grumpy Bob starrte auf den Apparat. »Wie ist das hier reingekommen? Das hab ich seit Jahren nicht mehr gehört.«

McLean versuchte nicht zu lächeln, als die Erleichterung ihn durchflutete. »Ist doch egal, Bob. Wann hast du denn zum letzten Mal gebadet?«

DC Greggs nichtssagende Doppelhaushälfte, die früher mal ein Sozialbau gewesen war, lag nicht weit von Grumpy Bobs Wohnung entfernt, was gut war, da keiner von ihnen ein Auto hatte. McLean versuchte, sie anzurufen, während sie gingen, aber sein Telefon war wegen des gesprungenen Displays nicht mehr zu benutzen. Nur dieser Name und diese Nummer erschienen jedes Mal, wenn er es einschaltete. Grumpy Bob hatte sein eigenes Telefon zu Hause vergessen, was im Grunde nicht anders zu erwarten gewesen war. Er verbrachte die Hälfte des zehnminütigen Fußwegs damit, etwas über Bäder und Idioten, die nicht ganz richtig im Kopf sind, zu murmeln. Sobald sie vor DC Greggs Haustür angekommen waren, war McLean froh, dass er es nicht geschafft hatte, sie anzurufen.

»Riechst du das?«

»Gas, aye. Und zwar eine Menge.«

»Wir müssen dafür sorgen, dass es im ganzen Viertel abgestellt wird.« Es bestand kein Zweifel, wo das Leck sein würde, es waren einfach schon zu viele Zufälle passiert. »Sieh mal, ob du jemanden aufwecken kannst, und ruf die Stadtwerke an.«

Grumpy Bob eilte davon, um ausreichend Abstand zu DC Greggs Haus und irgendeinem Funken von jemandem, der das Licht einschaltete, zu gewinnen. McLean sah ihm nach, dann ging er um das Haus herum, auf der Suche nach einer Möglichkeit hineinzukommen.

Er fand ein kleines Fenster, das gerade einen Spalt weit offen stand. Zwanzig Sekunden mit einem Kugelschreiber, und es war offen genug, um hindurchzuklettern. Er wartete nur kurz, bis sich seine Ohren an die neue Stille gewöhnt hatten, bevor er eine Tür zu einem schmalen Flur öffnete. Der Gasgeruch war hier überwältigend, brachte seinen Kopf zum Schwimmen und seine Augen zum Tränen.

Oben war es noch schlimmer, falls das überhaupt möglich war. Er fand das Schlafzimmer, zwei Erhebungen unter der Bettdecke, trat leise ans Bett und ging neben der schlafenden Gestalt seiner neuesten Detective Constable in die Knie. Sie schlief auf der Seite, hatte die Decke um sich gezogen, den Kopf in ein großes weiches Kissen vergraben.

»Constable Gregg. Sandy.« Seine Stimme hörte sich komisch an, rau und tief. Seine Kehle kitzelte, zwang ihn zum Husten.

»Sie müssen jetzt aufwachen.« Lauter jetzt, und die Constable verzog das Gesicht. »Auf jetzt, Sandy.« Dieses Mal schüttelte McLean sie leicht. Sie rollte sich auf den Rücken und schlug die Augen auf.

»Ach, du lieber Gott, scheiße!« Sie fuhr kerzengerade in die Höhe und enthüllte dabei mehr, als er sehen wollte. Ihre Hand schoss zur Nachttischlampe, aber McLean packte ihr Handgelenk.

»Ich bin's. Tony McLean. Sie dürfen das Licht nicht anmachen.«

Gregg entspannte sich leicht und entzog ihm ihre Hand. Er ließ los und machte einen Schritt zurück, während sie sich die Decke unters Kinn zog.

»Was …?« Sie schnupperte. »Gas?«

»Schalten Sie nichts ein. Sie müssen raus hier.«

Gregg kletterte aus dem Bett. Nackt wie die Morgenröte. Sie

griff nach einem Morgenmantel und wickelte sich hinein, noch während sie zur Seite ihres Mannes eilte.

»Barry.« Sie schubste ihn. »Komm schon, Barry. Wach auf.«

Nichts. »Scheiße.« Sie ging ans Fenster. Riss es weit auf. Frische Luft floss herein, aber es war immer noch schwer zu atmen.

»Das Fenster vorne. Ist nicht alarmgesichert.«

McLean verstand. Er ging zum vorderen Zimmer und machte das Fenster auf. Auf der Straße war schon etwas mehr los, drei Streifenwagen und ein Bus mit dem Logo einer der Gasgesellschaften. Von Grumpy Bob war nichts zu sehen, was bedeutete, dass er entweder irgendwo eine Tasse Tee gefunden hatte oder in aller Stille die Evakuierung leitete. Als McLean wieder ins Schlafzimmer zurückkam, kniete Gregg immer noch neben ihrem Mann. Sie sah auf, Tränen der Panik glänzten in ihren Augen.

»Er wacht nicht auf.«

McLean verschwendete keine Zeit, riss den Mann aus dem Bett und warf ihn sich über die Schulter, wie er es vor Jahren beim Brandschutztraining gelernt hatte.

»Raus.«

Nach unten zu gehen war, wie in fauligem Wasser zu versinken. Die Luft wurde immer dicker, je tiefer sie kamen, und Barry wurde mit jedem Schritt schwerer. Unten ging Gregg zur Haustür vor.

»Alarmanlage?«, stieß McLean hervor. Gregg drehte sich um und starrte ihn an, bis der Groschen fiel.

»Wie sind Sie reingekommen?«

»Klofenster.«

Sie nickte und eilte an ihm vorbei. McLean folgte ihr taumelnd. Das Einfachste schien im Moment zu sein, sich einfach fallen zu lassen und zu schlafen. Barry war ein Schwergewicht auf seinen Schultern, aber auch eine Verpflichtung. Ein Leben, das aus rachsüchtiger Bosheit in Gefahr geraten war.

Als McLean das Fenster erreichte, war Gregg schon draußen. Gesichter schwammen in sein Blickfeld und wieder hinaus, als er den komatösen Barry hinaushievte. Hände griffen nach ihm, Stimmen redeten von Dringlichkeit. Davon, dass man sich bewegen müsse, bevor irgendetwas. Irgendeine Zeit? Er verstand es wirklich nicht, nicht einmal, als er begriff, dass er draußen war und gierig in tiefen Zügen die frische Luft einsog. Dann waren überall an ihm Hände, zogen ihn weg, zwangen müde Beine zum Gehen, zum Rennen. Motoren heulten auf, Räder drehten durch, als sie rückwärts die Straße entlangrasten, um von irgendetwas wegzukommen, wovon er nicht mehr genau wusste, was es war. Lärm. War das Grumpy Bob, der ihn da anbrüllte? Irgendetwas wegen Zeit und eines zentralen Heizkessels, einer verstopften Hauptgasleitung, eines Lecks.

Zum zweiten Mal in dieser Nacht fühlte McLean sich von der riesigen Faust einer Explosion getroffen. Der harte Asphalt raste ihm entgegen, um ihn in Empfang zu nehmen, und als die Luft aus seiner Lunge getrieben wurde, konnte er sich des Gedankens nicht erwehren, dass er jetzt schon zum zweiten Mal an einem Tag aus des Teufels Küche geflogen war.

59

Was machen Sie denn hier, verflucht noch mal?«

Die Morgendämmerung hatte den Himmel rosa und grau gefärbt, als McLean es aus dem Krankenhaus schaffte. Sein Anzug war ruiniert, Gesicht und Hände zerschnitten und verschrammt, aber er war am Leben. DC Greggs Mann würde sich auch ganz erholen, was mehr war, als man von ihren beiden Goldfischen sagen konnte. Aus irgendeinem Grund schien DC Gregg deren Hinscheiden mehr zu betrauern als den Verlust des Hauses. McLean hatte Gedanken an zu Hause und daran, lange und ausführlich in einer heißen Badewanne zu liegen, vielleicht noch eine Mütze Schlaf zu bekommen, bevor er gegen Mittag zur Arbeit ginge. Was er nicht erwartet hatte, war, vor dem Empfangsbereich des Krankenhauses von Detective Superintendent Duguid abgefangen zu werden.

»Ihnen auch einen schönen guten Morgen, Sir.« Falls McLean fand, dass er in einem etwas mitgenommenen Zustand war, dann war das kein Vergleich zu Duguid. Jemand musste sein Gesicht mit einem Brecheisen bearbeitet haben, oder zumindest sah er so aus. Seine Augen waren schwarz umrandet und verschwollen, die Nase eindeutig gebrochen. Der Verband um seinen Kopf deutete darauf hin, dass er in medizinischer Behandlung gewesen war. Das, und die Schlinge, die einen Arm stützte. Die andere Hand hielt eine angezündete Zigarette, von der Rauch in kleinen ausgefransten Wirbeln aufstieg. Er zitterte, wenn auch ausnahmsweise nicht vor kaum kontrollierter Wut.

»Mein Gott. Was ist Ihnen denn passiert?«

Duguid beäugte McLean mit dem üblichen Misstrauen, was

durch die Schwellungen im Gesicht nur noch schlimmer aussah. »Das Gleiche könnte ich Sie fragen.«

»War eine ziemlich ruppige Nacht.«

»Nach allem, was ich gehört habe, haben Sie mit dieser Mrs Saifre herumgeturtelt. Sind Sie nicht schon reich genug, um auch noch hinter so einer her zu sein?«

McLean lachte beinahe. »Manchmal, Sir, liegen Sie so spektakulär daneben, dass es schon lustig ist.«

»Seh ich aus, als würde ich lachen, verdammt noch eins?«

»Nein. Sie sehen aus, als hätten Sie einen Autounfall gehabt.«

Duguid sah ihn finster an oder zumindest so ähnlich. »Fast. Verfluchte Autodiebe haben mich eingeparkt. Zwei Busse. Am Ende der London Road. Ein halbes Dutzend verdammte Ausländer.«

»Und Sie haben versucht, sie in die Flucht zu schlagen?«

»Die wollten mir mein Auto klauen!« Duguid nahm einen langen Zug von seiner Zigarette, wobei seine Hand so stark zitterte, dass die Asche auf den gefrorenen Boden fiel. McLean fragte sich, ob es wirklich nur Zufall war, dass sein Boss ausgerechnet in der Nacht überfallen worden war, in der das halbe CID zur Zielscheibe geworden zu sein schien. Er glaubte nicht wirklich an Zufälle. Nicht mehr.

»Also, was ist Ihnen passiert?« Duguid schnippte seinen Zigarettenstummel in einen Busch. »Schon mit Ihrer neuen Freundin aneinandergeraten?«

McLean hätte ihm beinahe genau erzählt, was er über Mrs Saifre dachte und zu welcher Schlussfolgerung er gekommen war über das, was sie war. Beinahe. Er war müde, ihm tat alles weh, und sein Hirn arbeitete nicht richtig, sonst hätte ihn sein Selbsterhaltungstrieb sicher davon abgehalten, auch nur darüber nachzudenken, eine so aberwitzige Idee auszusprechen.

»Ich war draußen am Rosskettle Hospital. Da hat es gebrannt, und es gab eine Explosion. DC MacBride liegt noch da drin.«

Er nickte zum Krankenhaus zurück, als wüsste Duguid nicht, worauf er anspielte. »Ich bin besser davongekommen als er. Besser auch als DC Gregg. Sie wird sich nach einem neuen Haus umsehen müssen.«

Duguids Gesichtszüge entgleisten, als McLean die Desaster der letzten Nacht aufzählte. Er übersprang den Teil mit Grumpy Bobs Bad, es gab keinen Anlass, die Dinge noch zusätzlich kompliziert zu machen. Immer noch leicht benebelt von den Schlägen, die er hatte einstecken müssen, oder vielleicht auch, weil es ihn nicht genug interessierte, fragte Duguid nicht nach, was sie um vier Uhr morgens in Greggs Straße zu suchen gehabt hatten.

»Mein Gott, wenn Sie in ein Hornissennest stechen, dann machen Sie's aber richtig, was?« Der Detective Superintendent massierte sich die Nasenwurzel und zuckte dann zusammen, als er merkte, dass die Nase ja gebrochen war.

»Sie denken, das wäre alles meine Schuld?«

»Ist es das nicht immer, McLean? Unterm Strich?« Duguid starrte ihn an, seine kleinen Schweinsäuglein wirkten in dem verschwollenen Gesicht noch anklagender. »Sie wissen einfach nicht, wann's genug ist. Das kann manchmal ganz nützlich sein, aber, mein Gott, kann einem das auch auf die Nerven gehen!«

»Sie wollten Gerechtigkeit. Für die Weatherly-Mädchen.«

»Aye, das wollte ich. Und einen Stinkefinger für die hohen Tiere, die alles fein säuberlich unter den Teppich gekehrt haben wollten. Hat mir auch echt gutgetan.« Duguid humpelte zurück ins Krankenhaus und drehte sich kurz vor der Tür noch einmal um, als wollte er noch etwas sagen. Doch dann schüttelte er nur noch einmal den Kopf und war verschwunden.

Das Taxi setzte ihn am Anfang der Zufahrt ab. McLean fand es ein bisschen merkwürdig, dass der Fahrer nicht geneigt schien, ihn bis vor die Haustür zu fahren, aber es war ja nicht weit. Er bezahlte und sah dann frierend, erschöpft und benommen dem

Wagen nach, wie er mit qualmendem Auspuff um die Ecke verschwand. Er war hundemüde, fühlte sich schmutzig, und sein Anzug gehörte in den Mülleimer. Die Schuhe wahrscheinlich auch. Dennoch, zum ersten Mal seit Tagen war der Morgen wolkenlos angebrochen, schwaches Sonnenlicht begann die Dächer der höheren Gebäude golden anzumalen. Er war noch am Leben, trotz allem, und das musste einfach etwas Gutes sein.

Die erste Katze, die ihm auffiel, saß auf der Mauer, die seinen Garten vorn zur Straße hin abgrenzte. Vielleicht nicht allzu ungewöhnlich, es gab hier eine Menge Katzen, manche wild, andere geliebte Haustiere, die gefüttert und versorgt wurden. Einige von den Ansässigen kannte er sogar, diese aber nicht.

Die nächste saß mitten auf der Zufahrt und starrte ihn an, wie Katzen es so tun. Das war schon etwas verblüffender. Soweit er wusste, hatte Mrs McCutcheons Katze weniger als eine Woche gebraucht, um sich als Herrin dieses besonderen Fleckchens Erde in der Stadt zu etablieren, und nur wenige andere hatten sich je in ihr Territorium gewagt. Dennoch saß diese hier so gelassen, wie man es sich nur denken konnte, mitten auf dem Weg. Sie lief nicht mal davon, als er an ihr vorbeiging.

An der Haupteingangstür saß noch eine und zwei weitere auf dem Rasen. Sie alle drehten nur still die Köpfe, als er langsamer wurde. Als er aufschaute, sah er auch in den Bäumen Katzen. Es war mitten im Winter, eigentlich nicht die Zeit, in der man Vögel singen hörte, aber die Stille, die jetzt über dem Garten hing, war unheimlich. Und doch empfand er angesichts der Armee von Katzen, die ihn umgab, nur eine seltsame Behaglichkeit. Er lachte laut auf bei dem Gedanken: eine Armee von Katzen. Die um sein Haus herum Wache hielten und ihn vor dem Bösen beschützten, das mit an Sicherheit grenzender Wahrscheinlichkeit versucht hatte, hier hineinzukommen.

Mrs McCutcheons Katze saß mitten auf dem Küchentisch. Sie bedachte ihn mit einem müden Blick und machte sich dann wieder daran, sich zu putzen. Er streckte die Hand aus und kraulte sie hinter den Ohren, bis sie anfing zu schnurren.

»Sieht aus, als wäre ich dir was schuldig«, sagte er, dann drehte er sich zur Tür um und blickte hinaus. »Ich hoffe nur, die erwarten nicht alle, dass ich sie füttere.«

60

Gebadet, rasiert, sauber angezogen und mit genug Kaffee intus, um einen Toten aufzuwecken, schloss McLean das Haus ab und ging zurück zur Straße, immer mit einem halben Auge auf die Katzen, die ihn weiterhin von überall her beobachteten. Er hatte es nicht weit, und Schusters Rappen waren sowieso das Einzige, was ihm derzeit zur Verfügung stand.

Die Sonne war am östlichen Himmel so hoch geklettert, wie sie es zu dieser Jahreszeit schaffen konnte. Sie war schwach vor einem blassblauen Himmel, aber erleuchtete die schneebedeckten Pentlands und Blackford Hill, die Salisbury Crags und Arthur's Seat. Die kalte Luft bemühte sich, frisch zu sein, frei vom Mief der Stadt. Sie fühlte sich süß in seiner Lunge an, die so lange mit Gas und Feuer und Schwefel malträtiert worden war.

Es war kein langer Weg zu dem Haus. Der Rolls-Royce stand an der Steintreppe zum Eingangsportal. Letzteres stand weit offen, Hitze quoll aus der Halle wie ein entkommendes Tier. McLean klopfte an den Türrahmen und steckte den Kopf hinein.

»Jemand zu Hause?«

Niemand antwortete, also trat er ein. Er erinnerte sich an seine früheren Besuche und durchquerte die Halle zu der Tür, die in den Salon führte.

»Tony. Was für eine angenehme Überraschung.«

Sie trat aus den Schatten am anderen Ende der Halle. Als das Licht über ihr Gesicht spielte, schien sie auf den ersten Blick alt und ausgezehrt auszusehen, das Haar von grauen Strähnen durchzogen. Dann verschob sich das Bild, und er erblickte dieselbe perfekt aussehende Frau, die er erst etwa zwölf Stunden zuvor in ein teures Restaurant ausgeführt hatte.

»Mrs Saifre.«

»Oh, ich wünschte, Sie würden mich endlich Jane Louise nennen. All meine Freunde tun das.«

»Irgendwann wünschen wir uns alle mal was, das wir nicht bekommen können. Ist Karl da?«

»Karl?« Mrs Saifre schien kurz verwirrt. »Oh, Karl. Nein, der ist weg.«

»Weg? Haben Sie ihn rausgeschmissen?«

»So was in der Art, ja.«

»Haben Sie gehört, was in Rosskettle passiert ist?«

»Habe ich, ja. Schrecklich. John Brooks ist gleich als Erstes vorbeigekommen. Hat mir gesagt, dass niemand verletzt wurde.«

John, nicht »Detective Chief Inspector«. McLean fragte sich, ob sein Boss wusste, worauf er sich da eingelassen hatte.

»Ihr Range Rover war am Tatort.«

»Mein …?« Sie legte sich theatralisch die Hand an den Busen. Dann lachte sie leise auf. »Und Sie glauben … Oh, meine Güte, Tony. Man hat mich ja schon vor Ihrer Vorstellungskraft gewarnt.«

»Ich stelle mir gar nichts vor, Mrs Saifre. Ich sammele erst die Fakten, dann versuche ich, einen Sinn darin zu finden. Das liegt nicht immer so direkt auf der Hand, wie Sie vielleicht denken. Also könnten Sie mir vielleicht erklären, was Ihr Range Rover in Rosskettle zu suchen hatte, unmittelbar bevor es abgebrannt ist? Und warum darin eine lehmige Schaufel und ein Leichensack lagen?«

Mrs Saifre lächelte, aber es lag keine Freude darin. Eher war es das Lächeln eines Raubtiers, das weiß, dass es bald fressen wird, und noch dazu gut. »Wir haben den Range Rover gestern Morgen dort gelassen, weil er nicht mehr ansprang. Ich war da, um zu sehen, wie Ihre Forensikerfreunde vorankommen. Ich musste fast eine Stunde warten, bis der Rolls gekommen ist, um mich abzuholen. Einer der Gründe, warum Karl nicht mehr für mich arbeitet.«

»Und der Leichensack?«

»Da müssen Sie Karl fragen. Der war für die Autos verantwortlich.«

»Der Karl, den Sie gerade entlassen haben. Und von dem Sie, wie ich annehme, nicht wissen, wo er jetzt ist.«

»Er hat hier gewohnt, in den Dienstbotenunterkünften. Keine Ahnung, wo er hin ist.« Mrs Saifre schlenderte durch die Halle zu einer niedrigen Anrichte. Einige Kristallkaraffen standen auf einem silbernen Tablett. In aller Ruhe zog sie von jeder den Verschluss ab und schnupperte am Inhalt, bevor sie sich ein ordentliches Glas von etwas Bernsteinfarbenem und Kostspieligem einschenkte.

»Auch ein Schlückchen?«, fragte sie.

»Danke, aber ich bin im Dienst.«

»Wirklich? Nach der Nacht, die Sie hinter sich haben? Ich hätte doch gedacht, dass man Ihnen da ein bisschen freigibt.« Sie trank einen Schluck und lehnte sich gegen die Anrichte.

»Was werden Sie jetzt mit dem Klinikgelände anfangen?«

»Meine Güte, werde ich hier vernommen?« Sie stieß sich ab und kam langsam und mit verführerisch schwingenden Hüften auf ihn zu. Ohne nachzudenken, ließ McLean die Hand in die Tasche gleiten und spürte das Papier unter seinen Fingerspitzen. Emmas Postkarte, die er auf dem Weg nach draußen vom Küchentisch genommen hatte. Sein Anker zur Wirklichkeit. Oder zumindest zu einer Art von Wirklichkeit.

»Was unterstellen Sie mir? Dass ich Karl befohlen habe, Andrew da draußen an seinem Lieblingsplatz zu begraben?«

»Das ist eine Möglichkeit.«

»Das ist lächerlich, und Sie wissen das.«

»Nun, wir haben Ihren Wagen, und die Kriminaltechnik wird beweisen, dass Weatherlys Leiche im Kofferraum gelegen hat. Dann gibt es nur noch Ihr Wort, dass Sie nichts davon wussten.«

»Werde ich verhaftet? Wollen Sie mir Handschellen anlegen, Tony?« Das Glas in einer Hand, streckte Mrs Saifre die Arme aus, die Handgelenke in gespielter Ergebung übereinandergelegt. Sie gab auf, als klar wurde, dass er nicht auf das Spiel eingehen würde. Dann ließ sie sich auf eines der Sofas fallen.

»Hören Sie, ich habe zum größten Teil keine Ahnung, was meine Angestellten so machen. Andrew war mein Geschäftspartner, ja, aber ich arbeite meist von den Staaten aus. Das ist das erste Mal seit beinahe zehn Jahren, dass ich wieder in Edinburgh bin. Wenn Sie wissen wollen, was mit dem Klinikgelände passiert oder wo Karl hingegangen sein könnte, nachdem ich ihn entlassen habe, dann müssen Sie wirklich mal mit Jennifer sprechen. Immerhin war sie Andrews Geliebte.«

»Sie wissen aber schon, dass Miss Denton im Krankenhaus liegt, oder? Sie hatte einen Schlaganfall. Man rechnet nicht damit, dass sie das Bewusstsein wiedererlangt.«

»Ach du je, das arme Ding. Ich mochte sie eigentlich ganz gern.« Mrs Saifre stellte ihr Whiskyglas ab und erhob sich in einer fließenden, katzenhaften Bewegung. Ein verführerischer Duft ging von ihr aus, dem sich McLean nicht ganz entziehen konnte. Sie war gekonnt geschminkt, und doch gelang es ihr, ein bisschen zerzaust und verletzlich zu wirken. Sie fixierte ihn mit hungrigen Augen und trat näher an ihn heran, als es nötig war.

»Weshalb sind Sie wirklich hergekommen, Tony?« Sie griff nach seiner rechten Hand. Seine linke steckte noch immer in der Jackentasche, das dünne Stückchen Karton zwischen zwei Fingern.

»Ich weiß, wer Sie sind. Was Sie sind.«

»Tun Sie das?« Sie hob ihre Hand an die Lippen und nahm seine dabei mit. Federleicht küsste sie die Rückseite seiner Finger, und Wärme breitete sich mit jeder langsamen Berührung in seinem Körper aus. Als sie ihn wieder freigab, brauchte sein Arm wesentlich länger, um wieder herabzufallen, als es die Schwerkraft hätte zulassen dürfen.

»Ja, das tue ich.« McLean wich nicht zurück, als sie die Hand ausstreckte und mit der Rückseite ihrer Fingernägel über seine Wange strich. Das kleine Tierchen in seiner Seele wollte schreiend davonlaufen, sich verstecken, davonkommen. Nur die dünne Pappe zwischen seinen Fingern verlieh ihm die Kraft standzuhalten.

»Dann sind Sie entweder sehr mutig«, sagte Mrs Saifre, »oder sehr dumm.«

»Kann ich auch beides sein?«

Sie lachte auf, und irgendwo weit weg brannte ein Wald nieder. »Das ist es! Das ist es, was ich an Ihnen so mag, Tony!« Sie drehte sich um sich selbst wie ein kleines Mädchen, wirbelte um den Tisch herum zu ihm zurück, bevor sie wieder dicht vor ihm stehen blieb.

»Wir sollten zusammen sein, Sie und ich. Wir könnten so Großes erreichen.«

»Wie etwa, einen Mann dazu zu treiben, seine Kinder zu ermorden? Was hatten Sie gegen ihn in der Hand? Die Leichen draußen am Hospital? Wollten Sie der Welt sein schreckliches Geheimnis verraten?«

»Ich weiß nicht, wovon Sie reden.« Mrs Saifre zog einen Schmollmund, und McLean wusste, dass sie log.

»Ich glaube nicht, dass wir den Range Rover jemals finden sollten. Das war Ihr Fehler. Er sollte in dem Feuer zerstört werden. Passt gut dazu, wenn Karl auch gleich verschwindet. Haben Sie das arrangiert, wie Sie es auch arrangiert haben, dass die anderen Gebäude abgerissen werden und alle Beweise dafür, dass Sie etwas damit zu tun hatten, weggefahren und zerstört wurden? Sodass alles wieder sauber auf Weatherly zurückfiel?«

Mrs Saifre trat wieder nah an ihn heran, und McLean erkannte schließlich, welchen Tanz sie aufführte. Sie nahm wieder seine freie Hand, ihre Berührung war immer noch unangenehm warm. »Sie haben mich vollkommen falsch verstanden, Tony. Ich habe Andrew geholfen, im Ernst. Ich habe ihn zu dem gemacht, was er war. Ich hatte nichts mit seinem Sturz zu tun. Wie sollte ich auch?«

»Machen Sie sich keine Sorgen. Ich kann nichts beweisen. Ich versuche auch nicht, Ihnen ein Geständnis zu entlocken.« McLean entzog seine Hand ihrem Griff. »Und Sie würden sich ja sowieso freikaufen. Sie haben Geld und Einfluss. Da kann ich nicht mithalten.«

»Dann kommen Sie mit mir.« Dieses Mal schienen Mrs Saifres Augen vor Aufregung aufzuleuchten. »Mit mir an Ihrer Seite könnten Sie alles werden. Chief Constable? First Minister? Wie wäre es mit der Präsidentschaft über ein unabhängiges Schottland?«

Und da war es. Das Angebot. Die Versuchung. McLean musterte Mrs Saifres Gesicht, suchte nach irgendeinem Anzeichen, dass sie scherzte. Sie war so schwer zu durchschauen, so unvorhersehbar. Andererseits war genau das ihre Natur. Es mochte eine raffinierte Provokation sein, aber irgendetwas sagte ihm, dass es stimmte. Wenn er Ja sagte, sich ihrem Willen beugte, würde sie das alles wahr werden lassen. Er könnte Ruhm und Macht haben und eine wunderschöne Frau an seiner Seite und in seinem Bett. Mehr noch, er könnte diese Macht und diesen Einfluss nutzen, um Gutes zu tun. Andere hatten das, in ihrem Namen, getan. Es waren herzlich wenige, aber es hatte sie gegeben.

Die Karte in seiner Tasche fühlte sich an, als vibrierte sie zwischen Finger und Daumen, als er in diese schwarzen abgrundtiefen Augen starrte. So leicht, sich darin zu verlieren, so einladend, in diesen warmen Teich aus Sinneslust und Sorglosigkeit einzutauchen.

Dann erinnerte er sich an ein anderes Augenpaar. Kalt, tot, von Grauen erfüllt und irre. Andrew Weatherly war dieser Kreatur nicht mehr von Nutzen gewesen, und was war dann mit ihm geschehen?

»Ist es das, was Sie Weatherly versprochen hatten? Und er musste nichts tun, außer Ihnen seine Seele zu verkaufen?«

»Der Wert einer Seele wird völlig überschätzt. Man vermisst sie kaum.« Mrs Saifre streckte die Hand aus, um wieder sein Gesicht zu berühren. Langsam, sanft zog sie ihn zu sich, während sie sich ihm entgegenstreckte, um ihn zu küssen. McLean hätte sich einreden können, dass er sie absichtlich so nah kommen ließ, aber die Wahrheit war, dass sie ihn ausgetrickst hatte. Er war gefangen, hilflos, während er zusehen musste, wie diese Lippen sich teilten, rot wie glühende Kohlen. Ihre glänzende Zunge schoss über weiße spitze Zähne hervor, befeuchtete sie mit Speichel, der alles verbrennen würde, womit er in Kontakt kam. Ihr Griff war unerbittlich und zog ihn zu sich herunter, während sie einen leisen zischenden Laut der Befriedigung von sich gab.

Aber seine Hand umklammerte noch immer die Postkarte. Er konnte die glänzende Seite mit dem Bild von Ruinen und Blumen spüren und die andere, rauere Seite, auf der die Worte standen, die Emma ihm geschrieben hatte. Die kleine Reihe XXX.

»Nein, das denke ich nicht.« Er riss sich los und war überrascht, wie leicht es war. Mrs Saifre starrte ihn an, verblüfft, ihre Hand reglos in der Luft, immer noch an der Stelle, wo sein Kinn gewesen war.

»Warum?«, fragte sie schließlich.

»Ich bin bereits versprochen.« McLean ließ die Postkarte los, nahm die Hand aus der Tasche und zog seinen Mantel glatt. »Auf Wiedersehen, Mrs Saifre. Ich möchte, dass Sie jetzt abreisen. Gehen Sie dorthin zurück, wo immer Sie hergekommen sind. Und bedrohen Sie nie wieder meine Freunde.«

Er ließ sie stehen, wie sie ihn fassungslos anstarrte.

Draußen schloss er die Augen und holte tief Luft, während die Sonne sein Gesicht wärmte. Süße Luft füllte seine Lunge. Er stand einen Moment da und genoss einfach nur die Tatsache, dass er am Leben war. Dann schob er die Hände zurück in die Taschen, zog den Kopf ein gegen die Kälte und machte sich auf den Heimweg.

61

Sieht aus, als wären da einige große alte Öltanks im Keller gewesen, die die Boiler der Zentralheizung befeuert haben. Fünf davon. Die müssen uralt gewesen sein, so was bekommt man heutzutage gar nicht mehr. Jeder mit mehreren Tausend Litern Inhalt.«

Das Rosskettle Hospital sah im kalten Licht des Tages ganz und gar nicht gut aus. An ein paar Stellen reichten die Wände noch bis zum zweiten Stock, aber nicht an vielen. Die meisten waren nur noch ein Haufen Schutt, der in der Morgensonne qualmte. Tief im Untergrund brannte es anscheinend immer noch.

»Da wird man wohl nicht mehr viel Beweise rausziehen können.« McLean stand neben dem Einsatzleiter der Feuerwehr, in sicherer Entfernung zu dem riesigen Schutthaufen. Zwei Tage waren vergangen seit dem Brand und den Explosionen, aber eines der Feuerwehrautos stand immer noch da, die Reifen waren durch die Hitze mit dem Asphalt verschmolzen. Von dieser Seite sah es beinahe normal aus, aber er war zuvor auf der anderen Seite gewesen und wusste, wie heiß es gewesen sein musste.

»Man wird da sowieso nicht viel rausbekommen. Allein die Aufräumarbeiten werden ein Vermögen kosten oder zwei.«

»Aye, nun, darum wird sich mit Sicherheit jemand kümmern.«

»Der Steuerzahler, wer sonst.« Der Einsatzleiter der Feuerwehr spuckte auf den Boden, als hätte die Ungerechtigkeit einen faulen Geschmack in seinem Mund hinterlassen.

McLean schüttelte den Kopf. »Der Verschmutzer zahlt. Das gehört der Firma Weatherly Asset Management. Die haben massig Geld. Die, oder die Versicherungsgesellschaft. Und dann wird wohl jemand Häuser auf dem Gelände bauen.«

»Das möchte ich die erst noch versuchen sehen. Das Loch hier reicht ziemlich tief. Und hier drunter gibt's Minen und allen möglichen anderen Scheiß. Und das schwelt alles vor sich hin. Das kann noch Jahre brennen.« Der Einsatzleiter spuckte noch mal aus. »Na ja, wenigstens werden die Hütten immer gut geheizt sein, aye.«

McLean machte unwillkürlich einen Satz nach hinten, als eine der Wände funkensprühend und mit einem dunklen Rumpeln, das er noch bis in die Magengrube spürte, in sich zusammenstürzte. Sie standen weit genug weg und waren sicher, aber die Erinnerung an den Brand und die Detonationen war noch frisch. Andrew Weatherly hatte hier einen klaffenden Schlund geöffnet, dessen Rachen direkt bis in die Hölle reichte, und die Kreatur, die Mrs Saifre war, war direkt daraus hervorgekrochen. Zusammen hatten sie etwas Schreckliches erschaffen, und jetzt löste es sich auf. Zumindest war das die irrationale Erklärung, an einer rationalen musste er noch arbeiten.

Er wandte sich ab und sah in einiger Entfernung das Wrack seines Autos. Ob er wohl irgendjemanden dazu bringen konnte, den Klotz als Erinnerungsstück zu seinem Haus zu transportieren? Vielleicht könnte er ihn in der Mitte des Rasens aufstellen, damit sich die Katzen darauf sonnen konnten. Er hatte den Wagen nicht lange besessen, aber er spürte eine seltsame Wehmut.

Es war Zeit, sich etwas anderem zuzuwenden.

»Ich bin keine alte Oma, Sir. Ich kann das allein.«

Sie schlug die Hand weg, die er ausgestreckt hatte, um sie zu stützen, aber die Art und Weise, wie DS Ritchie mit kurzen Schritten den Flur entlangtaumelte und immer wieder stehen blieb, um zu husten, strafte ihre Behauptung Lügen. McLean gab dennoch nach, gab ihr die Zeit, die sie brauchte, um das

Krankenhaus aus eigener Kraft zu verlassen. Immerhin war sie einmal in der Hölle gewesen und wieder zurück. Es war das Mindeste, was er tun konnte.

»MacBride wollte auch mitkommen, aber er muss sich noch die Fäden ziehen lassen. Wird eine anständige Narbe zurückbehalten, wenn alles verheilt ist.«

Ritchie bedachte ihn mit einem vernichtenden Blick. »Ich brauche Ihre Hilfe nicht, und auch nicht seine. Ich hab das im Griff.«

Als er daran dachte, wie nah sie dem Tod gewesen war, wollte McLean nicht mit ihr streiten. Oder auf seine Rolle bei ihrer Rettung hinweisen. Er war sowieso nicht sicher, ob das Weihwasser, das er ihr gegeben hatte, irgendetwas damit zu tun hatte. Es konnten ja schließlich auch die Virostatika gewesen sein.

Sie schafften es nach draußen, und Ritchie stand gleich ein bisschen aufrechter, als die Sonne über ihr Gesicht spielte. Sie sah schrecklich hager aus, ihr Haar strähnig und fettig, die Augen tief in die Höhlen eingesunken. Ruhe hatten die Ärzte verordnet, aber McLean dachte, dass auch gesundes Essen in größeren Mengen angesagt war. Vielleicht sollte er sie mal zu Chez Innes ausführen – nur dass er dann das gesamte Team würde mitnehmen müssen, und wahrscheinlich DC Greggs Mann noch dazu. Und das würde in der Tat ein ziemlich teurer Abend werden.

»Wo ist das Auto?«, fragte Ritchie nach einer Weile und schaute sich suchend um.

»Als ich das letzte Mal von ihm gehört habe, wurde es gerade zu einem Schrottplatz in Loanhead geschleppt.«

Ritchie sah ihn stirnrunzelnd an. »Sie haben es kaputt gefahren? Aber Sie hatten es doch gerade erst neu.«

»Ich habe es nicht kaputt gefahren. Es ist durch einen vom Himmel gefallenen Türsturz plattgedrückt worden.« McLean winkte das Taxi heran, das die ganze Zeit auf ihn gewartet und einen erschreckend hohen Betrag auf dem Taxameter hatte auflaufen lassen. Ritchie sah ihn verwirrt an, dann breitete sich ein Grinsen auf ihrem Gesicht aus.

»Das ist kein Witz.« McLean zog die Tür auf. Sie ließ sich auf den Sitz helfen, dann kletterte er hinter ihr hinein und nannte dem Fahrer die Adresse. Ritchie hörte nicht auf zu lächeln, was ihr wesentlich besser stand als das Stirnrunzeln.

»Ist es echt Schrott?«, fragte sie nach einer Weile.

»Platt wie eine Flunder. Ich hatte Glück, dass ich nicht gerade drinsaß.«

»Aber Sie kaufen sich doch ein neues, oder? Ich mochte dieses Auto.«

McLean versicherte ihr, dass er ein neues Auto kaufen würde, auch wenn er keine Ahnung hatte, wann er die Zeit finden würde, danach zu suchen.

»Sie ist über uns alle hergefallen, oder?«, sagte Ritchie, als das Taxi sich in den Verkehr einfädelte und in Richtung Stadtzentrum fuhr.

»Ich schätze schon. Grumpy Bob, Stuart, sogar Sandy Gregg – und die ist ja kaum einen Monat im Team gewesen.« McLean hatte plötzlich vor Augen, wie DC Gregg Mrs Saifre am Hospital die Stirn geboten hatte. »Sie hat sich allerdings nicht von ihr kleinkriegen lassen.«

»Hab gehört, sogar der alte Dagwood hätte was abgekriegt.«

»Das waren Autodiebe. Dem Idioten wäre nichts passiert, wenn er nicht versucht hätte, sich zu wehren. Das hat ihn aber so erschüttert, dass er über Frühpensionierung redet.«

»Mein lieber Schwan! Und dabei war doch gerade erst Weihnachten.« Die Aufregung über die Nachricht löste einen leichten Hustenanfall aus, aber der war nichts im Vergleich dazu, wie sie sich noch vor ein paar Tagen die Lunge geschreddert hatte.

»Freuen Sie sich nicht zu früh. Er hat Brooks zu seinem Nachfolger ernannt.«

»Kann er das denn?«

»Wahrscheinlich nicht, aber ich weiß auch nicht, wen sie sonst befördern sollten.«

»Das würde bedeuten, dass auch eine Chief-Inspector-Stelle frei wird.« Ritchie sah ihn mit einem kaum wahrnehmbaren Augenzwinkern an. McLean hielt protestierend die Hände hoch.

»Ich nicht. Schon schlimm genug, dass ich mich jeden Tag mit Ihresgleichen herumschlagen muss.«

»Stimmt. Sie kamen mir sowieso nie so ambitioniert vor.« Ritchie lehnte sich gegen die Kopfstütze und schloss die Augen. »Trotzdem, wenn die Spence den Job geben, dann wird eine Inspectorstelle frei. Interessant.«

McLean beobachtete, wie sie einschlief und ihr Kopf mit den Bewegungen des Autos von rechts nach links rollte. Sie würde Spence' DI-Stelle nicht bekommen. Nicht weil sie sie nicht verdient hätte, und auch nicht, weil er sie lieber nicht als Sergeant verlieren wollte. Er wusste, dass sie noch Monate brauchen würde, um sich von dieser rätselhaften Krankheit zu erholen, die sie da befallen hatte. Das allein würde sie schon aus dem Rennen um eine baldige Beförderung werfen. Aber noch schwerer wog, dass sie schon vor langer Zeit Stellung bezogen hatte, indem sie sich entschieden hatte, mit ihm zu arbeiten. Traurig, aber wahr: Das würde sie wesentlich stärker ausbremsen als alles andere, womit sie ihre Karriere beeinflussen konnte.

»Ob wir jemals rausfinden, wer ihn getötet hat?«

William »Billbo« Beaumont mochte durchs soziale Netz gefallen sein, aber sein altes Regiment bemühte sich zumindest, das mit einem anständigen Begräbnis wiedergutzumachen. Die Old Kirk in Penicuik war gesteckt voll mit Uniformierten, die mit viel Herz beliebte Hymnen schmetterten, und eine perfekt herausgeputzte Ehrengarde trug den Sarg zum wartenden Leichenwagen. Seine letzte Ruhe würde er an einem Platz auf dem

Militärfriedhof finden, neben den Überresten einiger anderer ehemaliger Angehöriger seines Zugs. Vor der Kirche standen McLean und Grumpy Bob an der Seite, weil sie den Soldaten nicht im Weg sein wollten. Auf der Leeseite des alten Steingebäudes war man zudem etwas vor dem Wind geschützt.

»Der Sturz hat ihn getötet, Bob.« McLean trat von einem Fuß auf den anderen, um die Kälte zu vertreiben, die durch seine Schuhsohlen kroch. »Aber ich weiß, was du meinst. Ich weiß auch, wer es war.«

»Wieder Weatherly?« Grumpy Bob schüttelte den Kopf. »Meinst du nicht, du hängst ihm da ein bisschen viel an?«

»Oh, ich weiß, dass ich es nicht beweisen kann, Bob. Und es würde auch nichts ändern, wenn ich es könnte. Aber er hat es getan. Na ja, er wollte es, wie er es bei den vielleicht sechs anderen Toten getan hat, die wir gefunden haben. Alle paar Jahre einen.«

»Und die anderen? Manche sind Jahrhunderte alt.«

»Genau das ist es doch, oder? Weatherly war nicht der Erste. Nur der Jüngste. Er hat einen Handel abgeschlossen, und der hat ihm sein Vermögen eingebracht. Aber unser Billbo hier hat alles versaut. Ist entkommen, bevor er geopfert werden konnte. Ab da lief alles schief.«

Grumpy Bob stieß einen leisen Pfiff aus. »Einen Handel mit dem Teufel.«

»Dem Teufel? Vielleicht. Ich weiß es nicht.« McLean schauderte, dachte, dass es von der Kälte kommen konnte. Ein frischer Nordostwind trug arktische Kaltluft aus Skandinavien herein und zeigte wenig Respekt vor Kleidung oder Haut. McLean erinnerte sich an sein letztes Zusammentreffen mit Mrs Saifre, an die Köder, die sie für ihn ausgelegt hatte, an die subtile Macht ihrer Verführung. Alles, was Weatherly so tief korrumpiert hatte, interessierte ihn nicht wirklich, der Einfluss, der Wohlstand, die Exzesse. Aber bei ihm hatte sie es anders versucht, in einem Tanz, der ihm suggerieren sollte, dass er sie kontrollieren, sie zu nobleren Zwecken benutzen könnte. Und er war versucht gewesen, das musste er zugeben.

»Dann war der arme Kerl einfach zur falschen Zeit am falschen Ort.« Grumpy Bob nickte zu dem Leichenwagen hin, der gerade abfuhr, während die Abgase aus dem Auspuff wie spielende Gespenster in die kalte Luft aufstiegen.

»Gut möglich, Bob. Ist ja meistens so.« McLean beobachtete, wie Lieutenant Colonel Bottomley Gordon Johnson in eines der wartenden Autos half und dann neben ihm einstieg. Es fuhr los, um in gemessenem Tempo dem Leichenwagen zu folgen, und für einen Augenblick sah er den Veteranen deutlich, wie er kerzengerade und mit erhobenem Kinn im Fond des Wagens saß. Gordy war davon überzeugt, dass die dunklen Engel ihn im Visier gehabt hatten, dass sein Freund Billbo ihm zu Hilfe gekommen war und am Ende derjenige war, den sie geholt hatten. Eine selbstlose, heldenhafte Tat, um den Kreislauf des Bösen zu durchbrechen.

»Entweder das, oder er war genau da, wo er sein musste.«

Inzwischen hatte er sich an die Katzen gewöhnt, die seinen Garten bevölkerten und sich in den Straßen um sein Haus herumtrieben. Sie kamen nie herein, abgesehen natürlich von Mrs McCutcheons Katze. Die war sogar noch mehr von sich eingenommen als früher, falls das überhaupt möglich war, stolzierte mit hocherhobenem Schwanz im Haus herum, saß gebieterisch in der Mitte des Küchentisches, als sei sie die Dame des Hauses, und schlief zusammengerollt bei ihm im Bett am Fußende.

McLean hatte versucht, seinen streng blickenden, neuen Katzen etwas zu fressen hinzustellen, aber bis jetzt hatten sie seine Angebote im Großen und Ganzen verschmäht. Auch kam keine von ihnen auf die Idee, zu ihm zu kommen, um sich hinter den Ohren kraulen zu lassen. Sie waren einfach nur da, um ihn zu beobachten und – er konnte sich des Gedankens nicht erwehren – ihn zu beschützen.

Immerhin hielten sie den Briefträger nicht auf, wie er erfreut feststellte. Und auch der Pizzabote schien nicht belästigt zu werden.

Von Mrs Saifre hatte er weder etwas gehört noch gesehen, seit ihrem abgebrochenen Kuss vor ein paar Wochen. Als die kalte helle Februarsonne den Regengüssen des März gewichen war, die den Schnee und das Eis schmolzen und die Erde in Matsch verwandelten, machte er sich Sorgen, dass die Katzen gehen könnten, aber sie hielten weiter Wache. Es war seltsam beruhigend. Er hatte sich nie wirklich für einen Tierfreund gehalten und ganz sicher nicht für einen Katzenliebhaber. Er hatte Mrs McCutcheons Katze aufgenommen, weil er sich für sie verantwortlich fühlte, und sie hatte es ihm immer wieder und wieder zurückgegeben.

Nur heute schien sie ihn versetzt zu haben, wie es aussah. Sie war nirgendwo zu sehen, und da, in der Mitte des Küchentisches, stand gegen die Pfeffermühle gelehnt ein schmaler brauner A4-Umschlag. McLean ließ seufzend seine Handvoll Fallnotizen und die Plastiktüte mit dem Curry auf einen Stuhl fallen, nahm den Umschlag und riss ihn auf.

Darin lag ein halbes Dutzend Fotos, die mit einer Büroklammer zusammengehalten wurden, ein abgerissener Papierfetzen oben auf dem Stapel mit einem einzigen handgeschriebenen Wort darauf.

Danke.

Er blätterte die Fotos durch und sah als Erstes ein Bild von Mrs Saifre, wie sie vor der Villa, die einst Gavin Spenser gehört hatte, in ihren Rolls-Royce stieg. Das nächste Foto zeigte den Wagen bei der Abfahrt, ein drittes, wie er neben einem Privatjet auf irgendeinem Flugplatz stand. Auf zwei weiteren war Mrs Saifre zu sehen, wie sie an Bord ging, und dann, wie das Flugzeug abhob. Die Geschichte, die hier erzählt wurde, war nicht allzu schwer herauszubringen. Und dann das letzte Bild. Das Tor zum Haus, geschlossen, wie es gewesen war, als er dort vorbeigekommen war nach der Nacht, in der beinahe alles zur Hölle gefahren wäre. Nur dass dieses Mal an einem der Torpfosten ein großes Schild befestigt war, mit dem Logo eines der exklusiveren Makler der Stadt und den Worten »ZU VERKAUFEN« in großen blauen Buchstaben darauf.

»Weg«, sagte McLean zu der leeren Küche. »Aber wohl kaum für immer.«

Er ließ die Fotos auf dem Tisch liegen, ging zur Haustür und sammelte die Post ein. Es war überwiegend Müll, immer noch ein paar Kataloge für seine Großmutter und eine kleine eselsohrige Postkarte. Er wusste, von wem sie war, ohne sie zu lesen. Emma suchte immer Bilder von alten Ruinen aus, und sie schaffte es auch immer, Orte zu finden, von denen er noch nie gehört hatte. Diese hier kam von irgendwo aus Montenegro, ein altes Kloster hockte oben auf einem Berggrat über einer atemberaubenden Aussicht aufs Mittelmeer. Sie sah aus, als sei sie wahrscheinlich noch zu kommunistischen Zeiten gedruckt worden und auf ihrer Reise nach Schottland unter Beschuss geraten. Er drehte sie um, um zu sie lesen.

Allmählich nähern wir uns dem Ziel. Zwei traurige Seelen von hier. Sie haben geweint, als sie gingen, es war, wie alte Freunde zu verlieren. Reisen nach Osten. Es wird jedes Mal schwerer.

Du fehlst mir. E.

Vier große X standen unter dem E, und sonst nichts. McLean nahm den Stapel Post mit zurück in die Küche und warf die Werbung direkt zum Papiermüll. Ging zum Kühlschrank und holte sich ein Bier heraus, dann schob er Reis und Curry auf einen Teller, wobei er noch genug für Mrs McCutcheons Katze übrig ließ, falls sie ihn später doch noch mit ihrer Anwesenheit beehrte. Schließlich schob er die Fotos zurück in den Umschlag und stellte die Postkarte an die Pfeffermühle, sodass er Emmas Worte sehen konnte, während er aß.

Danksagung

Viel ist geschehen in der Zeit zwischen dem Schreiben von *Der dunkle Ort der Seele* und diesem Buch. Zum einen wurden die vielen, voneinander getrennten Polizeiregionen in Schottland miteinander verschmolzen – zu der so kreativ benannten Police Scotland. Meine Geschichten mögen ja viel Erfundenes in sich tragen, aber sie sind in einer Welt angesiedelt, die dem Hier und Jetzt ziemlich genau entspricht, und das muss sich darin widerspiegeln, wie Tony McLeans Job sich verändert hat.

Ich schulde Kaye Norman unendlich viel, der ehrenamtlich die Dokumentationsberge eingedampft und in etwas verwandelt hat, das ich verstehen konnte. David Erskine war ebenfalls von unschätzbarer Hilfe, und beiden möchte ich von ganzem Herzen danken.

Was nicht heißen soll, dass die Police Scotland in meinen Büchern ein genaues Abbild dessen liefert, wie die echte Police Scotland funktioniert. Dies hier sind Geschichten – Fiktion –, und ich habe oft etwas abgeändert, weil das Buch es so erforderte. So lautet meine Entschuldigung, wenn etwas nicht stimmt, und dabei bleibe ich auch.

Natürlich wäre nichts von dem allen jemals geschehen ohne meine Agentin, die unermüdliche Juliet Mushens. Oder ohne das großartige Team von Penguin: Alex, Bea, Katya, Tim, Charlotte und all die anderen. Ein dickes Dankeschön an euch alle und an die Leser meiner ersten Entwürfe, Heather Bain, Keir Allen und meinen Bruder Duncan.

Und für Barbara meinen Dank dafür, dass du da bist.

James Oswald

Bereits während des Studiums der Psychologie an der Aberdeen University verfasste James Oswald erste Comics. Es folgten Kurzgeschichten, diverse Blog-Posts und eine Fantasy-Reihe. Neben dem Schreiben betreibt er heute eine Farm in der schottischen Grafschaft Fife, wo er sich der Zucht von Schottischen Hochlandrindern und neuseeländischen Romney-Schafen widmet. Mit seinen Krimis um den charismatischen Inspector Tony McLean stürmt James Oswald regelmäßig die britischen Bestsellerlisten. Momentan schreibt er an weiteren Fällen der Reihe. Mehr zu James Oswald und seinen Büchern unter www.jamesoswald.co.uk und www.devildog.co.uk

Die Tony-McLean-Krimis von James Oswald in chronologischer Reihenfolge:

Das Mädchenopfer. Thriller
Asche zu Asche, Blut zu Blut. Thriller
Der dunkle Ort der Seele. Thriller

(Alle auch als E-Book erhältlich)

Die Kurzkrimis mit Tony McLean:

Das Böse im Verborgenen. Zwei E-Book Only Kurzkrimis mit Detective Inspector Anthony McLean (als E-Book Only erhältlich)
Die Spur der Schatten. Zwei E-Book Only Kurzkrimis mit Detective Inspector Anthony McLean (als E-Book Only erhältlich)

GOLDMANN
Lesen erleben